단 한번의 시선

JUST ONE LOOK

by Harlan Coben

단 한 번의 시선

할런 코벤 장편소설 | 최필원 옮김

Just One Look

멋진 친구 잭 암스트롱에게 바칩니다.

"당신의 가장 좋았던 기억을 들려주세요.
하지만 그것도 흐릿한 잉크만은 못할 거예요."

지미 엑스 밴드의 '흐릿한 잉크'(중국 속담을 차용한 가사 부분)

차 례

Just One Look

스콧 덩컨은 킬러를 마주 보고 앉았다.

창문 없는 먹구름색 방은 어색할 만큼 조용했다. 두 사람은 마치 음악은 시작되었는데 어떻게 춤을 시작해야 할지 알지 못하는 댄서 같았다. 스콧은 모호하게 고개를 끄덕였다. 교도소에서 지급되는 오렌지색 죄수복 차림의 킬러는 그냥 스콧을 말없이 응시할 뿐이었다. 스콧이 두 손을 모아 금속 테이블에 올려놓았다. 수갑만 아니었으면 킬러 역시 그와 같은 포즈를 취했을 것이다. 파일에 의하면, 그의 이름은 몬티 스캔런이라고 했다. 하지만 그것이 그의 본명인지는 확인할 길이 없었다.

왜 내가 여기 와 있는 거지? 스콧은 다시 의아해졌다.

그의 특기는, 그의 고향 뉴저지에서 가내공업처럼 흔하게 발견되는 부패한 정치인들을 기소하는 것이었다. 하지만 지금 그는 전혀 다른 일로 여기 와 있었다. 수많은 사람들을 죽인 살인마 몬티 스캔런이 오랜 침묵을 깨고 세 시간 전 어떤 요구를 해온 것이다.

요구의 내용인즉슨 미 검사보 스콧 덩컨과 개인 면담을 하게 해달라는 것.

이상한 일이었다. 그 이유는 많겠지만 우선 두 가지만 얘기하자면, 첫째, 킬러는 이런저런 요구를 해올 입장이 아니었고, 둘째, 스콧은 몬티 스캔런이라는 사람을 본 적도 그에 대해 들은 적도 없기 때문이다.

스콧이 오랜 침묵 끝에 입을 열었다.

"날 보자고 했습니까?"

"그렇소."

스콧이 고개를 끄덕이고 그가 이유를 들려주기를 기다렸다. 하지만 그는 아무 말이 없었다.

"뭘 원합니까?"

몬티 스캔런이 계속해서 그를 응시했다.

"내가 왜 여기 들어와 있는지 아시오?"

스콧이 방 안을 한 번 쓱 돌아보았다. 스캔런과 그 외에도 네 명이 더 있었다. 린다 모건 검사는 가로등에 기대고 선 시나트라 같은 여유로운 포즈로 뒤편 벽에 몸을 기대고 있었다. 죄수의 뒤로는 쌍둥이 같아 보이는 덩치 큰 교도관 두 사람이 서 있었다. 그들의 팔뚝은 나무 그루터기 같았고, 가슴은 거대한 장식장 같았다. 스콧은 건방진 두 교도관을 예전에도 본 적이 있었다. 그들은 항상 요가 강사 같은 평온함으로 자신의 임무를 묵묵히 수행했다. 하지만 오늘은 달랐다. 수갑이 채워진 죄수를 앞에 둔 그들은 어느 때보다도 긴장하고 있었다. 싸구려 향수 냄새를 풍기는 극성스러운 스캔런의 변호사도 이곳에 함께였다. 방 안의 모든 눈은 스콧에게 고정되어 있었다.

"당신은 많은 사람을 죽였습니다. 아주 많은 사람을요."

스콧이 대답했다.

"나는 암살자였소. 난……."

스캔런이 잠시 머뭇거렸다.

"사람들이 말하는 살인청부업자였소."

"그게 나랑 무슨 상관이죠?"

"맞소. 아무런 상관이 없소."

스콧의 오전은 여느 날과 다름없었다. 작은 도시의 시장에게 뇌물을 준 폐기물 처리 회사 중역에게 보낼 소환장을 작성했다. 뇌물 수수는 뉴저지에서 늘 벌어지는 일이었다. 어쨌든 그가 소환장을 작성해 보낸 것이 한 시간, 아니 한 시간 반쯤 전이었다. 지금 그는 바닥에 단단히 고정된 테이블을 사이에 두고 킬러와 마주하고 있었다. 린다 모건에 의하면, 그는 백 명이 넘는 사람을 살해했다.

"왜 날 보자고 했습니까?"

스캔런은 꼭 옛 할리우드를 주름잡던 가보 자매를 수행한 늙은 난봉꾼 같았다. 체구가 작고, 무기력해 보였다. 회색 머리는 뒤로 빗어 넘겼고, 치아는 흡연으로 누렇게 변색되었으며, 피부는 지나친 일광욕과 수면 부족, 음주로 까칠했다. 방 안의 누구도 그의 본명을 알지 못했다. 체포될 당시 그는 몬티 스캔런의 아르헨티나 여권을 가지고 있었다. 나이는 쉰한 살. 외모는 그 나이에 알맞아 보였다. 하지만 그뿐이었다. 그의 지문은 NCIC FBI의 국가범죄정보센터 컴퓨터에도 등록되어 있지 않았다. 안면 인식 소프트웨어 역시 아무런 도움이 되지 못했다.

"당신과 단둘이 얘기하고 싶소."

"이건 내 사건이 아닙니다."

스콧이 말했다.

“당신에겐 이미 검사가 선임되었습니다.”

“이건 그녀와 아무런 상관이 없는 일이오.”

“그럼 나랑 상관이 있다는 말입니까?”

스캔런이 몸을 숙였다.

“내가 당신에게 할 이야기가 당신의 인생을 바꿔놓을 겁니다.”

그가 말했다.

스콧은 스캔런의 얼굴 앞에 손을 흔들어 보이며 놀라는 척하고 싶었다. 그는 범죄자들의 심리상태를 잘 알았다. 그들의 음흉한 책략, 주도권을 꿰차려는 잔머리, 빠져나갈 구멍을 찾기 위한 술책, 허풍까지도. 그의 생각을 읽었는지 린다 모건이 경고의 눈빛을 보냈다. 그녀는 스콧에게 몬티 스캔런이 삼십 년간 여러 조직에 몸담았다고 귀띔해주었다. 조직범죄처벌법 관련자들도 뷔페식당을 맴도는 노숙자처럼 그의 협조를 갈망하고 있었다. 체포 직후부터 스캔런은 입을 굳게 닫고 지내왔다. 오늘 아침까지.

그래서 스콧이 불려 온 것이다.

“당신 상사 말이오.” 스캔런이 린다 모건을 향해 턱을 끄덕였다. “그녀는 지금 내 협조를 원하고 있소.”

“당신은 결국 사형에 처해질 겁니다.” 모건이 대꾸했다. 여전히 냉정한 태도를 유지하고 있었다. “당신이 무슨 얘길 하든 뭘 하든 그 사실엔 변함이 없어요.”

스캔런이 미소 지었다.

“그러지 마시오. 내가 죽음을 두려워하는 것보다도 내 협조를 얻지 못할까 걱정하는 당신의 두려움이 더 크지 않소?”

“죽음이 두렵지 않은 터프가이가 되어보시겠다?” 모건이 벽에서 몸을 뗐다. "그거 알아요, 몬티? 당신 같은 터프가이들도 막상 사형을 선고받아 들것에 묶이면 예외 없이 바지를 적시고 만다는 거?"

스콧은 손을 흔들며 놀라는 척하고 싶은 충동을 다시 억제했다. 상대는 자신의 상사였다. 스캔런은 여전히 미소를 흘리고 있었다. 그의 눈은 스콧의 얼굴에 고정되어 있었다. 스콧은 그 눈빛이 영 마음에 들지 않았다. 그의 번뜩이는 검은 눈은 예상대로 무자비해 보였다. 하지만 스콧은 그의 눈에서 뭔가 다른 것을 보았다. 특별해 보이지 않는 그의 멍한 표정 뒤에 뭔가가 감춰져 있었다. 간절함 같은 것. 스콧은 그에게서 눈을 뗄 수 없었다. 약간의 후회도 엿보이는 것 같았다.

어쩌면 그것은 양심의 가책인지도 몰랐다.

스콧이 린다를 올려다보며 고개를 끄덕였다. 그녀의 미간이 찌푸려졌지만 스캔런은 이미 그녀의 엄포를 훤히 꿰뚫어보고 있었다. 그녀가 육중한 한 교도관의 어깨에 손을 얹고 잠시 나가 있으라고 지시했다. 스캔런의 변호사가 자리에서 일어나며 말했다.

"지금부터 제 의뢰인이 하는 말은 전부 비공식적인 겁니다."

"저들과 나가 있어요." 스캔런이 지시했다. "저들이 몰래 엿듣지 못하도록 단단히 감시하고 있으세요."

변호사가 서류가방을 들고 린다 모건을 따라 밖으로 나갔다. 방 안엔 스콧과 스캔런만 남았다. 영화 속에선 킬러들이 전능하게 그려진다. 하지만 현실은 다르다. 그들은 감시가 삼엄한 연방 교도소에서 수갑을 풀고 탈출하지 못한다. 보나마나 육중한 몸매의 교도관 형제가 매직미러 뒤에 서서 안을 들여다보고 있을 것이다. 스캔런의 지시대로 인터콤은 꺼두었겠지만, 어쨌든 그들은 밖에서 안을 훤히 들여다보고 있을 것이다.

스콧이 어깨를 으쓱해 보였다.

"난 당신들이 생각하는 평범한 암살자가 아니오."

"그렇군요."

"내겐 나만의 규칙이 있소."

스콧은 묵묵히 기다렸다.

"우선, 나는 오직 남자들만을 처리해왔소."

"아주 신사적이시군요."

스콧이 말했다.

스캔런이 빈정거림을 무시했다.

"그게 내 첫 번째 규칙이오. 오직 남자들만. 절대 여자들은 건드리지 않소."

"알았습니다. 그럼 두 번째 규칙은 세 번 데이트하기 전까지 죽이지 않는 건가요?"

"내가 괴물처럼 보이오?"

스콧이 당연하다는 듯 어깨를 다시 으쓱해 보였다.

"내가 내 규칙을 존중하지 않는단 말이오?"

"어떤 규칙 말입니까? 당신은 사람을 죽인 살인자입니다. 당신이 그런 규칙을 만든 건 그저 자신이 인간이라는 환상에 젖기 위해서일 뿐입니다."

스캔런이 잠시 골똘한 생각에 잠겼다.

"그럴지도 모르지. 하지만 내가 죽인 놈들은 전부 인간쓰레기들이었소. 인간쓰레기들이 날 고용해 다른 인간쓰레기들을 제거한 거란 말이오. 난 그들의 무기에 불과했소."

"무기라고요?"

스콧이 말했다.

"그렇소."

"무기는 자신이 누굴 죽이든 상관하지 않아요, 몬티. 남자든 여자든 노인이든 아이들이든. 무기는 누구도 차별하지 않는다고요."

스캔런이 미소를 지었다.

"한 방 먹었군."

스콧이 양 손바닥을 다리에 문질러 닦았다.

"윤리 공부를 하자고 날 여기까지 부른 건 아닐 테고, 대체 원하는 게 뭐죠?"

"이혼한 걸로 알고 있는데 아닌가요, 스콧?"

스콧은 대꾸하지 않았다.

"아이는 없고…… 아주 우호적인 분위기로 갈라섰죠? 전처와는 여전히 가까이 지내고요."

"원하는 게 뭐죠?"

"설명이오."

"무슨 설명 말이죠?"

그가 잠시 눈을 내리깔았다.

"내가 당신에게 뭘 했는지."

"난 당신을 몰라요."

"하지만 난 당신을 알고 있지 않소. 사실 난 당신을 꽤 오랫동안 알고 지내왔소."

스콧은 입을 다물고 거울을 올려다보았다. 린다 모건은 분명 거울 안을 들여다보며 그들이 무슨 대화를 나누는지 궁금해하고 있을 것이다. 그녀는 정보를 원하고 있었다. 어쩌면 방에 도청장치가 설치되어 있을지도 모른다. 어쨌든 스캔런에게 말을 길게 시킬수록 좋을 것 같았다.

"당신 이름은 스콧 덩컨. 나이 서른아홉. 컬럼비아 법대 졸업. 변호사 사무실을 차렸으면 지금보단 훨씬 많은 돈을 벌었겠지만 당신은 그런 따분한 일이 싫었소. 당신은 육 개월째 검찰청에서 일하고 있소. 당신 부모는 작년에 마이애미로 이사했소. 당신에겐 누이가 있었는데, 대학을 다니다가 죽었고."

스콧이 앉은 채로 몸을 살짝 비틀었다. 스캔런이 그의 움직임을 빤히 지켜보았다.

"다 끝났습니까?"

"내 사업이 어떻게 돌아가는지 아시오?"

그가 갑자기 화제를 바꾸었다. 스콧은 묵묵히 듣고 있었다. 스캔런은 그에게 두뇌싸움을 걸고 있었다. 그를 당황시키려 술수를 쓰는 중이었다. 스콧은 순순히 말려들 사람이 아니었다. 그가 스콧의 가족에 대해 '누설'한 이야기 중 그 어느 것도 놀라운 사실은 없었다. 컴퓨터나 휴대전화를 사용할 수 있는 사람이라면 누구나 그 정도 정보쯤 손쉽게 얻어낼 수 있었다.

"설명해봐요."

스콧이 말했다.

"당신이 누군가를 죽이고 싶어한다고 가정해봅시다."

스캔런이 말했다.

"좋습니다."

"당신은 일을 처리해줄 친구를 찾아 수소문할 것이고, 그 친구는 또 다른 친구에게, 그리고 그 친구는 또 다른 친구에게 연락을 할 겁니다. 결국 마지막 친구는 내게 연락하게 되겠죠."

"그 마지막 친구만이 당신을 알고 있다는 겁니까?"

"그렇소. 내게 중개인은 딱 한 명뿐이오. 하지만 그와 거래할 때도 난 최대한 조심스럽게 대한다오. 절대 얼굴을 마주하는 일은 없소. 우린 코드명을 사용합니다. 돈은 항상 역외계좌로 들어오는데, 거래가 이루어질 때마다 새 계좌를 열고, 거래가 끝나면 곧바로 계좌를 닫아 버리죠. 이해할 수 있겠소?"

"그리 복잡하진 않군요."

스콧이 말했다.

"맞소. 그리 복잡하진 않소. 요즘엔 거의 모든 거래가 이메일을 통해 이루어지고 있소. 핫메일이나 야후메일에 가명으로 임시 계정을 만들어놓고 말이오. 절대 역추적당할 염려가 없소. 만약 역추적된다 해도 상관은 없소. 어차피 이메일은 도서관이나 공공장소에서 보내고 받으니까. 아무 문제 없소."

스콧은 정말로 아무 문제가 없다면 어째서 교도소에 잡혀 들어왔느냐고 묻고 싶었지만 꾹 참았다.

"그게 대체 나랑 무슨 상관이죠?"

"그 얘길 들려줄 참이었소."

스콧은 스캔런이 본론에 들어가기에 앞서 몸을 푸는 중이라는 사실을 깨달았다.

"옛날엔, 아 내가 옛날이라고 하면 지금으로부터 팔 년, 아니 십 년쯤 전을 얘기하는 거요. 그때만 해도 우린 공중전화를 사용했소. 이름 따위를 적어서 교환할 필요도 없었소. 그냥 전화로 용건만 전달받으면 됐으니까."

스캔런은 잠시 설명을 멈추더니 스콧이 집중하고 있는지 다시 확인했다. 그의 음성이 다소 누그러졌다. 사무적인 어조도 사라졌다.

"바로 그게 내 말의 요지요, 스콧. 전화. 상대의 이름을 볼 것 없이 전화로 듣기만 하면 되었단 말이오."

그가 스콧의 반응을 기다렸다. 스콧은 그가 대체 무슨 얘기를 들려주고 싶어하는지 알 길이 없었다.

"그래서요?"

"내가 왜 이 얘기를 강조하는지 모르겠소?"

"모르겠습니다."

"왜냐하면, 규칙을 중요시하는 나 같은 사람도 통화로는 실수를 저지를 수가 있기 때문이오."

스콧은 잠시 생각을 정리했다.

"무슨 얘길 하는지 이해할 수가 없는데요."

"난 여자를 죽이지 않소. 그게 첫 번째 규칙이오."

"아까도 들었습니다."

"당신이 빌리 스미스라는 사람을 죽이고 싶다고 칩시다. 당연히 나로서는 빌리가 남자일 거라고 생각하지 않겠소? 'y'로 끝나는 이름 말이오. 빌리가 여자라고, 그러니까 'Billie'라고는 생각하지 못할 거요. 알아듣겠소?"

스콧은 미동도 하지 않았다. 스캔런도 그걸 똑똑히 볼 수 있었다. 그가 살짝 미소를 흘렸다. 그의 음성이 나지막해졌다.

"아까 당신의 누이에 대해 얘기하지 않았소, 스콧?"

스콧은 아무 반응도 보이지 않았다.

"당신 누이의 이름이 제리 아니었던가요?"

무반응.

“이제 뭐가 문제인지 알겠소, 스콧? 제리도 바로 그런 이름이오. 전화로 들으면 누구라도 ‘J’로 시작해서 ‘y’로 끝나는 남자 이름이라고 그냥 넘겨버리지 않겠소? 십오 년 전, 나는 한 통의 전화를 받았소. 아까 말했던 그 중개인에게 말이오.”

스콧이 고개를 저었다.

“그가 내게 주소를 알려주었소. 그리고 정확히 몇 시에 ‘제리’가 집에 돌아오는지도 귀띔해주었고 말이오.”

스캔런이 손가락으로 따옴표를 만들어 보이며 말했다.

“그 일은 사고로 판명되었습니다.”

스콧은 자신의 음성이 아득하게 느껴졌다.

“원래 대부분의 방화사건이 사고로 판명되지 않소? 당신이 더 잘 알 텐데.”

“믿을 수 없어요.”

스콧이 다시 그의 눈을 들여다보았다. 차분했던 마음이 흔들리기 시작했다. 여러 이미지가 한꺼번에 쏟아져 들어왔다. 누구라도 따라 웃게 만드는 제리의 미소, 헝클어진 머리, 교정기, 식구들끼리 모여 있을 때 그를 향해 장난스레 혀를 불쑥 내밀던 모습. 그는 그녀의 첫 번째 남자친구를 기억하고 있었다. 브래드라는 이름의 촌뜨기. 그는 또한 학교 졸업 파티에 같이 갈 파트너를 찾지 못해 발을 동동 구르던 그녀의 모습도 생생히 기억하고 있었다. 학생회 출납 담당 선거에 나갔을 때 그녀가 들려주었던 열정에 찬 연설과 연주 실력이 형편없었던 그녀의 첫 번째 록밴드, 그녀의 대학 입학 허가 통지서까지도.

스콧의 눈에 눈물이 핑 돌았다.

"그때 겨우 스물한 살이었어요."

무반응.

"어째서죠?"

"난 이유에는 개입하지 않소, 스콧. 그저 주어진 일만 할 뿐이오."

"그 얘기가 아닙니다."

스콧이 고개를 들었다.

"왜 지금 내게 그 얘길 들려주는 거냐고요?"

스캔런이 거울에 비친 자신의 모습을 한동안 빤히 바라보았다. 그의 음성은 나지막했다.

"당신이 맞는 것 같소."

"뭐가요?"

"아까 했던 말 말이오."

그가 다시 고개를 돌려 스콧을 바라보았다.

"어쩌면 나는 나 자신이 인간이라는 환상을 갖기 위해 애쓰고 있는 것인지도 모르겠소."

삼 개월 후

Just One Look

1

살다 보면 갑작스러운 격랑을 겪게 마련이다. 여기저기 찢기고 깊게 베인 상처가 남기도 한다. 온전하던 당신의 삶 역시 언제든 갈가리 찢길 수도 있다. 배를 가르면 쏟아져나오는 내장처럼 언제든 처참하게 무너질 수 있다. 때로는 헝클어진 인생이 스르르 풀릴 때도 있다. 느슨해진 올이 풀리고 솔기가 툭 뜯겨나간다. 이 모든 변화는 아주 느리게 시작된다. 쉽게 알아챌 수 없을 만큼.

그레이스 로슨의 인생은 사진현상소에서 풀어지기 시작했다.

사진현상소로 막 들어서려는 찰나 귀에 낯익은 목소리가 들려왔다.

"디지털카메라를 써보는 건 어때요, 그레이스?"

그레이스가 몸을 돌려 여자를 바라보았다.

"원래 기계를 잘 못 만져서요."

"오, 그건 염려 말아요. 디지털 기술이라고 해도 찰칵 하면 끝이니까요."

여자가 손을 올려 셔터를 누르는 시늉을 해 보였다. 그레이스가 자신의 말을 이해하지 못할까 봐 걱정이라도 되는 듯이.

"디지털카메라는 필름 카메라보다 사용하기가 훨씬 수월해요. 마음에 안 드는 사진은 즉석에서 지워버릴 수도 있죠. 컴퓨터 파일처럼 말이에요. 배리는 크리스마스카드에 붙일 거라면서 아이들 사진을 수백만 장 찍어댔어요. 블레이크가 눈을 감았다고 다시 찍고, 카일이 고개를 돌렸다고 다시 찍고. 그렇게 많이 찍어놓으면 괜찮은 사진을 꽤 건지게 되죠. 그럴 것 같지 않아요?"

그레이스가 고개를 끄덕였다. 그녀는 여자의 이름을 떠올리려 애썼지만 기억이 나지 않았다. 딸 이름이 블레이크였던가? 아무튼 그 아이는 1학년인 그레이스의 아들과 같은 반이었다. 아니, 어쩌면 작년 유치원에 같이 다녔는지도 몰랐다. 아무리 생각해봐도 소용없었다. 그레이스는 그냥 어색한 미소만 지었다. 여자는 무척 상냥했고, 남들과도 잘 어울렸다. 그레이스는 자신에게도 그런 면이 있는지 궁금했다. 한때 성격 좋기로 유명했던 그녀가 따분한 교외의 획일적인 일상에 섞여들 수 있었을까.

별로 유쾌한 생각은 아니었다.

여자는 계속해서 디지털 기술의 경이로움에 대해 주절거렸다. 그레이스의 어색한 미소도 서서히 그 빛을 잃어가기 시작했다. 여자에게 눈치가 있기를 바라며 그레이스는 시계를 들여다보았다. 2시 45분. 맥스를 데리러 학교에 가야 했다. 에마의 수영 연습이 있는 날이었지만 오늘은 다른 학부형이 아이들을 수영장까지 태워다주기로 했다. 그레이스는 '풀'장까지 카'풀'한다며 언제나 유쾌하게 웃던 그녀를 떠올렸다. 지금 생각해도 웃음이 나왔다.

"언제 시간 되면 또 만나요."

여자가 말했다.

"잭과 배리도 함께 보면 좋겠네요. 두 사람이 금세 친해질 것 같지 않아요?"

"맞아요."

그레이스가 손을 흔들며 돌아섰다. 그러고는 사진현상소 안으로 들어갔다. 유리문이 닫히면서 벨이 울렸다. 접착제와는 또 다른, 화학약품 냄새가 코를 찔렀다. 이런 환경에서 오랫동안 일하면 병이 나지 않을까? 잠시만 서 있어도 이렇게 힘든데.

카운터 뒤에서 젊은 직원이 일하고 있었다. 일이라기보단 쉬고 있다는 표현이 더 적절할 것 같지만. 그의 턱밑엔 하얀 솜털이 나 있었고, 크레용으로도 만들 수 없을 것 같은 색이 머리에 물들여 있었다. 게다가 몸 구석구석엔 관악기를 연상시킬 만큼 피어싱이 주렁주렁 매달려 있었다. 헤드폰이 그의 목을 뱀처럼 휘감고 있었다. 음악 소리가 어찌나 크던지 그레이스의 가슴이 쿵쿵 울릴 정도였다. 문신도 많이 보였다. 새겨진 단어 중엔 '돌STONE'도 있었고, '킬조이KILLJOY'도 있었으며, '슬래커SLACKER'도 있었다.

"실례합니다."

그는 그녀의 말을 듣지 못한 듯했다.

"실례합니다."

그녀가 좀더 큰 소리로 말했다.

여전히 반응이 없었다.

"이봐요, 안 들려요?"

그제야 그가 투덜거리며 고개를 들었다. 자신만의 시간을 방해받아 억울한 듯 눈을 가늘게 떴다. 그가 못마땅한 얼굴로 헤드폰을 내렸다.

"사진 주세요."

"뭐라고요?"

"사진 달라고요."

아. 그레이스가 영수증을 건넸다. 솜털이 그녀에게 이름을 물었다. 그레이스는 순간 집 전화번호를 입력하라고 지시하고는 직원과 연결된 후 다시 집 전화번호를 묻는 빌어먹을 고객 서비스 전화를 떠올렸다. 마치 첫 번째 요청이 그저 장난이었던 것처럼.

솜털이 사진이 담긴 봉지들을 훑어보다가 하나를 뽑아들었다. 솜털. 어느새 그레이스는 자신이 붙여준 직원의 새 별명이 입에 익었다. 그가 꼬리표를 뜯더니 터무니없이 비싼 값을 불렀다. 그녀는 마치 사해문서라도 찾아 헤매는 듯 손가방을 뒤적거리다가 쿠폰을 꺼냈다. 쿠폰 덕에 값이 많이 내렸다.

그가 사진 봉지를 건네주었다. 그레이스가 고맙다고 말했지만 그는 어느새 헤드폰을 다시 뒤집어쓴 후였다. 그녀가 그를 향해 손을 흔들어 보였다.

"난 사진을 찾으러 온 게 아니고요." 그레이스가 말했다. "신나게 대화를 나누고 싶어서 온 거라고요."

솜털이 하품을 하며 〈모던 슬래커〉 최신호를 집어들었다.

그레이스는 인도로 나왔다. 날씨는 쾌적했다. 여름은 가을바람에 밀려 사라져버렸다. 나뭇잎 색은 아직 변하지 않았지만 공기엔 애플사이더 같은 톡 쏘는 맛이 있었다. 상점들의 쇼윈도는 벌써부터 할로윈 장식으로 꾸며져 있었다. 3학년인 에마는 잭에게 프랑켄슈타인으로 변장한 2.5미터짜리 호머 심슨 풍선을 사달라고 졸랐고, 마침내 약속을 얻어내고야 말았다. 그레이스도 풍선이 마음에 들었다. 그녀의 아이들은 〈심슨 가족〉을 무척이나 좋아했다. 그런 아이들을 볼 때마다 그녀는 자신과 잭의 가정교육이 옳다고 확신했다.

그레이스는 그 자리에서 봉지를 뜯어보고 싶었다. 새 필름을 현상할 때마다 같은 충동에 휩싸이곤 했다. 선물을 받자마자 뜯어보고 싶어 조바심이 나듯. 항상 고지서일 뿐이지만 그래도 매일 설레는 마음으로 우편함을 열어보듯. 아무리 디지털카메라가 편리하다 해도 그런 조바심까지 안겨주진 못했다. 뜯어보고 싶은 마음이 간절했지만 하교시간이 코앞으로 다가와 단념했다.

그녀의 사브 승용차가 하이츠 가를 올라갔다. 오늘은 좁은 지름길을 타고 가보기로 했다. 그곳에서 바라보이는 맨해튼의 스카이라인은 숨 막힐 정도로 아름다웠다. 특히 밤엔 수많은 불빛이 검은 벨벳 위의 다이아몬드처럼 반짝거렸다. 그리움이 그녀를 휘감았다. 그녀는 뉴욕을 좋아했다. 사 년 전만 해도 그 환상적인 섬 속에 그들의 집이 있었다. 당시 그들은 찰스 가에 있는 작은 집에 살았다. 잭은 큰 제약회사에서 연구원으로 일했다. 그녀는 집에 차려놓은 작업실에서 그림을 그리며 교외의 삶이며 SUV 차와 코듀로이 바지, 아이들이 빠지지 않는 대화를 비웃었다. 그러나 이젠 그레이스도 그들 중 하나가 되었다.

그레이스도 다른 학부형들과 마찬가지로 학교 뒤편에 차를 세웠다. 그녀가 시동을 끄고 사진 봉지를 집어들었다. 봉지를 뜯자 일주일 전에 사과를 따러 체스터에 다녀왔을 때 찍은 사진이 나왔다. 전부 잭의 작품들이었다. 그는 언제나 가족 사진사를 자청했다. 그에게 사진 촬영은 가장으로서 당연히 해야 하는 임무 중 하나였다. 가장으로서 당연히 받아들여야 할 희생.

첫 번째 사진은 에마와 맥스였다. 에마는 여덟 살이고, 맥스는 여섯 살이었다. 그들은 구부정한 자세로 건초를 실은 짐수레에 앉아 있었다. 차가운 바람에 볼이 벌게져 있었다. 그레이스가 잠시 사진을 넋 놓고 들여다보았다. 원시적인 것인지, 진화적인 것인지 구분은 되지 않았지만, 어쨌든 뜨거운 모성본능이 그녀의 척추를 타고 올라왔다. 아이들을 키우다보면 그렇게 사소한 일에도 감동을 받았다. 무척 추운 날이었다. 과수원에 사람들이 많이 몰릴 것 같아 그곳에 가고 싶지 않았다. 하지만 찍어온 사진을 보고 나니 자신이 어리석었다는 생각이 들었다.

다른 학부형들은 학교 울타리 앞에 모여 신나게 수다를 떨어대고 있었다. 포스트 페미니스트 시대의 미국이었지만 여든 명 정도 되는 학부형 중 남자는 고작 두 명뿐이었다. 그중 한 명은 일 년 전쯤 실업자가 되었다고 들었다. 눈빛과 굼뜬 걸음, 미처 면도하지 못한 턱수염을 보니 그의 처지를 어렵지 않게 꿰뚫어볼 수 있었다. 나머지 한 명은 재택근무를 하는 저널리스트로 언제나 다른 학부형들과 어울려 수다 떨기를 즐겼다. 외로움을 많이 타는 사람 같았다. 뭐 다른 이유가 있는지도 모르지만.

누군가가 차창을 두드렸다. 그레이스가 고개를 들었다. 그녀와 절친한 사이인 코라 린들리가 문을 열어달라고 손짓하고 있었다. 그레이스가 문을 열자 코라가 조수석에 올라탔다.

"어젯밤 데이트는 어땠어?"

그레이스가 물었다.

"별로였어."

"안됐네."

"다섯 번째 데이트 징크스 때문일 거야."

코라는 이혼녀였다. 섹시한 그녀는 신경질적이고 방어적인 학부형들과는 잘 어울리지 않았다. 가슴이 살짝 드러난 표범 무늬 블라우스와 스판덱스 바지, 핑크색 펌프스. 코라의 옷차림부터가 카키색 바지와 헐렁한 스웨터 차림의 학부형들과 전혀 어울리지 않았다. 다른 학부형들은 그녀에게 의심의 눈초리를 던졌다. 마치 질투하는 고등학생처럼.

"다섯 번째 데이트 징크스가 뭐야?"

그레이스가 물었다.

"데이트 많이 안 해봤어?"

"응." 그레이스가 대답했다. "남편과 아이들이랑 씨름하며 살다보니 스타일도 엉망이 되어버렸거든."

"저런. 이유는 묻지 말고 그냥 들어봐. 다섯 번째 데이트 때 남자들은 항상 민감한 화제를 꺼내들어. 이걸 어떻게 적절히 표현하지? 그 왜 있잖아. 셋이서 하는 거."

"설마…… 지금 농담하는 거지?"

"절대 농담이 아니야. 다섯 번째 데이트 때. 믿을 수 있어? 그냥 궁금해서 묻는 것일 뿐이니까 오해하지 말고 내 의견을 얘기해보래. 중동 평화에 대해 얘기하는 것과 다를 게 없다면서."

"그래서 뭐라고 했어?"

"뭐, 나 역시 그걸 즐긴다고 했지. 특히 두 남자가 프렌치 키스하는 걸 보는 게 너무 짜릿하고 좋다고 했어."

그레이스가 피식 웃었다. 두 여자가 차에서 내렸다. 그레이스의 온전치 못한 다리가 욱신거렸다. 벌써 십 년째 계속되는 통증이지만 아직까지도 남의 눈이 신경 쓰였다. 절룩거리는 모습을 보이고 싶지 않았다. 그녀는 차 옆에 서서 멀어지는 코라를 지켜보았다. 벨이 울리자 아이들이 기다렸다는 듯 우르르 쏟아져나왔다. 그들은 꼭 대포로 발사되어 뿜어져나오는 듯했다. 다른 학부형들과 마찬가지로 그레이스 역시 자신의 아이에게만 시선을 고정했다. 매정하게 들릴지도 모르지만, 나머지 아이들은 그저 풍경에 지나지 않았다.

맥스는 두 번째 무리에 섞여 밖으로 나왔다. 한쪽 운동화는 끈이 풀어져 있었고, 유희왕 책가방은 족히 네 사이즈는 커 보였으며, 뉴욕 레인저스 털모자는 베레모처럼 옆으로 삐딱하게 기울어 있었다. 속에서 다시 뜨거운 기운이 솟구쳤다. 계단을 내려온 맥스가 어깨를 들썩이며 책가방을 바로 멨다. 그레이스의 얼굴에 미소가 떠올랐다. 맥스도 그녀를 보고 씩 웃었다.

아이가 사브 뒤편으로 달려왔다. 그레이스가 아들을 아동용 시트에 태우고 오늘 학교에서 어땠는지 물었다. 맥스는 자기도 모른다고 대답했다. 그녀는 다시 학교에서 무엇을 했는지 물어보았다. 이번에도 맥스는 모른다고 대답했다. 산수, 영어, 과학, 미술, 공예 시간은? 아이는 여전히 어깨를 으쓱해 보이며 모른다고 대답할 뿐이었다. 그레이스는 그냥 고개를 끄덕였다. 초등학교 치매라고 불리는 전염병의 전형적인 증상이었다. 아이들이 단체로 무슨 약을 먹기라도 한 걸까? 아니면, 아무에게도 발설하지 않겠다고 맹세라도 한 걸까? 인생의 수많은 미스터리 중 하나였다. 집에 도착해서 치약 같은 튜브에 요구르트가 들어 있는 고-거트를 맥스에게 쥐여주고 난 후에야 그레이스는 나머지 사진을 여유 있게 훑어볼 수 있었다.

자동 응답기에서 불빛이 깜빡거렸다. 한 개의 메시지. 발신자 번호는 나와 있지 않았다. 재생 버튼을 누른 그녀는 깜짝 놀랐다. 자동 응답기에서 다름 아닌 옛 친구의 음성이 흘러나왔다. 아니, 그냥 아는 사이라는 표현은 적절치 않았다. 오히려 아버지 같은 존재라는 표현이 훨씬 더 잘 어울릴 것 같았다. 남들이 보기에는 기괴한 관계로 느껴질지도 모르지만.

"안녕하세요, 그레이스. 나예요. 칼 베스파."

그는 굳이 자신의 이름을 밝힐 필요가 없었다. 몇 년의 세월이 흘렀지만 그의 음성은 여전히 그녀의 기억에 뚜렷이 남아 있었다.

"시간 나면 전화 좀 해주겠어요? 긴히 할 얘기가 있어요."

메시지가 다시 삑삑거렸다. 그레이스는 움직이지 않았다. 속이 울렁거렸다. 베스파. 칼 베스파가 연락해오다니. 좋은 소식은 아니었다. 그녀에게 항상 다정한 모습만을 보인 그이지만 한가한 잡담을 나눌 사람은 아니었다. 그녀는 곧장 연락해볼까 하다가 일단 기다려보기로 했다.

그레이스는 임시 작업실로 꾸며놓은 침실로 들어갔다. 그림이 잘 그려질 때면, 그러니까 예술가나 운동선수들이 흔히 말하는 무아지경에 빠져 있을 때면 그녀는 마치 모든 것을 캔버스에 담을 듯 세상을 유심히 내다보곤 했다. 거리, 나무, 사람들을 내다보며 어떤 붓으로 어떤 색을 묻혀 어떻게 그릴 것인지를 떠올렸다. 빛의 밝기와 드리워진 그림자도 눈여겨보았다. 그녀는 자신의 그림이 현실이 아닌 자신이 원하는 것을 반영한 것이기를 바랐다. 그녀에게 예술이란 바로 그런 것이었다. 누구나 자신만의 프리즘을 통해 세상을 본다. 훌륭한 그림은 예술가가 내다보는 세상을 보여준다. 예술가가 무엇을 보는지, 무엇을 보고 싶어하는지가 그 속에 담겨 있다. 현실은 항상 아름답게만 그려지지 않았다. 도발적이고 보기 흉하게 그려질 때도 있고, 매력적이고 묘하게 끌리는 모습으로 그려질 때도 있다. 그레이스가 원하는 것은 '반응'이었다. 현실 속의 아름다운 일몰을 보고 즐기는 것만큼이나 사람들이 자신이 그린 일몰을 보고 감동하기를 바랐다. 그들이 자신의 그림에서 시선을 뗄까말까 고민하는 모습을 보고 싶었다.

그레이스는 추가 비용을 지불하고 같은 사진을 두 장씩 뽑았다. 손으로 봉지 안을 뒤적여 사진을 꺼내들었다. 처음 두 장은 건초를 실은 짐수레에 타고 있는 에마와 맥스의 사진이었다. 그다음은 사과를 따려고 손을 뻗은 맥스의 사진이었다. 렌즈에 너무 가까이 갖다 댄 탓에 흐릿하게 찍힌 잭의 손이 보였다. 그녀가 피식 웃으며 고개를 저었다. 조심 좀 하지. 갓가지 사과가 가득 담긴 바구니와 나무들을 배경으로 찍은 그레이스와 아이들의 사진이 이어졌다. 그녀의 눈가가 촉촉해졌다. 아이들의 사진을 볼 때면 그녀는 예외 없이 울컥했다.

그레이스는 부모를 일찍 여의었다. 어머니는 토토와의 46번 도로에서 중앙선을 넘어온 세미트레일러에 받혀 세상을 떠났다. 외동딸이던 그레이스는 당시 열한 살이었다. 경찰은 영화 속에서처럼 분위기 있게 나타나지 않았다. 그녀의 아버지는 전화로 사고 소식을 전해들었다. 그레이스는 헐렁한 파란색 바지와 회색 스웨터 조끼 차림으로 전화를 받던 아버지의 모습을 아직도 생생히 기억했다. 아버지는 여느 때와 마찬가지로 다정하게 전화를 받았다. 하지만 소식을 듣고 그의 얼굴은 하얗게 질려버렸고, 이내 바닥에 쓰러졌다. 그는 격하게 흐느끼다가 곧 조용해졌다. 밀려드는 격통을 표현하기엔 공기가 충분치 않다는 듯.

그레이스의 아버지는 류머티스열로 약해진 심장이 제 기능을 멈출 때까지 딸을 홀로 키웠다. 그때 그녀는 대학 신입생이었다. 로스앤젤레스에 사는 삼촌이 그녀의 보호자가 되어주겠다고 나섰지만 그녀는 홀로 동부에 남겠다고 고집을 부렸다.

부모의 죽음은 그녀에게 큰 충격을 안겼고, 그레이스의 인생에 묘한 절박감을 드리웠다. 어떻게든 산 사람은 살아야 했다. 알 수 없는 앞날에 대한 불안감은 나날이 커져갔다. 그녀는 어떻게든 아이들의 기억 속 깊은 곳으로 비집고 들어가려 했다. 병적으로 보일 수도 있었지만 그녀는 자신이 세상을 떠난 후에도 아이들이 어머니를 생생히 기억할 수 있도록 최대한 많은 추억을 만들어주려 무던히 애썼다.

세상을 떠난 부모를 떠올리고 있을 때, 일 년 새 에마와 맥스가 얼마나 커버렸는지를 확인하며 깜짝 놀라고 있을 때, 그녀는 이상한 사진 한 장을 발견했다.

그레이스의 미간이 찌푸려졌다.

중간쯤에 묻혀 있던 사진이었다. 아니, 거의 끝 무렵에 불쑥 튀어나온 것이었다. 크기가 같아 다른 사진과 구분이 잘되지 않았다. 차이가 있다면 다른 사진보다 조금 얇다는 것뿐이었다. 싸구려 장비 때문일 거라고 그녀는 생각했다. 고성능 복사기로 뽑아낸 것이라 해도 믿을 것 같았다.

그레이스는 다음 사진으로 넘어갔다. 같은 이미지를 담은 두 번째 사진이 아니었다. 이상한 일이었다. 문제의 사진은 달랑 한 장뿐이었다. 그녀는 잠시 생각에 잠겼다. 다른 사람의 사진 한 장이 직원의 실수로 잘못 전달된 것이 아닐까.

그 사진은 분명 그녀의 것이 아니었다.

실수가 틀림없었다. 그렇게밖에 설명되지 않았다. 그럼 그렇지. 솜털의 외모는 숙련된 기술자와는 거리가 멀었다. 어쩌면 이런 실수는 충분히 예견 가능한 일인지도 몰랐다. 엉뚱한 사진을 끼워놓다니.

분명 그렇게 된 것이다.

그 사진은 그녀가 찍은 게 아니었다.

아니면…….

사진은 왠지 오래되어 보였다. 그렇다고 흑백이거나 세피아 톤으로 바랜 건 아니었다. 분명 컬러 사진이었지만 색조가 조금…… 이상했다. 포화도에 달해 있거나 햇빛을 받아 바랜 것 같았다. 조금 전에 현상한 사진이라고 보기에는 문제가 있었다. 사진 속 사람들도 마찬가지였다. 그들의 옷차림, 머리 모양, 그리고 화장 스타일도 요즘 시대와는 맞지 않았다. 십오 년이나 이십 년 전쯤 찍은 사진 같았다.

그레이스는 사진을 테이블에 내려놓고 좀더 유심히 들여다보았다.

사진 속 이미지는 흐릿했다. 네 명, 아니 구석에 있는 한 명까지 다섯 명의 모습이 담겨 있었다. 남자 두 명, 여자 세 명이었고, 모두 십대 후반이나 이십대 초반 정도쯤 되어 보였다. 적어도 뚜렷하게 보이는 이들의 나이는 그 정도쯤 될 것 같았다.

대학생들이구나, 하고 그레이스는 추측했다.

그들은 청바지와 헐렁한 스웨터 차림이었고, 헝클어진 머리 스타일을 하고 반항심으로 똘똘 뭉쳐 있는 듯 거만하게 서 있었다. 왠지 아무런 준비도 되어 있지 않은데 갑자기 찍힌 것처럼 보였다. 고개가 옆으로 돌아가 있는 사람도 있었다. 오른쪽 끝에 서 있는 검은 머리의 여자는 뒤통수와 데님 재킷밖에 보이지 않았다. 그 옆엔 또 한 명의 여자가 서 있었다. 그녀는 빨강머리였고, 눈 사이 간격이 조금 먼 편이었다.

중앙 부분에 서 있는 금발머리 여자. 대체 무슨 일일까? 그녀의 얼굴 위엔 커다란 엑스 표시가 되어 있었다. 마치 누군가가 의도적으로 그어놓은 듯.

이게 어떻게 우리 사진 속에…….

사진을 뚫어져라 들여다보고 있는 그레이스의 가슴 한복판이 찌릿했다. 그녀는 세 여자를 알아볼 수 없었다. 두 남자는 체격으로 보나, 머리 모양으로 보나, 서 있는 자세로 보나, 서로 무척 닮아 보였다. 왼쪽 끝의 남자 역시 그녀가 모르는 사람이었다.

하지만 나머지 한 남자는 알아볼 수 있을 것 같았다. 아직 소년티를 완전히 벗지 못한 듯 보였지만 군대에 자원입대할 나이는 된 것 같았다. 그는 얼굴에 엑스 표시가 그려진 금발머리 여자 옆에 서 있었다.

하지만 그럴 리가 없었다. 그의 고개는 한쪽으로 살짝 돌아가 있었다. 듬성듬성 난 턱수염 때문에 누구의 얼굴인지 자세히 가늠할 수 없었다.

남편 얼굴 같은데.

그레이스가 몸을 숙이고 좀더 유심히 들여다보았다. 완전한 반면상이었다. 그녀는 이렇게 어린 잭의 모습을 본 적이 없었다. 그들은 십삼 년 전 프랑스 남부의 코트다쥐르 해변에서 처음 만났다. 일 년에 걸쳐 수술과 물리치료를 마친 그레이스는 여전히 예전의 몸 상태를 되찾지 못했다. 두통과 기억상실은 계속 그녀를 괴롭혔다. 그녀의 다리는 온전치 못했고, 그 비극적인 밤의 기억은 여전히 그녀의 목을 짓눌렀다. 그레이스는 모든 것을 훌훌 떨쳐버리고 싶었다. 그녀는 파리대학에 입학해 본격적으로 미술을 공부하기로 했다. 방학을 맞아 코트다쥐르에서 일광욕을 즐기고 있는 참에 잭을 처음 만났다.

정말 이 남자가 잭일까?

사진 속의 그는 많이 달라 보였다. 우선 지금보다 머리가 훨씬 길었다. 게다가 앳된 얼굴에 어울리지 않는 턱수염을 길렀으며, 안경도 쓰고 있었다. 하지만 서 있는 자세, 삐딱하게 젖혀진 고개, 그리고 표정에서는 왠지 모를 묘한 기분이 느껴졌다.

그녀의 남편이 분명했다.

그녀는 나머지 사진을 훑어보았다. 건초 수레와 사과, 그리고 사과를 따려고 길게 뻗은 팔들뿐이었다. 그녀가 잭을 찍은 사진을 발견했다. 잭의 손에서 절대 떨어질 것 같지 않던 카메라를 처음으로 만진 순간이었다. 그는 허공을 향해 손을 쭉 뻗었고, 그 바람에 셔츠 자락이 올라가 배가 살짝 드러나 있었다. 에마는 아버지의 배를 보고 징그럽다고 했다. 그 말에 잭은 오기가 발동했는지 아예 손으로 셔츠를 확 끌어올렸다. 그 모습을 보며 그레이스는 한참 동안 웃음을 터뜨렸다.

"포즈 좀 잘 잡아봐요!"

그녀가 다시 셔터를 누르며 말했다. 에마의 외침에도 아랑곳하지 않고 잭은 그레이스가 시키는 대로 자세를 잡는 데만 열중했다.

"엄마?"

그녀가 몸을 돌렸다.

"응, 맥스?"

"그라놀라 바 하나 먹어도 돼요?"

"그래, 차에서 먹자."

그녀가 몸을 일으키며 말했다.

"우리 잠깐 나갔다 올까?"

솜털은 사진현상소에 없었다.

맥스는 다양한 액자에 정신이 팔렸다. '생일 축하합니다' '엄마, 사랑해요' 따위의 문구가 새겨진 것들이었다. 카운터 뒤에 서 있는 남자는 화려한 폴리에스테르 넥타이를 두르고 팔뚝엔 토시를 꼈다. 소매가 짧고 얇은 작업용 와이셔츠 안으로 브이넥 티셔츠가 살짝 보였다. 가슴에 붙어 있는 명찰은 그의 이름이 브루스이며, 부매니저라는 사실을 알려주었다.

"어떻게 오셨습니까?"

"두어 시간 전에 여기서 일하고 있던 직원을 찾고 있는데요."

그레이스가 대답했다.

"조시는 벌써 퇴근했습니다. 제가 대신 도와드릴까요?"

"3시쯤에 현상된 사진을 찾으러 왔었거든요……."

"그런데요?"

그레이스는 어떻게 설명을 해야 할지 몰라 난감했다.

"사진 중에 이상한 게 하나 들어 있었어요."

"그게 무슨 말씀이시죠?"

"사진 말이에요. 우리가 찍지도 않은 게 들어 있었다고요."

그가 맥스를 향해 손짓했다.

"아드님이신가 보군요."

"네?"

브루스 부매니저가 코끝에 걸쳐 있는 안경을 살짝 들췄다.

"부인께 어린 아드님이 계시다고요."

"그게 이것과 무슨 상관이죠?"

"가끔 아이들이 부모가 정신을 다른 곳에 팔고 있을 때 카메라를 들고 마구 셔터를 누르곤 하죠. 그런 다음, 아무 일도 없었다는 듯 카메라를 슬그머니 가져다놓고요."

"그런 게 아니에요. 정말 우리랑 상관없는 사진이라니까요."

"그렇군요. 불편을 끼쳐드려 죄송합니다. 직접 찍으신 사진은 다 잘 받으셨나요?"

"그런 것 같아요."

"빠진 건 없었고요?"

"확실히 확인하진 못했지만 다 있는 것 같았어요."

그가 서랍을 열었다.

"자, 쿠폰을 드릴게요. 다음에 오시면 무료로 현상해드리겠습니다. 3×5 사이즈로요. 4×6 사이즈를 원하시면 추가 비용이 조금 붙을 겁니다."

그레이스는 그의 손을 외면했다.

"문에 붙어 있는 광고판엔 모든 사진이 이곳에서 현상된다고 적혀 있잖아요."

"맞습니다."

그가 뒤로 보이는 커다란 기계를 톡톡 두드렸다.

"이 낡은 기계가 다 알아서 처리해주죠."

"그러니까 제 사진도 거기서 현상되었단 말씀이죠?"

"물론이죠."

그레이스가 사진 봉지를 그에게 건넸다.

"이걸 누가 현상했는지 알 수 있을까요?"

"그냥 단순한 실수였을 겁니다."

"나도 알아요. 그냥 누가 현상했는지가 궁금할 뿐이에요."

그가 봉지를 살펴보았다.

"그게 왜 궁금하신지 여쭤봐도 되겠습니까?"

"그 조시라는 직원이었나요?"

"네, 하지만……."

"그가 왜 안 보이는 거죠?"

"네?"

"난 3시가 조금 안 됐을 때 사진을 찾았어요. 현상소는 6시에 문을 닫고요. 그리고 지금은 5시밖에 되지 않았어요."

"그래서요?"

"6시에 문을 닫는 현상소에서 근무 교대가 이상한 시간대에 이루어지고 있다는 생각이 안 드나요?"

브루스 부매니저가 허리를 살짝 폈다.

"조시는 집에 급한 일이 생겼다며 들어갔습니다."

"어떤 급한 일인데요?"

"이봐요, 부인……."

그가 봉지에 적혀 있는 이름을 확인했다.

"로슨 부인, 불편을 겪게 해드려 정말 죄송합니다. 다른 봉지에서 나온 사진 하나가 직원의 실수로 부인의 봉지에 들어간 것 같습니다. 그동안 이런 일은 한 번도 없었거든요. 하지만 누구나 실수는 하는 법이지요. 오, 잠깐만요."

"왜 그러시죠?"

"그 사진을 좀 볼 수 있을까요?"

그레이스는 그가 문제의 사진을 가져가버릴까 봐 겁이 났다.

"가져오지 않았어요."

그녀가 둘러댔다.

"어떤 사진이었나요?"

"여러 사람이 찍혀 있었어요."

그가 고개를 끄덕였다.

"그렇군요. 나체로 찍은 사진이었나요?"

"네? 아뇨. 그걸 왜 물으시죠?"

"부인께서 무척 언짢아하시니까요. 보나마나 불쾌한 사진일 거라는 생각이 들었습니다."

"아니에요. 그런 건 아니었어요. 그냥 조시라는 직원을 만나러 온 것뿐이에요. 그 직원 성이 뭔가요? 전화번호는요?"

"그건 알려드릴 수가 없습니다. 하지만 내일 아침에 다시 오시면 만나실 수 있습니다. 그때 얘기해보시죠."

그레이스는 더 승강이를 벌이지 않기로 했다. 그녀는 고맙다는 말을 남기고 현상소에서 빠져나왔다. 이보다 나은 방법이 분명 있을 거라고 생각했다. 현상소까지 차를 몰고온 것은 순전히 문제에 대한 반응이었을 뿐이다. 하지만 현상소 안에서 그녀는 과잉반응을 보였다.

앞으로 몇 시간 후면 잭이 돌아올 것이다. 궁금한 것은 그때 직접 물어보면 될 것이다.

◻

수영 연습이 있는 날이었다. 그레이스는 아이들을 데려오는 카풀 임무를 맡고 있었다. 여덟 살에서 아홉 살 사이의 말괄량이 소녀 넷이 뒷좌석과 더 뒷자석에 포개지듯 앉았다. 젖은 머리의 아이들이 깔깔대며 일제히 "안녕하세요, 로슨 아줌마" 하고 인사했다. YMCA 수영장의 물냄새와 풍선껌 냄새가 차 안에 진동했다. 배낭을 아무렇게나 팽개치고, 안전벨트를 요란하게 매는 소리가 들려왔다. 새로 발표된 안전법에 따라 아이들은 앞좌석에 앉을 수 없게 되었다. 비록 운전기사로 전락해버렸지만, 아니 오히려 그 때문에 그레이스는 카풀 임무를 무척이나 즐겼다. 딸이 다른 아이들과 어울리는 모습을 보는 것도 기분이 좋았다. 아이들은 차 안에서 편하게 대화를 나누었다. 마치 핸들을 잡고 있는 그녀가 전혀 다른 시간대에 가 있다고 여기는 듯. 이런 시간을 통해 부모는 많은 것을 배운다. 누가 성격이 좋은지, 누가 그렇지 않은지, 누가 그들 무리에 새로 들어왔는지, 누가 나갔는지, 어느 선생님이 과격한지, 어느 선생님이 안 그런지. 조금만 귀를 기울이면 아이들이 어떻게 행동하는지 알 수 있었다.

어쨌든 그레이스에겐 즐거운 시간이었다.

잭은 또 늦는다고 했다. 그레이스는 집에 도착하자마자 맥스와 에마에게 저녁을 먹였다. 메뉴는 채소를 넣은 치킨 너겟(아이들 건강에 좋은 데다 일단 케첩에 찍으면 닭고기인지 채소인지 구분할 수가 없다고 한다)과 감자, 졸리 그린 자이언트 냉동 옥수수였다. 그레이스는 디저트로 오렌지 두 개를 내놓았다. 식사 후 에마는 숙제를 했다. 여덟 살짜리 아이가 감당하기엔 조금 버거운 양이라고 그레이스는 생각했다. 시간이 조금 생기자 그레이스는 작업실로 들어가 컴퓨터를 켰다.

비록 디지털카메라엔 흥미가 없었지만 그녀는 컴퓨터 그래픽과 인터넷의 필요성과 장점에 대해서는 잘 알고 있었다. 한 웹사이트에서 그녀의 작품을 소개하고 있는데, 이를 통해 그녀의 작품을 구입하거나 초상화 작업을 의뢰할 수 있었다. 처음에는 지나치게 돈을 밝히는 예술가로 그려질 수도 있겠다는 생각에 마음이 편치 않았지만 그녀의 에이전트 팔리는 미켈란젤로도 때때로 돈을 벌려고 혹은 의뢰받아 그림을 그렸다고 강조했다. 그리고 다 빈치와 라파엘을 비롯한 거의 모든 위대한 예술가들도 마찬가지였다고 덧붙였다. 그러니 아무런 부담을 가질 필요가 없다는 설명이었다.

그레이스는 과수원에서 찍은 사진들을 스캔했다. 그리고 문제의 사진도 스캔했다. 그런 다음, 아이들을 목욕시켰다. 에마부터 시작했다. 그녀가 욕조에서 나왔을 때 뒷문에서 열쇠가 짤랑거리는 소리가 들려왔다.

"안녕." 잭이 나지막이 말했다. "잘생긴 사나이를 기다리는 섹시한 아가씨를 찾습니다."

"아이들이 있어요. 아직 안 잔다고요."

그녀가 말했다.

"오."

"와서 같이 할래요?"

잭이 계단을 두 칸씩 뛰어올랐다. 그가 움직일 때마다 집 전체가 쿵쿵 울렸다. 188센티미터의 키에 95킬로그램의 체중. 그녀는 매일 밤 자신 옆에 바짝 붙어 자는 그 육중한 몸을 사랑했다. 숨을 쉴 때마다 들썩거리는 가슴, 남자 특유의 냄새, 몸에 난 부드러운 털, 밤만 되면 슬그머니 공략해 들어오는 그의 음흉한 손. 친밀함뿐만 아니라 안전함도 느껴졌다. 그는 항상 그녀로 하여금 작고, 연약한 기분을 느끼게 했다. 하지만 그게 좋았다.

에마가 말했다.

"안녕, 아빠."

"이봐, 새끼 고양이. 오늘 학교는 어땠니?"

"좋았어요."

"그 토니라는 애 아직 좋아하니?"

"웩!"

딸의 반응이 마음에 드는지 잭이 그레이스의 볼에 살짝 입을 맞추었다. 맥스가 벌거벗은 채로 방에서 나왔다.

"목욕할 준비는 다 됐어?" 잭이 물었다.

"네." 맥스가 대답했다.

그들이 하이파이브를 했다. 잭이 맥스를 번쩍 들어 욕조에 담갔다. 그레이스는 에마에게 잠옷을 입혔다. 목욕하는 내내 아이의 웃음이 끊이지 않았다. 잭은 맥스와 각운 맞추기 노래를 불렀다. 제니 젠킨스라는 소녀가 무슨 색 옷을 입어야 할지 고민한다는 내용이었다. 잭이 색을 골라 말하면 맥스가 운이 맞는 후렴을 불렀다. 이제 그들은 제니 젠킨스가 '사나이fellow'처럼 보여서 '노란색yellow'을 입을 수 없다는 부분을 큰 소리로 부르고 있었다. 두 사람은 매일 같은 놀이를 즐겼다. 그리고 매일 큰 소리로 웃어젖히느라 정신이 없었다.

잭이 타월로 맥스의 몸을 닦고 잠옷을 입힌 후 침대에 눕혔다. 그는 《찰리와 초콜릿 공장》을 두 장章 읽어주었다. 맥스는 아버지의 이야기에 푹 빠져들었다. 에마는 혼자 책을 읽을 만큼 컸다. 에마는 침대에 누워 레모니 스니켓 소설 속에 나오는 보들레르 고아들의 모험에 열중하고 있었다. 그레이스는 딸의 침대에 앉아 삼십 분간 스케치를 했다. 하루 중에서 이 시간이 가장 좋았다. 큰아이와 함께 고요한 공간에서 각자의 일에 빠져 있는 시간.

잭이 책을 덮자 맥스가 한 페이지만 더 읽어달라고 조르기 시작했다. 잭은 너무 늦었다고 했고, 맥스는 마지못해 따랐다. 그들은 한동안 찰리가 윌리 웡카의 공장에 찾아간 순간에 대해 이야기했다. 그레이스는 다른 방에서 그들의 대화를 조용히 듣고 있었다.

그들은 로알드 달을 무척이나 좋아했다.

잭은 어둠을 좋아하지 않는 맥스를 위해 미등을 남겨놓고 불을 껐다. 그런 다음 에마의 방으로 가 몸을 숙여 에마에게 굿나잇 키스를 했다. 아버지를 무척 따르는 에마는 손을 뻗어 그의 목을 잡더니 놓아주려 하지 않았다. 잭은 여느 때와 마찬가지로 딸을 이기지 못했다.

"오늘은 일기장에 무슨 재미있는 일을 썼니?"

잭이 물었다.

에마가 고개를 끄덕였다. 아이의 책가방은 침대 바로 옆에 놓여 있었다. 에마가 가방에 손을 넣어 일기장을 꺼내들었다. 그런 다음, 원하는 부분을 찾아 아버지에게 건네주었다.

"시를 배우고 있어요. 전 오늘 처음 써봤어요."

에마가 말했다.

"그래? 멋지구나. 한번 읽어줄래?"

에마의 얼굴이 환해졌다. 잭의 얼굴도 마찬가지였다. 아이는 헛기침을 한 번 하더니 자작시를 읽기 시작했다.

"농구공아, 농구공아,

넌 어째서 이렇게 둥그니?

완전히 울퉁불퉁하고,

온통 갈색이구나.

테니스공아, 테니스공아,
넌 어째서 이렇게 보풀이 많니?
라켓으로 널 치면
어지럽진 않니?"

그레이스는 문간에 서서 그들을 지켜보고 있었다. 요즘 들어 잭은 지나치다 싶을 만큼 오랫동안 아이들에게 붙잡혀 있었다. 그동안은 불평하지 않았지만 둘만의 시간이 줄고 있다는 생각에 위기감이 느껴지기도 했다. 그레이스는 위로받고 싶었다. 사람을 권태의 늪으로 몰고 가는 고독은 창작의 필수 요소이다. 자기 자신을 고독에 빠뜨려 영감이 절로 떠오르는 상태까지 몰아가는 일종의 예술적 명상. 물론 제정신을 잃지 않을 수 있다면. 언젠가 작가 친구는 영감이 떠오르지 않을 때 전화번호부를 읽는다고 했다. 자신을 따분함에 충분히 절여두면 뮤즈가 알아서 찾아오게 된다면서.

에마가 시낭송을 마치자 잭이 뒤로 흠칫 물러나는 척하며 말했다.

"와."

에마는 스스로 대견스러울 때, 하지만 겉으로 내색하고 싶지는 않을 때 짓는 표정을 하고 있었다. 지금처럼 입술을 앞니 밑으로 접어넣는 것.

"이렇게 훌륭한 시는 처음 들어보는데."

잭이 말했다.

에마가 고개를 떨어뜨린 채로 어깨를 으쓱했다.

"겨우 처음 두 연일 뿐이에요."

"지금까지 이렇게 훌륭한 두 연은 처음 들어보는 것 같아."

"내일은 하키에 대한 시를 써볼 거예요."

"참, 하키 얘기가 나와서 하는 말인데……."

에마가 다시 반듯하게 일어나 앉았다.

"뭔데요?"

잭이 살짝 미소를 지었다.

"토요일에 매디슨 스퀘어 가든에서 하는 레인저스 홈경기 티켓을 구해놨어."

인기 아이돌 밴드보다 스포츠에 더 관심이 있는 에마가 함성을 지르며 다시 아버지를 향해 두 팔을 뻗었다. 잭이 눈을 굴리다가 못 이기는 척하며 딸을 끌어안았다. 그들은 잠시 팀의 현재 성적에 대해 진지하게 토론했다. 그리고 미네소타 와일드와의 경기 전망에 대해서도 얘기를 나누었다. 몇 분 후, 잭은 딸에게서 벗어났다. 그는 딸에게 사랑한다고 말했고, 에마도 그렇다고 했다. 잭이 몸을 돌려 문을 향해 걸음을 내디뎠다.

"뭘 좀 먹어야겠어."

그가 그레이스에게 속삭였다.

"냉장고에 먹다 남은 치킨이 있어요."

"옷부터 갈아입지그래?"

"나중에요."

잭이 미간을 찌푸렸다.

"아직도 내가 당신을 여자로 느끼지 않을까 봐 그래?"

"오, 그 말을 하니 생각났어요."

"뭐가?"

"코라가 어젯밤 데이트 얘기를 들려줬어요."

"괜찮았대?"

"금방 내려갈게요."

그가 다시 한 번 눈썹을 씰룩이다가 휘파람을 불며 아래층으로 쿵쿵 내려갔다. 그레이스는 에마가 잠들었는지 확인했다. 그녀는 불을 끄고 잠시 딸을 지켜보았다. 원래는 잭이 할 일이었다. 잠이 오지 않을 때면 그는 복도를 조용히 맴돌며 아이들이 잘 자는지 확인했다. 그녀는 가끔 잠에서 깨어나 침대 옆자리가 비어 있는 것을 발견하곤 했다. 궁금해서 나가보면 잭은 예외 없이 아이들 방을 멍한 눈으로 들여다보고 있었다. 그녀가 다가가면 그는 "정말정말 사랑스러워" 하고 말했다. 어떤 말도 더해질 필요가 없었고, 그 역시 굳이 그러려고 하지 않았다.

잭은 그녀가 다가오는 소리를 듣지 못했다. 특별한 이유는 없었지만 그레이스는 큰 소리를 내지 않으려고 애썼다. 잭은 그녀에게 등을 보인 채 뻣뻣한 자세로 서 있었다. 고개는 떨구어져 있었다. 그답지 않은 모습이었다. 평소 같았으면 들뜬 모습으로 분주히 움직였을 터였다. 맥스와 마찬가지로 잭 역시 단 일 분도 잠자코 있지 못했다. 앉아 있을 때도 다리를 떠는 그였다. 언제나 에너지가 철철 넘쳐흘렀다.

하지만 지금 그는 돌처럼 굳은 모습으로 식탁을, 아니 좀더 구체적으로 말하자면, 식탁에 놓인 문제의 사진을 빤히 내려다보고 있었다.

"여보?"

그가 깜짝 놀라며 허리를 폈다.

"이게 뭐지?"

그녀는 문득 남편의 머리가 상당히 길다는 생각이 들었다.

"그거야 당신이 알겠죠."

그는 아무 말도 하지 않았다.

"당신 아닌가요? 거기 턱수염 기른 남자 말이에요."

"뭐? 아니야."

그녀가 남편을 바라보았다. 그가 눈을 깜빡이다가 고개를 돌렸다.

"오늘 현상해온 거예요. 사진현상소에서."

그녀가 말했다.

그는 여전히 아무 말이 없었다. 그녀가 조금 더 다가갔다.

"이 사진이 다른 것들 틈에 끼어 있었어요."

"잠깐만."

그가 고개를 획 들었다.

"이게 우리가 맡긴 필름에 있었다고?"

"네."

"어떤 필름이었지?"

"과수원에서 찍은 거요."

"말도 안 돼."

그녀가 어깨를 으쓱했다.

"이 사람들은 다 누구예요?"

"그걸 내가 어떻게 알겠어?"

"당신 옆에 서 있는 금발머리 여자…… 얼굴에 엑스 표시가 된 여자 말이에요. 누구예요?"

그레이스가 물었다.

그때 잭의 휴대전화가 울렸다. 그가 서부 총잡이처럼 잽싸게 휴대전화를 뽑아들었다. 응답 후 잠시 상대의 말을 묵묵히 듣고 있다가 한 손으로 휴대전화를 막아 쥐며 그가 말했다.

"댄이야."

그는 잭의 펜토콜 제약 연구실 파트너였다. 그가 다시 고개를 떨어뜨리고 서재로 향했다.

그레이스는 다시 위층으로 올라가 잠자리에 들 준비를 했다. 궁금증은 어느새 눈덩이처럼 불어나 의혹으로 변해 있었다. 그녀는 프랑스에서 보낸 나날을 떠올렸다. 그는 지금껏 자신의 과거에 대해 한 번도 이야기한 적이 없었다. 그녀가 아는 것이라고는 그가 부유한 집안 출신이고, 그의 앞으로 남겨진 신탁 재산이 있다는 것뿐이었다. 그는 재산에 아무런 집착도 보이지 않았다. 그에겐 로스앤젤레스인지 샌디에이고인지는 정확히 모르겠지만 아무튼 캘리포니아에서 변호사로 활동하는 누나가 있었다. 그의 연로한 아버지는 아직 살아 있었다. 그레이스는 더 많은 것을 알고 싶었다. 하지만 잭은 자세한 이야기를 극도로 꺼렸고, 그레이스는 더 강요하지 않았다.

그들은 사랑에 빠졌다. 그녀는 그림을 그렸고, 그는 보르도의 생테밀리옹 포도원에서 일했다. 그들은 그레이스가 에마를 임신할 때까지 생테밀리옹에서 살았다. 그녀는 갑자기 고국이 그리워졌다. 조금 감상적이긴 하지만, 아이만큼은 고국에서 키우고 싶었다. 잭은 그곳에 머무르고 싶어했지만 그레이스는 고집을 부렸다. 지금 그레이스는 그때 자신이 왜 그랬는지 이해가 되지 않았다.

그렇게 삼십 분이 흘렀다. 그레이스는 이불 속으로 들어가 남편을 기다렸다. 십 분 후, 차에 시동 거는 소리가 들려왔다. 그레이스가 일어나 창밖을 내다보았다.

잭의 미니밴이 빠져나가고 있었다.

그는 조용한 밤에 식료품 쇼핑을 즐겼다. 밤에 그렇게 불쑥 나가버리는 것도 그리 이상한 일이 아니었다. 하지만 집을 나서기 전에 뭔가 필요한 게 없는지 묻지 않았다는 사실이 마음에 걸렸다.

그레이스는 남편의 휴대전화로 연락해보았지만 자동 응답 메시지로 넘어갔다. 그녀는 다시 침대로 돌아와 기다렸다. 남편에게선 아무 소식이 없었다. 뭐라도 읽어보려 했지만 눈앞에서 흐릿해진 글자들이 꾸물꾸물 기어다녀 도저히 읽을 수가 없었다. 두 시간 후, 그레이스는 다시 잭의 휴대전화로 전화를 걸어보았다. 여전히 자동 응답 메시지로 넘어갔다. 아이들 방을 둘러보았다. 아이들은 곤히 자고 있었다.

더 기다릴 수 없어서 그레이스는 아래층으로 내려갔다. 그러고는 황급히 사진 봉지를 훑었다.

문제의 사진이 보이지 않았다.

2

보통 사람들은 데이트 상대를 찾으려고 인터넷 프로필을 훑는다. 에릭 우는 희생자를 찾아 프로필을 뒤졌다.

그는 일곱 개의 각기 다른 사람이 사용하는 일곱 개의 계정을 가지고 있었다. 남자도 있었고, 여자도 있었다. 그는 한 계정당 평균 여섯 명의 '가능성 있는 데이트 상대'와 이메일로 연락을 주고받았다. 세 개의 계정으로는 연령에 관계없이 이성애자를 상대했고, 두 개의 계정으로는 쉰 살이 넘은 싱글을 상대했으며, 게이와 레즈비언을 상대하는 계정도 하나씩 있었다.

우는 한 번에 마흔 명에서 쉰 명 정도의 외로운 사람들과 온라인으로 시시덕거렸다. 그는 서서히 그들을 알아갔다. 대부분 그를 경계했지만 아무래도 상관없었다. 에릭 우는 인내심이 뛰어난 사람이었다. 어느 정도 시간이 흐르면 상대는 경계를 늦추고 순순히 필요한 정보를 넘겨주었다. 그는 그렇게 얻어낸 정보를 토대로 그들과의 관계를 계속 끌고나갈 것인지, 말지를 결정했다.

처음에 그는 여자들만을 상대했다. 그들이야말로 손쉬운 상대라는 생각 때문이었다. 하지만 일을 통해 성적 만족을 원하는 건 아니었다. 시간이 지나자 에릭 우는 자신이 또 다른 상대를 외면하고 있다는 사실을 깨달았다. 온라인상의 안전을 그다지 '염려하지 않는 사람들. 예를 들어, 남자는 강간의 두려움을 느끼지 않는다. 스토커에게 시달릴 걱정도 없다. 남자는 여자에 비해 조심성이 적고 그만큼 약점이 많다.

우는 외로운 싱글을 찾고 있었다. 아이가 있는 사람은 목록에서 제외되었다. 가까운 곳에 가족이 사는 사람도 마찬가지였다. 룸메이트가 있거나, 사회적으로 힘을 쓸 수 있는 위치에 있거나 친한 친구들이 많아도 골치였다. 우는 외롭고, 바깥세상으로부터 고립된 채 살아가는 사람들을 선호했다. 마침 그는 로슨의 집 부근에 사는 적합한 목표물을 발견했다.

프레디 사이크스.

프레디 사이크스는 뉴저지 월드윅에 있는 회계 사무소에서 일하고 있다. 나이는 마흔여덟. 그의 부모는 오래전에 세상을 떠났고, 그에겐 형제도 없었다. BiMen.com 사이트에서 나누었던 대화에 의하면, 그동안 프레디는 어머니를 모시느라 연애는 꿈도 못 꾸었다고 했다. 이 년 전, 어머니가 세상을 떠났고, 프레디는 호호쿠스의 집을 물려받았다. 로슨의 집에서 약 5킬로미터 정도 떨어진 곳이었다. 사이트에 올라온 그의 사진을 보니 꽤 퉁명스러울 것 같았다. 가느다란 머리는 구두약처럼 새까맸고, 옆으로 깔끔하게 빗어 넘겼다. 얼굴엔 억지로 웃는 듯한 부자연스러운 표정이 떠올라 있었다. 마치 날아오는 펀치에 주눅이 든 표정 같았다.

프레디는 지난 삼 주간 에릭 우가 만들어낸 '알 싱어'와 얘기를 나

놔왔다. 엑손 정유회사에서 중역으로 일했던 싱어는 쉰여섯 살로, 결혼 이십이 년 차에 그저 '실험' 삼아 들어와봤을 뿐이라고 했다. 알 싱어는 여전히 아내를 사랑하지만 그녀가 양성애자인 자신의 욕구를 이해하지 못해 늘 불만이었다고 덧붙였다. 싱어는 유럽 여행과 고급 레스토랑에서 식사하는 것을 즐겼으며 TV로 스포츠 경기를 관전하기를 좋아했다. 우는 YMCA 온라인 카탈로그에 있는 사진을 사용했다. 사진 속의 알 싱어는 강건하지만 그다지 잘생긴 편은 아니었다. 지나치게 매력적인 모습은 프레디의 의심을 살 수도 있었다. 우는 그가 미끼를 덥석 물기를 바랐다. 그게 가장 중요했다.

프레디 사이크스의 이웃 대부분은 그에게 별 관심이 없는 젊은 가족들이었다. 그의 집은 동네의 다른 집들과 전혀 달라 보이지 않았다. 우는 자동으로 올라가는 사이크스의 차고 문을 지켜보았다. 차고는 집과 붙어 있었다. 누구에게도 보이지 않은 채 차로 드나들 수 있다니 정말 잘된 일이었다.

우는 십 분간 기다렸다가 초인종을 눌렀다.

"누구세요?"

"사이크스 씨께 배달이 왔습니다."

"누가 보냈는데요?"

프레디 사이크스는 문을 열어주지 않았다. 이상한 일이었다. 대부분의 남자는 일단 문부터 열고 본다. 조심성 없는 사람들. 그들이 여자보다 쉬운 또 다른 이유였다. 과신. 우는 문에 작은 방범창이 나 있다는 사실을 알아차렸다. 보나마나 사이크스는 그 구멍을 통해 헐렁한 바지를 걸친 스물여섯 살 한국인을 내다보고 있을 것이다. 우는 땅딸막하고, 단단한 체구를 가지고 있었다. 어쩌면 사이크스는 번쩍거리는 우의 귀고리를 보며 요즘 젊은 사람들은 자신의 몸을 훼손하길 즐긴다며 못마땅해하고 있을지도 몰랐다. 어쩌면 우의 근육질 몸과 귀고리가 오히려 그를 흥분시키고 있는지도. 누가 알겠는가?

"톱피트 초콜릿입니다."

우가 대답했다.

"그게 아니라, 누가 보낸 거냐고요?"

우는 노트를 꺼내 읽는 척했다.

"싱어 씨로 되어 있네요."

말이 끝나기가 무섭게 데드볼트가 열렸다. 우가 주위를 돌아보았다. 아무도 보이지 않았다. 프레디 사이크스가 미소를 지으며 문을 열었다. 우는 머뭇거리지 않았다. 그는 손가락을 창끝처럼 모아 사이크스의 목을 힘껏 찔렀다. 새가 먹이를 낚아채듯. 프레디가 고꾸라졌다. 우는 땅딸막한 몸과는 어울리지 않는 민첩함으로 뛰어들어가 문을 닫았다.

프레디 사이크스는 목을 감싸쥔 채 누워 있었다. 비명을 지르려 했지만 그의 입에서 새어나오는 것은 꺽꺽 우는 소리뿐이었다. 우가 몸을 숙이고 그의 몸을 뒤집었다. 프레디가 발버둥쳤다. 우는 그의 셔츠를 잡아올렸다. 프레디가 우에게 발길질을 해댔다. 우의 손가락이 그의 척추를 더듬어 오르다가 네 번째와, 다섯 번째 척추 사이에 멈췄다. 프레디가 더욱 필사적으로 발길질을 했다. 우가 총검을 다루듯 검지와 엄지를 그의 척추를 향해 찔러넣었다. 피부를 찢어놓을 듯한 날카로운 움직임이었다.

프레디의 몸이 빳빳이 굳어졌다.

우가 손가락에 조금 더 힘을 주었다. 척추후관절이 불완전하게 탈구되었다. 그가 척추 사이에 찔러넣었던 손을 홱 잡아뽑았다. 프레디의 척추가 기타 줄처럼 뚝 끊어졌다.

그와 동시에 발길질이 멎었다.

이제 그는 미동도 하지 않았다.

하지만 프레디 사이크스는 아직 살아 있었다. 다행이었다. 우도 그러기를 바라고 있었다. 한때 그는 목표대상을 단숨에 처치했지만 이젠 아니었다. 살려두어야 나중에 프레디가 사장에게 직접 휴가를 요청할 수도 있고, 우에게 신용카드 비밀번호도 제공해줄 수 있기 때문이었다. 게다가 누군가가 불시에 전화를 걸어올지도 몰랐다.

무엇보다, 살려두면 시체 썩는 냄새에 시달리지 않아도 되었다.

◸

우가 프레디의 입에 재갈을 물렸다. 그러고는 옷을 모두 벗겨 욕조로 밀어넣었다. 척추에 가해지는 압력으로 척추후관절이 아무렇게나 빠져나와 있었다. 척추 탈구는 척추를 완전히 끊지 않은 채 타박상만을 입힌다. 우는 자신의 솜씨를 시험해보았다. 프레디는 다리를 전혀 사용하지 못했다. 그의 삼각근엔 손상이 가지 않았지만 손과 팔은 제 기능을 하지 못했다. 중요한 것은 그가 여전히 숨을 쉬고 있다는 사실이었다.

우는 연습을 위해 프레디 사이크스를 마비시켜놓았다.

사이크스를 욕조에 넣은 것은 만약의 경우에 그를 쉽게 씻길 수 있어서였다. 프레디의 눈이 휘둥그레졌다. 우는 그런 표정에 익숙했다. 두려움을 지나 죽음 직전에 다다른 순간. 두 단계 사이의 첨점에 내려

앉는 공허한 느낌.

프레디를 꽁꽁 묶어둘 필요는 없었다.

우는 어둠 속에 앉아 밤이 깊어지기를 기다렸다. 그가 눈을 감고 명상에 잠겼다. 양곤의 어떤 교도소에선 교수형이 집행될 때 발생하는 척추의 골절에 대해 연구한다고 했다. 그들은 어디에 매듭을 만들어야 하는지, 어디에 힘을 가해야 하는지, 배치가 달라지면 결과가 어떻게 변하는지 등을 면밀히 조사한다고 했다. 우는 열세 살 때부터 열여덟 살 때까지 고향이라 여기고 지낸 북한의 정치범 수용소에서 그 모든 것을 배웠다. 바위를 주먹으로 치며 손을 단련했고, 의대생들도 부러워할 만큼 인체 해부학에 대한 해박한 지식을 가졌다. 그는 자신의 기술을 연마하기 위해 사람을 상대로 연습해왔다.

네 번째와 다섯 번째 척추 사이. 바로 그 부분이 열쇠였다. 조금만 위로 올라가도 상대는 완전히 마비되고 만다. 그렇게 되면 죽음도 빨리 찾아든다. 팔과 다리는 물론이고, 그들의 내장 또한 기능을 멈춰버린다. 조금만 밑으로 쳐졌다간 상대의 다리만 마비될 수가 있다. 물론 두 팔은 멀쩡히 움직일 수 있다. 힘을 조금만 더 주어도 척추는 완전히 끊어져버린다. 정밀함은 필수였다. 끊임없는 연습을 통해 감을 익혀놓아야 한다.

우가 프레디의 컴퓨터를 켰다. 목록에 오른 다른 싱글들을 관리하기 위해서였다. 거처를 곧 옮겨야 하는 상황이 닥칠 수도 있었다. 목표물 관리가 끝나자 우는 잠시 눈을 붙이기로 했다. 세 시간 후, 잠에서 깬 그는 프레디를 살펴봤다. 끔뻑이며 천장을 올려다보고 있는 프레디의 눈은 더욱 흐릿해져 있었다.

연락책이 우의 휴대전화로 전화를 걸어왔다. 밤 10시가 다 된 시간이었다.

"자리는 잡았나요?"

연락책이 물었다.

"네."

"문제가 생겼어요."

우가 상황 설명을 기다렸다.

"조금만 더 서둘러야겠어요. 어려울까요?"

"아닙니다."

"그 친구를 당장 처리해야겠어요."

"주소는요?"

우는 연락책이 불러주는 주소를 신속하게 암기했다.

"질문은 없나요?"

"없습니다."

우가 대답했다.

"에릭?"

우는 잠자코 상대의 말을 기다렸다.

"고마워요."

우가 전화를 끊었다. 그리고 차 열쇠를 찾아 프레디의 혼다를 타고 그곳을 빠져나왔다.

3

그레이스는 경찰에 신고할 수 없었다. 그렇다고 한가하게 잠에 빠져들 수도 없었다.

컴퓨터는 여전히 켜 있었다. 그들의 화면보호기는 작년 디즈니 월드에서 찍었던 가족사진이었다. 네 식구는 에프코트센터 앞에서 구피와 함께 포즈를 잡았다. 잭은 미키마우스의 귀를 붙였다. 환하게 웃는 그의 입이 귀에 걸려 있었다. 그녀는 조금 수줍어했다. 왠지 주책없어 보일까 봐 걱정이었다. 그럴수록 잭은 더욱 장난스러운 표정을 지어 보였다. 그녀가 마우스를 움직이자 가족사진이 화면에서 사라졌다.

그레이스가 새로 생긴 아이콘을 클릭하자 다섯 명의 젊은이를 담은 문제의 사진이 포토샵 위로 떠올랐다. 그레이스는 몇 분간 사진을 빤히 들여다보며 단서를 찾아보았다. 하지만 소용없었다. 그녀는 각 얼굴을 잘라낸 후 가로 10센티미터, 세로 10센티미터 크기로 확대했다. 그보다 더 확대했다가는 이미지가 더 알아볼 수 없게 변할 것 같았다. 컬러 잉크젯프린터에 종이가 충분한지 확인한 후 프린트 버튼을 눌렀다. 그러고는 가위를 집어들고 곧바로 작업에 들어갔다.

잠시 후, 그녀는 다섯 장의 얼굴사진을 얻었다. 그녀는 한동안 사진들을 유심히 들여다보았다. 이번엔 잭 옆에 서 있는 젊은 금발머리 여자에 초점을 맞추었다. 긴 아마빛 머리의 그녀는 평범하지만 그런대로 예쁜 얼굴이었다. 젊은 여자의 시선은 잭에게 고정되어 있었다. 그리고 얼굴엔 태평스러운 표정이 떠올라 있었다. 하지만 그레이스는 그녀의 얼굴에서 묘한 분위기를 감지했다. 질투? 이상한데. 대체 이 여자는 누굴까? 잭이 언급한 적 없는 옛 여자친구? 그래서 어쩌라고? 그레이스에게 과거가 있듯 잭도 마찬가지였다. 하지만 사진 속의 표정이 왠지 마음에 걸렸다.

이젠 어쩌지?

그녀가 할 수 있는 것이라고는 잭을 기다리는 일뿐이었다. 그가 돌아오면 궁금했던 것들을 전부 물어볼 참이었다.

하지만 어떤 질문을 어떻게 해야 할지 난감했다.

잠깐. 지금 무슨 일이 벌어지고 있는 거지? 잭의 것일지도 모르는 옛 사진 한 장이 그녀의 사진 봉지에 담겨 있었다. 이상한 일이다. 금발머리 여자의 얼굴에 그려진 엑스 표시가 섬뜩하게 느껴지기도 했다. 게다가 잭은 전화 한 통 없이 집에 들어오지 않고 있었다. 대체 무슨 일이기에? 사진 속의 뭔가가 그를 당혹스럽게 한 것이 틀림없었다. 어쩌면 그는 휴대전화를 꺼놓고 술집에 가 있는지도 몰랐다. 아니면 댄의 집에 가 있거나. 어쩌면 이 모든 것이 누군가의 고약한 장난인지도 몰랐다.

맞아, 그레이스. 장난일 거야. '카풀' '풀장' 같은 말장난처럼.

어두운 방에 홀로 앉아 컴퓨터 모니터를 멍하니 들여다보며 그레이스는 자신에게 벌어지고 있는 일들을 애써 합리화했다. 하지만 점점 더 두려워졌고, 그 노력은 이내 중단되고 말았다.

그레이스가 젊은 여자의 얼굴을 클릭했다. 그녀는 여전히 남편을 갈망하는 눈빛으로 바라보고 있었다. 그레이스는 사진을 조금 더 확대해보았다. 그러고는 그녀를 뚫어져라 들여다보았다. 불안함이 엄습해왔다. 그레이스는 움직이지 않았다. 그녀의 시선은 여자의 얼굴에서 떨어지지 않았다. 어디서였는지, 언제였는지, 어떻게였는지는 모르겠지만 한 가지는 분명했다.

그레이스는 언젠가 그녀를 본 적이 있다.

4

로키 콘월은 로슨의 집 근처에 진을 쳤다.

그는 1989년식 토요타 셀리카 안에서 안정을 취하려 애썼지만 잘 되지 않았다. 로키의 덩치는 그런 쓰레기 같은 차 안에서 안정을 취하기엔 너무 컸다. 빌어먹을 레버를 최대한 당겨보았지만 좌석은 꿈쩍도 하지 않았다. 하는 수 없었다. 그가 차분히 눈을 감았다.

로키는 피곤했다. 그는 두 개의 일거리를 간신히 소화해내고 있었다. 그는 뉴어크의 버드와이저 조립 라인에서 하루에 열 시간씩 일했다. 그리고 지금은 빌어먹을 차에 쪼그리고 앉아 차창 밖으로 보이는 집을 응시하고 있었다.

소음이 들려오자 로키가 몸을 움찔했다. 그가 쌍안경을 집어들었다. 젠장. 누군가가 미니밴에 시동을 걸었다. 그가 쌍안경의 초점을 맞추었다. 잭 로슨이 움직이고 있었다. 그가 쌍안경을 내려놓고 기어를 건 후 미행할 준비를 했다.

로키는 급하게 돈이 필요했고, 마침 구미가 당기는 새 일거리가 굴러들어왔다. 로키의 전 부인 로레인은 재결합의 가능성을 내비쳤다. 하지만 그녀는 여전히 전남편을 경계하고 있었다. 로키는 그런 아내를 확실히 사로잡으려면 우선 돈이 있어야 한다고 생각했다. 그는 로레인을 사랑했다. 그리고 그녀와 화해하고 싶었다. 그동안 그녀에게 못할 짓을 많이 했다. 그녀가 원한다면 그는 뭐든 할 수 있을 것 같았다. 어떤 대가든 치를 각오가 되어 있었다.

로키 콘월은 원래 이런 일이나 하고 있을 사람이 아니었다. 그는 웨스트필드 고등학교 풋볼팀에서 스타 수비수로 활약했다. 펜 주립대학에 진학한 후엔 전설적인 조 패테르노의 지도를 받으며 터프한 라인배커스크럼 라인의 후방을 지키는 선수로 이름을 떨치기도 했다. 193센티미터의 키에 118킬로그램의 체중. 게다가 타고난 공격적인 성격까지. 로키는 사 년간 무섭게 필드를 누비고 다녔다. 이 년 연속 올스타에 뽑히기도 했고, 신인 드래프트 7라운드에서 세인트루이스 램스에 지명되기도 했다.

그때까지만 해도 그의 인생은 탄탄대로였다. 로키는 그의 본명이었다. 1976년 여름 그의 어머니가 영화 〈로키〉를 보며 진통을 겪었기 때문이었다. 그는 로키라는 이름에 걸맞게 크고, 강하게 자랐다. 싸움이 벌어지면 절대 물러서는 법이 없었다. 프로팀에 지명되어 트레이닝캠프가 시작되기만을 손꼽아 기다리던 3학년 때. 지나가던 차를 세우는 것으로도 모자라 다시 되돌아올 수 있게 할 만큼 아름다운 로레인이 나타났다. 두 사람은 순식간에 사랑에 빠졌다. 그때 로키의 인생은 즐겁기만 했다.

하지만 그에게도 시련은 찾아왔다.

로키는 훌륭한 대학 선수였다. 하지만 대학 리그와 프로 리그 사이에는 상당한 차이가 있었다. 램스 신인 캠프에서 그는 자신의 원기 왕성함과 성실함을 유감없이 선보였다. 플레이가 완벽하게 이루어질 수 있도록 희생하는 모습 또한 높은 점수를 받았다. 문제는 스피드였다. 프로 리그에서는 패스와 공간 침투 능력이 중요했다. 그러나 로키의 민첩성으로는 부족했다. 물론 로키는 좌절하지 않았다. 그는 스테로이드의 양을 점차 늘려나갔다. 체구는 커졌지만 여전히 최전선에 나서기에는 부족했다. 그는 램스에 일 년간 붙어 있다가 방출되었다.

꿈은 쉽게 꺾이지 않았다. 로키에겐 포기란 없었다. 그는 쉬지 않고 역기를 들어올렸다. 스테로이드의 양도 거침없이 올렸다. 단백질보충제도 빠지지 않고 챙겨 먹었다. 프로 선수라면 누구나 마찬가지일 것이다. 하지만 그는 점점 무모해져갔다. 그는 순환 주기와 과량 복용을 걱정하지 않았다. 몸을 불릴 수만 있다면 뭐든 다 할 각오였다. 그는 점점 이성을 잃어갔다. 약 때문일 수도 있고, 실망감 때문일 수도 있었다. 어쩌면 둘 다였는지도 몰랐다.

생계를 이어가기 위해 로키는 얼티미트 파이팅 연맹UFF이라는 단체에 몸담게 되었다. 그리고 팔각형 링에서 무규칙 격투기 경기를 치르는 이벤트에 참가했다. UFF는 한동안 유료 채널에서 센세이션을 불러일으켰다. 사람들은 피가 튀고, 규칙이 없는 진짜 싸움판에 흠뻑 매료되었다. 로키는 제 세상을 만난 듯 링을 마음껏 누볐다. 그는 크고, 강했으며, 싸움에 남다른 재능이 있었다. 지구력에서 월등히 앞서는 그는 능숙하게 상대의 진을 빼놓았다.

하지만 지나친 폭력성은 결국 시청자들이 받아들이기 어려운 정도에 이르렀고, UFF는 모든 주에서 금지령을 받게 되었다. 몇몇 선수들은 일본으로 진출했다. 로키도 잠시 현혹되긴 했지만 결국엔 그냥 미국에 남기로 했다. NFL 스타의 꿈을 버리지 못했기 때문이다. 그저 열심히 운동하고, 몸을 불리고, 힘과 스피드를 키우면 충분히 승산이 있을 거라고 믿었다.

잭 로슨의 미니밴이 17번 도로로 접어들었다. 로키의 임무는 간단했다. 로슨을 미행하는 것. 그리고 그가 어디로 가는지, 누굴 만나는지 기록하기만 하면 되었다. 하지만 무슨 일이 있어도 그의 앞에 나서서는 안 되었다. 그가 할 일은 오직 관찰뿐, 그 이상도 이하도 아니었다.

이보다 더 쉽게 돈을 벌 수 있는 일이 세상에 있을까?

이 년 전, 로키는 술집에서 싸움을 벌였다. 특별할 것은 없었다. 그저 한 남자가 로레인을 지나치게 오래 훔쳐보았을 뿐이었다. 로키는 그에게 뭘 보느냐고 물었고, 남자는 “별거 아냐” 하고 대답했다. 스테로이드 덕분에 기운이 철철 넘쳐나는 로키는 그를 묵사발로 만들어 놓았다. 그리고 현장에서 폭행죄로 체포되었다. 교도소에 삼 개월간 수감되었다가 풀려나온 그는 보호관찰하에 놓이게 되었다. 더는 참을 수 없게 된 로레인은 결국 그를 떠나고 말았다.

이제 그는 모든 것을 그녀에게 맡기기로 했다.

로키는 스테로이드를 끊었다. 아쉽지만 NFL 진출의 꿈도 접었다. 하지만 로키에겐 타고난 재능이 있었다. 노력에 따라 코치도 충분히 될 수 있었다. 그는 자기 자신을 자극하는 방법을 알고 있었다. 연줄이 있는 친구에게 부탁해 자신의 모교인 웨스트필드 고등학교에서 수비 코치로 활동할 수도 있을 것 같았다. 물론 전과를 숨길 수만 있다면. 원한다면 로레인도 그곳에서 상담교사로 일할 수 있을 것이다. 그렇게 그들에겐 또 한 번의 기회가 주어질 터였다.

그저 다시 시작할 수 있게 약간의 돈이 필요할 뿐이었다.

로키는 셸리카를 미니밴에서 멀찌감치 떼어놓았다. 들킬 걱정은 없었다. 잭 로슨은 아마추어였다. 자신의 뒤를 유심히 살피고 다닐 위인은 아니었다. 적어도 그의 고용주는 그렇게 말했었다.

로슨이 뉴욕 경계선을 넘어 고속도로를 타고 북쪽으로 향했다. 시간은 밤 10시. 로키는 고용주에게 보고를 할까 하다가 조금만 더 기다려보기로 했다. 아직까진 특별히 보고할 것이 없었다. 로슨은 어디론가로 향하고 있었고, 로키는 자신의 임무인 미행에만 온 신경을 쏟고 있을 뿐이었다.

로키의 장딴지에서 경련이 일기 시작했다. 그가 몰고 있는 고물차엔 다리를 마음껏 뻗을 공간이 없었다.

삼십 분 후, 로슨이 우드버리 아울렛에 차를 세웠다. 엄청난 규모의 야외 몰로, 물건 값이 저렴하다고 소문이 자자한 곳이었다. 그곳의 영업시간은 이미 지나 있었다. 미니밴이 조용한 도로 한쪽에 세워졌다. 로키는 넉넉한 간격을 두고 차를 세웠다. 더 가까이 갔다가는 발각될 가능성이 있었다.

로키는 그의 오른쪽에 자리를 잡고 기어를 주차에 걸어놓은 후 헤드라이트를 껐다. 그가 다시 쌍안경을 집어들었다.

로키는 잭 로슨이 미니밴에서 내리는 모습을 지켜보았다. 미니밴에서 얼마 떨어지지 않은 곳에 차가 한 대 서 있었다. 로슨의 애인인 것 같았다. 영업이 끝난 몰은 로맨틱한 만남에 별로 어울리지 않는 장소였지만, 어쨌든 그들은 그렇게 만나고 있었다. 잭이 주변을 두리번거리다가 나무가 우거진 공간을 향해 움직였다. 젠장. 로키도 차에서 내려 그를 미행하는 수밖에 없었다.

그가 쌍안경을 내리고 조용히 차에서 내렸다. 로슨과는 여전히

60미터, 아니 70미터 정도의 간격을 유지했다. 로키는 더 가까워지고 싶지 않았다. 쪼그리고 앉아 쌍안경으로 상황을 지켜보았다. 로슨이 걸음을 멈추고 다시 주위를 둘러보기 시작했다.

대체 뭘 하고 있는 거지?

로키가 쌍안경을 오른쪽으로 돌려보았다. 로슨의 왼쪽으로 한 남자가 서 있었다. 로키가 좀더 유심히 쌍안경을 들여다보았다. 남자는 작업복 차림이었다. 그는 키가 작고, 땅딸막했지만 몸 전체가 단단한 근육으로 덮여 있었다. 몸을 만드는 데 굉장한 시간을 투자한 것 같았다. 중국인처럼 보이는 그는 돌처럼 굳은 모습으로 서 있었다.

적어도 몇 초 동안은.

마치 사랑하는 애인을 대하듯 중국인이 로슨의 어깨에 살며시 손을 얹었다. 아주 잠시 로키는 자신이 게이 커플의 밀회를 목격하고 있다고 생각했다. 하지만 그것은 섣부른 판단이었다. 상황은 전혀 그렇지 않았다.

잭 로슨이 줄 끊긴 꼭두각시처럼 픽 고꾸라졌다.

로키는 숨이 턱 막혔다. 중국인이 몸을 웅크린 채 바닥을 뒹굴고 있는 로슨을 내려다보았다. 그가 몸을 숙이고 로슨의 목덜미를 잡아 일으켜 세웠다. 마치 강아지를 다루듯.

빌어먹을. 아무래도 보고를 해야겠어.

중국인은 땀 한 방울 나지 않는다는 듯 로슨을 번쩍 들어올렸다. 달랑 한 손으로. 그러고는 자신의 차로 향했다. 꼭 서류가방만큼이나 가벼운 물건을 다루는 것처럼 보였다. 로키가 휴대전화를 찾았다.

젠장. 휴대전화를 차에 두고 왔어.

침착해, 로키. 머리를 굴려봐. 중국인이 몰고 온 차. 혼다 어코드. 뉴저지 번호판. 로키는 번호판을 외우기 시작했다. 중국인이 트렁크를 열고 빨랫감을 신듯 로슨을 내려놓았다.

오, 이젠 어쩌지?

로키에게 내려진 지시는 강경했다. 절대 나서지 말 것. 고용주는 그에게 같은 지시를 수차례 반복했다. 그냥 관찰만 할 것. 나서지 말고.

그는 어찌해야 할지 몰랐다.

그냥 계속 미행해?

절대 안 되지. 잭 로슨은 트렁크에 실려 있었다. 게다가 로키는 그 수상한 중국인을 알지 못했다. 왜 자신이 그를 미행해야 하는지도 알 수 없었다. 자신에게 로슨을 감시하라는 임무가 내려진 까닭은 다 그럴만한 이유가 있어서일 것이다. 바람피우는 남편을 감시하기 위해 그의 아내가 손을 쓴 것인지도 몰랐다. 미행해서 남편의 불륜 현장을 포착하는 것. 하지만 지금 상황은…….

로슨은 폭행당했다. 그리고 근육질의 재키 찬 같은 사내가 그를 트렁크에 가둬놓았다. 그런데도 그냥 멀리서 지켜만 보고 있어야 하는 걸까?

안 돼.

로키는 그냥 두고볼 수 없었다. 만약 그가 중국인을 놓친다면? 만약 트렁크 안에 숨 쉴 공기가 부족하다면? 어쩌면 로슨은 심한 부상을 당해 생사의 갈림길에 서 있는지도 몰랐다.

로키는 뭔가 해야 했다.

경찰을 부를까?

중국인이 트렁크를 세차게 닫고 운전석으로 향했다.

누굴 부르기엔 너무 늦은 시간이었다. 자신의 판단에 따라 움직여야 했다.

로키의 체구는 여전했다. 키 193센티미터에 몸무게 118킬로그램. 게다가 단단한 근육도 건재했다. 그는 프로 파이터 출신이었다. 눈속임 쓰는 복서, 사기꾼 레슬러와는 차원이 다른 진짜 싸움꾼이었다. 총은 없었지만 스스로 방어하는 능력은 기본으로 갖추고 있었다.

로키가 중국인의 차 앞으로 달려갔다.

"이봐!"

로키가 소리쳤다.

"이봐, 당신 말이야! 거기 좀 서봐!"

가까이서 보니 중국인은 아직 다 자라지 않은 아이 같았다. 중국인은 아무런 움직임도 없이 다가오는 로키를 빤히 쳐다보았다. 표정의 변화도 없었다. 차 안으로 뛰어들어가 도망치려 하지도 않았다. 그저 묵묵히 로키를 기다리고 있을 뿐이었다.

"이봐!"

중국인은 여전히 흔들림이 없었다.

로키가 그의 코앞에 멈춰 섰다. 그들은 서로 잡아먹을 듯 노려보았다. 로키는 갑자기 불안해졌다. 선수 시절, 거칠기로 소문난 상대 선수들과 수도 없이 부딪혀온 그였다. 링 위에서도 마찬가지였다. 그동안 숱하게 많은 사이코들과 눈싸움을 벌였다. 상대에게 고통을 안겨주는 것을 즐기는 진정한 사이코들. 하지만 이번엔 달랐다. 그가 지금 쏘아보고 있는 것은 죽어 있는 무엇인가였다. 바위처럼. 정체를 알 수 없는 무생물. 상대에게선 두려움도, 자비로움도, 이성의 흔적도 보이지 않았다.

"왜 그러시죠?"

중국인이 물었다.

"아까…… 트렁크에 실려 있는 사람부터 풀어줘."

중국인이 고개를 끄덕였다.

"물론이죠."

중국인이 트렁크로 향했다. 로키도 그를 따라갔다. 바로 그때, 에릭 우가 그를 덮쳤다.

로키는 날아드는 그의 주먹을 미처 보지 못했다. 우가 몸을 숙이고 주먹에 체중을 싣기 위해 허리를 살짝 비틀었다가 이내 로키의 신장을 향해 펀치를 날렸다. 로키는 같은 부위에 펀치를 여러 번 맞아보았다. 땅딸막한 중국인보다 덩치가 몇 배나 큰 상대에게도 맞아보았다. 하지만 이런 충격은 처음이었다. 그의 주먹은 큰 쇠망치처럼 묵직하게 느껴졌다.

로키가 숨을 헐떡거렸다. 하지만 그는 물러나지 않았다. 우가 다시 파고들어와 로키의 간이 있는 부위에 뭔가를 쿡 찔러넣었다. 바비큐 꼬챙이 같은 느낌이었다. 순간 참을 수 없는 통증이 몰려들었다.

로키의 입이 쩍 벌어졌다. 하지만 비명은 새어나오지 않았다. 그가 힘없이 고꾸라졌다. 우가 그의 옆으로 잽싸게 다가가 몸을 숙였다. 로키가 마지막으로 본 것은 에릭 우의 얼굴이었다. 차분하고, 평온한 얼굴. 그가 로키의 흉곽 밑에 손을 얹었다.

로키는 로레인을 떠올렸지만 그의 머릿속이 이내 캄캄해졌다.

5

그레이스는 비명을 지르며 잠에서 깨어났다. 곧 몸을 곧게 세우고 앉았다. 복도엔 여전히 불이 켜져 있었다. 문간에 누군가의 윤곽이 보였다. 하지만 잭은 아니었다.

그녀는 여전히 숨을 할딱거리고 있었다. 꿈이었다. 그녀도 꿈이었다는 걸 알았다. 뭐라 정의하기 어려운 꿈이었다. 언젠가 같은 꿈에 시달렸던 적이 있었다. 사실 한두 번이 아니었다. 하지만 한동안 잠잠했다. 성큼 다가온 결혼기념일 때문인지도 몰랐다.

그녀는 안정을 취해보려 애썼다. 꿈은 꿈일 뿐이었다. 꿈은 항상 똑같이 시작해서 똑같이 끝났다. 물론 중간 과정이 살짝살짝 바뀌기도 했지만.

꿈속에서 그레이스는 다시 보스턴 가든으로 돌아가 있었다. 무대는 바로 그녀의 코앞에 있었다. 허리 높이의 짧은 강철 바리케이드가 보였다. 자전거를 걸어두면 잘 어울릴 것 같았다. 그녀가 바리케이드에 몸을 기댔다.

스피커에서 '흐릿한 잉크Pale Ink'가 흘러나오기 시작했다. 불가능한 일이었다. 왜냐하면 콘서트는 아직 시작되지 않았기 때문이다. '흐릿한 잉크'는 지미 엑스 밴드의 히트곡이었다. 라디오에서도 심심치 않게 흘러나와 그 인기를 실감케 해주었다. 이제 조금만 기다리면 그 곡을 라이브로 들을 수 있다. 만약 이 꿈이 영화라면 '흐릿한 잉크'는 사운드트랙 정도가 될 터였다.

옆에 서 있던 사람이 당시 남자친구였던 토드 우드크로프트였던가? 그녀는 가끔 그의 손을 잡고 있는 모습을 상상해보았다. 사실 그들은 다정하게 손을 잡고 다니는 커플은 아니었다. 어쩌면 현실 속에서도 토드는 항상 그녀 곁에 머물러 있는지도 몰랐다. 하지만 꿈속에선 아주 가끔만 볼 수 있었다. 이번에는 그가 보이지 않았다. 토드는 그날 밤 무사히 빠져나가는 데 성공했다. 그녀는 자신에게 벌어진 일을 그의 탓으로 돌리지 않았다. 그가 아닌 누구라도 그 상황에선 어쩔 수 없었을 테니까. 토드는 그녀가 있는 병원에 찾아오지 않았다. 그래도 그녀는 토드를 감쌌다. 대학 시절부터 시작된 그들의 연애는 이미 파멸의 길로 접어들어 있었다. 그 어떤 극적인 사건도 그들의 관계를 되살려놓을 수 없었다. 게다가 토드는 깨끗이 끝내자는 말을 하기 위해 병원까지 찾아올 만큼 경우가 없진 않았다. 그녀는 오히려 잘됐다고 생각했다. 이렇게 조용히 잊힐 수 있다면 그것도 나쁘진 않을 것 같았다.

꿈속에서 그레이스는 비극이 곧 닥치리라는 사실을 알고 있었지만 아무것도 할 수 없었다. 꿈속의 그녀는 경고를 하지도, 출구를 향해 내달리지도 않았다. 그녀도 그 이유가 궁금했다. 하지만 꿈이란 게 원래 자기 의지대로 되는 건 아니지 않은가? 뛰어난 예지 능력이 있다 해도 무기력하게 지켜볼 수밖에 없다. 꿈속에선 잠재의식에 연결된 노예가 되어버리기 때문이다. 어쩌면 답은 그것보다 훨씬 간단할 수도 있었다. 시간이 없었기 때문에. 꿈속에서 비극은 눈 깜짝할 새에 벌어진다. 목격자들이 전하는 현실 속 이야기는 많이 달랐다. 그들의 진술에 의하면, 그레이스와 그녀 일행은 무대 앞에 네 시간 이상 서 있었다고 했다.

관객들의 분위기는 흥분에서 짜증으로, 그리고 불안과 냉담으로 급하게 바뀌었다. 지미 엑스로 알려진 제임스 자비예 파밍턴은 멋들어진 머리 스타일을 한 로커였다. 그는 저녁 8시 30분에 무대에 오르기로 되어 있었다. 하지만 아무도 그가 9시 전에 모습을 드러낼 거라고 예상하지 않았다. 시간은 어느덧 자정을 향해 치닫고 있었다. 처음에 관객들은 그저 지미의 이름을 반복해서 외쳐댈 뿐이었다. 그러다가 서서히 야유가 흘러나오기 시작했다. 운 좋게 티켓을 구한 일만육천 명의 팬이 일제히 발을 구르며 공연을 시작하라고 소리쳤다. 거기엔 그레이스도 끼어 있었다. 그렇게 십 분이 지나자 스피커에서 관객들의 환호를 부추기는 멘트가 흘러나왔다. 다시 흥분하기 시작한 팬들이 광란에 빠져들었다.

하지만 스피커의 음성은 여전히 밴드를 소개하지 않았다. 마침내 음성은 단조로운 톤으로 공연이 적어도 한 시간 이상 연기될 거라고 알렸다. 아무런 해명도 없이. 아주 잠시 동안 공연장이 잠잠해졌다. 실내엔 정적이 감돌았다.

꿈은 그때부터 시작되었다. 폭풍 직전의 정적. 그레이스는 다시 그곳으로 돌아가 있었다. 그게 몇 살 때였더라? 당시 그녀는 스물한 살이었다. 하지만 꿈속에선 그보다 나이가 조금 더 들어 보였다. 평행선 위의 또 다른 그레이스. 잭의 아내이자 에마와 맥스의 어머니. 하지만 꿈속의 그녀는 공연이 시작되기만을 초조하게 기다리는 대학 4학년생일 뿐이었다. 그것 역시 꿈속에서만 가능한 일이었다. 이중 현실. 평행선 위의 두 자아가 포개지는 것.

이 모든 게 잠재의식에서 비롯된 것일까, 아니면 비극적인 사건이 터진 직후에 읽었던 수많은 기사에서 비롯된 것일까? 그레이스는 헷갈렸다. 두 가지 모두가 원인일 거라는 추측도 해보았다. 원래 꿈은 기억을 열지 않던가? 잠에서 깬 후에 그녀는 그날 밤에 있었던 일을 전혀 떠올리지 못했다. 사실 사건이 터지기 며칠 전의 기억부터가 깡그리 사라져버린 상태였다. 그녀가 마지막으로 기억하는 것은 사건이 터지기 오 일 전, 기말고사를 앞두고 정치학 공부에 매진하던 자신의 모습뿐이었다. 의사들은 별문제가 아니니 염려할 것 없다고 했다. 뇌가 충격을 받아 그럴 뿐이라고. 하지만 잠재의식은 알쏭달쏭한 영역이었다. 어쩌면 꿈이야말로 신뢰할 만한 기억인지도 몰랐다. 아니면, 몽상. 그녀는 그 두 가지 모두에 무게를 실었다.

어쨌든 중요한 것은 누군가 총을 쐈다는 사실이었다. 그리고 다시 한 발. 그리고 다시 또 한 발. 그녀의 기억도, 언론의 보도도 그 사실을 묵묵히 확인해주었다.

당시만 해도 공연장에 들어서기 전 금속 탐지기로 몸을 훑는 따위의 짜증나는 일은 하지 않았다. 원한다면 누구나 총을 소지한 채 들어올 수 있었다. 한동안 총성의 출처를 놓고 많은 논란이 빚어졌다. 음모론자들은 아직까지도 그 문제를 놓고 황당한 이론들을 연신 내놓고 있었다. 마치 공연장 위층에 마리화나 밭이라도 깔려 있었다는 듯. 어쨌든 이미 광란 상태에 빠져 있던 젊은 관객들은 하나둘씩 이성을 잃어갔다. 그들은 비명을 질러댔다. 그러고는 출구를 향해 우르르 몰려가기 시작했다.

무대로 몰려들기도 했다.

그레이스는 가장 위험한 위치에 멀뚱하게 서 있었다. 그녀의 허리가 강철 바리케이드에 짓눌렸다. 바리케이트가 그녀의 복부를 파고들었다. 아무리 애를 써도 빠져나올 수가 없었다. 사람들이 울부짖으며 무섭게 몰려들었다. 그녀 옆에 서 있던 한 소년은 제때 손을 치켜들지 못하고 사람들에게 떠밀려 몸을 심하게 부딪치고 말았다. 그 소년의 이름은 라이언 베스파였고, 열아홉 살이었다.

꿈인지 현실인지 분간되지 않는 상황에서 그레이스는 라이언 베스파의 입에서 피가 뿜어져나오는 모습을 지켜보았다. 바리케이드가 넘어지자 그녀도 바닥에 쓰러졌다. 그레이스는 발 디딜 곳을 찾아 몸을 일으켜보려 했지만 맹렬하게 밀려드는 사람들에 깔려 움직일 엄두도 내지 못했다.

그것이 현실에서 벌어진 일이라는 것쯤은 그녀도 알고 있었다. 엄청난 인파에 깔려 있는 동안 그녀가 느낀 두려움은 꿈이라고 넘겨짚기엔 너무나 끔찍했다.

사람들은 계속해서 그녀를 짓밟았다. 팔과 다리가 짓눌렸다. 걸려 넘어지는 사람들이 석판처럼 그녀 위를 덮었다. 그녀를 짓누르는 무게는 점점 늘어났다. 그녀의 몸은 산산이 부서져버릴 것 같았다. 수십 명의 당황한 사람들이 연이어 그녀 위로 미끄러졌다.

사방에서 비명이 터져나왔다. 그레이스는 인파에 완전히 묻혔다. 빛이 보이지 않았다. 그녀를 깔아뭉갠 사람들이 너무 많았다. 움직일 수도 숨을 쉴 수도 없었다. 질식사하기 직전이었다. 콘크리트 안에 묻힌 느낌. 누군가가 물속 깊이 잡아끄는 느낌.

그녀를 덮은 무게는 굉장했다. 거인의 손이 머리를 짓누르는 것 같았다. 그녀의 머리가 스티로폼 컵이라도 되는 듯.

빠져나갈 구멍은 없었다.

바로 그때 그녀는 꿈에서 깨어났다. 잠에서 깬 그레이스는 아직도 숨을 할딱이고 있었다.

정신을 잃은 지 나흘 만에 의식을 되찾은 그레이스는 아무것도 기억하지 못했다. 처음에 그녀는 자신이 정치학 시험이 있는 날 아침에 깨어났다고 생각했다. 의사들은 오랫동안 그녀에게 상황을 설명해주었다. 그녀가 심한 부상을 당했다고. 두개골에 골절상을 입었다고. 극심한 두통과 기억상실도 그 때문이었다. 심각한 정신적인 문제는 발견되지 않았다. 분명한 건 뇌에 손상이 갔다는 사실이었다. 머리의 외상은 그 정도로 심했다. 의식 불명 상태도 짧지 않았다. 그와 같은 상태에서 몇 시간, 며칠간의 기억을 잃었다는 것은 그리 놀라운 일이 아니었다. 게다가 대퇴골과 경골, 세 개의 갈빗대까지 부러졌다. 무릎은 완전히 두 조각 나버렸다. 골반도 관절에서 뜯겨져나왔다.

엄청난 양의 진통제를 맞아 정신이 혼미한 상태에서도 그녀는 자신이 무척 운이 좋았다는 사실을 알게 되었다. 언론이 보스턴 대학살이라고 이름붙인 그 사건에서 모두 열여덟 명이 목숨을 잃었다. 사망자의 나이는 열네 살에서 스물여섯 살까지 다양했다.

문간에 있는 그림자가 말했다.

"엄마?"

에마였다.

"어서 와."

"왜 비명을 질렀어요?"

"아무것도 아니야. 엄마도 가끔 악몽을 꾼단다."

에마는 여전히 그림자 속에 남아 있었다.

"아빠는 어디 계세요?"

그레이스가 침대 옆에 놓인 시계를 돌아보았다. 새벽 4시 45분. 몇 시간 동안 잠들어 있었지? 십 분? 십오 분?

"곧 오실 거야."

에마는 움직이지 않았다.

"괜찮니?"

그레이스가 물었다.

"엄마랑 같이 자면 안 돼요?"

오늘 밤엔 유난히 악몽을 꾸는 사람이 많군. 그레이스가 담요를 살짝 잡아끌었다.

"어서 올라와."

에마가 잭의 자리로 올라왔다. 그레이스는 딸에게 담요를 덮어준 후 아이를 꼭 끌어안았다. 그녀의 시선은 여전히 시계에 고정되어 있었다. 정각 7시가 되자 돌연한 공포가 찾아들었다.

잭은 한 번도 이런 모습을 보인 적이 없었다. 만약 여느 때와 다름없는 평범한 밤이었다면, 그가 식료품 쇼핑을 간다고 말이라도 했더라면, 집을 나서기 전에 어색한 설명이라도 있었다면, 멜론이나 바나나가 떨어졌다는 말도 안 되는 이유라도 둘러댔더라면 그녀는 이미 경찰에 실종신고를 했을 것이다.

하지만 어젯밤은 평범하지 않았다. 문제의 사진. 그의 반응. 게다가 작별 키스도 없었다.

에마가 그녀 옆에서 몸을 뒤척였다. 몇 분 후, 맥스가 눈을 비비며 방으로 들어왔다. 아침식사 준비는 잭의 몫이었다. 그는 아침잠이 별로 없었다. 그레이스가 주방으로 내려가 서둘러 아침식사를 준비했다. 바나나를 썰어 넣은 캡틴 크런치 시리얼. 아이들은 연신 보이지 않는 아버지의 행방을 물었고, 그녀는 대충 얼버무리는 것으로 질문 공세를 피해갔다. 아이들이 식사에 열중하고 있는 동안 그녀는 서재로 슬그머니 들어가 잭의 사무실로 전화를 걸었다. 아무도 응답하지 않았다. 하긴 시간이 많이 이르긴 했다.

그녀는 잭의 아디다스 트레이닝복을 걸치고 버스 정류장으로 향했다. 몇 년 전까지만 해도 버스에 오르기 전 항상 어머니를 끌어안던 에마였지만 이젠 많이 컸다고 안기지도 않았다. 아이가 서둘러 버스에 올랐다. 그레이스는 무서울 땐 같이 자자고 방으로 찾아오면서도 버스에 오르기 전엔 달려와 안기지 않는 딸의 모습이 조금은 서운했다. 맥스 역시 아직까진 어머니에게 잠자코 안기기는 했지만 의욕이 없어 보였다. 두 아이가 올라타자 버스의 문이 닫혔다.

그레이스는 여느 때와 마찬가지로 손으로 햇빛을 가린 채 버스가 브라이든 가를 돌아 사라질 때까지 지켜보았다. 여러 고민거리로 심란한 상태였지만 그녀는 당장에라도 차에 올라 노란 버스를 따라가고 싶었다. 버스가 무사히 학교까지 도착하는 모습을 직접 확인하고 싶었다.

대체 잭은 어떻게 된 거지?

그녀가 집을 향해 걸음을 옮기기 시작했다. 아무래도 안 되겠다는 생각이 들어 차로 달려갔다. 그러고는 허둥지둥 차를 몰아 버스를 따라잡았다. 버스는 하이츠 가를 따라 윌러드 학교로 향하고 있었다. 학교에 다다르자 그레이스도 차를 멈추고 버스에서 내리는 아이들을 지켜보았다. 묵직한 배낭을 멘 에마와 맥스가 보이자 마음이 찡했다. 그녀는 아이들이 계단을 올라 문 뒤로 사라질 때까지 지켜보았다.

그러고는 아주 오랜만에 펑펑 울기 시작했다.

그레이스는 사복 차림의 형사들을 기대했다. 그리고 달랑 두 명 정도만 나타날 줄 알았다. 텔레비전에선 항상 그런 식이었으니까. 둘 중 한 명은 항상 무뚝뚝한 베테랑이었고, 다른 한 명은 잘생긴 젊은 형사였다. TV 속에선. 하지만 그녀를 찾아온 건 흐트러지지 않은 제복 차림의 경관 한 명뿐이었다. 그는 제복과 어울리는 순찰차를 타고 나타났다.

그는 자신을 데일리 경관이라고 소개했다. 동안인 그는 무척 젊었다. 얼굴에는 여드름이 많이 나 있었고, 체육관에서 오랫동안 운동을 해온 듯 온몸이 근육으로 덮여 있었다. 그의 짧은 소매가 지혈대처럼 그의 이두근을 꽉 죄고 있었다. 데일리 경관의 느릿느릿한 말투가 그레이스를 무척 짜증나게 했다. 1학년생 아이들을 모아놓고 자전거 안전 수칙을 하나하나 짚어나가는 듯한, 전형적인 교외 경관의 단조로운 말투였다.

그는 그녀가 일반 라인으로 경찰에 신고를 한 지 십 분 만에 나타났다. 원래대로라면 신고자가 경찰서로 나와 직접 신고를 접수해야 했다. 하지만 마침 데일리 경관이 근처를 순찰하고 있던 중이라 그레이스는 불필요한 수고를 덜 수 있었다. 운이 좋았다.

데일리가 편지지 크기의 종이를 꺼내 작은 탁자에 내려놓았다. 그가 펜을 들고 질문을 던지기 시작했다.

"실종되신 분 성함이 어떻게 되죠?"

"존 로슨. 그냥 잭이라고 불러요."

그가 질문 목록을 잽싸게 훑어 내려갔다.

"주소와 전화번호는요?"

그녀는 주소와 전화번호를 차례로 불러주었다.

"출생지는 어디죠?"

"캘리포니아, 로스앤젤레스."

그는 잭의 키와 체중, 눈과 머리색, 성별까지(믿기 어렵겠지만 그는 분명 잭의 성별을 물었다) 차분히 물었다. 상처나 흔적, 또는 문신이 있는지, 그리고 그가 가 있을 만한 곳은 없는지도 물었다.

"모르겠어요. 그래서 신고를 한 거였어요."

그레이스가 말했다.

데일리 경관이 고개를 끄덕였다.

"분명 남편분께서 독립할 나이는 지나신 거죠?"

"네?"

"열여덟 살이 넘으신 게 맞죠?"

"그럼요."

"그럼 문제가 조금 까다로워지겠는데요."

"어째서죠?"

"몇 주 전에 실종 신고 관련 규정이 바뀌었습니다."

"무슨 뜻이죠?"

그가 과장된 표정으로 긴 한숨을 내쉬었다.

"누군가를 컴퓨터에 입력하려면 정해진 기준에 맞아야 합니다."

데일리가 또 다른 종이 한 장을 꺼냈다.

"혹시 남편분께서 장애를 가지고 계시진 않습니까?"

"아뇨."

"혹시 위험에 노출되어 있진 않습니까?"

"그건 또 무슨 뜻이죠?"

데일리가 들고 있는 종이를 들여다보았다.

"실종자의 신체적 안전이 위협받고 있진 않은지를 묻는 겁니다."

"모르겠어요. 말씀드렸잖아요. 어젯밤에 그냥 말도 없이 나가버렸다고."

"그럼 답은 아니라는 말씀이군요."

데일리가 말했다. 그가 종이에 적힌 목록을 계속 훑어나갔다.

"셋째. 타의에 의한 납치."

"모르겠어요."

"좋습니다. 넷째. 대참사. 화재나 비행기 추락 따위를 얘기하는 것이죠."

"아니에요."

"마지막 항목입니다. 남편분께서 미성년자는 아니시죠? 아, 그건 아까 짚고 넘어갔군요."

그가 종이를 탁자에 내려놓았다.

"말씀드린 항목 중 해당하는 게 없으면 컴퓨터에 이름을 올릴 수 없습니다."

"그러니까 이렇게 사람이 실종된 경우엔 경찰은 아무것도 안 한다는 거죠?"

"그건 아닙니다."

"그럼 뭔가요?"

"범죄행위가 있었다는 걸 뒷받침할 단서가 없습니다. 하나라도 발견되면 곧바로 수사에 착수할 수 있겠죠."

"지금은 아무 단서가 없으니까 그냥 손을 놓고 있겠다는 얘기군요."

데일리가 펜을 내려놓았다. 그러고는 두 손을 허벅지에 얹은 후 몸을 앞으로 조금 숙였다. 그의 호흡은 무거웠다.

"솔직히 말씀드려도 되겠습니까, 로슨 부인?"

"네."

"실종사건 대부분이, 아니 99퍼센트 이상이 불륜으로 밝혀집니다. 결혼생활에 문제가 있거나 정부가 생겼거나, 뭐 그런 이유들이죠. 어쨌든 그렇게 실종된 이들 대부분은 영원히 발견되지 않기를 바랍니다."

"우리 경우는 달라요."

그가 고개를 끄덕였다.

"그냥 99퍼센트 이상이 그렇다는 말씀을 드리는 겁니다. 지금까지 만난 실종자의 배우자가 거의 그랬죠."

그의 목소리가 슬슬 그녀를 자극하기 시작했다. 왠지 그에게선 신뢰감이 느껴지지 않았다. 모든 것을 들려주는 것이 배신이라도 되는 듯 그녀는 최대한 말을 아끼기로 했다. 하긴, 전부 들려준다 해도 경관이 그것을 어떻게 받아들일지는 불 보듯 뻔했다.

사실 체스터의 과수원에서 찍은 사진을 현상했는데 그 안에 이상한 사진이 한 장 들어 있었거든요. 남편은 사진 속 인물이 자기가 아니라고 했어요. 오래된 사진이라 정확히는 모르겠지만, 어쨌든 잭은 그걸 보자마자 집을 나가버렸어요…….

"로슨 부인?"

"네."

"제가 드리는 말씀 이해하시겠습니까?"

"네. 경관님 말씀처럼 제가 히스테리한가 봐요. 저희 남편도 아마 날 버리고 도망쳤을 거예요. 그리고 전 지금 경찰의 도움을 얻어 그를 다시 잡아들이려 하고 있는 거죠. 그런 거죠?"

그는 그레이스의 비아냥거림에 동요하지 않았다.

"부인께서 이해해주세요. 범죄의 단서가 발견되기 전까지는 아무것도 할 수 없습니다. NCIC가 그렇게 규정해놓고 있어서요."

그가 다시 한 번 앞에 놓인 종이를 가리키며 진지한 음성으로 말했다.

"국가범죄정보센터 말입니다."

그녀가 화난 표정을 지을까 하다가 말았다.

"우리가 부인의 남편분을 찾는다 해도 부인께는 알려드릴 수가 없습니다. 자유 국가이지 않습니까. 남편분도 미성년자가 아니시고요. 남편분을 강제로 모셔올 수는 없습니다."

"그 정도는 저도 알아요."

"몇 군데 전화는 해볼 수 있겠네요. 조심스럽게 수소문을 해볼 수는 있겠습니다."

"그렇게 해주세요."

"남편분의 차종과 번호가 필요합니다."

"포드 윈드스타예요."

"색은요?"

"짙은 파란색."

"몇 년 모델이죠?"

그녀는 그것까지 기억하진 못했다.

"번호는요?"

"M으로 시작해요."

데일리 경관이 고개를 들고 그녀를 바라보았다. 그레이스는 바보가 된 듯한 기분이었다.

"위층에 등록 증명서가 있어요. 가서 확인해볼게요."

그녀가 말했다.

"혹시 톨게이트에서 이-지 패스를 사용하십니까?"

"네."

데일리 경관이 고개를 끄덕이며 수첩에 받아 적었다. 그레이스는 위층으로 올라가 파일을 찾았다. 우선 스캐너로 복사해놓은 후에 데일리 경관에게 건넸다. 그는 여전히 뭔가를 수첩에 휘갈겨 적고 있었다. 그는 몇 가지 질문을 더 던졌다. 그녀는 있는 그대로를 들려주었다. 퇴근하고 돌아온 잭이 아이들을 재우는 것을 도와주었고, 아무 말 없이 나가버렸다고. 그때까지만 해도 식료품 쇼핑을 하러 나가는 줄로만 알았다고.

그렇게 오 분이 지나자 데일리가 만족스럽다는 얼굴로 미소를 지으며 걱정할 것 없다고 했다. 그녀는 말없이 그를 응시했다.

"몇 시간 뒤에 다시 연락드리겠습니다. 그때까지 아무런 진전이 없으면 부인과 다시 얘기를 해봐야겠죠."

그가 집을 나섰다. 그레이스는 다시 잭의 사무실로 전화를 걸어보았다. 여전히 응답이 없었다. 그녀는 시계를 돌아보았다. 오전 10시가 다 되어 있었다. 지금쯤이면 사진현상소도 문을 열었을 것 같았다.

그녀는 솜털 조시에게 묻고 싶은 게 많았다.

6

샬레인 스웨인은 온라인에서 구입한 란제리를 걸쳐보았다. 리걸 레이스 베이비돌과 G-스트링. 그녀가 침실 커튼을 걷었다.

뭔가 이상했다.

화요일. 오전 10시 30분. 샬레인의 아이들은 학교에 가 있었다. 그녀의 남편 마이크는 지금쯤 수화기를 귀와 어깨 사이에 낀 채 소매를 연신 걷었다 폈다를 반복하고 있을 터였다. 셔츠 깃은 나날이 조여갔지만 그의 자존심은 절대 그 사실을 인정하지 않으려 했다.

이웃의 섬뜩한 프레디 사이크스도 집에 돌아와 있을 터였다.

샬레인이 거울을 흘끔 돌아보았다. 그녀가 일부러 거울을 들여다보는 일은 극히 드물었다. 자신이 마흔이 넘은 나이라는 사실을 굳이 시각적으로 확인할 필요가 없었기 때문이다. 거울 속 이미지는 여전히 균형 잡힌 몸매였다. 물론 베이비돌의 언더 와이어의 도움이 컸다. 하지만 한때 풍만하고, 성적 매력이 철철 넘치던 그녀의 몸매는 몰라보게 탄력을 잃고 흐물거렸다. 오, 물론 운동도 거르지 않고 해왔다. 일주일에 세 번씩 요가도 배웠다. 작년엔 태보와 스텝 에어로빅을 열심히 했다. 승산이 없는 살과의 전쟁에 임하면서도 그녀는 최대한 많은 시간을 할애해 몸매를 관리했다.

대체 내게 무슨 일이 생긴 거지?

고민거리는 또 있었다. 젊은 시절의 샬레인 스웨인은 걸어다니는 에너지 그 자체였다. 대단한 열정을 안고 하루하루를 살았다. 그녀는 야심만만했고, 수완가였다. 모두가 입을 모아 그렇게 말했다. 하지만 인생은 샬레인 안에서 영원히 튈 것 같던 불꽃을 슬그머니 꺼버리고 말았다.

아이들을 탓할까? 마이크 때문이었나? 한때 그는 그녀 없인 하루도 살 수 없을 정도로 그녀를 끔찍이 아꼈다. 지금처럼 란제리 차림일 땐 예외 없이 눈을 휘둥그레 떴고 입엔 침이 고였다. 하지만 요즘엔 모델처럼 눈앞을 활보해도 눈길 한 번 주지 않았다.

언제부터 이렇게 된 거였지?

정확히 언제부터 그렇게 되어버렸는지 알 수는 없었다. 보나마나 점차적으로 벌어진 일이었을 것이다. 너무 느려 식별할 수 없는 변화처럼. 그렇게 의혹은 기정사실이 되고 말았다. 전부 그의 잘못이라고는 할 수 없었다. 그녀도 알고 있었다. 그녀의 열정은 완전히 식어버렸다. 특히 임신과 산후조리 기간을 거치면서, 그리고 아이들과 씨름하면서 삶의 의욕이 많이 줄어들었다. 어쩌면 그게 자연스러운 현상인지도 모른다는 생각이 들었다. 모두가 마찬가지일 거라고. 하지만 일시적인 변화가 뭔가 무감각하고, 영구적인 것으로 굳어지기 전에 그녀는 최선을 다해 버텨보고 싶었다.

하지만 기억은 여전히 그곳에 남아 있었다. 한때 마이크는 무척 로맨틱했다. 깜짝 놀랄 만한 이벤트도 많이 마련해주었다. 그녀에게 정욕을 느꼈다. 그리고 조금은 얄밉게 들릴지도 모르지만, 귀찮게 느껴질 정도로 그녀에게 찰싹 붙어 지냈었다. 하지만 지금 그가 원하는 것은 능률뿐이었다. 뭔가 습관적이고, 정밀한 것. 어둠, 불평, 해제, 수면.

대화도 오로지 아이들에 관련된 이야기로만 채워졌다. 시간표, 마중, 숙제, 치과 예약, 리틀 리그 경기, 병아리 농구 프로그램, 휴일. 하지만 그것 역시 마이크의 잘못은 아니었다. 샬레인이 이웃 여자들과 스타벅스에 모여 커피를 마실 때도 대화는 너무 진부하고, 지루하게 흘렀다. 모든 이야기가 아이들에 관한 것이었다. 그녀는 비명이라도 빽 지르고 싶었다.

샬레인 스웨인은 숨이 막혔다.

컨트리클럽에서 빈둥거리는 것을 유일한 낙으로 생각하는 그녀의 어머니는 늘 인생이 원래 그런 것이라고 말했다. 샬레인은 이미 여자로서 원하는 모든 것을 가졌다고. 그녀의 기대는 너무 비현실적이라고. 가장 슬픈 것은 그 충고가 전부 옳은 말이라는 사실이었다.

그녀는 화장 상태를 체크했다. 립스틱을 덧바르고, 거울 앞에 앉아 자신의 모습을 다시 평가해보았다. 역시. 그녀는 매춘부 같았다. 그녀가 페르코단을 집어들어 입에 털어넣었다. 진통제였지만 그녀에겐 점심식사에 곁들이는 칵테일에 불과했다. 그녀가 다시 거울 속 자신의 모습을 뚫어져라 바라보았다. 눈까지 살짝 찡그리며.

샬레인의 옛 모습을 한 번 찾아볼까?

그녀 집에서 두 블록쯤 떨어진 곳에 한 여자가 살고 있었다. 그녀 또한 샬레인처럼 두 아이의 다정한 어머니였다. 두 달 전, 그 여자는 글렌록의 선로를 걷다가 오전 11시 10분 베르겐 선 열차 앞으로 뛰어들어 목숨을 끊었다. 끔찍한 일이었다. 사람들은 몇 주에 걸쳐 그녀 이야기를 했다. 어떻게 두 아이를 내버려두고 그렇게 목숨을 끊을 수 있었을까? 이기적인 사람. 동네사람들과 그런 이야기를 나누던 샬레인은 왠지 모를 질투가 느껴졌다. 적어도 그 여자는 이제 아무런 고통도 받지 않을 테지. 모든 고민거리에서 해방되었으니까.

그런데 프레디는 어디 간 거지?

솔직히 샬레인은 화요일 10시가 되기를 은근히 기다려왔다. 가만히 생각해보면 무척 슬픈 일이었지만. 처음에 프레디가 자신을 몰래 훔쳐보고 있다는 사실을 알게 되었을 때 그녀는 극도의 불쾌감을 느꼈었다. 대체 언제부터 시작되었을까? 언제부터 그것이 그녀를 성적으로 자극하기 시작했을까? 아니, 그것은 자극이 아니었다. 그것은…… 말로 표현할 수 없는 무엇인가였다. 그리고 그뿐이었다. 한순간의 불꽃. 잠시나마 마음 놓고 푹 빠져 지낼 수 있는.

그녀는 그의 커튼이 걷히기를 기다렸다.

하지만 아무리 기다려도 움직임이 없었다.

이상한 일이었다. 프레디 사이크스는 지금껏 한 번도 커튼을 드리운 적이 없었다. 그들의 집은 나란히 붙어 있었다. 창밖으로는 상대의 창문밖에 볼 수 없는 구조였다. 프레디의 뒷방 창문에 커튼이 드리워진 건 이번이 처음이었다. 무슨 일이지?

그녀가 프레디의 창문을 유심히 내다보았다. 자세히 보니 그의 집 모든 창문에 커튼이 내려져 있었다. 신기하군. 서재로 보이는 방도 예외는 아니었다.

출장이라도 갔나? 집이 비어 있는 건가?

샬레인 스웨인은 유리창에 비친 자신의 모습을 보며 수치심을 느꼈다. 그녀가 황급히 테리 직물로 만든 남편의 낡은 가운을 집어들고 몸에 걸쳤다. 그녀는 혹시 마이크가 바람을 피우고 있진 않을까 하고 의심해보았다. 그 누군가가 절대 만족을 모르던 그의 욕구를 쏙 뽑아가버린 건 아닐까? 아니면, 그저 내게 흥미를 잃어버린 것뿐일까? 그 중 무엇이 더 참담한 일인지 그녀는 구분이 되지 않았다.

그나저나 프레디는 대체 어떻게 된 거지?

그녀는 그깟 이웃집 남자의 음흉한 취미에 목을 매며 사는 자신이 한심했다. 정말 비참했다. 그녀는 그의 집을 뚫어져라 바라보았다.

움직임이 느껴졌다.

뭔가 살짝 보이는 것 같았다. 커튼 뒤로 그림자 하나가 휙 지나갔다. 누군가가 집에 있는 게 틀림없었다. 어쩌면 프레디는 진작부터 그녀를 몰래 훔쳐보고 있었는지도 몰랐다. 맞다. 그렇게 설명할 수밖에 없었다. 커튼 뒤에 숨어 말 그대로 훔쳐보기를 하고 있는 것이었다. 오늘은 왠지 그녀에게 자신의 모습을 드러내고 싶지 않은 모양이었다. 어쨌든 그가 몰래 그녀를 지켜보고 있는 것만은 분명했다.

그렇겠지?

그녀가 가운의 끈을 풀고 어깨 밑으로 살짝 흘렸다. 가운엔 마이크의 땀과 그녀가 팔 년, 아니 구 년 전에 선물로 사주었던 향수 냄새가 배어 있었다. 샬레인의 눈가가 촉촉해지기 시작했다. 하지만 그녀는 돌아서지 않았다.

그때 뭔가가 커튼 사이로 불쑥 모습을 드러냈다. 파란색의 뭔가가.

그녀가 눈을 가늘게 뜨고 맞은편 창문을 주시했다. 뭐지?

쌍안경. 어디다 뒀더라? 마이크는 잡동사니 상자를 옷장 안에 보관해두었다. 샬레인은 달려가 상자를 꺼냈다. 그리고 전선과 어댑터 틈을 뒤져 라이카 쌍안경을 찾아냈다. 그녀는 마이크와 쌍안경을 구입했을 당시를 아직까지 생생히 기억하고 있었다. 그들은 순양함을 타고 카리브 해를 누비고 있었다. 쌍안경은 잠시 머물렀던 버진 아일랜드에서 자연스레 구입하게 되었다. 어쩌면 특별할 것 없는 그런 평범함 때문에 여전히 잊지 않고 있는 것인지도 몰랐다.

샬레인이 쌍안경을 눈에 갖다 댔다. 자동초점 기능이 갖춰져 있기 때문에 힘들게 초점을 맞출 필요가 없었다. 잠시 이리저리 둘러본 끝에 그녀는 비로소 창문과 커튼 사이의 공간을 찾아낼 수 있었다. 파란색 얼룩은 여전히 그곳에 남아 있었다. 얼룩이 깜빡이자 그녀가 눈을 감았다. 그거였군.

텔레비전이었다. 프레디가 텔레비전을 보고 있었던 것이다.

그는 집에 있었다.

샬레인은 잠시 멍한 얼굴로 서 있었다. 이젠 어떤 기분을 느껴야 할지 알 수 없었다. 몽롱한 느낌이 다시 찾아들었다. 그녀의 아들 클레이는 영화 〈슈렉〉에 나오는 노래를 무척이나 좋아했다. 손가락으로 만든 'L'자를 이마에 갖다 대며 못난이라고 놀리는 캐릭터에 관한 노래였다. 못난이. 바로 프레디 사이크스였다. 음흉한 못난이 프레디조차도 이젠 란제리 차림의 그녀보다 텔레비전에 더 흥미를 보이고 있었다.

하지만 뭔가가 여전히 이상했다.

왜 커튼을 전부 쳐놓았을까? 그녀는 사이크스의 이웃으로 지난 팔 년간 살아왔다. 프레디의 어머니가 살아 있을 때도 커튼은 한 번도 쳐진 적이 없었다. 샬레인은 다시 쌍안경으로 맞은편 창문을 살폈다.

텔레비전이 꺼졌다.

그녀는 숨을 참고 움직임을 주시했다. 프레디는 시간의 흐름을 까맣게 잊고 있는 듯했다. 어쨌든 이제 커튼은 다시 걷히고, 그들은 자신들의 변태적인 의식을 시작할 것이다.

하지만 그녀의 예상은 빗나갔다.

샬레인의 귀에 윙윙 소리가 들렸다. 그녀는 대번에 그것이 무언인지를 알아차릴 수 있었다. 프레디의 차고 문이 열리고 있었다.

그녀가 창문 앞으로 조금 더 가까이 다가가 보았다. 차에 시동 걸리는 소리가 나더니 이내 프레디의 고물 혼다가 후진해 차고에서 나왔다. 앞유리에 반사된 눈부신 햇살에 그녀의 눈이 질끈 감겼다. 그녀가 손을 눈 위로 가져가 햇빛을 가렸다.

차가 움직이자 시야가 다시 깨끗해졌다. 그녀는 운전석에 앉아 있는 남자의 모습을 똑똑히 볼 수 있었다.

그는 프레디가 아니었다.

원초적인 뭔가가 샬레인으로 하여금 몸을 숙여 숨게 했다. 그녀가 바닥에 납작 엎드려 가운을 벗어놓은 곳까지 기어갔다. 그러고는 마이크의 땀과 향수 냄새가 뒤섞인 테리 직물에 몸을 갖다 댔다. 묘한 평안함이 찾아들었다.

샬레인이 창문 옆으로 기어갔다. 그러고는 벽에 몸을 밀착시킨 채 창밖을 흘끔 내다보았다.

혼다 어코드가 멈춰 섰다. 운전석에 앉아 있는 동양인 남자가 그녀의 창문을 올려다보고 있었다.

샬레인이 다시 창문에서 몸을 피했다. 그녀는 숨을 참은 채 미동도 하지 않았다. 잠시 후 차가 움직이는 소리가 들려왔다. 하지만 그녀는 바닥에 엎드린 채 십 분을 더 흘려보냈다.

다시 창밖을 내다보았을 때 차는 이미 사라진 후였다.

옆집에선 다시 정적이 흘렀다.

7

그레이스는 정확하게 10시 15분에 사진현상소에 도착했다.

솜털 조시는 보이지 않았다. 현상소에는 아무도 없었다. 창문에는 아직 '영업 끝'으로 되어 있었다.

그녀는 영업시간을 확인해보았다. 분명 오전 10시에 문을 연다고 되어 있었다. 그녀는 좀더 기다려보기로 했다. 10시 20분이 되자 첫 번째 손님이 나타났다. 삼십대 중반으로 보이는 여자가 '영업 끝' 표시를 발견하고 영업시간을 확인했다. 그리고 문도 한 번 잡아당겨보았다. 그녀가 과장된 표정으로 긴 한숨을 내쉬었다. 그레이스가 동정하는 듯한 표정을 지으며 어깨를 으쓱해 보였다. 여자가 홱 돌아서서 총총 사라졌다. 그레이스는 묵묵히 기다렸다.

10시 30분이 되어도 문을 열지 않자 그레이스는 불길한 기분에 휩싸였다. 그녀는 잭의 사무실에 다시 전화를 걸어보기로 했다. 여전히 오싹하게 들릴 정도로 형식적인 잭의 메시지만이 흘러나왔다. 이번엔 댄에게 전화를 걸어보았다. 어젯밤 잭과 통화를 했으니 어쩌면 그녀에게 무슨 단서라도 건네줄지 몰랐다.

그녀가 그의 사무실 번호를 눌렀다.

"여보세요?"

"안녕하세요, 저 그레이스예요."

"오!" 그가 조금 지나치다 싶을 정도의 흥분이 섞인 음성으로 말했다. "그렇지 않아도 전화하려고 했어요."

"정말요?"

"혹시 잭이 어디 있는지 알아요?"

"모르겠어요."

그가 잠시 머뭇거렸다. "모르겠다는 뜻은……."

"어젯밤 잭과 통화했죠?"

"네."

"무슨 얘길 했나요?"

"오늘 오후에 발표할 게 있었어요. 페노미톨 연구에 관해서요."

"다른 얘긴 없었고요?"

"다른 얘기라뇨? 어떤 얘기 말이죠?"

"그 외에 다른 얘기 말이에요."

"다른 얘긴 없었어요. 파워포인트 슬라이드에 대해 물어보고 싶은 게 있긴 했어요. 왜 그러죠? 무슨 일 있어요, 그레이스?"

"통화한 후에 바로 집을 나가버렸어요."

"그래서요?"

"아직까지 연락이 없네요."

"잠깐만요. 아직까지 연락이 없다는 건……."

"아직까지 집에 돌아오지 않았다고요. 전화도 없고요. 어디에 있는지 알 수가 없어요."

"맙소사. 경찰엔 신고했어요?"

"네."

"그러니까 뭐라고 하던가요?"

"별말 없었어요."

"저런. 기다려요. 금방 갈게요."

"아니에요. 그럴 것까진 없어요."

그녀가 말했다.

"정말 괜찮겠어요?"

"그럼요. 다른 볼일도 있고요." 그레이스가 서투르게 둘러댔다. 휴대전화를 다른 손으로 바꿔 든 그녀는 잠시 머뭇거리다가 힘겹게 말을 꺼냈다.

"요즘 잭에게 무슨 일이 있었나요?"

"회사에서요?"

"어디서든요."

"특별히 무슨 일이 있거나 하진 않았는데요."

"요즘 들어 뭔가 달라진 건 없었고요?"

"이번 신제품 실험 때문에 우리 둘 다 스트레스를 엄청나게 받고 있었어요. 하지만 그 외엔 아무 일 없었어요. 그레이스, 정말 혼자서 괜찮겠어요?"

그때 휴대전화에서 삐삐 소리가 났다. 통화중 대기 신호였다.

"다른 데서 전화가 걸려왔네요. 이만 끊어야겠어요, 댄."

"분명 잭일 겁니다. 필요한 게 있으면 언제든 전화해요."

그녀가 전화를 끊고 발신자 번호를 확인했다. 잭이 아니었다. 적어도 그의 번호는 아니었다. 발신자가 차단되어 있었다.

"여보세요?"

"로슨 부인, 데일리 경관입니다. 혹시 남편분께 연락이 왔나요?"

"아뇨."

"댁에 전화를 했었는데 응답이 없더군요."

"네, 잠깐 나와 있어요."

그가 잠시 뜸을 들였다.

"지금 어디에 계시죠?"

"시내예요."

"시내 어디쯤이시죠?"

"사진현상소에 있어요."

그가 다시 뜸을 들였다.

"남편분이 실종되셨는데 거기서 뭘 하고 계십니까?"

"데일리 경관님?"

"네?"

"아직 모르시는 모양인데 새로 나온 발명품이 있어요. 휴대전화라고. 지금 경관님께서도 제 휴대전화로 연락을 주셨고요."

"전 그런 뜻이 아니라……."

"뭔가 진척이 있었나요?"

"그것 때문에 전화 드린 겁니다. 경감님께서 막 들어오셨습니다. 지금 부인을 뵙고 싶어하세요."

"추가 조사인가요?"

"그렇습니다."

"원래 그렇게 하는 건가요?"

"네."

그가 확신에 찬 목소리로 대답했다.

"뭔가 찾은 게 있는 모양이군요."

"아뇨. 뭐 매우 놀라실 건 아니고요."

"그게 무슨 뜻이죠?"

"펄머터 경감님께서 추가 정보를 원하고 계십니다, 로슨 부인."

또 다른 손님이 현상소에 다가왔다. 손질한 지 얼마 되지 않아 보이는 금발머리의 여자였는데, 그레이스와 비슷한 나이인 것 같았다. 그녀가 두 손을 눈 옆에 대고 유리 안을 들여다보았다. 그녀 역시 미간을 찌푸리며 왔던 길로 되돌아갔다.

"경찰서로 가면 되나요?"

그레이스가 물었다.

"네."

"삼 분이면 도착할 거예요."

◻

펄머터 경감이 물었다.

"남편분과 이곳에서 사신 지 얼마나 됐습니까?"

그들은 학교 수위실로 더 어울릴 것 같은 비좁은 경감 사무실에 들어와 있었다. 카셀턴 경찰은 얼마 전 마을 도서관이 있던 건물로 이전해왔다. 역사와 전통을 자랑하는 건물이지만 아늑함이라고는 없었다. 스튜 펄머터 경감은 책상 뒤에 앉아 있었다. 그가 몸을 뒤로 살짝 젖힌 채 첫 번째 질문을 던졌다. 두 손은 통통한 배 위에 가지런히 놓여 있었다. 편안해 보이려 애쓰는 듯한 데일리 경관은 문틀에 몸을 기댄 채 서 있었다.

그레이스가 대답했다.

"사 년 됐어요."

"이곳 생활이 마음에 드십니까?"

"그럭저럭요."

"다행이군요."

펄머터가 미소를 살짝 지어 보였다. 학생의 답에 흡족해하는 교사의 표정 같았다.

"아이들도 있겠죠?"

"네."

"몇 살입니까?"

"여덟 살, 여섯 살이에요."

"여덟 살, 여섯 살이라."

그가 깊은 생각에 잠긴 듯한 표정으로 미소를 지었다.

"아주 좋을 때네요. 아주 어리지도 않고, 아직 다 크지도 않았고."

그레이스는 그냥 말없이 듣고만 있었다.

"로슨 부인, 예전에도 남편분께서 연락도 없이 사라지신 적이 있었습니까?"

"없었어요."

"결혼생활에 무슨 문제가 있었던 건 아니고요?"

"전혀요."

펄머터가 의심스럽다는 표정을 지어 보였다. 윙크까진 하지 않았지만 거의 그럴 듯한 표정이었다.

"정말 아무런 문제도 없었다는 말씀이시죠?"

그레이스는 대답하지 않았다.

"남편분과는 어떻게 처음 만나게 됐습니까?"

"네?"

"그냥……."

"그게 이번 사건과 무슨 상관이죠?"

"전체적인 분위기를 파악해보려고 여쭌 겁니다."

"분위기라뇨? 뭔가 찾았다는 거예요, 못 찾았다는 거예요?"

"흥분하지 마십시오."

펄머터가 최대한 온화해 보이는 표정을 지어 보였다.

"배경 상황을 점검하려고 여쭤봤을 뿐입니다. 잭 로슨을 어디서 처음 만나셨습니까?"

"프랑스에서요."

그가 그녀의 대답을 받아 적었다.

"화가로 활동 중이시죠? 아닌가요, 로슨 부인?"

"그래요."

"그러니까 그림 공부를 위해 유학을 하셨던 거군요."

"펄머터 경감님?"

"네."

"왜 이런 황당한 것들을 물으시는 거죠?"

펄머터가 데일리를 흘끔 돌아보았다. 그는 숨은 의도가 전혀 없다는 듯 어깨를 으쓱해 보였다.

"부인 말씀이 옳은지도 모르겠습니다."

"뭔가 알아내신 거라도 있나요?"

"데일리 경관이 부인께 설명 드리지 않았나요? 남편분께선 미성년자가 아닙니다. 우린 부인께 아무것도 말씀드릴 수 없습니다."

"그 설명은 들었어요."

"아직까진 범죄의 냄새는 나지 않습니다."

"어떻게 그걸 아시죠?"

"아무런 단서가 없으니까요."

"혈흔이나 뭐 그런 것들이 발견되지 않았다는 뜻인가요?"

그녀가 물었다.

"그렇습니다. 하지만 그 외에도 뭔가 찾아낸 게 있긴 합니다."

펄머터가 다시 데일리를 돌아보았다.

"하지만 부인껜 알려드릴 수가 없습니다."

그레이스가 앉은 채로 몸을 살짝 움직였다. 그녀는 그의 시선과 마주치려 애썼지만 그는 일부러 그녀의 눈을 피하고 있었다.

"뭘 찾으셨는지 꼭 알고 싶어요."

"뭐 별건 아닙니다."

펄머터가 말했다.

그녀는 그의 설명이 이어지기를 기다렸다.

"데일리 경관이 남편분의 사무실에 전화를 걸어봤습니다. 물론 응답은 없었습니다. 부인께서도 이미 알고 계시겠죠. 남편분께서는 회사에 결근을 통보하지도 않으셨더군요. 그래서 어떻게 된 일인지 한번 알아봤습니다. 물론 비공식적으로 말입니다."

"네."

"마침 부인께서 이-지 패스 번호를 알려주셔서 그걸 컴퓨터에 입력해보았습니다. 어젯밤 몇 시경에 남편분께서 집을 나갔다고 하셨죠?"

"10시쯤이었어요."

"부인께서는 남편분이 그냥 집 앞 가게에 가셨을 거라고 생각하셨나요?"

"아무 말도 안 하고 나가서 저도 몰라요."

"그냥 휙 나가버리셨단 말씀이군요."

"네."

"부인께서는 어디 가는지 묻지도 않으셨고요?"

"전 위층에 있었어요. 침실에서 기다리고 있는데 갑자기 차에 시동 걸리는 소리가 들렸어요."

"자, 우리가 알고 싶은 건 이겁니다."

펄머터가 손을 배에서 떼어냈다. 그가 몸을 앞으로 숙이자 의자에서 삐걱 소리가 났다.

"부인께서는 곧장 남편분의 휴대전화로 전화를 거셨습니다. 그렇죠?"

"네."

"그게 이상하다는 겁니다. 어째서 남편분께서 응답하지 않으셨을까요? 남편분께서 부인과의 통화를 원치 않았기 때문에 응답하지 않은 거라고는 생각하지 않으십니까?"

그레이스는 그가 무슨 말을 하고 싶어하는지 알 수 있을 것 같았다.

"설마 남편분께서 집을 나가자마자 무슨 사고라도 당하신 거라고 생각하진 않으시겠죠? 집을 나서자마자 괴한에게 납치당했거나, 뭐 그런 엄청난 일이 벌어졌을 거라고 말이에요."

그레이스는 그런 생각까지는 해보지 않았다.

"모르겠어요."

"혹시 뉴욕 고속도로를 달려보신 적이 있습니까?"

갑작스레 화제가 바뀌자 그녀는 당혹스러웠다.

"달려본 적은 있지만 자주 다니진 않아요."

"우드버리 아울렛에 가보신 적이 있나요?"

"쇼핑몰 말씀인가요?"

"네."

"가본 적 있어요."

"그곳까지 차로 얼마나 걸린다고 생각하십니까?"

"삼십 분쯤 걸리죠. 잭이 그곳에 갔었나요?"

"아닐 겁니다. 너무 늦은 시간이었으니까요. 쇼핑몰도 문을 닫았을 테고요. 하지만 남편분께선 밤 10시 26분에 톨게이트에서 이-지 패스를 쓰셨습니다. 17번 도로로 연결되는 출구에서 말입니다. 저도 포코노스로 갈 땐 그 길을 이용하죠. 한 십 분쯤 걸립니다. 남편분께서 집을 나와 그쪽으로 향하셨다면 우리 시나리오와 딱 맞아떨어집니다. 문제는 거기서 어디로 가셨는지를 알 수 없다는 것이죠. 84번 고속도로까지는 24킬로미터 떨어져 있습니다. 그렇게 곧장 달리면 캘리포니아까지도 갈 수 있죠."

그녀는 그냥 멍한 얼굴로 앉아 있었다.

"종합해보면 이렇습니다, 로슨 부인. 남편분께서 집을 나가셨고, 부인께선 곧바로 전화를 거셨습니다. 남편분께선 응답하지 않으셨고요. 삼십 분도 채 지나지 않아 남편분께서는 뉴욕으로 들어오셨습니다. 만약 누군가에게 납치를 당했거나 사고를 당했다면 그렇게 빨리 벗어나와 이-지 패스를 사용하진 못했을 겁니다. 이해가 되십니까?"

그레이스가 그의 눈을 바라보았다.

"남편이 히스테리 부리는 저를 버리고 떠났다는 말씀인가요?"

"전혀 그런 얘기가 아닙니다. 저는 그저…… 이젠 저희도 수사를 진행시킬 수가 없다는 걸 말씀드리고 싶었을 뿐입니다. 물론……."

그가 조금 더 앞으로 몸을 기울였다.

"로슨 부인, 수사에 도움이 될 만한 다른 단서가 없겠습니까?"

그레이스는 우물쭈물한 모습을 보이지 않으려고 애썼다. 그녀가 뒤를 흘끔 돌아보았다. 데일리 경관은 여전히 같은 모습으로 서 있었다. 그녀의 손가방 안에 사진의 사본이 들어 있었다. 그녀는 솜털 조시와 문을 열지 않은 사진현상소를 떠올렸다. 그들에게 들려줘야 할 시간이 온 것 같았다. 사실 그녀는 데일리에게 미리 그 얘기를 하지 않은 것을 후회하고 있었다.

"이게 무슨 상관이 있을지는 모르지만……."

그녀가 손가방 안으로 손을 넣어 사진을 꺼내들고 펄머터에게 건넸다. 펄머터가 돋보기를 꺼내 셔츠 자락으로 닦은 후 얼굴에 걸쳤다. 데일리가 다가와 경감의 어깨너머로 사진을 내려다보았다. 그녀는 사진을 어떻게 손에 넣게 되었는지 설명했다. 두 남자가 그녀는 빤히 응시했다. 마치 그녀가 면도칼을 집어들고 자신의 머리를 박박 밀어내고 있기라도 한 듯.

그레이스가 설명을 마치자 펄머터 경감이 사진을 가리키며 물었다.

"이 사람이 남편분이 분명합니까?"

"그런 것 같아요."

"그러니까 분명하진 않다는 거죠?"

"분명해요."

마치 미치광이를 대하고 있기라도 한 듯 그가 고개를 끄덕였다.

"사진 속의 다른 사람들은요? 누군가가 엑스 표시를 해둔 여자는요?"

"다른 사람은 몰라요."

"하지만 남편분께선 사진 속 인물이 자신이 아니라고 말씀하셨다는 거죠?"

"네."

"만약 남편분의 주장이 맞는다면 이 사진은 아무 상관이 없어지겠군요. 하지만 사진 속 인물이 정말 남편분이라면……."

펄머터가 돋보기를 벗었다.

"부인께 거짓말을 한 셈이 되는 거네요. 그렇죠, 로슨 부인?"

그때 그녀의 휴대전화가 울렸다. 그레이스가 황급히 휴대전화를 꺼내들고 발신자를 확인했다.

잭이었다.

그녀가 잠시 머뭇거렸다. 그레이스는 밖으로 나가 전화를 받고 싶었지만 펄머터와 데일리의 시선을 쉽게 피할 수가 없었다. 하긴, 이런 상황에서 프라이버시를 찾아 챙기겠다고 고집 부리는 것은 말이 되지 않았다. 그녀가 응답 버튼을 누르고 전화기를 귀에 가져갔다.

"잭?"

"안녕, 그레이스."

그의 음성을 들으면 마음이 놓일 거라는 기대와는 달리 불안감이 더욱 엄습했다.

잭이 말했다.

"집에 전화해봤는데 받질 않더군. 지금 어디야?"

"내가 어디 있느냐고요?"

"길게 말할 시간이 없어. 그렇게 불쑥 나와버려서 미안해."

무척 애를 쓰는 것 같았지만 그의 음성은 전혀 자연스럽지 않았다.

"며칠 더 있다 들어갈게."

그가 말했다.

"그게 무슨 소리예요?"

"당신 지금 어디야?"

"경찰서에 있어요."

"경찰에 신고했어?"

그녀의 눈이 펄머터와 마주쳤다. 그가 손가락을 흔들어 보였다. 휴대전화 넘겨요. 제가 알아서 처리하겠습니다. 그는 그렇게 말하고 있었다.

"여보, 그냥 며칠만 더 줘. 난……."

잭이 잠시 멈칫했다. 그리고 그레이스의 불안함을 열 배 이상 증폭시켜줄 한마디를 덧붙였다.

"공간이 좀 필요해."

"공간?"

"그래. 약간의 여유 공간이 필요해. 그뿐이야. 경찰엔 내가 미안해하고 있다고 전해줘. 이만 가봐야겠어. 곧 돌아갈게."

"잭?"

그는 말이 없었다.

"사랑해요."

그레이스가 말했다.

하지만 전화는 이미 끊어진 뒤였다.

8

공간. 잭은 분명 공간이 필요하다고 했다. 이상한 일이었다. 공간이 필요하다는 게 어색하고, 짜증나고, 모호한 핑계이기 때문은 아니었다. 사실 그것은 더 견딜 수 없다는 끔찍한 완곡어법만큼이나 무의미한 말이었다. 만약 그런 의미로 한 말이라면 적어도 단서는 될 수 있었겠지만 이 경우엔 달랐다.

그레이스는 집에 돌아왔다. 그녀는 펄머터와 데일리에게 중얼거리며 사과했고, 두 남자는 동정의 눈빛으로 그녀를 보며 그저 할 일을 했을 뿐이라고 겸손하게 말했다. 그들은 유감이라는 말도 덧붙였다. 그레이스는 우울한 표정으로 고개를 끄덕인 뒤 문을 향해 움직였다.

잭의 전화로 그녀는 결정적인 사실 한 가지를 알 수 있었다.

잭이 위험에 처해 있다는 것.

그동안 그녀가 과잉반응을 보인 것이 아니었다. 그의 실종은 그녀의 구속에서 벗어나려는 것과는 아무런 상관이 없었다. 사고도 아니었고, 예측 가능한 일도 아니었다. 그녀는 그저 별생각 없이 현상소에서 사진 봉지를 건네받았을 뿐이었다. 잭은 문제의 사진을 보고 집을 나가버렸다.

그리고 지금 위험에 빠져 있다.

하지만 그녀는 경찰에 그 사실을 알릴 수 없었다. 우선, 그들은 그녀의 말을 믿어주지 않을 것이다. 그들은 그녀가 망상에 시달리고 있거나 지나치게 고지식한 사람이라고 생각할 게 분명했다. 물론 그녀의 면전에서 그런 말을 내뱉진 않겠지만. 어쩌면 그들은 그녀의 비위를 맞추려 애써주었을지도 몰랐다. 그랬다면 그녀는 무척 자극을 받았을 것이고, 그로 인해 소중한 시간을 허비했을 것이다. 전화가 걸려오기 전까지 그들은 잭의 실종을 단순 가출로 넘겨짚고 있었다. 그녀의 설명도 그들의 마음을 바꿔놓을 수는 없었을 것이다.

어쩌면 잘된 일인지도 몰랐다.

그레이스는 곰곰이 생각에 잠겼다. 잭은 그녀가 경찰에 신고했다는 사실을 불편해했다. 그 정도는 충분히 알 수 있었다. 그녀가 경찰서에 와 있다고 했을 때 그의 음성은 실망감으로 가득 차 있었다. 그것은 절대 연기가 아니었다.

공간.

바로 그것이 단서였다. 만약 그가 바람을 쐬려고 새틴 돌스의 스트리퍼와 잠시 떠났을 뿐이라고 둘러댔다면, 물론 그 말을 믿지 않았겠지만 그 가능성을 완전히 덮어두진 않았을 것이다. 하지만 잭은 스트리퍼와 도망을 친 게 아니었다. 그는 자신의 실종에 대해 분명한 이유를 밝혔다. 그것으로도 모자라 같은 말을 반복하기까지 했다.

공간이 필요하다고.

부부간의 암호. 모든 부부가 가지고 있을 것이다. 하지만 대부분 한

심스러운 것들이다. 빌리 크리스털이 주연한 〈미스터 토요일 밤〉이라는 영화가 있다. 그 영화에서 크리스털은 이름이 기억나지 않는 스탠드업 코미디언 캐릭터를 연기했다. 어쨌든 영화를 보다 보면 그가 흉한 부분가발을 쓴 노인을 가리키며 "혹시 부분가발 쓰셨나요? 저만 속았던 건가요?" 하고 능청을 떠는 장면이 나온다. 그 영화를 보고 난 후부터 그녀와 잭은 부분가발을 쓴 사람이 보일 때면 누가 먼저랄 것도 없이 서로를 바라보며 "나만 그런 거야?" 하고 묻게 되었다. 그레이스와 잭은 코를 성형했거나 유방 확대 수술을 받은 여자들을 볼 때도 예외 없이 "나만 그런 거야?" 하고 물었다.

사실 공간이 필요하다는 말의 기원은 좀더 음란한 상황에서 비롯된 것이었다.

한가하게 옛 추억에 빠져 있을 때가 아니었지만 그레이스의 볼은 어느새 붉게 달아올랐다. 잭과의 섹스는 언제나 만족스러웠다. 하지만 누구나 살다보면 좋을 때도 있고, 나쁠 때도 있는 법이다. 이 년 전의 일이었다. 두 사람의 정욕이 어느 때보다 넘쳐흐르던 시절. 조금 지나치다 싶을 정도로 육체의 창조성이 극에 달해 있을 때.

언젠가 고급 미용실의 탈의실에서 즉석으로 화끈한 시간을 가진 적이 있었다. 브로드웨이 뮤지컬을 관람하다 말고 발코니에서 코트로 몸을 가린 채 은밀히 스킨십을 즐기기도 했다. 뉴저지의 앨런데일에서였던가, 영국 스타일의 빨간 공중전화 부스 안에서 일을 치르던 중 잭이 숨을 할딱거리며 불쑥 이렇게 말했었다. "공간이 더 필요해."

그레이스가 그를 올려다보았다.

"응?"

"공간이 더 필요하다고. 조금만 뒤로 가봐. 수화기가 내 목을 찌른

단 말이야!"

두 사람은 웃음을 터뜨렸다. 눈을 지그시 감은 그레이스의 입가에 미소가 살짝 번졌다. 그 후로 '공간이 필요하다'는 말 또한 부부간의 암호로 자리 잡게 되었다. 잭은 그런 말을 함부로 내뱉을 사람이 아니었다. 그는 그녀에게 메시지를 보내온 것이었다. 경고. 자신의 말과는 전혀 다른 의미가 있는 메시지를 전하려 했던 것이다.

대체 그는 무슨 말을 하고 싶었던 걸까?

잭은 편하게 얘기할 수 있는 상황이 아니었을 것이다. 분명 누군가가 엿듣고 있었을 것이다. 하지만 누가? 누군가가 그의 옆을 지키고 있었을까? 아니면, 그녀가 경찰과 있었기 때문에? 그녀는 후자이길 바랐다. 그가 혼자 있으며, 경찰의 개입을 원치 않고 있는 것이라면 한결 마음이 놓일 것 같았다.

하지만 생각해볼수록 그럴 가능성은 작게만 느껴졌다.

만약 잭이 누군가의 감시 없이 편하게 얘기할 수 있는 상황이었다면 왜 그제야 연락을 해온 것일까? 시간이 지체되면 당연히 경찰에 실종신고가 들어가게 될 거라는 사실도 알고 있었을 텐데. 만약 그에게 아무 일이 없었다면, 만약 그가 혼자 있었다면, 잭은 그 후에도 다시 전화를 걸어왔을 것이다. 그리고 자신에게 무슨 일이 벌어지고 있는지 상세히 설명해주었을 것이다. 하지만 그는 그러지 않았다.

결론: 잭은 누군가와 함께 있었고, 분명 위험에 처해 있다.

뭔가 해야 할까? 아니면, 그냥 잠자코 기다려야 할까? 잭은 그녀에게 메시지를 전해왔다. 잭은 그레이스가 그런 전화를 받고 나서 아무 일 없었다는 듯 편하게 잠들지 못할 거라는 사실을 알고 있다. 그녀의 성격상 절대 불가능한 일이었다. 잭은 그것을 간파하고 있었다. 그녀는 어떻게든 자신을 찾아내고 말 거라고.

어쩌면 그녀는 그의 유일한 희망인지도 몰랐다.

물론 그것은 어디까지나 그녀의 추측일 뿐이었다. 그녀는 누구보다도 남편을 잘 알았다. 물론 아닐 수도 있지만. 그런 이유로 그녀의 추측은 그저 공상일 가능성이 컸다. 하지만 그럴 가능성이 얼마나 될까? 어쩌면 그녀는 이렇게 가만히 앉아 있을 수만은 없다는 결정을 정당화할 구실을 찾고 있는지도 몰랐다.

그런 건 아무래도 상관없었다. 그녀는 이미 이 문제에 깊숙이 개입되어 있었으니까.

그레이스는 자신이 지금까지 무엇을 밝혀냈는지를 곰곰이 떠올려보았다. 경찰은 잭이 윈드스타를 몰고 뉴욕 고속도로를 달렸다고 했다. 누가 거기에 살고 있지? 왜 그 늦은 밤에 집을 나가버린 거지?

아무리 생각을 정리해도 그 까닭을 알 수 없었다.

잠깐.

다시 처음으로 돌아가서: 퇴근한 잭이 집으로 돌아온다. 잭이 사진을 발견한다. 문제는 바로 그것에서 비롯되었다. 사진. 그는 주방 카운터에 놓여 있는 사진을 들여다본다. 그녀는 그에게 이상한 사진에 대해 묻는다. 마침 댄에게 전화가 걸려온다. 그는 서재로 들어가…….

잠깐. 서재.

그레이스는 황급히 서재로 향했다. 베란다의 한쪽을 막아 만든 공간은 서재라는 화려한 표현과는 어울리지 않았다. 석고 벽의 여기저기엔 갈라진 부분이 보였다. 겨울에는 항상 외풍이 새어들어왔고, 여름에는 바람이 전혀 들지 않아 답답했다. 아이들 사진은 싸구려 액자에, 그녀의 그림 두 점은 비싼 액자에 끼워진 채 걸려 있었다. 서재는 왠지 정이 잘 가지 않는 공간이었다. 서재 안의 그 무엇도 잭의 과거를 말해주지 않았다. 그곳엔 기념품도, 친구들의 사인이 되어 있는 소프트볼도, 골프 4인조의 사진도 없었다. 그저 회사에서 가져온 공짜 물건들뿐이었다. 펜, 노트, 클립 홀더 따위. 서재만 봐서는 잭이 정확히 무슨 일을 하는지 짐작할 수 없을 정도였다. 그저 한 여자의 남편, 두 아이의 아버지, 그리고 한 회사의 연구원이라고만 짐작될 뿐.

어쩌면 그게 그의 전부인지도 몰랐다.

서재 구석구석을 살피기 시작한 그레이스는 묘한 기분에 휩싸였다. 그동안 두 사람은 서로의 사적 공간을 존중해왔다. 절대 상대의 공간을 기웃거리지 않았다. 그레이스도 그 필요성을 잘 알고 있었다. 오히려 바람직한 시스템이라고 그녀는 생각했다. 이제 그녀는 그동안의 무관심에 대해 생각해보았다. 진정으로 잭의 사적 공간을 인정해주고 싶었기 때문일까? 괜히 벌집을 건드리고 싶지 않았기 때문은 아니었을까?

그의 컴퓨터의 전원은 켜져 있었고, 이미 온라인에 접속되어 있었다. 잭의 디폴트 페이지는 그레이스 로슨의 '공식' 홈페이지였다. 그레이스는 잠시 의자를 내려다보았다. 인체공학적으로 디자인되었다는 회색 의자는 집 근처 스테이플스에서 사온 것이었다. 그녀는 잭이 매일 아침 의자에 앉아 컴퓨터를 켜고 아내의 얼굴을 들여다보는 것으로 하루를 시작하는 모습을 떠올렸다. 그녀의 홈페이지엔 그녀의 매혹적인 모습이 담긴 사진과 더불어 작품 몇 점이 올려져 있었다. 그녀의 에이전트인 팔리는 앞으로 모든 작품에 사진을 한 장씩 덧붙이는 게 좋겠다고 제안했다. 화가의 얼굴을 보고 구매욕이 솟아날 수 있다고 그는 설명했다. 그녀는 마지못해 그의 제안을 받아들였다. 작품이 더 빛나 보일 수 있다면야 그런 것쯤은 문제가 되지 않을 거라고 생각했다. 무대나 스크린에서 외모는 무엇보다도 중요했다. 작가들 또한 최대한 멋들어진 사진을 표지에 걸어 책을 홍보한다. 하지만 그레이스는 이런 부담에서 별 영향을 받지 않았다. 화가는 외모가 아닌, 작품으로 평가받아야 한다는 굳은 믿음 때문이었다.

하지만 더 이상의 고집은 어리석은 짓이었다.

화가는 미적 가치관의 중요성을 잘 알고 있다. 미적 가치관은 인식을 바꾸는 것 이상의 일을 한다. 그것은 현실까지도 바꿔놓을 수 있다. 만약 그레이스가 뚱뚱하거나 매력이 없었다면 보스턴 대학살에서 가까스로 살아나온 후에 TV 크루가 그녀를 모니터하는 일은 없었을 것이다. 만약 그녀의 외모가 출중하지 않았더라면 타블로이드는 그녀를 '기적의 생존자' 또는 '부서진 천사'라고 부르지 않았을 것이다. 언론은 거의 매일 그녀의 상태에 대한 최신 정보를 빼놓지 않고 보도했다. 언론, 아니 온 국민이 그녀의 상태에 지대한 관심을 보였다. 다른 희생자들의 유족도 병실에 찾아와 그녀와 많은 시간을 보냈다. 그들은 그녀의 얼굴을 들여다보며 떠나보낸 자식들을 떠올렸다.

만약 그녀의 외모가 볼품없었다면 그들이 거들떠봐주기나 했을까?

그레이스는 추측 따윈 하고 싶지 않았다. 하지만 언젠가 지나치게 솔직한 한 예술평론가가 그녀에게 이런 얘기를 해준 적이 있었다. "우린 미적 감각이 부족한 작품엔 큰 관심을 보이지 않아요. 사람이나 예술 작품이나 다를 건 없죠."

보스턴 대학살 이전부터 그레이스는 예술가가 되고 싶었다. 하지만 설명하기 어려운 뭔가가 빠진 듯한 기분이었다. 다행히 그녀가 겪은 끔찍한 일들이 예술적 감수성을 한 단계 높여주었다. 그 말이 얼마나 건방지게 들리는지 그녀도 잘 알고 있었다. 그녀조차 그런 말을 들을 때마다 치가 떨렸다. 예술을 위해서는 고통쯤은 감수해야 한다는 말. 더 나은 질감을 얻기 위해서는 반드시 비극을 거쳐야 한다는 말. 그때만 하더라도 아무런 의미가 없던 말들이었지만 지금은 분명 다르게 와 닿았다.

의식적 관점을 바꾸지 않고도 그녀의 예술적 감각은 조금씩 발전을 거듭했다. 그녀의 작품에선 예전보다 훨씬 풍부한 감정과 생동감과 아찔함이 묻어나오기 시작했다. 그녀의 작품은 어둡고 거칠고 생생했다. 사람들은 종종 그녀가 그날 겪은 끔찍한 일들을 캔버스에 고스란히 옮겨놓진 않았는지 물었다. 언젠가 딱 한 번 그것을 주제 삼아 그림을 그렸다. 머지않아 마구 짓밟히게 될 한 소녀의 비극적인 얼굴. 솔직히 말하면 사건 이후로 그녀가 그린 모든 작품엔 보스턴 대학살의 그림자가 짙게 드리워져 있었다.

그레이스는 잭의 책상에 앉았다. 그녀 오른쪽으로 전화기가 놓여 있었다. 그녀는 손을 뻗어 수화기를 들고 재다이얼 버튼을 눌렀다.

라디오 색에서 구입한 최신식 파나소닉 전화는 LCD 화면이 붙어 있어 재다이얼 번호를 쉽게 확인할 수 있었다. 지역번호 212번. 뉴욕 번호였다. 그녀는 응답을 기다렸다. 세 번째 신호음이 지나자 여자가 응답했다.

"버튼&크림스타인 법률사무소입니다."

그레이스는 무슨 말을 해야 할지 몰랐다.

"여보세요?"

"전 그레이스 로슨이라고 합니다."

"어느 분께 연결해드릴까요?"

좋은 질문이었다.

"변호사가 모두 몇 분이시죠?"

"그건 말씀드릴 수 없습니다. 연결해드릴까요?"

"네, 부탁합니다."

잠시 침묵이 흘렀다. 여자의 음성에선 은근한 조바심이 묻어났다.

"어느 분과 통화하시겠습니까?"

그레이스가 발신자 번호를 확인해보았다. 번호가 너무 길었다. 이상한 일이었다. 보통 장거리 전화일 경우 번호는 열한 자리였다. 하지만 화면에 떠오른 번호는 별표까지 포함해 열다섯 자리였다. 이제야 알아차린 사실이었다. 만약 잭이 그곳에 전화를 걸었다면 분명 어젯밤 늦은 시간이었을 것이다. 그 시간에 접수원이 근무하고 있었을 리 없었다. 어쩌면 잭은 별표를 누르고 내선으로 누군가와 통화했을 것이다.

"여보세요?"

"내선 463번 부탁해요."

그레이스가 화면을 들여다보며 말했다.

"연결해드리겠습니다."

신호음이 세 번 울렸다.

"샌드라 코벌 내선입니다."

"코벌 씨 좀 부탁드리겠습니다."

"실례하지만 누구시죠?"

"그레이스 로슨이라고 합니다."

"무슨 일로 거셨습니까?"

"제 남편 잭 일로 전화 드렸어요."

"잠시만 기다리세요."

수화기를 쥐고 있는 그레이스의 손에 힘이 조금 들어갔다. 삼십 초 후 여자의 음성이 다시 흘러나왔다.

"죄송합니다. 코벌 씨는 지금 회의 중이십니다."

"급한 일인데요."

"죄송합니다."

"시간을 많이 빼앗진 않을 거예요. 중요한 일 때문이라고 전해주세요."

여자는 일부러 큰 소리로 한숨을 내쉬었다.

"잠시만요."

대기 음악은 너바나의 'Smells Like Teen Spirit'의 가사 없는 버전이었다. 묘하게도 그레이스의 마음이 차분해졌다.

"뭘 도와드릴까요?"

수화기에서 전문 직업인 특유의 메마른 음성이 흘러나왔다.

"코벌 씨?"

"네."

"전 그레이스 로슨이라고 합니다."

"용건을 말씀해주시겠습니까?"

"제 남편 잭이 어제 당신 사무실에 전화를 걸었어요."

그녀는 아무런 대꾸가 없었다.

"남편이 실종됐어요."

"네?"

"남편이 사라졌다고요."

"유감이군요. 그런데 그걸 왜 제게……."

"그가 어디 있는지 알고 계시나요, 코벌 씨?"

"그걸 제가 어떻게 알겠습니까?"

"어젯밤 그와 통화하셨잖아요. 그가 실종되기 직전에 말이에요."

"그래서요?"

"재다이얼 버튼을 눌러봤어요. 이 번호가 뜨더군요."

"로슨 부인, 우리 회사엔 이백 명이 넘는 변호사가 일하고 있습니다. 남편분께서 누구와 통화하셨는지 혹시 아시나요?"

"당신의 내선 번호가 재다이얼 기록에 남아 있었어요. 분명 당신과 통화했을 거예요."

이번에도 대꾸가 없었다.

"코벌 씨?"

"말씀하세요."

"제 남편이 왜 당신에게 전화를 걸었죠?"

"부인껜 아무 말씀도 드릴 수 없습니다."

"그가 지금 어디에 있는지 아시나요?"

"로슨 부인, 변호사와 고객 사이의 특권에 대해서 잘 아시죠?"

"물론이죠."

잠시 침묵이 흘렀다.

"제 남편이 법률을 자문하기 위해 당신에게 전화했던 건가요?"

"그 문제에 대해선 아무 말씀도 드릴 수가 없습니다. 그럼 이만."

9

그레이스가 모든 것을 꿰뚫어보기까지는 그리 긴 시간이 걸리지 않았다.

제대로만 사용한다면 인터넷은 꽤 많은 도움을 준다. 그레이스는 구글로 '샌드라 코벌'을 검색해보았다. 웹사이트와 뉴스그룹과 이미지 섹션까지 샅샅이 뒤졌다. 그녀는 버튼&크림스타인의 홈페이지도 살펴보았다. 홈페이지에는 소속 변호사들의 프로필이 자세히 나와 있었다. 샌드라 코벌은 노스웨스턴 대학 출신으로, UCLA에서 박사학위를 받았다. 졸업연도를 보니 마흔두 살 정도일 것 같았다. 프로필에 의하면, 그녀는 헤럴드 코벌과 결혼해 세 아이를 두고 있다고 했다.

그들은 현재 로스앤젤레스에서 살고 있었다.

그것은 보너스 정보였다.

그레이스는 좀더 파고들었다. 여기저기 전화를 걸었고, 그렇게 조금씩 퍼즐을 맞춰나갔다. 문제는 맞춰진 그림이 도무지 이치에 닿지 않는다는 사실이었다.

맨해튼까지는 차로 한 시간이 채 걸리지 않았다. 버튼&크림스타인의 프런트데스크는 5층에 있었다. 접수원 겸 경비가 입을 꽉 다문 채 미소를 지어 보였다.

"어떻게 오셨죠?"

"그레이스 로슨이라고 합니다. 샌드라 코벌 씨를 뵈러 왔어요."

접수원이 수화기에 대고 들릴 듯 말 듯한 음성으로 몇 마디를 전했다. 잠시 후 그녀가 말했다.

"코벌 씨가 곧 나오실 겁니다."

조금은 놀라운 일이었다. 그레이스는 만약의 경우에 대비해 협박을 하거나 죽치고 기다릴 준비를 하고 있었다. 그레이스는 버튼&크림스타인 홈페이지의 사진을 통해 코벌의 생김새를 알고 있었다. 퇴근시간까지 기다려야 한다면 기꺼이 그렇게 할 작정이었다.

그레이스는 아무 연락 없이 맨해튼으로 불쑥 찾아가는 방법을 택했다. 상대를 깜짝 놀라게 하려는 의도도 있었지만 그보다도 샌드라 코벌을 만나 직접 얘기를 듣고 싶었다. 꼭 필요한 일이었다. 그녀의 호기심 때문이기도 했다. 어쨌든 그레이스는 그녀를 만나 확실히 짚고 넘어가야만 직성이 풀릴 것 같았다.

아직 이른 시간이었다. 에마는 방과 후에 놀이방에서 시간을 보내기로 되어 있었다. 맥스도 보충수업이 있는 날이었다. 앞으로 몇 시간 정도 여유가 있었다.

버튼&크림스타인의 프런트데스크는 고풍스러운 멋을 풍겼다. 언뜻 보면 스타들의 사진으로 장식된 사르디 레스토랑의 인테리어와도 비슷한 것 같았다. 매끄러운 마호가니 책상, 화려한 카펫, 태피스트리로 장식된 의자, 광고에서 본 듯한 세련된 인테리어. TV에서도 자주 본 헤스터 크림스타인의 사진이 벽에 여러 장 걸려 있었다. 크림스타인은 법정을 다루는 케이블 채널에서 〈크림스타인이 바라보는 범죄〉라는 프로그램의 진행을 맡고 있었다. 크림스타인이 유명 배우, 정치가, 고객들과 함께 찍은 사진들도 보였다.

그레이스가 황갈색 피부를 가진 매력적인 여성과 함께 찍은 헤스터 크림스타인의 사진을 들여다보고 있을 때 뒤에서 여자 목소리가 들려왔다.

"에스페란자 디아즈예요. 억울하게 살인혐의를 뒤집어썼던 프로레슬러죠."

그레이스가 뒤를 돌아보고 덧붙였다.

"리틀 포카혼타스."

"네?"

그레이스가 사진을 가리켰다.

"그녀의 레슬링 캐릭터 이름이었죠. 리틀 포카혼타스."

"그걸 어떻게 아시죠?"

그레이스가 어깨를 으쓱해 보였다.

"제가 좀 그런 잡다한 것들을 많이 알거든요."

그레이스는 잠시 샌드라 코벌을 빤히 바라보았다. 코벌이 헛기침을 한 번 한 후 과장된 동작으로 손목시계를 들여다보았다.

"시간이 많지 않아요. 자, 이쪽으로 오시죠."

복도를 지나 회의실로 들어설 때까지 두 여자는 아무 말이 없었다. 회의실엔 긴 테이블과 스무 개 정도의 의자가 놓여 있었다. 테이블 중앙엔 회색 스피커폰이 하늘에서 뚝 떨어진 문어처럼 붙어 있었다. 구석의 카운터 위에는 여러 종류의 음료수와 생수병이 보였다.

샌드라 코벌은 그레이스와 일정한 간격을 유지하고 있었다. 그녀가 이젠 어쩔 거냐고 묻듯 팔짱을 끼며 그레이스를 돌아보았다.

"당신에 대해 좀 알아봤어요." 그레이스가 말했다.

"앉으시겠어요?"

"됐어요."

"전 좀 앉아야겠어요."

"좋을 대로 하세요."

"뭐 마실래요?"

"아뇨."

샌드라 코벌이 다이어트 콜라를 잔에 따랐다. 예쁘거나 아름답다기보다는 당당하고 매력적인 여자였다. 회색으로 변해가는 머리도 그녀와 잘 어울렸다. 호리호리한 체구에 입술은 도톰했다. 그녀의 자세엔 자신감이 철철 넘치고 있었다. 누구와도 한바탕 전쟁을 치를 준비가 되어 있다고 말하는 듯했다.

"왜 당신의 사무실로 안내하지 않는 거죠?"

그레이스가 물었다.

"여기서 얘기하면 안 되는 이유라도 있나요?"

"두 사람이 있기엔 조금 큰 것 같아서요. 안 그런가요?"

"뭐 그렇게 느끼신다면."

"제가 전화했을 때 여직원이 '샌드라 코벌 내선입니다'라고 응답했어요."

"그런데요?"

"내선이라고 했다고요. 내선. 사무실이라고 하지 않고."

"그게 뭐 어쨌다는 거죠?"

"처음엔 별생각 없었어요."

그레이스가 말했다.

"하지만 회사 홈페이지를 보니 당신이 로스앤젤레스에 살고 있다고 나오더군요. 버튼&크림스타인의 서부해안 지사 근처 말이에요."

"그래요."

"그곳에 당신의 사무실이 있지 않나요? 여긴 무슨 일로 온 거죠? 이유가 뭐냐고요?"

"범죄사건을 하나 맡았어요." 그녀가 대답했다. "무고한 고객이 억울하게 누명을 썼거든요."

"전부 그런 식이지 않나요?"

"아뇨." 샌드라 코벌이 차분하게 말했다. "다 그렇진 않아요."

그레이스가 그녀의 앞으로 다가갔다.

"당신은 잭의 변호사가 아니에요." 그녀가 말했다. "당신은 그의 누나예요."

샌드라 코벌이 잔을 빤히 내려다보았다.

"당신이 다닌 법과 대학원에 전화를 걸어봤어요. 그들이 제가 품고 있던 의혹을 시원하게 풀어주더군요. 샌드라 코벌은 결혼 후부터 사용해온 이름이에요. 재학 당시엔 샌드라 로슨이라는 이름을 썼었죠. 당신 조부가 운영했던 로마르 증권회사에도 확인해봤어요. 샌드라 코벌이라는 이름이 위원회 명단에 올라가 있더군요."

그녀가 어색하게 미소를 지었다.

"맙소사, 여자 셜록 홈스였군요."

"그 사람, 지금 어디 있죠?"

그레이스가 물었다.

"결혼한 지 얼마나 됐죠?"

"십 년 됐어요."

"그동안 잭이 몇 번이나 내 얘길 했죠?"

"단 한 번도요."

샌드라 코벌이 두 손을 펼쳐 보였다.

"그런데 내가 그 녀석이 어디 있는지 어떻게 알겠어요?"

"그가 당신에게 전화했잖아요."

"그건 당신 주장이에요."

"재다이얼 버튼을 눌러봤다니까요."

"네, 그 얘기도 통화할 때 들었어요."

"그와 통화한 적이 없다는 얘긴가요?"

"정확히 언제 내게 전화를 걸었다고 나와 있던가요?"

"네?"

샌드라 코벌이 어깨를 으쓱해 보였다.

"변호사라는 직업상 이런 식으로밖에 여쭐 수가 없네요."

"어젯밤이었어요. 10시쯤."

"자, 이제 답이 나왔네요. 그때 전 여기 없었어요."

"어디 계셨는데요?"

"호텔에요."

"하지만 잭은 분명 당신의 내선으로 전화를 걸었어요."

"만약 그랬다면 아무도 응답하지 않았을 거예요. 모두가 퇴근을 하고 난 후였을 테니까요. 전화가 왔었다면 아마 음성 메시지로 넘어갔을 거예요."

"오늘 메시지를 확인해보셨나요?"

"물론이죠. 하지만 잭이 남긴 메시지는 없었어요."

그레이스는 그 말을 어떻게 받아들여야 할지 몰랐다.

"마지막으로 잭과 통화한 게 언제였나요?"

"아주 오래전이었죠."

"얼마나 오래전이었는데요?"

그녀의 시선이 살짝 돌아갔다.

"그가 외국으로 떠난 후로 연락이 없었어요."

"그건 십오 년 전 일이에요."

샌드라 코벌이 콜라를 한 모금 넘겼다.

"그가 어떻게 당신의 전화번호를 알고 있었죠?"

그녀는 말이 없었다.

"샌드라?"

"당신은 카셀턴, 노스엔드 대로 221번지에 살고 있어요. 전화 라인은 두 개. 하나는 전화, 하나는 팩스."

샌드라가 두 개의 번호를 차례로 읊었다.

두 여자가 잠시 서로를 빤히 바라보았다.

"번호를 알고 계셨으면서 한 번도 연락을 안 하셨던 거예요?"

그녀의 음성은 차분했다.

"네."

그때 스피커폰에서 삑 소리가 터져나왔다.

"샌드라?"

"네."

"크림스타인 씨가 사무실로 오시랍니다."

"지금 갈게요."

샌드라 코벌이 그레이스의 시선을 피했다.

"이젠 가봐야겠어요."

"잭이 왜 당신에게 전화를 걸려고 했을까요?"

"저도 몰라요."

"그이에게 뭔가 문제가 생긴 것 같아요."

"그 말도 통화하면서 하셨죠."

"그이가 실종됐단 말이에요."

"그 녀석이 가출한 건 이번이 처음이 아니에요, 그레이스."

회의실이 갑자기 좁아진 것 같은 느낌이 들었다.

"당신과 잭 사이에 무슨 일이 있었던 거죠?"

"여기서 말씀드리긴 곤란해요."

"그런 소리 말아요."

샌드라가 앉은 채로 몸을 살짝 틀었다.

"분명히 실종이라고 하셨죠?"

"그래요."

"잭도 연락이 없고요?"

"사실 전화가 걸려오긴 했어요."

그레이스의 말에 그녀가 어리둥절해했다.

"전화를 걸어와서는 뭐라던가요?"

"다짜고짜 공간이 필요하다고 하더군요. 하지만 말 그대로의 의미는 아니었어요. 암호였죠."

샌드라가 이해할 수 없다는 듯한 표정을 지었다. 그레이스가 사진을 꺼내 테이블에 내려놓았다. 한순간 실내의 공기가 전부 빠져나가는 듯했다. 샌드라 코벌이 사진을 들여다보았다. 그레이스는 그녀의 몸이 순간적으로 움찔하는 것을 똑똑히 보았다. "이게 뭐죠?"

"재밌네요."

그레이스가 말했다.

"네?"

"사진을 보고 나서 잭이 정확히 그렇게 말했거든요."

샌드라는 여전히 사진에서 눈을 떼지 못했다.

"이게 잭 맞죠? 거기 턱수염 기른 사람."

그레이스가 물었다.

"모르겠어요."

"아니에요. 당신은 분명 알고 있어요. 잭 옆에 서 있는 금발머리 여자는 누구죠?"

그레이스가 젊은 여자만을 확대한 사본을 꺼내 내려놓았다. 샌드라 코벨이 시선을 옮겼다.

"이걸 어떻게 손에 넣었죠?"

"사진현상소에서요."

그레이스가 그동안의 일들을 설명했다. 샌드라 코벨의 얼굴이 점점 어두워졌다. 그레이스의 이야기를 믿지 못하겠다는 듯했다.

"잭이 맞나요, 아닌가요?"

"모르겠어요. 턱수염을 기른 모습을 본 적이 없어서."

"어째서 잭이 이 사진을 보자마자 당신에게 전화를 건 거죠?"

"저도 몰라요, 그레이스."

"거짓말 말아요."

샌드라 코벨이 자리에서 벌떡 일어났다.

"중요한 회의가 있어서요."

"잭에게 무슨 일이 생긴 거죠?"

"그가 그냥 집을 나간 게 아니라고 생각하는 이유가 뭐죠?"

"우린 부부예요. 아이도 둘이나 있어요. 샌드라, 당신에게 조카가 둘이나 있다고요."

"제게도 동생이 하나 있어요."

그녀가 받아쳤다.

"당신이나 저나 그 앨 잘 모르는 건 마찬가지일 거예요."

"그를 사랑하시나요?"

샌드라의 어깨가 축 늘어졌다.

"이제 그만둬요, 그레이스."

"안 돼요."

샌드라가 고개를 저으며 문을 향해 돌아섰다.

"꼭 그를 찾고야 말 거예요."

그레이스가 말했다.

"헛수고예요."

그 말만을 남기고 샌드라는 문밖으로 사라졌다.

10

그래. 남의 일엔 상관하지 않는 게 좋아. 샬레인은 생각했다.

그녀는 커튼을 치고 청바지와 스웨터를 입었다. 베이비돌 속옷은 조심스레 개어 서랍 속 깊은 곳에 넣어두었다. 조금이라도 구겨졌다간 프레디가 못마땅해할 것처럼.

그녀는 아들의 과일 펀치 트위스터에 탄산수를 섞었다. 그런 다음, 주방 의자에 걸터앉았다. 그녀는 글라스 안을 물끄러미 들여다보았다. 그녀의 손가락은 물방울 맺힌 가장자리를 살살 매만졌다. 그녀의 시선이 서브제로 냉장고로 옮겨졌다. 앞면이 스테인리스로 덮인 최신형 690 모델이었다. 표면에는 아무것도 붙어 있지 않았다. 아이나 가족사진은 물론이고, 손때나 마그넷조차 없었다. 낡은 노란색 웨스팅하우스 냉장고를 썼을 땐 표면이 온갖 것들로 뒤덮여 있었다. 생기와 다양한 빛깔로 가득했다. 그녀가 그토록 원했던 주방 리모델링 작업은 오히려 그 공간을 따분하고, 활기 없게 만들어놓았다.

프레디의 차를 몰고 간 동양인 남자는 누굴까?

일부러 감시해온 건 아니었지만 프레디에겐 방문객이 거의 없었다. 사실 그녀는 지금껏 프레디를 찾아온 방문객을 본 적이 없었다. 마냥 이상하게만 생각할 일은 아니었다. 그녀는 하루종일 그의 집만 지켜보지는 않았다. 그저 동네의 틀에 박힌 패턴에 살짝 관심을 기울일 뿐이었다. 동네는 일종의 독립체이며, 몸뚱이다. 평소와 다른 뭔가가 있다면 대번에 눈에 들어온다.

얼음이 녹고 있었다. 샬레인은 아직 글라스에 입도 대지 않은 상태였다. 식료품 쇼핑도 다녀와야 했다. 세탁소에서 마이크의 셔츠도 찾아와야 했다. 그녀는 프랭클린 가에 있는 바움가트 레스토랑에서 친구 머나와 점심식사를 하기로 되어 있었다. 클레이는 방과 후에 김 사범의 가라테 학원에 갈 것이다.

그녀는 하루 안에 마쳐야 할 일들을 머릿속에 떠올려보았다. 정신이 없었다. 점심을 먹기 전에 식료품 쇼핑을 다녀올 시간이 있을까? 아마 힘들 것이다. 냉동식품이 차에서 다 녹아버릴 수도 있기 때문이다. 아무래도 쇼핑은 나중에 다녀와야 할 것 같았다.

그녀가 생각을 멈추었다. 될 대로 되라지 뭐.

프레디는 한창 회사에서 일하는 중일 것이다.

언제나 그런 식이었다. 그들의 변태적인 의식은 10시부터 삼십 분간 계속되었다. 그리고 10시 45분쯤엔 차고 문이 올라가고 그의 혼다 어코드가 어김없이 집을 나섰다. 프레디는 H&R 블록에서 일했다. 그의 일터는 그녀가 항상 DVD를 빌리는 '블록버스터'와 붙어 있었다. 그의 책상은 창가에 있었다. 그 앞으로 지나다니는 일은 없었지만 가끔 주차할 때 연필을 입에 댄 채 멍하니 창밖을 내다보는 그의 모습이 눈에 들어오곤 했다.

샬레인은 전화번호부를 집어들고 그의 사무실 번호를 찾기 시작했다. 전화를 걸어보니 주임이라고 자신을 소개한 남자가 사이크스 씨는 아직 출근 전이라고 친절하게 알려주었다. 그녀는 최대한 당혹스러운 척했다.

"지금쯤이면 사무실에 나와 있을 거라고 했는데요. 원래 11시에 나오지 않나요?"

주임이 그렇다고 말했다.

"그럼 지금 어디 있을까요? 급한 볼일이 있는데."

주임이 사과한 후 사이크스 씨가 출근하는 즉시 연락을 주겠다고 약속했다. 그녀가 전화를 끊었다.

이젠 어쩌지?

여전히 찝찝한 기분이 사라지지 않았다.

어쩌긴 뭘 어째? 어차피 프레디 사이크스와는 아무 관계도 아닌데. 아니, 그조차도 아니지. 그는 실패한 삶의 상징 같은 존재였다. 그녀가 얼마나 비참하게 살고 있는지의 증명. 그에게 빚진 건 없다. 괜히 남의 일에 주제넘게 참견하다가 큰 화를 당할 수도 있을 것 같았다. 자칫 그들만의 은밀한 비밀이 탄로라도 나는 날에는…….

샬레인이 다시 프레디의 집을 살펴보았다. 비밀이 탄로난다…….

웬일인지 그런 상황이 오더라도 그다지 신경 쓰일 것 같지 않았다.

그녀는 코트를 집어들고 프레디의 집으로 향했다.

11

에릭 우는 창가에 서 있던 란제리 차림의 여자를 보았다.

지난밤은 무척 짜증스러운 시간이었다. 어떠한 변수도 없을 거라 생각했는데 갑작스레 거구의 남자(지갑 속 신분증을 보니 그의 이름은 로키 콘월이었다)와 맞닥뜨린 것부터가 당혹스러웠다. 전혀 위협적인 상대는 아니었지만 졸지에 우는 그의 시체와 또 다른 차 한 대의 처리 작업까지 떠안게 되었다. 즉 우드버리 아울렛이 있는 뉴욕의 센트럴 밸리까지 몇 차례 더 왕복해야 한다는 뜻이었다.

우선 급한 일부터. 그는 로키 콘월을 토요타 셀리카의 트렁크에 집어넣었다. 그런 다음, 혼다 어코드의 트렁크에 넣어두었던 잭 로슨을 다시 포드 윈드스타의 뒷좌석으로 옮겨놓았다. 시체를 시야 밖으로 밀어낸 우는 차 번호판을 바꿔 달고, 이-지 패스를 없앴다. 그는 포드 윈드스타를 몰고 호호쿠스로 향했다. 그런 다음 프레디 사이크스의 차고에 넣어두었다. 센트럴 밸리로 돌아가는 버스는 아직 끊어지지 않았다. 우는 콘월의 차 안을 샅샅이 뒤져보았다. 수색 작업을 마친 후 그는 셀리카를 몰고 17번 도로에 있는 버스 정류장으로 향했다. 차는 울타리 근처 외딴곳에 세워놓았다. 그곳에 며칠, 몇 주씩 차를 세워놓는 경우는 드물지 않았다. 언젠가는 부패한 시체의 냄새를 맡고 사람들이 몰려들겠지만 조만간은 아닐 것이다.

버스 정류장은 호호쿠스에 있는 사이크스의 집에서 5킬로미터도 채 떨어져 있지 않았다. 우는 걸어서 사이크스의 집으로 돌아갔다. 다음 날 이른 아침 그는 일찌감치 일어나 버스를 타고 다시 센트럴 밸리로 향했다. 그곳에서 사이크스의 혼다 어코드로 갈아타고는 로슨의 집을 지나쳐보았다.

로슨의 집 앞에 순찰차가 세워져 있었다.

우는 잠시 생각에 잠겼다. 크게 걱정할 일은 아니었지만 경찰의 개입을 초반부터 막는 것이 마음 편할 것 같았다. 물론 그는 그 방법도 알고 있었다.

우는 프레디의 집으로 돌아가 텔레비전을 켰다. 그는 낮 프로그램을 좋아했다. 〈제리 스프링어 쇼〉나 〈리키 레이크 쇼〉 따위를 즐겨 시청했다. 사람들은 저질 프로그램이라고 입을 모았지만 우는 개의치 않았다. 오직 자유 사회만이 그런 난센스를 방송할 수 있지 않겠는가. 무엇보다도 쇼에 등장하는 사람들의 어리석음이 우를 즐겁게 했다. 사람들은 순한 양이다. 상대가 약한 모습을 보이면 자기자신이 강하다고 믿는다. 무엇이 이보다 더 위안이 되고, 유쾌할 수 있을까?

광고가 흐르는 동안 우가 자리에서 일어났다. 이젠 경찰이 간섭하지 못하도록 조치를 취해야 할 시간이었다. 화면 한쪽 구석엔 쇼의 주제가 걸려 있었다.

"엄마가 유두 피어싱을 못하게 해요!"

우는 잭 로슨을 고문하기는커녕 건드릴 필요조차 없었다. 딱 한마디로 족했다.

"당신에게 두 아이가 있다는 걸 알고 있소."

로슨은 순순히 그의 지시에 따랐다. 그는 아내의 휴대전화로 전화를 걸어 공간이 필요하다고 말했다.

10시 45분. 방청객들이 "제리!"라고 외치고 어머니와 딸이 무대 위에서 난투극을 벌이고 있을 때 교도소 동료에게서 전화가 걸려왔다.

"잘되고 있습니까?"

우는 그렇다고 대답했다.

그가 혼다 어코드를 끌고 차고에서 나왔다. 옆집 여자가 창가에 서 있는 게 보였다. 란제리 차림이었다. 오전 10시에 여자가 속옷 차림으로 있는 것은 별로 이상한 일이 아니었다. 하지만 어떤 이유에서인지 갑자기 몸을 숙여 사라져버렸다는 것이 마음에 걸렸다.

어쩌면 그것은 자연스러운 반응인지도 몰랐다. 창문에 커튼을 쳐놓는 것을 깜빡 잊은 채 란제리 차림으로 집 안을 돌아다니다가 바깥의 낯선 남자와 눈이 마주쳤으니 그럴 만도 했다. 누구라도 슬그머니 피하거나 손으로 황급히 몸을 가렸을 것이다. 어쩌면 그가 너무 예민하게 받아들인 건지도 몰랐다.

하지만 여자는 지나치게 당혹스러워하며 잽싸게 사라졌다. 더욱 이상한 것은 차고를 빠져나온 차를 보고는 아무 반응이 없던 여자가 우와 눈이 마주치고야 몸을 숨긴 것이다. 만약 누군가에게 보이고 싶지 않았다면 차를 본 순간 곧바로 커튼을 치거나 몸을 숙였어야 하지 않을까?

우는 곰곰이 생각해보았다. 하루 종일 그랬던 것처럼.

그는 휴대전화를 집어들고 가장 최근에 걸려온 번호로 전화를 걸었다.

음성이 말했다.

"문제가 생겼나요?"

"아닙니다."

우가 차를 돌려 다시 사이크스의 집으로 향했다.

"그냥 조금 늦을 것 같습니다."

12

그레이스는 전화를 걸고 싶지 않았다.

그녀는 아직 뉴욕에 있었다. 핸즈프리가 아니라면 운전 중에 휴대전화를 사용하는 것은 불법이었다. 물론 그녀의 머뭇거림은 그 때문이 아니었다. 그녀는 한 손으로 핸들을 잡은 채 다른 손으로 차의 바닥을 더듬었다. 가까스로 이어폰을 찾아 엉킨 선을 푼 후 귀에 꽂았다.

손으로 쥐고 통화하는 것보다 이게 더 안전하다고?

그녀가 휴대전화를 켰다. 몇 년간 건 적 없는 번호였지만 그레이스는 여전히 그 번호를 저장해두고 있었다. 만약의 경우를 대비해. 지금처럼.

첫 번째 신호음이 가기가 무섭게 상대가 응답했다.

"네?"

이름도 아니고, 여보세요도 아니고, 회사의 형식적인 응답 메시지도 아니었다.

"그레이스 로슨이에요."

"잠시만요."

얼마 지나지 않아 약간의 잡음과 함께 한 남자의 음성이 흘러나왔다.

"그레이스?"

"안녕하세요, 베스파 씨."

"그냥 칼이라고 불러요."

"네, 칼."

"내가 남겨놓은 메시지 들었어요?"

그가 물었다.

"네."

그녀는 칼 베스파에게 메시지 때문에 연락한 게 아니라고 굳이 이야기하지 않았다.

"어디 계세요?"

그녀가 물었다.

"내 비행기 안이에요. 스튜어트에서 한 시간쯤 떨어져 있어요."

스튜어트는 공군기지이자 공항으로, 그녀의 집에서 약 한 시간 반 거리에 있었다.

침묵.

"무슨 문제라도 생겼나요, 그레이스?"

"도움이 필요할 땐 언제라도 연락하라고 하셨죠?"

"십오 년이 지나 내 도움이 필요하게 된 건가요?"

"네."

"좋아요. 사실 타이밍이 아주 좋았어요. 마침 당신에게 보여줄 게 있었거든요."

"뭔데요?"

"지금 집인가요?"

"곧 도착할 거예요."

"두 시간, 아니 두 시간 반 후에 데리러 갈게요. 얘기는 그때 하도록 하죠. 괜찮겠죠? 아이들을 맡길 데는 있나요?"

"한번 찾아볼게요."

"힘들 것 같다면 내 비서에게 맡기면 돼요. 그럼 이따 봅시다."

칼 베스파가 전화를 끊었다. 그레이스는 계속해서 차를 몰았다. 그가 자신에게 뭘 원하고 있을지가 궁금해졌다. 그에게 연락한 것이 과연 잘한 일인지도. 그녀는 잭의 휴대전화에 연락해보았다. 여전히 응답이 없었다.

그레이스에게 문득 생각 하나가 떠올랐다. 이번엔 친구 코라에게 전화를 걸었다.

"언젠가 스팸 메일 보내는 일을 하는 남자랑 사귄 적이 있었지?"

그레이스가 물었다.

"그랬지." 코라가 대답했다. "강박관념에 사로잡힌 사람이었어. 이름은 거스. 떨쳐버리기 정말 힘들었어. 어쩔 수 없이 나만의 최종병기를 써야 했지."

"어떻게 했는데?"

"물건이 너무 작아서 실망이라고 했어."

"저런."

"내가 그랬잖아. 최종병기라고. 효과가 죽인다니까. 물론 부수적인 피해가 남지만."

"그 사람의 도움이 좀 필요할 것 같아."

"왜?"

그레이스는 어떻게 말을 꺼내야 할지 몰랐다. 그녀는 얼굴에 엑스 표시가 그려진 금발머리 여자에게 집중하기로 했다. 언젠가 본 적이 있는 여자.

"이상한 사진을 한 장 찾았거든."

그녀가 말했다.

"그런데?"

"사진에 여자가 찍혀 있는데, 십대 후반이나 이십대 초반쯤 됐어."

"응."

"아주 오래된 사진이야. 십오 년, 아니 이십 년은 된 것 같아. 아무튼 그 여자가 누구인지 알아야겠어. 그 사진을 스팸 메일로 뿌려볼까 해. 그 여자를 아는 사람이 있는지 물어보려고. 그냥 연구 프로젝트에 필요하다고 둘러대면서 말이야. 대부분 스팸 메일을 받으면 곧바로 삭제해버리지만 운이 좋으면 답신을 받아볼 수 있을 거야."

"가능성이 크진 않을 것 같은데."

"나도 알아."

"별의별 이상한 사람들이 답신을 보내올 거야."

"다른 방법이 없는 것 같아."

"하긴. 잘하면 의외의 소득을 건질 수 있을지도 모르겠군. 그건 그렇고, 내가 십오 년, 이십 년 전 사진 속 여자를 왜 찾으려 하느냐고 묻지 않는 거 눈치챘어?"

"눈치챘지."

"내가 이런 사람이라는 거, 알고 있으라고."

"알고 있었어. 어쨌든 이야기가 아주 길어."

"들어줄 사람이 필요해?"

"물론. 그전에 몇 시간 동안 아이들 봐줄 사람이 필요해."

"내가 봐줄게. 어차피 혼자 있으니까." 그녀가 잠시 멈칫했다. "젠장, 혼자라는 사실을 항상 내 입으로 말하다니."

"비키는 어디 있는데?"

비키는 코라의 딸이었다.

"맥맨션에서 자고 올 거야. 전남편이랑 말처럼 생긴 그의 새 아내랑 같이. 아니, 이렇게 말하는 게 옳겠군. 아돌프 히틀러와 그의 아내 에바와 벙커에서 하룻밤 자고 온다고 했어."

그레이스의 얼굴에 미소가 살짝 번졌다.

"내 차는 공장에 들어가 있어. 오는 길에 날 좀 태워다줄 수 있어?"

코라가 말했다.

"맥스를 태우고 곧장 갈게."

그레이스는 몬테소리에 들러 아들을 데리고 나왔다. 맥스는 눈물을 글썽이고 있었다. 게임을 하다가 친구에게 유희왕 카드를 여러 장 잃었다고 했다. 아들을 달래려 했지만 소용없었다. 결국 포기하고 아들에게 재킷을 입혔다. 아이의 모자와 장갑 한 짝이 보이지 않았다. 한 학부형이 휘파람을 불며 직접 짠 듯한 니트 모자와 목도리, 장갑을 아이에게 차례로 입히고 신겼다. 그녀가 그레이스를 흘끔 돌아보며 동정하는 듯한 표정을 지었다. 그레이스는 그 여자를 몰랐지만 왠지 그녀가 마음에 들지 않았다.

어머니 노릇은 예술가 노릇과 크게 다르지 않았다. 언제나 불안정하고, 위선자가 된 듯한 기분을 느끼기도 하며, 남들이 자신보다 훨씬 낫다는 사실을 인정해야 했다. 아이들에게 지나치게 빠져 사는 어머니들. 언제나 미소를 잃지 않은 채 불가능해 보이는 일을 해내고,

초인적인 인내심을 보여주는 어머니들. 아이들을 위해 더할 나위 없이 바람직한 방과 후 놀이거리를 끊임없이 만들고 또 만들어내는 사람들. 그레이스는 그런 엄마들의 삶이 상당히 불행한 건 아닐까 생각했다.

코라는 자신의 핑크색 집 앞에서 그레이스를 기다리고 있었다. 한때 동네 전체가 그녀의 핑크색 집을 무척 싫어했다. 언젠가 미시라는 이름의 신경질적인 이웃 여자가 코라에게 집을 다른 색으로 칠해줄 것을 요구하는 서명운동을 벌인 적도 있었다. 1학년 축구 시합이 있던 때였다. 그때 그레이스는 서명할 종이를 건네받고 미시가 보는 앞에서 북북 찢어버린 후 그냥 뒤돌아 가버렸다.

그레이스 역시 코라의 취향이 마음에 들진 않았지만 별일도 아닌 것을 가지고 호들갑 떠는 이웃이 무척 못마땅했다.

뾰족한 스틸레토 힐을 신은 코라가 뒤뚱거리며 달려나왔다. 타이츠와 스웨터. 평상시에 비하면 점잖은 옷차림이었다. 하지만 별 효과는 없었다. 아무리 삼베로 몸을 둘둘 감고 다닌다 해도 섹시함까지 완전히 감출 수는 없는 모양이었다. 코라가 움직일 때마다 새로운 곡선이 만들어졌다. 허스키한 음성에선 두 가지 뜻으로 해석되는 말들이 자연스럽게 튀어나왔고, 살짝 끄덕이는 고갯짓도 유혹하는 제스처로 느껴졌다.

코라가 조수석에 올라 뒷좌석의 맥스를 돌아보았다.

"안녕, 미남 친구."

맥스는 퉁퉁거리며 고개를 들지 않았다.

"내 전남편이랑 반응이 똑같네." 코라가 다시 몸을 돌려 앞을 보았다. "그 사진은 가지고 있어?"

"응."

"거스에게 전화해봤어. 기꺼이 도와주겠대."

"사례는 하겠다고 했어?"

"내가 말한 다섯 번째 데이트 징크스 기억하지? 그래서 말인데, 이번 주 토요일 밤에 어때?"

그레이스가 코라를 빤히 바라보았다.

"농담이야."

"알고 있었어."

"그래? 뭐 어쨌든, 거스가 사진을 스캔해서 이메일로 보내달라고 했어. 익명으로 이메일 계정을 만들어 네가 직접 답신을 받아볼 수 있게끔 해주겠다더군. 아무도 네 정체를 알 수 없을 거래. 본문은 길게 쓸 필요 없어. 그냥 저널리스트의 취재에 사진의 출처가 필요하다고만 쓰면 될 거야. 어때?"

"그래. 고마워."

그들이 집에 도착했다. 곧장 위층으로 쿵쾅거리며 달려 올라간 맥스가 소리쳤다.

"〈스펀지 밥〉 봐도 돼요?"

그레이스가 승낙해주었다. 다른 부모들과 마찬가지로 그레이스도 아이들이 낮에 TV를 봐선 안 된다는 엄격한 규칙을 만들어놓았다. 그리고 다른 부모들과 마찬가지로 종종 그 규칙을 스스로 깨곤 했다. 코라는 부엌으로 들어가 커피를 만들기 시작했다. 그레이스는 어느 사진을 보내야 할지를 놓고 잠시 생각하다가 결국 엑스 표시가 된 금발머리 소녀와 왼쪽의 빨강머리 여자를 확대한 사진을 보내기로 했다. 잭의 얼굴은 빼기로 했다. 그까지 연루시키고 싶진 않았다. 두 명의 얼굴을 함께 올린다면 도움이 될 만한 답신을 받을 가능성도 두 배로 높아질 것 같았다.

코라가 사진 원본을 들여다보았다.

"내가 한 번 봐도 되겠지?"

"물론."

"이상한데."

"여기 이 남자 말이야……." 그레이스가 손으로 사진 속 남자를 가리켰다. "턱수염 기른 사람. 이게 누구 같아?"

코라의 눈이 가늘어졌다.

"잭 같아 보이는데."

"잭 같아 보인다는 거야, 아니면 잭이 맞는 거야?"

"네가 더 잘 알겠지."

"잭이 실종됐어."

"뭐?"

그녀는 코라에게 그동안 있었던 일들을 들려주었다. 코라는 핏빛 나는 샤넬 루즈 누아르를 바른 긴 손톱으로 테이블 표면을 톡톡 두드리며 그레이스의 이야기를 들었다. 그레이스가 이야기를 마치자 코라가 입을 열었다.

"내가 남자들을 얼마나 무시하는지 알지?"

"응."

"개똥보다도 못한 게 바로 남자들이야."

"나도 알아."

"솔직히 얘기할게. 내가 봐도 이 사람은 잭이 맞아. 그리고 이 금발 머리는 그가 구세주라도 되는 듯이 황홀한 눈으로 바라보고 있어. 보나마나 옛 애인일 거야. 잭과 여기 이 막달라 마리아는 보통 사이가 아니었을 거라고. 어쩌면 누군가가, 분명 그녀의 현재 남편이겠지만, 일부러 이 사진을 네가 보게 만들었는지도 몰라. 네가 모든 것을 알아차렸다고 잭은 생각했을 거야."

"그래서 집을 뛰쳐나간 거라고?"

"맞아."

"그건 말이 안 돼, 코라."

"이보다 나은 가설이라도 있어?"

"그렇지 않아도 머리를 쥐어짜고 있어."

"잘됐네."

코라가 말했다.

"왜냐하면 나도 내 가설이 안 믿기거든. 그저 내 생각을 얘기했을 뿐이야. 그러니까 결론은, 남자는 다 쓰레기라는 거야. 하지만 잭은 항상 예외라고 생각했지."

"그래서 내가 널 좋아하는 거야."

코라가 고개를 끄덕였다.

"그래서 모두 날 좋아하지."

그레이스는 밖에서 들려온 소음을 듣고 창가로 향했다. 번쩍이는 검은색 리무진 한 대가 집 앞에 멈춰 서고 있었다. 희미하게 모타운 사운드도 들려왔다. 통통한 얼굴과 휘핏그레이하운드와 테리어의 교배에 의한 영국산 경주견의 체구를 닮은 운전사가 내려 뒷문을 열었다.

칼 베스파가 도착한 것이다.

알려진 직업과는 달리 칼 베스파는 마피아 스타일의 벨루어 모자나 방수제가 입혀진 번쩍이는 정장 차림이 아니었다. 그는 카키색 바지에 조셉 어버드 스포츠 재킷을 걸치고 있었으며, 맨발에 간편화를 신고 있었다. 육십대 중반이었지만 그보다 십 년은 젊어 보였다. 그의 머리는 어깨에 닿을 듯 말 듯한 정도의 길이였고, 서서히 희끗해지고 있는 금발이었다. 검게 그을린 얼굴은 보톡스를 맞기라도 한 듯 매끈매끈했다. 게다가 씌워진 인공 치관은 눈에 거슬릴 정도로 컸다. 마치 앞 송곳니가 성장 호르몬을 맞기라도 한 듯.

그가 운전사에게 고개를 한 번 끄덕인 후 그레이스의 집 현관을 향해 다가갔다. 그레이스가 문을 열고 그를 맞았다. 칼 베스파는 이를 드러내며 환히 웃었다. 그녀도 환한 웃음으로 화답했다. 그가 그녀의 볼에 살짝 입을 맞추었다. 여전히 아무 말도 오가지 않았다. 별 말이 필요 없는 사이였다. 그가 그녀의 손을 잡고 그녀의 얼굴을 바라보았다. 그의 눈가가 촉촉이 젖어 있었다.

맥스가 어머니의 오른쪽으로 다가와 섰다. 베스파가 그녀의 손을 놓고 한 걸음 물러섰다.

"맥스. 이분은 베스파 씨야."

그레이스가 말했다.

"안녕, 맥스."

"저게 아저씨 차예요?"

맥스가 물었다.

"그래."

맥스가 잠시 차를 내다보다가 다시 베스파를 올려다보았다.

"안에 TV도 있어요?"

"그럼."

"와."

코라가 헛기침을 한 번 했다.

"오, 이쪽은 제 친구, 코라예요."

"반갑습니다."

베스파가 말했다.

코라도 차를 한 번 내다봤다가 베스파를 바라보았다.

"싱글이세요?"

"네."

"오."

그레이스는 아이를 볼 때 주의할 사항들을 무려 여섯 차례에 걸쳐 반복해 들려주었고, 코라는 매번 귀담아듣는 척했다. 맥스가 좋아하는 피자와 치즈 든 빵을 주문할 수 있도록 20달러도 쥐여주었다. 에마는 한 시간쯤 후에 다른 학부형의 차를 타고 집에 도착할 것이다.

그레이스와 베스파가 리무진으로 향했다. 통통한 얼굴의 운전사가 문을 잡고 서 있었다.

"이 친구는 크램입니다."

베스파가 운전기사를 가리키며 말했다.

크램과 악수를 하는 동안 그레이스는 터져나오려는 비명을 애써 참아냈다.

"반갑습니다."

크램이 말했다. 그의 미소는 꼭 디스커버리 채널 다큐멘터리에서 봤던 바다의 포식동물을 연상케 했다. 그녀가 먼저 차에 올랐고, 칼 베스파가 그 뒤를 따랐다.

워터포드 글라스와 유리병 세트가 보였다. 유리병엔 담갈색 고급 위스키가 반쯤 담겨 있었다. 그의 말대로 텔레비전 세트도 보였다. 그녀가 앉은 좌석 위로는 DVD 플레이어, 멀티플 CD 플레이어, 온도 조절기가 갖춰져 있었고, 파일럿들도 혼란스러워할 만큼 용도를 알 수 없는 많은 버튼이 줄지어 붙어 있었다. 크리스털 글라스와 유리 술병과 전자 기기들을 비롯한 모든 것이 지나치게 화려했다. 하지만 이런 고급 리무진에 그런 것들이 없다면 허전하게 느껴질 것 같았다.

"어디로 가시는 거죠?"

그레이스가 물었다.

"설명하자면 복잡해요."

그들은 나란히 앉아 있었다.

"그냥 먼저 보여주는 게 나을 것 같은데, 괜찮겠죠?"

칼 베스파는 그녀의 병실을 찾아온 첫 번째 유족이었다. 그레이스가 의식을 되찾자마자 제일 먼저 본 사람이기도 했다. 그녀는 그가 누구인지, 자신이 어디에 와 있는지, 그동안 시간이 얼마나 흘렀는지를 전혀 알지 못했다. 기억이 끊어진 지 일주일이 넘었다. 칼 베스파는 며칠 동안 그녀의 병실을 지켜주었다. 잠도 침대 옆 의자에 쪼그려 앉아 잤다. 그는 그녀가 깨어나자마자 황홀한 풍경을 볼 수 있도록 매일 병실 전체를 꽃으로 장식해놓았다. 차분한 음악을 들려주었고, 최상의 의료 서비스를 받을 수 있도록 전용 간병인을 붙여주었다. 그리고 병원 직원들이 그녀에게 좋은 음식만을 제공하도록 손도 써두었다.

그는 그녀에게 사고 당시의 상세한 일들에 대해 묻지 않았다. 설령 물었다 해도 그녀는 만족스러운 답을 해줄 수 없었을 것이다. 그 후로 몇 달간 그들은 많은 이야기를 나누었다. 그는 주로 아버지로서 실패한 자신의 인생을 이야기했다. 그는 그녀가 깨어나자마자 특실로 옮겨갈 수 있도록 배려해주었다. 경비원까지 직접 고용해주었다. 흥미롭게도 병원 경비업체는 범죄조직에 의해 운영되고 있었다.

다른 유족들도 속속 그녀를 찾아왔다. 이상한 일이었다. 그들 모두가 그녀의 곁을 지키고 싶어했다. 그리고 그뿐이었다. 그들은 그녀 곁에서 위안을 찾았다. 그들의 아이들이 그레이스가 보는 앞에서 목숨을 잃었다. 그들은 떠나보낸 아이들의 영혼이 그녀 안에서 여전히 살아숨쉬고 있다고 믿는 듯했다. 말이 안 되는 일이었지만 그레이스는 그들의 심정을 어느 정도는 이해할 수 있을 것 같았다.

비탄에 젖은 유족들은 저마다 잃어버린 아들과 딸에 대해 이야기했고, 그레이스는 묵묵히 그들의 이야기에 귀를 기울였다. 적어도 그 정도는 유족들을 위해 해야 한다고 생각했다. 그런 관계가 그다지 적절하게 여겨지진 않았지만 그렇다고 그들을 정중히 돌려보낼 자신도 없었다. 그레이스에겐 가족이 없었다. 그래서 그들의 관심이 싫지만은 않았다. 그들에겐 아이가 필요했고, 그녀에겐 가족이 필요했다. 간단한 문제가 아니었다. 하지만 그레이스는 이 난감한 상황을 어떻게 설명할 수가 없었다.

리무진은 가든 스테이트 고속도로의 남쪽으로 향하고 있었다. 크램이 라디오를 켜자 클래식 음악이 흘러나왔다. 바이올린협주곡 같았다.

베스파가 입을 열었다.

"곧 기일이라는 거 알고 있죠?"

"네."

그녀가 대답했다. 사실 그녀는 그 사실을 잊기 위해 무던히 애써왔다. 십오 년. 보스턴 가든에서 끔찍한 사고가 벌어진 지도 벌써 십오 년이 지났다. 언론은 올해도 잊지 않고 '그들은 지금 무엇을 하고 있는가?'라는 기념 기사를 일제히 실었다. 유족들과 생존자들의 반응은 제각각이었지만 대부분 그날 사건이 잊히는 것을 원치 않았기에 순순히 기자들의 인터뷰에 응해주었다. 개리슨 가족과 리즈 가족, 그리고 웨이더 가족의 가슴 아픈 사연이 지면에 올랐다. 가까스로 비상구를 열어 많은 목숨을 구했던 경비 고든 매켄지는 현재 보스턴 근교 브루클린에서 경찰로 활동하고 있었다. 계급은 경감이었다. 칼 베스파도 아내 샤론과 정원에서 찍은 사진을 신문사에 제공했다. 사진 속의 그들은 여전히 누군가에 의해 속이 텅 비워진 듯한 모습이었다.

그레이스는 정반대로 나아갔다. 의욕적으로 작품 활동에만 매달리며 그날의 비극을 잊으려 무던히 애써왔다. 그녀는 그저 현장에서 부상을 당했을 뿐이었다. 지나친 언론의 호들갑은 한물간 배우들이 평소 싫어하던 동료 연기자의 갑작스러운 죽음 소식을 접하고 거짓눈물을 찔끔거리는 모습을 연상시켰다. 그레이스는 그들 중 하나가 되고 싶지도 않았고, 모든 관심이 그날 목숨을 잃은 희생자들과 유족에게 고스란히 돌아가기를 원했다.

"그 친구, 다시 가석방 심사를 앞두고 있어요." 베스파가 말했다. "웨이드 라루 말이에요."

물론 그녀도 그가 누구인지 알고 있었다.

그날의 비극은 웨이드 라루 탓이었다. 그는 현재 뉴욕 올버니에 있는 월든 교도소에 복역 중이었다. 그가 쏜 총에 놀라 관객들이 공황상태에 빠지면서 대참사가 벌어졌다. 변호인단의 주장은 무척 흥미로웠다. 그들은 웨이드 라루가 총을 쏘지 않았다고 주장했다. 그의 손에 묻어 있던 총 잔류물도 무시했다. 총은 분명 그의 것이었고, 발사된 총탄도 그의 총과 완벽하게 일치했으며, 그가 총을 쏜 것을 본 많은 목격자가 있었음에도 그들의 억지 주장은 계속되었다. 웨이드 라루는 당시 술에 무척 취한 상태라 전혀 기억을 하지 못할 뿐더러 자신이 총을 쏘면 열여덟 명이 목숨을 잃고, 수십 명이 부상당하게 될 것이라고는 전혀 예상하지 못했다는 이상한 논리를 펼쳤다.

재판은 굉장히 논쟁적으로 진행되었다. 검사들은 그에게 열여덟 명을 살해한 혐의를 씌우려 했지만 배심원단의 입장은 달랐다. 라루의 변호사는 과실치사로 합의를 이끌어내는 데 성공했다. 사실 아무도 판결 결과에 큰 걱정을 하지 않았다. 칼 베스파의 외아들도 그날 사고로 목숨을 잃었다. 고티뉴욕 마피아의 대부의 아들이 교통사고로 숨진 사건을 기억하는지? 사건 이후로 그를 친 운전자를 봤다는 사람은 아무도 없었다. 사람들은 웨이드 라루의 운명 또한 그와 다르지 않을 거라고 생각했다. 차이가 있다면 이번엔 모두가 그렇게 되기만을 진심으로 바라고 있다는 사실이었다.

한동안 라루는 월든 교도소에서 격리된 채 지냈다. 그레이스는 그에 대해 잊은 지 오래였다. 하지만 칼 베스파 같은 유족들은 여전히 그녀에게 연락을 해오고 있었다. 가끔 그들은 그녀를 직접 만나고 싶어했다. 생존자로서 그녀는 졸지에 희생자들이 보낸 사자가 된 셈이었다. 몸은 회복되었지만 그런 감정적 부담은 그녀가 감당해내기 어려운 것이었다. 그레이스가 외국으로 떠날 결심을 한 것도 그 때문이었다.

결국 라루는 머지않아 일반 시민이 될 터였다. 복역 중에 그는 동료 수용자들에게 구타와 괴롭힘을 받았지만 용케 살아남았다. 칼 베스파가 어느 순간 그를 더 괴롭히지 말라고 지시했기 때문이었다. 그것은 순수한 자비의 신호일 수도 있었고 어쩌면 그 반대일 수도 있었다.

베스파가 말했다.

"이제야 자신이 완전히 무고하지는 않다고 인정하기 시작했어요. 그 소식 들었어요? 그는 자신이 총을 쏘았다고 시인했어요. 불이 꺼지자 순간 당혹스러워서 그랬다더군요."

그런대로 신빙성 있는 주장이었다. 그레이스는 웨이드 라루를 딱 한 번 본 적이 있었다. 그녀는 증인으로 법정에 서 있었다. 물론 그녀의 증언은 배심원단이 그가 유죄인지 무죄인지를 결정하는 데 아무런 도움이 되지 못했다. 그녀는 당시 상황을 전혀 기억하지 못했다. 당연히 누가 총을 쐈는지도 알지 못했다. 그레이스는 복수를 원치 않았다. 그녀에게 웨이드 라루는 그저 증오보다 동정을 주어야 할 불쌍한 사람일 뿐이었다.

"그가 풀려날 것 같아요?"

그녀가 물었다.

"그에게 새 변호사가 붙었어요. 꽤 유능한 여자죠."

"만약 그녀가 그를 가석방해준다면요?"

베스파가 미소를 지었다.

"나에 대한 모든 기사를 다 믿지 말아요." 그러고는 덧붙였다. "어차피 그날 사고는 웨이드 라루 한 사람 때문에 일어난 건 아니었으니까요."

"그게 무슨 뜻이죠?"

그가 입을 열려다가 이내 꾹 닫았다. 그러고는 다시 천천히 입을 떼었다.

"아까 말했잖아요. 일단 먼저 보는 게 좋을 것 같다고요."

그의 심상치 않은 음성을 감지한 그녀는 화제를 바꿔보기로 했다.

"아까 싱글이라고 하셨죠?"

그레이스가 말했다.

"네?"

"아까 제 친구에게 그러셨잖아요."

그가 손가락을 흔들어 보였다. 반지가 보이지 않았다.

"샤론과는 이 년 전에 갈라섰어요."

"유감이네요."

"결혼생활에 오랫동안 문제가 많았어요." 그가 시선을 돌리며 어깨를 으쓱했다. "식구들은 어때요?"

"다들 괜찮아요."

"조금 머뭇거리는 것 같군요."

베스파가 그녀의 불안한 표정을 읽은 듯했다.

"아까 통화할 때 내 도움이 필요하다고 했죠?"

"네."

"무슨 일이죠?"

"제 남편이……." 그녀가 잠시 멈칫했다. "남편에게 무슨 일이 생긴 것 같아요."

그녀는 베스파에게 그동안 있었던 일들을 들려주었다. 그의 눈은 그녀의 시선을 피해 정면을 향하고 있었다. 그는 가끔 고개를 끄덕일 뿐이었지만 그조차도 부자연스러워 보였다. 지금까지 칼 베스파는 활기 넘치는 모습만을 보여주었다. 그녀가 이야기를 마친 후에도 한참 동안 말이 없었다.

"그 사진, 지금 가지고 있어요?"

베스파가 물었다.

"네."

그녀가 사진을 꺼내 그에게 건넸다. 그의 손이 조금 떨리고 있었다. 베스파가 한동안 사진을 뚫어져라 들여다보았다.

"내가 가져도 되겠습니까?"

그가 물었다.

"제게 사본이 있어요."

베스파의 시선은 여전히 사진에서 떨어지지 않았다.

"몇 가지 개인적인 질문을 해도 괜찮겠습니까?"

그가 물었다.

"그러세요."

"남편을 사랑합니까?"

"네. 아주 많이요."

"그도 당신을 사랑하고 있나요?"

"네."

칼 베스파는 잭을 딱 한 번 만났다. 그는 그들이 결혼할 때 선물도 보냈다. 또한 에마와 맥스의 생일선물까지 챙기는 자상함도 보여주었다. 그레이스는 그에게 감사 카드를 보냈고, 받은 선물은 전부 자선단체에 기증했다. 그와 연락을 주고받는 것까지는 괜찮았지만 그가 아이들을 챙기는 것은 원치 않았다.

"남편과는 파리에서 만났죠?"

"프랑스 남부에서 만났어요. 그런데 왜 그러시죠?"

"어떻게 만나게 된 거죠?"

"그게 무슨 상관이죠?"

그가 잠시 머뭇거렸다.

"당신이 남편에 대해 얼마나 잘 알고 있는지 파악하기 위해서예요."

"우린 십 년간 같이 살았어요."

"나도 압니다." 그가 앉은 채로 몸을 살짝 틀었다. "그때 당신은 휴가 중이었나요?"

"그걸 휴가라고 부를 수 있을지 모르겠네요."

"유학 중이었죠? 그럼 공부하느라."

"네."

"이 모든 것에서 벗어나기 위해서이기도 했을 테고요."

그녀는 대답하지 않았다.

"잭은요?" 베스파가 말을 이었다. "그는 왜 프랑스에 있었던 거죠?"

"같은 이유였어요."

"그도 도망쳐온 거였단 얘긴가요?"

"네."

"무엇에서부터?"

"그건 저도 몰라요."

"내가 분명한 사실 한 가지를 말해도 되겠습니까?"

그녀는 잠자코 기다렸다.

"잭이 누구에게서 도망을 쳤든……." 베스파가 사진을 가리켰다. "그 추격자가 잭을 찾아낸 겁니다."

그레이스는 이해가 되지 않았다.

"하지만 그건 오래전 일이에요."

"보스턴 대학살도 마찬가지죠. 당신도 지금까지 도망하고 있잖아요. 그렇게 애를 쓰니 벗어나지던가요?"

그녀는 크램이 백미러를 통해 자신을 지켜보고 있다는 걸 알았다. 그 역시 그녀의 대답을 기다리고 있었다. 그녀는 여전히 대답이 없었다.

"그 어느 것도 과거에만 머물러 있지 않아요, 그레이스. 당신도 알잖아요."

"전 남편을 사랑해요."

그가 고개를 끄덕였다.

"절 도와주실 수 있나요?"

"물론이죠."

차는 가든 스테이트 고속도로를 벗어나왔다. 멀리 십자가가 붙어 있는 거대한 건물이 보였다. 꼭 비행기 격납고 같았다. 네온사인은 '주님과 함께하는 콘서트' 티켓이 아직 남아 있다고 알리고 있었다. 랩처라는 밴드의 공연이었다. 크램이 리무진을 광활한 주차장에 세웠다.

"여긴 왜 오신 거죠?"

"신을 찾기 위해서죠." 칼 베스파가 말했다. "아니면, 그 반대를 찾게 될지도 모르죠. 자, 안으로 들어갑시다. 보여주고 싶은 게 있어요."

13

말도 안 돼. 샬레인은 생각했다.

그녀의 걸음은 어느새 프레디 사이크스의 정원으로 향하고 있었다. 아무 생각도 없이. 아무 감정도 없이. 자포자기의 마음으로 섣불리 움직였다가는 위험한 상황이 벌어질 수도 있었다. 하지만 그녀는 살면서 이런 긴장도 한 번쯤 느낄 필요가 있다고 생각했다. 어쩌면 그녀는 필요 이상으로 겁을 먹고 있는지도 몰랐다. 마이크가 알게 되면 뭐 어때? 설마 날 떠나기라도 하겠어? 떠난다 해도 그게 나쁜 일인가?

한번 일부러 들켜봐?

아, 아마추어 같은 자기분석은 이제 그만. 그저 이웃의 도리를 다하는 척하며 프레디의 문에 살짝 노크하려는 것뿐이야. 이 년 전, 마이크는 뒷마당에 120센티미터 높이의 울타리를 쳐놓았다. 그는 그보다 높은 울타리를 원했지만 도시 규정에 어긋났다. 정원에 수영장이 갖춰진 경우에만 높은 울타리를 쳐놓을 수 있었다.

샬레인이 프레디의 집과 경계를 이룬 문을 열었다. 묘한 기분에 휩싸였다. 그녀는 지금껏 한 번도 그 문을 열어본 적이 없었다.

그녀는 프레디의 집 뒷문으로 다가갔다. 그의 집은 심하게 낡아서 여기저기 칠이 벗겨져 있었다. 정원은 손질이 안 된 채 오랫동안 방치된 것 같았다. 바닥의 갈라진 틈마다 잡초가 삐져나와 있었다. 사방엔 죽은 잔디가 널려 있었다. 그녀는 몸을 틀고 자신의 집을 돌아보았다. 지금껏 이런 각도에서 집을 바라본 적은 없었다. 그녀의 집 또한 그리 산뜻해 보이진 않았다.

그녀는 어느새 프레디의 집 뒷문에 다다라 있었다.

좋아. 이젠 어쩌지?

어쩌긴. 노크를 해야지. 바보.

그녀가 문을 두드렸다. 처음에는 가볍게. 반응이 없었다. 이번엔 좀 더 강하게 문을 두드렸다. 역시 무응답. 문에 귀를 대보았다. 그러면 무슨 뾰족한 수라도 생길 것 같았다. 나지막한 울음소리라도 들릴 것 같았다.

하지만 안에서는 아무 소리도 흘러나오지 않았다.

창문엔 커튼이 드리워져 있었지만 완전히 덮이지 않은 부분이 군데군데 보였다. 그녀는 틈을 찾아 안을 들여다보았다. 거실엔 라임색 소파가 놓여 있었다. 어찌나 해졌는지 마치 소파 전체가 녹아내리고 있는 것처럼 보일 정도였다. 한쪽 구석엔 비닐로 덮인 적갈색 안락의자가 놓여 있었다. 텔레비전은 새것 같았다. 벽엔 어릿광대가 그려진 낡은 그림이 걸려 있었다. 피아노 위엔 흑백사진을 넣은 액자가 여러 개 놓여 있었다. 그중엔 결혼사진도 있었고, 프레디의 부모로 보이는 이들의 사진도 있었다. 육군 제복 차림의 잘생긴 신랑의 사진, 그리고 같은 남자가 환히 웃으며 아기를 안고 있는 사진도 보였다. 군인의 사진은 그게 전부였다. 나머지는 프레디의 독사진이거나 그가 어머니와 함께 찍은 사진들이었다.

실내는 깨끗이 치워져 있었다. 아니, 보존되어 있다는 표현이 더 어울릴 것 같았다. 시간의 착각 속에 빠져 사용되지 않고 있기라도 한 듯. 구석 테이블엔 작은 입상과 사진이 놓여 있었다. 인생. 샬레인은 생각했다. 프레디 사이크스에게도 인생이 있었군. 이유 모를 묘한 기분이 들었다.

샬레인이 집을 돌아 차고 앞으로 향했다. 차고 뒤편에 나 있는 창문엔 얇은 레이스 커튼이 드리워져 있었다. 그녀는 발끝으로 서보았다. 그녀의 손가락은 창틀에 단단히 걸려 있었다. 오래된 나무가 그녀의 체중을 견뎌낼지 의문이었다. 벗겨진 페인트 조각들이 비듬처럼 쏟아져내렸다.

그녀가 차고 안을 들여다보았다.

또 다른 차 한 대가 보였다.

미니밴. 포드 윈드스타. 이런 동네에서 살다보면 거의 모든 차 모델을 어렵지 않게 알 수 있었다.

프레디 사이크스는 포드 윈드스타를 가지고 있지 않았다.

어쩌면 그의 동양인 손님의 것인지도 몰랐다. 그건 말이 되나?

여전히 그녀는 미심쩍었다.

이젠 어쩌지?

샬레인은 땅을 내려다보며 생각에 잠겼다. 사실 그녀의 머릿속 생각은 처음 이웃집 정원에 발을 들여놓았을 때부터 시작되었다. 아늑한 주방을 나설 때부터 그녀는 아무도 자신의 노크에 응답하지 않을 것이란 걸 알고 있었다. 창문 안을 흘끔 들여다보는 것 역시 아무 도움이 되지 않을 거라는 사실도 알고 있었다. 엿보는 취미를 가진 이웃을 엿볼 생각을 다 하다니.

돌.

한때 채소 텃밭이었던 정원엔 돌이 하나 놓여 있었다. 언젠가 그녀는 프레디가 그 돌을 들추고 비상열쇠를 집어드는 것을 본 적이 있었다. 돌 밑에 열쇠를 감추는 일이 너무 흔하다보니 이젠 도둑들은 현관매트 밑을 먼저 살펴보지 않았다.

샬레인이 몸을 숙이고 돌을 한쪽으로 치웠다. 이제 그녀가 할 일은 작은 나무 패널을 걷어내고 열쇠를 집어드는 것뿐이었다. 그녀는 행동으로 옮겼다. 손바닥에 놓인 열쇠가 햇빛을 받아 반짝거렸다.

샬레인은 돌아올 수 없는 다리를 건널 결심을 이미 굳혔다.

그녀는 다시 뒷문으로 돌아갔다.

14

여전히 바다의 포식동물 같은 미소를 머금은 크램이 문을 열어주었다. 그레이스가 리무진에서 내렸다. 칼 베스파는 직접 문을 열고 내렸다. 커다란 네온사인은 그레이스가 한 번도 들어본 적 없는 종파들을 열거하고 있었다. 건물 주변에 줄지어 놓여 있는 표시에 의하면, 바로 그곳이 '주님의 집'이라고 했다. 만약 그게 사실이라면 신은 좀 더 독창적인 건축가를 고용했어야 한다고 그녀는 생각했다. 건물은 고속도로변에 있는 대형 상점의 화려함과 온기를 모두 담고 있었다.

실내는 초라했다. 바닥엔 쇼핑몰에서 흔히 볼 수 있는 여자 아이들의 립스틱 색과 비슷한 새빨간 카펫이 깔려 있었다. 짙은 핏빛 바탕의 벽지엔 수백 개의 벨벳별과 십자가가 찍혀 있었다. 눈이 핑핑 돌 지경이었다. 주 예배당, 아니 실내 경기장엔 일반 좌석이 아닌, 신도용 벤치가 줄지어 놓여 있었다. 그다지 편해 보이진 않았지만 적어도 서 있는 것보다는 나을 것 같다는 생각이 들었다. 교회가 예배 중에 때때로 신도들로 하여금 자리에서 일어서게 하는 이유는 신앙심이나 헌신과는 아무런 상관이 없었다. 신도들이 잠에 빠져들지 않도록 하기 위함이었다. 비록 냉소적이긴 하지만 그레이스는 그렇게 믿고 있었다.

실내 경기장에 들어서는 순간 그레이스의 가슴이 철렁 내려앉았다.

치어리더 유니폼을 연상시키는 초록색과 금색으로 장식된 제단이 무대 뒤로 스르르 사라졌다. 그레이스는 부자연스러운 부분 가발을 쓴 설교자를 기대했지만 그런 사람은 어디에도 보이지 않았다. 밴드 공연이 곧 시작될 태세였다. 네온사인이 광고했던 랩처라는 밴드인 모양이었다. 칼 베스파가 그녀 앞에 멈춰 서서 무대를 바라보았다.

"선생님의 교회인가요?"

그녀가 물었다.

그의 입가에 희미한 미소가 머금어졌다.

"아닙니다."

"설마 랩처의 팬은 아니시겠죠?"

베스파는 그 질문에 대답하지 않았다.

"무대 앞으로 가봅시다."

크램이 앞장섰다. 경비들이 보였지만 크램이 다가오자 마치 유독성 물질이라도 본 듯 양옆으로 물러섰다.

"여기서 뭘 하는 거죠?"

그레이스가 물었다.

베스파는 계속해서 계단을 내려갔다. 그들은 귀빈석에 다다랐다. 교회에서 최고로 좋은 좌석을 뭐라고 하더라? 그녀가 실내를 빙 돌아보았다. 거대한 원형식 공연장이었다. 무대는 중앙에 자리하고 관객이 사방을 에워싸는 식이었다. 그레이스는 목이 조여오는 느낌을 받았다.

종교적 의식 같은 분위기였지만 기분만큼은 평범한 록 콘서트장과 다르지 않았다.

베스파가 그녀의 손을 잡았다.

"아무 일 없을 거예요."

하지만 그녀는 믿을 수 없었다. 지난 십오 년간 그녀는 실내 경기장에서 열리는 콘서트나 스포츠 이벤트에 관심을 가진 적이 없었다. 한때 그녀는 록 콘서트에 푹 빠져 지냈다. 고등학교 시절, 애즈버리파크 컨벤션센터에서 봤던 브루스 스프링스틴과 E 스트리트 밴드의 공연은 아직까지도 생생한 기억으로 남아 있었다. 신기한 것은 록 콘서트와 격앙된 종교의식 사이의 선이 그다지 분명하지 않다는 사실이었다. 브루스가 그레이스의 애창곡 '강을 사이에 두고'와 '정글랜드'를 연이어 불렀을 때, 그리고 땀에 전 그녀가 눈을 감은 채 일어나 행복에 겨운 몸을 바르르 떨며 몽롱한 상태에 빠져들었을 때 느낀 짜릿한 기분은 복음 설교자가 떨리는 손을 번쩍 치켜들며 신도를 압도하는 모습을 TV를 통해 봤을 때의 기분과 다르지 않았다.

그녀는 그 기분이 무척 좋았지만 두 번은 느끼고 싶지 않았다.

그레이스가 칼 베스파에게서 벗어났다. 그는 이해한다는 듯 고개를 끄덕였다.

"자."

그가 부드러운 음성으로 말했다.

그레이스가 절룩거리며 그의 뒤로 몸을 숨겼다. 절룩거림이 부쩍 심해진 것 같았다. 다리가 욱신거렸다. 심리적인 이유 때문이었고, 그녀 자신도 그 사실을 알았다. 비좁은 공간은 그녀를 늘 불안하게 했다. 사람들이 꽉 들어찬 넓은 공간 역시 불편하긴 마찬가지였다. 지금 그녀가 들어와 있는 '주님의 집'은 꽤 한산한 편이었다. 신에게 감사할 일이었다. 하지만 그녀의 머리는 어느새 그날 밤 벌어진 끔찍한 사고를 떠올리고 있었다.

앰프에서 흘러나온 날카로운 음성이 그녀의 정신을 번쩍 들게 했다. 누군가가 사운드 테스트를 하고 있었다.

"절 왜 여기 데려오신 거죠?"

그녀가 베스파에게 물었다.

그의 얼굴은 무표정했다. 그가 왼쪽으로 움직이기 시작했다. 그레이스도 그를 따라갔다. 무대 위에 걸려 있는 전광판은 랩처가 삼 주째 투어 중이며 주님의 MP3에도 그들의 음악이 담겨 있다고 했다.

밴드가 무대로 올라가 사운드 체크에 들어갔다. 그들은 무대 중앙에 모여 잠시 뭔가를 의논하다가 이내 연주를 시작했다. 그레이스는 깜짝 놀랐다. 그들의 연주 실력은 굉장했다. 가사는 지나치게 감상적인 면이 있었다. 하늘과 쫙 펼쳐진 날개와 승천에 관한 이야기뿐이었다. 에미넘은 자신의 곡을 통해 여자친구에게 "취했으면 조용히 앉아 있어, 창녀야"라고 했던가. 랩처의 가사 또한 그들만의 독특한 방법으로 듣는 이들에게 충격을 주었다.

리드 보컬은 소녀였다. 소녀는 백금색 단발머리였고, 하늘을 지그시 올려다보며 노래를 불렀다. 열네 살 정도로 보이는 소녀의 오른쪽으로 기타리스트가 다가왔다. 그는 소녀 보컬보다 훨씬 헤비메탈 밴드 멤버다운 모습을 하고 있었다. 그는 메두사처럼 머리가 새까맸고, 팔뚝에는 커다란 십자가 문신이 새겨져 있었다. 그는 마치 화가 단단히 난 듯 열정적으로 기타를 연주했다.

일시적인 고요가 찾아들자 칼 베스파가 말했다.

"더그 본디가 만든 곡이에요. 저기 위에서 노래하고 있는 매디슨 실린저가 가사를 썼죠."

"그걸 제가 왜 알아야 하죠?"

"더그 본디는 드러머죠."

그들은 무대의 옆으로 옮겨갔다. 다음 곡이 시작되었다. 그들은 스피커 앞에 멈춰 섰다. 그레이스의 귀가 꽝꽝 울려댔다. 예전 같았으면 그 느낌에 마음껏 취했을 터였다. 심벌즈와 드럼 속에 파묻힌 더그 본디는 예쁘장하게 생긴 드러머였다. 그레이스는 조금 더 옆으로 이동했다. 그제야 그의 얼굴이 제대로 보였다. 그는 눈을 감은 채 평화로운 얼굴로 연주에 몰두하고 있었다. 다른 밴드 멤버들보다는 조금 나이가 들어 보였다. 그의 머리는 짧았고, 얼굴은 깨끗하게 면도가 된 상태였다. 엘비스 코스텔로를 연상시키는 검은색 뿔테 안경을 쓰고 있었다.

그레이스의 가슴이 쿵쾅거렸다.

"이제 돌아가고 싶어요."

그녀가 말했다.

"저 친구, 아닌가요?"

"집에 데려다주세요."

드러머는 여전히 음악에 심취한 채 드럼을 연주하고 있었다. 그가 고개를 돌려 그레이스를 보았다. 그들의 눈이 마주쳤다. 그녀는 이내 알아차릴 수 있었다. 그 역시 마찬가지였다.

그는 바로 지미 엑스였다.

그녀는 머뭇거림 없이 절룩거리며 출구로 향했다. 음악은 계속 그녀를 쫓아왔다.

"그레이스?"

베스파였다. 그레이스는 못 들은 척했다. 그녀가 비상구를 통해 밖으로 나왔다. 폐 안으로 차가운 공기가 파고들었다. 그녀는 심호흡을 하며 현기증을 가라앉혔다. 크램은 마치 그녀가 그쪽 비상구로 뛰쳐나올 것을 미리 예측하고 있었다는 듯 그곳에서 기다리고 있었다. 그가 미소를 지어 보였다.

칼 베스파가 뒤따라 나왔다.

"저 친구가 맞죠?"

"그가 맞다면요?"

"네?"

베스파는 적잖이 놀라는 모습이었다.

"저 친구도 무고하진 않아요. 그날 일은 저 친구 탓이기도……."

"집에 가고 싶어요."

베스파가 움찔했다. 마치 그녀에게 뺨이라도 한 대 얻어맞은 것처럼.

그에게 연락한 것은 어리석은 짓이었다. 그녀는 이제야 깨달았다. 자신은 살아남았고, 거의 완벽하게 회복했다. 물론 다리는 아직 불편했지만. 통증도 완전히 사라지지 않았고, 가끔 악몽도 찾아들지만. 그래도 괜찮았다. 이미 극복한 일이었다. 그러나 유족에겐 완전한 회복이란 없을 것이다. 그녀는 의식을 되찾은 첫날 그들의 눈에서 갈가리 찢긴 마음을 똑똑히 읽을 수 있었다. 시간이 흘러도 그들의 상처는 쉽게 아물지 않았다. 지금 칼 베스파의 눈을 통해서도 아직 회복되지 않은 그의 마음을 볼 수 있었다.

"제발." 그녀가 말했다. "절 집에 데려다주세요."

15

우는 비상열쇠가 없어진 사실을 알아차렸다.

돌은 뒷문으로 향하는 길에 죽어가는 게처럼 뒤집혀 있었다. 나무 패널도 열려 있었다. 열쇠는 보이지 않았다. 그는 처음으로 무단침입자들과 맞닥뜨린 때를 떠올렸다. 당시 그는 여섯 살이었다. 배관 시설이 전혀 되어 있지 않은 그의 오두막엔 방이 하나뿐이었다. 그들은 문을 부수고 들어와 그의 어머니를 질질 끌고 갔다. 그로부터 이틀 후 우는 어머니를 다시 만났다. 그들은 그의 어머니를 나무에 매달아놓았다. 아무도 그녀를 풀어줄 수 없었다. 그랬다간 그들 또한 처형될 테니까. 다음 날 새들이 그의 어머니를 찾았을 뿐이었다.

그의 어머니는 부당하게 반역자로 몰려 죽임을 당했다. 유죄인지 무죄인지는 중요하지 않았다. 그들의 목적은 그녀를 본보기로 삼는 것이었다. 반역자들은 모두 그렇게 처단된다는 것을 똑똑히 보여주기 위해, 아니 그들이 반역자라고 믿는 사람들 모두가 그렇게 죽게 될 거라고 확실하게 각인시키기 위해.

아무도 여섯 살배기 우를 받아주지 않았다. 고아원에서도 문전박대를 당했다. 아무도 그에게 신경 써주지 않았다. 에릭 우는 도망치기로 했다. 그는 숲 속에서 잤다. 허기가 지면 쓰레기통을 뒤져 남들이 먹다 버린 음식을 찾았다. 그는 그렇게 살아남았다. 열세 살 때 그는 절도 혐의로 체포되어 교도소에 수감되었다. 부패한 교도관장은 우의 잠재력을 대번에 꿰뚫어보았다. 그의 인생은 그렇게 바뀌었다.

우는 열쇠가 사라진 공간을 물끄러미 내려다보았다.

누군가가 집에 들어와 있었다.

그가 옆집을 돌아보았다. 왠지 이웃집 여자가 침입해 있는 것 같았다. 그녀는 창밖을 내다보는 취미를 가지고 있었다. 그녀라면 프레디 사이크스가 열쇠를 어디에 숨겨놓는지 알고 있을 터였다.

그는 자신의 선택지를 생각해보았다. 두 가지가 떠올랐다.

첫째, 그냥 조용히 떠나는 것.

잭 로슨이 트렁크에 실려 있었다. 그리고 우에겐 차가 있었다. 조용히 그곳에서 나와 다른 차를 훔치면 그만이었다. 또 다른 곳에 새로운 은신처를 마련하면 된다.

문제는 집 안 곳곳에 우의 지문이 남아 있다는 것이었다. 중상을 입고 지금쯤 싸늘한 시체로 변해 있을지 모르는 프레디 사이크스도 문제였다. 란제리 차림으로 창밖을 내려다보던 이웃집 여자라면 그를 쉽게 알아볼 수 있을 터였다. 우는 교도소에서 나온 지 얼마 되지 않았고, 현재 집행유예 중이었다. 검사 측은 그가 끔찍한 범죄를 저질렀다고 확신했지만 결국 증거를 제시하는 데엔 실패했다. 하는 수 없이 그들은 형량을 줄여주는 조건으로 그의 증언을 받아냈다. 우는 뉴욕의 월든 교도소에서 잠시 복역했다. 북한에서 보낸 나날에 비하면 미국에서의 수감 생활은 포시즌 호텔만큼이나 편했다.

그렇다고 다시 그곳으로 들어가고 싶진 않았다.

안 돼. 첫 번째 선택은 좋지 않아. 그럼 두 번째 선택으로.

우가 조용히 뒷문을 열고 안으로 들어갔다.

리무진으로 들어온 그레이스와 칼 베스파는 한동안 침묵을 지켰다.

그레이스는 지미 엑스를 마지막으로 만난 날을 떠올렸다. 십오 년 전 병원. 그는 기획사의 강요로 그녀에게 문병을 왔다. 물론 그녀와 사진이라도 몇 장 찍어 자신의 도리를 다했다는 것을 언론에 보여주기 위함이었다. 그는 그녀를 똑바로 바라보지 못했다. 그저 침대 옆에서 꽃을 든 채 말없이 서 있을 뿐이었다. 그는 선생님의 꾸중을 기다리는 소년처럼 고개를 숙이고 있었다. 그녀 또한 한 마디도 하지 않았다. 한참 후에 그는 그녀에게 꽃을 안겨주고 병실에서 휙 나가버렸다.

지미 엑스는 모든 활동을 접고 사라졌다. 그가 피지 인근의 작은 섬에 들어가 살고 있다는 소문도 돌았다. 십오 년 후, 그는 다시 뉴저지로 돌아와 크리스천 록밴드의 드러머로 활동하고 있었다.

차가 그녀의 동네로 들어서자 베스파가 말했다.

"그때보다 별로 나아진 게 없죠?"

그레이스가 창밖을 내다보았다.

"총을 쏜 건 지미 엑스가 아니었어요."

"나도 알아요."

"대체 그에게 뭘 원하시는 거죠?"

"그는 지금껏 사과하지 않았어요."

"사과 한마디 듣고 나면 다 해결된다는 말씀인가요?"

그가 잠시 골똘한 생각에 잠겼다가 다시 입을 열었다.

"그때 용케 살아남은 아이가 있었어요. 데이비드 리드라고. 기억해요?"

"네."

"그는 라이언 바로 옆에 서 있었어요. 아주 찰싹 달라붙어 있었죠. 압사 직전에 리드는 누군가에 의해 번쩍 들어올려졌어요. 그리고 무사히 무대 위로 올라갔죠."

"저도 알아요."

"그의 부모가 뭐라고 했는지 기억해요?"

물론 그녀는 기억하고 있었다. 하지만 그녀는 입을 열지 않았다.

"예수님이 그 애를 번쩍 들어올리신 거라고 했어요. 모든 게 주님의 뜻이었다고 말이에요."

베스파의 음성은 바뀌지 않았지만 그레이스는 그가 애써 노여움을 참고 있음을 느꼈다.

"리드 부부는 자신들의 기도를 주님이 들어주신 거라고 했어요. 기적이라고 말이죠. 주님이 아들을 지켜주신 거라고. 연신 같은 소리만 늘어놓았죠. 마치 주님이 내 아이를 의도적으로 외면한 것처럼 말입니다."

그들은 다시 침묵에 빠져들었다. 그레이스는 그날 무고한 사람들이 많이 죽었다고 말하고 싶었다. 유족 모두가 한결같이 기도를 했고, 주님은 결코 차별하지 않았다고 말하고 싶었다. 하지만 베스파도 이미 알고 있는 사실이었다. 그를 위로할 방법은 없었다.

집에 도착했을 때 날은 이미 어둑했다. 주방 창문 안으로 코라와 아이들의 모습이 보였다.

베스파가 말했다.

"남편을 찾는 데 도움이 되고 싶네요."

"뭘 어떻게 도와주실 수 있는데요?"

"내가 얼마나 힘을 쓸 수 있는지 알면 아마 놀랄 겁니다." 그가 말했다. "내 연락처 알고 있죠? 뭐가 필요하든 연락만 해요. 언제라도 달려올 테니."

크램이 문을 열어주었다. 베스파가 그녀를 현관까지 바래다주었다.

"또 연락합시다."

그가 말했다.

"감사합니다."

"크램에게 이 집을 잘 지키라고 얘기해놓을게요."

그녀가 크램을 돌아보았다. 크램이 살짝 미소를 지었다.

"그러실 필요 없어요."

"내가 하자는 대로 해요." 그가 말했다.

"아니에요. 정말 괜찮아요. 제발."

베스파가 잠시 생각에 잠겼다.

"생각이 바뀌면……."

"그땐 제가 연락드릴게요."

그가 몸을 돌리고 걸음을 옮기기 시작했다. 그녀는 그의 뒷모습을 지켜보며 악마와 거래하는 것이 과연 현명한지 생각해보았다. 크램이 문을 열었다. 베스파가 리무진 안으로 사라졌다. 크램이 그녀를 돌아보며 고개를 끄덕였다. 그레이스는 미동도 하지 않았다. 그녀는 사람의 마음을 읽는 데 탁월한 재능이 있었지만 칼 베스파는 쉽게 꿰뚫어 볼 수 있는 상대가 아니었다. 그에게선 단 한 번도 악의가 느껴지지 않았다. 하지만 그의 안에 악의가 존재하고 있다는 것만큼은 분명했다.

악의. 진정한 악의는 바로 그런 것인지도 몰랐다.

코라가 론조니 펜네 파스타를 삶을 물을 스토브에 올렸다. 그녀는 프레고 소스를 냄비에 붓고 그레이스에게 속삭였다.

"답신 온 게 있는지 이메일을 열어봐야겠어."

그레이스가 고개를 끄덕였다. 그레이스는 에마의 숙제를 봐주었다. 최대한 딸에게 모든 신경을 쏟아부으려 애썼다. 에마는 제이슨 키드의 뉴저지 네츠 유니폼을 입고 있었다. 아이는 자기 자신을 밥이라고 불렀다. 에마는 운동선수가 되고 싶어했다. 그레이스는 그런 딸을 어떻게 바라보아야 할지 난감했다. 적어도 〈틴 비트〉 같은 잡지를 사보며 무해한 아이돌 밴드에 심취해 있는 것보다는 나은 것 같았다.

젊지만 빠르게 늙어가는 것 같은 에마의 담임 램 부인은 아이들에게 구구단 암기 숙제를 내주었다. 아이들은 6단을 배우고 있었다. 그레이스는 에마를 시험해보기로 했다. 6 곱하기 7에서 에마가 멈칫했다.

"이 정도는 알고 있어야지."

그레이스가 말했다.

"왜요? 그냥 셈해서 풀 수도 있는데."

"그게 문제가 아니야. 이걸 잘 외워놔야 나중에 큰 수를 곱할 때 유용하게 써먹을 수 있어."

"선생님은 이걸 달달 외우라고 하지 않으셨어요."

"그래도 외워놓는 게 좋아."

"하지만 선생님이……."

"6 곱하기 7."

결국 에마는 고집을 꺾었다.

맥스는 '비밀상자'에 넣을 물건을 찾아야 한다고 했다. 상자에 하키 퍽 같은 것을 집어넣고, 세 개의 힌트를 주며 유치원 급우들에게 무엇인지 맞히게 하는 게임이었다. 첫 번째 힌트: 검다. 두 번째 힌트: 스포츠 경기에서 사용한다. 세 번째 힌트: 얼음. 어려울 건 없었다.

코라가 고개를 저으며 나왔다. 아직 아무런 답신도 오지 않은 모양이었다. 그녀가 값싼 호주산 샤르도네 린더먼스 한 병을 집어들고 코르크 마개를 땄다. 그레이스는 아이들을 재웠다.

"아빠는 어디 계세요?"

맥스가 물었다.

에마도 궁금해하긴 마찬가지였다.

"하키에 대한 시도 써놨는데."

그레이스는 잭이 중요한 업무를 처리하느라 바쁘다는 말로 얼버무렸다. 아이들은 여전히 의심스러운 모양이었다.

"엄마에게 그 시를 들려주지 않겠니?"

에마가 마지못한 얼굴로 일기장을 꺼내들었다.

"하키 스틱아, 하키 스틱아,

골 넣는 걸 좋아하니?

사람들이 널 들고 슈팅하면

계속 골을 넣고 싶어지니?"

에마가 고개를 들었다.

"와."

그레이스가 손뼉을 치며 말했다. 하지만 그녀는 잭만큼 감탄에 찬 표정을 자연스럽게 짓지 못했다. 그녀가 아이들에게 입을 맞추고 나와 아래층으로 내려갔다. 와인 병이 열려 있었다. 코라와 한 잔씩 마시기 시작했다. 잭이 보고 싶어 미칠 것 같았다. 실종된 지 이십사 시간도 지나지 않았지만 집 안 분위기는 눈에 띄게 처져 있었다. 이보다 더 오랫동안 출장을 떠났던 적도 많았는데. 왠지 뭔가를 영영 잃어버린 기분이 들었다. 벌써 그녀의 몸에 이상 징후가 나타났다.

그레이스와 코라는 계속 와인을 마셨다. 그레이스는 아이들을 생각했다. 잭이 없는 인생도 떠올렸다. 부모는 아이들을 보호하기 위해 뭐든 할 준비가 되어 있다. 잭을 잃는다는 것은 그레이스에겐 엄청난 충격일 것이다. 하지만 괜찮았다. 그녀는 감당할 수 있었다. 그녀의 고통은 아이들이 받게 될 고통에 비하면 아무것도 아니었다. 두 아이는 보나마나 눈을 말똥말똥 뜬 채 침대에 누워 뭔가가 심상치 않게 돌아가고 있다고 생각하고 있을 것이다.

그레이스가 벽에 줄지어 걸려 있는 사진들을 바라보았다.

코라가 그녀 옆으로 바짝 다가왔다.

"아주 괜찮은 남자야."

"그래."

"괜찮아?"

"와인을 너무 마신 것 같아."

그레이스가 말했다.

"난 간에 기별도 안 오는데. 미스터 갱스터랑 어디 갔었어?"

"크리스천 록밴드 공연장."

"첫 데이트답지 않군."

"얘기하자면 길어."

"난 들을 준비가 되어 있어."

하지만 그레이스는 고개를 가로저었다. 지미 엑스에 대해 더 생각하고 싶지 않았다. 뭔가 아이디어가 떠오를 듯했다. 그녀는 잠시 골똘히 생각에 잠겼다.

"왜 그래?"

코라가 물었다.

"어쩌면 잭은 다른 곳에도 전화를 걸었는지 몰라."

"누나에게 전화를 걸고 나서 말이야?"

"응."

코라가 고개를 끄덕였다.

"혹시 온라인 계정 있어?"

"AOL에 만들어놨어."

"아니, 그것 말고. 전화요금 납부 말이야."

"아직."

"그럼 지금 당장 만들자."

코라가 일어났다. 그녀의 걸음이 살짝 불안정했다. 취기 때문이었다.

"장거리 전화는 뭐로 써?"

"캐스케이드."

그들은 잭의 컴퓨터 앞에 앉았다. 코라가 손가락 마디를 꺾어 뚝뚝

소리를 낸 후 곧바로 작업에 들어갔다. 그녀는 캐스케이드 홈페이지로 들어갔다. 그레이스가 그녀에게 필요한 정보를 알려주었다. 주소, 사회보장번호, 그리고 신용카드 번호. 그들은 암호를 정했다. 캐스케이드는 곧장 잭의 계정으로 메일을 보내와 온라인 납부 서비스를 받을 수 있다고 확인해주었다.

"다 됐어."

코라가 말했다.

"이걸로 뭘 하려고?"

"온라인 계정이 만들어졌어. 이제부터는 컴퓨터로 사용내역을 확인하고 전화요금도 인터넷으로 쉽게 납부할 수 있어."

그레이스가 코라의 어깨너머를 바라보았다.

"이건 지난달 사용내역이잖아."

"맞아."

"어제 통화한 게 여기 나와 있을 리 없어."

"흠. 메일을 보내 요청해봐야겠어. 캐스케이드에 전화를 걸어 요청해볼 수도 있고."

"이십사 시간 서비스를 받을 순 없잖아. 뭐 할인 서비스가 다 그렇지만."

그레이스가 모니터 앞으로 몸을 가까이 가져갔다.

"잭이 예전에도 누나에게 전화를 했는지 봐야겠어."

그녀의 눈이 전화 사용내역을 훑어 내려가기 시작했다. 헛수고였다. 그녀가 모르는 번호는 하나도 없었다. 사랑하고 신뢰하는 남편의 뒷조사를 하는 것이 어색했다.

"지금까진 누가 납부했지?"

코라가 물었다.

"전화요금은 잭이 처리했어."

"납부 청구서는 집으로 오고?"

"그럼."

"직접 본 적 있어?"

"물론이지."

코라가 고개를 끄덕였다.

"잭이 휴대전화를 쓰지?"

"응."

"그 청구서는?"

"그게 뭐?"

"휴대전화 청구서도 봤어?"

"아니. 그 사람 것은 안 보는데."

코라가 미소를 지었다.

"왜?"

"전남편이 바람을 피웠을 때 그 사람도 휴대전화를 썼어. 내가 청구서까지 일일이 확인하지 않는다는 걸 알고 있었거든."

"잭은 바람을 피우고 있는 게 아니야."

"하지만 뭔가 비밀이 있을 순 있잖아. 안 그래?"

"그럴지도 모르지."

그레이스가 인정했다.

"그래. 어쩌면 그럴지도 몰라."

"휴대전화요금 청구서는 어디에 보관하는지 알아?"

그레이스가 파일 캐비닛을 살펴보았다. 그가 캐스케이드 청구서를 보관하는 곳이었다. 그녀는 베라이즌 통신 관련 문서를 찾으려고 V 섹션을 훑었다. 캐비닛엔 휴대전화 청구서가 보관되어 있지 않았다.

"여기 없는데."

코라가 두 손을 살살 비비기 시작했다.

"오, 수상한 냄새가 나는데."

그녀는 이 모든 것을 무척 흥미로워하고 있었다.

"어디 본격적으로 한번 머리를 굴려볼까?"

"대체 어쩌려고?"

"잭이 뭔가를 숨기려 했다고 가정해봐. 그러면 휴대전화요금 청구서를 받자마자 없애버리겠지? 안 그래?"

그레이스가 고개를 저었다.

"이건 우스운 짓이야."

"내 말 맞지? 그 얘기만 해."

"그래. 잭이 뭔가 비밀이 있었다고 쳐."

"이 세상에 비밀 없는 사람은 없어, 그레이스. 너도 알잖아. 설마 이 모든 게 놀랍기만 하다는 건 아니겠지?"

평소 같았으면 움찔했을 그레이스였지만 지금은 그럴 여유조차 없었다.

"좋아. 잭이 휴대전화요금 청구서를 전부 없애버렸다고 쳐. 그걸 무슨 수로 찾지?"

"방금 우리가 쓴 방법을 그대로 쓰면 되지. 베라이즌 통신에 온라인 계정을 만들면 된다고."

코라가 타이핑을 시작했다.

"코라?"

"응?"

"뭐 하나 물어봐도 돼?"

"뭐든지."

"이런 방법을 어떻게 알고 있는 거지?"

"경험." 그녀가 타이핑하던 손을 멈추고 그레이스를 돌아보았다. "아돌프와 에바의 관계를 내가 어떻게 알았을 것 같아?"

"스파이 짓이라도 했다는 거야?"

"당연하지. 《바보들을 위한 스파이 방법》이라는 책도 사봤는걸. 그 책에 보면 다 나와 있어. 상대를 몰아붙이기 전에 최대한 많은 증거를 확보해야 한다고."

"증거를 보여주니 그가 뭐라고 해?"

"미안하다고. 앞으론 절대 안 그러겠다고. 실리콘의 여왕과는 두 번 다시 만나는 일이 없을 거라고."

그레이스가 온화한 눈으로 코라를 바라보며 물었다.

"그를 정말 사랑하는 모양이네. 아니야?"

"세상 그 무엇보다도." 코라가 계속 타이핑해나가며 덧붙였다. "와인 한 병 더 딸까?"

"오늘 밤에 운전할 게 아니라면."

"여기서 자고 가라고?"

"이런 상태로 운전은 무리야, 코라."

"좋아. 그러지 뭐."

그레이스가 일어났다. 취기가 몰려와 잠시 머리가 아찔했다. 그녀는 주방으로 들어갔다. 코라는 가끔 너무 마시는 것 같았다. 오늘만큼은 그레이스도 친구와 함께 취해보고 싶었다. 그레이스는 린더먼스를 한 병 더 땄다. 와인이 미지근해서 글라스에 얼음을 담았다. 두 사람은 이상하게도 차가운 와인을 좋아했다.

그레이스가 다시 서재로 들어왔을 때 프린터가 윙윙거렸다. 그녀가 코라에게 글라스를 건넨 뒤 의자에 앉았다. 그레이스는 와인을 빤히 들여다보았다. 그러고는 고개를 가로저었다.

"왜 그래?"

코라가 물었다.

"잭의 누나를 만났어."

"그래서?"

"생각해봐. 샌드라 코벌이라니. 지금까지 난 그녀의 이름조차 모르고 살았어."

"잭에게 물어본 적도 없었어?"

"없었어."

"왜?"

그레이스가 와인을 한 모금 넘겼다.

"설명하기가 쉽지 않아."

"한번 설명해봐."

그레이스는 고개를 들고 잠시 머뭇거렸다.

"그래야 평온할 것 같았어. 굳이 말해주기 싫다는 걸 애써 들출 필요가 없다고 생각했지. 그도 내게 부담을 준 적이 없었거든."

"그래서 너도 그에게 부담을 주지 않은 거야?"

"그뿐만이 아니야."

"그럼 또 뭐?"

그레이스가 다시 머뭇거렸다.

"비밀 하나 없이 지내는 부부는 세상에 없을 거라고 생각했어. 잭은 유복한 집안 출신이었지만 어떤 이유에서인지 식구들과는 연을 끊고 지냈어. 불화가 심했던 거지. 적어도 내가 보기엔 그런 것 같았어."

"뭘로 그렇게 돈을 번 거야?"

"그게 무슨 소리야?"

"무슨 사업을 하느냐고?"

"증권회사라나? 잭의 할아버지가 설립했다고 했어. 신탁자금, 주식매입 선택권, 의결권주식 따위를 취급하는 회사야. 선박왕 오나시스만큼 규모가 크진 않아도 벌어들이는 돈은 꽤 쏠쏠했던 것 같아. 하지만 잭은 그들과 연관 지어지는 것을 무척 싫어했어. 경영에 참여하지도 않았고, 돈에도 흥미를 보이지 않았지. 그뿐 아니라 자신의 신탁재산이 한 세대 건너뛰도록 조치까지 해놨어."

"그럼 에마와 맥스는 받을 수 있는 거야?"

"응."

"거기에 대해선 기분이 어때?"

그레이스가 어깨를 으쓱해 보였다.

"내가 방금 뭘 깨달았는지 알아?"

"말해봐."

"내가 왜 잭을 몰아붙이지 않았다고 생각해? 그의 사생활을 존중하기 때문은 아니었어."

"그럼?"

"그를 사랑했기 때문이야. 세상 그 어느 누구보다도 사랑했기 때문에."

"왠지 그 뒤에 '하지만'이라는 말이 붙을 것 같은데."

그레이스의 눈가가 촉촉이 젖어들었다.

"하지만 그 모든 게 덧없게 느껴졌어. 이해할 수 있겠어? 우습게 들릴지도 모르지만, 그와 함께 있을 땐 난 너무 행복했어. 아버지가 돌아가신 후로 내게 이런 행복을 준 사람은 잭이 처음이었다고."

"살아오면서 괴로운 일이 참으로 많았지."

코라가 말했다.

그레이스는 아무 대꾸도 하지 않았다.

"넌 지금 이 행복이 멀어지는 것을 두려워하고 있는 거야. 게다가 더 많은 행복을 받아들이기 위해 마음을 여는 것 역시 두려워하고 있고."

"그래서 내가 모른 척 시치미를 떼며 살아왔다고?"

"원래 무지는 행복이라잖아."

"정말 그렇게 생각해?"

코라가 어깨를 으쓱했다.

"만약 내가 아돌프의 뒤를 캐지 않았다면 그는 아마 정부와 실컷 놀다가 지쳐 제 발로 내게 돌아왔을 거야. 그랬다면 난 지금쯤 내가 사랑하는 남자와 함께 살고 있겠지."

"원한다면 지금이라도 그를 받아줄 수 있잖아."

"안 돼."

"어째서?"

코라가 잠시 골똘한 생각에 잠겼다.

"내게도 너 같은 무지가 필요한 것 같아."

그녀가 글라스를 집어들고 와인을 한 모금 홀짝였다.

프린터의 윙윙거림이 멈췄다. 그레이스가 출력되어 나온 종이를 집어들고 훑어보기 시작했다. 전화번호 대부분은 그녀도 아는 번호들이었다. 모르는 번호를 찾기가 오히려 힘들 정도였다.

하지만 그중 한 번호가 그녀의 눈에 확 들어왔다.

"지역번호 603을 쓰는 곳이 어디지?"

그레이스가 물었다.

"나도 모르겠는데. 어느 번호야?"

그레이스가 모니터에 나온 번호를 가리켰다. 코라가 그곳으로 커서를 가져갔다.

"뭐 하는 거야?"

그레이스가 물었다.

"번호를 클릭하면 누가 걸어온 전화인지 알 수 있어."

"정말?"

"대체 어느 시대를 살다 온 거야? 휴대전화 나온 지가 언젠데."

"그러니까 링크만 클릭하면 된다 이거지?"

"전화번호부에 실려 있는 번호라면 분명 뜰 거야."

코라가 마우스의 왼쪽 버튼을 클릭했다. 작은 팝업창이 모니터에 떴다.

없는 번호입니다.

"전화번호부에도 없는 번호래."

그레이스가 손목시계를 들여다보았다.

"이제 겨우 9시 반밖에 되지 않았어. 전화를 걸어봐야겠어."

"남편이 실종된 상황에선 어떤 시각도 늦은 시각이 아니지."

그레이스가 수화기를 들고 번호를 눌렀다. 랩처 콘서트에서 들었던 것과 다르지 않은 요란한 소음이 고막을 찢을 듯 흘러나왔다. 그리고 녹음된 메시지가 이어졌다. "방금 거신 번호는 없는 번호입니다. 아무 정보도 남아 있지 않습니다."

그레이스의 미간이 찌푸려졌다.

"왜?"

"잭이 언제 걸었지?"

코라가 모니터를 살폈다.

"삼 주 전에. 십팔 분간 통화했는데."

"없는 번호라고 나와."

"흠. 지역번호가 603이라……."

코라가 다른 웹사이트로 들어갔다. 그리고 '603 지역번호'를 입력하고 엔터키를 쳤다. 곧바로 검색 결과가 모니터에 떴다.

"뉴햄프셔 번호야. 잠깐만. 구글로 한번 찾아볼게."

"뭘? 뉴햄프셔를?"

"전화번호 말이야."

"그래서 어쩌려고?"

"전화번호부에도 나오지 않았다고 했지?"

"응."

"잠깐. 잘 봐. 매번 되는 건 아니지만, 어쨌든 잘 보고 있어봐."

코라가 검색엔진에 그레이스의 전화번호를 입력했다.

"전화번호부뿐만 아니라 웹 전체를 훑어보려는 거야. 네 말대로 전화번호부에 없는 번호라면 검색이 안 될 수도 있지만……."

코라가 엔터키를 쳤다. 사이트 하나가 떠올랐다. 그녀의 모교 브랜다이스 대학의 예술 시상식 관련 사이트였다. 코라가 링크를 클릭했다. 그레이스의 이름과 전화번호가 떠올랐다.

"심사위원으로도 활동했어?"

그레이스가 고개를 끄덕였다.

"장학금이 걸린 콘테스트였어."

"아, 여기 있네. 네 이름, 주소, 그리고 전화번호. 다른 심사위원들의 정보도 나와 있어. 물론 네 정보는 직접 알려준 거겠지?"

그레이스가 고개를 저었다.

"정보화시대에 온 걸 환영해."

코라가 말했다.

"이제 네 이름을 알았으니 수백만 가지 검색을 해볼 수 있어. 네 온라인 갤러리도 쉽게 찾을 수 있고 말이야. 네가 어느 대학에 다녔는지도 알 수 있어. 뭐든 캐낼 수 있다고. 자, 이제 603번을 한번 검색해볼까?"

코라의 손가락이 다시 움직이기 시작했다. 그녀가 엔터키를 쳤다.

"아, 뭔가 나온 것 같아."

그가 눈을 가늘게 뜨고 모니터를 들여다보았다.

"밥 도드."

"밥?"

"그래. 로버트'로버트'는 종종 '밥' 혹은 '바비'라는 애칭으로 불린다 말고 밥."

코라가 그레이스를 돌아보았다.

"아는 번호야?"

"아니."

"주소는 뉴햄프셔 피츠윌리엄의 사서함으로 되어 있는데. 거긴 가본 적 있어?"

"아니."

"잭은?"

"가본 적 없을 거야. 버몬트에서 대학을 다녀서 뉴햄프셔에 가본 적은 있겠지만 우리가 함께 간 적은 없어."

그때 위층에서 맥스의 부르는 소리가 들려왔다.

"가봐."

코라가 말했다.

"난 도드 씨에 대해 더 알아볼게."

아들 방으로 올라가는 동안 가슴 깊은 곳에서 통증이 느껴졌다. 집의 파수꾼은 잭이었다. 아이들이 악몽을 꾸거나 목마르다고 칭얼대면 항상 잭이 달려갔다. 아이들이 잠에서 깨어 속이라도 비워내면 어김없이 그가 달려가 새벽 3시가 넘도록 그들의 이마에 손을 얹어주었다. 낮에 벌어지는 일들은 그레이스가 전부 처리했다. 콧물을 닦아주고, 체온을 재주고, 치킨 수프를 끓여주고, 감기약을 먹여주었다. 잭은 밤에 애들을 책임졌다.

그녀가 아들의 침실에 들어갔을 때 맥스는 흐느끼고 있었다. 울음소리는 이제 훌쩍거림으로 바뀌었다. 어떤 이유에서인지 요란한 비명소리보다 나지막한 훌쩍거림이 더 가엾게 느껴졌다. 그레이스가 달려가 아이를 끌어안았다. 아이의 작은 몸이 바르르 떨렸다. 그녀는 몸을 앞뒤로 살살 흔들며 아이를 진정시켰다. 그리고 엄마가 왔으니 이젠 안심하라고 속삭여주었다.

맥스를 완전히 진정시킬 때까지는 많은 시간이 소요되었다. 그레이스는 아이를 화장실로 데려갔다. 여섯 살배기 맥스는 볼일을 볼 때도 다 큰 어른처럼 봤다. 아이의 소변 줄기는 변기를 완전히 벗어났다. 아이는 졸음에 못 이겨 몸을 흔들댔다. 그녀가 〈니모를 찾아서〉 잠옷 바지를 올려주었다. 그리고 무슨 꿈을 꾸었는지 물어보았다. 아이는 고개를 저으며 다시 스르르 잠에 빠져들었다.

그레이스는 아이의 가슴이 살며시 들썩이는 것을 지켜보았다. 아버지와 쏙 빼닮은 모습이었다.

잠시 후 그녀는 다시 아래층으로 내려갔다. 아무 소리도 들리지 않았다. 코라는 이제 키보드와 씨름하고 있지 않았다. 그레이스가 서재로 들어갔다. 의자는 비어 있었다. 코라는 와인글라스를 손에 쥔 채 한쪽 구석에 서 있었다.

"코라?"

"밥 도드의 전화가 왜 끊어졌는지 알아냈어."

코라의 음성에서 심상치 않은 분위기가 느껴졌다. 그레이스는 지금껏 코라의 그런 모습을 본 적이 없었다. 그레이스는 설명이 이어지기를 기다렸지만 코라는 여전히 구석에 틀어박힌 채 말이 없었다.

"무슨 일이야?"

그레이스가 물었다.

코라가 글라스에 남아 있는 와인을 한꺼번에 들이켰다.

"〈뉴햄프셔포스트〉 기사에 의하면, 밥 도드는 죽었대. 이 주 전에 살해당했다고 나와 있어."

16

에릭 우는 사이크스의 집 안에 들어와 있었다.

실내는 어두웠다. 집을 나설 때 우는 분명히 모든 불을 꺼놓았다. 돌 밑에서 열쇠를 꺼내 침입한 자는 아직 집 안의 불을 켜지 않았다. 우는 그 이유가 궁금했다.

그는 여전히 란제리 차림으로 밖을 엿보던 옆집 여자를 의심했다. 과연 그녀가 불을 켜지 않을 정도로 영특할까?

그가 걸음을 멈추었다. 불을 켜지 않을 정도로 똑똑한 사람이라면 집으로 들어오기 전 비상열쇠가 숨겨진 곳도 잘 정리해두지 않았을까?

뭔가 이상했다.

우는 몸을 낮추고 안락의자 뒤로 이동했다. 그가 다시 걸음을 멈추고 귀를 기울였다. 아무 소리도 들리지 않았다. 누군가가 집에 있다면 분명 움직임이 들렸을 것이다. 그는 조금 더 기다려보았다.

여전히 아무 소리도 들려오지 않았다.

벌써 돌아가버린 걸까?

그럴 리 없었다. 비상열쇠까지 찾아 들어왔다면 분명 집 안을 꼼꼼히 둘러보고 있는 중일 것이다. 어쩌면 이미 위층 화장실에 방치되어 있는 프레디 사이크스를 찾아냈는지도 몰랐다. 사이크스를 발견했다면 경찰에 신고했을 것이고, 발견하지 못한 채 돌아갔다면 열쇠를 다시 돌 밑에 깔아두었을 것이다. 하지만 아직까지는 그 두 가지의 경우가 현실로 나타나지 않았다.

그렇다면 가장 논리적인 결론은?

침입자는 아직 집 안에 있다. 움직이지 않은 채. 어딘가에 숨어서.

우는 천천히 다시 움직였다. 사이크스의 집엔 출구가 세 개 있었다. 그는 세 곳의 출구가 완벽하게 잠겨 있음을 확인했다. 그중 두 개의 문엔 빗장이 붙어 있었다. 그가 조심스레 빗장을 걸었다. 그러고는 식당에서 의자를 가져와 세 개의 문에 붙여놓았다. 침입자의 도주를 최대한 방해하기 위함이었다.

덫을 놓는 것.

계단엔 카펫이 깔려 있었다. 덕분에 소리 내지 않고 위층으로 올라갈 수 있었다. 우는 화장실을 먼저 보고 싶었다. 프레디 사이크스가 여전히 욕조에 얌전히 남아 있는지 확인하고 싶었다. 그는 다시 한 번 비상열쇠가 숨겨져 있던 곳이 정리되어 있지 않았다는 사실을 떠올렸다. 그의 머리로는 도저히 이해가 되지 않았다. 생각이 길어질수록 그의 걸음도 느려졌다.

우는 처음부터 차분히 더듬어보기로 했다. 사이크스가 어디에 열쇠를 숨겨놓는지 알고 있는 누군가가 문을 연다. 그 또는 그녀가 안으로 들어온다. 그런 다음엔? 만약 그가 사이크스를 발견한다면 깜짝 놀라 경찰에 신고할 것이다. 만약 사이크스를 발견하지 못한다면 그냥 집을 나갈 것이다. 그러고는 열쇠를 다시 원위치에 놓아둘 것이다.

하지만 경찰에 신고가 들어가지도 않았고, 열쇠가 원위치에 돌아와 있지도 않았다.

그럼 결론은?

또 다른 가능성이 떠올랐다. 침입자는 우가 집으로 들어옴과 동시에 사이크스를 발견했다. 그런 이유로 경찰에 신고할 틈이 없었던 것이다. 오직 숨을 시간밖에 없었을 것이다.

하지만 그 시나리오 역시 문제가 있었다. 어째서 침입자는 불을 켜지 않았을까? 어쩌면 그는 불을 켰는지도 몰랐다. 켰다가 우가 들어오는 것을 보고 재빨리 꺼버렸는지도 몰랐다. 그러고는 잽싸게 몸을 숨긴 것이다.

사이크스가 있는 화장실에.

우는 큰 침실에 들어와 있었다. 화장실 문 밑으로 안을 들여다볼 수 있었다. 불은 여전히 꺼진 상태였다. 상대를 과소평가해선 안 돼. 그가 속으로 중얼거렸다. 최근에 그는 어이없는 실수를 저질렀다. 그것도 여러 번. 로키 콘웰. 우는 그가 미행하고 있다는 사실조차 전혀 눈치채지 못했다. 그것이 첫 번째 실수였다. 두 번째 실수는 옆집 여자에게 자신을 노출한 것이었다. 어이없게.

그리고 이것.

자신을 비판적으로 바라보기란 쉽지 않다. 하지만 우는 잠시 뒤로 물러나 자신을 돌아보았다. 그도 인간이었다. 교도소에서 보낸 나날이 그를 녹슬게 한 것일까? 그런 건 아무래도 상관없었다. 이젠 집중해야 할 때였다.

사이크스의 침실엔 사진이 많이 놓여 있었다. 프레디의 어머니가 오십 년간 쓴 방이었다. 우는 온라인 채팅을 통해 그 사실을 알고 있었다. 사이크스의 아버지는 한국전에서 전사했다. 사이크스가 아주 어릴 때였다. 당시 그의 어머니는 충격을 잘 넘기지 못했다. 사랑하는 사람이 죽었을 때 사람들은 제각각으로 반응한다. 사이크스 부인은 산 사람들 대신 유령과 함께 살기로 했다. 그녀는 여생을 그 방에서, 군인인 남편과 함께 썼던 침대에 누워 보냈다. 프레디에 의하면, 그의 어머니는 항상 자신의 자리에만 누워 지냈다고 했다. 어린 프레디가 악몽을 꾸었다며 울며 들어와도 절대 남편이 누웠던 자리엔 눕지 못하게 했다.

우의 손은 어느새 문손잡이에 가 있었다.

화장실은 작았다. 그는 침입자가 숨어 있을 만한 곳을 떠올려보았다. 사실 숨을 공간은 없었다. 우의 잡낭 안엔 총이 있었다. 그는 총을 가져와야 할지를 놓고 고민에 빠졌다. 만약 침입자가 무장한 상태라면 문제가 될 수 있었다.

자만? 그럴지도 몰랐다. 하지만 우는 무기까진 필요하지 않을 거라고 생각했다.

그가 손잡이를 돌리고 힘껏 문을 열어젖혔다.

프레디 사이크스는 여전히 욕조 안에 담겨 있었다. 입에 물려놓은 재갈도 그대로였고, 눈도 감겨 있었다. 죽었을까? 한눈에 보기에는 그런 것 같았다. 침입자는 보이지 않았다. 숨을 곳도 없었다. 프레디를 구하러 온 사람은 아무도 없었다.

우가 창가로 다가갔다. 그리고 이웃집을 내다보았다.

란제리 차림이었던 여자가 보였다.

자신의 집에. 창가에 서서.

그녀는 그를 빤히 보고 있었다.

그때 차문이 닫히는 소리가 들려왔다. 사이렌은 들리지 않았지만 어느새 집 앞엔 빨간 불을 번쩍이며 나타난 순찰차 한 대가 서 있었다.

경찰이 온 것이었다.

◸

샬레인 스웨인은 미치지 않았다.

그녀는 많은 영화를 봤고, 책을 읽었다. 현실도피. 오락. 틀에 박힌 일상의 권태로움을 완화하기 위한 수단. 영화와 책엔 묘하게도 교육적인 면이 있었다. 용기 있는 여 주인공을 볼 때마다 저주받은 집으로 들어가지 말라고 얼마나 말렸던가? 하지만 순진하고, 매혹적일 만큼 여리고, 흑발을 지닌 미녀들은 말을 듣지 않았다.

그런 이유로, 자신의 차례가 되었을 때 샬레인 스웨인은 위험을 무릅쓰는 어리석은 일 따위는 하지 않았다. 영화 속 여자들이 범한 실수를 되풀이하지 않았다.

그녀는 프레디의 집 뒷문 앞에 서서 비상열쇠를 물끄러미 내려다보았다. 안에 들어가고 싶진 않았지만 그렇다고 그냥 돌아 나오고 싶지도 않았다. 뭔가 느낌이 이상했다. 프레디는 곤경에 처해 있었고, 그녀는 그냥 모른 척할 수 없었다.

그때 좋은 생각이 떠올랐다.

복잡할 것은 없었다. 그녀가 돌 밑에서 꺼낸 열쇠를 주머니에 집어넣었다. 그리고 돌과 패널은 정리되지 않은 상태로 남겨놓았다. 경찰에 신고하기 위한 구실을 만들기 위함이었다.

동양인이 프레디의 집에 들어서자마자 그녀는 경찰에 신고했다.

"누가 이웃집에 침입했어요."

비상열쇠가 땅에서 파내어졌다는 제보는 결정적이었다.

경찰이 도착했다.

순찰차 한 대가 사이렌 소리 없이 동네로 들어왔다. 법석을 떨며 온 게 아니라 제한속도를 정확히 준수하며 여유롭게 나타났다. 샬레인은 조심스레 프레디의 집을 내다보았다.

동양인 남자가 그녀를 매섭게 쏘아보고 있었다.

17

그레이스가 헤드라인을 훑어보았다.

"살해됐다고?"

코라가 고개를 끄덕였다.

"어떻게?"

"밥 도드는 아내가 지켜보는 앞에서 머리에 총을 맞고 죽었어. 암흑가 스타일로. 그게 무슨 뜻인지는 모르겠지만."

"범인은 잡혔대?"

"아니."

"언제?"

"사건이 언제 벌어졌느냐고?"

"그래. 언제?"

"잭이 그에게 전화를 걸고 난 뒤 나흘 후에."

코라가 다시 컴퓨터 앞으로 다가갔다. 그레이스는 날짜를 머릿속으로 계산해보았다.

"잭이었을 리가 없어."

"그래."

"불가능하다고. 잭은 한 달 이상 주 밖으로 나가본 적이 없어."

"네가 아니라면 아닌 거겠지."

"그게 무슨 뜻이지?"

"아무 뜻도 아니야, 그레이스. 난 네 편이야. 잭이 누군가를 죽였을 거라는 생각은 전혀 안 해. 그런 말이 아니었어."

"그럼?"

"그러니까 이제 그가 주 밖으로 나가본 적이 없다는 식의 얘기는 하지 마. 뉴햄프셔가 캘리포니아라도 되는 줄 알아? 차로 네 시간이면 갈 수 있어. 비행기를 타면 한 시간 안에 도착할 수도 있고."

그레이스가 눈을 비볐다.

"그가 왜 로버트가 아닌, 밥으로 기록되어 있는지 알았어."

코라가 말했다.

"왜?"

"그는 기자였거든. 그의 필명이었던 거야. 밥 도드. 구글로 검색해 보니 지난 삼 년간 〈뉴햄프셔포스트〉에 실린 그의 기사를 클릭한 횟수가 126건에 달한다고 나와 있더라고. 그의 사망기사를 보니 이런 소개가 나와 있었어. '논쟁적 폭로기사로 유명한 고집 센 기자.' 뉴햄프셔 마피아도 벌벌 떨 정도로 영향력이 있었던 모양이야."

"정말 그랬을까?"

"그걸 누가 알겠어? 하지만 그의 기사들을 훑다보니까 왠지 괜찮은 기자였을 것 같다는 생각이 들었어. 독자 편에 서는 기자 말이야. 노인 고객들을 상대로 사기를 쳐온 식기세척기 수리공들과 계약금을 받아들고 튄 결혼 사진사들, 뭐 그런 기사들을 주로 다뤄왔더라고."

"분명 누군가에게 미움을 샀을 거야."

"아마도." 코라가 나지막이 말했다. "그가 살해되기 직전에 잭이 그에게 전화를 걸었다는 게 우연의 일치였을 것 같아?"

"아니. 우연의 일치는 아니야." 그레이스는 코라의 설명을 천천히 종합해보았다. "잠깐."

"왜?"

"그 사진. 사진 속엔 다섯 명이 나와 있었어. 여자 세 명, 남자 두 명. 아닐지도 모르지만……."

코라는 이미 타이핑을 하고 있었다.

"밥 도드가 그들 중 한 명일 수 있을까?"

"이미지 검색도 되지?"

"그렇지 않아도 살펴보고 있는 중이야."

커서와 마우스의 움직임이 빨라졌다. 두 페이지에 걸쳐 모두 열두 개의 밥 도드 관련 사진이 떠올랐다. 첫 번째 페이지엔 위스콘신에 사는 같은 이름의 사냥꾼 사진이 올라와 있었다. 두 번째 페이지, 열한 번째 사진은 뉴햄프셔의 브리스틀에서 열린 자선 행사에서 찍힌 것이었다.

〈뉴햄프셔포스트〉 소속 기자 밥 도드는 왼쪽 맨 끝에 앉아 있었다.

사진을 유심히 들여다볼 필요조차 없었다. 밥 도드는 흑인이었다. 미스터리의 사진 속의 사람들은 모두 백인이었다.

그레이스가 미간을 찌푸렸다.

"아직도 연결고리가 보이지 않아."

"이 사람의 인물 소개를 찾아봐야겠어. 어쩌면 같은 학교 출신인지도 몰라."

그때 현관문에서 가벼운 노크 소리가 들렸다. 그레이스와 코라가 서로 얼굴을 마주 보았다.

"이 늦은 시간에 누구지?"

코라가 말했다.

노크 소리가 다시 들려왔다. 초인종도 있었지만 어떤 이유에서인지 노크만 하고 있었다. 집에 아이들이 자고 있다는 사실을 알고 있는 사람 같았다. 그레이스가 자리에서 일어났고, 코라가 그 뒤를 따랐다. 그레이스가 현관 불을 켜고 문 옆으로 나 있는 창문을 살짝 내다보았다. 한밤의 방문자를 확인한 그레이스는 깜짝 놀랐다.

"누구야?"

코라가 물었다.

"내 인생을 바꿔놓은 남자."

그레이스가 나지막이 말했다.

그녀가 현관문을 열어주었다. 지미 엑스가 고개를 숙인 채 서 있었다.

우는 웃음밖에 나오지 않았다.

저 여자. 사이렌 불빛을 보고 나서야 그는 비로소 상황을 파악할 수 있었다. 그녀의 작전은 감탄할 만하면서도 괘씸했다.

하지만 지금은 그런 것들을 생각할 시간이 없었다.

어쩐다…….

잭 로슨은 트렁크에 묶인 채로 갇혀 있었다. 우는 비상열쇠가 사라진 것을 본 즉시 프레디의 집을 나서지 않은 자신을 질책했다. 그것 역시 실수였다. 앞으로 몇 번이나 실수를 더 해야 하는 걸까?

피해를 최소화해야 한다. 그게 중요했다. 실수를 미연에 방지하지 못한 그는 이제 대가를 치러야 했다. 집 안 곳곳에 그의 지문이 남아 있다. 어쩌면 옆집 여자는 이미 경찰에 그의 인상착의를 알려주었는지도 몰랐다. 죽었든 살았든, 사이크스도 곧 발견될 것이다. 그가 할 수 있는 일은 없었다.

결론: 만약 잡힌다면 그는 아주 오랫동안 교도소에서 썩을 것이다.

순찰차가 현관 앞에 들어섰다.

우는 생존 모드로 돌입했다. 그가 서둘러 아래층으로 내려갔다. 창밖으로 순찰차가 멈춰 선 것이 보였다. 밖은 어두웠지만 골목은 가로등 때문에 밝은 편이었다. 키가 큰 흑인 제복 경관이 차에서 내려 모자를 썼다. 총은 그의 홀스터에 꽂혀 있었다.

다행이었다.

우가 현관문을 열고 흑인 경관을 향해 환히 웃었다.

"무슨 일이시죠, 경관님?"

그는 총을 뽑아들지 않았다. 우의 예상대로였다. 호호쿠스 같은 평화로운 교외에선 가끔 주거침입 관련 신고만이 들어올 뿐이고, 그중 대부분은 허위신고였다.

"주거침입 신고가 들어왔습니다."

경관이 말했다.

우가 알 수 없다는 듯한 표정을 지으며 미간을 찌푸렸다. 그가 밖으로 걸어나갔다. 하지만 경관과의 거리는 적당히 유지하려 애썼다. 아직은 아니야. 그가 생각했다. 위협적인 모습을 보여선 안 돼. 우의 움직임은 의도적으로 간결했고, 굼떴다.

"아, 그랬군요. 제가 열쇠를 깜빡했거든요. 옆집에서 제가 뒷문으로 들어오는 걸 보고 신고했나 봅니다."

"이 집에 사십니까? 성함이……."

"창이라고 합니다." 우가 대답했다. "네, 여기 살고 있습니다. 하지만 엄밀히 말하면 제 집은 아닙니다. 제 파트너 프레더릭 사이크스의 집이죠."

우가 조심스레 한 걸음 더 내디뎠다.

"그렇군요." 경관이 말했다. "그럼 사이크스 씨는……."

"위층에 있습니다."

"들어가서 봐도 되겠습니까?"

"물론이죠. 어서 들어오세요."

우가 몸을 돌리고 집 안을 향해 소리쳤다.

"프레디? 프레디, 뭐라도 걸치고 있어. 경관님이 오셨거든."

우는 돌아볼 필요가 없었다. 보지 않아도 커다란 흑인 경관이 바로 등 뒤에 다가왔음을 감지할 수 있었다. 그들은 5미터도 채 떨어져 있지 않았다. 우가 다시 집 안으로 들어갔다. 그리고 현관문을 활짝 열어주며 최대한 온순해 보이는 미소를 지었다. 리처드슨이라는 이름표를 가슴에 붙인 경관이 문 앞으로 성큼 다가왔다.

그가 1미터 간격까지 다가왔을 때 우가 몸을 쫙 폈다.

리처드슨 경관은 미처 손쓸 틈이 없었다. 위험을 깨달았을 땐 이미 늦은 상태였다. 우는 손바닥으로 그의 복부 중앙을 가격했다. 리처드슨의 몸이 접는 의자처럼 포개졌다. 우가 조금 더 가까이 다가갔다.

그는 상대를 무력하게 만들고 싶었을 뿐, 죽이고 싶진 않았다.

부상당한 경관은 적지 않은 부담이다. 하지만 죽은 경관은 그보다 열 배 더 큰 문제를 야기한다.

경관의 몸이 구부러졌다. 우가 그의 다리 뒷부분을 가격했다. 리처드슨이 무릎을 꿇고 주저앉았다. 우는 인간의 급소를 잘 알고 있었다. 그가 검지의 손가락 마디로 리처드슨의 양쪽 관자놀이를 쑤셔넣었다. 연골 밑도 힘껏 찔렀다. 트리플 워머 17이라 불리는 곳이었다. 직각에서 가격하는 것이 중요했다. 충분한 힘이 실리면 상대를 그 자리에서 죽일 수도 있었다. 어느 정도의 힘을 가하느냐가 관건이었다.

리처드슨의 눈이 하얗게 변했다. 우가 찔러넣은 두 손을 뽑았다. 리처드슨이 줄 끊어진 꼭두각시처럼 픽 쓰러졌다.

녹아웃 상태는 오래가지 않을 것이다. 우가 그의 벨트에서 수갑을 꺼내 들고 그의 손목에 채워 계단 난간에 묶어놓았다. 그런 다음, 그의 어깨에서 무전기를 뽑아들었다.

우는 잠시 옆집 여자를 생각했다. 그녀는 분명 그를 지켜보고 있을 것이다.

다시 한 번 경찰에 신고가 들어갈지도 몰랐다. 하지만 시간이 없었다. 그가 다가가면 그녀는 분명 문을 걸어잠글 터였다. 그녀까지 처치하기에는 시간이 너무 부족했다. 차라리 때를 기다렸다가 나중에 다시 찾아오는 것이 나을 것 같다는 생각이 들었다. 그가 서둘러 차고로 들어가 잭 로슨의 미니밴에 올라탔다. 그러고는 고개를 돌려 차의 뒤편을 살폈다.

잭 로슨이 거기에 있었다.

우가 운전석으로 옮겨 탔다. 좋은 생각이 막 떠올랐다.

경관이 순찰차에서 내리는 순간 샬레인은 불길한 기분에 휩싸였다. 우선 경관은 달랑 혼자 나타났다. 적어도 파트너와 함께 출동할 거라고 그녀는 생각했다. 〈스타스키와 허치〉 〈아담-12〉 〈브리스코와 그린〉 같은 TV 프로그램에서 봤던 것처럼. 그녀는 자신이 실수를 저질렀다는 사실을 깨달았다. 그녀의 제보에 다급함이 실리지 않았던 것이다. 뭔가 끔찍하고, 위협적인 게 침입했다고 과장을 섞어 신고했어야 했다. 그래야 경찰도 좀더 긴장을 했을 것이다. 하지만 그녀는 남의 일에 참견하기 좋아하는 한가한 이웃집 여자의 모습만을 보여주었다.

경관의 움직임도 이상했다. 그는 굼뜬 모습으로 어슬렁거리며 현관문을 향해 다가왔다. 너무나도 태평하게. 샬레인이 서 있는 곳에서는 현관문을 내려다볼 수 없었다. 경관이 시야에서 사라지자 샬레인은 속이 울렁거렸다.

그녀는 조심하라고 소리라도 쳐볼까 했지만 지난해 설치해둔 펠라 창문이 걸렸다. 크랭크를 돌리면 수직으로 올라가는 구조였다. 양쪽 자물쇠를 열고 크랭크를 돌려 창문을 여는 동안 경관은 이미 그녀의 시야에서 사라질 것이다. 게다가 기회가 된다 해도 뭐라고 소리칠 수 있을까? 어떻게 경고할 수 있을까? 아는 것도 전혀 없는 상태에서.

그래서 그녀는 그냥 기다리기로 했다.

마이크도 집에 있었다. 그는 아래층 서재에서 양키스 경기 중계를 보고 있었다. 그들은 이제 함께 TV를 시청하지 않았다. 리모컨을 미친 듯이 눌러대는 그의 습관에 그녀가 두 손을 들어버린 탓이었다. 게

다가 좋아하는 프로그램도 서로 너무 달랐다. 하지만 그녀는 그보다 더 큰 이유가 있다고 생각했다. 사실 그녀는 어느 프로그램이든 즐겁게 볼 수 있었다. 그럼에도 마이크는 여전히 서재에서, 그녀는 침실에서 각자 보고 싶은 프로그램을 시청했다. 두 사람 모두 어둠 속에서 홀로 TV를 보았다. 언제부터 그렇게 되었는지 그녀는 알지 못했다. 오늘 밤 아이들은 집에 없었다. 마이크의 동생이 영화를 보여주겠다며 데리고 나갔다. 아이들이 있든 없든 상관없이 그들은 각자의 공간에서 꼼짝하지 않고 시간을 보냈다. 샬레인은 웹서핑 시간을 줄여보려 애썼지만 그것은 불가능한 일이었다. 젊은 시절 그녀는 친구들과 하루종일 수화기를 붙들고 살았다. 하지만 요즘은 인터넷 채팅에 푹 빠져 있었다.

그녀의 가족은 어느새 어둠 속에서 네 개의 자주 독립체로 나뉘어 오직 각자의 필요에 의해서만 서로 대화했다.

사이크스의 집 차고에 불이 들어왔다. 얇은 레이스 커튼으로 덮인 창문을 통해 그림자가 아른거렸다. 움직임. 차고에서. 왜일까? 경관이 차고에 들어갈 일은 없을 텐데. 그녀가 수화기를 집어들고 계단을 내려가며 911을 눌렀다.

"아까 전화했던 사람인데요."

그녀가 신고 접수 담당에게 말했다.

"네."

"옆집에 들어온 침입자 말이에요."

"순찰차가 벌써 출동했는데요."

"네, 알아요. 도착한 걸 봤어요."

침묵. 그녀는 바보가 된 듯한 기분이 들었다.

"뭔가 일이 벌어진 것 같아요."

"뭘 보셨는데요?"

"침입자에게 공격을 받은 것 같아요. 경관 말이에요. 경관을 더 보내주세요."

그녀가 전화를 끊었다. 설명이 길어질수록 점점 더 황당하게 들릴 뿐이기 때문이었다.

귀에 익은 윙윙거림이 들려왔다. 샬레인은 대번에 그것이 무엇인지 알 수 있었다. 프레디의 차고 문. 그가 경관을 처치한 것이었다. 그리고 도망칠 준비를 하고 있었다.

순간 샬레인은 바보짓을 감행하기로 마음먹었다.

그녀는 아름답고 늘씬한 여주인공들을 떠올렸다. 미련할 정도로 무모한 여자들. 하지만 아무리 무모하다 해도 샬레인처럼 황당한 일은 벌이지 않을 것이다. 그녀 자신도 알고 있었다. 만약 살아 돌아올 수 있다면 그녀는 자신이 내린 결정을 돌아보며 웃음을 짓게 될 것이다. 어쩌면 브래지어와 팬티 차림으로 음산한 집으로 들어가려는 무모한 여주인공을 조금 더 존경의 눈빛으로 바라보게 될지도 모른다.

그녀의 생각은 이랬다. 동양인 남자는 도주를 준비하고 있었다. 그는 프레디와 경관을 처치했다. 분명했다. 다른 경관들이 도착할 때쯤이면 그는 이미 사라지고 없을 것이다. 그리고 그들은 영영 그를 찾지 못할 것이다.

만약 그가 도망친다면 그 후로는 어떻게 되는 걸까?

그는 그녀를 보았다. 그녀도 알고 있었다. 어쩌면 그는 그녀가 경찰에 신고했다는 사실을 알고 있을 것이다. 프레디는 보나마나 시체가 되었을 테고. 경관도 마찬가지. 마지막 남은 목격자는?

샬레인.

그는 반드시 돌아와 그녀를 제거할 것이다. 만약 그렇지 않다 해도 평생을 두려움에 떨며 지내야 할 것이다. 밤마다 깜짝깜짝 놀라게 될 것이고, 낮에는 인파 속에서 그가 없는지 살피게 될 것이다. 그는 복수를 위해 마이크나 아이들을 노릴지도 몰랐다.

가만히 앉아서 당할 수는 없었다. 어떻게든 그를 막아야 한다고 그녀는 생각했다.

하지만 어떻게?

그가 도망치지 못하게 막아야 하지만 그녀가 할 수 있는 일은 없었다. 그녀는 총도 갖고 있지 않았다. 무작정 밖으로 뛰어나가 그에게 달려들어 눈을 할퀼 수도 없다. 그보다 현명한 방법이 필요했다.

그를 미행해야 했다.

황당하게 들릴지도 모르지만 어쩔 수 없었다. 그를 놓쳐버리면 여생을 두려움에 떨며 살아야 할 것이다. 그가 잡힐 때까지 그녀는 끝없는 공포 그 자체에 사로잡혀 살 것이고, 어쩌면 그는 영영 잡히지 않을 것이다. 샬레인은 그의 얼굴을 똑똑히 보았다. 그의 눈은 물론이고. 그런 공포 속에서는 하루도 살고 싶지 않았다.

그를 미행하는 것이 어떻게 보면 가장 현명한 일인지도 몰랐다. 그 외의 선택들은 상상조차 하고 싶지 않았다. 그녀는 자신의 차를 몰고 그를 미행할 생각이었다. 물론 적당한 거리를 유지하면서. 휴대전화도 빠뜨려선 안 된다. 그래야 경찰에 신고할 수 있을 테니까. 그를 오랫동안 미행하고 싶진 않았다. 그저 경찰이 와줄 때까지만 모험을 감행할 생각이었다. 하지만 지금 당장 움직이지 않으면 앞으로 무슨 일이 벌어질지는 불 보듯 뻔했다. 경찰이 곧 도착할 것이고, 동양인 남자는 유유히 사라져버릴 것이다.

다른 방법이 없었다.

생각이 길어질수록 황당함은 서서히 줄어들었다. 그녀는 달리는 차에 몸을 싣고 있을 것이다. 부담 없이 그의 뒤를 쫓기만 하면 되었다. 게다가 언제든지 휴대전화로 경찰에 신고할 수도 있었다.

설마 그를 놓치는 것보다 더 위험할까.

그녀가 아래층으로 달려 내려갔다.

"샬레인?"

마이크였다. 그는 주방 싱크대 앞에 서서 땅콩버터 크래커를 먹고 있는 중이었다. 그녀가 잠시 멈칫했다. 그가 그 특유의 시선으로 그녀의 얼굴을 훑기 시작했다. 밴더빌트 대학 재학 시절, 그들이 처음 사랑에 빠졌을 때도 그의 시선에선 그런 느낌이 전해졌다. 당시 그는 호리호리했고, 얼굴도 잘생겼었다. 그동안 많은 변화가 있었지만 그 시선과 눈매만큼은 여전했다.

"왜 그래?"

그가 물었다.

"저……."

그녀가 움찔했다.

"잠깐 다녀올 데가 있어요."

그의 시선. 그녀는 그를 처음 만났을 때를 떠올려보았다. 화창했던 어느 날, 내슈빌의 센테니얼 공원. 그동안 얼마나 많은 변화가 있었던가? 마이크는 여전히 그때와 다르지 않은 시선으로 그녀를 훑었다. 샬레인은 잠시 미동도 하지 않고 서 있었다. 당장 눈물이라도 쏟아질 것 같은 느낌이었다. 마이크가 크래커를 싱크대에 떨어뜨리고 다가왔다.

"내가 데려다줄게."

마이크가 말했다.

18

그레이스와 유명 로커 지미 엑스는 놀이방으로 개조된 방에 들어와 있었다. 맥스의 게임보이가 뒤집힌 채 뒹굴고 있었다. 건전지 케이스가 부러져 스카치테이프로 두 개의 AA 사이즈 건전지를 고정시켜 두었다. 게임 카트리지는 마치 뱉어내지기라도 한 듯 그 옆에 놓여 있었다. 슈퍼마리오 5탄. 그레이스의 날카롭지 않은 눈엔 그저 1탄부터 4탄까지의 슈퍼마리오 게임과 똑같아 보일 뿐이었다.

코라는 그들을 남겨놓고 다시 컴퓨터와 씨름을 하러 서재로 들어갔다. 지미는 아직 입을 열지 않았다. 그는 허벅지에 팔뚝을 얹은 채 고개를 숙이고 있었다. 그 모습은 병실에서 의식을 되찾은 후 그를 처음 봤을 때를 떠올리게 했다.

그는 그녀가 먼저 입을 열어주기를 기다렸다. 그녀는 그런 분위기를 어렵지 않게 읽을 수 있었다. 하지만 그녀는 그에게 해줄 말이 없었다.

"너무 늦은 시간에 찾아왔죠?"

그가 말했다.

"오늘 밤에 공연이 있었잖아요."

"끝나고 온 거예요."

"일찍 끝난 모양이네요."

그녀가 말했다.

"콘서트는 보통 9시에 끝이 나요. 기획사 마음이죠."

"내가 여기 사는지 어떻게 알았나요?"

지미가 어깨를 으쓱해 보였다.

"그동안 쭉 알고 있었어요."

"어떻게요?"

그는 대답하지 않았고, 그녀도 더 파고들지 않았다. 잠시 두 사람 사이에 어색한 침묵이 흘렀다.

"어떤 말로 시작해야 할지 모르겠네요."

지미가 말했다. 잠시 머뭇거리다가 그가 다시 입을 열었다.

"아직도 다리를 저는군요."

"좋은 시작이네요."

그가 미소를 지어 보이려 애썼다.

"그래요. 아직도 다리를 절어요."

"그때부터……?"

"네."

"미안해요."

"괜찮아요."

그의 얼굴에 그림자가 드리워졌다. 잠시 들렸던 고개가 다시 뚝 떨어졌다. 마치 뭔가 교훈을 얻기라도 한 듯.

지미는 여전히 툭 튀어나온 광대뼈를 가지고 있었다. 트레이드마크였던 금발머리는 온데간데없었다. 유전 때문인지, 아니면 그냥 기분에 따라 밀어버린 것인지는 알 수 없었다. 물론 나이도 조금 더 들어 보였다. 그의 전성기는 이미 지나 있었다. 그레이스는 자신의 전성기 또한 그렇게 멀어져버린 게 아닌지 궁금했다.

"그날 밤, 난 모든 걸 잃었어요." 그가 고개를 저으며 말했다. "아니, 이 얘기가 하고 싶은 게 아니었어요. 지금 와서 이런 얘길 한다는 게 우습죠."

그녀는 묵묵히 듣고만 있었다.

"내가 병원으로 찾아갔을 때 기억해요?"

그녀가 고개를 끄덕였다.

"신문에 난 모든 기사를 읽었어요. 잡지에 난 기사들도 물론이고요. 뉴스도 빠짐없이 봤어요. 그날 밤 죽은 모든 아이들에 대해서 상세히 들려줄 수도 있죠. 지금도 눈을 감으면 그들의 얼굴이 보여요."

"지미?"

그가 다시 고개를 들었다.

"이런 얘길 내게 들려줄 필요는 없어요. 난 유족이 아니에요."

"알아요."

"난 당신을 용서해줄 입장이 못 돼요."

"내가 그것 때문에 온 것 같아요?"

그레이스는 대답하지 않았다.

"난 그저……."

그가 고개를 저었다.

"사실 여길 왜 왔는지 나 자신도 모르겠어요. 오늘 밤 교회에서 당신을 봤어요. 당신이 날 알아보았다는 걸 대번에 알 수 있었어요." 그가 고개를 갸웃거렸다. "날 어떻게 찾은 거죠?"

"당신을 찾으려 했던 게 아니었어요."

"같이 있던 남자가 혹시?"

"칼 베스파."

"오, 맙소사." 그가 눈을 질끈 감았다. "라이언의 아버지 말이죠?"

"네."

"그가 당신을 데리고 온 건가요?"

"네."

"그가 뭘 원하던가요?"

그레이스가 잠시 생각에 잠겼다.

"그 자신도 알지 못하는 것 같았어요."

이번엔 지미가 침묵을 지켰다.

"그는 자신이 사과를 원한다고 생각해요."

"그런데?"

"정말로 원하는 건 죽은 아들을 되돌려받는 것이겠지만요."

공기가 무겁게 느껴졌다. 그녀가 앉은 채로 몸을 살짝 비틀었다. 지미의 얼굴은 무색이었다.

"노력은 해봤어요. 사과하려고 말이에요. 그가 옳아요. 사과해야 마땅한 일이죠. 최소한 그 정도는 해야 한다는 거 나도 알아요. 바보같이 당신 병실에서 사진만 한 장 찍고 나온 얘길 하려는 건 아니에요. 그건 순전히 매니저가 우겨서 그랬던 것뿐이었어요. 술에 진탕 취해 그가 하자는 대로 순순히 움직였죠. 내 힘으로 똑바로 서 있을 수조차 없었으니까요."

그가 그녀를 빤히 들여다보았다. 그의 눈빛은 여전히 강렬했다. 그를 MTV 스타로 만든 것도 바로 그 눈빛이었다. "토미 개리슨을 기억해요?"

기억하고 있었다. 그날의 사고로 목숨을 잃은 그는 에드와 셀마의 아들이었다.

"그의 사진이 내 마음을 흔들었어요. 사실 그들 모두가 그랬죠. 그들의 인생, 막 피어나려던……." 그가 다시 말을 멈추고 깊은숨을 들이쉬었다. "토미는 내 동생과 많이 닮았어요. 그 모습이 뇌리에서 떠나지 않았죠. 그래서 그의 집을 찾아갔어요. 그의 부모에게 사과를 하고 싶었어요."

그가 다시 입을 닫았다.

"그런데요?"

"우린 주방 테이블에 앉아 얘기를 했어요. 팔꿈치를 내려놓자 테이블 전체가 덜컹거렸죠. 바닥엔 리놀륨이 깔려 있었는데, 절반 이상 흉하게 튀어올라와 있었어요. 흉한 노란색 꽃무늬 벽지도 여기저기 벗겨졌고요. 토미는 외아들이었어요. 그들이 사는 모습, 그들의 멍한 얼굴을 보니…… 견딜 수가 없더군요."

그녀는 아무 말도 하지 않았다.

"그래서 떠났어요."

"지미?"

그가 그녀를 바라보았다.

"그동안 어디서 지냈죠?"

"여기저기에서요."

"왜죠?"

"뭐가요?"

"왜 모든 걸 그렇게 포기해버렸죠?"

그가 어깨를 으쓱했다.

"뭐, 포기하고 말 것도 없었어요. 음악 판이 그렇잖아요. 난 신인이었고 큰돈을 만지려면 시간이 꽤 필요했죠. 하지만 상관없었어요. 그냥 훌훌 털고 떠나버리고 싶었을 뿐이에요."

"어디로 갔었죠?"

"알래스카에서 시작했어요. 생선 내장 제거하는 일을 했죠. 믿기진 않겠지만. 일 년간 그 일을 하며 살았어요. 그러고 나서 떠돌이 생활을 좀 했어요. 작은 술집에서 밴드 생활도 했고요. 시애틀에선 나이 든 히피들과 어울려 다녔죠. 웨더 언더그라운드1970년대에 활동한 극좌파 테러 단체 멤버들의 신분증 따위를 위조해준 사람들이었어요. 그들에게 부탁해 새 서류를 만들었죠. 그 후엔 애틀랜틱시티 카지노에서 커버 밴드로 활동했어요. 트로피카나 호텔에서요. 머리를 염색하고, 드럼 뒤에 앉으니 아무도 날 알아보지 못하더군요. 설령 알아봤다 해도 그냥 모른 척했죠."

"그렇게 사는 게 행복했나요?"

"진실을 원해요? 아니에요. 난 컴백을 원했어요. 바로잡을 건 바로잡고 나서 내 길을 가고 싶었어요. 하지만 떠나 있는 시간이 길어질수록 그게 점점 더 힘들어지더군요. 그리움만 더 커질 뿐이었죠. 모든 게 악순환이었어요. 그렇게 방황하고 있을 때 매디슨을 만났죠."

"랩처의 리드 보컬 말이에요?"

"네. 매디슨. 그 이름, 굉장히 인기죠. 〈스플래시〉라는 영화 기억하죠? 톰 행크스랑 또…… 누구더라?"

"데릴 한나."

그레이스가 대답했다.

"그래요. 금발 인어. 그 장면 기억하죠? 톰 행크스가 그녀에게 이름을 지어주려고 머리를 쥐어짜던 바로 그 장면. 제니퍼니 스테파니니, 그런 이름들을 차례로 들려주다가 매디슨 가를 지나면서 우연히 길 이름을 얘기하자 그녀가 그게 마음에 든다고 하죠. 사람들은 그 장면에서 제일 많이 웃었을 거예요. 매디슨이라는 이름을 가진 여자. 이제 그 이름은 최고로 인기 있는 이름 중 하나죠."

그레이스는 그냥 묵묵히 듣고 있었다.

"어쨌든, 그녀는 미네소타의 작은 농촌 출신이에요. 열다섯 살 때 가출해 뉴욕으로 갔었대요. 그리고 애틀랜틱시티에서 마약에 취해 살며 노숙자 생활도 했다고 하고요. 그러다가 가출 청소년 보호소로 들어가게 됐고, 거기서 예수를 찾았다고 했어요. 알잖아요, 과거의 중독을 새로운 중독과 맞바꾸는 것. 아무튼 그녀는 그렇게 마이크를 쥐었어요. 들어보면 알겠지만 재니스 조플린과 흡사한 목소리를 가지고 있죠."

"당신이 누군지 그녀도 알고 있나요?"

"아뇨. 샤니아 트웨인과 머트 랭의 이야기를 알죠? 나도 그런 관계를 원했어요. 그녀와 함께 일하는 게 좋아요. 음악은 좋지만 스포트라이트는 피하고 싶었어요. 적어도 나 자신에겐 항상 그렇게 말하죠. 매디슨은 지나치게 수줍음이 많아요. 내가 무대에 같이 오르지 않으면 공연을 하지 못해요. 차차 나아지겠지만 지금은 그냥 드러머로 조용히 묻혀 지내는 게 편해요."

그가 어깨를 으쓱해 보이며 미소를 지으려 애썼다. 지난날의 강렬

한 카리스마가 남아 있는 얼굴이었다.

"하지만 당신이 날 찾아냈으니 마음 편히 드럼만 치며 살 수도 없겠죠."

그들은 잠시 침묵을 지켰다.

"난 아직도 이해가 되지 않아요."

그레이스가 말했다.

그가 그녀를 빤히 바라보았다.

"얘기했잖아요. 난 당신을 용서해줄 수 있는 입장이 아니에요. 정말로요. 게다가 당신은 그날 밤 총을 쏘지도 않았잖아요."

지미는 꿈쩍도 하지 않았다.

"영국 그룹 더 후를 생각해봐요. 신시내티에서 비슷한 사고가 벌어졌지만 그들은 끄떡도 하지 않았어요. 롤링스톤스도 마찬가지예요. 콘서트에서 경호를 맡은 헬스 에인절스 멤버가 팬을 죽이는 사건이 있었지만 그들은 여전히 활동하고 있어요. 솔직히 난 당신들이 몇 년은 더 활동해주기를 바랐어요."

지미가 고개를 돌렸다.

"이만 가보는 게 좋겠네요."

그가 자리에서 일어났다.

"또 사라지려고요?"

그녀가 물었다.

그가 잠시 머뭇거리다가 주머니에 손을 찔러넣었다. 그러고는 카드를 한 장 꺼내 그녀에게 건네주었다. 카드엔 열 자리 숫자만 적혀 있을 뿐이었다.

"집 주소는 없어요. 그냥 휴대전화 번호예요."

그가 몸을 돌려 문쪽으로 향했다. 그레이스는 그를 따라가지 않았다. 다른 때 같았으면 그를 몰아붙였겠지만 지금 그의 방문은 부차적인, 전체적으로 볼 때 그다지 중요하지 않은 것처럼 느껴졌다. 과거에 관한 궁금증이 한발 나아갔다. 그게 다였다.

"잘 있어요, 그레이스."

"당신도 잘 지내요, 지미."

그레이스는 놀이방으로 돌아가 털썩 주저앉았다. 어깨가 힘없이 늘어졌다. 대체 책은 어디에 있는 걸까?

◸

마이크는 기어이 핸들을 잡았다. 동양인 남자는 그들보다 일 분 먼저 출발했다. 하지만 막다른 길과 비슷비슷하게 생긴 규격주택, 숲이 우거진 공터로 이루어진 이곳 교외 단지의 좋은 점은 진입로와 출구가 달랑 하나뿐이라는 사실이었다.

호호쿠스의 모든 길은 할리우드 가로 향했다.

샬레인은 최대한 간략하게 상황을 설명했다. 창밖으로 수상한 사람을 목격했다고. 마이크는 묵묵히 그녀의 설명에 귀를 기울였다. 그녀의 이야기엔 커다란 구멍이 뚫려 있었다. 자신이 왜 창밖을 내다보게 되었는지가 빠져 있었다. 어쩌면 마이크는 그 구멍을 훤히 꿰뚫어보고 있는지도 몰랐다. 하지만 그는 아무런 말이 없었다.

샬레인은 그의 얼굴을 들여다보며 그들이 처음 만났을 때를 떠올렸다. 그녀는 밴더빌트 대학 신입생이었다. 캠퍼스에서 얼마 떨어지지 않은 내슈빌에 공원이 하나 있었다. 공원에는 아테네의 파르테논

신전을 고스란히 옮겨놓은 듯한 건축물이 있었다. 1897년 센테니얼 엑스포를 기념하기 위해 만들어진 공원은 아크로폴리스 언덕 정상에서 있는 신전을 세계에서 가장 흡사하게 복제해놓은 곳으로 유명했다. 파르테논 신전의 모습이 궁금하면 멀리 갈 필요 없이 테네시 주의 내슈빌에 가보면 된다.

어느 따스한 가을날, 샬레인은 그 공원에 앉아 있었다. 당시 열여덟 살이던 그녀는 파르테논을 바라보며 고대 그리스가 과연 어떤 곳이었을지를 상상했다. 갑자기 어디선가 음성이 들려왔다.

"그냥 그렇죠? 안 그래요?"

그녀가 뒤를 돌아보았다. 잘생긴 청년이 두 손을 주머니에 찔러넣은 채 서 있었다. 마이크였다.

"네?"

그가 한 걸음 다가왔다. 입가엔 미소가 살짝 머금어져 있었다. 그의 자신에 찬 모습이 보기 좋았다. 마이크가 거대한 건축물을 향해 고개를 끄덕였다.

"꽤 정교한 복제물이라죠? 플라톤과 소크라테스 같은 위대한 철학자들이 고작 저런 걸 보며 살았다니." 그가 어깨를 으쓱해 보였다. "정말 한심하죠."

그녀가 미소를 지었다. 그의 눈이 휘둥그레졌다. 그녀의 미소가 제대로 먹힌 것이다.

"상상할 여지가 남아 있지 않으니까요."

마이크가 고개를 갸우뚱했다.

"그게 무슨 뜻이죠?"

"폐허가 된 파르테논을 보며 온전한 모습이 어땠을까를 상상해볼

순 있겠지만 현실은 그 상상력을 따라가질 못하죠. 바로 저 복제물처럼요."

마이크가 천천히 고개를 끄덕였다.

"동의하지 않으세요?" 그녀가 물었다.

"내겐 또 다른 가설이 있어요." 마이크가 말했다.

"뭔지 한번 듣고 싶은데요."

그가 조금 더 가까이 다가와 몸을 숙였다.

"저 안엔 유령이 없어요."

이번엔 그녀의 고개가 갸우뚱해졌다.

"역사가 필요해요. 샌들을 신고 저곳을 들락거리는 사람들이 필요해요. 해가 필요하고, 기원전 400년 당시의 피와 죽음과 땀이 필요해요. 소크라테스는 저 안에서 기도하지 않았어요. 플라톤은 저 문에 기대서 논쟁하지 않았어요. 복제물엔 유령이 살 수 없어요. 저건 영혼 없는 몸뚱이일 뿐이에요."

젊은 샬레인이 다시 미소 지었다.

"여자들에게 항상 이런 식으로 접근하시나요?"

"처음 시도해보는 거예요. 반응이 어떤가 보는 거죠. 괜찮았나요?"

샬레인은 손바닥을 아래로 해 흔들어 보였다.

"그럭저럭요."

그날 이후로 샬레인은 마이크 외의 어떤 남자와도 만나지 않았다. 그동안 두 사람은 기념일 때마다 모조 파르테논을 찾아갔다. 하지만 올해는 예외였다.

"저기 있군."

마이크가 말했다.

포드 윈드스타는 할리우드 가 서쪽에 있는 17번 국도를 향해 달리고 있었다. 샬레인은 다시 911을 눌렀다. 접수원은 그제야 그녀의 신고를 진지하게 들었다.

"현장에 나간 경관과 무전이 끊어졌습니다."

그녀가 말했다.

"그는 지금 할리우드 가를 달리고 있어요. 17번 국도 쪽으로요."

샬레인이 말했다.

"차는 포드 윈드스타예요."

"번호판은요?"

"안 보여요."

"현장으로 경관들이 출동했습니다. 부인께서는 이제 추격을 멈추셔도 됩니다."

그녀가 휴대전화를 귀에서 뗐다.

"마이크?"

"괜찮아." 그가 말했다.

그녀는 등받이에 몸을 붙이고 자신의 집을 떠올렸다. 유령과 영혼 없는 몸뚱이에 대해서도 생각했다.

에릭 우는 쉽게 놀라는 성격이 아니다.

옆집 여자와 그녀의 남편으로 보이는 남자가 그를 열심히 쫓고 있었다. 예기치 못한 일이었다. 그는 이 문제를 어떻게 해결해야 할지 고민에 빠졌다.

여자.

그녀는 그를 덫에 빠뜨렸다. 그녀는 그를 지켜보았고, 경찰에 신고까지 했다. 경관이 출동했고, 기회가 생기면 그녀는 또 신고할 것이다.

우는 경찰이 출동하기 전에 사이크스의 집에서 최대한 멀리 떨어지는 수밖에 없다고 생각했다. 차량을 추적하는 데 경찰은 꽤 무능하다. 몇 년 전 벌어졌던 워싱턴 저격수 사건만 봐도 그 사실을 확인할 수 있다. 수백 명의 경관이 여기저기 바리케이드를 쳐놓고 기다렸지만 결국 두 아마추어를 놓치지 않았던가.

현장에서 최대한 멀리 벗어나기만 하면 아무 문제없을 거라고 우는 생각했다.

하지만 문제는 또 있었다.

또 그 여자.

그녀와 그녀 남편이 그를 미행하고 있었다. 그들은 경찰에 그의 행방을 알릴 것이다. 어느 길로, 어느 방향으로 가고 있는지 상세히 알려줄 것이다. 자칫하다가는 경찰의 포위망에 걸려들 수도 있었다.

결론: 그들을 막아야 한다.

파라머스 파크몰 표지판이 눈에 들어오자 그가 급하게 핸들을 꺾었다. 여자와 그녀의 남편도 그를 따라 들어왔다. 아주 늦은 시간이었고 모든 상점은 문을 닫았다. 주차장도 비어 있었다. 우가 주차장으로 들어섰다. 여자와 그녀의 남편은 우와 일정 간격을 유지하고 있었다.

그런 건 아무래도 상관없었다.

이제 그가 대놓고 덤빌 차례였으므로.

우는 총을 소지하고 있었다. 월터 PPK. 사실 그는 총을 별로 좋아하지 않았다. 비위가 약하기 때문은 아니었다. 그저 손을 사용하는 것을 훨씬 좋아했기 때문이었다. 사격 솜씨도 나쁘지 않았지만 누가 뭐래도 두 손이 그의 가장 위협적인 무기였다. 완벽한 컨트롤이 가능했다. 총을 쓴다는 것은 역학과 외부의 근원을 믿어야 한다는 뜻이었다. 우는 그걸 원치 않았다.

하지만 필요성만큼은 우도 이해하고 있었다.

그가 차를 멈춰 세웠다. 그리고 총이 장전되어 있는지 확인했다. 차문은 잠겨 있지 않았다. 그가 손잡이를 당겨 문을 열고 밖으로 나가 그들을 향해 총을 겨누었다.

◸

마이크가 말했다.

"저 사람 지금 뭐 하는 거지?"

샬레인은 포드 윈드스타가 쇼핑몰 주차장으로 들어서는 것을 지켜보았다. 다른 차량은 없었다. 쇼핑센터의 형광 조명이 주차장을 훤히 밝혀주고 있었다. 시어스와 오피스디포, 스포츠 오소리티 같은 상점들이 속속 나타났다.

포드 윈드스타가 멈춰 섰다.

"너무 가까이 붙지 말아요."

그녀가 말했다.

"차문이 단단히 잠겨 있는데 무슨 일이 생기겠어?"

마이크가 말했다.

동양인 남자가 물 흐르듯 매끄러운 움직임으로 차에서 내렸다. 마치 모든 것을 철저히 계획한 듯한 신중한 움직임이 초인적으로 보이기까지 했다. 그가 차 옆에 서서 한 손을 앞으로 곧게 뻗었다. 손을 제외한 몸에는 흔들림이 전혀 없었다. 그들은 잠시 자신들의 눈을 의심했다.

순간 차의 앞유리가 폭발했다.

고막을 찢는 듯한 굉음이었다. 샬레인이 비명을 질렀다. 그녀의 얼굴에 축축하고, 끈적끈적한 뭔가가 튀었다. 금속 냄새가 확 풍겼다. 샬레인은 본능적으로 몸을 숙였다. 부서진 유리 파편이 그녀의 머리 위로 쏟아져내렸다. 툭 떨어진 뭔가가 그녀의 몸을 짓눌렀다.

마이크였다.

그녀는 다시 비명을 질렀다. 또 한 번의 총성이 들려왔다. 움직여야 한다. 남편을 끌고 밖으로 나가야 한다. 마이크는 움직이지 않았다. 그녀가 남편을 밀어내고 조심스레 고개를 들었다.

순간 총알이 휙 날아들었다.

총알이 어디 박혔는지 알 수 없었다. 그녀는 황급히 다시 고개를 숙였다. 귓속에서 요란한 굉음이 울려대기 시작했다. 그렇게 몇 초가 흘렀다. 샬레인이 다시 고개를 들었다.

동양인 남자가 다가오고 있었다.

이젠 어쩌지?

도망쳐야 해. 당장. 그녀의 머릿속엔 오직 그 생각뿐이었다.

하지만 어떻게?

그녀가 차의 기어를 후진에 걸었다. 마이크의 발이 브레이크에 얹어져 있었다. 그녀가 몸을 최대한 낮춘 채 손을 뻗어 그의 바지 자락을 잡았다. 그리고 힘껏 잡아당겨 그의 발을 브레이크에서 뗐다. 그런 다음, 손바닥으로 액셀러레이터를 꾹 눌렀다. 차가 뒤로 튀어나갔다.

차가 어디로 향하는지는 그녀도 알 수 없었다.

어쨌든 차는 빠르게 후진했다.

그녀가 좀더 힘을 주어 액셀러레이터를 눌렀다. 차가 뭔가를 밟고 올라갔다. 연석인 것 같았다. 차가 덜컹거리면서 그녀의 머리가 핸들에 부딪혔다. 그녀는 어깨뼈로 핸들을 고정한 채 왼손으로 액셀러레이터를 계속 눌렀다. 차가 심하게 흔들렸지만 페달에서 손을 떼지 않았다. 잠시 후 차는 평평한 도로로 접어들었다. 하지만 그것도 잠시, 갑자기 요란한 클랙슨 소리가 여기저기서 들려오기 시작했다. 급브레이크 밟는 소리도 연달아 들렸다.

그녀의 차가 달려오던 또 다른 차와 충돌했다. 차체가 흔들렸다. 그리고 몇 초 후, 칠흑 같은 어둠이 내려앉았다.

19

데일리 경관의 얼굴이 하얗게 질렸다.

펄머터가 앉은 채로 허리를 곧게 폈다.

"왜 그러나?"

데일리가 손에 쥐고 있는 종이를 들여다보았다. 마치 한눈을 팔면 종이가 어디론가 없어지기라도 한다는 듯.

"이해가 안 되는 게 있습니다, 경감님."

펄머터 경감은 신참 시절부터 밤 근무를 싫어했다. 적막함이 무척 거슬렸다. 그는 대가족에서 자랐고, 여섯 명의 형제가 있었다. 그런 북적거림이야말로 진정한 사는 재미라고 생각했다. 그의 아내 메리언도 대가족을 원했다. 그는 진작부터 많은 계획을 세워두었다. 바비큐 파티며 주말 코치, 학부형 모임, 금요일마다 영화 관람, 앞뜰에서 식구들과 보내는 여름밤. 브루클린에서 체험한 유년 시절의 분위기를 교외의 큰 집에서 누려보고 싶었다.

그의 할머니는 유대인 언어인 이디시어로 명언을 수도 없이 들려주었다. 스튜 펄머터는 그중에서도 이 한마디를 좋아했다.

"인간은 계획을 세우고, 신은 비웃는다."

그가 세상에서 유일하게 사랑했던 여인 메리언은 서른한 살 때 색전증으로 세상을 떠났다. 그녀는 주방에서 외아들 새미에게 샌드위치를 만들어주다가 갑자기 쓰러져버렸다. 그녀는 몸이 리놀륨 바닥에 닿기 전에 이미 사망했다.

펄머터의 인생은 그날로 끝나버렸다. 그는 혼신을 다해 새미를 키웠다. 하지만 삶에 대한 열정은 되돌아오지 않았다. 그는 아들을 사랑했고, 자신의 일을 사랑했다. 하지만 메리언의 공백은 그 무엇으로도 메울 수가 없었다. 그의 관할구역, 그리고 그의 일이 유일한 위로가 되었다. 새미가 기다리고 있는 집은 항상 메리언을 떠올리게 했다. 적어도 사무실에 홀로 남아 있을 때만큼은 그녀를 잊고 지낼 수 있었다.

그 모든 것이 다 오래전의 일이다. 새미는 어느새 대학생이 되어 있었다. 무뚝뚝한 아버지 밑에서도 아이는 바르게 잘 자라주었다. 펄머터조차도 그 비결이 무엇인지 알지 못했다.

펄머터가 데일리에게 앉으라고 손짓했다.

"무슨 일인데그래?"

"그 여자 말입니다. 그레이스 로슨."

"아."

펄머터가 말했다.

"왜 그러세요?"

"나도 마침 그녀 생각을 하고 있었네."

"뭔가 마음에 걸리는 게 있습니까, 경감님?"

"그래."

"저 혼자만 그런 줄 알았습니다."

펄머터가 의자를 뒤로 살짝 젖혔다.

"그녀가 누군지 알고 있나?"

"로슨 부인 말씀입니까?"

"그래."

"화가죠."

"그게 다가 아니야. 그녀가 다리 저는 걸 보지 못했나?"

"봤습니다."

"그레이스 로슨은 결혼 후부터 쓰게 된 이름이야. 결혼 전 이름은 그레이스 샤프였지."

데일리가 그를 멍하니 보았다.

"보스턴 대학살에 대해 들어본 적 있나?"

"잠깐만요. 록 콘서트 폭동사건 말씀인가요?"

"궤멸이라는 표현이 더 어울리지. 많은 사람이 그날 목숨을 잃었어."

"그녀도 그 자리에 있었나요?"

펄머터가 고개를 끄덕였다.

"그때 심한 상처를 입었지. 한동안 혼수상태에 빠져 있기도 했고. 그때 언론은 앞다투어 그녀를 취재했지."

"그게 언제였죠?"

"십오 년쯤 된 것 같은데."

"그 사건을 아직까지 기억하고 계시는 겁니까?"

"대단히 큰 사건이었으니까. 나 또한 지미 엑스 밴드의 열혈 팬이었지."

데일리가 깜짝 놀라는 표정을 지었다.

"경감님께서요?"

"내가 그때도 지금처럼 노인네였는지 아나?"

"저도 그들의 CD를 들어본 적이 있습니다. 음악이 괜찮던데요. 라디오에서도 자주 '흐릿한 잉크'를 틀어주는 것 같더군요."

"불후의 명곡이지."

메리언도 지미 엑스 밴드를 무척 좋아했다. 펄머터는 눈을 감은 채 낡은 워크맨으로 '흐릿한 잉크'를 감상하던 그녀의 모습을 떠올렸다. 가사에 맞춰 소리 없이 움직이던 입술. 그는 눈을 깜빡여 머릿속 이미지를 날려버렸다.

"그들은 어떻게 됐죠?"

"그렇게 묻혀버리고 말았지. 밴드는 해체됐고. 지미 엑스, 이젠 그 친구 본명도 기억이 안 나는군. 그 친구가 프런트맨이었고, 밴드의 모든 곡을 만들었지. 그냥 그렇게 음악을 접어버렸어."

펄머터가 데일리가 손에 쥔 종이를 가리켰다.

"그건 뭔가?"

"이것 때문에 경감님께 온 겁니다."

"로슨과 관련된 문제인가?"

"모르겠습니다. 그럴지도 모르죠."

펄머터가 두 손을 머리 뒤로 가져갔다.

"무슨 일인지 얘기해봐."

"디바톨라가 오늘 저녁에 신고를 접수했답니다."

데일리가 말했다.

"그것도 남편이 실종되었다는 신고였다는군요."

"로슨 사건과 비슷한가?"

"처음엔 아무 관계가 없다고 생각했습니다. 법적으로 부부도 아니었거든요. 엄밀히 말해 전남편이었습니다. 게다가 지저분한 구석도 있었고요."

"전과자란 말인가?"

"폭행죄로 잡혀 들어간 적이 있답니다."

"이름은?"

"로키 콘웰."

"로키? 그게 본명이야?"

"네. 출생증명서에도 그렇게 나와 있습니다."

"부모란 사람들이 참."

펄머터가 알 수 없다는 표정을 지었다.

"잠깐. 어디서 많이 들어본 이름 같은데."

"프로 풋볼 선수로도 잠시 활동했습니다."

펄머터가 기억을 더듬기 시작했다. 그가 어깨를 으쓱해 보였다.

"그 친구가 실종됐다고?"

"로슨 사건보다도 별것 아닌 것 같더군요. 전 부인과 오전에 쇼핑을 가기로 했다는데, 제가 보기에는 아무 일도 아닌 것 같습니다. 디바톨라가 그의 전처 로레인을 만나봤다는데 정말 대단한 미인이라는군요."

"행실이 나쁘기로 유명한 여자 아닌가." 펄머터가 고개를 끄덕이며 말했다. "AP와 UPI 통신의 톱 텐 리스트에 올라가 있다지?"

"네, 맞습니다. 어쨌든 디바톨라는 그녀의 비위를 맞춰줬답니다. 전남편과도 갈라선 상태니 한번 찔러라도 보겠다는 심산이었겠죠. 뭐 사람 팔자를 누가 알겠습니까?"

"아주 프로답군."

펄머터가 미간을 찌푸렸다.

"계속해보게."

"이제부터 얘기가 조금씩 꼬이기 시작합니다."

데일리가 혀로 입술을 한 번 핥았다.

"디바톨라는 가장 손쉬운 일부터 시작했습니다. 이-지 패스 사용 내역을 훑어본 거죠."

"자네처럼 말이지?"

"네, 맞습니다."

"그래서?"

"뭔가 걸려든 거죠." 데일리가 한 걸음 다가왔다. "로키 콘월은 어젯밤 10시 26분에 뉴욕 고속도로 16번 출구 톨게이트를 통과했습니다."

펄머터가 그를 빤히 올려다보았다.

"네, 저도 압니다. 잭 로슨도 같은 시간에 그곳을 지나갔죠."

펄머터가 보고서를 잽싸게 훑어보기 시작했다.

"정말인가? 디바톨라가 실수로 같은 번호를 조회한 건 아니고?"

"두 번씩이나 확인했답니다. 실수일 가능성은 없습니다. 콘월과 로슨은 같은 장소를 같은 시간에 스쳐간 겁니다. 두 사람이 같이 있었던 게 분명합니다."

펄머터가 잠시 골똘한 생각에 잠겼다가 이내 고개를 저었다.

"아니야."

데일리는 헷갈린다는 표정을 지어 보였다.

"그냥 우연의 일치였다고 생각하시는 겁니까?"

"두 대의 차가 톨게이트를 동시에 지나갔다고? 가능성이 희박해."

"그럼 어떻게 된 일이라고 생각하시는 거죠?"

"그건 나도 모르겠네."

펄머터가 말했다.

"그들이 함께 도망쳤다고 해보세. 아니면 콘월이 로슨을 납치했거나. 아니면 그 반대였거나. 어쨌든 그런 일이 있었다면 그들은 분명 같은 차를 타고 이동했을 거야. 그럼 이-지 패스를 두 번씩이나 찍을 필요가 있었겠나?"

"하긴, 그렇군요."

"하지만 그들은 각자의 차로 이동했어. 그래서 더 이해가 가질 않는 거야. 두 남자가 각각 다른 차를 타고 같은 시간에 톨게이트를 지나갔다니. 게다가 이젠 둘 다 실종된 상태고."

"적어도 로슨은 아내에게 전화라도 걸었죠."

데일리가 덧붙였다.

"공간이 필요하다고. 기억하시죠?"

두 사람은 생각에 잠겼다.

데일리가 다시 입을 열었다.

"로슨 부인에게 연락해볼까요? 어쩌면 그녀도 콘월을 알고 있을지 모르니까요."

펄머터가 아랫입술을 살짝 깨물고는 생각에 잠겼다.

"아직은 때가 아니야. 시간도 늦었고. 그 집엔 아이들도 있지 않나."

"그럼 어쩌죠?"

"좀더 살펴보세. 로키 콘월의 전처를 먼저 만나봐야겠어. 콘월과 로슨이 무슨 관계였는지부터 캐내보게. 차량 조회도 한번 해보고 말이야."

그때 전화벨이 울렸다. 데일리는 신고 접수 담당으로도 일하고 있었다. 그가 수화기를 들고 잠시 듣고 있다가 펄머터를 돌아보았다.

"누구지?"

"호호쿠스 서의 필입니다."

"무슨 문제라도 생겼나?"

"경관이 당했답니다. 지원을 요청했어요."

20

비트리스 스미스는 쉰세 살의 미망인이었다.

에릭 우는 다시 포드 윈드스타로 돌아왔다. 그는 리지우드 가를 따라 가든 스테이트 고속도로 북부로 향했다. 그리고 그곳에서 287번 고속도로로 빠져나와 태펀지 교 쪽으로 달려나갔다. 뉴욕의 아몽크가 그의 목적지였다. 그는 지선 도로를 달리고 있었다. 어디로 갈지는 이미 정했다. 비록 실수는 있었지만 기본은 여전했다.

수많은 기본 중 하나는 대체 은신처를 미리 준비해두는 것이었다.

비트리스 스미스의 남편은 유명한 심장내과의였다. 그는 한때 시장으로 활동하기도 했다. 그들에겐 친구가 많았지만 전부 커플들이었다. 그녀의 남편 모리가 심장마비로 세상을 떠났을 때 친구들은 한두 달간 주변을 머물다가 하나둘씩 떨어져나갔다. 그녀에겐 외아들이 있었는데 그 또한 아버지와 마찬가지로 의사였다. 그는 아내, 그리고 세 아이와 함께 샌디에이고에서 살고 있었다. 그녀는 모리와 함께 살았던 집을 팔지 않았다. 혼자 지내기엔 너무 크고 외로운 공간이었다.

한때 맨해튼으로 이사해볼까도 생각했지만 가격 부담이 심했다. 새 환경이 두렵기도 했다. 적어도 아몽크에서는 마음 편히 살 수 있을 것 같았다. 작은 어려움을 피하자고 큰 소용돌이 속으로 뛰어들 필요가 있겠는가.

그녀는 이런 자신의 사정을 온라인에서 만난 커트 맥패든에게 전부 털어놓았다. 맥패든은 자신을 필라델피아에서 사는 홀아비라고 소개했고, 뉴욕으로 이사 올 계획을 가지고 있다고 했다. 우는 그녀의 동네에 들어서서 속도를 줄였다. 나무가 많고 조용한 곳이었다. 늦은 시간이라 배달부 행세를 하기에는 무리가 있었다. 치밀한 계획을 세워 행동하기엔 시간이 너무 촉박했다. 최대한 빨리 집주인을 처치해야 했다.

프레디 사이크스의 경우와는 달라야 했다.

비트리스 스미스만큼은 확실하게 처리해야 한다는 뜻이었다.

우가 차를 세우고 장갑을 꼈다. 현장에 지문을 남기는 실수는 두 번 다시 반복하고 싶지 않았다. 그가 차에서 내려 비트리스의 집으로 천천히 걸어갔다.

21

새벽 5시. 그레이스가 잭의 목욕 가운을 걸치고 아래층으로 내려갔다. 그녀는 잭의 옷을 걸치고 다니기를 즐겼다. 그는 섹시한 란제리를 원했지만 그녀는 그의 잠옷 상의를 더 좋아했다. "어때요?" 그녀는 잠옷 상의만을 걸친 채 모델이라도 된 듯 워킹하며 묻곤 했다. "괜찮은데. 이번엔 위를 벗고 아래만 걸쳐보는 건 어때? 꽤 볼만할 것 같은데." 그의 대답은 늘 그런 식이었다. 그녀가 고개를 저어 옛 생각을 떨쳐낸 후 서재로 들어갔다.

그레이스는 우선 스팸 메일 답신부터 확인했다. 모니터를 들여다보는 그녀의 눈이 휘둥그레졌다.

아무도 답신을 보내오지 않았다.

단 한 명도.

어떻게 이럴 수가 있지? 솔직히 사진 속 여자를 알아보는 사람이 많을 거라는 기대는 하지 않았다. 이런 반응도 어느 정도는 예상하고 있었다. 그래도 그렇지, 수십만 통의 메일을 띄웠는데. 대부분이 필터로 걸러진다 해도 누군가 한 명쯤은 장난삼아라도 답신을 보내줄 거라고 생각했다. 시간이 남아도는 미치광이라도.

하지만 도착한 답신은 단 한 통도 없었다.

이걸 어떻게 받아들여야 하지?

집 안은 고요했다.

에마와 맥스는 아직 잠에 빠져 있었다. 코라도 마찬가지였다. 코라는 길게 누운 채 코를 골고 있었다. 입도 쩍 벌리고.

기어를 바꿀 시간이었다.

유일한 단서는 살해된 기자 밥 도드였다. 그녀는 그의 연락처를 알지 못했다. 가까운 친척이나 집 주소는 모른다. 하지만 도드는 〈뉴햄프셔포스트〉라는 메이저 일간지의 기자였다. 그녀는 신문사부터 알아보기로 했다.

신문사는 이십사 시간 돌아간다. 적어도 그레이스는 그럴 거라고 생각했다. 언제 어떤 사건이 터질지 모르니 항상 누군가가 데스크를 지키고 있을 것 같았다. 게다가 새벽 5시에 사무실을 지키는 누군가가 있다면 그녀의 전화를 무척 반길지도 몰랐다. 홀로 멍하니 밤을 새우는 것보다는 흥미로울 테니까. 그녀가 수화기를 집어들었다.

그레이스는 어떻게 접근해야 할지 고민했다. 여러 방법을 떠올려보았다. 기자 행세를 하며 이런저런 정보를 빼내볼 수도 있겠지만 솔직히 자연스러운 연기엔 자신이 없었다.

결국 그녀는 최대한 솔직하게 접근하기로 마음을 굳혔다.

그녀가 *67을 눌러 발신자 번호를 막아두었다. 신문사는 수신자 부담 번호를 가지고 있었지만 그레이스는 그것을 사용하지 않았다. 수신자 부담 번호는 막아놓을 수 없기 때문이었다. 그런 정보는 데릴 한나가 〈스플래시〉에 출연했고, 에스페란자 디아즈가 리틀 포카혼타스라는 이름으로 활동하는 레슬러였다는 정보를 담아둔 뇌 속 창고에 저장되어 있었다. 언젠가 잭은 그녀를 '불필요한 정보의 여왕'이라고 부르기도 했었다.

〈뉴햄프셔포스트〉에 두 차례에 걸쳐 전화를 해보았지만 별 소득은 없었다. 데스크를 지키고 있는 직원은 무척 비협조적이었다. 그는 밥 도드를 잘 모른다고 했고, 그녀의 얘기에도 귀를 기울여주지 않았다. 그레이스는 이십 분간 기다렸다가 다시 전화를 걸어보았다. 이번엔 수도권 파트로 연결되었다. 젊은 여자가 응답했다. 그녀는 입사한 지 얼마 되지 않아 밥 도드라는 사람에 대해선 모른다고 했다. 하지만 그에게 그런 끔찍한 일이 생겼다니 무척 유감이라는 말을 덧붙였다.

그레이스가 다시 이메일을 확인했다. 여전히 답신은 없었다.

"엄마!"

맥스였다.

"엄마, 빨리 와봐요!"

그레이스가 허둥지둥 계단을 올라갔다.

"무슨 일이니?"

맥스가 침대에 앉아 자신의 발을 가리켰다.

"발가락이 너무 빨리 자라고 있어요."

"발가락이?"

"봐요."

그녀가 다가가 아들 옆에 앉았다.

"이것 봐요."

"뭘?"

"두 번째 발가락 말이에요."

아이가 말했다.

"엄지발가락보다도 길어졌어요. 너무 빨리 자라고 있어요."

그레이스가 미소를 지었다.

"그게 정상이란다."

"네?"

"누구나 두 번째 발가락이 엄지발가락보다 길어. 아빠도 마찬가지고."

"거짓말."

"정말이야. 아빠의 두 번째 발가락도 엄지발가락보다 길어."

그 말에 아이는 더 고집을 부리지 않았다. 그레이스의 가슴이 다시 따끔거리기 시작했다.

"〈위글스〉 볼래?"

그녀가 물었다.

"그건 꼬마들이 보는 거잖아요."

"그럼 '디즈니' 채널에서 뭘 하는지 볼까?"

〈롤리 폴리 올리〉가 방송되고 있었다. 맥스는 소파에 앉아 TV에 온 정신을 쏟았다. 아이는 쿠션을 담요처럼 사용했다. 덕분에 소파 주변은 항상 어지러웠다. 하지만 그레이스는 그런 것 따위에 신경 쓸 여유가 없었다. 그녀는 다시 〈뉴햄프셔포스트〉에 전화를 걸었다. 이번엔 특집 기사 파트로 돌려달라고 요청했다.

남자가 응답했다. 자갈길을 달리는 낡은 타이어 같은 목소리였다.

"무슨 일이시죠?"

"안녕하세요."

그레이스가 지나치게 기운찬 음성으로 말했다. 얼간이처럼 수화기에 대고 미소까지 환히 지어 보였다.

남자의 신음이 흘러나왔다. 대충 번역을 해보니 용건이나 빨리 얘기해보라는 말 같았다.

"밥 도드 씨에 대해 알아보고 싶은 게 있어서 전화했습니다."

"누구시죠?"

"그건 밝히지 않는 게 좋겠어요."

"이거 장난전화 맞죠? 이만 끊겠습니다."

"잠깐만요. 자세한 건 말씀드릴 수 없지만 특종이 될 수도 있어서……."

"특종? 방금 특종이라고 했습니까?"

"네."

남자가 낄낄 웃었다.

"날 무슨 파블로프의 개로 보시는 겁니까? 내가 특종이란 단어만 들으면 침을 질질 흘려댈 것 같아요?"

"전 그저 밥 도드에 대해서 알고 싶을 뿐이에요."

"왜죠?"

"남편이 실종됐어요. 아마 그의 살인사건과 관련이 있는 것 같아요."

남자가 잠시 머뭇거렸다.

"지금 농담하시는 거죠?"

"아니에요."

그레이스가 대답했다.

"밥 도드를 아는 사람과 얘기하고 싶어요."

남자의 음성이 조금 누그러졌다.

"나도 그를 잘 알고 지냈습니다."

"얼마나요?"

"알 만큼은 알고 지냈어요. 대체 뭘 알고 싶으신 거죠?"

"그가 어떤 기사를 준비 중이었는지도 아시나요?"

"이봐요, 부인, 밥의 사건에 대해 뭔가 알고 계신 거라도 있습니까? 만약 그렇다면 여기서 특종이니 뭐니 하지 마시고 경찰에 연락해보세요."

"그런 게 아니에요."

"그럼 뭐죠?"

"오래된 전화요금 청구서를 훑던 중에 남편이 밥 도드와 통화한 사실을 알아냈어요. 그가 살해되기 직전에 말이에요."

"남편분이 누구시죠?"

"그건 말씀드릴 수 없어요. 어쩌면 우연의 일치였는지도 모르죠."

"하지만 부인께서 남편분이 실종 상태라고 하셨잖아요."

"네."

"예전 전화요금 청구서까지 뒤져보실 정도면 보통 심각한 문제가 아니라는 뜻인데, 아닌가요?"

"그것 외엔 할 수 있는 게 없어요."

그레이스가 말했다.

남자가 다시 머뭇거렸다.

"그 정도로는 신뢰가 안 가는군요."

그가 말했다.

"그럼 어느 정도가 되어야 한다는 말씀이죠?"

침묵.

“사실 나도 아는 게 없습니다. 밥에게 무슨 얘길 들은 적도 없었고요.”

“그럼 누구랑 통화를 해야 하죠?”

“그의 아내에게 연락을 해봐요.”

그레이스는 미처 그 생각을 하지 못했던 자신을 질책했다. 당연히 제일 먼저 연락해봐야 하는 사람이었는데. 제정신이 아닌 모양이었다.

“부인 연락처를 알 수 있을까요?”

“글쎄요. 한두 번 만난 적은 있는데.”

“그녀 이름이 뭐죠?”

“질리언. J로 시작하는 것 같았어요.”

“질리언 도드?”

“그런 것 같아요.”

그녀가 이름을 받아 적었다.

“밥의 아버지에게 연락을 해보시는 것도 좋겠네요. 로버트 시니어. 여든 살쯤 되셨을 것 같은데. 부자 사이가 아주 좋았죠.”

“주소를 알고 계시나요?”

“네. 코네티컷의 사설 요양원에 계세요. 밥의 유품을 그곳으로 보내드렸죠.”

“유품이라고요?”

“직접 그의 책상을 정리했습니다. 그의 물건들을 판지 상자에 보관해뒀었죠.”

그레이스가 인상을 찌푸렸다.

“그걸 그의 아버지가 계신 요양원으로 보냈다고요?”

"네."

"왜 질리언에게 보내지 않았죠? 그의 아내에게 보내는 게 옳지 않나요?"

남자가 잠시 망설였다.

"나도 확실한 건 모르겠어요. 사건 직후에 신경쇠약에 걸린 것 같았어요. 그녀도 현장에 있었거든요. 잠시만요. 요양원 전화번호를 찾아볼게요. 부인께서 직접 여쭤보세요."

◻

샬레인은 침대 옆에 앉고 싶었다.

영화나 TV를 보면 아내들이 근심에 찬 표정으로 남편의 손을 잡고 있지 않던가. 하지만 이 방엔 그런 의자를 찾아볼 수 없었다. 의자라고 하나 있는 것은 바닥에 납작하게 달라붙어 있는 것처럼 보일 만큼 낮았다. 활짝 펼쳐놓으면 침대로 변할 것 같은 의자였다. 나중에 쓸모가 있을지 모르지만 지금 샬레인이 원하는 것은 그저 침대 옆에 앉아 남편의 손을 붙잡고 있는 것뿐이었다.

하는 수 없이 그녀는 서 있기로 했다. 힘이 빠질 땐 침대 가장자리에 살짝 걸터앉기도 했다. 하지만 그럴 때마다 마이크가 깨지 않을까 걱정이 됐다. 그래서 그녀는 다시 일어났다. 참회와도 비슷한 기분이 그녀 위로 내려앉았다.

뒤에서 문이 열렸다. 그녀는 애써 돌아보지 않았다. 예전에 들어본 적 없는 남자의 음성이 말했다.

"기분이 좀 어떠십니까?"

"괜찮아요."

"아주 운이 좋으셨습니다."

그녀가 고개를 끄덕였다.

"복권에라도 당첨된 듯한 기분이에요."

샬레인이 손을 들어 자신의 이마에 감겨 있는 붕대를 만져보았다. 몇 바늘 꿰맨 상처, 그리고 가벼운 뇌진탕. 사고로 얻은 상처는 그뿐이었다. 찰상, 타박상, 꿰맨 상처.

"남편분은 좀 어떠신가요?"

그녀는 대답하지 않았다. 총탄은 마이크의 목에 맞았다. 그는 여전히 의식을 찾지 못했다. 의사들은 그녀에게 "최악의 상황은 지나갔다"고 했다. 그게 무슨 뜻인지는 모르겠지만.

"사이크스 씨는 살 수 있게 됐습니다."

그녀 뒤에서 음성이 말했다.

"부인 덕분에 말입니다. 부인께 큰 빚을 졌습니다. 욕조 속에서 그렇게 몇 시간 더 방치되었더라면……."

아마도 경찰인 모양이었다. 그의 음성이 뚝 멎었다. 그녀가 그를 돌아보았다. 역시 제복 차림이었다. 어깨에 붙은 헝겊 조각이 그가 카셀턴 경찰서 소속이라는 사실을 알려주었다.

"호호쿠스 형사들에게 모든 걸 얘기했어요."

그녀가 말했다.

"저도 압니다."

"더 아는 게 없어요, 경관님."

"펄머터입니다." 그가 말했다. "스튜어트 펄머터 경감."

그녀가 다시 침대를 향해 몸을 돌렸다. 마이크의 셔츠는 벗겨졌다.

그의 복부가 솟았다 꺼지기를 반복했다. 정비소에서 타이어에 바람을 넣듯. 살이 많이 찐 마이크는 단순한 호흡조차도 힘에 겨워했다. 기회가 주어졌을 때 알아서 관리하지 못한 탓이다. 물론 좀더 다그치지 못한 그녀의 잘못이기도 했다.

"아이들은 누가 돌보고 있습니까?"

펄머터가 물었다.

"마이크의 동생과 올케가 보고 있어요."

"뭣 좀 가져다드릴까요?"

"됐어요."

샬레인이 마이크의 다른 손을 잡아 쥐었다.

"부인의 진술서를 살펴봤습니다."

그녀는 대꾸하지 않았다.

"몇 가지 추가로 질문을 드렸으면 하는데 괜찮으시겠습니까?"

"이해가 안 되는군요."

샬레인이 말했다.

"네?"

"난 호호쿠스에 살아요. 카셀턴 경찰서에서 왜 내게 질문을 하려는 거죠?"

"전 그저 부인을 돕고 싶을 뿐입니다."

그녀가 고개를 끄덕였다. 자신이 왜 그랬는지조차 알지 못한 채.

"네."

"진술서에 의하면, 부인께서는 침실 창문으로 사이크스 씨의 비상열쇠가 파헤쳐지는 것을 보셨다고 되어 있더군요. 맞습니까?"

"네."

"그걸 보시고 경찰에 신고하셨고요."

"네."

"사이크스 씨와 알고 지내셨습니까?"

그녀가 어깨를 으쓱해 보였다. 그녀의 눈은 여전히 오르내리기를 반복하는 남편의 배에 가 있었다.

"그냥 마주치면 인사를 나누는 정도였어요."

"평범한 이웃 사이였다는 말씀이죠?"

"네."

"그와 마지막으로 대화를 나눈 게 언제였습니까?"

"만나서 대화를 나누는 경우는 거의 없었어요."

"그냥 이웃으로 인사 나누는 게 전부였군요."

그녀가 고개를 끄덕였다.

"그와 인사를 나누신 건 언제가 마지막이었습니까?"

"손 흔들며 인사를 했던 것까지 포함해서요?"

"네."

"잘 모르겠어요. 한 일주일쯤 전이었나?"

"이해가 잘 안 가는 부분이 있습니다, 스웨인 부인. 아무래도 부인께서 도와주셔야겠습니다. 부인께서는 비상열쇠가 파헤쳐진 것을 보시고 경찰에 신고했다고 하셨습니다."

"집 안에서 누군가가 움직이는 것도 봤어요."

"네?"

"움직임도 봤다고요. 그의 집에 누군가가 침입해 있었어요."

"침입자요?"

"네."

"그게 사이크스 씨가 아니라는 걸 어떻게 아셨습니까?"

그녀가 몸을 홱 돌렸다.

"그건 알 수 없었어요. 하지만 비상열쇠가 파헤쳐진 건 똑똑히 봤습니다."

"그냥 바닥에 그렇게 놓여 있었다는 말씀이죠? 누구나 쉽게 볼 수 있는 자리에요."

"그래요."

"그렇군요. 그렇게 사실을 바탕으로 결론을 내신 것이었죠?"

"네."

펄머터가 갑자기 이해가 간다는 듯 고개를 끄덕였다.

"만약 사이크스 씨가 비상열쇠를 파헤쳐냈다면 그렇게 아무렇게나 버려두고 다니진 않았을 거라는 게 부인의 생각이었겠죠?"

샬레인은 아무 말도 하지 않았다.

"사실 전 그 점이 이해가 잘 안 됩니다, 스웨인 부인. 사이크스 씨의 집에 침입해서 그를 폭행까지 한 친구 말입니다. 그는 어째서 열쇠를 그렇게 방치해두었을까요? 보통 사람 같으면 열쇠를 숨기거나 가지고 들어가지 않았을까요?"

침묵.

"또 다른 의문점도 있습니다. 사이크스 씨는 우리가 그를 발견하기 이십사 시간 전에 이미 치명적인 상처를 입은 상태였습니다. 부인께서는 그 열쇠가 이십사 시간 이상 그렇게 바닥을 뒹굴고 있었을 거라고 생각하십니까?"

"그야 모르죠."

"물론 그러시겠죠. 일부러 그의 뒷마당을 내다보실 일은 없었을 테니까 말입니다."

그녀는 말없이 그를 빤히 쳐다볼 뿐이었다.

"부인께선 왜 남편분과 함께 그를 미행하셨던 거죠? 사이크스 씨의 집에 침입한 침입자 말입니다."

"그것도 다른 경관에게 다 말했어요."

"경찰이 그를 놓치지 않도록 도우려고 했다고 말씀하셨더군요."

"너무 무서웠어요."

"뭐가요?"

"내가 경찰에 신고했다는 걸 그가 알고 있을까봐요."

"그걸 왜 걱정하신 거죠?"

"창밖으로 모든 걸 지켜봤어요. 경관이 도착했을 때도요. 그가 몸을 돌리고 나를 올려다봤어요."

"그가 부인에게 위협을 가해올지도 모른다고 생각하신 겁니까?"

"모르겠어요. 그냥 겁이 났어요. 그뿐이에요."

펄머터가 다시 고개를 끄덕였다.

"이젠 이해가 좀 되는 것 같습니다. 뭐 아직 헷갈리는 부분도 없지 않지만 그야 다 받아들이기 나름 아니겠습니까. 모든 부분이 이치에 닿는 경우는 사실 별로 없습니다."

그녀가 다시 그에게 등을 보였다.

"그가 포드 윈드스타를 타고 도망쳤다고 하셨죠?"

"네, 그래요."

"침입자가 그 차를 타고 사이크스 씨의 차고에서 나왔습니까?"

"네."

"번호판은 보셨나요?"

"못 봤어요."

"흠. 그가 왜 그랬을 거라고 생각하십니까?"

"뭘요?"

"차고에 차를 넣어둔 것 말입니다."

"그야 모르죠. 사람들의 눈을 피하기 위해서였을 수도 있고요."

"네. 부인 말씀을 듣고 보니 그게 맞는 것 같네요."

샬레인이 다시 남편의 손을 잡았다. 그녀는 그들이 마지막으로 손을 잡았을 때를 떠올렸다. 두 달 전. 그들이 맥 라이언 주연의 로맨틱 코미디를 보러 갔을 때. 신기하게도 마이크는 로맨틱 코미디를 무척 좋아했다. 어설픈 로맨스 영화를 보면서도 눈시울을 붉혔다. 영화 볼 때를 제외하고, 그가 눈물을 보인 것은 그의 아버지가 세상을 떠났을 때가 유일했다. 하지만 불 꺼진 극장에선 너무도 쉽게 그의 눈물을 볼 수 있었다. 그날 밤, 그는 샬레인의 손을 슬그머니 잡았다. 하지만 그녀는 아무런 감정도 느끼지 못했다. 바로 그 점 때문에 마음이 아팠다. 마이크는 손가락을 꼬며 그녀의 손을 움켜잡으려 했지만 그녀는 일부러 손을 살짝 들어 저지했다. 뚱뚱하고, 머리가 벗어진 남자가 애정 표현을 해오는 것은 샬레인에게 별 의미가 없었다.

"혼자 있고 싶어요."

그녀가 펄머터에게 말했다.

"그럴 수 없다는 걸 부인께서도 잘 알고 계시지 않습니까."

그녀가 눈을 질끈 감았다.

"부인의 세금 문제에 대해 알고 있습니다."

그녀는 꿈쩍도 하지 않았다.

"부인께선 오늘 아침에 H&R 블록에 그 문제로 전화를 거셨습니다.

맞죠? 사이크스 씨가 일하는 사무실로 말입니다."

그녀는 남편의 손을 놓고 싶지 않았다. 하지만 묘하게도 마이크의 손이 그녀에게서 벗어나려 애쓰는 것 같았다.

"스웨인 부인?"

"다른 데서 말할게요." 샬레인이 펄머터에게 말했다. 그녀가 남편의 손을 떨어뜨리고 몸을 일으켰다. "남편 앞에서 얘기하고 싶지 않아요."

22

요양원 사람들은 언제나 방문객을 반겼다. 그레이스가 전화를 걸자 원기 왕성한 여자가 응답했다.

"스타샤인 요양원입니다!"

"면회 가능 시간을 알고 싶은데요."

그레이스가 말했다.

"그런 건 없습니다!"

그녀가 큰 소리로 대답했다.

"네?"

"면회 시간은 따로 없습니다. 아무 때나 오셔도 됩니다."

"오, 그렇군요. 전 로버트 도드 씨를 뵈러 갔으면 하는데요."

"바비를요? 그의 방으로 연결해드리죠. 오, 잠깐만요. 벌써 8시가 됐군요. 아마 운동 시간일 겁니다. 바비는 건강관리를 꽤 철저히 하는 편이거든요."

"예약을 해야 하나요?"

"방문하실 때요?"

"네."

"그러실 필요 없습니다. 그냥 편하실 때 오세요."

요양원까지는 차로 두 시간이면 충분했다. 전화로 얘기하는 것보다 직접 만나서 얘기하는 게 나을 것 같았다. 사실 무엇을 물어봐야 할지 몰라 난감하기도 했다. 게다가 노인들은 직접 보고 얘기하는 것을 좋아했다.

"오늘 오전 중엔 뵐 수 있나요?"

"오, 물론이죠. 바비는 이 년 전에 운전을 그만뒀어요. 그가 요양원을 벗어나 있을 일은 없습니다."

"감사합니다."

"뭘요."

식탁에 앉은 맥스가 캡틴 크런치 시리얼 상자에 손을 찔러넣고 있었다. 숨은 장난감을 찾으려고 상자 안을 뒤적거리는 아이의 모습을 지켜보던 그녀는 순간 멈칫했다. 모든 것이 정상으로 돌아가고 있었다. 아이들은 꽤 예민했다. 그레이스도 그 사실을 알고 있었다. 하지만 아주 가끔, 아이들은 놀랄 만큼 건망증이 심했다. 그녀는 그 점을 무척 다행으로 생각했다.

"장난감은 아까 꺼냈잖아."

그녀가 말했다.

맥스가 뒤적거림을 멈췄다.

"내가요?"

"몇 번을 뜯어도 나오는 건 항상 싸구려 장난감들뿐이지."

"네?"

사실 어릴 적 그녀도 맥스와 다르지 않았다. 싸구려 장난감을 꺼내기 위해 시리얼 상자를 마구 뒤적거리던 모습. 신기하게도 그녀 역시 캡틴 크런치를 즐겨 먹었다.

"아무것도 아니야."

그녀가 바나나를 잘라 시리얼과 섞었다. 그레이스는 항상 은근슬쩍 바나나를 섞어 아이들에게 주었다. 언젠가 설탕이 적게 든 치리오스 시리얼을 몰래 섞어준 적이 있었는데 오래가지 않아 눈치 빠른 맥스에게 덜미를 잡히고 말았다.

"에마! 어서 일어나!"

신음이 터져나왔다. 아침 일찍부터 난리법석을 떨며 깨우기에 딸은 아직 많이 어렸다. 그레이스도 고등학교, 아니 중학교 때까지는 에마처럼 아침잠이 많았다. 그녀는 오래전에 세상을 떠난 부모님을 떠올렸다. 아이들을 지켜보고 있노라면 그녀는 자신도 모르게 세상을 떠난 어머니나 아버지를 떠올렸다. 에마는 간혹 그레이스의 어머니가 그랬던 것처럼 입술을 오므렸는데 그 모습을 볼 때마다 그레이스는 움찔했다. 맥스의 미소는 그녀의 아버지를 쏙 닮아 있었다. 그레이스는 그것이 위안인지 아픈 상처인지 구분하지 못했다.

"에마, 빨리!"

부스럭거리는 소리가 들려왔다. 침대에서 내려오는 소리 같았다.

그레이스는 도시락을 준비하기 시작했다. 맥스는 학교에서 사먹기를 좋아했고, 그레이스도 그걸 나쁘게 생각하지 않았다. 아침마다 도시락을 준비하기란 쉽지 않았다. 머지않아 에마도 학교에서 점심을 사먹겠다고 할지 몰랐다. 하지만 근래 들어 뭔가가 아이의 비위를 건드렸다. 학교 구내식당에서 풍기는 냄새에 혐오감을 느낀 것이다. 에마는 추운 겨울에도 밖에 나가 점심을 먹었다. 하지만 아이는 이내 자신이 싸오는 도시락에서도 같은 냄새가 난다는 사실을 깨닫고 매일 배트맨 도시락 가방을 들고 식당에 들어가 점심을 먹기 시작했다.

"에마!"

"여기 있어요."

에마는 체육복 차림이었다. 적갈색 반바지에 파란색 컨버스 올스타 하이톱 운동화, 그리고 뉴저지 네츠 유니폼. 부조화 그 자체였다. 에마는 여성스러운 옷은 절대 입지 않았다. 특히 드레스를 입힐 때는 중동과 협상하듯 신중하게 접근해야 했다. 물론 그럴 때마다 에마는 과격한 반응을 보이며 고집을 꺾지 않았다.

"점심으로 뭘 먹고 싶니?"

그레이스가 물었다.

"땅콩버터와 젤리."

그레이스가 딸을 빤히 바라보았다.

에마가 애써 순진한 척해 보였다.

"왜요?"

"학교 다닌 지가 얼마나 됐지?"

"네?"

"사 년 됐지? 안 그러니? 유치원 일 년, 그리고 지금 3학년이니까. 딱 사 년 됐네."

"그래서요?"

"그동안 땅콩버터를 싸달라고 한 게 몇 번이었지?"

"모르겠어요."

"한 백 번쯤 됐을라나?"

아이가 어깨를 으쓱해 보였다.

"땅콩 알레르기가 있는 친구가 있을지 모르니까 학교에서도 절대 못 싸오게 한다는 말을 엄마가 몇 번이나 들려줬지?"

"아, 맞다."

"아, 맞지?"

그레이스가 시계를 올려다보았다. 그다지 먹고 싶은 생각이 들지 않는 오스카 메이어 인스턴트 도시락이 몇 개 남아 있었다. 비상시를 대비해 남겨놓은 것들이었다. 예를 들어, 지금처럼 아이들 도시락을 챙겨줄 의욕이 전혀 없을 때를 위해. 물론 아이들은 인스턴트 도시락을 무척 좋아했다. 그녀는 에마에게 들릴 듯 말 듯한 음성으로 오스카 메이어는 어떤지 물어보았다. 맥스가 듣기라도 한다면 자기도 앞으로 인스턴트 도시락만 먹겠다고 떼를 쓸 게 분명했기 때문이다. 에마는 그레이스의 제안을 기꺼이 받아들이고 곧장 그것을 배트맨 도시락 가방에 쑤셔넣었다.

그들은 아침식사를 마저 먹기 위해 식탁에 다시 앉았다.

"엄마?"

에마가 말했다.

"응?"

"엄마랑 아빠랑 결혼했을 때 말이에요."

아이가 머뭇거렸다.

"얘기해봐."

에마가 다시 입을 열었다.

"엄마랑 아빠랑 결혼했을 때, 결혼식이 끝나고 나서 주례가 이제 신부에게 키스해도 된다고 말하잖아요."

"그래."

"그거 꼭 해야 하는 거예요?"

에마가 고개를 살짝 꺾고 한쪽 눈을 감았다.

"키스 말이니?"

"네."

"반드시 해야 하는 건 아니지만 엄마는 꼭 하고 싶었단다."

"정말 꼭 해야 하는 건 아니죠?"

에마가 말했다.

"키스 대신 하이파이브로 대신해도 되는 거죠?"

"하이파이브?"

"키스 대신 말이에요. 서로 마주 보고 하이파이브를 해도 되는 거죠?"

아이가 직접 시범을 해 보였다.

"뭐 안 될 건 없겠지. 네가 진정으로 원한다면."

"난 그랬으면 좋겠어요."

에마가 단호하게 말했다.

그레이스가 아이들을 버스 정류장으로 데려갔다. 이번엔 스쿨버스를 따라가지 않았다. 그녀는 그냥 제자리에 서서 아랫입술만 초조하게 깨물었다. 에마와 맥스가 탄 버스가 사라지자 서서히 차분함이 찾아들었다.

그녀가 다시 집으로 들어왔을 때 코라는 컴퓨터 앞에 앉아 신음하고 있었다.

"뭐라도 갖다줄까?"

그레이스가 물었다.

"마취 전문의를 데리고 와줘."

코라가 말했다.

"게이가 아니라면 좋겠지만 뭐 그런 건 아무래도 상관없어."

"난 커피 같은 걸 얘기한 거야."

"그것도 좋지."

코라가 키보드를 두드리기 시작했다. 그녀의 눈이 가늘어졌다. 미간도 찌푸려졌다.

"이상한데."

"우리가 보낸 스팸 메일 말이지?"

"답신이 하나도 없어."

"나도 봤어."

코라가 앉은 채로 몸을 뒤로 살짝 뉘었다. 그레이스가 그녀 옆으로 다가가 입술을 잘근잘근 씹었다. 잠시 후 코라가 몸을 앞으로 숙였다.

"다른 방법을 써봐야겠어."

그녀가 이메일을 열고 뭔가를 친 후 누군가에게 띄웠다.

"그게 뭐야?"

"우리 스팸 메일 주소로 메일을 보내봤어. 제대로 도착하는지 보려고."

그들은 잠자코 기다렸다. 하지만 코라가 띄운 메일은 도착하지 않았다.

"흠."

코라가 다시 몸을 뉘었다.

"메일 시스템에 문제가 있거나……."

"아니면?"

"아니면, 거스가 여전히 불만을 표시하는 중인지도 몰라."

"둘 중 뭐가 맞는지 어떻게 알 수 있지?"

코라가 모니터를 빤히 응시했다.

"오늘 누구에게 전화를 했었지?"

"밥 도드의 요양원에 했어. 오늘 오전에 만나볼 생각이야."

"좋아."

코라의 시선은 모니터에서 떨어지지 않았다.

"뭘 어쩌려고?"

"뭔가 확인해볼 게 있어."

그녀가 말했다.

"뭔데?"

"아마 아무것도 아닐 거야. 그냥 전화요금 청구서를 한 번 더 살펴보려고."

코라가 다시 뭔가를 타이핑하기 시작했다.

"뭔가 발견되면 전화로 알려줄게."

펄머터는 버겐 카운티의 몽타주 스케치 화가와 샬레인 스웨인만을 남겨둔 채 밖으로 나왔다. 그는 그녀의 입을 통해 깊숙이 묻혀 있는 진실을 들어보려 애썼다. 샬레인 스웨인에게는 그 비밀들을 그에게 털어놓지 않아도 될 권리가 있었다. 하긴, 그녀가 속 시원히 털어놓았다 해도 큰 도움은 되지 않았을 것이다. 보나마나 너저분하고, 민망한 사연이었을 테니까. 오히려 수사에 혼란만 가져다줄 수도 있었다.

그가 의자에 앉아 노트에 '윈드스타'라고 적었다. 그리고 십오 분간 그 단어에 밑줄을 그어댔다.

포드 윈드스타.

카셀턴은 조용한 시골 마을이 아니었다. 그곳엔 서른여덟 명의 경관이 배정되어 있었다. 그들은 강도사건을 수사했고, 수상한 차들을 체크했다. 학교 내 마약 관련 문제도 맡아 처리했다. 기물 파손사건은 물론이고, 교통 정체가 있을 때, 불법 주차를 단속할 때, 교통사고가 발생했을 때도 그들이 출동했다. 그들은 카셀턴에서 5킬로미터도 채 떨어지지 않은 패터슨 시의 지저분함에 물들지 않으려고 최선을 다했다.

펄머터는 사격장에서 연습할 때를 빼고는 총을 한 번도 쏴본 적이 없었다. 지금껏 한 번도 무기를 뽑아든 적도 없었다. 지난 삼십 년간 세 건의 수상한 살인사건이 발생했고, 범인은 항상 몇 시간 안에 체포되었다. 첫 번째 사건. 전처에게 자신의 사랑을 증명해 보이겠다며 자신의 정부를 살해하고 산탄총으로 자살할 계획을 세워두었던 남자가 있었다. 그는 정부의 머리에 대고 산탄총 두 발을 발사했지만 자살 계획은 행동에 옮기지 못했다. 그의 인생 자체가 그런 실수의 연속이었다. 그에겐 달랑 두 발의 총탄밖에 없었던 것이다. 그는 정부를 살해하고 나서 한 시간도 지나지 않아 체포되었다. 두 번째 경우. 십대 싸움대장이 빼빼 마르고, 힘없는 초등학생에게 칼부림을 당해 목숨을 잃은 사건이었다. 범행을 저지른 소년은 삼 년간 소년원에서 무엇이 진정한 괴롭힘인지 배우게 되었다. 세 번째 사건. 사십팔 년간 함께 살아온 아내에게 제발 죽여달라고 애원한 말기 암 환자가 있었다. 그녀는 남편의 부탁을 들어주었다. 펄머터는 가석방으로 풀려난 그녀를 계속 수상하게 여겼다.

카셀턴에서도 총기 사고는 자주 일어났다. 하지만 대부분이 스스로 초래한 사고였다. 펄머터는 정치와는 거리가 먼 사람이었다. 총기 규제의 상대적 장점에 대해서는 잘 몰랐지만 침입자에게서 가족을 보호하기 위해 장만한 총은 오히려 자살용으로 많이 쓰인다는 것만큼은 경험을 통해 알고 있었다. 그동안 펄머터는 가정용 총이 침입자들에게 쓰인 경우를 한 번도 본 적이 없었다. 하지만 권총을 이용한 자살사건은 꽤 빈번하게 일어났다.

포드 윈드스타. 그가 다시 밑줄을 그었다.

몇 년 만에 펄머터는 살인 미수와 기괴한 납치, 그리고 잔인한 폭행이 뒤섞인 심상치 않은 사건을 맡게 되었다. 그가 노트의 왼쪽 윗부분에 '잭 로슨'이라고 적었다. 오른쪽 윗부분엔 '로키 콘월'이라고 적었다. 실종된 두 남자는 톨게이트를 동시에 통과했다. 그가 두 이름을 선으로 이어놓았다.

첫 번째 연결고리.

이어서 프레디 사이크스의 이름을 왼쪽 아랫부분에 적었다. 잔인한 폭행의 피해자. 오른쪽 아랫부분엔 마이크 스웨인의 이름을 적었다. 총상, 그리고 살인미수. 그들의 관계, 두 번째 연결고리는 좀더 명확했다. 스웨인의 아내는 두 사건의 범인을 똑똑히 보았다고 했다. 다부진 체구의 중국인 남자. 그녀의 설명에 따르면 그는 제임스 본드 영화에 나오는 오드 잡의 아들 같아 보였다고 했다.

하지만 네 개의 사건은 하나로 매끄럽게 연결되지 않았다. 두 명의 실종자들과 오드 잡의 아들과도 아무런 관련이 없어 보였다. 한 가지를 제외하고는.

포드 윈드스타.

잭 로슨은 파란색 포드 윈드스타를 타고 사라졌다. 오드 잡의 아들도 파란색 포드 윈드스타를 타고 사이크스의 집에서 나왔다.

바로 그것이 빈약하지만 유일한 연결고리였다. 교외에서 '윈드스타'를 접하는 것은 스트립 클럽에서 '실리콘'을 찾는 것보다도 쉬웠다. 어쨌든 카셀턴 같은 도시에서 평범한 사람이 실종되는 것은 무척 드문 일이었고, 펄머터는 결국 네 사건이 서로 연결되어 있다고 결론을 짓기에 이르렀다.

펄머터는 그것들의 연결고리가 정확히 무엇인지 알지 못했고, 그런 이유로 섣불리 단정 짓고 싶지 않았다. 우선 현장 감식반과 과학수사팀이 무엇을 밝혀낼 수 있는지부터 지켜봐야 했다. 그들은 제일 먼저 사이크스의 집에서 지문과 모발 채취에 들어갈 것이다. 그리고 화가를 불러 몽타주도 만들게 될 것이다. 매력이 철철 넘치는 컴퓨터 담당 베로니크 발트루스는 사이크스의 컴퓨터를 샅샅이 뒤지게 될 것이다. 지금으로서는 묵묵히 기다리는 수밖에 없었다.

"경감님?"

데일리였다.

"무슨 일인가?"

"로키 콘월의 차를 찾았습니다."

"어디서?"

"17번 도로에 있는 버스 정류장 주차장 아시죠?"

펄머터가 돋보기를 꺼내들었다.

"그 길가에 붙어 있는 것 말인가?"

데일리가 고개를 끄덕였다.

"말이 안 된다는 거 저도 압니다. 그는 이미 주를 벗어났는데 말이죠."

"누가 찾았나?"

"페페와 파셰이언이 찾았습니다."

"그들에게 현장을 잘 보존해놓으라고 하게."

그가 일어서며 말했다.

"차는 우리가 직접 살펴보자고."

23

차를 몰면서 그레이스는 콜드플레이 CD를 넣었다. 하지만 음악을 듣는 동안에도 고민은 사그라지지 않았다. 그녀는 자신에게 무슨 일이 벌어지고 있는지 잘 알고 있었다. 하지만 진실은 여전히 베일에 싸인 상태였다. 어쩌면 그 진실은 그녀를 완전히 마비시켜버릴 정도로 치명적일지도 몰랐다. 이런 기괴한 현실이 그녀로 하여금 자신을 보호하게 하고 지난 일을 되새겨보게 해주었다. 또 그녀에게 진실과 남편을 쫓을 힘을 안겨주었다. 덕분에 그녀는 외로움에 젖은 채로 몸을 웅크리고 지내거나 비명을 빽빽 질러대지 않을 수 있었다.

그녀의 휴대전화가 울렸다. 그녀는 핸즈프리 버튼을 누르기 전에 본능적으로 발신자부터 확인했다. 잭은 아니었다. 코라였다. 그레이스가 응답했다.

"응."

"좋은 소식인지 나쁜 소식인지 모르겠지만 말이야, 뭔가 건진 것 같긴 해. 이상한 소식을 먼저 들을래, 아니면 아주 이상한 소식을 먼저 들을래?"

"이상한 소식부터."

"거스에게 연락이 안 되고 있어. 전화를 해도 응답을 안 해. 걸 때마다 곧장 음성 사서함으로 넘어가버려."

현재의 분위기와 잘 어울리는 콜드플레이의 음산한 곡 '전율shiver'이 흘러나오기 시작했다. 그레이스는 두 손을 핸들의 10시와 2시 방향에 각각 얹은 채 중앙 차선에서 정확히 제한속도로 달리고 있었다. 왼쪽과 오른쪽 차선에서 차들이 휙휙 스쳐 지나갔다.

"아주 이상한 소식은 뭐야?"

"이틀 전에 전화요금 청구서를 훑어봤던 거 기억하지? 잭의 통화기록 말이야."

"그래."

"너인 척하고 통신회사에 전화를 걸어봤어. 뭐 그래도 괜찮을 것 같아서."

"나야 괜찮지."

"그럴 줄 알았어. 그런데 말이야, 지난 사흘간 잭이 건 전화는 어제 네 휴대전화로 걸려온 전화 한 통뿐이었어."

"내가 경찰서에서 받았던 거?"

"바로 그거."

"그게 뭐가 이상하다는 거지?"

"이상한 건 그게 아니라 네 집 전화야."

침묵. 그녀는 여전히 핸들의 10시와 2시 방향에 두 손을 얹은 채 메리트 고속도로를 달리고 있었다.

"집 전화가 왜?"

"그의 누나 사무실로 전화를 걸었었지?"

코라가 물었다.

"그랬지. 재다이얼 버튼을 눌러서."

"그녀 이름이 뭐랬지?"

"샌드라 코벌."

"샌드라 코벌. 맞아. 그녀는 자신이 자리에 없었고, 잭과도 통화하지 않았다고 했어."

"그래."

"하지만 전화요금 청구서엔 그들이 구 분간 통화한 걸로 나와 있었지."

순간 그레이스의 몸이 가볍게 떨렸다. 그녀는 핸들을 쥔 손의 위치를 고수하려 애썼다.

"그 여자는 거짓말을 했어."

"듣고 보니 그러네."

"대체 잭은 그녀에게 무슨 말을 한 걸까?"

"그리고 그녀는 왜 내게 거짓말을 했을까?"

"이런 소식을 전하게 돼서 유감이야."

코라가 말했다.

"아니야. 잘했어."

"어째서?"

"단서가 하나 생긴 거잖아. 지금까지는 아무 진전도 없었는데. 이젠 그녀가 이번 사건에 어떻게든 연루되어 있다는 게 분명해졌어."

"어쩔 셈이야?"

"나도 모르겠어."

그레이스가 말했다.

"그녀를 다시 만나야지 뭐."

그레이스가 전화를 끊었다. 그녀는 머릿속으로 여러 시나리오를 그려보았다. CD 플레이어에서 '트러블'이 흘러나오기 시작했다. 그녀는 엑손 주유소로 들어갔다. 뉴저지엔 셀프서비스 주유소밖에 없었다. 그레이스는 자신이 직접 주유해야 한다는 사실을 모른 채 멍하니 차에 앉아 있었다.

그녀는 주유소에 붙어 있는 미니마트에서 생수 한 병을 사고 잔돈을 모금 캔에 던져넣었다. 이번 사건과 잭의 누나와의 관계를 깊이 생각해보고 싶었지만 그럴만한 시간적 여유가 없었다.

그레이스는 버튼&크림스타인 법률회사의 전화번호를 떠올렸다. 그녀가 휴대전화를 꺼내들고 곧장 통화를 시도했다. 두 번의 신호음이 지난 후 그녀는 샌드라 코벌에게 연결해줄 것을 요청했다. 샌드라가 응답하자 그녀는 긴장되었다.

"왜 내게 거짓말을 했죠?"

샌드라는 대답이 없었다. 그레이스는 차를 향해 걷기 시작했다.

"분명 구 분간 통화했다고 전화요금 청구서에 나와 있어요. 당신은 분명 잭과 통화를 했다고요."

여전히 침묵.

"어떻게 된 일이죠, 샌드라?"

"나도 몰라요."

"잭이 왜 전화를 걸었던 거죠?"

"전화 끊을게요. 내게 두 번 다시 연락하지 말아요."

"샌드라?"

"잭의 전화를 받았다고 했잖아요."

"그래서요?"

"그럼 잭이 다시 전화할 때까지 기다려요."

"당신의 충고 따윈 필요 없어요, 샌드라. 그가 당신에게 무슨 얘길 했는지만 알고 싶을 뿐이에요."

"이젠 그만둬요."

"뭘요?"

"휴대전화인가요?"

"네."

"지금 어디 있죠?"

"코네티컷의 주유소예요."

"거긴 왜요?"

"샌드라, 내 말 잘 들어요."

갑자기 잡음이 들려서 그레이스는 잡음이 가실 때까지 기다렸다. 탱크에 기름을 가득 채우고 영수증을 뽑아들었다.

"당신은 남편이 실종되기 전에 마지막으로 그와 통화한 사람이에요. 당신은 내게 거짓말을 했어요. 그리고 아직까지도 그가 무슨 말을 했는지 내게 알려주지 않고 있어요. 그런데 내가 뭘 당신에게 알려줄 수 있겠어요?"

"듣고 보니 그러네요, 그레이스. 내가 하는 말 잘 들어요. 전화를 끊기 전에 마지막으로 충고하죠. 당장 집으로 돌아가서 아이들이나 잘 돌봐요."

전화가 뚝 끊겼다. 그레이스는 다시 차 안에 들어와 있었다. 그녀가 재다이얼 버튼을 누르고 샌드라의 사무실로 연결해달라고 요청했다.

하지만 샌드라는 응답하지 않았다. 그녀는 다시 전화를 걸어보았다. 여전히 응답이 없었다. 이젠 어쩌지? 다시 한 번 그녀를 찾아가봐?

그녀가 차를 몰고 주유소에서 나왔다. 3킬로미터쯤 달리자 '스타샤인 요양원'이라고 적힌 표지판이 나왔다. 그레이스는 무엇을 기대해야 할지 몰랐다. 어릴 적 봤던 요양원은 벽돌로 단조롭게 지어진 단층 건물로 초등학교라 해도 믿을 만큼 수수했다. 인생은 돌고 도는 것이다. 수수한 건물에서 생을 시작해 수수한 건물에서 생을 마감한다. 돌고 돌고 돌고.

하지만 스타샤인 요양원은 3층으로, 빅토리아 시대풍 호텔 같아 보였다. 작은 탑과 포치가 있었고, 벽은 환한 노란색으로 칠해져 있었으며, 무시무시한 알루미늄 벽널이 둘러져 있었다. 뜰은 플라스틱처럼 보일 만큼 깔끔하게 관리되어 있었다. 최대한 명랑한 분위기를 연출하려 애쓴 것 같았지만 왠지 지나친 것 같았다. 꼭 디즈니 월드의 에프코트 센터 같은 느낌이 들기도 했다. 시각적으로 좋긴 했지만 따지고 보면 그저 눈속임일 뿐이었다.

포치의 흔들의자엔 할머니가 앉아 있었다. 신문을 읽는 중이었다. 할머니가 먼저 아침인사를 건넸고, 그레이스도 웃으며 인사했다. 로비는 호텔로 사용되던 시절의 모습을 고스란히 간직하고 있었다. 화려한 액자에 끼워진 유화는 19달러 99센트에 파는 홀리데이 인 세일 때 구입해놓은 것처럼 보였다. 르누아르의 〈뱃놀이 점심〉이나 호퍼의 〈밤을 지새우는 사람들〉을 본 적 없는 사람이라도 그것들이 명화의 복제품이라는 사실을 금세 알아챌 것 같았다.

의외로 로비는 북적거렸다. 노화의 여러 진행 상태에 놓인 많은 노인들이 로비를 가득 채우고 있었다. 누군가의 도움 없이 걷는 사람도 있었고, 발을 질질 끌고 걷는 사람도 있었다. 물론 지팡이나 보행기를 짚고 걷는 사람도 있었고, 휠체어를 타고 이동하는 사람도 보였다. 원기 왕성해 보이는 사람도 있었고, 꾸벅꾸벅 조는 사람도 있었다.

로비는 깨끗하고, 환했지만 노인들 특유의 냄새가 풍겼다. 소파에서도 곰팡내가 났다. 그들은 소파를 나무 모양의 방향제를 연상시키는 선홍색의 뭔가로 덮어놓았다. 그럼에도 쾨쾨한 냄새를 완전히 가리진 못했다.

이십대 중반으로 보이는 한 여자가 책상 뒤에 앉아 있었다. 고풍스러운 책상은 봄베이 컴퍼니에서 구입해온 것처럼 보였다. 그녀가 그레이스를 올려다보며 미소 지었다.

"어서 오세요. 전 린제이 바클레이입니다."

그레이스는 통화하며 들었던 그녀의 음성을 기억해냈다.

"도드 씨를 뵈러 왔습니다."

"지금 방에 계십니다. 2층 211호실이에요. 제가 안내해드리죠."

그녀가 일어났다. 린제이는 젊은 나이에 걸맞게 무척 의욕적이었다. 길거리에서 사이비 종교를 홍보하는 사람들에게서 볼 법한 순진한 미소도 인상적이었다.

"계단으로 올라가도 되겠죠?"

그녀가 물었다.

"그럼요."

올라가는 동안 많은 노인들이 반갑게 인사를 하며 지나쳐갔다. 그럴 때마다 린제이는 일일이 멈춰 서서 그들과 다정하게 잡담을 나누었다. 그레이스는 그들을 보며 방문자들을 위해 쇼를 하고 있다는 느낌을 받았다. 린제이는 노인들의 이름을 전부 알고 있는 듯했다. 그녀는 개인적인 질문을 툭툭 던졌고, 노인들은 그런 그녀를 무척 호의적으로 대해주었다.

"대부분이 여자분이시네요."

그레이스가 말했다.

"제가 학교에 다닐 땐 요양원 내 성비가 5대 1이라고 배웠어요."

"그런가요?"

"놀랍죠? 도드 씨는 항상 이런 환경을 기다려왔다고 농담을 하시죠."

그레이스가 미소를 짓자 린제이가 손을 살짝 흔들어 보였다.

"오, 그냥 말뿐이세요. 그가 '나의 모디'라고 부르던 도드 부인은 삼십 년 전에 세상을 떠나셨어요. 아마 그 후로 다른 여자에겐 한 번도 눈길을 주지 않으셨던 것 같아요."

그 말을 끝으로 두 사람은 잠시 침묵에 잠겼다. 복도는 암녹색과 핑크색으로 칠해져 있었고, 벽엔 록웰의 작품들과 포커 게임을 즐기는 개들이 그려진 그림, 그리고 〈카사블랑카〉와 〈기차의 이방인〉 같은 고전 영화의 흑백 스틸사진이 줄지어 걸려 있었다. 그레이스는 절룩거리며 그녀를 따라갔다. 린제이는 그레이스의 절룩거림을 알아차렸지만 대부분의 사람들이 그렇듯 아무 말도 하지 않았다.

"스타샤인 요양원엔 여러 동네가 있습니다."

린제이가 설명했다.

"우린 이런 복도를 동네라고 부르죠. 동네마다 각기 다른 테마가 있어요. 우리가 와 있는 이곳은 향수 동네예요. 이곳 분들이 무척 아늑해하신답니다."

그들이 문 앞에 멈춰 섰다. 오른쪽에 붙어 있는 문패에 'B. 도드'라고 적혀 있었다. 그녀가 문에 노크했다.

"바비?"

아무런 응답이 없었다. 그녀가 문을 살짝 열어보았다. 그들은 작지만 아늑해 보이는 방으로 들어갔다. 오른쪽으로 간이 주방이 보였다. 작은 테이블 위엔 레나 혼을 닮은 매혹적인 여자의 커다란 흑백사진이 침대와 문에서도 잘 보이는 완벽한 각도로 놓여 있었다. 낡은 사진 속의 여자는 사십대 정도로 보였다.

"저분이 바로 바비의 모디예요."

그레이스가 고개를 끄덕였다. 그녀는 잠시 은색 액자에 담겨 있는 사진을 멍하니 들여다보았다. 어느새 그녀는 잭을 생각하고 있었다. 그녀는 처음으로 최악의 경우를 떠올려보았다. 잭이 영영 돌아오지 않을 경우. 미니밴에 시동이 걸리는 소리를 듣는 순간부터 지금까지 한 번도 그런 불길한 생각은 해보지 않았다. 어쩌면 그녀는 두 번 다시 잭을 보지 못할지도 몰랐다. 두 번 다시 그를 안지 못할지도 몰랐다. 두 번 다시 그의 진부한 농담을 듣지 못할 수도 있었다. 그리고 그와 함께 늙어갈 수도 없을 것이다.

"괜찮으세요?"

"네."

"아마 아이라와 함께 회상 동네에 계실 거예요. 거기서 카드 게임을 곧잘 하시거든요."

그들은 방에서 나왔다.

"회상 동네는 어떤 곳이죠?"

"3층을 회상 동네라고 불러요. 치매 노인들이 모여 계시죠."

"그렇군요."

"아이라는 자식들도 알아보지 못하세요. 하지만 포커를 할 땐 굉장한 집중력을 보이시죠."

그들은 다시 복도를 걸었다. 그레이스는 바비 도드의 방 옆에 걸려 있는 이미지들을 돌아보았다. 자질구레한 장신구들을 진열해놓는 액자였다. 군대 훈장도 담겨 있었고, 갈색으로 변한 오래된 야구공도 보였다. 그의 모든 연대를 기록한 사진들도 줄지어 진열되어 있었다. 살해된 그의 아들 밥 도드의 사진도 있었다. 어젯밤 그레이스가 컴퓨터로 본 것과 같은 것이었다.

린제이가 말했다.

"기억 상자죠."

"멋진데요."

그레이스가 말했다. 사실 그 말밖에는 해줄 게 없었다.

"각자 하나씩 문밖에 걸어놓죠. 모두에게 자신이 누구인지 보여주기 위함입니다."

그레이스가 고개를 끄덕였다. 가로 30센티미터, 세로 20센티미터 크기의 상자에 한 사람의 일생을 담아두었다는 뜻이었다. 요양원의 모든 것이 그렇듯 그것 역시 이곳 분위기와 잘 어울리는 것 같으면서도 왠지 섬뜩했다.

회상 동네로 가려면 암호가 걸린 엘리베이터를 타야 했다.

"그래야 마구 나돌아다니지 못하거든요."

린제이가 설명했다. 그것 또한 이해는 가지만 생각해보면 오싹한 일이었다.

회상 동네는 포근한 분위기였다. 장비도 잘 갖춰져 있었고, 일하는 직원도 많았다. 물론 섬뜩한 느낌은 예상대로였다. 몇몇 노인들은 제

발로 걸어다녔지만 대부분은 시든 꽃처럼 축 늘어진 모습으로 휠체어에 앉아 있었다. 발을 질질 끌며 다니는 노인도 있었고, 혼잣말을 중얼거리는 노인도 있었다. 공통점이 있다면 그들 모두 먼 산을 멍하니 바라보고 있다는 것이었다.

여든 살은 족히 되어 보이는 노파가 열쇠를 짤랑거리며 엘리베이터를 향해 걷고 있었다.

린제이가 다가가 그녀에게 물었다.

"어디 가세요, 세실?"

노파가 그녀를 향해 몸을 돌렸다.

"대니를 데리러 학교로 가야 해. 날 기다리고 있을 거야."

"괜찮아요."

린제이가 말했다.

"수업이 끝나려면 두 시간은 더 기다려야 해요."

"정말?"

"그럼요. 일단 점심부터 드시고 나서 대니를 데리러 가세요."

"오늘 피아노 학원에도 가야 하는데."

"저도 알아요."

직원 한 명이 쪼르르 달려와 세실을 데리고 사라졌다. 린제이가 그들을 한동안 빤히 지켜보았다.

"상태가 심각한 치매 노인들에겐 확인 요법을 쓴답니다."

그녀가 말했다.

"확인 요법?"

"그들과 입씨름을 하거나 그들에게 진실을 보여주려 하지 않는 거죠. 그래서 대니가 세 명의 손자 손녀를 둔 예순여섯 살의 은행가라는 사실도 일부러 알려주지 않는 겁니다. 그저 대화가 흐르는 방향을 슬쩍 바꿔주기만 하는 거죠."

그들은 실물 크기의 아기들로 가득 찬 복도, 아니 동네를 걸어나갔다. 기저귀 테이블과 테디 베어 인형들이 보였다.

"육아 동네예요."

그녀가 말했다.

"인형을 가지고 노는 곳인가요?"

"아직 온전하신 분들은요. 손자 손녀들이 찾아왔을 때 자연스럽게 맞아줄 수 있도록 연습을 하는 겁니다."

"그럼 나머지 분들은요?"

린제이는 계속해서 걸음을 옮겼다.

"어떤 분들은 자신들이 젊은 엄마라고 알고 계세요. 인형은 그분들에게 안정을 주죠."

그들의 걸음이 빨라지기 시작했다. 몇 초 후, 린제이가 말했다.

"바비?"

바비 도드가 카드 테이블에서 일어났다. 예상 외로 꽤 말쑥한 모습이었다. 그는 건강하고, 원기 왕성해 보였다. 피부는 짙은 색이었고, 악어에게서나 볼 법한 깊은 주름을 가지고 있었다. 트위드 재킷과 투톤 로퍼, 그리고 폭이 넓은 빨간색 넥타이와 같은 색의 손수건. 언뜻 봐도 무척 멋을 부렸다는 것을 알 수 있었다. 짧게 깎은 백발은 앞으로 빗어 내려져 있었다.

그레이스가 살해된 그의 아들에 대해 알고 싶은 게 있어서 왔다고 설명했음에도 그는 얼굴에서 미소를 지우지 않았다. 움찔하지도 않았고, 눈가가 촉촉이 젖어들지도 않았으며, 목소리의 떨림도 느껴지지 않았다. 원래 노인들은 보통 사람들보다도 감정의 폭이 좁은 것일까? 그레이스는 그것이 궁금해졌다. 노인들은 작은 일에 무척 짜증을 낸다. 교통 체증, 공항의 긴 줄, 나쁜 서비스. 하지만 큰일에 대해서는 무척이나 관대하다. 나이가 들면 누구나 이기적으로 변해가는 건가? 피할 수 없는 운명이 다가오면 누구나 큰 불행을 조용히 흡수하거나 막아내거나 툭툭 털어내버릴 수 있는 능력을 갖추게 되는 건가? 박약함이 그것들을 받아들이지 못할 때 방어 메커니즘이나 생존 본능이 자동적으로 튀어나오게 되는 건 아닌가?

바비 도드는 그레이스에게 도움이 되고 싶어했지만 애석하게도 알고 있는 게 많지 않았다. 그레이스도 한눈에 그것을 알 수 있었다. 그는 아들이 한 달에 두 차례씩 찾아왔고, 밥의 유품들이 왔지만 아직 열어보진 못했다고 말했다.

"창고에 갖다놨어요."

린제이가 그레이스에게 말했다.

"제가 좀 봐도 될까요?"

바비 도드가 그녀의 다리를 톡톡 두드렸다.

"마음대로 해."

"저희가 댁으로 부쳐드릴게요. 창고엔 들어가실 수 없거든요."

린제이가 말했다.

"중요한 일 때문이에요."

"그럼 하루만 대출해드리죠."

"고마워요."

린제이가 자리를 피해주었다.

"도드 씨……."

"그냥 바비라고 불러."

"바비."

그레이스가 말했다.

"아드님이 마지막으로 찾아온 게 언제였죠?"

"그 녀석이 죽기 사흘 전이었지."

그가 머뭇거림 없이 대답했다. 그녀는 순간적으로 그가 움찔하는 모습을 볼 수 있었다. 그리고 조금 전 자신이 내린 결론에 대해 다시 생각해보았다. 그저 감정을 감추는 가면이 조금 두꺼워진 것뿐일까?

"혹시 뭔가 이상한 낌새는 없었나요?"

"이상한 낌새?"

"조금 산란해 보였다든지, 그러진 않았나요?"

"아니. 뭐 그랬는데도 내가 알아채지 못한 걸 수도 있지."

"아드님과 어떤 얘길 나누셨나요?"

"우린 대화가 많은 사이는 아니었어. 가끔 그 녀석 어머니에 대해 얘기할 뿐 평소엔 그냥 함께 TV를 보는 게 전부였지. 여긴 케이블이 설치되어 있거든."

"질리언도 그와 함께 찾아왔었나요?"

"아니."

그가 기다렸다는 듯 재빨리 대답했다. 얼굴 한구석이 어두워졌다.

"그녀가 찾아온 적은 있었나요?"

"가끔."

"하지만 아드님이 마지막으로 찾아오셨을 땐 동행하지 않았다는 말씀이죠?"

"그래."

"놀랍진 않으셨어요?"

"그게? 아니. 전혀 놀라운 일이 아니지."

그가 살짝 힘을 주어 대답했다.

"그럼 어떤 일로 놀라셨죠?"

그가 고개를 돌리고 아랫입술을 살짝 물었다.

"장례식에 코빼기도 보이지 않았을 때."

그레이스는 순간 자신의 귀를 의심했다. 바비 도드는 그녀의 생각을 읽었다는 듯 고개를 끄덕였다.

"정말이야. 아내란 사람이 돼서."

"결혼생활이 순탄치 못했던 모양이죠?"

"밥은 그런 얘길 한 적이 없었어."

"그들에게 아이가 있었나요?"

"아니." 그가 넥타이를 고쳐 매고 잠시 먼 산을 바라보았다. "왜 이런 걸 물어보는 거지?"

그가 지혜롭고, 슬퍼 보이는 눈으로 그녀를 바라보았다. 이제야 노인들이 왜 무덤덤한지 알 것 같았다. 그들은 살아오면서 온갖 불행을 두 눈으로 목격했을 것이다. 그리고 다시는 그런 불행을 같은 눈으로 보고 싶지 않은 것이다.

"제 남편이 실종됐어요."

그레이스가 말했다.

"제 생각엔 아드님 사건과 관련이 있는 것 같아요."

"그 사람 이름이 뭐지?"

"잭 로슨."

그가 고개를 저었다. 아마도 처음 들어보는 이름이었을 것이다. 그녀는 질리언 도드의 연락처가 있는지 물었다. 그가 다시 고개를 저었다. 그들은 엘리베이터를 향해 걸었다. 바비는 엘리베이터의 암호를 몰랐다. 그들이 우물쭈물 거리고 있을 때 직원이 달려와 그들을 아래층으로 데려다주었다. 그들은 입을 꾹 닫은 채 3층에서 1층으로 내려왔다.

정문에 다다랐을 때 그레이스는 귀한 시간을 내주어 감사하다고 인사했다.

"남편을 사랑하지? 그렇지?"

그가 물었다.

"네. 아주 많이요."

"나보다 더 잘 견뎌내길 바랄게."

바비 도드가 돌아섰다. 그레이스는 그의 방에 놓여 있던 은색 액자를 떠올렸다. 그의 모디. 그러고는 다시 걸음을 옮겨 요양원에서 나왔다.

24

펄머터는 자신에게 로키 콘월의 차를 살펴볼 법적 권리가 없다는 사실을 알았다. 그가 데일리에게 물었다.

"디바톨라는 지금 근무 중인가?"

"아뇨."

"로키 콘월의 아내에게 연락해보게. 혹시 그녀에게 차 열쇠가 있는지 물어봐. 차를 발견했는데 우리가 좀 살펴봐도 되는지도 물어보고."

"그녀는 전처인데요. 그녀에게 그럴 자격이 있을까요?"

"다른 대안이 없지 않나."

펄머터가 말했다.

"네, 알겠습니다."

데일리는 곧장 그녀에게 전화를 걸었다. 로키 콘월의 전처는 순순히 협조해주었다. 그들은 메이플 가에 있는 메이플 가든 아파트 앞에 멈춰 섰다. 데일리가 달려 올라가 열쇠를 받아들고 나왔다. 오 분 후, 그들은 버스 정류장 주차장에 도착했다.

범죄행위를 의심할 만한 것은 보이지 않았다. 사람들은 다른 곳으로 이동하기 위해 이곳에 차를 세워두곤 했다. 한 버스는 맨해튼 미드타운으로 사람들을 태워 날랐다. 또 다른 버스는 조지 워싱턴 다리 근처, 유명한 섬의 북부 끝 지점까지 운행했다. 다른 버스들은 인근의 세 공항으로 가는 것들이었다. JFK, 라과디아, 그리고 뉴어크 리버티. 로키의 차를 발견했다는 것은 그리 큰 소득은 아니었다. 만약 그가 버스를 타고 공항으로 갔다면 지금쯤 어느 나라, 어느 도시에서 무엇을 하고 있는지 알아내는 것은 사실상 불가능한 일이었다.

하지만 뭔가 이상했다.

차를 지키고 있던 페페와 파셰이언은 아직 그것을 눈치채지 못하고 있었다. 펄머터가 데일리를 흘끔 돌아보았다. 데일리 역시 모르고 있는 것 같았다. 그들은 모두 득의양양한 얼굴을 하고 있었다.

페페와 파셰이언이 벨트를 잡고 펄머터를 향해 어슬렁거리며 다가왔다.

"어서 오십시오, 경감님."

펄머터의 시선은 차에서 떨어지지 않았다.

"매표소 직원을 만나볼까요?"

페페가 물었다.

"콘월에게 티켓을 끊어준 직원이 그를 기억하고 있을지도 모르니까요."

"그럴 가능성은 없어."

펄머터가 말했다.

세 명의 젊은 경관은 상관의 음성에서 뭔가 심상치 않은 것을 감지해낼 수 있었다. 그들은 서로 바라보며 어깨를 으쓱했다. 펄머터는 굳이 설명하지 않았다.

콘월의 차는 토요타 셀리카였다. 작은 차였고, 오래된 모델이었다. 하지만 크기와 모델은 중요한 게 아니었다. 휠에 녹이 슬고, 휠캡 두 개가 빠져 있다는 사실도 마찬가지였다. 남은 휠캡 두 개는 어느 부분에서 금속이 끝나고, 고무가 시작되는지조차 알아볼 수 없을 정도로 지저분했지만 그것 역시 중요하지 않았다. 펄머터는 그런 것들에 신경을 쓰지 않았다.

그가 다시 차를 돌아보며 공포영화에 나오는 작은 마을의 보안관 캐릭터를 떠올려보았다. 마을 사람들의 행동이 갑자기 이상해지고, 사망자 수가 늘어가도 착하고 똑똑하고 성실한 보안관은 무기력하게 상황을 지켜보고만 있지 않은가. 지금 펄머터의 기분이 그랬다. 차의 뒷부분, 정확히 말해서 트렁크가 밑으로 축 늘어져 있는 것이 뚜렷하게 보였기 때문이다.

낮아도 너무 낮았다.

오직 한 가지 설명만이 있을 수 있었다. 뭔가 무거운 것이 트렁크에 실려 있다.

그것은 무엇이든 될 수 있었다. 로키 콘월은 풋볼 선수였다. 아령을 항상 손에 쥐고 사는 사람인지도 몰랐다. 그렇다면, 아령일까? 충분히 그럴 가능성이 있었다. 어쩌면 그는 전처가 살고 있는 가든 아파트로 아령을 가져가려 했는지도 몰랐다. 그녀는 그의 걱정을 많이 하고 있었다. 그들은 서서히 화해 분위기에 젖어들고 있었다. 어쩌면 로키가 아파트로 가져갈 이삿짐을 챙겨놓은 것인지도 몰랐다. 차 전체가 아니라, 그냥 트렁크에만. 뒷좌석엔 아무것도 실려 있지 않았다.

펄머터가 열쇠를 짤랑거리며 토요타 셀리카 앞으로 다가갔다. 데일리, 페페, 그리고 파셰이언은 뒤에 남아 있었다. 펄머터가 손에 쥔 열쇠를 내려다보았다. 로키의 아내가 건네준 열쇠는 펜 주립대학 풋볼팀 헬멧 열쇠고리에 끼워져 있었다. 낡은 열쇠고리엔 흠집이 많이 나 있었다. 학교의 마스코트인 니타니 사자의 모습도 보일 듯 말 듯했다. 펄머터는 그녀가 열쇠고리를 보며 무슨 생각을 할지, 어째서 아직까지 그 열쇠고리를 사용하고 있는지 궁금했다.

그가 트렁크 앞에 멈춰 서서 코를 킁킁거려보았다. 아무 냄새도 나지 않았다. 그가 열쇠를 꽂고 살짝 돌려보았다. 트렁크의 자물쇠 풀리는 소리가 사방으로 울려퍼졌다. 그가 트렁크를 천천히 올렸다. 밀폐된 공간에서 공기 뿜어져나오는 소리가 들리는 것 같았다. 순간 지독한 악취가 엄습했다.

뭔가 커다란 것이 트렁크 안에 웅크린 채 놓여 있었다. 꼭 큼직한 베개 같았다. 갑자기 접혀져 있던 뭔가가 휙 펼쳐졌다. 머리가 툭 튀어나오자 펄머터가 깜짝 놀라며 뒤로 물러섰다. 트렁크에서 튀어나온 뭔가가 포장된 바닥에 툭 떨어졌다.

하지만 상관없었다. 로키 콘월은 이미 죽어 있었으니까.

25

이젠 어쩌지?

그레이스의 머릿속엔 오로지 그 생각뿐이었다. 그녀는 조지 워싱턴 다리를 지나 존스 로드 출구로 빠져나왔다. 허기를 달래려고 바움가트라는 독특한 이름을 가진 중국 레스토랑에 멈춰 섰다. 어느 때보다도 외로운 기분이 들었다. 대체 무슨 일이 있었던 거지? 사진을 찾으러 현상소에 갔던 것이 바로 그저께였다. 고작 며칠밖에 지나지 않았단 말이야? 그때까지만 해도 모든 것이 만족스러웠다. 사랑하는 남편과 호기심 많은 두 아이. 게다가 한가하게 그림을 그릴 수 있는 여유까지. 그들은 건강했고, 은행에도 충분한 돈이 저축되어 있었다. 그런 그녀에게 갑자기 의문의 낡은 사진 한 장이 들어왔고, 그것을 본 후로는…….

그레이스는 솜털 조시에 대해 까맣게 잊고 있었다.

그녀의 필름을 현상해준 장본인. 그는 그녀에게 사진을 건네고 난 후 사라져버렸다.

문제의 사진을 봉지에 넣은 것은 분명 그의 짓이다. 그녀는 확신할 수 있었다.

그녀가 휴대전화로 전화번호 안내센터에 전화해 카셀턴 사진현상소의 번호를 문의했다. 그리고 추가 요금을 내고 직접 연결이 되도록 했다. 세 번의 신호음이 울리고 난 후 상대가 응답했다.

"사진현상소입니다."

그레이스는 아무 말도 하지 않았다. 무뚝뚝한 말투. 의심의 여지가 없었다. 솜털 조시. 그가 다시 현상소를 지키고 있었다.

그녀는 그냥 끊어버릴까 하다가 이내 생각을 바꾸어 어떻게든 그를 자극해보기로 했다. 그녀가 음성을 살짝 경쾌하게 변조시켜 몇 시에 문을 닫는지 물어보았다.

"6시쯤에 끝납니다." 솜털이 대답했다.

그녀가 고맙다는 인사를 하기도 전에 그가 전화를 끊어버렸다. 계산서는 벌써 테이블에 놓여 있었다. 돈을 내고 밖으로 나온 그녀는 차분한 마음으로 차를 향해 걸어갔다. 4번 도로는 뻥 뚫려 있었다. 그녀는 줄지어 늘어선 상점들을 지나 사진현상소에서 멀리 떨어지지 않은 주차장에 차를 세웠다. 그때 휴대전화가 울렸다.

"여보세요?"

"칼 베스파예요."

"오, 안녕하세요."

"어제 일은 미안했어요. 거기서 지미 엑스를 보고 당황했죠?"

그녀는 지미가 밤늦게 찾아왔다고 말해야 할지 말아야 할지 망설였다. 하지만 지금은 때가 아닌 것 같다는 생각이 들었다.

"괜찮아요."

"별로 관심은 없겠지만…… 웨이드 라루가 결국 풀려날 것 같아요."

"어쩌면 그게 옳은 일인지도 모르겠네요."

그녀가 말했다.

"어쩌면요." 베스파의 음성엔 힘이 없었다. "내 도움이 필요 없겠어요?"

"정말 괜찮아요."

"생각이 바뀌면 언제라도……."

"연락드릴게요."

잠시 어색한 침묵이 흘렀다.

"남편에게선 아직 소식이 없죠?"

"네."

"그에게 누이가 있나요?"

그레이스가 휴대전화를 다른 손에 바꿔 쥐었다.

"네. 왜요?"

"혹시 그녀 이름이 샌드라 코벌인가요?"

"네. 그게 이번 일과 무슨 상관이죠?"

"나중에 전화할게요."

그가 전화를 끊었다. 그레이스는 휴대전화를 멍하니 내려다보았다. 대체 뭐가 어떻게 돌아가고 있는 거지? 그녀가 고개를 저었다. 다시 전화를 걸어볼까 했지만 부질없는 일이라는 생각이 들었다. 그녀는 다시 당장의 할 일에 집중하기로 했다.

그레이스가 손가방을 집어들고 절룩거리며 사진현상소를 향해 걸어갔다. 다리가 욱신거렸다. 걷는 것은 그녀에게 굉장히 고된 일 중

하나였다. 발목을 꽉 붙들고 있는 누군가를 질질 끌고 가는 듯한 느낌이었다. 그레이스는 계속 움직였다. 현상소를 코앞에 두고 있을 때 말쑥한 정장 차림의 남자가 불쑥 나타나 그녀의 앞을 가로막았다.

"로슨 부인?"

낯선 남자를 올려다보는 그녀의 머릿속이 순간 이상한 생각들로 채워졌다. 그의 옅은 갈색 머리와 걸치고 있는 코트 색이 서로 일치했다. 머리와 양복이 같은 재료로 만들어졌나 하는 생각이 들 정도였다.

"무슨 일이죠?"

그녀가 물었다. 남자가 코트 주머니에서 사진 한 장을 꺼내 그녀의 앞으로 내밀었다.

"이 사진을 인터넷에 올리셨죠?"

금발머리와 빨강머리 여자가 담긴 문제의 사진이었다.

"누구시죠?"

"전 스콧 덩컨이라고 합니다. 검찰청 소속이죠." 갈색머리 남자가 대답했다. "그리고 이 여자는……."

그가 책을 돌아보고 있는 사진 속 금발머리 여자를 가리켰다. 얼굴에 엑스 표시가 되어 있는 바로 그 여자.

"제 누나입니다."

26

펄머터는 로레인 콘월에게 전남편의 소식을 들려주었다.

그는 지금까지 숱하게 나쁜 소식을 전해왔다. 대개 4번 도로나 가든 스테이트 고속도로에서 벌어진 교통사고에 관련된 것들이었다. 소식을 전해 듣자마자 로레인은 구슬프게 울기 시작했다. 그러나 지금은 멍한 표정만을 짓고 있었다. 이미 그녀의 눈가는 바짝 말라 있었다.

슬픔의 여러 단계. 제일 처음 사람들은 부정을 하게 된다고 알려져 있다. 하지만 그것은 사실이 아니다. 오히려 정반대다. 나쁜 소식을 접하면 누구나 상대가 전하는 말을 완벽히 이해한다. 사랑하는 배우자, 부모, 아이들. 그들이 영영 살아 돌아오지 못하게 될 거라는 사실을 바로 받아들인다. 그들이 영원히 사라졌고 영영 그들을 다시 볼 수 없을 거라는 사실을 한순간에 이해하게 된다. 다리가 풀어지고, 가슴이 철렁 내려앉아도 그 사실만큼은 받아들일 수밖에 없다.

그것이 바로 첫 단계다. 받아들이고 이해한 뒤 완전히 진실로 믿게 된다. 인간은 그런 비극에 저항하기엔 너무나 나약한 존재다. 그래서 부정하게 된다. 부정은 한꺼번에 물밀듯 몰려들어 상처를 어루만져주고, 가려준다. 하지만 나쁜 소식을 접하고 심연을 멍하니 들여다보는 동안에도 모든 상황은 너무나 분명하게 사실로 다가온다.

로레인 콘월은 딱딱하게 굳은 모습으로 앉아 있었다. 그녀의 입술은 살짝 떨렸고, 눈가는 말라 있었다. 그녀는 작고 외로워 보였다. 펄머터는 그녀를 안아주고 싶은 충동을 가까스로 억제했다.

"로키와 전……." 그녀가 입을 열었다. "저희는 조만간 다시 합칠 생각이었어요."

펄머터가 고개를 끄덕였다.

"모든 게 제 잘못이에요. 제가 로키를 쫓아냈어요. 그러면 안 되는데." 그녀가 보라색 눈으로 그를 올려다보았다. "그를 처음 만났을 땐 아주 다른 사람이었어요. 그에겐 꿈이 있었죠. 늘 자신감에 차 있었어요. 하지만 더는 풋볼을 할 수 없게 되자 사람이 달라지기 시작하더군요. 저도 많이 힘들었고요."

펄머터가 다시 고개를 끄덕였다. 그는 그녀를 돕고 싶었다. 그녀 곁에 머물며 위로해주고 싶었다. 하지만 그에겐 장황하게 이야기를 나눌 여유가 없었다. 최대한 빨리 필요한 정보를 얻어 그곳을 나서야 했다.

"로키에게 원한을 품고 있던 사람이 있었습니까? 적이랄지, 뭐 그런 사람 말입니다."

그녀가 고개를 저었다.

"아뇨. 한 명도 없었어요."

"그가 교도소에 복역한 적이 있었죠?"

"네. 정말 바보 같은 일 때문이었어요. 술집에서 싸움이 났는데 그게 걷잡을 수 없이 커져버렸어요."

펄머터가 데일리를 돌아보았다. 그들도 술집에서의 소동을 알고 있었다. 혹시 그때 일로 그에게 복수를 하려고 벼른 사람이 있진 않은지 이미 꼼꼼하게 살펴봤다. 그럴 가능성은 거의 없었다.

"로키는 일을 하고 있었습니까?"

"네."

"어디서요?"

"뉴어크에서요. 버드와이저 공장에서 일했어요. 공항 옆에 있는 그 공장에서요."

"부인께서 어제 경찰에 신고하셨죠?"

펄머터가 말했다.

그녀가 고개를 끄덕였다. 그녀의 눈이 앞을 똑바로 바라보고 있었다.

"디바톨라 경관과 얘기를 하셨더군요."

"네. 아주 친절한 분이셨어요."

설마.

"그에게 로키가 집에 돌아오지 않았다고 말씀하셨죠?"

그녀가 고개를 끄덕였다.

"부인께선 이른 아침에 신고를 하셨습니다. 그가 밤새도록 코빼기도 보이지 않았다고 말이죠."

"네, 맞아요."

"공장에서 밤 근무를 했나 보죠?"

"아니에요. 그에겐 또 다른 일거리가 있었어요." 그녀가 몸을 살짝 틀었다. "비공식적으로 하는 일이었어요."

"어떤 일이었죠?"

"어떤 여자 밑에서 일을 했어요."

"무슨 일이었죠?"

그녀가 손가락 하나를 펴서 눈가를 훔쳐냈다.

"로키는 자신이 하는 일을 자세히 알려주지 않았어요. 그냥 소환장 따위를 배달하고 다닌다는 얘기만 들었을 뿐이에요."

"그녀의 이름을 혹시 아십니까?"

"외국인인 것 같았어요. 발음하기가 쉬운 이름은 아니었어요."

펄머터는 깊이 생각할 필요도 없었다.

"인디라 카리왈라, 아닌가요?"

"네, 맞아요." 로레인 콘웰이 그를 올려다보았다. "그녀를 아세요?"

그는 그녀를 알고 있었다. 시간이 많이 흐르긴 했지만 펄머터는 그녀를 아주 잘 알고 있었다.

그레이스는 스콧 덩컨에게 다섯 명의 남녀가 찍힌 사진을 건네주었다. 그는 잠시도 사진에서 시선을 떼지 못했다. 특히 자신의 누이를 유심히 들여다보았다. 그가 그녀의 얼굴을 손가락으로 살며시 매만졌다. 그레이스는 차마 그를 지켜볼 수 없었다.

그들은 그레이스의 집에 들어와 있었다. 주방에 자리를 잡은 그들은 삼십 분에 걸쳐 많은 대화를 나눴다.

"이 사진을 이틀 전에 받아보셨다고요?"

스콧 덩컨이 물었다.

"네."

"그리고 남편분이…… 여기 이 사람이라고요?"

스콧 덩컨이 사진 속의 책을 가리켰다.

"네."

"도망치셨나요?"

"그냥 사라져버렸어요. 도망친 게 아니라."

그녀가 대답했다.

"그렇군요. 남편분이 납치되었다고 생각하십니까?"

"그에게 무슨 일이 생겼는지는 몰라요. 분명한 건 그가 지금 위험에 처해 있다는 사실이에요."

스콧 덩컨의 시선은 여전히 낡은 사진에 머물러 있었다.

"뭔가 암시를 받았기 때문에 그렇게 생각하시는 건가요? 공간이 필요하다는 말."

"덩컨 씨, 이 사진을 어떻게 알아보셨는지, 또 어떻게 절 찾으셨는지, 저는 그게 궁금해요."

"부인께서 스팸 메일로 이 사진을 띄우셨죠. 누군가가 사진을 알아보고 제게 보내왔어요. 전 바로 스팸 메일을 띄운 사람을 역추적했고, 그를 압박했죠."

"그래서 답신을 받아볼 수 없었던 거군요."

덩컨이 고개를 끄덕였다.

"부인을 먼저 만나보고 싶었습니다."

"제가 아는 건 다 말씀드렸어요. 사진현상소 직원을 찾아가는 길에 당신을 만난 거였어요."

"그는 나중에 만나봐도 돼요."

그는 차마 사진에서 눈을 떼지 못했다. 그녀는 모든 것을 털어놓았지만 그는 아직 아무 말도 들려주지 않았다. 그저 사진 속의 여자가 자신의 누이라는 말만을 반복할 뿐이었다. 그레이스가 엑스 표시가 된 사진 속의 얼굴을 가리켰다.

"그녀에 대해 얘기해주세요."

그녀가 말했다.

"누나의 이름은 제리였어요. 그 이름을 들어보신 적이 있나요?"

"아뇨. 처음이에요."

"남편분도 제리 덩컨이라는 여자에 대해서 전혀 언급이 없으셨나요?"

"그런 적은 없었던 것 같아요. 참, 제리였다고 하셨나요?"

"네?"

"과거형으로 말씀하셨잖아요."

스콧 덩컨이 고개를 끄덕였다.

"스물한 살 때 화재로 죽었어요. 기숙사에서요."

순간 그레이스의 몸이 빳빳하게 굳었다.

"혹시 누님께서 터프츠 대학에 다니지 않으셨나요?"

"맞아요. 그걸 어떻게 아셨죠?"

이제야 그녀의 얼굴이 눈에 익은 이유를 알 수 있었다. 그레이스는 그녀를 몰랐지만 당시 신문에서 본 기억이 났다. 물리치료를 받으면서 지나치게 많은 신문과 잡지를 읽어댔기 때문이었다.

"기사로 읽은 기억이 나요. 사고였죠? 합선이었던가요?"

"처음엔 저도 그런 줄 알았어요. 삼 개월 전까지는."

"무슨 일이 있었죠?"

"몬티 스캔런이라는 사람이 체포되었어요. 청부 살인업자죠. 사람을 죽이고 사고로 위장하는 전문가예요."

그레이스는 자신의 귀를 의심했다.

"그걸 삼 개월 전에야 알게 되셨다고요?"

"네."

"수사해보셨나요?"

"지금도 수사 중입니다. 하지만 너무 오래된 일이라……." 그의 음성이 많이 부드러워졌다. "단서가 많이 남아 있지 않아요."

그레이스가 고개를 돌렸다.

"당시 제리에겐 셰인 얼워스라는 남자친구가 있었어요. 그 이름은 들어봤습니까?"

"아뇨."

"정말입니까?"

"정말이에요."

"셰인 얼워스에겐 전과 기록이 있었습니다. 뭐 큰 죄를 지은 건 아닙니다. 하지만 혹시 몰라서 뒷조사를 해봤습니다."

"그래서요?"

"사라졌더군요."

"사라졌다고요?"

"찾을 수가 없어요. 근무 기록도 없고, 세금 지급 명부에도 이름이 빠져 있더군요. 사회보장번호도 검색이 안 되고 말입니다."

"얼마나 오래됐죠?"

"실종된 지 얼마나 됐느냐고요?"

"네."

"지난 십 년 동안의 기록을 다 뒤져봤지만 헛수고였어요."

덩컨이 코트 주머니에서 또 다른 사진 한 장을 꺼냈다. 그가 사진을 그레이스에게 건넸다.

"이 얼굴, 알아보시겠습니까?"

그녀가 잠시 사진을 유심히 들여다보았다. 의심의 여지가 없었다. 그녀가 가지고 있던 사진 속의 또 다른 남자였다. 그녀가 확인하듯 그를 쳐다보았다. 덩컨이 고개를 끄덕였다.

"섬뜩하죠?"

"이건 어디서 난 거죠?"

그녀가 물었다.

"셰인 얼워스의 어머니에게서 받았어요. 그녀는 자신의 아들이 멕시코의 작은 마을에 살고 있다고 주장해요. 선교사로 활동하고 있다나요. 그래서 그의 이름이 검색되지 않는 거였어요. 셰인에겐 세인트루이스에 사는 형이 한 명 있어요. 심리학자죠. 그도 어머니와 같은 얘길 했어요."

"하지만 당신은 그 말을 믿지 않고 있죠?"

"부인께선 믿을 수 있겠습니까?"

그레이스가 사진을 테이블에 내려놓았다.

"이제 사진 속의 세 명에 대해선 의문이 풀렸네요."

그녀가 혼잣말하듯 말했다.

"살해됐다는 당신 누이와 실종됐다는 그녀의 남자친구 셰인 얼워스. 그리고 이 사진을 보자마자 집을 나가버린 내 남편. 그렇죠?"

"그런 것 같네요."

"그의 어머니가 또 무슨 말씀을 하시던가요?"

"셰인과는 연락이 닿지 않는다고 하시더군요. 아마존 정글에 있을지도 모르겠다고 하셨어요."

"아마존 정글이라고요? 멕시코에 산다면서요?"

"지리 관련 지식이 조금 흐트러지셨나 보죠."

그레이스가 고개를 저으며 사진을 가리켰다.

"이제 남은 건 두 여자뿐이군요. 혹시 짐작 가는 사람이라도 있나요?"

"아뇨. 아직은요. 하지만 지금부터 움직이면 찾을 수도 있겠죠. 우선 빨강머리부터 찾아봐야겠어요. 카메라에 등을 보이고 있는 여자는 신원확인이 어려울 수도 있겠죠."

"다른 걸 찾아내신 건 없나요?"

"그게 전부입니다. 제리의 시체를 다시 파내서 부검을 의뢰했습니다. 시간은 좀 걸리겠지만 쓸 만한 물질적 단서가 나올지도 모르니 그 정도는 기다려야겠죠. 물론 가능성은 크지 않지만."

그가 인터넷으로 받은 사진을 집어들었다.

"이 사진이 제가 처음으로 손에 넣은 진정한 단서입니다."

그의 희망적인 톤이 마음에 들지 않았다.

"그냥 사진일 뿐인걸요, 뭐."

그녀가 말했다.

"부인께서도 그렇게 생각하지 않으시잖아요."

그레이스가 두 손을 테이블에 얹었다.

"제 남편이 당신 누이의 죽음과 관련이 있다고 생각하세요?"

덩컨이 턱을 어루만졌다.

"좋은 질문이네요."

그가 말했다.

그녀는 그의 대답을 기다렸다.

"어쩌면 그럴지도 모르죠. 하지만 남편분이 제 누이를 죽였다고는 생각하지 않습니다. 분명한 건 오래전 그들에게 뭔가 큰일이 있었다는 사실이죠. 물론 저도 아직 그게 뭔지 모릅니다. 제 누이는 화재로 목숨을 잃었습니다. 남편분께서는 외국으로 도망쳤고요. 프랑스로 갔다고 하셨던가요?"

"네."

"셰인 얼워스도 마찬가지입니다. 분명 모두가 연루되어 있어요. 그렇게밖엔 설명이 안 됩니다."

"제 시누이도 뭔가를 알고 있는 것 같아요."

스콧 덩컨이 고개를 끄덕였다.

"변호사라고 하셨죠?"

"네. 버튼&크림스타인 법률회사에 소속되어 있어요."

"별로 좋은 소식은 아니군요. 헤스터 크림스타인을 잘 압니다. 그녀가 입을 열지 않는다면 저로서도 어쩔 수 없습니다."

"그럼 이제 어쩌죠?"

"새장을 흔들어봐야죠."

"새장을 흔들어요?"

그가 고개를 끄덕였다.

"뭐라도 건지려면 그 방법밖에 없습니다."

"그럼 사진현상소의 조시라는 직원부터 흔들어봐야겠군요." 그레이스가 말했다. "제게 사진을 건네준 사람이에요."

덩컨이 자리에서 일어났다.

"좋은 생각이에요."

"지금 가보시게요?"

"네."

"저도 같이 갈게요."
"그럽시다."

□

"펄머터 경감님. 무슨 일로 이렇게 절 찾으신 거죠?"
인디라 카리왈라는 작은 체구에 주름이 많은 여자였다. 이름에서 짐작할 수 있듯 그녀는 인도 출신이었다. 봄베이. 그녀의 짙은 색 피부는 단단해지고, 두꺼워져 있었다. 그녀는 여전히 매력적이었지만 전성기 때의 이국적인 요부의 모습은 이젠 찾아볼 수 없었다.
"오랜만입니다."
그가 말했다.
"그러네요."
그녀가 환히 웃었다. 한때 자연스럽게 떠올랐던 미소였지만 이젠 적지 않은 노력이 필요한 듯했다.
"옛일은 이제 묻어두고 싶은데요."
"나도 마찬가집니다."
펄머터가 카셀턴으로 처음 발령받았을 때 그는 은퇴를 일 년 앞두고 있던 베테랑 형사 스티브 괴데르트와 파트너가 되었다. 꽤 괜찮은 선배였고, 그들은 금세 친해졌다. 괴데르트에겐 장성한 세 아이들이 있었고, 수전이라는 이름의 아내가 있었다. 펄머터는 괴데르트가 어떻게 인디라를 만나게 되었는지는 알지 못했다. 어쨌든 그들은 불륜을 저질렀고, 수전이 그 사실을 알게 되었다.
지저분한 이혼소송은 건너뛰기로 하고.

변호사 비용으로 거의 전 재산을 날려버린 괴데르트는 사설탐정으로 일하기 시작했다. 그는 간통사건을 전문으로 맡아 처리했다. 사실인지는 모르지만 어쨌든 그렇게 주장했다. 펄머터에게 그것은 사기행위로 보였다. 덫. 그는 인디라를 미끼로 썼다. 그녀는 남자에게 접근해 그를 유혹하는 일을 맡았다. 괴데르트는 그들이 한참 재미를 보고 있을 때 불쑥 나타나 그들의 사진을 찍는 일을 맡았다. 펄머터는 그에게 그런 짓을 그만두라고 충고했다. 정절은 게임이 아니었다. 누군가의 정절을 그런 식으로 테스트하는 것은 못된 장난일 뿐이었다.

괴데르트도 스스로 떳떳하지 못했다. 결국 그는 술독에 빠져 살게 되었고, 영영 거기에서 헤어나오지 못했다. 그의 집엔 총이 한 자루 보관되어 있었다. 그 또한 자기방어가 아닌 다른 목적으로 그 총을 사용했다. 그가 스스로 목숨을 끊고 난 후 인디라는 홀로 뛰게 되었다. 괴데르트의 이름을 그대로 사용하며 홀로 탐정 에이전시를 운영했다.

"다 지나간 일이죠."

그녀가 나지막이 말했다.

"그를 사랑하셨나요?"

"그건 당신이 상관할 일이 아니에요."

"당신 때문에 그의 인생이 망가진 겁니다."

"정말로 내가 한 남자를 마음껏 좌지우지할 수 있었다고 생각해요?" 그녀가 앉은 채로 몸을 살짝 틀었다. "그나저나 여긴 어쩐 일이죠, 펄머터 경감님?"

"혹시 로키 콘월이란 사람을 직원으로 두고 계시진 않습니까?"

그녀는 대답하지 않았다.

"그가 비공식적으로 일해왔다는 건 압니다. 그걸 문제 삼으려고 온

건 아닙니다."

여전히 대답이 없었다. 그가 콘월의 시체를 찍은 폴라로이드 사진을 꺼내 테이블에 내려놓았다.

인디라의 눈이 반짝였다. 잽싸게 시선을 돌리려 했지만 마음처럼 되지 않는 모양이었다.

"맙소사."

펄머터는 그녀의 대답을 기다리고 있었지만 인디라는 입을 꾹 닫고 있었다. 그녀가 사진에서 눈을 떼고 고개를 살짝 뒤로 젖혔다.

"이 친구의 아내가 그러더군요. 그가 당신 밑에서 일했다고."

그녀가 고개를 끄덕였다.

"무슨 일을 했던 거죠?"

"밤에 해야 하는 일들."

"그게 어떤 일이죠?"

"대개 수금이었어요. 가끔은 소환장 배달도 했고요."

"그것뿐이었습니까?"

그녀는 다시 입을 닫았다.

"그의 차에서 망원렌즈가 달린 카메라와 쌍안경이 발견됐습니다."

"그래서요?"

"누군가를 감시해온 거죠?"

그녀가 그를 빤히 올려다보았다.

"그가 근무 중에 살해당했다는 건가요?"

"그런 것일 수도 있겠죠. 하지만 당신이 질문에 대답해주지 않으면 그걸 밝혀낼 수가 없습니다."

인디라가 고개를 돌렸다. 그녀는 앉은 채로 몸을 앞뒤로 흔들었다.

"그가 그저께 밤에도 일했습니까?"

"네."

잠시 침묵이 흘렀다.

"그가 뭘 하고 있었던 겁니까, 인디라?"

"말할 수 없어요."

"어째서죠?"

"고객의 권리를 지켜야 하니까요. 당신도 잘 알잖아요, 스튜."

"당신은 변호사가 아닙니다."

"하지만 원한다면 그들을 위해 일할 수도 있어요."

"그쪽과 연관된 일이었단 말씀입니까?"

"그런 말은 안 했어요."

"사진을 다시 한 번 들여다보세요."

그녀가 살짝 미소를 보였다. "그럼 내가 입을 열 것 같아요?" 하지만 인디라는 순순히 사진을 들여다보았다. "피가 보이지 않는군요."

"피를 흘린 자국은 없었습니다."

"총에 맞았나요?"

"아뇨. 총도 아니고, 칼도 아닙니다."

그녀가 알 수 없다는 표정을 지었다.

"그럼 어떻게 살해된 거죠?"

"그건 아직 모릅니다. 부검이 곧 실시될 겁니다. 하지만 나름대로 추측은 하고 있습니다. 듣고 싶습니까?"

그녀는 못 이기는 척 천천히 고개를 끄덕였다.

"질식사입니다."

"교살 말인가요?"

"아닐 겁니다. 목에 끈 자국이 남아 있지 않았거든요."

그녀가 미간을 찌푸렸다.

"로키는 거구였어요. 황소처럼 강한 사람이었어요. 독극물이 아니고선 그를 이렇게 흔적 없이 죽일 순 없었을 거예요."

"아닙니다. 검시관은 후두에 뚜렷한 흔적이 남아 있다고 했습니다."

그녀는 이해가 안 된다는 표정을 지었다.

"그의 인후가 달걀 껍데기처럼 으스러졌단 뜻이죠."

"손으로 목이 조여진 거군요."

"그건 정확히 모릅니다."

"그는 힘이 장사였는데."

그녀가 다시 말했다.

"그가 누굴 감시하고 있었습니까?"

펄머터가 물었다.

"전화를 한 통 걸어야겠어요. 잠시만 나가서 기다려주세요."

그는 순순히 시키는 대로 했다. 기다림은 길지 않았다.

인디라가 밖으로 나왔을 때 그녀의 음성은 가볍게 떨렸다.

"당신에겐 아무 말도 해줄 수 없어요. 미안해요."

그녀가 말했다.

"변호사가 그러라고 시키던가요?"

"아무 말도 해줄 게 없어요."

"나중에 다시 오겠습니다. 그땐 영장을 가져오죠."

"행운을 빌어요."

그녀가 돌아섰다. 펄머터는 어쩌면 그녀가 진심을 담아 말한 것인지도 모른다고 생각했다.

27

그레이스와 덩컨은 다시 사진현상소로 향했다. 안으로 들어선 그녀의 가슴이 철렁 내려앉았다. 솜털이 보이지 않았다. 부매니저 브루스가 카운터를 지키고 있었다. 그의 가슴은 앞으로 불쑥 내밀어져 있었다. 스콧 덩컨이 신분증을 펼쳐 보이자 그의 가슴이 뒤로 움츠러들었다.

“조시는 점심을 먹으러 나갔습니다.”

그가 말했다.

“어디로 갔는지 아십니까?”

“주로 타코벨에서 먹고 옵니다. 여기서 한 블록밖에 떨어져 있지 않죠.”

그레이스도 타코벨의 위치를 알고 있었다. 그녀가 먼저 밖으로 뛰쳐나갔다. 그가 다시 사라지기 전에 찾아야 했다. 스콧 덩컨이 그녀를 뒤따랐다. 타코벨에 들어서자 기름 냄새가 진하게 풍겼다. 그녀는 금세 조시를 찾아냈다.

그녀를 알아본 조시의 눈이 휘둥그레졌다.

스콧 덩컨이 그녀 옆으로 다가가 섰다.

"저 친구예요?"

그레이스가 고개를 끄덕였다.

솜털 조시는 혼자 앉아 있었다. 그의 고개는 살짝 숙여져 있었고, 머리는 커튼처럼 앞으로 흘러내렸다. 그는 무뚝뚝한 표정이었다. 처음 봤을 때와 다르지 않았다. 그는 타코를 무섭게 베어 물었다. 마치 그것이 그가 좋아하는 그런지 록밴드를 모욕이라도 한 듯. 귀엔 이어폰이 꽂혀 있었다. 그레이스는 꽉 막힌 사람이 아니었지만 그런 음악을 하루 종일 듣고 다니는 사람이 정상일 것 같진 않았다. 사실 그레이스는 음악을 좋아했다. 홀로 있을 때면 그녀는 항상 음악을 틀어놓고 따라 불렀다. 어떨 땐 춤도 추었다. 그녀를 거슬리게 하는 건 음악도, 볼륨도 아니었다. 그런 격노로 가득 찬 난폭한 음악이 젊은이들의 정신건강에 어떤 영향을 끼칠지 그녀는 궁금했다. 귀를 꽉 막고, 소리의 고독한 벽에 갇혀 엘튼 존의 가사를 마음대로 해석해 듣는다고 나을 건 없을 듯했다. 일상의 소음은 들리지 않는다. 말도 필요 없다. 삶의 인공적인 사운드트랙.

건강에 좋을 것 같지 않았다.

조시는 계속 고개를 숙인 채 그들을 못 본 척했다. 그녀는 그에게 시선을 고정한 채 천천히 다가갔다. 그는 아직 어렸다. 홀로 앉아 타코로 점심을 때우는 모습이 안쓰러워 보였다. 그녀는 그가 품고 있을지 모르는 꿈과 희망에 대해 생각해보려 했다. 하지만 떠오르는 건 그가 평생 절망 속에서만 뒹굴며 살 거라는 확신뿐이었다. 조시의 어머니도 생각해보았다. 그동안 아들을 바른길로 인도하기 위해 얼마나 애를 써왔을까? 이런 아들의 모습을 보며 얼마나 걱정을 하고 살았을까? 또한 그녀는 자신의 아들 맥스도 생각해보았다. 만약 자신이었으면 맥스를 어떻게 대했을지.

그녀와 스콧은 조시가 앉아 있는 테이블 앞에 멈춰 섰다. 그가 타코를 한 입 더 베어 물고는 천천히 고개를 들었다. 이어폰에서 새어나오는 음악 소리가 어찌나 큰지 그레이스도 가사를 정확히 알아들을 수 있을 정도였다. 가사라고 볼 수도 없는 욕설들뿐이었다. 스콧 덩컨이 먼저 나섰다. 그녀는 그냥 잠자코 있었다.

"이 여자분이 누군지 알아?"

스콧이 물었다.

조시가 어깨를 으쓱해 보였다. 그가 볼륨을 조금 내렸다.

"그거 빼. 당장."

스콧이 말했다.

조시는 스콧의 지시에 순순히 따랐다. 하지만 최대한 느릿느릿 움직였다.

"이 여자분을 아는지 물었잖아."

"일하다가 한 번 봤어요."

"사진현상소에서 일하지?"

"네."

"그리고 여기 계신 로슨 부인은 손님이셨고?"

"그렇다고 했잖아요."

"이분이 마지막으로 현상소에 들렀을 때를 기억하나?"

"아뇨."

"기억을 더듬어봐."

그가 다시 어깨를 으쓱했다.

"한 이틀 전 아니었나?"

다시 으쓱.

"그랬던 것도 같네요."

스콧 덩컨이 현상소에서 받은 사진 봉지를 꺼내 보였다.

"네가 이걸 현상했지?"

"그랬다고 하시면 그런 거겠죠."

"아니. 정말 그랬는지 묻고 있잖아. 봉지를 잘 봐."

그가 사진 봉지를 올려다보았다. 그레이스는 여전히 두 사람을 말없이 지켜보고 있었다. 조시는 아직 스콧에게 정체를 묻지 않았다. 그들이 무엇을 원하는지도 묻지 않았다. 그녀는 그 이유가 궁금했다.

"네. 제가 현상한 거예요."

덩컨이 자신의 누이의 모습이 담긴 사진을 꺼냈다. 그리고 테이블에 내려놓았다.

"네가 이 사진을 로슨 부인의 사진들 틈에 끼워넣은 거야?"

"아뇨."

조시가 대답했다.

"정말이야?"

"그럼요."

그레이스는 조금 더 참고 기다렸다. 그가 거짓말을 하고 있다는 것을 알았다. 마침내 그녀가 입을 열었다.

"그걸 어떻게 알죠?"

그레이스가 물었다.

두 남자가 그녀를 돌아보았다.

"네?"

조시가 말했다.

"현상은 어떤 방법으로 하죠?"

"네?"

"우선 필름을 기계에 넣겠죠?"

그레이스가 말했다.

"사진이 현상되어 나오면 그것들을 봉지에 담을 거고요. 아닌가요?"

"네, 그래요."

"직접 현상한 사진을 확인해보나요?"

그는 대답하지 않았다. 그가 도움이 되어줄 만한 누군가를 찾는 듯 주위를 슥 돌아보았다.

"당신이 일하는 걸 본 적이 있어요." 그레이스가 말했다. "당신은 항상 잡지를 읽고 있죠. 음악을 들으면서. 보나마나 모든 사진을 일일이 확인하진 않을 거예요. 그럼 어떤 사진이 봉지에 담기는지 어떻게 알죠?"

조시가 스콧 덩컨을 올려다보았다. 물론 그는 전혀 도움이 되지 못했다. 그가 다시 그녀를 돌아보았다.

"그냥 좀 이상했어요. 그뿐이에요."

그레이스는 해명이 이어지기를 기다렸다.

"백 년은 더 된 사진 같아요. 크기는 같지만 코닥 페이퍼가 아니에요. 전 바로 그 얘길 한 거예요. 예전에 본 적 없는 사진이에요."

조시가 눈을 반짝이며 당당하게 말했다.

"이분이 그 말씀을 하신 줄 알았어요. 저한테 이 사진을 봉지에 집어넣었느냐고 물어보셨을 때 말이에요. 이걸 본 적이 있는지 물어보셨을 때."

그레이스가 그를 빤히 바라보았다.

"기계에 무슨 문제가 있었는지는 저도 몰라도. 하지만 분명한 건 제가 이 사진을 본 적이 없다는 사실이에요. 제가 아는 건 이게 전부예요."

"조시?"

스콧 덩컨이 말했다. 조시가 그를 돌아보았다.

"이 사진이 로슨 부인의 사진들 틈에 끼어 있었어. 어떻게 그럴 수 있었다고 생각하나?"

"이분이 직접 찍으신 걸 수도 있잖아요."

"아니야."

덩컨이 말했다.

조시가 다시 어깨를 으쓱했다. 마치 자신의 강한 어깨를 과시라도 하는 듯.

"현상하는 절차를 설명해봐."

덩컨이 말했다.

"이분께서 말씀하신 대로예요. 필름을 기계에 넣기만 하면 돼요. 나머지는 기계가 다 알아서 해주죠. 전 그저 사이즈와 개수만 확인할 뿐이에요."

"개수?"

"몇 장을 뽑을 건지 말이에요."

"현상된 사진은 한꺼번에 뭉친 채 나오지?"

"네."

조시는 긴장이 많이 풀어진 모습이었다.

"그럼 넌 그걸 봉지에 넣을 거고."

"맞아요. 손님의 이름을 적어놓은 봉지를 찾아서 집어넣는 거죠. 그런 다음, 알파벳 순서로 정리해놓으면 제가 할 일은 끝나요."

스콧 덩컨이 그레이스를 돌아보았다. 그녀는 입을 다물고 있었다. 그가 신분증을 꺼내 조시에게 보여주었다.

"이게 뭔지 아나, 조시?"

"아뇨."

"검찰청 신분증이야. 날 피곤하게 하면 평생 불행하게 살게 될지도 몰라. 알아듣겠나?"

조시가 약간 겁을 집어먹은 듯한 표정을 지었다. 그가 고개를 끄덕였다.

"마지막으로 묻지. 이 사진에 대해 아는 게 있나?"

"없습니다. 맹세해요." 그가 주위를 잽싸게 돌아보았다. "점심시간이 끝나서 돌아가봐야 해요."

그가 자리에서 일어났다. 그레이스가 그의 앞을 막아섰다.

"지난번엔 왜 퇴근이 빨랐죠?"

"네?"

"사진을 찾은 지 한 시간쯤 후에 다시 가봤는데 당신은 없었어요. 다음 날 아침에도 마찬가지였고요. 무슨 일이 있었던 거죠?"

"몸이 안 좋았어요."

그가 대답했다.

"정말요?"

"네."

"지금은 어때요? 좀 나아졌나요?"

"그런 것 같아요."

그가 그녀를 살짝 밀치고 걸음을 옮겼다.

"왜냐하면……." 그레이스가 말이 이었다. "부매니저가 내겐 급한 집안일 때문이라고 했거든요. 부매니저에겐 그렇게 얘기했었나요?"

"시간이 없어요. 빨리 돌아가봐야 해요."

그러고는 달려서 문을 박차고 나가버렸다.

비트리스 스미스는 집에 없었다.

에릭 우는 아무런 문제없이 그녀의 집으로 들어섰다. 그가 집 안 구석구석을 둘러보았다. 아무도 없었다. 우는 장갑을 벗지 않은 채로 컴퓨터를 켰다. 날짜와 전화번호를 기록해두는 그녀의 PIM 소프트웨어는 혼돈 그 자체였다. 그가 다이어리를 열어보았다.

비트리스 스미스는 샌디에이고에서 의사로 일하고 있는 아들에게가 있었다. 이틀 후에 돌아올 예정이었다. 덕분에 그녀는 목숨을 구했다. 우는 운명의 변덕스러움에 대해 잠시 생각했다. 그가 다이어리의 지난 두 달과 앞으로의 두 달을 살펴보았다. 어디에도 장기간의 여행은 예정되어 있지 않았다. 만약 그가 오늘을 피해 찾아왔더라면 비트리스는 죽음을 면치 못했을 것이다. 우는 종종 그런 생각을 했다. 우리 인생을 확 바꿔놓는 것은 대부분 우리가 알지 못하고, 제어하지 못하는 작고 무의식적인 일들이었다. 운명이라고 불러도 좋고 확률이라고 불러도 상관없으며 신의 장난으로 봐도 무방했다. 어쨌든 우는 그런 것들을 즐겨 떠올렸다.

비트리스 스미스의 집엔 차 두 대를 넣어둘 수 있는 차고가 있었다. 그녀의 황갈색 랜드로버는 차고의 오른쪽에 세워져 있었다. 왼쪽 공간은 비어 있었다. 바닥엔 기름얼룩이 져 있었다. 분명 모리의 차가 세워졌던 공간일 거라고 우는 생각했다. 그녀는 그가 세상을 떠난 후 지금까지 그 자리를 비워뒀을 것이다. 우는 잠시 사이크스의 어머니를 떠올렸다. 그러고 나서 그는 그 자리에 차를 주차해두었다. 그리고 뒷문을 열었다. 잭 로슨이 몸을 떨고 있었다. 우가 그의 다리에 묶여 있는 끈을 풀어주었다. 손목은 여전히 단단히 묶여 있는 상태였다. 우는 그를 끌고 안으로 들어갔다. 들어가는 중에 잭 로슨은 두 번 넘어졌다. 다리의 혈액순환이 제대로 되지 않았기 때문이다. 우가 그의 셔츠 목덜미를 잡고 번쩍 추켜올렸다.

"이제 재갈을 풀어줄 겁니다."

우가 말했다.

잭 로슨이 고개를 끄덕였다. 우는 로슨의 눈을 들여다보았다. 로슨은 저항할 의지가 전혀 없어 보였다. 사실 우는 그에게 많은 고통을 주지 않았다. 적어도 아직까지는. 하지만 칠흑 같은 어둠 속에서 홀로 며칠을 보낸 그는 몸과 마음이 많이 상해 있을 것이다. 그래서 위험할 수도 있었다.

우는 알고 있었다. 자신이 평화로워지기 위해서는 꾸준히 움직이고 계속 앞으로 나아갈 수밖에 없다는 것을. 그렇게 하면 유죄와 결백함을 구분하지 않아도 되었다. 과거와 꿈과 기쁨과 실망도 마찬가지였다. 그저 생존만을 걱정하면 되었다. 고통을 주거나 상처를 받거나. 죽거나 살해되거나.

우가 재갈을 풀어주었다. 로슨은 항변하지도, 애원하지도, 질문을 하지도 않았다. 그럴 단계는 이미 지났다. 우가 그의 다리를 의자에 단단히 묶었다. 그는 식기실과 냉장고 안을 훑어 먹을 것을 준비했다. 그들은 침묵 속에서 식사를 했다. 식사를 마치고 우는 설거지를 하고, 뒷정리까지 깔끔하게 해두었다. 잭 로슨은 의자에 묶인 채 잠자코 있었다.

우의 휴대전화가 울렸다.

"네."

"문제가 생겼어요."

우는 묵묵히 듣고만 있었다.

"그에게 사진이 있었죠?"

"네."

"사본은 없다고 했잖아요?"

"네."

"그가 틀렸어요."

우는 대꾸하지 않았다.

"그의 아내에게 사본이 있어요. 지금 그걸 들고 여기저기 들쑤시고 다니는 중이에요."

"그렇군요."

"당신이 처리해주겠어요?"

"안 됩니다. 다시 현장으로 돌아갈 순 없습니다."

우가 말했다.

"어째서죠?"

우는 대답하지 않았다.

"그럼 그만두세요. 이번엔 마틴을 보내죠. 그에게 그녀 아이들에 관한 정보가 있어요."

우는 그냥 듣고만 있었다. 별로 좋은 생각은 아니었지만 군이 상대에게 자신의 생각을 말할 필요는 없을 것 같았다.

휴대전화로 흘러나오는 음성이 말했다.

"그 문제는 우리가 알아서 처리하겠어요."

그리고 전화는 끊어졌다.

28

그레이스가 말했다.

"조시는 거짓말을 했어요."

그들은 다시 메인 가로 나와 있었다. 구름이 잔뜩 끼어 있었지만 불쾌할 정도로 습했다. 스콧 덩컨이 앞에 보이는 상점들을 향해 턱을 까딱였다.

"스타벅스에서 커피라도 마시죠."

그가 말했다.

"잠깐만요. 당신은 그가 진실을 말했다고 생각해요?"

"잔뜩 긴장은 하고 있었지만 거짓말과는 분명 차이가 있어요."

스콧 덩컨이 유리문을 열어주었고, 그레이스는 말없이 안으로 들어갔다. 카운터 앞으로 긴 줄이 늘어서 있었다. 세상 어느 곳에도 한가한 스타벅스는 없다. 스피커에선 오래된 블루스가 흘러나왔다. 가볍게 떨리는 목소리는 빌리 홀리데이나 디나 워싱턴이나 니나 시몬 중 하나인 것 같았다. 노래가 끝나자 어쿠스틱 기타 반주와 여자 가수의 노래가 흐르기 시작했다. 쥬얼인가? 에이미 만? 루신다 윌리엄스?

"일관성이 없잖아요."

그녀가 말했다.

스콧 덩컨이 미간을 찌푸렸다.

"왜죠?"

"조시 같은 녀석이 검찰청 신분증을 보여줬다고 사실을 말하는 부류 같던가요?"

"아뇨."

스콧이 물었다.

"그럼 당신은 그에게 뭘 기대했죠?"

"사진현상소의 부매니저는 그가 집안일로 조퇴했다고 했어요. 조시는 아팠다고 했고요."

"맞아요. 일관성이 없었죠." 그가 동의했다.

"그런데요?"

스콧 덩컨이 과장된 동작으로 어깨를 으쓱해 보였다. 분명 조시를 흉내 낸 것이었다.

"그동안 많은 사건을 맡아 처리하면서 제가 모순된 진술에 대해 뭘 배웠는지 아십니까?"

그녀가 고개를 저었다. 우유 거품 만드는 소리며 세차장의 진공청소기 같은 에스프레소 머신의 소음이 들렸다.

"모순은 존재합니다. 아예 없다면 당연히 의심스럽겠죠. 진실은 언제나 불분명한 겁니다. 만약 그 친구가 한 말이 사실이라면 문제는 심각해집니다. 어쩌면 우리에게 들려줄 말을 오랫동안 연습해왔는지도 모르죠. 일관성 있게 거짓말을 둘러대는 것은 생각처럼 어려운 일이 아닙니다. 하지만 조시는 그럴만한 위인이 아니었습니다. 아침에 뭘 먹었는지를 두 번 물어봤다면 아마 각각 다른 대답을 내놓았을 거예요."

그들은 줄을 따라 앞으로 이동했다. 카운터 직원이 뭘 마실 것인지 물었다. 덩컨이 그레이스를 돌아보았다. 그녀는 벤티 사이즈 아이스 아메리카노를 주문했고, 물은 따로 필요 없다고 했다. 그가 고개를 끄덕이며 말했다.

"같은 걸로 주세요."

그가 자신의 스타벅스 카드로 계산했다. 그들은 카운터 앞에서 주문한 커피가 나오기를 기다렸다.

"그러니까 그의 진술을 믿는다는 거죠?"

그녀가 물었다.

"글쎄요. 하지만 특별히 미덥지 않은 부분은 없었습니다."

그레이스는 이해할 수 없었다.

"그가 한 짓이 분명해요."

"어째서 그렇게 생각하는 거죠?"

"그런 짓을 할 만한 다른 사람이 없잖아요."

그들이 커피를 들고 창가의 테이블로 이동했다.

"처음부터 자세히 말해봐요."

"뭘요?"

"기억을 더듬어서 처음부터 얘기해줘요. 부인은 사진을 찾으러 갔고, 현상소에서 조시가 부인께 사진을 건네줬어요. 사진을 받자마자 확인하셨습니까?"

그레이스의 눈이 위로 올라갔다가 오른쪽으로 살짝 내려왔다. 그녀는 세세한 부분까지 기억해보려 애썼다.

"아뇨."

"이제 당신은 봉지를 들었습니다. 받자마자 손가방 같은 데 넣어두셨습니까?"

"그냥 손에 쥐고 있었어요."

"그런 다음엔?"

"차에 탔어요."

"사진 봉지를 손에 든 채로요?"

"네."

"차 안 어디에 두셨습니까?"

"콘솔에 두었어요. 앞좌석 사이에요."

"그리고 어디로 가셨죠?"

"맥스를 데리러 학교로 갔어요."

"가시던 길에 어디 들르시진 않았나요?"

"아뇨."

"그러니까 한시도 사진에서 떨어지지 않았다는 말씀이죠?"

그레이스는 자신도 모르게 미소 지었다.

"꼭 탑승수속이라도 하는 것 같네요."

"요즘 항공사 직원들은 그런 걸 묻지 않습니다."

"생각해보니 비행기를 타본 지도 꽤 된 것 같네요."

그레이스는 바보 같은 미소를 지었다. 그러고는 이내 자신이 말도 안 되는 얘기를 꺼냈다는 걸 깨달았다. 그녀의 마음속에 께름칙한 생각 하나가 떠올랐다.

"왜 그러시죠?"

그가 물었다.

그녀가 고개를 저었다.

"만약 조시가 뭔가를 감추고 있었다 해도 전 알아차리지 못했습니다. 하지만 부인은 어째서인지 쉬운 길로만 향하려는 것 같네요. 왜죠?"

"아무것도 아니에요."

"얘기해보세요."

"사진은 한시도 제 시야에서 벗어난 적이 없었어요."

"그런데요?"

"정말 별거 아니에요. 중요한 건 조시가 바로 범인이라는 사실이에요."

"그런데요?"

그녀가 긴 한숨을 내쉬었다.

"딱 한 번만 말할게요. 기왕 이렇게 된 거 빨리 얘기하고 끝내는 게 좋을 것 같네요."

덩컨이 고개를 끄덕였다.

"제가 모르는 사이 사진 봉지에 손댔을 만한 사람이 있긴 해요. 물론 가능성은 적지만."

"그게 누구죠?"

"전 차에 앉아 맥스를 기다리고 있었어요. 시간을 보낼 겸 봉지를 열고 처음 몇 장을 꺼내보고 있는데 제 친구 코라가 불쑥 나타나 차에 올라탔어요."

"차에 탔다고요?"

"네."

"어느 자리로요?"

"조수석에요."

"사진은 조수석 옆 콘솔에 놓여 있었고요?"

"아뇨." 짜증난다는 듯 그레이스의 목소리가 갈라졌다. 그녀는 이런 상황이 전혀 즐겁지 않았다. "얘기했잖아요. 제가 꺼내보고 있었다고요."

"하지만 보다 말고 내려두셨을 게 아닙니까."

"네, 그랬죠."

"콘솔에 내려놓으셨나요?"

"그랬던 것 같아요. 기억은 잘 안 나지만."

"그럼 그녀가 충분히 손댈 수 있는 위치에 있었다는 뜻이군요."

"아니에요. 제가 그녀와 쭉 함께 있었는걸요."

"누가 먼저 내렸습니까?"

"동시에 내렸던 것 같아요."

"부인은 다리를 저시지 않습니까."

그녀가 그를 돌아보았다.

"그래서요?"

"보통 사람들보다 차에서 내릴 때 힘을 더 들이셔야 하지 않습니까."

"그렇지 않아요."

"이러지 말아요. 난 그저 그럴 가능성도 있다는 말씀을 드리고 있는 겁니다. 부인께서 내리실 때 친구분이 문제의 사진을 봉지에 살짝 끼워넣었을 수도 있다는 가능성 말입니다."

"가능성은 있죠. 하지만 그녀는 그런 짓을 하지 않았어요."

"확신하십니까?"

"확신해요."

"친구분을 그만큼 믿으시나요?"

"그래요. 설령 믿지 못한다 해도 달라지는 건 없어요. 제가 사진을 현상해왔다는 걸 그녀가 어떻게 알고 그 사진을 가지고 왔겠어요?"

"어쩌면 부인의 핸드백에 슬쩍 넣어두려 했을지도 모르죠. 차의 글러브박스를 노렸을 수도 있고요. 좌석 밑에 떨어뜨려놓을 생각이었는지도 모르지 않습니까. 그러다가 마침 사진 봉지를 발견하고……."

"아니에요."

그레이스가 한 손을 번쩍 들었다.

"그만해요. 코라는 그런 친구가 아니에요. 이건 시간낭비라고요."

"그녀의 성이 뭐죠?"

"그건 중요한 게 아니에요."

"그것만 알려주시면 더 얘기하지 않을게요."

"린들리예요. 코라 린들리."

"알겠습니다. 이젠 그만하죠."

그가 작은 수첩에 받아 적으며 말했다.

"이젠 어쩌죠?"

그레이스가 물었다.

덩컨이 손목시계를 들여다보았다.

"전 이만 가봐야겠습니다."

"전 뭘 하고 있어야 하죠?"

"우선 집을 샅샅이 살펴보세요. 만약 남편이 뭔가를 감추었다면 운좋게 발견할 수도 있을 겁니다."

"남편을 의심하란 말인가요?"

"새장을 한번 흔들어봐요." 그가 차에 시동을 걸었다. "곧 연락할게요. 약속해요."

29

그래도 삶은 지속된다.

그레이스는 식료품 쇼핑을 해야 했다. 두 아이는 피자만으로도 충분히 살아갈 수 있겠지만 기본적인 것만큼은 갖추어야 했다. 우유, 오렌지주스(싸구려 주스 말고, 칼슘이 든 주스), 달걀, 샌드위치에 넣을 햄, 시리얼 두어 상자, 식빵, 프레고 파스타 소스 같은 것들. 식료품을 사면 기분 전환도 될 것 같았다. 때로 무감각하게 일상적이고 평범한 일을 하면 위로까진 되지 않아도 정신건강엔 도움이 될 것 같았다.

그녀는 프랭클린 가에 있는 킹스 슈퍼마켓으로 향했다. 그레이스는 특정 슈퍼마켓을 정해두고 쇼핑하지 않았다. 그녀의 친구들 대부분은 즐겨 찾는 슈퍼마켓이 한 군데씩 있었다. 코라는 미들랜드 파크 내에 있는 A&P를 즐겨 찾았다. 그녀의 이웃은 리지우드의 홀푸드를 선호했다. 월드윅의 스톱&숍을 선호하는 지인도 있었다. 그레이스는 특별한 선호 없이 쇼핑하는 타입이었다. 어디서 쇼핑을 하든 트로피카나 오렌지주스는 트로피카나 오렌지주스일 뿐이므로.

킹스 슈퍼마켓이 스타벅스와 가깝다는 이유로 그레이스는 그곳으로 결정했다.

그녀는 카트를 끌며 평범한 하루를 보내는 평범한 주부처럼 행동했다. 하지만 그것은 오래가지 못했다. 어느새 그녀는 스콧 덩컨과 그의 누이를 생각하고 있었다.

이젠 어떻게 하지?

'코라 커넥션'은 잊은 지 오래였다. 그럴 가능성은 없었다. 덩컨이 코라를 잘 몰라서 한 얘기였다. 의심하는 것이 그의 주 업무이지 않은가. 그레이스는 코라를 잘 알았다. 그들은 학교 음악회에서 처음 만났다. 로슨 가족이 이사온 지 얼마 되지 않았을 때였다. 아이들이 캐럴을 엉망으로 불러대는 동안 그들은 늦게 도착한 죄로 로비에 서 있었다. 코라가 먼저 다가와 속삭였다.

"스프링스틴 콘서트 때 맨 앞줄 자리를 맡는 게 더 쉽겠어요."

그 말에 그레이스가 웃음을 터뜨렸다. 그렇게 그들은 어색함 없이 금세 친해졌다.

하지만 그레이스는 자신의 선입관을 무시해보기로 했다. 코라에겐 과연 어떤 동기가 있었을까? 물론 유력한 용의자는 여전히 솜털 조시였다. 그는 원래 긴장을 잘하고, 반항적인지도 몰랐다. 그래서 그레이스는 그에 대한 의심을 떨쳐내지 않았다. 누가 뭐래도 코라는 아니었다. 그녀는 오로지 조시에게 초점을 맞추기로 했다.

맥스는 모처럼 베이컨이 먹고 싶다고 했다. 친구네에 놀러갔다가 요즘 유행하는 인스턴트 베이컨을 먹은 뒤부터 베이컨 타령을 해댔다. 그레이스는 몸에 해롭진 않은지부터 살펴보았다. 많은 사람들이 그렇듯 그녀 역시 식료품을 쇼핑할 때 건강을 최우선으로 고려했다.

다행히 인스턴트 베이컨은 그리 나빠 보이지 않았다. 나트륨 함유량이 많은 것이 마음에 걸렸지만 양호한 수준 같았다.

그녀가 재료 확인에 들어갔다. 뭔지 알 수 없는 이름들이 속속 눈에 들어왔다. 그때였다. 누군가가 자신을 지켜보고 있다는 느낌이 들었다. 그녀는 천천히 시선을 돌렸다. 살라미와 볼로냐소시지가 진열되어 있는 통로에서 한 남자가 그녀를 빤히 바라보고 있었다. 주위엔 아무도 없었다. 그는 177센티미터 정도의 보통 키였다. 적어도 이틀은 면도하지 않은 듯 보였다. 청바지와 적갈색 티셔츠, 그리고 광택 소재의 검은색 스포츠 재킷 차림이었다. 머리엔 나이키 로고가 선명한 모자를 쓰고 있었다.

처음 보는 사람이었다. 그가 한동안 그녀를 빤히 바라보다가 먼저 입을 열었다. 그의 음성은 속삭임에 가까웠다.

"램 부인." 그가 말했다. "17호실입니다."

처음에 그레이스는 그것이 무슨 소리인지 얼른 알아듣지 못했다. 얼어붙은 채 멍하니 서 있을 뿐이었다. 그의 말이 들리지 않은 것은 아니었다. 그저 낯선 남자의 입에서 나온 말이 너무나 엉뚱했기 때문이었다. 그녀의 뇌는 아직 그 의미를 파악하지 못했다.

적어도 처음엔 그랬다. 처음 몇 초 동안은. 하지만 이내…….

램 부인. 17호실입니다.

램 부인은 에마의 담임이었다. 그리고 17호실은 에마의 교실이었다.

남자가 잽싸게 움직이기 시작했다.

"잠깐만요!" 그레이스가 소리쳤다. "이봐요!"

남자가 코너를 돌아 사라졌다. 그레이스는 그를 따라잡으려 허둥댔다. 최대한 속도를 내보았지만 절룩이는 다리로는 무리였다. 닭고기가 진열되어 있는 통로 끝에 다다른 그녀가 황급히 좌우를 살폈다.

남자의 모습은 보이지 않았다.

이젠 어쩌지?

램 부인. 17호실…….

그레이스는 오른쪽으로 돌아 걷기 시작했다. 이동하면서 통로를 꼼꼼히 살펴보았다. 핸드백에 손을 넣어 휴대전화를 찾았다.

침착해. 학교에 전화부터 걸어보자.

그레이스는 걷는 속도를 높이고 싶었지만 다리가 납덩이처럼 무거웠다. 서두를수록 절룩임도 심해졌다. 남들이 봤다면 분명 종루에 오르는 콰시모도를 떠올렸을 것이다. 하지만 자신이 남들의 눈에 어떻게 비칠지 생각할 겨를이 없었다. 문제는 기능이었다. 민첩하게 움직일 수 없다는 것.

램 부인. 17호실…….

내 아이의 털끝 하나라도 건드렸다간 가만두지 않겠어. 내 아이를 이상한 눈으로 보기만 해도…….

그레이스가 마지막 통로에 다다랐다. 우유와 달걀 등이 진열된 냉장 코너였다. 입구에서 가장 멀리 떨어진 곳에 가장 기본적인 상품을 깔아두는 것은 충동구매를 유도하는 슈퍼마켓의 약은 전략이었다. 그녀는 계산대 쪽으로 가보기로 했다. 서두르면 그를 찾을 수 있을지도 몰랐다. 그녀는 걸어가면서 휴대전화에 학교 전화번호가 저장되어 있는지 확인해보았다. 두 가지를 한꺼번에 한다는 것은 쉬운 일이 아니었다.

불행히도 학교 전화번호는 저장되어 있지 않았다.

젠장. 방과 후 프로그램에까지 열성을 보이는 다른 학부형들은 분명 학교 연락처를 휴대전화에 저장해두고 다닐 텐데.

램 부인. 17호실…….

멍청하게 있지 말고 전화번호 안내센터에 물어봐. 411로 전화를 걸라고.

그녀가 허둥대며 번호를 눌렀다. 마지막 통로에 다다라 계산대 직원들을 돌아보았다.

남자는 보이지 않았다.

제임스 얼 존스의 굵고, 묵직한 음성이 휴대전화에서 흘러나왔다.

"베라이즌 통신 411 서비스입니다."

띵 소리와 함께 여자의 음성이 들렸다.

"영어 서비스를 원하시면 끊지 마시고 잠시만 기다려주십시오. 파라 에스파뇰, 포르 파보르 누메로 도스."

스페인어 옵션을 듣는 중에 그레이스는 남자를 발견했다.

그는 어느새 슈퍼마켓을 빠져나간 모양이었다. 유리벽 너머에 그가 똑똑히 보였다. 그는 여전히 모자와 검은색 스포츠 재킷으로 몸을 감춘 채 지나치다 싶을 만큼 태연한 모습으로 걷고 있었다. 휘파람까지 불어대며 양팔을 크게 젓고 있었다. 그레이스가 다시 걸음을 옮기려는 순간 남자의 손에 쥐인 뭔가가 그녀의 피를 얼어붙게 했다.

설마.

그녀는 잠시 멍하니 서 있었다. 시야에 들어온 이미지가 뇌에 제대로 입력되지 않았다. 하지만 이번에도 몽롱함은 오래가지 않았다. 단 몇 초 만에 정상으로 돌아왔다.

휴대전화를 든 그레이스의 손이 힘없이 툭 떨어졌다. 남자는 멈추지 않았다. 지금껏 한 번도 경험해본 적 없는 두려움이 엄습해왔다.

지금 그녀가 느끼고 있는 공포에 비하면 보스턴 대학살은 놀이공원의 롤러코스터에 지나지 않았다. 가슴이 터질 듯 쿵쾅거렸다. 남자가 그녀의 시야에서 막 벗어나려고 했다. 그의 얼굴엔 미소가 머금어져 있었다. 그는 여전히 휘파람을 불며 두 팔을 힘차게 젓고 있었다.

창가 쪽으로 향해 있는 그의 오른손엔 배트맨 도시락 가방이 쥐여 있었다.

30

"로슨 부인." 윌러드 학교의 교장 실비아 스타이너가 그레이스에게 말했다. 이성을 잃은 학부형에게 주로 쓰는 목소리였다. "에마는 잘 있습니다. 맥스도 마찬가지고요."

그레이스가 킹스 슈퍼마켓에서 나왔을 때 배트맨 도시락 가방을 든 남자는 이미 사라진 후였다. 그녀가 비명을 지르며 도와달라고 소리쳤다. 하지만 사람들은 그녀를 정신병원에서 탈출한 환자 보듯 할 뿐이었다. 일일이 설명할 정신이 없었다. 그녀는 절룩이며 차에 올랐다. 그리고 카레이서 안드레티도 놀랄 만한 속도로 차를 몰며 학교에 다시 전화를 걸었다. 순식간에 학교에 도착한 그녀가 교무실로 무섭게 쳐들어갔다.

"담임선생님들과 얘기해봤습니다. 두 아이 모두 반에서 수업을 듣고 있습니다."

"직접 보고 싶어요."

"그러시죠. 그전에 제가 한 가지 제안을 드려도 될까요?"

실비아 스타이너는 말이 너무 느렸다. 그레이스는 그녀의 목 안으로 손을 쑤셔넣어 말을 끄집어내고 싶은 심정이었다.

"많이 흥분하신 것 같은데요, 심호흡을 몇 번 해보세요. 우선 마음을 차분하게 가라앉히시는 게 좋겠어요. 이렇게 불쑥 들어가시면 아이들이 놀랄 수도 있습니다."

그레이스는 오만하고 독선적으로 부풀려진 그녀의 머리를 확 잡아 뽑고 싶었지만 그녀는 진심으로 그레이스를 위해 충고하고 있었다.

"그냥 잘 있는지만 보면 돼요."

그레이스가 말했다.

"알겠습니다. 그럼 이렇게 하시죠. 창문으로 몰래 들여다보시는 겁니다. 그렇게 하시겠습니까, 로슨 부인?"

그레이스가 고개를 끄덕였다.

"자, 절 따라오시죠. 제가 안내해드리겠습니다."

스타이너 교장이 책상에 앉아 있는 여자를 흘끔 돌아보았다. 책상에 앉아 있는 딘스몬트 부인은 눈을 티 나지 않게 굴리려고 애쓰는 것 같았다. 어느 학교나 그런 노련한 여자를 프런트데스크에 앉혀놓는다. 주에서 법으로 정해놓기라도 한 듯.

복도는 알록달록한 색채의 대향연이었다. 아이들이 그려놓은 작품을 볼 때마다 그레이스는 마음이 아팠다. 그것들은 스냅사진 같았다. 영영 되찾을 수 없는 순간들. 다시 반복할 수 없는 인생의 한 페이지. 아이들의 예술적 재능은 성숙하고 변화할 것이다. 손가락 그림과 삐뚤삐뚤하게 칠한 색칠공부, 그리고 알아보기 어려운 글씨 속에 담긴 순수함 역시 영영 사라져버릴 것이다.

그들은 맥스의 교실에 먼저 도착했다. 그레이스가 창문에 얼굴을 댔다. 이내 맥스가 눈에 띄었다. 바닥에 그려진 커다란 원 위에 발을 포개고 앉은 맥스는 그녀에게 등을 보인 채 고개를 살짝 들고 있었다. 담임인 라이온스 선생은 의자에 앉아 그림책을 읽어주고 있었다. 읽어나가면서 아이들이 잘 볼 수 있도록 책을 높이 들어 보이는 배려도 잊지 않았다.

"만족하십니까?"

스타이너 교장이 물었다.

그레이스가 고개를 끄덕였다.

그들은 다시 복도를 걸었다. 그레이스의 눈에 17호실이 들어왔다.

램 부인. 17호실…….

문에 분명 그렇게 적혀 있었다. 순간 몸이 바르르 떨렸다. 그녀는 서두르지 않으려 애썼다. 스타이너 교장은 이미 그레이스가 다리를 전다는 사실을 알아차린 듯했다. 그녀의 다리는 예전 같지 않았다. 통증도 자주 찾아들었다. 그녀가 창문으로 교실을 들여다보았다. 딸의 모습이 보였다. 아이는 있어야 할 자리에 있었다. 그레이스는 터져나오는 눈물을 애써 참았다. 에마는 깊은 생각에 잠긴 듯 고개를 푹 숙인 채 연필 끝에 붙어 있는 지우개를 물고 있었다. 딸을 몰래 지켜보는 그레이스의 마음에 진한 떨림이 전해졌다. 어째서일까? 사람들은 아이의 모습을 보고 왜 이런 감정을 느끼는 걸까?

이젠 어쩌지?

심호흡. 차분하게. 아이들에겐 아무 일도 없잖아. 중요한 건 그뿐이고. 이성을 잃어선 안 돼.

경찰에 신고해. 당연한 일부터.

스타이너 교장이 헛기침을 한 번 했다. 그레이스가 그녀를 돌아보왔다.

"어떻게 생각하실지 모르겠지만 에마의 도시락 가방을 봤으면 좋겠어요."

그레이스가 말했다.

스타이너 교장은 놀라거나 짜증을 내지 않았다. 그저 고개를 끄덕일 뿐이었다. 그녀는 이유도 묻지 않았다. 그레이스가 보인 기괴한 행동에 대해서도 의문을 제기하지 않았다. 그레이스는 그것을 무척 다행스럽게 생각했다.

"아이들의 도시락 가방은 구내식당에 보관해두죠." 그녀가 설명했다. "교실마다 보관함이 따로 준비되어 있습니다. 보여드릴까요?"

"네, 감사합니다."

보관함은 학년별로 늘어서 있었다. 그들은 '수전 램, 17호실'이라고 적힌 커다란 파란색 보관함을 찾아냈다.

"어떻게 생긴 거죠?"

스타이너 교장이 물었다.

대답을 하려는 순간 그레이스의 눈에 배트맨이 들어왔다. 노란색 대문자로 '펑!'이라고 적혀 있는 도시락 가방은 분명 에마의 것이었다. 그녀가 그것을 천천히 집어들었다. 밑 부분엔 에마의 이름까지 또렷하게 적혀 있었다.

"이게 맞나요?"

그레이스가 고개를 끄덕였다.

"올해엔 아이들이 유독 배트맨 가방을 좋아하더군요."

그녀가 도시락 가방을 꽉 끌어안았다. 그러고는 베네치아의 유리잔을 다루듯 조심스레 보관함에 내려놓았다. 그들은 말없이 교무실로 돌아갔다. 그레이스는 아이들을 조퇴시키고 집으로 데려가고 싶었다. 2시 30분. 어차피 삼십 분 후면 수업이 끝날 터였다. 아이들에게 괜히 겁을 줄 필요는 없었다. 그녀에겐 생각할 시간이 필요했다. 아이들에게 무슨 말을 해줄지 떠올려야 했다. 하지만 그 삼십 분 동안 에마와 맥스가 학교에 무사히 남아 있을 수 있을까?

그레이스가 다시 교장에게 감사의 인사를 했다. 그러고 나서 그들은 악수를 나눴다.

"또 제가 도와드릴 게 있나요?"

교장이 물었다.

"아니에요. 괜찮아요."

그레이스는 학교에서 나왔다. 보도에 잠시 서서 눈을 감았다. 아직까지도 두려움은 사그라들지 않았다. 오히려 단단히 굳어져 순수하고 원시적인 격노가 되었다. 목이 화끈 달아올랐다. 나쁜 자식. 그 자식이 내 딸을 노렸던 거야.

이제 어떻게 해야 하지?

경찰. 당장 신고를 해야 했다. 누구라도 그랬을 것이다. 휴대전화가 손안에 있었다. 그녀가 번호를 누르려는 순간 또 다른 생각이 그녀를 만류했다. 전화를 걸어 뭐라고 하지?

안녕하세요. 오늘 슈퍼마켓에서 쇼핑을 하다가 볼로냐소시지 코너에서 어떤 남자를 봤습니다. 그런데 그가 제 딸의 담임선생님의 이름을 속삭였어요. 네, 그래요. 담임선생님. 오, 그녀가 가르치는 반 번호도 말했어요. 네, 볼로냐소시지 코너에서요. 오스카 메이어 햄이 있는 곳 말이에요. 그 사람은 그 말만 하고 사라졌어요. 그를 쫓아 나와보니 제 딸의 도시락 가방을 들고 있더군요. 네, 슈퍼마켓 밖에서요. 그가 뭘 하고 있었느냐고요? 그냥 걷고 있었어요. 아뇨, 나중에 알고 보니 에마의 도시락 가방이 아니더군요. 그냥 똑같은 가방일 뿐이었어요. 배트맨. 아뇨, 협박은 없었어요. 뭐라고요? 네, 맞아요. 바로 제가 남편이 실종됐다고 신고를 했던 여자예요. 네, 나중에 남편이 전화를 걸어와 그저 공간이 조금 필요하다고 했죠. 그게 바로 저였어요. 히스테리 증세를 보였던…….

다른 선택지는 없을까?

다시 처음부터 생각을 정리해보았다. 경찰은 이미 그녀를 비정상으로 보았다. 그들을 이해시킬 수 있는 다른 방법은 없을까? 신고가 들어가면 경찰은 어떤 조치를 취할까? 아이들 주변을 하루 종일 감시할 수 있게 경관을 붙여줄까? 상황의 심각성을 일깨워준다 해도 그럴 가능성은 크지 않았다.

그때 스콧 덩컨이 떠올랐다.

그는 검찰청에서 일하고 있었다. 연방 경찰이나 다름없었다. 아닌가? 그에겐 인맥이 있을 것이다. 그녀를 도울 능력이 있을 것이다. 무엇보다도 그는 그녀를 믿어주었다.

덩컨은 자신의 휴대전화 번호를 알려주었다. 그녀가 번호를 찾아 주머니를 뒤졌지만 결국 실패했다. 차에 두고 내렸나? 그랬는지도 몰랐다. 하지만 그것은 중요하지 않았다. 그는 다시 사무실로 돌아가봐야 한다고 했다. 검찰청은 뉴어크에 있었다. 아니, 트렌턴인가? 트렌턴은 차로 가기에도 부담되는 거리였다. 우선 뉴어크부터 가보기로 했다. 지금쯤이면 사무실에서 업무에 몰두하고 있을 것이다.

그녀가 걸음을 멈추고 학교 건물을 돌아보았다. 두 아이가 건물 안에서 수업을 듣고 있었다. 두 아이는 매일 벽돌 건물 안에서 몇 시간씩 보내다 돌아왔다. 그 생각을 하자 왠지 기분이 묘해졌다. 그녀가 전화번호 안내 서비스에 뉴어크의 검찰청 번호를 물어보았다. 그녀는 35센트를 추가로 내고 교환에게 직접 연결해줄 것을 요청했다.

"뉴저지 검찰청입니다."

"스콧 덩컨 씨를 부탁드립니다."

"잠시만요."

두 번의 신호음이 가고 여자가 응답했다.

"골드버그입니다."

그녀가 말했다.

"스콧 덩컨 씨와 통화를 했으면 하는데요."

"어떤 일 때문에 전화 주신 거죠?"

"네?"

"일 말이에요."

"일 때문에 전화한 건 아니고요, 그냥 덩컨 씨와 통화를 했으면 합니다."

"무슨 일인지 여쭤봐도 되겠습니까?"

"사적인 일 때문이에요."

"죄송합니다. 도와드릴 수가 없군요. 스콧 덩컨은 이제 여기서 일하지 않습니다. 제가 그의 일을 전부 인계받았죠. 무슨 일 때문에 전화 주셨는지 말씀해주시면……."

그레이스가 휴대전화를 귀에서 뗐다. 잠시 휴대전화를 내려다보다가 통화 종료 버튼을 눌러 전화를 끊었다. 그녀가 차에 올라타고 다시 한 번 자신의 두 아이가 수업을 듣고 있는 벽돌 건물을 돌아보았다. 그녀는 과연 누구를 믿어야 할지를 놓고 곰곰이 생각해보았다. 그리고 앞으로 무엇을 해야 할지도 결정해야 했다.

그레이스는 다시 휴대전화를 열고 전화를 걸었다.

"네?"

"그레이스 로슨이에요."

삼 초 후 칼 베스파가 말했다.

"무슨 일이 생겼습니까?"

"생각이 바뀌었어요." 그레이스가 말했다. "선생님의 도움이 필요해요."

31

"이름은 에릭 우라고 합니다."

펄머터는 다시 병원에 돌아와 있었다. 그는 인디라 카리왈라에게 그녀의 고객이 누구인지 듣기 위해 영장을 신청했지만 검사는 생각보다 많이 바빴다. 과학수사는 한창 진행 중이었다. 채취된 지문은 NCIC로 보내졌고, 범인의 신원은 금세 밝혀졌다.

"전과가 있나?"

펄머터가 물었다.

"삼 개월 전에 월든에서 출소했습니다."

"뭘로 들어갔었지?"

"무장 폭행이었답니다." 데일리가 말했다. "검사 측에 증언을 하고 풀려났다는군요. 전화로 알아봤는데 아주 악랄한 친구였습니다."

"얼마나 악랄하기에?"

"상상을 초월합니다. 만약 이 친구에 관한 소문 중 10퍼센트가 진실로 확인된다 해도 저는 아기공룡 바니 램프를 켜두고 잠을 잘 겁니다."

"자세히 얘기해보게."

"북한 출생입니다. 어렸을 때 고아가 됐다고 하네요. 반체제자들을 수감하는 교도소에서 오랫동안 일했다고 합니다. 인체의 모든 급소를 훤히 꿰고 있다더군요. 사이크스도 그렇게 당했고요. 쿵후로 허리를 절단내버렸죠. 언젠가 어떤 여자를 납치해 두 시간 동안 혈을 가지고 장난을 친 적이 있었답니다. 그런 다음, 여자의 남편에게 전화를 걸어 잘 들어보라고 했다나요. 여자가 비명을 지르며 남편에게 그를 증오한다고 소리를 쳤답니다. 차마 들어줄 수 없는 욕도 마구 퍼부었고요. 그게 바로 남편이 아내에게 들은 마지막 말이었다네요."

"그리고 여자를 죽였나?"

데일리의 얼굴은 어느 때보다도 어두웠다.

"아뇨. 딱 거기까지였습니다. 여자는 죽이지 않았습니다."

실내 온도가 10도 이상 뚝 떨어진 듯한 기분이었다.

"이해가 안 되는군."

"우는 그녀는 풀어주었습니다. 그녀는 그 후로 말을 하지 않았다고 합니다. 그냥 앉아서 몸을 흔들 뿐이었답니다. 남편이 다가오기만 해도 미친 듯이 비명을 질러대기 시작했다더군요."

"맙소사." 펄머터는 온몸이 오싹해지는 것을 느꼈다. "혹시 안 쓰는 야간등 있나?"

"제게 두 개 있습니다. 하지만 둘 다 씁니다."

"대체 그가 왜 프레디 사이크스를 찾아간 걸까?"

"그건 저도 모르겠습니다."

샬레인 스웨인이 복도에 모습을 드러냈다. 사고 이후로 그녀는 한 번도 병원을 벗어난 적이 없었다. 그들은 가까스로 그녀를 구슬려 프레디 사이크스를 만나보도록 했다. 아주 어색한 시간이었다. 사이크스는 쉬지 않고 울어댔다. 샬레인은 어떤 정보라도 얻기 위해 애써보았고, 어느 정도는 성공을 거두었다. 프레디 사이크스는 아무것도 모르고 있는 듯했다. 그는 습격자가 누구인지, 왜 자신을 해치려 한 것인지 모른다고 했다. 자신은 그저 홀로 사는 하찮은 회계사일 뿐이라고. 누구에게도 원한을 산 적이 없다고 말할 뿐이었다.

"전부 연관되어 있어."

펄머터가 말했다.

"무슨 이론이라도 있으십니까?"

"그저 가닥들일 뿐이지."

"뭔지 말씀해보세요."

"우선 이-지 패스가 의심스러워."

"네."

"잭 로슨과 로키 콘웰이 같은 시간에 출구를 빠져나갔네."

펄머터가 말했다.

"그랬죠."

"그 이유를 알 것 같네. 콘웰은 사설탐정 밑에서 일했어."

"경감님이 잘 아시는 그 인디라 뭐라는 여자분 말씀이죠?"

"인디라 카리왈라. 내 친구는 아니야. 뭐 그건 별로 중요한 게 아니지만. 어쨌든 이 모든 것이 이치에 닿도록 하기 위해서 우리가 생각할 수 있는 시나리오는 이것밖에 없는 것 같네. 콘웰은 로슨을 감시하는 임무를 맡고 있었던 거야."

"듣고 보니 그랬던 것 같네요. 이-지 패스의 타이밍은 그렇게 설명할 수 있을 것 같군요."

펄머터가 고개를 끄덕였다.

"그다음은 어떻게 된 걸까? 콘월은 시체로 발견되었지. 검시관은 그가 그날 밤 자정 전에 사망한 걸로 추정했어. 그가 밤 10시 26분에 톨게이트를 빠져나갔다는 사실은 이미 밝혀졌고. 로키 콘월은 톨게이트를 빠져나간 지 얼마 되지 않아 봉변을 당했던 거야."

펄머터가 얼굴을 문지르기 시작했다.

"논리적으로 보면 용의자는 당연히 잭 로슨이 되어야겠지. 자신이 미행당하고 있다는 걸 깨닫고 콘월을 죽인 게 아니었을까?"

"말이 되네요."

데일리가 말했다.

"아니야. 잘 생각해보게. 로키 콘월은 키 188센티미터에 몸무게가 118킬로그램이나 되는 거구였어. 로슨이 그런 그를 어떻게 손쉽게 처치할 수 있었겠나? 그것도 맨손으로."

"맙소사."

데일리는 그제야 이해가 된다는 표정을 지었다.

"에릭 우의 짓이군요."

펄머터가 고개를 끄덕였다.

"그래야 이치에 닿지. 콘월은 우와 마주치게 됐고, 우는 그를 죽여 트렁크에 넣어둔 거야. 그러고는 주차장에 버려두었지. 샬레인 스웨인은 우가 포드 윈드스타를 몰고 다녔다고 진술했어. 모델도 그렇고, 색도 그렇고, 잭 로슨의 차와 일치해."

"그럼 로슨과 우는 어떤 관계죠?"

"그건 나도 모르지."

"어쩌면 우가 그의 밑에서 일했는지도 모르겠네요."

"그랬는지도 모르지. 아직 확실하진 않지만. 우린 아직 로슨의 생사 여부조차 모르고 있어. 분명한 건 콘월이 살해된 후에도 그가 살아 있었다는 것이지."

"맞습니다. 그가 아내에게 전화를 걸어왔으니까요. 그녀가 경찰서에 찾아왔을 때. 그러고 난 후엔 무슨 일이 있었을까요?"

"나도 그걸 모르겠단 말이야."

펄머터가 샬레인 스웨인을 바라보았다. 그녀는 복도 끝에 앉아 남편의 병실 창문을 멍하니 쳐다보고 있었다. 펄머터는 그녀에게 한번 가볼까 생각했다. 가서 뭐라고 하지?

데일리가 그를 쿡 찔렀다. 베로니크 발트루스가 엘리베이터에서 내리고 있었다. 발트루스는 지난 삼 년간 그들과 함께 일해왔다. 나이는 서른여덟 살이었고, 헝클어진 머리와 검게 그을린 피부를 가지고 있었다. 근무 중엔 항상 단정한 제복차림이었다. 벨트와 홀스터까지 완벽하게 갖추고 다녔다. 하지만 비번일 땐 보기 좋게 그을린 복근이 잘 드러나는 라이크라 운동복을 걸쳤다. 그녀의 체구는 작았고, 눈은 검은색이었다. 펄머터를 비롯한 경찰서의 모든 남자들이 그녀에게 많은 관심을 보였다.

베로니크 발트루스는 굉장한 미모의 소유자로, 컴퓨터 전문가였다. 흥미롭기는 하지만 가슴 떨리는 조화였다. 육 년 전, 뉴욕의 한 수영복 소매점에서 일했을 당시 그녀는 지독한 스토킹에 시달렸다. 스토커는 그녀에게 수시로 전화를 걸었고, 이메일을 보냈다. 직장에서도 괴롭힘을 많이 받았다. 그의 주 무기는 컴퓨터였다. 익명으로 활동하는 겁쟁이들에게 컴퓨터만 한 든든한 요새는 없었다. 경찰엔 그를 추적해서 잡을 만큼의 인력이 없었다. 게다가 그들은 스토커가 그 이상의 못된 짓은 하지 않을 거라고 막연하게 믿었다.

하지만 스토커는 그들의 믿음을 보기 좋게 깨버렸다.

어느 조용한 가을 저녁, 베로니크 발트루스는 야만적인 습격을 받았다. 범행 후 습격자는 도망쳐버렸다. 회복한 베로니크는 이미 전문가 수준에 다다라 있던 컴퓨터 기술을 조금 더 끌어올려 누구도 얕볼 수 없는 프로로 올라섰다. 그리고 자신의 기술을 총동원해 직접 습격자를 추적하기 시작했다. 스토커는 계속해서 그녀에게 이메일을 띄워 앙코르를 예고했다. 자신의 힘만으로는 부족하다는 것을 깨달은 그녀는 결국 직장을 그만두고 경찰이 되었다.

이제 그녀는 비공식적으로 활동하는 컴퓨터 전문가로 주가를 높여 나갔다. 물론 제복을 갖춰 입는 순찰 업무에도 소홀하지 않았다. 경찰서에서 그녀의 배경 이야기를 아는 사람은 펄머터뿐이었다. 그것은 경찰에 들어왔을 때 그녀가 내걸었던 유일한 조건이었다.

"뭔가 찾은 게 있나?"

그가 그녀에게 물었다.

베로니크 발트루스가 미소를 지었다. 그녀의 미소는 언제나 보기 좋았다. 펄머터가 그녀에게 가지고 있는 호감은 다른 사람들의 것과는 확실한 차이가 있었다. 정욕에만 그 기반을 두고 있지 않았다. 베로니크 발트루스는 메리언이 세상을 떠난 후 처음으로 그의 마음을 흔들리게 한 여자였다. 하지만 그는 애써 그런 감정을 숨기고 지냈다. 프로다운 일이 아니었기 때문이다. 윤리적으로도 옳지 않았다. 그리고 무엇보다 베로니크는 그가 함부로 올려다볼 수 없는 나무였다.

그녀가 샬레인 스웨인이 있는 쪽을 살짝 가리켰다.

"그녀에게 고마워해야 할지도 모르겠어요."

"어째서?"

"알 싱어."

사이크스는 샬레인에게 에릭 우가 그 이름을 써서 자신에게 접근해왔다고 얘기했었다. 처음에 샬레인이 알 싱어가 누구냐고 묻자 사이크스는 깜짝 놀라며 그런 사람은 모른다고 딱 잡아뗐었다. 그는 그저 호기심에 현관문을 열었을 뿐이라고 주장했다.

"알 싱어는 만들어낸 이름이잖아."

펄머터가 말했다.

"그럴지도 모르고, 아닐지도 몰라요."

발트루스가 말했다.

"사이크스 씨의 컴퓨터를 샅샅이 뒤져봤어요. 온라인 데이트 서비스에 가입되어 있더군요. 거기서 알 싱어라는 사람과 꽤 자주 연락을 했어요."

펄머터가 미간을 찌푸렸다.

"게이들의 데이트 서비스인가?"

"양성애자들을 위한 공간이었어요. 그게 문제가 되나요?"

"아니. 그러니까 알 싱어가 그의 온라인 애인이었단 말이지?"

"알 싱어는 존재하지 않습니다. 그저 가명일 뿐이죠."

"온라인상에선 대개 그렇지 않나? 특히 게이 데이트 서비스에선 더욱 그럴 테고. 가명을 쓰는 것 말이야."

"맞습니다."

발트루스가 말했다.

"하지만 제가 드리고 싶은 말씀은 이겁니다. 우리가 쫓고 있는 우는 배달원으로 가장했습니다. 그리고 그때도 싱어라는 이름을 썼었죠. 어떻게 우가 알 싱어에 대해 알 수 있었겠습니까?"

"에릭 우가 알 싱어였다는 얘긴가?"

발트루스가 두 손을 허리에 얹은 후 고개를 끄덕였다.

"분명 그랬을 겁니다. 우는 온라인에서 알 싱어라는 가명을 쓰며 만만한 사람들을 골랐을 것이고, 그러던 중 프레디 사이크스를 알게 된 게 분명합니다. 그리고 그의 집에 찾아가 그를 덮친 것이죠. 제 생각이 맞는다면 그는 결국 사이크스를 살해하고 자취를 감춰버렸을 겁니다. 지금처럼 쫓기는 신세가 되지 않았더라면 말입니다."

"이번이 처음이 아니었을 것 같나?"

"네."

"그럼 그가 연쇄 양성애자 살인범이라는 얘긴가?"

"그야 모르죠. 하지만 심상치 않아 보이는 건 분명합니다."

펄머터가 잠시 골똘한 생각에 잠겼다.

"그 알 싱어라는 사람 말이야, 혹시 사이크스 외에 다른 사람과의 연락은 없었나?"

"세 건이 더 있었습니다."

"그들 중에 봉변을 당한 사람은 없었고?"

"아직은요. 지금까진 무사합니다."

"그럼 어째서 그가 연쇄적으로 범행을 저지르고 다닌다고 생각하게 된 건가?"

"그런 판단을 내리기엔 조금 이른 감도 있긴 하지만…… 샬레인이 큰 도움을 주었습니다. 우는 사이크스의 컴퓨터를 사용했습니다. 아마 그 집을 떠나기 전에 모든 기록을 지워버리려 했을 테죠. 하지만 샬레인에게 노출이 되면서 그럴 겨를이 없었을 겁니다. 좀더 살펴봐야 정확히 알 수 있겠지만 그의 또 다른 가상인물이 있었던 것 같아요. 아직 이름까지는 알아내지 못했지만 유대인 싱글들이 이용하는 엔타-매치닷컴에서도 활동한 흔적을 잡았습니다."

"프레디 사이크스가 아니라는 건 어떻게 알았나?"

"마지막으로 사이트에 방문한 지 이십사 시간도 채 지나지 않았거든요."

"그럼 의심할 여지없이 우였겠구먼."

"그렇습니다."

"하지만 아직도 이해가 잘 안 돼. 그가 왜 다른 온라인 데이트 서비스를 알아봤을까?"

"다음 상대를 고르기 위해서였겠죠."

그녀가 말했다.

"아마 이런 패턴이었을 겁니다. 분명 우는 여러 데이트 사이트에 각기 다른 가상인물을 심어놓았을 거예요. 그리고 한 번 이용한 사이트는 두 번 다시 들어가지 않았을 겁니다. 그는 알 싱어로 분해서 프레디 사이크스에게 접근했죠. 그 자신도 꼬리가 길면 잡힌다는 걸 알고 있었을 겁니다."

"그래서 이젠 알 싱어를 쓰지 않는다는 건가?"

"네. 하지만 다른 사이트에선 또 다른 가명으로 활발히 활동해왔을 겁니다. 다음 상대를 고르려고 말이죠."

"다른 가상인물은 아직 밝혀내지 못했고?"

"그 작업은 거의 다 되어갑니다."

발트루스가 대답했다.

"하지만 옌타-매치닷컴을 뒤져볼 수 있는 영장이 필요합니다."

"판사가 순순히 발부해줄 것 같나?"

"우가 최근에 방문한 기록이 옌타-매치닷컴에 남아 있습니다. 분명 다음 상대를 골라보고 있었을 겁니다. 그가 어떤 이름을 사용해왔고, 또 누구에게 연락을 시도했는지를 알아낼 수만 있다면……."

"계속 뒤져보게."

"알겠습니다."

베로니크 발트루스가 서둘러 돌아섰다. 상관인 입장에서 마음은 편치 않았지만 펄머터는 어느새 갈망의 눈길로 그녀의 뒷모습을 지켜보고 있었다. 그리고 그는 곧장 메리언을 떠올렸다.

32

십 분 후, 칼 베스파의 운전사 크램은 학교에서 두 블록 떨어진 지점으로 그레이스를 만나기 위해 나타났다.

크램은 걸어서 도착했다. 그레이스는 그가 어디에 차를 세워두었는지 궁금했다. 넋이 나간 얼굴로 학교 건물을 바라보고 있을 때 그가 그녀의 어깨를 가볍게 두드렸다. 가슴이 철렁 내려앉은 그녀가 몸을 홱 돌렸다. 시야에 들어온 그의 얼굴은 그다지 위안이 되어주지 못했다.

크램이 눈썹을 실룩거렸다.

"전화 주셨죠?"

"여긴 어떻게 오셨죠?"

크램이 고개를 저었다. 자세히 들여다본 그의 얼굴은 그녀의 기억보다 훨씬 섬뜩했다. 그의 피부엔 얽은 자국이 흉하게 나 있었다. 코와 입은 짐승의 주둥이를 연상시켰다. 바다 포식동물의 음흉한 미소도 입가를 떠나지 않았다. 크램은 생각보다 나이가 든 것 같았다. 한 예순 살 정도 되었을까? 하지만 몸은 꽤 단단해 보였다. 광기 어린 그의 두 눈이 왠지 묘한 안정감을 가져다주었다. 언제 무슨 일이 터질지 모르는 심상치 않은 상황을 감안한다면 어쩌면 자연스러운 일이었다.

"숨기는 것 없이 다 말씀해주십시오."

그레이스는 스콧 덩컨을 만났던 일부터 시작해서 슈퍼마켓에서 며칠째 면도를 하지 않은 남자가 했던 말까지 빼놓지 않고 들려주었다. 물론 그가 들고 있던 배트맨 도시락 가방에 대해서도 들려주었다. 크램이 이쑤시개를 질겅질겅 씹어댔다. 그는 가느다란 손가락과 긴 손톱을 가지고 있었다.

"그의 인상착의를 말씀해주십시오."

그녀는 최대한 상세하게 자신이 본 것을 설명했다. 묘사가 끝나자 크램이 이쑤시개를 뱉고 다시 고개를 저었다.

"정말입니까?"

그가 말했다.

"뭐가요?"

"멤버 전용 재킷을 걸치고 있었다는 것 말입니다. 지금이 1986년도 아니고."

그레이스는 웃지 않았다.

"부인께선 안전하십니다. 아이들도 마찬가지고요."

그가 말했다.

그는 그의 말을 믿었다.

"아이들은 언제 끝납니까?"

"3시요."

"그렇군요."

그가 눈을 가늘게 뜨고 학교를 돌아보았다.

"어릴 적에는 여길 무척 싫어했죠."

"이 학교를 나오셨나요?"

크램이 고개를 끄덕였다.

"윌러드 초등학교 졸업생입니다. 1957년."

그녀는 그의 어릴 때의 모습을 머릿속으로 그려보았다. 쉽지 않은 일이었다. 그가 몸을 돌리고 걸음을 옮겨나가기 시작했다.

"잠깐만요."

그녀가 그를 불러세웠다.

"이제 전 어쩌죠?"

"아이들이 나오면 데리고 집으로 돌아가십시오."

"어디 계실 건데요?"

크램이 씨익 웃어 보였다.

"근처에 있을 겁니다."

그리고 그레이스의 시야에서 사라졌다.

그레이스는 울타리 옆에 서서 기다렸다. 학부형들이 하나둘씩 모여들기 시작했다. 그레이스는 팔짱을 낀 채 애써 심각한 표정을 지었다. 그들이 다가오는 것을 애초부터 막기 위해서였다. 가끔 그들과 어울려 수다를 떨기도 했지만 오늘은 그럴 기분이 아니었다.

휴대전화가 울렸다. 그녀가 잽싸게 귀에 가져다 대고 응답했다.

"메시지는 잘 받았겠지?"

나지막한 남자의 음성이었다. 그레이스는 머릿속이 따끔거리는 걸

느꼈다.

"더는 찾지도 말고, 여기저기 캐고 다니지도 마. 사진을 보여주지도 말고. 우리 경고를 무시했다간 에마를 먼저 데려가겠어."

딸깍.

그레이스는 비명을 지르지 않았다. 비명을 지를 정신도 없었다. 그녀가 휴대전화를 귀에서 떼어냈다. 손이 부들부들 떨렸다. 마치 다른 사람의 손 같았다. 손의 떨림은 쉽게 가실 것 같지 않았다. 곧 그녀의 아이들이 나오게 될 터였다. 그녀는 두 손을 주머니에 찔러넣고 애써 미소를 머금었다. 하지만 미소는 떠오르지 않았다. 그녀는 울음을 참기 위해 아랫입술을 깨물었다.

"왜 그래? 무슨 일 있어?"

갑자기 들려온 음성에 그레이스가 깜짝 놀랐다. 코라였다.

"여긴 어쩐 일이야?"

그레이스가 물었다. 의도와는 달리 지나치게 날카롭게 내뱉어졌다.

"어쩐 일이긴. 비키를 데리러 온 거지."

"아버지에게 가 있다고 했잖아."

코라는 알 수 없다는 표정을 지었다.

"어제 하룻밤만이었어. 오늘 아침에 애 아빠가 학교까지 태워다줬고. 맙소사. 대체 왜 그래?"

"지금은 얘기할 수 없어."

코라는 적잖이 당혹스러워했다. 그때 마침 벨이 울렸다. 두 여자가 동시에 학교 쪽으로 몸을 돌렸다. 그레이스는 무슨 생각을 해야 할지 몰랐다. 스콧 덩컨이 코라에 대해 했던 말은 믿지 않았다. 스콧 덩컨은 신뢰할 수 없는 사람이었다. 그러나 코라에게 선불리 입을 열었다가는 의심이 영영 떠나지 않을 수도 있었다.

"그냥 좀 겁이 났을 뿐이야."

코라가 고개를 끄덕였다. 비키가 먼저 나왔다.

"뭐 필요한 게 있으면 언제든……."

"고마워."

코라는 말없이 딸과 함께 멀어졌다. 그레이스는 홀로 서서 쏟아져 나오는 아이들 틈에서 눈에 익은 두 얼굴을 찾아보기 시작했다. 밖으로 나온 에마가 손을 올려 눈부신 햇살을 막았다. 그레이스를 보자 에마의 얼굴에 환한 미소가 떠올랐다. 아이가 손을 흔들어 보였다.

그레이스는 안도의 한숨을 내쉬며 터져나오는 눈물을 억지로 참았다. 그녀의 손가락이 울타리를 꽉 움켜잡았다. 전력으로 달려가 에마를 번쩍 들어 안아주고 싶은 충동을 참기 위해서였다.

그레이스가 에마와 맥스를 데리고 집에 돌아왔을 때 크램이 현관에서 그들을 기다리고 있었다.

에마가 의아한 얼굴로 어머니를 돌아보았다. 그레이스가 입을 열기도 전에 맥스가 현관 앞 계단을 달려 올라갔다. 아이가 목을 길게 뽑아내고 야릇한 표정으로 미소를 짓고 있는 크램을 올려다보았다.

"안녕하세요."

맥스가 크램에게 말했다.

"안녕."

"아저씨가 큰 차를 운전하는 그 아저씨죠?"

맥스가 말했다.

"그래, 맞아."

"큰 차 운전하는 건 좋아요?"

"그럼."

"난 맥스예요."

"아저씬 크램이라고 해."

"이름이 쿨한데요."

"그래. 쿨한 이름이지."

맥스가 주먹을 불끈 쥐고 번쩍 들어 보였다. 두 사람은 하이파이브하듯 주먹을 살짝 부딪쳤다. 그레이스와 에마가 현관 앞으로 다가갔다.

"크램 아저씨는 엄마랑 잘 아는 분이란다. 아저씨가 당분간 엄마를 도와주실 거야."

그레이스가 말했다.

에마는 못마땅한 모양이었다.

"뭘 도와주실 건데요?"

뭔가 마음에 들지 않는 것을 볼 때 지어 보이는 표정이 아이의 얼굴에 떠올랐다. 버릇없는 짓이었지만 그레이스는 그런 반응을 이해할 수 있을 것 같았다. 물론 못마땅해도 따끔하게 야단을 칠 수 있는 상황이 아니었다.

"아빠는 어디 계세요?"

"출장 가셨어."

그레이스가 대답했다.

에마는 더 말을 하지 않았다. 집으로 들어간 에마가 곧바로 계단을 뛰어올라가버렸다.

맥스가 눈을 찡그리며 크램을 올려다보았다.

"뭐 하나 물어봐도 돼요?"

"물론."

크램이 말했다.

"친구들도 아저씨를 크램이라고 부르나요?"

"그래."

"그냥 크램이라고요?"

"응."

그가 눈썹을 살짝 실룩거렸다.

"셰어나 파비오처럼."

"누구요?"

크램이 킥킥 웃었다.

"왜 그렇게 부르죠?"

맥스가 물었다.

"왜 다들 아저씨를 크램이라고 부르는 거냐고?"

"네."

"아저씨 이빨 때문에 그래."

그가 입을 쩍 벌렸다. 그레이스도 용기를 내어 그의 입 안을 들여다보았다. 미치광이 치열 교정 의사가 끔찍한 실험을 해놓은 것 같았다. 그의 치아는 전부 왼쪽으로 쏠려 있었다. 많은 치아가 한쪽에 쌓여 있는 듯해 보였다. 오른쪽 빈 곳은 진한 핑크색으로 물들어 있었다.

"자, 봐. 이래서 크램이라고 부르는 거란다."

그가 말했다.

"와. 쿨한데요."

맥스가 말했다.

"아저씨 이가 왜 이렇게 됐는지 말해줄까?"

그때 그레이스가 불쑥 끼어들었다.

"그러실 필요 없어요."

크램이 그녀를 돌아보았다.

"현명하시네요."

크램. 그녀가 다시 자그마한 그의 이를 들여다보았다. 오히려 틱택'똑딱똑딱'이란 뜻이라고 부르는 것이 더 어울릴 것 같았다.

"맥스, 숙제 없니?"

"아, 엄마."

"들어가서 숙제부터 해."

그녀가 말했다.

맥스가 크램을 다시 올려다보았다.

"크램 아저씨. 나중에 얘기해요."

아이가 말했다.

맥스는 다시 크램과 주먹을 부딪치고 나서 안으로 들어갔다. 그때 전화벨이 울렸다. 그레이스가 발신자를 확인했다. 스콧 덩컨이었다. 그녀는 자동응답기가 응답하도록 내버려두었다. 당장은 오후에 있었던 일을 크램에게 들려주는 것이 중요했다. 그들은 주방으로 들어갔다. 테이블에 두 남자가 앉아 있었다. 그레이스가 멈칫했다. 두 남자는 그녀를 돌아보지도 않았다. 그들은 서로에게 뭔가를 속삭이고 있었다. 크램이 그녀에게 나가서 얘기하자고 손짓했다.

"저 사람들은 누구죠?"

"제 밑에서 일하는 친구들입니다."

"무슨 일을 하는데요?"

"그건 중요한 게 아닙니다."

꽤 신경이 쓰였지만 그녀는 중요한 일을 먼저 해결하기로 했다.

"그에게 전화가 걸려왔어요."

그녀가 말했다.

"제 휴대전화로요."

그녀는 상대가 했던 말을 고스란히 들려주었다. 크램의 표정은 전혀 바뀌지 않았다. 그녀의 보고가 끝나자 그가 담배를 꺼내들었다.

"한 대 피워도 되겠습니까?"

그녀는 괜찮다고 했다.

"집 안에선 피우고 싶지 않았습니다."

그레이스가 주위를 돌아보았다.

"그래서 나오자고 하신 건가요?"

크램은 대답하지 않았다. 그가 담배에 불을 붙이고 길게 한 모금 빨아들인 후 연기를 코로 내뿜었다. 그레이스는 이웃집 정원을 돌아보았다. 아무도 보이지 않았다. 어디선가 개가 짖었다. 헬리콥터를 연상시키는 잔디 깎는 기계의 소음도 들려왔다.

그레이스가 그를 바라보았다.

"사람을 협박해보신 적이 있죠?"

"네."

"그들이 시키는 대로만 하면 모든 게 끝이 날까요? 제가 여기저기 캐고 다니지 않으면 말이에요."

"그럴지도 모르죠."

크램이 마리화나를 피우듯 최대한 길게 담배를 빨았다.

"그들이 왜 부인에게 그런 지시를 했는지 알아내는 게 중요합니다."

"무슨 뜻이죠?"

"분명 부인께서 그들에게 가까이 접근했다는 뜻일 겁니다. 그들의 신경을 거슬리게 한 거죠."

"제가 어떻게요?"

"베스파 씨가 오늘 밤에 부인을 뵙고 싶다고 하셨습니다."

"무슨 일 때문이죠?"

크램이 어깨를 으쓱해 보였다.

그녀가 다시 시선을 돌렸다.

"나쁜 소식이 더 있습니다."

크램이 말했다.

그녀가 그를 향해 몸을 틀었다.

"부인의 서재 말입니다. 집 뒤편에 있는."

"네."

"도청장치가 발견되었습니다. 도청기 하나, 카메라 하나."

"카메라까지요?"

그녀는 믿을 수 없었다.

"우리 집에요?"

"네. 잘 숨겨져 있었습니다. 책꽂이에 꽂힌 책 안에 들어 있었습니다. 유심히 살폈으면 쉽게 찾을 수 있었을 겁니다. 스파이 용품 가게에서 어렵지 않게 구할 수 있죠. 온라인에서 광고하는 걸 본 적이 있을 겁니다. 대개 시계나 화재경보기 같은 곳에 숨겨놓죠."

그레이스는 얼떨떨해졌다.

"누군가가 우릴 감시해왔다는 건가요?"

"그렇습니다."

"누가요?"

"그건 저도 모릅니다. 경찰은 아닐 겁니다. 경찰이라면 이렇게 엉성하게 설치해놓진 않았겠죠. 제 부하들이 집 안 전체를 샅샅이 훑었습니다. 지금까진 그거 외엔 다른 장비가 발견되지 않았습니다."

"언제부터……."

그녀는 상황 파악에 온 신경을 집중했다.

"카메라와 도청기가 언제부터 설치되어 있었던 거죠?"

"그것도 알 수 없습니다. 그래서 부인을 밖으로 모시고 나온 겁니다. 편하게 대화하기 위해서 말입니다. 그동안 많은 일들로 충격받으셨을 텐데, 제가 이 문제에 대해 자세히 말씀드려도 되겠습니까?"

머릿속이 핑핑 돌았지만 그녀는 고개를 끄덕였다.

"좋습니다. 우선 장비들을 말씀드리면, 아주 최첨단 장비들은 아닙니다. 사용 범위도 30미터 정도밖에 되지 않을 겁니다. 만약 실시간 급송이 이루어졌다면 근처에 밴이나 다른 차량이 세워져 있었겠죠. 혹시 집 근처에 밴 따위가 오랫동안 세워져 있는 것을 보지 못하셨습니까?"

"아뇨."

"그럴 줄 알았습니다. 아마 비디오로 녹화가 됐을 겁니다."

"VCR로요?"

"네, 맞습니다."

"30미터 안에서만 도청이 가능하다고 하셨죠?"

"네."

그녀가 다시 주위를 돌아보았다.

"테이프는 얼마나 자주 바꿔 끼워야 하죠?"

"길어야 이십사 시간을 넘지 못했을 겁니다."

"어디쯤 있을지 모르시나요?"

"아직은 모릅니다. 종종 지하실이나 차고에 숨겨두는 경우는 있습니다만. 아마도 그들은 집을 자유로이 드나들었을 겁니다. 그래야 필요할 때 들어와 테이프를 바꿔 끼워놓을 수 있었을 테니까요."

"잠깐만요. 그들이 우리 집을 자유로이 드나들었을 거라고요?"

그가 어깨를 으쓱했다.

"카메라와 도청장치가 나왔으니까요."

그녀의 눈이 다시 분노로 타들어갔다. 그레이스는 이웃집을 돌아보았다. 자유로이 드나들었다고? 그럴 수 있는 사람이 누구지? 그리고 이내 작은 음성이 들려왔다.

코라.

아니야. 그럴 리 없어. 그레이스가 친구의 이름을 머릿속에서 떨쳐냈다.

"이젠 VCR만 찾아내면 되겠군요."

"그렇습니다."

"그런 다음, 조용히 기다리면 되는 거죠? 누가 테이프를 가지러 오는지."

그녀가 말했다.

"뭐 그럴 수도 있겠죠."

크램이 말했다.

"다른 좋은 방법이 있나요?"

"아뇨."

"그럼 그를 미행하면 모든 게 밝혀지겠네요."

"아마도요."

"무슨 문제라도 있나요?"

"위험합니다. 그를 놓칠 수도 있어요."

"그럼 어떻게 하죠?"

"저라면 그를 현장에서 잡아버릴 겁니다. 그리고 단도직입적으로 질문을 던지겠죠."

"만약 그가 대답하길 거부한다면요?"

크램은 여전히 바다의 포식동물 같은 미소를 머금고 있었다. 그의 얼굴을 볼 때마다 소름이 끼쳤지만 조금씩 적응이 되고 있었다. 또한 그녀는 그가 자신에게 겁을 줄 이유가 전혀 없다는 사실을 깨달았다. 그의 섬뜩한 입은 이미 영구적이고, 자연스러운 그의 표정의 일부일 뿐이었다. 바로 그 얼굴에서 풍부한 성량의 음성과 수사적 답변이 흘러나왔다.

그레이스는 이의를 제기하고 싶었다. 문명인답게 이 문제를 법적으로, 그리고 윤리적으로 풀고 싶었다. 하지만 그녀의 입에서 나온 것은 전혀 다른 말이었다.

"그들이 내 딸을 해치겠다고 협박했어요."

"그랬죠."

그녀가 그를 빤히 바라보았다.

"그들의 지시에 따를 순 없어요. 아무리 그러고 싶다 해도. 그냥 모른 척 손을 떼고 지낼 순 없다고요."

그는 아무 말도 하지 않았다.

"선택의 여지는 없죠? 그들에 맞서 싸워야 하는 거죠?"

"다른 방법이 없는 것 같습니다."

"진작부터 알고 계셨죠?"

크램이 고개를 오른쪽으로 돌렸다.

"부인께서도 마찬가지였을 테지요."

그의 휴대전화가 울어댔다. 크램은 휴대전화를 열고 귀에 가져가 댔지만 입은 열지 않았다. 여보세요 같은 한 마디도 없었다. 몇 초 후, 그가 휴대전화를 닫으며 말했다.

"누가 오고 있습니다."

그녀가 방충망 밖을 내다보았다. 포드 토러스 한 대가 멈춰 서는 것이 보였다. 스콧 덩컨이 차에서 내려 다가오고 있었다.

"저 친구를 아십니까?"

크램이 물었다.

"저 사람이 바로 스콧 덩컨이에요."

그녀가 대답했다.

"검찰청 소속이라고 거짓말했던 친구 말씀입니까?"

그레이스가 고개를 끄덕였다.

"아무래도 제가 이 집에 좀더 남아 있어야 할 것 같군요."

크램이 말했다.

그들은 밖에 남아 있었다. 스콧 덩컨이 그레이스 옆으로 다가왔다. 크램은 한쪽으로 물러나 있는 상태였다. 덩컨이 크램을 흘금 돌아보았다.

"이분은 누구시죠?"

"그건 아실 것 없어요."

그레이스가 크램에게 눈짓하자 그가 묵묵히 집 안으로 들어갔다. 이제 그녀와 스콧 덩컨만이 남게 되었다.

"왜 오셨죠?"

그녀가 물었다.

덩컨은 심상치 않은 분위기를 대번에 알아차렸다.

"무슨 일 있었습니까?"

"이렇게 일찍 퇴근하실 줄 몰랐어요. 검찰청 업무가 굉장히 바쁠 줄 알았거든요."

그는 대꾸하지 않았다.

"왜 꿀 먹은 벙어리가 되셨죠, 덩컨 씨?"

"제 사무실에 전화해보셨군요."

그녀가 검지로 자신의 코를 짚었다. 제대로 맞혔다는 뜻이었다.

"오, 잠깐만요. 그게 아니었어요. 전 검찰청에 전화를 걸었지 당신 사무실에 전화를 걸진 않았어요."

"뭔가 오해를 하고 있는 것 같군요."

"정말 오해인가요?"

"처음부터 솔직하게 얘기할 걸 그랬어요."

"지금도 늦지 않았어요."

"제가 했던 얘기는 다 사실이었어요."

"그럼 검찰청 소속이라는 것만 거짓말이었다는 얘긴가요? 아니면, 거짓말은 골드버그 씨가 하고 계신 건가요?"

"해명을 한번 들어보세요."

그의 음성이 조금 날카로워졌다. 그레이스는 계속해보라고 손짓했다.

"제가 했던 말은 모두 사실입니다. 전 검찰청 소속이었어요. 삼 개월 전, 몬티 스캔런이라는 자가 만나자며 절 교도소로 불러들였습니다. 아무도 그 이유를 몰랐죠. 당시 전 정치 부패사건을 전담하는 하급 직원이었습니다. 그자가 왜 날 보자고 했을까? 그가 그 이유를 말해주었습니다."

"그가 당신 누이를 죽였군요."

"맞습니다."

그녀는 그의 설명이 이어지기를 기다렸다. 그들은 현관에 놓여 있는 의자로 다가가 앉았다. 크램은 창가에서 그들을 지켜보고 있었다. 그는 스콧 덩컨에게 시선을 잠시 고정했다가 땅을 내려다보았다. 그러고는 금세 다시 덩컨에게로 시선을 옮겼다.

"저 사람, 눈에 익은 얼굴인데요."

덩컨이 손으로 크램을 가리켰다.

"디즈니월드의 캐리비언 해적 라이드를 탔을 때 봤나? 원래 안대를 끼고 있지 않나요?"

그레이스가 앉은 채로 몸을 살짝 비틀었다.

"왜 거짓말을 했는지나 말해줘요."

덩컨이 갈색 머리를 손으로 쓸어올렸다.

"스캔런이 화재가 사고가 아니었다고 했을 때…… 내가 어떤 기분이었는지 상상도 못할 겁니다. 내 인생 전체가 한순간에……."

그가 마술을 부리듯 손가락을 딱 부딪쳤다.

"그 사실이 한순간에 모든 것을 바꿔놓은 게 아니었어요. 지난 십오 년간의 내 인생이 전부 거짓이었던 거죠. 마치 시간을 거슬러 올라간 누군가가 하나의 사건을 바꾸자 나머지 모든 것이 차례로 변해버리는 느낌이 들었어요. 전 더는 예전의 제가 아닙니다. 비극적인 화재로 누나를 잃었던 사람이 아닌 거죠. 누나는 살해됐고, 누군가는 누나의 한을 풀어줘야 합니다."

"하지만 범인은 이미 수감되어 있잖아요. 그가 자백했다면서요?"

그레이스가 말했다.

덩컨이 미소를 지었지만 그 안엔 기쁨이 담겨 있지 않았다.

"스캔런이 했던 말이 맞았어요. 그는 그저 무기로 쓰였을 뿐이었죠. 총처럼. 전 방아쇠를 당긴 사람을 찾아야 했어요. 그때부터 집착이 시작된 겁니다. 검찰청 업무를 보면서 파트타임으로 살인자를 찾아 헤맸죠. 그러다 보니 직장 업무에 점점 소홀하게 됐고, 결국 쫓겨나게 되었습니다."

그가 고개를 들고 그녀를 보았다.

"왜 진작 제게 얘기해주지 않았나요?"

"그런 얘기로 첫 대면을 하고 싶지 않았습니다. 만나자마자 직장에서 잘렸다는 얘길 하고 싶지 않았어요. 사무실과는 여전히 긴밀하게 연락을 하고 지냅니다. 법집행관 친구들도 많고요. 하지만 지금 제가 하는 모든 것이 다 합법적인 건 아닙니다."

그들의 시선이 잠시 부딪쳤다. 그레이스가 말했다.

"아직까지도 제게 감추고 계신 게 있는 것 같은데요."

그가 머뭇거렸다.

"뭐죠?"

"한 가지 분명히 짚고 넘어갈 게 있어요."

덩컨이 일어나서 다시 갈색 머리를 살짝 쓸어올리고 난 후 몸을 돌렸다.

“우리 둘 다 부인의 남편을 찾고 있습니다. 임시적으로나마 동맹관계가 되었다는 뜻이죠. 물론 각자의 목표는 다를 겁니다. 부인께 거짓말은 하지 않겠습니다. 책을 찾고 나서 밝혀질 진실. 우리 둘 다 그걸 원하고 있는 게 아닌가요?”

“전 그저 남편을 되찾고 싶을 뿐이에요.”

그가 고개를 끄덕였다.

“그래서 제가 각기 다른 목표라고 얘기했던 겁니다. 우리의 동맹관계는 임시적일 수밖에 없는 거죠. 부인께선 남편을 찾고 계시고, 전 누나를 죽인 살인범을 찾고 있습니다.”

그가 다시 진지한 얼굴로 그녀를 보았다. 그녀도 그의 말을 이해할 수 있었다.

“그럼 이제 어쩌죠?”

그레이스가 물었다.

그가 문제의 사진을 꺼냈다. 그의 얼굴에 미소가 살짝 비쳐졌다.

“왜 그러시죠?”

“사진 속 빨강머리의 이름을 알아냈습니다.”

스콧 덩컨이 말했다. 그레이스는 그의 말이 이어지기를 기다렸다.

“실라 램버트. 부인의 남편과 함께 버몬트 대학에 다녔습니다.”

그가 손가락으로 잭을 가리켰다. 그러고 나서 슬그머니 그 오른쪽을 가리켰다.

“셰인 얼워스도 마찬가지고요.”

“그녀는 지금 어디에 살죠?”

“그게 문젭니다. 아무도 모르고 있다는 것.”

그녀가 눈을 감았다. 온몸이 바르르 떨렸다.

"사진을 학교로 보내봤습니다. 은퇴한 학생과장이 그녀의 신원을 확인해주었죠. 곧장 그녀의 뒤를 캐보기 시작했지만 이미 사라져버린 후였습니다. 지난 십 년간 실라 램버트가 존재했다는 흔적이 하나도 남아 있지 않아요. 소득세 기록도 없고, 사회보장번호도 검색되지 않았어요."

"셰인 얼워스와 똑같네요."

"아주 판박이죠."

그레이스는 곰곰이 생각해보았다.

"사진 속엔 다섯 명이 담겨 있어요. 살해된 당신 누이. 행방이 묘연한 셰인 얼워스와 실라 램버트. 외국으로 도피했던, 그리고 현재 실종 상태인 제 남편. 마지막 한 명의 신원만 아직 밝혀지지 않았네요."

덩컨이 고개를 끄덕였다.

"그럼 이젠 뭘 어떻게 해야 하죠?"

"제가 셰인 얼워스의 어머니를 만나봤다고 했던 말 기억하시죠?"

"지리 상식이 전혀 없으신 분 말이죠?"

"그녀를 처음 만나러 갔을 땐 이 사진은 물론이고, 부인의 남편도 전혀 모른다고 했어요. 이젠 이 사진을 보여드려야겠어요. 그러고 나서 그녀의 반응을 지켜봐야겠어요. 저랑 같이 가보는 건 어떤가요?"

"왜요?"

"그냥 그러는 게 나을 것 같아서요. 에벌린 얼워스는 연세가 좀 있으세요. 무척 감정적이시죠. 겁이 많이 나시는 모양입니다. 처음엔 수사원의 입장으로 그녀를 찾아갔었죠. 하지만 부인께서 동행해주시면 의외로 많은 소득을 거둘 수 있을지도 몰라요."

그레이스가 잠시 머뭇거렸다.

"어디에 살고 있죠?"

"베드민스터의 콘도입니다. 차로 삼십 분이면 도착합니다."

크램이 다시 밖으로 나왔다. 스콧 덩컨이 그를 향해 고개를 끄덕였다.

"저 무시무시하게 생긴 사람은 누구죠?"

덩컨이 물었다.

"지금은 좀 곤란할 것 같아요."

"어째서죠?"

"애들 때문이에요. 그냥 애들만 남겨두고 갈 순 없어요."

"그럼 아이들도 데려오세요. 거기 가면 놀이터도 있어요. 우리 볼일도 오래 걸리진 않을 거예요."

크램이 성큼 다가왔다. 그가 그레이스에게 손짓했다.

"잠시 실례할게요."

그녀가 말했다. 그러고는 크램에게로 걸어갔다. 스콧 덩컨은 제자리에 남아 있었다.

"무슨 일이죠?"

그녀가 크램에게 물었다.

"에마가 위층에서 울고 있습니다."

그레이스가 아이 방으로 들어섰을 때 에마는 침대에 엎드려 울고 있었다. 울음소리가 밖으로 새어나가지 않게 하려고 베개로 머리를 덮고 있었다. 에마가 이렇게 구슬프게 운 것은 무척 오랜만의 일이었다. 그레이스가 침대 가장자리에 앉았다. 그녀는 아이의 입에서 무슨 말이 나올지 대충 감을 잡고 있었다. 에마가 울음을 멈추고 아빠가 어디 있는지 물었다. 그레이스는 아빠가 출장 중이라고 대답했다. 에마는 못

믿겠다고 했다. 거짓말하지 말라고. 에마는 진실을 알고 싶다고 했다. 그레이스는 아랑곳하지 않고 아빠는 출장 중이며 곧 돌아올 거라고 반복해서 들려주었다. 아무 걱정하지 말라고. 에마가 고집을 부렸다. 아빠가 어디 있느냐고. 왜 아직 전화가 없느냐고. 언제 돌아올 거냐고. 그레이스는 최대한 그럴 듯하게 둘러댔다. 아빠는 출장으로 런던에 가 있고, 무척 바쁘며, 언제쯤 돌아올지 모른다고 했다. 그리고 연락이 한 번 왔는데 에마가 자고 있어서 바꿔줄 수가 없었다고 했다. 런던은 이곳과 시간대가 다르다는 것까지 일부러 설명해가면서.

과연 에마가 순순히 넘어가줄까?

케이블 TV에 나오는, 지나치게 감상적인 육아 전문가들이 보았다면 분명 혀를 찼을 것이다. 하지만 그레이스는 아이들에게 모든 것을 솔직히 털어놓는 유형의 어머니는 아니었다. 어쨌거나 어머니의 임무는 아이들을 보호하는 것이니까. 에마는 진실을 덤덤하게 받아들이기에는 아직 너무 어렸다. 아이들에게 적절하게 거짓말을 해야 할 때도 있었다. 그건 불가피한 일이다. 옛말에도 있지 않은가. 아이들에겐 사용 설명서가 딸려오지 않는다고. 아이를 키우다보면 즉흥적으로 결단을 내려야 할 때가 많았다.

몇 분 후 그녀는 맥스와 에마에게 외출 준비를 하라고 했다. 두 아이는 게임보이를 각각 챙겨들고는 차의 뒷좌석에 올랐다. 조수석에 오르려는 스콧 덩컨을 크램이 막아섰다.

"왜 그러시죠?"

덩컨이 물었다.

"출발하기 전에 로슨 부인께 드릴 말씀이 있습니다. 잠시 여기서 기다리십시오."

덩컨이 빈정거리며 경례를 붙였다. 크램은 그를 매섭게 노려보고 나서 그레이스를 이끌고 집 안으로 들어갔다. 크램이 문을 닫았다.

"저 친구와 같이 가지 않는 게 좋을 것 같은데요."

"그럴지도 모르죠. 하지만 꼭 가야 해요."

크램이 아랫입술을 잘근 물었다. 여전히 못마땅한 모양이었다.

"손가방 있습니까?"

"네."

"좀 봅시다."

그녀가 손가방을 앞으로 내밀었다. 크램이 허리춤에서 총을 뽑아들었다. 장난감처럼 생긴 작은 권총이었다.

"이건 9구경 글록, 모델 26입니다."

그레이스가 두 손을 내저었다.

"총은 필요 없어요."

"손가방에 넣고 다니십시오. 발목 홀스터에 꽂고 다니셔도 상관없지만 그러려면 긴 바지를 걸치셔야 합니다."

"지금껏 총을 쏴본 적이 한 번도 없어요."

"경험은 중요하지 않습니다. 상대의 가슴 중앙을 겨누고 방아쇠를 당기기만 하면 됩니다. 어려울 건 없어요."

"전 무기를 좋아하지 않아요."

크램이 고개를 저었다.

"왜요?"

"오늘 낮에 누군가가 따님께 협박을 가했다고 하지 않으셨습니까?"

그 말에 그레이스가 움찔했다. 크램이 그녀의 손가방에 총을 넣어주었다. 그녀도 더는 거절하지 않았다.

"얼마나 걸릴 것 같습니까?"

크램이 물었다.

"길어야 두 시간이에요."

"베스파 씨는 7시에 이곳에 오시기로 했습니다. 중요한 일로 부인을 뵈어야 한다고 하셨습니다."

"시간 맞춰 올게요."

"덩컨이라는 친구를 믿을 수 있겠습니까?"

"모르겠어요. 하지만 별일은 없을 거예요."

크램이 고개를 끄덕였다.

"혹시 모르니 만일의 경우에 대비해두는 게 좋겠습니다."

"어떻게요?"

크램은 아무 말도 하지 않았다. 그가 다시 그레이스를 이끌고 밖으로 나왔다. 스콧 덩컨은 휴대전화로 누군가와 통화 중이었다. 덩컨과 눈이 마주친 그레이스는 왠지 불길한 기분에 휩싸였다. 시선이 마주치는 순간 그가 황급히 전화를 끊었기 때문이었다.

"무슨 일이죠?"

스콧 덩컨이 아무것도 아니라는 듯 고개를 저었다.

"출발하죠."

크램이 그의 앞으로 성큼 다가섰다. 덩컨도 물러서진 않았지만 살짝 움찔하는 기색이었다. 크램이 손을 앞으로 내밀고는 손가락을 까딱거렸다.

"지갑 좀 봅시다."

"네?"

"같은 말 두 번 반복하게 하지 마세요."

스콧 덩컨이 그레이스를 돌아보았다. 그녀가 고개를 끄덕였다. 크램은 여전히 손가락을 까딱거리고 있었다. 덩컨이 지갑을 꺼내 크램에게 넘겼다. 크램이 지갑의 내용물을 뒤적이며 뭔가를 받아 적기 시작했다.

"뭐 하시는 겁니까?"

덩컨이 물었다.

"당신이 자리를 비우는 동안 당신에 대해 모든 것을 알아보려는 겁니다, 덩컨 씨."

그가 고개를 들고 덩컨을 올려다보았다.

"만약 로슨 부인이 당신으로 인해 어떤 식으로든 피해를 입으신다면 거기에 상응하는 대가를 치르게 될 겁니다. 알겠습니까?"

덩컨이 다시 그레이스를 돌아보았다.

"대체 이 사람 누굽니까?"

그레이스는 이미 차 앞으로 다가서고 있었다.

"아무 일 없을 거예요, 크램."

크램이 어깨를 으쓱해 보였다. 그러고는 덩컨에게 지갑을 돌려주었다.

"잘 다녀오십시오."

차를 몰고 나온 지 처음 오 분 동안은 아무도 입을 열지 않았다. 맥스와 에마는 헤드폰을 귀에 꽂고 게임에 열중하고 있었다. 그레이스는 얼마 전 아이들에게 헤드폰을 사주었다. 이 분에 한 번씩 터져나오는 삐삐 소리와 루이지가 "맘마미아!"라고 외치는 소리에 머리가 핑핑 돌았기 때문이었다. 스콧 덩컨은 두 손을 무릎에 얹은 자세로 조수석에 앉아 있었다.

"누구랑 통화하셨어요?"

그레이스가 물었다.

"검시관이었어요."

그레이스는 그의 설명이 이어지기를 기다렸다.

"누나의 시신을 다시 파냈다는 거 얘기했죠?"

그가 말했다.

"네."

"경찰은 그럴 필요성을 전혀 느끼지 못했습니다. 쓸데없이 돈만 많이 든다고 했죠. 물론 저도 그들의 입장은 이해합니다. 그래서 제 돈을 들여서 하게 됐습니다. 친분이 있는 검시관이 있어서 부검을 부탁했죠."

"그럼 아까 그와 통화를 하고 계셨던 건가요?"

"그가 아니라, 그녀입니다. 샐리 리."

"그래서요?"

"지금 당장 절 봐야 한다고 하더군요."

덩컨이 그녀의 너머를 바라보았다.

"리빙스턴에 그녀의 사무실이 있어요. 오는 길에 잠깐 들러도 되겠죠."

그가 다시 고개를 돌렸다.

"괜찮으시다면 같이 가시죠."

"시체 검시소에요?"

"아뇨. 샐리는 세인트 바나바 병원에서 부검을 합니다. 사무실에선 문서 업무만을 보죠. 아이들은 대기실에 잠시 앉혀두면 될 거예요."

그레이스는 대꾸하지 않았다.

베드민스터 콘도는 특별할 것이 없어 보였다. 일반적으로 모든 아파트가 그렇듯. 옅은 갈색의 조립식 알루미늄 벽널이 둘러진 3층짜리 건물로 지하 주차장을 갖추고 있었고, 앞뒤 좌우로 똑같이 생긴 건물들이 우뚝 서 있었다. 단지의 규모는 굉장했다. 꼭 카키색 바다가 넓게 펼쳐져 있는 것처럼 보였다.

콘도까지 이르는 길은 그레이스에게 꽤 익숙했다. 잭은 매일 아침 같은 길로 출근했다. 게다가 그들은 한때 이곳 콘도로 이사할 생각을 한 적도 있었다. 잭과 그레이스는 손재주가 별로 없었고, 케이블 TV에서 방송하는 집수리 프로그램을 좋아하지도 않았다. 그런 점에서 콘도는 무척 매력적이었다. 매달 방세만 내면 지붕이나 증축, 조경 따위엔 신경 쓰지 않아도 되었다. 테니스 코트와 수영장이 갖춰져 있었고, 아이들이 뛰어놀 수 있는 놀이터도 있었다. 하지만 그들은 콘도 생활의 갑갑함을 견뎌낼 자신이 없었다. 교외조차도 단조로움으로 물든 세상이 되었으니 그들의 갈등은 당연한 것이었다.

차가 완전히 멈춰 서기도 전에 맥스가 복잡한 놀이기구들이 널린 놀이터를 발견했다. 놀이터는 화려한 색으로 칠해져 있었다. 차가 멈추자 맥스는 그네를 향해 냅다 달려갔다. 하지만 에마는 별 관심이 없는 듯 계속해서 게임에만 열중했다. 그레이스는 차 안에서만 게임보이를 가지고 놀도록 단단히 일러두었지만 그 문제로 아이와 승강이를 벌일 정신이 없었다.

그레이스가 햇살을 가리기 위해 눈언저리에 손을 얹고 차에서 내렸다.

"아이들을 이렇게 내버려두고 들어갈 수 없어요."

"얼워스 부인은 바로 저기에 살고 있습니다."

덩컨이 말했다.

"문간에 서서 아이들을 지켜보면 돼요."

그들이 1층 콘도의 문 앞으로 다가갔다. 놀이터는 조용했다. 바람도 거의 불지 않았다. 그레이스가 심호흡을 하며 깎은 지 얼마 되지 않은 잔디 냄새를 맡았다. 그레이스와 덩컨이 나란히 문 앞에 섰다. 그가 벨을 눌렀다. 그레이스는 꼭 여호와의 증인이라도 된 듯한 묘한 기분을 느꼈다.

옛 디즈니 만화영화에 나오는 마녀 캐릭터처럼 날카로운 음성이 들려왔다.

"누구세요?"

"얼워스 부인?"

다시 날카로운 음성이 새어나왔다.

"누구냐니까요?"

"얼워스 부인, 스콧 덩컨입니다."

"누구요?"

"스콧 덩컨이요. 몇 주 전에 부인과 얘길 나누다 갔었죠. 아드님, 셰인에 대해서요."

"당장 돌아가요. 더 할 얘기 없어요."

그레이스는 그녀의 말에서 보스턴 악센트를 느낄 수 있었다.

"부인의 도움이 필요합니다."

"난 아는 게 없어요. 그냥 돌아가요."

"부탁입니다, 얼워스 부인. 아드님에 대해 긴히 드릴 말씀이 있습니다."

"말했잖아요. 셰인은 멕시코에 살고 있어요. 착한 아이예요. 가난한 사람들을 위해 봉사하며 살고 있어요."

"그의 옛 친구들에 대해 몇 가지 여쭐 게 있습니다."

스콧 덩컨이 그레이스를 돌아보며 고개를 끄덕였다. 무슨 말이라도 해보라는 뜻이었다.

"얼워스 부인."

그레이스가 입을 열었다.

"누구시죠?"

"전 그레이스 로슨이라고 합니다. 제 남편이 아드님을 알고 지냈던 것 같아요."

잠시 침묵이 흘렀다. 그레이스가 문에서 돌아서서 맥스와 에마를 바라보았다. 맥스는 나선형 미끄럼틀에서 놀고 있었고, 에마는 다리를 꼬고 앉아 게임에 열중하고 있었다.

문틈으로 날카로운 음성이 물었다.

"남편이 누군데요?"

"잭 로슨."

무응답.

"얼워스 부인?"

"난 그런 사람 몰라요."

"부인께 보여드렸으면 하는 사진이 있습니다."

스콧 덩컨이 말했다.

그제야 문이 스르르 열렸다. 얼워스 부인은 피그스 만 침공 당시에 만들어진 듯한 실내복을 걸치고 있었다. 칠십대로 보이는 그녀는 몸집이 컸다. 항상 포근하게 안아주는 넉넉한 숙모 같은 분위기였다. 어릴 적엔 싫어도 나이가 들면 그리워지는 그런 따뜻한 품. 온몸엔 소시지 껍질을 연상시키는 정맥이 흉하게 튀어나와 있었다. 쇠줄에 걸린 돋보기가 그녀의 풍만한 가슴 위에서 대롱대롱 흔들렸다. 그리고 몸에서 담배 냄새가 풍겨나왔다.

"나도 바쁜 사람이에요. 그 사진이나 빨리 보여줘요."

그녀가 말했다.

스콧 덩컨이 그녀에게 사진을 건넸다.

그녀는 한동안 말이 없었다.

"얼워스 부인?"

"왜 얼굴에 엑스 표시가 되어 있죠?"

그녀가 물었다.

"그건 제 누이입니다."

덩컨이 말했다.

그녀가 그를 흘끔 바라보았다.

"내겐 수사관이라고 했잖아요."

"수사관 맞습니다. 제 누이가 살해됐어요. 누이 이름은 제리 덩컨이었습니다."

얼워스 부인의 얼굴이 하얗게 질렸고, 입술이 바르르 떨리기 시작했다.

"죽었다고요?"

"살해됐습니다. 십오 년 전에. 제 누이를 기억하십니까?"

그녀는 잠시 난감해하다가 그레이스를 향해 몸을 살짝 틀었다.

"아까부터 뭘 계속 보고 있는 거죠?"

그레이스는 몸을 돌리고 맥스와 에마를 바라보고 있었다.

"제 아이들을 보고 있어요."

그녀가 놀이터를 향해 손짓했다. 얼워스 부인의 시선이 놀이터 쪽으로 돌아갔다. 그녀의 몸은 조금 경직되어 있었다. 얼굴엔 혼란스럽다는 표정이 떠올랐다.

“제 누이를 아셨나요?”

덩컨이 물었다.

“이게 나랑 무슨 상관이 있다는 거죠?”

그의 음성이 단호해졌다.

“아시는지 모르시는지만 말씀해주십시오.”

“기억이 안 나요. 너무 오래전 일이라.”

“부인의 아드님께서 제 누이와 사귀었습니다.”

“그 녀석은 많은 여자애들을 만나고 다녔어요. 셰인은 형 폴과 마찬가지로 미남이었어요. 폴은 미주리에서 심리학자로 일하고 있어요. 나한테 와서 이러지 말고 폴에게 가봐요.”

“기억을 더듬어보세요.”

스콧의 언성이 조금 높아졌다.

“제 누이가 살해됐다니까요.”

그가 사진 속의 셰인 얼워스를 손가락으로 가리켰다.

“이 사람이 바로 아드님이시죠? 안 그런가요, 얼워스 부인?”

그녀가 한동안 사진을 들여다보다가 고개를 끄덕였다.

“아드님은 지금 어디 있습니까?”

“얘기했잖아요. 셰인은 멕시코에 살고 있어요. 가난한 사람들을 돕고 있다고요.”

“마지막으로 아드님과 통화하신 게 언제였나요?”

“지난주였어요.”

"그가 전화를 걸어왔나요?"

"그래요."

"어디로요?"

"어디로라뇨?"

"셰인이 이곳으로 전화를 걸어왔나요?"

"물론이죠. 그럼 어디로 전화를 했겠어요?"

스콧 덩컨이 그녀 앞으로 한 걸음 다가가 섰다.

"부인의 통화 기록을 살펴봤습니다, 얼워스 부인. 지난 일 년간 부인은 국제전화를 걸거나 받지 않으셨습니다."

"셰인은 전화카드로 연락해왔어요."

그녀가 재빨리 말했다.

"전화회사가 그걸 짚어내지 못한 모양이죠. 난 모르겠어요."

덩컨이 한 걸음 더 가까이 다가섰다.

"제 말 잘 들으세요, 얼워스 부인. 똑똑히 들으셔야 합니다. 제 누이가 죽었어요. 부인의 아드님은 흔적도 없이 사라진 상태입니다. 그리고 여기 이 사람……."

그가 사진 속의 잭을 가리켰다.

"이분의 남편 잭 로슨도 실종됐습니다. 여기 이 여자는……."

그가 멍한 눈의 빨강머리 여자를 가리켰다.

"이름이 실라 램버트입니다. 그녀 역시 지난 십 년간 존재했던 흔적을 찾을 수 없습니다."

"그게 나랑 무슨 상관이죠?"

얼워스 부인이 말했다.

"사진 속의 다섯 명 중 우리가 신원을 확인한 사람은 네 명뿐입니다. 그들 모두 이렇게 저렇게 사라져버렸죠. 한 명은 살해된 게 분명하고요. 나머지 네 명도 비슷한 운명을 맞게 될 겁니다."

"말했잖아요. 셰인은……."

"거짓말 마십시오, 얼워스 부인. 아드님은 버몬트 대학을 졸업했습니다. 잭 로슨과 실라 램버트도 같은 대학을 나왔죠. 그들은 친구였을 겁니다. 그는 제 누이와 연인 사이였습니다. 그건 저도, 부인도 잘 알고 있는 사실입니다. 그들에게 무슨 일이 있었던 겁니까? 지금 아드님은 어디 있습니까?"

그레이스가 스콧의 팔뚝에 손을 살며시 얹었다. 얼워스 부인은 다시 놀이터에서 놀고 있는 아이들을 바라보았다. 그녀의 아랫입술이 바르르 흔들렸고, 피부는 회색으로 질려 있었다. 그녀의 양 볼을 타고 눈물이 흘러내렸다. 그녀는 넋을 놓고 있었다. 그레이스가 그녀의 시야로 들어서기 위해 앞으로 조금 다가섰다.

"얼워스 부인."

그녀가 나지막이 말했다.

"난 늙었어요."

그레이스는 그녀의 말이 이어지기를 기다렸다.

"당신들에겐 더 해줄 말이 없어요."

"전 남편을 찾고 싶을 뿐이에요."

그레이스가 말했다. 얼워스 부인의 시선은 여전히 놀이터에 가 있었다.

"저 아이들의 아버지를 찾고 싶을 뿐이라고요."

"셰인은 착한 아이예요. 불쌍한 사람들을 돕고 있어요."

"그에게 무슨 일이 있었죠?"

그레이스가 물었다.

"날 그냥 내버려둬요."

그레이스는 그녀의 시선을 낚아채려 애썼지만 눈은 이미 초점을 잃은 상태였다.

"이분의 누이……."

그레이스가 덩컨을 가리켰다.

"제 남편, 그리고 부인의 아드님. 그들에게 일어났던 일이 우리 모두에게 영향을 끼쳤어요. 우린 그저 돕고 싶을 뿐이에요."

하지만 얼워스 부인은 고개를 저으며 돌아섰다.

"내 아들은 당신들 도움이 필요하지 않아요. 이젠 제발 돌아가요."

그녀가 집 안으로 들어가 문을 닫았다.

33

차로 돌아왔을 때 그레이스가 말했다.

"얼워스 부인의 통화기록을 살펴봤다고 했죠?"

덩컨이 고개를 끄덕였다.

"그냥 해본 소리였어요."

아이들은 헤드폰을 귀에 꽂고 게임에 열중하고 있었다. 스콧 덩컨이 검시관에게 전화를 걸었다. 그녀는 통화가 끝날 때까지 기다렸다.

그레이스가 말했다.

"점점 퍼즐이 풀려가고 있는 것 같네요. 안 그래요?"

"그런 것 같아요."

"어쩌면 얼워스 부인이 진실을 말하고 있는지도 몰라요. 딱 거기까지가 그녀가 아는 것일 수도 있어요."

"어떻게 그런 생각을 하게 됐죠?"

그가 물었다.

"오래전에 뭔가 큰일이 벌어졌어요. 잭은 외국으로 도망을 쳤죠. 셰인 얼워스와 실라 램버트도 그런 것일 수도 있어요. 어떤 이유에서인지 당신의 누이는 도망치지 않았고, 결국 살해되고 만 것이죠."

그는 대꾸가 없었다. 그의 눈가가 촉촉하게 젖어들었다. 입술의 끝부분도 가볍게 떨리고 있었다.

"스콧?"

"누나가 전화를 했었어요. 화재가 나기 이틀 전이었어요."

그레이스는 말없이 그의 말이 이어지기를 기다렸다.

"그때 전 막 집을 나서려던 참이었죠. 이건 알아둬야 해요. 제리는 괴짜였어요. 몹시 감상적이었죠. 뭔가 중요한 할 얘기가 있다고 했는데 전 별로 급한 일이 아닐 거라고 생각했어요. 새로운 취미에 대해 들려주려는 것이라고 생각했죠. 방향요법, 새로 결성한 록밴드, 식각 판화 뭐 그런 것들 말이에요. 전 나중에 전화하겠다고 말하고는 그냥 끊어버렸죠."

그가 잠시 말을 멈추고 어깨를 으쓱해 보였다.

"하지만 누나에게 전화를 걸어주기로 했던 약속을 까맣게 잊고 말았습니다."

그레이스는 무슨 말이라도 해주고 싶었지만 입이 열리지 않았다. 위로의 한마디가 오히려 역효과를 불러올 수도 있을 것 같았다. 그녀가 핸들을 잡고 백미러를 들여다보았다. 에마와 맥스는 고개를 숙인 채 작은 콘솔의 버튼을 열심히 눌러대고 있었다. 그녀는 가슴속에서 뭔가 솟구쳐 오르는 느낌을 받았다. 일상 속의 행복.

"검시관 사무실에 잠깐 들렀다 가도 되겠습니까?"

덩컨이 물었다.

그레이스는 잠시 머뭇거렸다.

"2킬로미터쯤 되는 곳이에요. 다음 신호등에서 우회전하면 됩니다."

기왕 여기까지 온 거. 그녀는 그의 안내를 받으며 차를 몰았다. 일 분쯤 지났을 때 그가 손으로 정면을 가리켰다.

"저기 모퉁이에 보이는 건물입니다."

건물엔 치과의사와 치열 교정 의사들이 유독 많았다. 문을 열자 소독제 냄새가 확 풍겨나왔다. 그레이스는 입 안을 헹구고 물을 뱉으라는 치과의사의 지시가 귓전에 들리는 듯했다. 2층에는 레이저 투데이라는 안과가 있었다. 덩컨이 안내판에 '샐리 리, MD.'라고 적힌 부분을 가리켰다. 그녀의 사무실은 1층에 있었다.

접수원은 보이지 않았다. 그들이 사무실로 들어서자 문에서 벨소리가 울렸다. 실내는 수수하게 꾸며져 있었다. 가구라고는 낡은 소파 두 개와 깜빡거리는 램프가 전부였다. 중고 염가 판매장에 내놓아도 별 주목을 받지 못할 만한 것들이었다. 병원 장비 카탈로그가 달랑 한 권 놓여 있을 뿐이었다.

사십대 중반으로 보이는 동양인 여자가 안쪽 사무실 문밖으로 지친 얼굴을 불쑥 내밀었다.

"안녕, 스콧."

"안녕, 샐리."

"같이 오신 분은 누구시죠?"

"그레이스 로슨입니다. 절 도와주고 계시죠."

그가 대답했다.

"그렇군요. 잠시만 기다려요."

샐리가 말했다.

그레이스는 아이들에게 조용히 게임을 하고 있으라고 일러두었다. 비디오 게임의 위험성은 그것들이 세상을 완전히 닫아버릴 수 있다는 데 있었다. 물론 그것은 비디오 게임의 장점이기도 했다.

샐리 리가 안쪽 사무실 문을 열었다.

"들어오세요."

그녀는 하이힐에 깨끗한 가운 차림이었다. 가슴주머니엔 말보로 담배 한 갑이 꽂혀 있었다. 사무실은 꼭 허리케인이 한 차례 휩쓸고 지나간 듯해 보였다. 문서들이 사방에 널려 있었다. 그것들이 책상과 책꽂이에서 폭포처럼 쏟아지고 있는 것처럼 보였다. 낡은 금속 책상은 폐교에서 몰래 가져온 것 같았다. 책상 위에는 사진 따위의 개인적인 물건들은 보이지 않았다. 그저 중앙에 커다란 재떨이 하나가 덩그러니 놓여 있을 뿐이었다. 많은 잡지들도 사방에 수북이 쌓여 있었다. 이미 와르르 무너져내린 탑도 보였다. 샐리 리는 손님이 왔다고 일부러 정리하느라 부산을 떨진 않았다. 그녀가 책상 뒤 의자에 털썩 주저앉았다.

"그것들은 땅에 내려놓고 편히 앉으세요."

그레이스와 스콧 덩컨은 의자에 쌓여 있는 문서들을 치우고 앉았다. 샐리 리가 두 손을 포갠 채 무릎에 얹었다.

"스콧, 당신도 알다시피 난 사무실 정리를 잘하지 않아요."

"압니다."

"다행히 환자들도 불평하지 않더군요."

그녀가 피식 웃었다. 그레이스와 덩컨은 따라 웃지 않았다.

"이젠 내가 왜 아직까지 남자친구가 없는지 알겠죠?"

샐리 리가 돋보기를 집어들고 파일을 훑어나가기 시작했다.

"지저분한 사람들이 원래 더 정리가 잘되어 있다고들 하죠. 난잡해 보이지만 어디에 뭐가 있는지 다 안다는 사람들도 있고요. 하지만 그런 말은 믿지 마세요. 난 도무지 어디에 뭐가 틀어박혀 있는지 모르겠거든요. 잠깐, 여기 있군요."

샐리 리가 마닐라 서류철을 꺼내들었다.

"제 누이의 부검 결과입니까?"

덩컨이 물었다.

"네."

그녀가 서류철을 그의 앞으로 밀어냈다. 그가 서류철을 열었다. 그레이스는 그의 옆으로 몸을 살짝 가져갔다. 문서의 맨 윗부분엔 '덩컨, 제리'라고 적혀 있었다. 사진도 붙어 있었다. 테이블에 누워 있는 갈색 해골의 이미지가 그레이스의 눈에 들어왔다. 마치 누군가의 사생활을 침해라도 한 듯 그녀가 고개를 홱 돌렸다.

샐리 리가 두 발을 책상 위에 올리고 두 손을 머리 뒤로 가져갔다.

"스콧, 현대 병리학의 놀라운 발전에 대해 장황한 설명을 듣고 싶나요, 아니면 결론만 짧게 말할까요?"

"장황한 설명은 피했으면 하는데요."

"숨졌을 당시 당신 누이는 임신 중이었어요."

덩컨의 몸이 움찔했다. 마치 소떼를 부릴 때 쓰는 막대로 한 대 얻어맞기라도 한 듯. 그레이스는 꿈쩍도 하지 않았다.

"임신한 지 얼마나 되었는지는 정확히 알 수 없지만 분명한 건 사오 개월이 넘지 않았다는 거예요."

"이해할 수 없군요."

스콧이 말했다.

"처음 부검했을 땐 그런 얘기가 없었는데요."

샐리 리가 고개를 끄덕였다.

"그랬을 거예요."

"왜 그땐 몰랐던 거죠?"

"내 추측으로는 아마 그때도 알고 있었을 거예요."

"하지만 난 지금까지……."

"어떻게 알 수 있었겠어요? 그때 당신은 법과 대학원에 다니고 있었잖아요. 당신 부모님껜 아마 언급했을 거예요. 남동생에까진 굳이 알려줄 필요가 없었겠죠. 게다가 그녀의 임신 사실은 사인과는 아무런 상관이 없었어요. 그녀는 기숙사 화재로 죽었으니까. 아마 별로 중요하지 않다고 생각해서 얘기를 안 해준 것인지도 몰라요."

스콧 덩컨은 그저 멍한 얼굴로 앉아 있을 뿐이었다. 그가 그레이스를 돌아보았다가 다시 샐리 리에게 시선을 돌렸다.

"태아의 DNA를 뽑아낼 수 있나요?"

"아마 가능할 거예요. 그런데 왜요?"

"친부 확인 검사는 얼마나 걸리나요?"

그레이스는 그 질문을 예상하고 있었다.

"육 주 정도 걸려요."

"더 앞당길 수는 없나요?"

"거부 반응을 일찍 얻을 수도 있어요. 테스트 대상을 차례로 제해 나가는 거죠. 물론 장담은 할 수 없지만."

스콧이 그레이스를 돌아보았다. 그녀는 그가 무슨 생각을 하고 있는지 알아차릴 수 있었다.

"제리가 셰인 얼워스와 사귀었다고 했죠?"

"사진을 봤잖아요."

그녀도 분명히 봤다. 제리가 잭을 바라보고 있는 모습. 그녀는 카메라가 자신을 겨누고 있다는 사실조차 모르고 있었다. 그들은 한창 포즈를 잡고 있었다. 어쨌든 카메라가 포착한 제리 덩컨의 표정은 누가 봐도 우정을 훌쩍 뛰어넘는 감정을 담고 있었다.

"그럼 테스트를 해봐요."

그레이스가 말했다.

34

마이크의 눈이 퍼덕거리며 떠졌을 때 샬레인은 그의 손을 꼭 잡고 있었다.

그녀가 큰 소리로 의사를 불렀다. 그의 상태를 살펴본 의사는 "좋은 신호"라는 당연한 말을 해주었다. 마이크는 굉장한 통증에 시달리고 있었다. 의사는 그에게 모르핀을 주입했다. 마이크는 다시 잠에 빠져들고 싶지 않다고 했다. 그가 인상을 쓰며 이를 악물었다. 샬레인은 그의 곁을 떠나지 않고 그의 손을 잡아주었다. 통증이 심해질 때면 그의 손에 힘이 잔뜩 들어갔다.

"집에 돌아가. 아이들을 봐야 하잖아."

마이크가 말했다.

그녀는 힘들어하는 그에게 말을 하지 말라고 했다.

"좀 쉬어요."

"여기서 당신이 할 수 있는 일은 없어. 어서 집으로 돌아가."

"쉬."

마이크가 서서히 잠에 빠져들기 시작했다. 그녀는 남편을 계속 지켜보았다. 그녀는 밴더빌트 시절을 떠올렸다. 순간 많은 감정이 물밀 듯 밀려들었다. 물론 사랑과 애정은 변함이 없었다. 하지만 그의 손을 꽉 붙잡고 애틋한 감정을 느끼고 있는 이 순간에도 샬레인을 두렵게 하는 건 바로 그런 감정이 오랫동안 지속하지 못할 거라는 확신이었다. 오랫동안 멀리했던 신을 다시 찾기도 했지만 그런 건 전혀 도움이 되지 못했다. 그것이 가장 끔찍했다. 이런 상황 속에서도 샬레인은 그런 감정이 서서히 사그라질 것이 걱정되었다. 그리고 그런 생각에 사로잡힌 자신이 증오스러웠다.

삼 년 전, 샬레인은 이스트 러더퍼드의 콘티넨털 경기장에서 열린 자기 수양 대집회에 참석했다. 연설자는 굉장히 정력적이었다. 샬레인은 그가 무척 마음에 들었다. 그가 광고하는 모든 테이프를 구입했다. 그리고 테이프에서 그가 시키는 대로 따라했다. 목표를 세우고, 실천에 전념하고, 스스로 원하는 것을 알아내고, 시야를 넓히고, 목표 달성을 위해 가장 먼저 필요한 일들을 재구성했다. 그녀는 자신의 인생이 조금씩 변해가는 것을 느꼈다. 하지만 문제는 그 변화가 오래 지속하지 않을 거라는 사실이었다. 눈에 보이는 것은 그저 일시적인 변화일 뿐이었다. 새로운 섭생법, 운동 프로그램, 다이어트. 그런 것들과 다를 게 하나도 없었다.

그 무엇도 그녀에게 해피엔딩을 가져다주지 않았다.

병실문이 열렸다.

"남편께서 의식을 되찾으셨다고요?"

펄머터 경감이었다.

"네."

"남편분과 몇 마디 나눠볼까 해서 왔는데요."

"조금 더 기다리셔야 해요."

펄머터가 다시 한 걸음 다가왔다.

"아이들은 여전히 친척집에 가 있는 모양이죠?"

"그가 아이들을 학교에 데려다주었대요. 우린 아이들이 우리 문제로 걱정하는 것을 바라지 않아요."

펄머터가 그녀 옆으로 바짝 다가왔다. 그녀는 여전히 마이크를 보고 있었다.

"뭐 알아내신 거라도 있나요?"

그녀가 물었다.

"남편분을 쏜 사람의 신원을 밝혀냈습니다. 이름은 에릭 우. 들어보신 적이 있나요?"

그녀가 고개를 저었다.

"그걸 어떻게 알아내셨죠?"

"그의 지문이 사이크스 씨 집에서 나왔습니다."

"전과가 있는 사람인가요?"

"네. 현재 감찰을 받고 있는 중이죠."

"무슨 죄로 형을 살았나요?"

"폭행 구타로 유죄 판결을 받았습니다. 그뿐 아니라 많은 범죄를 저지르고 다녔죠."

그녀는 전혀 놀라지 않았다.

"끔찍한 범죄였나요?"

펄머터가 고개를 끄덕였다.

"한 가지 여쭤봐도 되겠습니까?"

그녀가 어깨를 으쓱했다.

"잭 로슨이라는 이름을 들어보신 적 있습니까?"

샬레인이 미간을 찌푸렸다.

"혹시 그가 윌러드 초등학교에 다니는 남매를 두고 있나요?"

"네."

"개인적으로 알진 못해요. 제 아들 클레이도 윌러드 초등학교에 다니고 있어요. 방과 후 아이를 데리러 갈 때 그의 아내를 몇 번 본 적이 있어요."

"그러니까 그레이스 로슨 씨를 본 적이 있으시다는 거죠?"

"네. 굉장히 미인이죠. 아마 에마라는 딸이 있을 거예요. 클레이보다 한두 살 어린."

"그녀를 잘 알고 계시나요?"

"아뇨. 학교 음악회 때나 잠깐 봤을 뿐이에요. 그런데 왜 그러시죠?"

"아마 별일 아닐 겁니다."

샬레인의 표정이 일그러졌다.

"그냥 무작위로 그녀의 이름을 건져낸 건가요?"

"이른 추측일 뿐입니다."

그가 슬그머니 넘어가려 했다.

"부인께 감사의 인사도 드리고 싶습니다."

"무슨 일로요?"

"사이크스 씨와 얘길 해주신 거."

"많은 걸 알아내진 못했잖아요."

"우가 알 싱어라는 이름으로 활동해왔다는 사실을 알려주었습니다."

"그래서요?"

"우리 컴퓨터 기술자가 그 이름을 사이크스의 컴퓨터에서 찾아냈습니다. 알 싱어. 우는 그 가명으로 온라인 데이트 서비스에서 활동했습니다. 프레디 사이크스도 그렇게 만났던 거죠."

"그가 알 싱어라는 이름을 썼다고요?"

"네."

"그럼 게이 데이트 서비스였겠군요."

"양성애자들을 대상으로 한 서비스였죠."

샬레인이 고개를 가로저었다. 하마터면 웃음을 터뜨릴 뻔했다. 그랬었군. 그녀가 펄머터를 돌아보았다. 웃기는커녕 그는 돌처럼 굳은 표정을 짓고 있었다. 두 사람은 다시 마이크에게로 시선을 돌렸다. 마이크가 몸을 움찔했다. 그가 눈을 뜨고 그녀에게 미소를 지어 보였다. 샬레인도 미소로 화답하며 그의 머리를 쓸어넘겨주었다. 그는 다시 깊은 잠으로 빠져들었다.

"펄머터 경감님?"

"네."

"이제 그만 나가주세요."

그녀가 말했다.

35

칼 베스파를 기다리는 동안 그레이스는 침실을 샅샅이 뒤져보았다. 잭은 훌륭한 남편이자 훌륭한 아버지였다. 그는 똑똑하고 유머 감각이 있고 다정스럽고 친절하며 헌신적이었다. 하지만 신은 그에게 정리 기술까지 안겨주지는 않았다. 한마디로 그는 인간 굼벵이였다. 아무리 잔소리를 해도 소용없었다. 언제부터인가 그녀는 그냥 포기하고 살게 되었다. 그걸 양보하면 가족이 더 화목하게 지낼 수 있을 것 같았다.

그레이스는 이제 잭에게 침대 옆에 쌓아둔 잡지를 치우라고 잔소리하지 않았다. 샤워를 마친 후에도 젖은 타월은 절대 제자리에 걸리지 않았다. 옷도 아무렇게나 벗어놓았다. 빨래 바구니엔 아직까지 티셔츠 한 장이 삐죽 튀어나와 있었다. 마치 탈출하려다 총을 맞고 숨을 거둔 것처럼.

그레이스는 잠시 티셔츠를 내려다보았다. 후부 로고가 선명하게 찍힌 초록색 티셔츠로 한때 대단히 유행했던 브랜드였다. 잭은 T. J. 맥스라는 의류 할인점에서 6달러 99센트를 주고 티셔츠를 구입했다. 그는 항상 지나치게 헐렁한 반바지에 그 셔츠를 걸치고 다녔다. 그리고 거울 앞에 서서 래퍼들처럼 자신의 몸을 감싸안는 포즈를 취하곤 했다.

"뭐 하는 거예요?"

그때 그레이스가 물었다.

"이게 바로 갱스터 포즈야. 요, 어때?"

"발작 억제제가 필요해 보이는데요."

"멋있어, 요. 정말로 값비싸 보여, 요."

그가 힙합식으로 말했다.

"에마를 크리스티나네 집으로 태워다줘야 해요."

"그렇지 않아? 이봐, 정말 그렇지?"

"제발 그만하고 가봐요."

그레이스가 바구니에서 셔츠를 집어들었다. 그녀는 항상 냉소적인 시각으로 남자라는 동물을 지켜봐왔다. 그녀는 자신의 감정을 꼭꼭 숨기고 살았다. 그 누구에게도 마음을 쉽게 열어주지 않았다. 첫눈에 반한다는 말 따위는 믿지 않았다. 하지만 잭을 처음 만났을 때 그녀는 첫눈에 그에게 끌렸다. 가슴이 쿵쾅거렸다. 그녀는 애써 부인했지만 어쩔 수 없었다. 어디선가 들려온 작은 속삭임이 그가 바로 미래의 남편이 될 거라고 말해주었다.

크램은 주방에서 에마와 맥스를 보고 있었다. 에마는 이제 크램을 피하지 않았다. 아이들이 대개 그렇듯 에마도 예전의 밝은 모습으로 돌아왔다. 그들은 가늘고 긴 생선 튀김을 먹고 있었다. 크램도 아이들과 마찬가지로 완두콩엔 손도 대지 않았다. 에마는 크램에게 자작시를 읊어주었다. 크램은 굉장히 집중해서 아이의 시를 감상했다. 그는 간간이 유리창이 흔들릴 정도로 크고 호탕하게 웃었다. 누구라도 그의 웃음소리를 듣는다면 미소를 지어야 할지, 움찔해야 할지 난감해할 것이다.

칼 베스파가 도착할 때까지는 시간이 조금 남아 있었다. 그녀는 제리 덩컨과 그녀의 죽음, 그리고 그녀의 임신 사실에 대해 생각하지 않으려 애썼다. 빌어먹을 사진 속에서 그녀가 잭을 바라보던 표정도 잊고 싶었다. 스콧 덩컨은 그녀에게 근본적으로 원하는 것이 무엇인지 물었다. 그녀는 남편을 되찾고 싶다고 대답했다. 그 생각에는 아직 변함이 없었다. 하지만 그녀는 진실도 함께 밝혀내고 싶었다.

그레이스는 아래층으로 내려가 컴퓨터를 켰다. 구글로 들어가 '잭 로슨'을 입력하고 검색해보았다. 천이백 건의 검색 결과가 떴다. 너무 많았다. 이번에는 '셰인 얼워스'를 알아보았다. 신기하게도 단 하나의 결과도 뜨지 않았다. 그레이스는 내친김에 '실라 램버트'까지 알아보았다. 같은 이름을 가진 여자 농구선수 관련 결과만 떠올랐다. 그녀가 찾는 자료는 없었다. 그녀는 그들의 이름을 한꺼번에 검색해보기로 했다.

잭 로슨, 셰인 얼워스, 실라 램버트, 그리고 제리 덩컨. 네 사람은 분명 한 장의 사진 속에 담겨 있었다. 분명히 어떻게든 서로 연결되어 있을 터였다. 그녀는 그들의 이름을 적절히 섞어 검색을 계속 해나갔다. 한 사람의 성과 또 다른 사람의 이름. 역시 주목할 만한 결과는 나오지 않았다. '로슨'과 '얼워스'를 섞어 검색해 나온 이백이십칠 건의 결과를 차례로 훑어나가고 있을 때 전화벨이 울렸다.

그레이스가 발신자를 확인해보았다. 코라였다. 그녀가 수화기를 집어들었다.

"안녕."

"안녕."

"아깐 미안했어."

그레이스가 말했다.

"괜찮아. 또 그랬단 봐."

그레이스가 미소를 지으며 계속 검색 결과를 훑어나갔다. 전부 쓸모없는 것들이었다.

"아직도 내 도움이 필요해?"

코라가 물었다.

"물론이지."

"아주 적극적인걸. 좋았어. 지금까지 뭘 알아냈는지 들려줘."

그레이스는 너무 많은 것을 들려주지 않기 위해 노력했다. 코라를 신뢰하긴 했지만 혹시나 하는 걱정 때문이었다. 만약 그레이스의 인생이 위험에 처해 있다면 그녀는 여전히 코라에게 제일 먼저 연락할 것이다. 하지만 아이들이 위험에 처하게 된다면…… 아마 그녀는 머뭇거리게 될 것이다. 섬뜩한 것은 그녀가 누구보다도 코라를 신뢰하고 있다는 사실이었다. 그랬으니 그레이스는 어느 때보다도 고립된 상태였다.

"그래서 이름들을 검색해보고 있다고?"

코라가 물었다.

"응."

"뭐 찾은 거라도 있어?"

"하나도 없어. 아, 맞다!"

"왜?"

순간 그레이스는 코라를 믿어야 할지 말아야 할지를 놓고 고민에 빠졌다. 결국 필요 이상으로 정보를 주는 일은 없어야겠다고 그녀는 생각했다.

"급한 일이 생겨서 이만 끊어야겠어. 나중에 전화할게."

"그래."

그레이스가 전화를 끊고 모니터를 들여다보았다. 그녀의 맥박이 빠르게 뛰기 시작했다. 그녀는 생각할 수 있는 모든 조합으로 검색을 마쳤다. 그때 친구이자 화가인 말론 코번의 말이 떠올랐다. 그는 항상 자신의 이름의 철자가 잘못 쓰이는 것을 불평해댔다. 말론은 말린이나 말런이나 말렌 따위로 종종 적혔고, 코번은 코헨이나 콜번 따위로 적혔다. 그레이스는 그것에서 힌트를 얻었다.

그녀는 일부러 틀린 철자를 입력했다. 네 번째로 시도해본 조합은 '로슨'과 L이 두 개 들어가는 '얼워스'였다.

삼백 건이 넘는 검색 결과가 떠올랐다. 두 이름 모두 드물지 않았다. 네 번째로 올라와 있는 결과가 그녀의 눈에 확 들어왔다. 그녀는 맨 윗줄을 훑어보았다.

크레이지 데이비의 블로그

그레이스는 블로그라는 것이 공개된 일기장 같은 거라는 사실만큼은 알고 있었다. 사람들이 아무 생각이나 자유롭게 적어놓는 곳. 신기하게도 사람들은 남의 생각을 즐기며 읽었다. 일기라는 것은 원래 지극히 사적인 것임에도 사람들은 최대한 많은 방문자를 그러모으기 위해 혈안이 되어 있었다.

링크 바로 밑에 붙어 있는 짧은 예문엔 이렇게 적혀 있었다.

"……키보드의 존 로슨과 굉장한 실력의 기타리스트 숀 얼워스가……."

존은 잭의 본명이었다. 숀은 셰인과 아주 흡사한 이름이었다. 그레이스는 링크를 클릭해보았다. 굉장히 긴 페이지가 떠올랐다. 그녀는 다시 전 페이지로 돌아가 저장물을 클릭했다. 다시 블로그로 들어가자 로슨과 얼워스라는 단어가 밝게 표시되어 보였다. 그녀는 스크롤해서 이 년 전에 올린 포스트로 내려갔다.

4월 26일

안녕, 친구들. 테레즈와 난 버몬트에서 주말을 보냈어. 웨스털리 모텔에서 묵었지. 정말 멋진 주말이었어. 모텔엔 벽난로가 갖춰져 있었고, 우린 체커를 하며 시간을 보냈지…….

크레이지 데이비의 포스트는 길게 이어졌다. 그레이스는 고개를 저었다. 이런 말도 안 되는 글을 대체 누가 읽는단 말인가? 그녀는 세 단락을 건너뛰었다.

그날 밤 난 대학친구 릭과 와이노 술집에 갔어. 오래된 대학 술집이지. 아주 지저분한 곳이야. 우린 버몬트 대학 재학 시절에 그 술집을 자주 다녔어. 우린 그곳에서 콘돔 룰렛을 하고 놀았지. 어떻게 하는 건지 알아? 한 명씩 색을 추측하는 거야. 핫 레드, 스탤리언 블랙, 레몬 옐로, 오렌지 오렌지. 맞아. 마지막 두 개는 그냥 농담이야. 뭐 어떤 건지 대충 감이 오지? 화장실에 가면 왜 콘돔 자동판매기가 하나씩 붙어 있었잖아? 그게 아직도 있는 거야! 각자 1달러씩 테이블에 올려 놓고 있으면 한 사람이 25센트를 들고 가 콘돔을 하나 빼오는 거지. 콘돔을 뜯어보면 무슨 색인지 알 수 있잖아. 만약 자기가 찍은 색과 일치하면 테이블 위의 돈을 다 가져가는 거지. 첫 번째 라운드는 릭이 이겼어. 그 친구가 맥주를 샀지. 그날 밤에 연주했던 밴드는 실력이 정말 아니더군. 신입생 시절 얼로라는 밴드가 연주하는 걸 본 적이 있었어. 여자 두 명, 남자 두 명으로 이루어진 밴드였는데 내 기억이 정확하다면 아마 여자가 드럼을 쳤을 거야. 키보드의 존 로슨과 굉장한 실력의 기타리스트 숀 얼워스가 밴드의 두 남자 멤버들이었지. 밴드 이름은 얼워스와 로슨을 합쳐서 얼로라고 지었던 것 같아. 릭은 그 밴드를 모른다고 했어. 어쨌든 우린 맥주를 열심히 비웠지. 잘 빠진 여자 손님 두 명이 들어왔는데 우릴 본 척도 안 하더라고. 나이 먹은 게 이렇게 서럽게 느껴질 줄은…….

딱 거기까지였다. 그 이상은 없었다.

그레이스는 '얼로'로 검색을 해봤지만 소득은 없었다.

그녀는 단어 조합도 시도해보았다. 소용없었다. 검색되어 나오는 것은 블로그뿐이었다. 크레이지 데이비는 셰인의 이름 철자를 제대로 알고 있지 못했다. 잭은 잭이라는 이름만 써왔지만 그레이스를 만나기 전엔 존이라고 불렸을 수도 있었다. 어쩌면 블로그 주인의 기억이 정확하지 않은지도 몰랐다.

하지만 크레이지 데이비는 분명 네 명을 언급했다. 여자 두 명, 남자 두 명. 문제의 사진엔 다섯 명이 나와 있었다. 어쩌면 맨 끝에 흐리게 나와 있는 여자는 밴드의 멤버가 아닐 수도 있었다. 스콧도 누나와 마지막으로 통화했던 때를 떠올리며 이런 말을 했다.

분명 새로운 취미에 대해 들려주려는 것이라고 생각했죠. 방향요법, 새로 결성한 록밴드…….

록밴드. 그럼 맞는 건가? 밴드 멤버들을 찍은 사진이었나?

그녀는 크레이지 데이비의 블로그를 샅샅이 살펴보았다. 전화번호나 그의 본명을 찾아보기 위해서였다. 하지만 이메일 주소 외엔 없었다. 그레이스는 그의 이메일 주소를 클릭하고 글을 적었다.

"당신의 도움이 필요합니다. 당신이 대학 시절에 봤다는 얼로라는 록밴드에 대해 굉장히 중요한 질문이 있습니다. 제게 수신자 부담으로 전화 주세요."

그녀는 전화번호를 덧붙이고 나서 이메일을 보냈다.

대체 어떻게 된 거지?

그녀는 여러 가지 방법으로 퍼즐을 맞춰보기 시작했다. 하지만 별 성과는 없었다. 몇 분 후, 리무진이 그녀의 집 앞에 멈춰 섰다. 그레이스가 창밖을 내다보았다. 칼 베스파가 도착했다.

그의 또 다른 운전사는 근육질의 거구로 머리는 짧게 깎았고 인상이 험악했다. 하지만 크램에 비해선 위협적인 분위기가 덜했다. 그녀는 크레이지 데이비의 블로그를 즐겨찾기에 등록한 후 현관으로 달려나갔다.

베스파는 인사도 없이 성큼 안으로 들어왔다. 그는 여전히 말쑥한 모습이었고, 하늘이 내려준 듯한 화려한 블레이저코트를 걸치고 있었다. 하지만 그의 나머지 부분은 이상하리만큼 흐트러져 있었다. 머리는 항상 산발이었다. 이젠 그의 트레이드마크가 되어버렸다. 아예 손도 대지 않은 듯 보였다. 그의 눈은 빨갛게 충혈되어 있었고, 입 주위의 주름은 볼수록 깊어지는 것 같았다.

"무슨 일 있었나요?"

"조용히 대화할 수 있는 곳이 있습니까?"

베스파가 물었다.

"아이들은 크램과 주방에 있어요. 거실에서 말씀하시면 돼요."

그가 고개를 끄덕였다. 주방에서 맥스의 자지러지는 소리가 들려왔다. 그 소리에 베스파가 잠시 움찔했다.

"저 아이가 여섯 살이죠?"

"네."

베스파가 살짝 미소를 지었다. 그레이스는 그가 무슨 생각을 하고 있는지는 알 수 없었지만 그의 미소는 그녀의 가슴을 흔들어놓았다.

"라이언이 여섯 살이었을 때, 녀석은 야구 카드에 푹 빠져 지냈죠."

"맥스는 유희왕에 빠져 있어요."

"유희…… 뭐라고요?"

그녀가 설명할 가치도 없다는 듯 고개를 저었다.

그가 계속 이어나갔다.

"라이언은 카드로 이런 게임을 했어요. 팀별로 카드를 나누어놓고 카펫 위에 야구장을 만들었죠. 그렉 네틀스를 3루에 놓고, 외야엔 세 선수를 배치해뒀어요. 외야 오른쪽엔 남는 투수들을 쭉 늘어놓고 불펜까지 만들어두었죠."

기억을 더듬는 그의 얼굴이 순간 환해졌다. 그가 그레이스를 바라보았다. 그녀는 최대한 부드럽게 미소를 지어 보였다. 하지만 언제라도 분위기가 반전될지 몰라 그녀는 조마조마했다. 베스파의 얼굴이 갑자기 어두워졌다.

"그가 집행유예로 풀려난답니다."

그레이스는 묵묵히 듣고만 있었다.

"웨이드 라루. 그들이 그의 석방을 서두르고 있어요. 내일 나올 거라고 합니다."

"오."

"기분이 어떻습니까?"

"거의 십오 년간 복역했잖아요."

그녀가 말했다.

"열여덟 명이 죽었습니다."

그녀는 베스파와 그런 대화를 하고 싶지 않았다. 열여덟이라는 수에는 큰 의미가 없었다. 중요한 건 단 한 명일 뿐이었다. 라이언. 주방에서 맥스의 웃음소리가 다시 들려왔다. 그 소리에 실내가 쩌렁쩌렁 울렸다. 베스파는 애써 참고 있었지만 그레이스는 그의 안에서 심한 동요가 일고 있다는 사실을 똑똑히 알 수 있었다. 감정의 소용돌이. 그는 한동안 말을 잇지 못했다. 사실 입을 열 필요는 없었다. 그가 무슨 생각을 하고 있는지는 분명했으니까. 만약 라이언 대신에 맥스나 에마였다면? 과연 그녀는 마약에 취한 전과자가 분위기에 휩쓸려 실수를 한 것일 뿐이라고 합리화할 수 있었을까? 과연 아무렇지도 않게 그를 용서할 수 있었을까?

"고든 매켄지라는 경비원 기억합니까?"

베스파가 물었다.

그레이스가 고개를 끄덕였다. 그는 굳게 걸려 있는 두 개의 비상구를 열어젖혔다. 그리고 그는 그날의 영웅이 되었다.

"그 친구는 이 주일 전에 죽었습니다. 뇌종양으로요."

"저도 알아요."

고든 매켄지의 소식은 신문의 특집기사를 보고 알고 있었다.

"사후세계가 있다고 믿습니까, 그레이스?"

"모르겠어요."

"당신 부모님은요? 언젠가는 다시 뵐 수 있을 거라 생각합니까?"

"그것도 모르겠어요."

"그러지 말고 자신의 생각을 솔직히 말해봐요."

베스파가 그녀를 뚫어지게 바라보았다. 그녀는 앉은 채로 몸을 살짝 틀었다.

"전화로 잭에게 누이가 있는지 물으셨죠?"

"샌드라 코벌."

"그건 왜 물으신 거죠?"

"그건 잠시 후에 얘기하도록 하죠."

베스파가 말했다.

"우선 당신 생각부터 듣고 싶어요. 우린 죽으면 어디로 가게 될까요, 그레이스?"

그녀는 그와 말싸움하고 싶지 않았다. 분위기가 심상치 않았다. 그는 친구로서 궁금한 점을 묻고 있는 것이 아니었다. 그의 음성에선 도전적인 뭔가가 감지되었다. 약간의 분노도 느껴졌다. 그녀는 그가 혹시 술을 마시고 온 게 아닌지 의심해보았다.

"셰익스피어가 이런 말을 한 적이 있어요."

그녀가 말했다.

“《햄릿》에 나오는 대사죠. 죽음이란 그 누구도 돌아갈 수 없는 미지의 땅이다.”

그가 야릇한 표정을 지었다.

“그러니까 우리 인간들은 알 수 없다는 거죠?”

“네.”

“쓰레기 같은 말이군요.”

그녀는 아무 말도 하지 않았다.

“그곳엔 아무것도 없다는 걸 당신도 알고 있을 겁니다. 난 두 번 다시 라이언을 볼 수 없을 거예요. 받아들이기 어렵지만 어쩔 수 없어요. 마음이 약한 사람들이나 보이지 않는 신들과 정원과 천국에서의 재회 따위를 믿는 겁니다. 그리고 당신 같은 사람들은 그런 허튼소리에 넘어가지 않을 테고요. 하지만 그 진실을 받아들이기가 너무나 힘이 드는군요. 당신은 그런 걸 우리가 어떻게 아느냐고 합리적으로 설명하지만……. 당신은 진작부터 알고 있었죠? 그레이스, 그렇지 않아요?”

“미안해요, 갈.”

“뭐가요?”

“저도 마음이 많이 아파요. 하지만 내게 뭘 믿어야 한다든지 식의 강요는 하지 말아주세요.”

순간 베스파의 눈이 커졌다. 그의 눈 뒤로 뭔가가 폭발한 듯했다.

“남편을 어떻게 만났죠?”

“네?”

“잭을 어떻게 만나게 됐느냐고요?”

“그게 무슨 상관이죠?”

그가 한 걸음 성큼 다가왔다. 위협적인 모습이었다. 그가 그녀를 날카롭게 쏘아보았다. 그레이스는 처음으로 그에 관한 모든 소문들이 사실이었다는 걸 깨달았다.

"그를 어떻게 만났습니까?"

그레이스는 움찔하지 않으려 애썼다.

"그건 이미 아시잖아요."

"프랑스에서요?"

"네."

그의 시선이 한층 더 날카로워졌다.

"대체 왜 그러시죠, 칼?"

"웨이드 라루가 풀려났어요."

"그건 아까 말씀하셨잖아요."

"내일 그의 변호사가 뉴욕에서 기자회견을 할 겁니다. 유족들이 다 모이게 될 거예요. 당신도 꼭 와줬으면 좋겠습니다."

그녀는 그의 말이 이어지기를 기다렸다. 분명 뭔가가 더 있을 것 같았다.

"그 친구의 변호사는 아주 능력 있는 사람입니다. 가석방 위원회를 아주 살살 녹여버렸죠. 분명 언론도 그녀에게 홀딱 반할 겁니다."

그가 잠시 머뭇거렸다. 그레이스는 어리둥절하기만 했다. 그리고 갑자기 차가운 뭔가가 그녀의 가슴속에서 서서히 퍼져나가기 시작했다. 칼 베스파도 그것을 놓치지 않았다. 그가 고개를 끄덕이며 다시 뒤로 물러섰다.

"샌드라 코벌에 대해 말해줘요."

그가 말했다.

"다른 사람도 아니고, 어떻게 당신의 시누이가 웨이드 라루 같은 사람의 변호를 맡게 되었는지 이해를 할 수 없습니다."

36

인디라 카리왈라는 방문객을 기다리고 있었다.

그녀의 사무실은 어두웠다. 하루 업무는 끝이 난 상태였다. 인디라는 불을 끈 채 칠흑 같은 어둠 속에 앉아 있기를 좋아했다. 서양의 문제는 언제나 자극이 지나치다는 것이었다. 그녀 또한 그것에 희생이 되었다. 대세를 거스를 수도 없었고, 그것을 초월할 수 있는 길도 없었다. 서양은 수많은 자극으로 사람을 유혹했다. 화려한 색들과 빛과 소음의 집중포화. 그것은 한시도 멈추지 않았다.

인디라는 하루 업무가 끝이 나면 항상 그렇게 불을 끄고 차분히 앉아 시간을 보냈다. 명상하려는 것은 아니었다. 그녀가 인도인이라는 사실을 아는 사람들은 그런 오해를 할 수도 있을 테지만 그녀는 엄지와 검지로 두 개의 원을 만들며 연꽃 자세로 앉아 있는 일 따위는 하지 않았다.

그냥 어둠 속에 멍하니 앉아 있을 뿐이었다.

밤 10시. 문에서 가벼운 노크 소리가 들려왔다.

"들어와요."

스콧 덩컨이 안으로 들어왔다. 그는 몸을 돌려 불을 키려 하지 않았다. 인디라는 다행이라고 생각했다. 어둠 속에서의 대면이 훨씬 좋았으니까.

"무슨 일이죠?"

그가 물었다.

"로키 콘웰이 죽었어요."

인디라가 대답했다.

"그건 나도 라디오로 들었어요. 그런데 그 사람이 누구죠?"

"잭 로슨을 감시하라고 내가 고용한 사람이었어요."

스콧 덩컨은 대꾸가 없었다.

"스튜 펄머터가 누군지 알아요?"

그녀가 물었다.

"경찰 말인가요?"

"네. 그가 어제 날 찾아왔어요. 콘웰에 대해 묻더군요."

"고객의 권리를 주장했나요?"

"그랬죠. 그는 영장을 받아오겠다면서 돌아갔어요."

스콧 덩컨이 고개를 돌렸다.

"스콧?"

"걱정하지 말아요. 계속 아무것도 모른다고 잡아떼도록 해요."

그가 말했다.

인디라는 불안해졌다.

"이젠 어쩔 건가요?"

덩컨이 사무실 밖으로 나갔다. 그러고는 등 뒤로 문손잡이를 잡고 천천히 닫기 시작했다.

"일이 커지기 전에 막아야겠어요."

그가 말했다.

37

기자회견은 오전 10시에 열렸다. 그레이스는 먼저 아이들을 학교에 데려다주었다. 운전은 크램이 했다. 그는 헐렁한 플란넬셔츠를 걸치고 있었다. 셔츠 자락은 바지 밖으로 빼놓았다. 셔츠 안으로 총이 숨겨져 있을 거라고 그녀는 생각했다. 아이들이 차에서 내리고 크램에게 작별인사를 한 후 학교를 향해 달려나갔다. 크램이 다시 기어를 넣었다.

"잠깐만요."

그레이스가 말했다.

그녀는 두 아이가 무사히 건물 안으로 사라지는 것을 끝까지 지켜보았다. 그제야 그녀가 고개를 끄덕이며 출발해도 좋다고 신호를 보냈다.

"걱정하지 마십시오. 이미 사람을 세워두었습니다."

크램이 말했다.

그녀가 그를 돌아보았다.

"뭐 하나 여쭤봐도 되나요?"

"그러시죠."

"베스파 씨 밑에서 일하신 지 얼마나 되셨죠?"

"라이언이 죽었을 때 그 자리에 계셨죠?"

갑작스러운 질문에 그녀가 당혹스러워했다.

"네."

"그 아이는 내 대자代子였습니다."

거리는 한산했다. 그녀가 그를 돌아보았다. 불안함이 다시 찾아들었다. 그녀는 그가 세워두었다는 사람들을 신뢰할 수 없었다. 특히 어젯밤 베스파의 심상치 않은 표정 탓인지 불안감이 몇 배 더 커졌다. 하지만 그녀에겐 선택권이 없었다. 다시 경찰서로 찾아갈 수도 있었지만 그들이 그녀를 보호해줄지는 의문이었다. 스콧 덩컨 역시 도움을 받을 수 있는 곳이 많지 않다고 말했다.

마치 그녀의 생각을 읽기라도 한 듯 크램이 말했다.

"베스파 씨는 여전히 부인을 믿고 계십니다."

"만약 그 믿음이 깨져버리면 제게 무슨 일이 생기게 되는 거죠?"

"절대 부인에게 해가 되는 일은 없을 겁니다."

"정말 그렇게 생각하시나요?"

"베스파 씨는 시내에서 저희와 만나실 겁니다. 기자회견장에서 말이죠. 라디오라도 틀까요?"

오전 시간인데도 차는 많이 막히지 않았다. 조지 워싱턴 다리엔 여전히 많은 경찰이 진을 치고 있었다. 911테러가 낳은 후유증이었다. 기자회견은 타임스스퀘어 근처에 있는 크라운 플라자 호텔에서 열릴 예정이었다. 베스파는 한때 사건이 벌어졌던 보스턴에서 기자회견이 열릴 계획이었지만 라루 캠프의 누군가가 너무 감정적으로 번질 수도 있으니 뉴욕에서 하자고 했고, 그래서 이곳으로 옮기게 되었다는 사실을 그녀에게 말해주었다. 게다가 뉴욕에서 기자회견을 열면 많은 유족들이 찾아오지 않을 거라는 계산도 깔려 있었다.

크램이 그녀를 인도에 내려놓고 주차장으로 들어갔다. 그레이스는 잠시 멍하니 서 있다가 정신을 차렸다. 마침 휴대전화가 울리기 시작했다. 그녀는 발신자를 확인해보았다. 모르는 번호가 찍혀 있었다. 지역번호 617. 보스턴 지역에서 걸려온 전화였다.

"여보세요?"

"안녕하세요. 데이비드 로프라고 합니다."

그녀는 뉴욕의 타임스스퀘어 근처에 와 있었다. 사방이 온통 사람들로 북적거렸다. 대화하는 사람도 보이지 않았고, 클랙슨 소리도 울리지 않았지만 엄청난 도시의 소음은 계속해서 그녀의 귀를 울려댔다.

"누구시죠?"

"크레이지 네이비라고 아시는지요? 블로그 말입니다. 이메일을 받고 연락드리는 겁니다. 지금 전화받기 곤란하신가요?"

"아뇨. 괜찮아요."

그레이스는 소음 속에서 목소리를 높이고 있었다. 그리고 손가락으로 반대편 귀를 꽉 틀어막았다.

"전화해주셔서 감사합니다."

"수신자 부담으로 연락달라고 하셨는데 다행히 제가 사용하는 전화 서비스에 장거리 통화도 포함되어 있더군요."

"감사합니다."

"중요한 일이라고 하셨죠?"

"네. 블로그에서 보니까 얼로라는 록밴드가 언급되었더군요."

"네."

"전 그 밴드에 대해 알고 싶어요."

"그러실 줄 알았습니다. 하지만 제가 그 부분에 도움을 드릴 수 있을지 모르겠네요. 그냥 그날 밤 잠깐 봤을 뿐이었거든요. 친구들과 술에 진탕 취한 채로 술집에서 밤을 새웠었죠. 여자들도 만났고…… 춤도 추다가, 술도 마시다가…… 나중에 밴드와 잠시 얘기도 나눠봤죠. 그래서 지금까지 기억을 하고 있는 겁니다."

"전 그레이스 로슨이라고 합니다. 제 남편은 잭이고요."

"로슨? 리드 보컬 맞죠? 기억나요."

"실력이 괜찮았나요?"

"밴드 말씀이세요? 솔직히 말씀드리면 기억이 잘 안 납니다. 하지만 실력은 꽤 있었던 것 같아요. 굉장한 술판이 벌어졌었죠. 그때 생각만 하면 아직까지도 고개가 절레절레 흔들어진다니까요. 혹시 남편분을 깜짝 놀라게 해드리려고 준비하시는 건가요?"

"네?"

"그 왜 있지 않습니까. 깜짝 파티나 옛 모습을 담은 스크랩북 같은 것들 말입니다."

"전 그저 당시 밴드 멤버로 활동했던 사람들을 알고 싶을 뿐이에요."

"도와드리고 싶지만 저도 아는 게 많지 않네요. 밴드는 오래가지 않았던 걸로 기억해요. 그날 이후로 본 적이 없었죠. 로스트 태번이라는 술집에서 한 번 공연을 한 적이 있다고 듣긴 했습니다. 맨체스터에서 말이죠. 제가 아는 건 그뿐입니다. 죄송합니다."

"전화 주셔서 정말 감사합니다."

"감사는요 뭐. 오, 잠깐만요. 스크랩북에 넣으면 좋을 만한 게 떠올랐어요."

"뭔데요?"

"얼로는 맨체스터 공연 때 스틸 나이트라는 밴드의 오프닝을 맡았었죠."

보행자들이 우르르 몰려와 스치고 지나갔다. 그레이스는 그들을 피해 황급히 건물 벽 쪽으로 다가갔다.

"스틸 나이트라는 밴드는 생소한데요."

"이런 음악에 묻혀 사는 사람들에게만 익숙한 이름일 겁니다. 스틸 나이트도 오래 못 갔으니까요."

잠시 잡음이 들려왔다. 하지만 그레이스는 그의 말을 분명하게 들을 수 있었다.

"그 밴드의 리드 보컬이 지미 엑스였어요."

휴대전화를 든 그레이스의 손에 힘이 빠졌다.

"여보세요?"

"네, 듣고 있어요."

그레이스가 말했다.

"지미 엑스라고, 아시죠? 그 왜 '흐릿한 잉크'라고, 유명한 곡 있잖아요. 보스턴 대학살."

"네."

그녀는 자신의 음성이 무척 멀고, 아득하게만 느껴졌다.

"기억해요."

크램이 주차장에서 걸어나왔다. 그가 그녀를 발견하고는 빠른 걸음으로 다가왔다. 그레이스는 크레이지 데이비에게 고맙다고 인사한 후 전화를 끊었다. 그의 전화번호가 휴대전화에 남겨졌다. 원할 때 언제라도 다시 전화할 수 있다.

"괜찮으십니까?"

그녀는 서늘한 기분을 떨쳐내려 했지만 쉽지 않았다.

"네."

그녀가 간신히 대답했다.

"누구랑 통화하신 겁니까?"

"이젠 제 비서 노릇까지 하시게요?"

"예민하게 반응하실 필요는 없습니다."

그가 두 손을 살짝 들어 보였다.

"그냥 궁금해서 물어본 것일 뿐이니까요."

그들은 크라운 플라자 호텔 안으로 들어섰다. 그레이스는 자신이 조금 전에 접한 사실들을 천천히 되짚어보았다. 우연의 일치. 그뿐이었다. 기괴한 우연의 일치. 그녀의 남편은 대학 시절 술집 밴드에서 활동했다. 술집 밴드에서 활동했던 사람이 어디 한둘인가? 그저 우연히 지미 엑스와 단 한 차례 공연을 했을 뿐이다. 그래서 그게 어떻다고? 두 사람은 당시 같은 지역에서 활동하다 만났을 것이다. 보스턴 대학살이 벌어지기 일이 년 전의 일이었다. 어쩌면 잭은 아무 상관이 없다는 생각에 일부러 그레이스에게 언급하지 않았는지도 몰랐다. 그 얘기를 들으면 그레이스가 무척 언짢아할 것이기 때문에. 지미 엑스 콘서트는 그녀에게 씻을 수 없는 상처를 안겨주었다. 그때 일로 그녀는 부분적인 장애를 갖게 되었다. 그렇게 생각하면 잭의 결정도 충분히 이해할 수 있을 것 같았다.

이건 중요한 게 아니야.

하지만 잭은 지금껏 자신이 록밴드에서 활동했다는 사실을 언급한 적이 한 번도 없었다. 지금 얼로의 멤버들은 모두 죽거나 실종된 상태였다.

그녀는 머릿속으로 열심히 퍼즐 조각을 맞춰나갔다. 제리 덩컨은 정확히 언제 살해되었을까? 화재사건을 기사로 읽었을 때 그레이스는 한참 물리치료를 받고 있었다. 그렇다면 화재사건은 보스턴 대학살이 벌어진 지 몇 달 후에 발생했다는 얘기가 된다. 그레이스는 정확한 날짜를 알아볼 필요가 있다고 생각했다. 타임라인 전체를 훤히 알아야 얼로와 지미 엑스의 관계가 우연이 아니었다는 것을 확인할 수 있을 것이다.

하지만 어떻게? 도무지 이해가 되지 않았다.

그녀는 다시 처음으로 돌아갔다. 그녀의 남편은 록밴드에서 활동한다. 어느 날 밴드는 지미 엑스 밴드와 함께 공연하게 된다. 그로부터 일이 년 후, 유명해진 지미 엑스 밴드는 보스턴에서 공연을 하게 되고, 어린 그레이스 로슨은 그 공연을 관람하게 된다. 그날 밤, 그녀는 아수라장이 된 공연장에서 부상을 입게 된다. 그리고 삼 년이 흐른다. 그녀는 지구 반대편에서 잭 로슨을 만나 사랑에 빠지게 된다.

여러 정황들이 매끄럽게 맞물리지 않았다.

엘리베이터가 로비에 멈춰 섰다.

"정말 괜찮으십니까?"

크램이 물었다.

"네, 괜찮아요."

그녀가 대답했다.

"기자회견은 이십 분쯤 후에 시작될 겁니다. 그전에 시누이를 만나 보시는 게 좋겠습니다."

"좋은 생각이에요, 크램."

엘리베이터 문이 열렸다.

"3층입니다."

그가 말했다.

그레이스가 홀로 엘리베이터에 올랐다. 시간이 많지 않았다. 그녀가 휴대전화와 지미 엑스가 주고 갔던 카드를 꺼내들었다. 그러고는 카드에 적혀 있는 번호를 눌렀다. 신호음도 울리기 전에 음성 사서함으로 넘어갔다. 그레이스는 삐 소리가 날 때까지 기다렸다.

"스틸 나이트가 얼로와 함께 공연했다는 사실을 알고 있어요. 전화 주세요."

그녀는 연락처를 남기고 전화를 끊었다. 엘리베이터가 멈춰 섰다. 밖으로 나오자 검은색 보드에 흰색 글자로 '버튼&크림스타인 기자회견장'이라고 적혀 있는 게 보였다. 회사 광고나 다름없었다. 그녀는 깊은숨을 한 번 들이쉬고 문에 붙어 있는 화살표를 따라 들어갔다.

영화 속 법원 장면이 떠올랐다. 뜻밖의 증인이 이중문을 벌컥 열고 들어서는 클라이맥스. 그레이스가 들어가자 웅성거림이 딱 멎었다. 순간 그레이스는 당혹스러웠다. 그녀가 주위를 돌아보았다. 시야에 들어오는 모든 것들이 그녀의 머리를 핑핑 돌게 했다. 그녀가 뒤로 주춤 물러섰다. 비탄에 잠긴 얼굴들이 그녀를 에워쌌다. 나이는 조금 들어 보였지만 그들 얼굴에선 평화로움을 찾아볼 수 없었다. 그들이 한자리에 모여 있었다. 개리슨 가족, 리즈 가족, 웨이더 가족. 병원에서 보낸 나날이 떠올랐다. 그녀는 할시온에 취한 상태에서 그 모든 것을 보았다. 마치 샤워 커튼이 눈앞에 드리워진 것 같은 느낌이었다. 오늘도 그때와 다름없는 기분이었다. 그들은 말없이 다가와 그녀를 끌어안았다. 아무도 입을 열지 않았다. 굳이 그럴 필요가 없었기 때문이다. 그레이스는 묵묵히 그들의 품에 안겼다. 그들에게선 여전히 비애가 묻어나오고 있었다.

고든 매켄지 부서장의 미망인이 그녀의 눈에 들어왔다. 사람들은 그가 그레이스의 목숨을 구해주었다고 입을 모았다. 진정한 영웅들 대부분이 그렇듯 그 역시 그때 일에 대해서는 말을 아꼈다. 그는 그때 일을 정확히 기억하지 못한다고 했다. 그저 가까스로 문을 열고 사람들을 내보낸 사실만이 기억에 남아 있을 뿐이라고 했다. 용기가 아니라, 어디까지나 즉흥적인 반응이었을 뿐이라고.

그레이스가 매켄지 부인을 오랫동안 부둥켜안았다.

"부서장님 일은 정말 안 됐어요."

그레이스가 말했다.

"주님에게 간 거죠."

매켄지 부인이 말했다.

"더 좋은 곳으로 갔어요."

이젠 해줄 말이 없자 그레이스는 그냥 고개만 끄덕였다. 그레이스가 매켄지 부인의 품에서 벗어나 그녀의 어깨 너머를 바라보았다. 샌드라 코벌이 반대편으로 들어서고 있었다. 샌드라는 이내 그레이스를 찾아냈다. 그들의 눈이 마주치는 순간 아주 이상한 일이 벌어졌다. 시누이의 얼굴에 환한 미소가 떠올랐던 것이다. 마치 이 순간을 오랫동안 기다렸다는 듯. 그레이스가 매켄지 부인에게서 멀어졌다. 샌드라가 고개를 까딱이며 그녀를 불렀다. 벨벳이 입혀진 로프가 그녀의 앞을 가로막고 있었다. 경비가 성큼 다가와 섰다.

"괜찮아요, 프랭크."

샌드라가 말했다. 경비가 뒤로 물러섰다.

샌드라가 그녀를 이끌고 서둘러 복도로 나갔다. 그레이스는 다리를 절룩이며 샌드라의 빠른 걸음을 따라잡으려 애썼다. 샌드라가 멈춰 서서 문을 열었다. 그들은 커다란 무도장으로 들어갔다. 웨이터들이 분주하게 테이블을 돌며 은식기를 세팅하고 있었다. 샌드라는 그녀를 이끌고 한쪽 구석으로 향했다. 그러고는 의자 두 개를 가져와 서로 마주 보도록 놓았다.

"날 보고도 별로 놀라는 것 같지 않네요."

그레이스가 말했다.

샌드라가 어깨를 으쓱해 보였다.

"뉴스를 보고 찾아올 것 같았어요."

"뉴스를 보고 온 게 아니에요."

"뭐 그건 중요하지 않아요. 이틀 전만 해도 내가 누군지 몰랐을 테니까."

"대체 어떻게 된 건가요, 샌드라?"

그녀는 곧바로 대답하지 않았다. 은식기들이 짤랑거리는 소리가 배경음악처럼 들려왔다. 샌드라의 시선이 무도장 중앙을 분주히 오가는 웨이터들을 훑었다.

"웨이드 라루 사건을 왜 맡은 거죠?"

"그는 범죄를 지었어요. 난 형사사건 전문 변호사고요. 그저 내 일을 하고 있을 뿐이에요."

"말도 안 되는 소리 말아요."

"내가 어떻게 그를 변호하게 됐는지가 궁금한 건가요?"

그레이스는 아무 말도 하지 않았다.

"물으나마나 한 질문 아닌가요?"

"제겐 아니에요."

"바로 당신."

그녀가 미소를 지었다.

"당신 때문에 내가 라루 씨를 변호하게 된 거예요."

그레이스가 입을 열었다가 이내 닫아버렸다. 그러고는 잠시 후 다시 말문을 열었다.

"그게 무슨 소리죠?"

"당신은 나의 존재를 모르고 지냈어요. 그저 잭에게 누나가 있었다는 사실만 알고 있었을 뿐이죠. 하지만 난 진작부터 당신을 알았어요."

"도무지 무슨 소리인지 모르겠어요."

"뭐 복잡할 건 없어요, 그레이스. 당신은 내 동생과 결혼했어요."

"그래서요?"

"당신이 내 올케가 된다는 사실을 알고 나서 당신에 대해 알아보기 시작했어요. 여기까진 이해가 되죠? 사람을 고용해 당신의 배경을 조사했어요. 좋은 작품을 많이 그렸더군요. 나도 두 점 구입했어요. 물론 익명으로요. 지금은 로스앤젤레스의 집에 걸려 있어요. 정말 대단한 작품들이에요. 큰딸 캐런이 너무 좋아해요. 아직 열일곱 살밖에 되지 않았는데도 안목이 상당하죠. 그 애도 화가가 되고 싶어해요."

"그게 웨이드 라루와 무슨 상관이죠?"

"아직도 모르겠어요?"

그녀의 음성은 이상하리만큼 명랑했다.

"난 법과 대학원을 졸업하자마자 형사사건 전문 변호사로 일하기 시작했어요. 보스턴에서 버튼, 크림스타인과 함께 일했죠. 난 그곳에 살았어요, 그레이스. 보스턴 대학살을 너무나 잘 알고 있죠. 나중에 알고 보니 내 동생이 배우자로 점찍은 상대가 바로 그 사건의 주인공이더군요. 내 호기심은 몇 배 더 커졌어요. 그래서 그 사건에 관련된 모든 기사를 찾아 읽기 시작했죠. 그러고 나서 내가 뭘 깨달았는지 알아요?"

"뭐죠?"

"웨이드 라루가 무능한 변호사 때문에 억울하게 죄를 뒤집어쓰게 되었다는 사실을 알게 되었어요."

"웨이드 라루는 열여덟 명이 목숨을 잃은 사건의 주범이었어요."

"그는 총을 발사했을 뿐이에요, 그레이스. 누굴 맞히진 않았다고요. 조명은 꺼지고, 사람들은 비명을 질렀죠. 당시 그는 마약과 술에 취해 제정신이 아니었어요. 공황상태였어요. 그는 자신이 절박한 위험에 처해 있다고 믿고 있었어요. 그가 방아쇠를 당겼을 땐 앞으로 무슨 일이 벌어지게 될지 전혀 예측할 수 없는 상태였죠. 그의 첫 번째 변호사는 검사 측과 합의를 이끌어내지 못했어요. 집행유예, 아무리 양보해도 징역 십팔 개월 이상 받아서는 안 되는 상황이었어요. 아무도 그 사건을 선뜻 맡으려 하지 않았고, 라루는 교도소에 들어가게 됐죠. 그레이스, 난 당신 때문에 그의 사연을 접하게 됐어요. 웨이드 라루는 억울하게 형을 살게 되었고, 그의 변호사는 그냥 튀어버렸죠."

"그래서 당신이 그의 사건을 맡게 된 건가요?"

샌드라 코벌이 고개를 끄덕였다.

"그것도 무료로요. 난 이 년 전에 그를 찾아갔어요. 우린 함께 가석방 심리를 준비했죠."

순간 퍼즐 하나가 제자리에 끼워맞춰진 듯한 느낌이 들었다.

"잭도 그걸 알고 있었죠?"

"그건 나도 몰라요. 우린 대화 없이 지내는 남매거든요."

"계속 그날 밤 그와 통화했다는 사실을 부인할 건가요? 구 분 동안 통화한 기록이 남아 있는데도요? 전화에 구 분간 통화한 기록이 남아 있다고요."

"잭과의 통화는 웨이드 라루와는 아무런 상관이 없어요."

"그럼 뭐랑 상관이 있죠?"

"그 사진."

"어떻게요?"

샌드라가 몸을 앞으로 살짝 숙였다.

"그것보다 내 질문에 먼저 대답해줘요. 솔직하게 대답해줘야 해요. 그 사진, 어떻게 손에 넣게 된 거죠?"

"얘기했잖아요. 사진현상소에서 묻어왔다고 말이에요."

샌드라가 믿지 못하겠다는 듯 고개를 저었다.

"정말로 사진현상소 직원이 그걸 몰래 넣었다고 믿는 건가요?"

"나도 모르겠어요. 하지만 당신도 아직까지 그 사진을 보고 왜 그가 당신에게 전화를 했는지 설명해주지 않잖아요."

샌드라가 머뭇거렸다.

"저도 제리 덩컨을 알고 있어요."

그레이스가 말했다.

"제리 덩컨?"

"사진 속 여자 말이에요. 그녀가 살해됐다는 것도 알고 있어요."

그 말에 샌드라의 허리가 곧게 펴졌다.

"그녀는 화재로 죽었어요. 사고인 걸로 알고 있어요."

그레이스가 고개를 저었다.

"누군가가 의도적으로 불을 지른 거였어요."

"그걸 누구에게 들었죠?"

"그녀의 동생이 말해줬어요."

"잠깐만요. 그녀의 동생을 당신이 어떻게 알죠?"

"그녀는 임신 중이었어요. 제리 덩컨 말이에요. 불에 타 죽었을 때 배 속에 아이를 임신한 상태였어요."

샌드라가 깜짝 놀라며 고개를 들었다.

"그레이스, 대체 지금 어쩌자는 거죠?"

"난 그저 남편을 찾고 있을 뿐이에요."

"이렇게 하면 그 녀석을 찾는 데 도움이 될 거라고 생각해요?"

"당신은 어제 분명히 사진 속의 누구도 알아보지 못한다고 했어요. 하지만 조금 전엔 제리 덩컨을 알고 있다는 사실을 털어놓았어요. 당신은 그녀가 화재로 죽었다는 것까지 알고 있어요."

샌드라가 눈을 질끈 감았다.

"셰인 얼워스나 실라 램버트도 알고 있나요?"

그녀의 음성이 차분해졌다.

"잘은 몰라요."

"그럼 아주 생소한 이름들은 아니라는 뜻이군요."

"셰인 얼워스는 잭의 친구였어요. 실라 램버트는 대학교 친구였을 거예요. 그런데 그게 어쨌다는 거죠?"

"그들 네 명이 록밴드를 결성해서 함께 활동했다는 사실도 알고 있었나요?"

"그걸 알게 된 지 고작 한 달 됐어요. 그게 어쨌다고요?"

"사진 속 다섯 번째 여자. 고개를 돌리고 있는 여자 말이에요. 그녀가 누군지 알아요?"

"아뇨."

"당신 아닌가요, 샌드라?"

그녀가 다시 고개를 들고 그레이스를 바라보았다.

"내가 아니냐고요?"

"네. 당신 맞죠?"

샌드라의 얼굴에 야릇한 표정이 떠올랐다.

"아니에요, 그레이스. 그 여잔 내가 아니에요."

"잭이 제리 덩컨을 죽인 건가요?"

그레이스는 자신도 모르게 이 말을 불쑥 내뱉어버렸다. 마치 빰이라도 한 대 얻어맞은 듯 샌드라의 눈이 휘둥그레졌다.

"미쳤어요?"

"전 진실을 알고 싶어요."

"잭은 그녀의 죽음과 아무런 상관이 없어요. 그땐 이미 외국에 나가 있었어요."

"그럼 어째서 그 사진을 보고 겁을 집어먹었던 거죠?"

그녀가 머뭇거렸다.

"왜 그랬느냐고요?"

"그때까지만 해도 잭은 제리가 죽었다는 사실을 모르고 있었어요."

그레이스의 얼굴에 이해할 수 없다는 표정이 떠올랐다.
“그들은 연인 사이였나요?”
“연인이라.”
그녀가 마치 처음 듣는 단어라는 듯 그레이스를 따라했다.
“그들 관계에 어울리지 않는 원숙한 표현이군요.”
“그녀가 셰인 얼워스와 사귀지 않았었나요?”
“아마 그랬을 거예요. 하지만 그들 모두 어렸어요.”
“잭이 친구의 애인과 바람이라도 피웠던 건가요?”
“잭과 셰인이 얼마나 가깝게 지냈는지는 나도 잘 몰라요. 하지만 당신 추측이 맞아요. 잭은 그녀와 함께 잤어요.”
그레이스의 머릿속이 핑핑 돌았다.
“그리고 제리 덩컨이 임신을 하게 된 거군요.”
“그건 나도 잘 몰라요.”
“하지만 당신은 그녀가 죽었다는 사실까지 알고 있잖아요.”
“그래요.”
“그리고 잭이 도망쳤다는 것도 알고 있고요.”
“그건 그녀가 죽기 전이었어요.”
“그녀가 임신하기 전이었나요?”
“말했잖아요. 난 그녀가 임신했다는 사실을 몰랐어요.”
“셰인 얼워스와 실라 램버트, 그들도 실종된 상태예요. 그것도 우연의 일치인가요?”
“몰라요.”
“잭이 전화를 걸어서 뭐라고 하던가요?”
그녀가 다시 긴 한숨을 내쉬었다. 고개도 뚝 떨어졌다. 그녀는 한동안 침묵을 지켰다.

"샌드라?"

"그 사진은 십오 년, 십육 년 이상 된 거예요. 그걸 갑자기 잭에게 보여주었으니 그런 반응이 나올 수밖에요. 게다가 제리의 얼굴에 엑스 표시까지 되어 있잖아요. 잭은 곧장 컴퓨터로 검색을 해봤어요. 아마 〈보스턴 글로브〉 데이터베이스를 훑어봤을 거예요. 그리고 죽은 그녀의 소식을 알게 된 거죠. 잭은 그 얘길 하려고 내게 전화를 했던 거였어요. 그녀에게 무슨 일이 있었느냐고 묻기에 난 아는 대로 들려줬을 뿐이에요."

"아는 대로 들려준 게 대체 뭐죠?"

"말 그대로 내가 아는 선에서만 얘기해줬어요. 화재로 죽었다고 말이에요."

"그게 뭐 어쨌다고 이렇게 사라져버린 거죠?"

"그건 나도 모르겠어요."

"예전에 외국으로 왜 도망친 거죠?"

"이젠 그만해요."

"그들에게 무슨 일이 있었던 거죠, 샌드라?"

그녀가 고개를 저었다.

"내가 잭의 변호사라는 사실도, 변호사로서 고객의 권리를 존중해야 하기 때문도 아니에요. 그저 내가 함부로 끼어들 수 있는 부분이 아니라서 그래요. 잭은 내 동생이라고요."

그레이스가 손을 뻗어 샌드라의 손을 잡았다.

"그에게 무슨 일이 벌어진 것 같아요."

"내가 알고 있는 게 잭을 도울 순 없어요."

"그들이 오늘 우리 아이들을 협박했어요."

샌드라가 눈을 감았다.

"제가 한 말 들었어요?"

그때 정장 차림의 남자가 다가왔다.

"시간 됐어요, 샌드라."

그가 말했다.

그녀가 고개를 끄덕이며 고맙다고 했다. 그레이스에게서 벗어난 샌드라가 자리에서 일어나 옷의 주름을 손으로 털어 폈다.

"이젠 포기해요, 그레이스. 집으로 돌아가요. 아이들을 보호해야죠. 잭도 당신이 그래주기를 바라고 있을 거예요."

38

슈퍼마켓에서의 위협은 별 효과를 거두지 못했다.

우는 그 사실이 별로 놀랍지 않았다. 그는 남자의 힘과 여자의 순종을 강조하는 환경에서 자라왔다. 그러나 여자들이 항상 더 까다로웠다. 그리고 훨씬 더 예측하기가 어려웠다. 그들은 육체적인 고통도 더 잘 견뎌냈다. 그것은 개인적인 경험을 통해서 이미 숱하게 확인할 수 있었다. 가족을 보호하기 위해선 누구보다도 무자비해질 수 있었다. 남자들은 강한 권력 의식에 사로잡혀 자기 자신을 희생한다. 미련함 혹은 자신이 승리할 거라는 눈먼 확신이 그 이유가 되기도 한다. 하지만 여자들은 자기기만 없이 자신을 희생할 줄 안다.

사실 협박 작전은 애초부터 잘못된 것이었다. 협박은 언제나 적과 불확실함을 남겨놓게 마련이다. 진작 그레이스 로슨을 처치해야 했다면 전혀 어렵지 않았을 것이다. 하지만 지금은 위험 부담이 많았다.

이제 우가 직접 나서서 일을 마무리해야 했다.

그는 비트리스 스미스의 집 욕실에서 머리를 원래의 색으로 염색하고 있었다. 평소에 우는 하얀 금발로 머리를 표백하고 다녔다. 거기에는 두 가지 이유가 있었다. 첫 번째는 지극히 기초적인 이유였다. 그저 금발이 좋았다. 허영심 때문일지도 모르지만 어쨌든 그는 거울에 비친 자신의 모습이 마음에 들었다. 젤을 발라 뾰족하게 세운 서퍼 스타일의 금발. 두 번째 이유. 원색의 노란 머리는 사람들에게 강한 인상을 심어주는 데 도움이 되었다. 동양인 특유의 검은 머리로 돌아오면 그는 언제든 전혀 다른 인물이 될 수 있었다. 거기다 모던 힙합 스타일 대신 보수적인 옷차림을 하고, 은테 안경까지 걸치면 더욱 효과적이었다.

그는 잭 로슨을 질질 끌고 지하실로 내려갔다. 로슨은 저항하지 않았다. 의식을 잃기 직전이었다. 한눈에 봐도 심각한 상태였다. 언제 정신이 나가버릴지 몰랐다. 아마도 오래 견디지 못할 듯했다.

지하실은 공사가 중단된 상태였고, 습했다. 우는 캘리포니아의 산마테오에서도 비슷한 환경을 접해보았다. 지시사항은 꽤 구체적이었다. 그는 한 사람을 여덟 시간 동안 고문하기 위해 고용되었다. 왜 하필 여덟 시간인지는 우도 알 수 없었다. 어쨌든 그는 잭 로슨의 팔과 다리를 부러뜨려놓아야 했다. 우는 부러진 뼈의 울퉁불퉁한 가장자리를 신경 관속이나 피부 표면 가까이로 밀어놓았다. 그래야 아주 미세한 움직임에도 극심한 통증이 느껴질 수 있기 때문이었다. 우가 지하실 문을 걸어잠갔다. 그는 하루에 한 번씩 그의 상태를 확인했다. 그는 애원할 것이고, 우는 그 모습을 묵묵히 지켜보게 될 터였다. 인간이 굶어 죽기까지는 십일 일 정도가 걸렸다.

우는 단단해 보이는 파이프를 발견하고 로슨을 거기에 묶어놓았다. 로슨의 두 팔은 등 뒤로 꺾인 채 수갑이 채워졌고, 입에는 다시 재갈이 물려졌다.

우는 반복해서 밧줄이 로슨을 제대로 구속하고 있는지 확인했다.

"진작에 사진의 사본을 전부 확보해두었어야죠."

우가 속삭였다.

잭 로슨이 눈을 굴렸다.

"당신 아내를 잠깐 만나고 와야겠어요."

그들의 눈이 마주쳤다. 순간 로슨이 스프링 튀듯 몸을 움찔했다. 그의 몸부림이 점점 격렬해졌다. 우는 말없이 그를 지켜보았다. 로슨은 몇 분간을 그렇게 발버둥쳤다. 낚싯줄에 매달린 채 죽어가는 물고기 같았다. 다행히 밧줄은 느슨해지지 않았다.

우는 여전히 몸부림치고 있는 그를 홀로 남겨두고 지하실에서 나왔다. 그레이스 로슨을 만나러 갈 시간이었다.

39

그레이스는 기자회견을 보고 싶지 않았다.

슬퍼하는 사람들 틈에 들어와 있는 것은 꼭…… 좋지 않은 기운에 휩싸여 있는 기분이었다. 애절한 눈들이 그녀를 바라보았다. 물론 그레이스는 그들의 심정을 누구보다도 잘 이해했다. 하지만 그녀는 더는 그들이 잃은 아이들로 통하는 도관이 아니었다. 그러기엔 너무 많은 시간이 흘렀다. 이제 그녀는 생존자일 뿐이었다. 그들의 아이들은 무덤 속에서 썩어가고 있었지만 그녀는 아직 쌩쌩하게 살아숨쉬고 있었다. 표면적으로는 여전히 애정이 묻어나오는 것 같아 보였지만 그레이스는 그들이 꼭꼭 감춰놓은 분노를 분명하게 감지할 수 있었다. 그녀는 살았고, 그들의 아이들은 죽었다는 이유만으로 고스란히 떠안아야 하는 불공평함이었다. 많은 시간이 흘렀지만 변한 것은 아무것도 없었다. 두 아이의 엄마가 된 그레이스는 십오 년 전과 달리 그들의 비탄을 충분히 이해할 수 있었다.

그녀가 뒷문으로 슬그머니 나가려고 할 때 누군가가 그녀의 손목을 홱 낚아챘다. 그녀가 고개를 돌렸다. 칼 베스파였다.

"어디 가는 거죠?"

그가 물었다.

"집에요."

"내가 태워다줄게요."

"괜찮아요. 차를 부르면 돼요."

그의 손은 여전히 그레이스의 손목을 쥐고 있었다. 그녀는 다시 한 번 그의 눈 뒤로 뭔가가 폭발하는 것을 똑똑히 보았다.

"지금 가지 말아요."

그가 말했다.

그것은 요청이 아니었다. 그의 얼굴엔 이상하게도 평온함이 감돌고 있었다. 지나치다 싶을 정도의 평온함이었다. 그의 태도는 주변 분위기와는 전혀 어울리지 않았다. 게다가 전날 밤에 그녀가 봤던 격노의 번뜩임도 보이지 않았다. 그녀는 다시 겁이 났다. 내가 아이들을 믿고 맡겼던 바로 그 사람이 맞나?

그녀는 그의 옆에 앉아 샌드라 코벌과 웨이드 라루가 연단에 오르는 것을 지켜보았다. 샌드라가 마이크를 앞으로 끌어온 후 용서와 재기와 갱생에 관한 진부한 이야기를 늘어놓기 시작했다. 유족들의 얼굴이 어두워졌다. 흐느껴 우는 사람도 있었고, 입을 꾹 닫고 있는 사람도 있었으며, 몸을 바르르 떠는 사람도 있었다.

칼 베스파는 그 어느 쪽에도 포함되지 않았다.

그는 다리를 꼰 채 몸을 의자 등받이에 착 붙이고 있었다. 그의 태평한 표정에서 섬뜩함까지 느껴졌다. 샌드라 코벌의 성명 발표가 오 분쯤 진행되었을 때 베스파의 시선이 그레이스 쪽으로 옮겨왔다. 그는 그녀가 자신의 반응을 살피고 있었다는 것을 알고 있었다. 곧이어 그가 보인 모습은 그녀를 벌벌 떨게 했다.

그가 살짝 윙크를 해보인 것이다.

"자, 나갑시다."

그가 속삭였다.

샌드라가 성명 발표를 이어나가는 동안 칼 베스파는 자리에서 벌떡 일어나 뒤편의 문으로 향했다. 잠시 기자회견장이 술렁거렸다. 그레이스도 말없이 그를 뒤따랐다. 그들은 침묵한 채 엘리베이터를 타고 내려갔다. 리무진이 정문 앞에 대기하고 있었다. 체구가 억센 남자가 운전석에 앉아 있었다.

"크램은 어디 있죠?"

그레이스가 물었다.

"일을 좀 시켰습니다."

베스파가 대답했다. 그의 입가에 미소가 은근하게 머금어졌다.

"코벌 씨와 무슨 얘길 했는지 말해줘요."

그레이스는 시누이와 나눴던 대화를 상세히 들려주었다. 베스파는 말없이 창밖을 내다보며 그녀의 말에 귀를 기울였다. 검지로는 턱을 톡톡 두드려댔다.

그녀의 말이 끝나자 그가 물었다.

"그게 전부였나요?"

"네."

"정말입니까?"

그녀는 그의 음성에 깔린 경쾌한 톤이 영 마음에 들지 않았다.

"얼마 전에 당신을 찾아온 사람은요?"

베스파가 고개를 들고 물었다.

"스콧 덩컨 말씀인가요?"

베스파가 다시 야릇하게 미소를 흘렸다.

"스콧 덩컨이 검찰청에서 일하고 있다는 사실은 물론 알고 있겠죠?"

"지금은 아니에요."

그녀가 바로잡아주었다.

"네, 맞습니다. 지금은 아니죠."

그의 음성은 무척 평온하게 들렸다.

"그가 왜 당신을 찾아왔습니까?"

"그건 이미 말씀드렸잖아요."

"그랬나요?"

그가 앉은 채로 몸을 살짝 틀었다. 하지만 그의 얼굴은 여전히 그녀 쪽으로 향하지 않았다.

"정말 내게 모든 걸 다 털어놓았나요?"

"대체 왜 이러시는 거죠?"

"그냥 궁금해서 묻는 것뿐입니다. 요 근래 만난 사람은 덩컨 씨뿐이었습니까?"

그레이스는 대화가 어느 쪽으로 흘러가고 있는지 감을 잡을 수 없었다. 그녀가 잠시 머뭇거렸다.

"내게 더 들려줄 말이 없습니까?"

그가 물었다.

그녀는 그의 얼굴을 빤히 바라보며 열심히 뭔가를 생각했다. 그는 계속해서 그녀의 시선을 피하고 있었다. 대체 무엇 때문에 이러는 거지? 그녀는 지난 며칠간의 일들을 더듬어보기 시작했다.

지미 엑스?

지미가 콘서트를 마치고 우리 집에 찾아온 사실을 베스파가 알고 있는 걸까? 물론 그럴 가능성은 컸다. 지미를 찾아 내게 보여줬던 것도 그였으니까. 어쩌면 부하를 시켜 그를 미행하도록 조치해두었는지도 몰랐다. 이젠 어떻게 해야 하지? 말 한마디 잘못했다가 일이 더 복잡해지면 어떡하지? 어쩌면 그는 지미가 찾아온 사실을 모르고 있을 수도 있었다. 여기서 입을 함부로 열면 더 큰 문제에 부딪히게 될지도 모른다는 생각이 들었다.

계속 모호한 답변만을 해보는 거야. 그의 반응을 살피면서.

"제가 먼저 선생님께 도움을 요청하긴 했지만 이젠 저 혼자 해결할 수 있을 것 같아요."

그녀가 차분하게 말했다.

그제야 베스파가 몸을 돌려 그녀를 보았다.

"정말입니까?"

그녀가 머뭇거렸다.

"왜 그렇게 생각하는 거죠, 그레이스?"

"진실을 말씀드릴까요?"

"네."

"겁이 나서 그래요."

"내가 당신을 해칠까봐서요?"

"아뇨."

"그럼요?"

"전 그저……."

"그에게 나에 대해 뭐라고 했습니까?"

뜻밖의 질문에 그녀가 당황했다.

"스콧 덩컨에게요?"

"그 사람 말고 나에 대해 들려준 사람이 또 있습니까?"

"네? 아니에요."

"그러니까 말해봐요. 스콧 덩컨에게 나를 어떻게 얘기 했습니까?"

"아무 말도 안 했어요."

그레이스가 재빨리 기지를 발휘했다.

"기회가 있었어도 그에게 무슨 얘길 해줄 수 있었겠어요?"

"그건 그렇군요."

그가 고개를 끄덕였다.

"하지만 덩컨 씨가 왜 당신을 찾아왔는지가 아직까지 명확하게 설명이 되지 않았어요."

베스파가 두 손을 포개어 무릎에 얹었다.

"난 아주 상세한 부분까지 듣고 싶습니다."

그녀는 그에게 아무것도 들려주고 싶지 않았다. 그녀는 자신의 문제에 그가 개입하는 것을 원치 않았다. 하지만 이런 상황에선 언제까지나 피해다닐 수는 없었다.

"그의 누나에 관한 얘기를 해줬어요."

"정확히 어떤 얘기였습니까?"

"사진 속 여자 중, 얼굴에 엑스 표시가 되어 있던 사람, 기억하시죠?"

"네."

"그녀는 제리 덩컨이에요. 그의 누나였죠."

베스파의 미간이 찌푸려졌다.

"그 얘길 하러 당신을 찾아왔다고 했습니까?"

"네."

"자신의 누이가 사진에 나왔다는 얘길 하려고 말입니까?"

"네."

그가 몸을 뒤로 살짝 뉘였다.

"그의 누이에게 무슨 일이 있었답니까?"

"십오 년 전 화재로 죽었어요."

베스파는 다시 한 번 그레이스를 놀라게 했다. 예상했던 추가 질문이 나오지 않았기 때문이다. 그는 상세한 설명을 요구하지도 않았다. 그저 고개를 돌리고 창밖을 멍하니 내다볼 뿐이었다. 차가 그녀의 집에 다다를 때까지 그는 입을 열지 않았다. 그레이스가 내리려고 했지만 문이 열리지 않았다. 자동 잠금 시스템이 작동되고 있는 것 같았다. 안에서는 열 수 없게 되어 있었다. 아이들이 어렸을 때 그녀도 자동 잠금 시스템을 사용한 적이 있었다. 덩치 큰 운전사가 다가와 문을 열어주었다. 그녀는 베스파에게 이젠 어쩔 셈인지 묻고 싶었다. 하지만 그의 모습을 보니 별로 현명한 일은 아닐 것 같았다.

애초에 그에게 도움을 요청한 것이 잘못이었다. 지금 와서 그에게 빠져달라고 부탁하는 것은 문제를 더욱 복잡하게 만들지도 몰랐다.

"아이들이 돌아올 때까지 사람을 세워놓겠습니다."

"감사합니다."

"그레이스?"

그녀가 그를 돌아보았다.

"내겐 거짓말을 하면 안 됩니다."

그가 말했다.

그의 음성은 차가웠다. 그레이스가 마른 침을 꿀꺽 삼켰다. 그녀는 거짓말한 적 없다고 분명하게 얘기하고 싶었다. 하지만 그럴수록 자신이 더욱 방어적으로 보일 것 같다는 생각이 들었다. 그래서 그냥 고개만 끄덕였다.

그들은 작별인사를 따로 나누지 않았다. 그레이스는 집을 향해 홀로 걸어들어갔다. 그녀의 걸음은 유난히 절룩였다.

내가 대체 무슨 짓을 한 거지?

그녀는 앞으로 어떻게 해야 할지 생각해보았다. 그녀의 시누이의 조언을 귀담아들을 필요가 있었다. 무엇보다도 아이들을 보호하는 것이 중요했다. 만약 그레이스가 잭이었다면, 만약 그녀가 어떤 이유에서든 자취를 감춰버렸다면, 그녀도 그걸 원했을 것이다. 날 잊어요. 그녀는 남편에게 그렇게 말했을 것이다. 아이들을 잘 부탁해요.

좋든 싫든 그녀는 아이들의 수업이 끝나는 3시까지 잠자코 기다려야 했다. 그녀는 아이들을 데리고 펜실베이니아로 갈 생각이었다. 그곳에서 신용카드가 필요 없는 호텔에 방을 잡거나 모텔을 찾아볼 생각이었다. 하숙집도 괜찮은 선택일 것 같았다. 그런 다음 경찰, 아니 펄머터에게 전화를 걸어 그동안의 일들을 들려줄 참이었다. 하지만 그녀는 먼저 아이들을 챙겨야 했다. 아이들을 차에 태우고 나서야 비로소 마음이 놓일 것 같았다.

그녀가 현관문에 다다랐다. 현관 바닥에 상자 하나가 뒹굴고 있었다. 그녀가 몸을 숙이고 그것을 집어들었다. 상자에는 〈뉴햄프셔포스트〉 로고가 찍혀 있었다. 발신인 주소는 바비 도드, 스타샤인 요양원으로 되어 있었다.

바비 도드의 파일이 온 것이었다.

40

웨이드 라루는 자신의 변호사 샌드라 코벌의 옆자리에 다소곳이 앉아 있었다.

그는 새로 구입한 듯한 옷을 걸치고 있었다. 이젠 주변에서 교도소 냄새가 나지 않았다. 곰팡이와 소독제가 섞인 불쾌한 냄새. 뚱뚱한 교도관이 풍기던 악취와 소변 냄새도 없었다. 오랜만에 접하는 환경에 그는 적응이 잘되지 않았다. 어느새 교도소는 그의 세상이 되어 있었다. 그곳을 벗어나는 것은 실현 불가능한 백일몽이었다. 마치 다른 행성에서의 삶을 꿈꾸듯. 웨이드 라루는 스물두 살 때 교도소에 들어갔다. 이제 그는 서른일곱 살이 되어 있었다. 한마디로, 자신의 청춘을 교도소에서 보냈다는 뜻이었다. 냄새, 그 끔찍했던 냄새는 그가 아는 전부였다. 그는 아직 젊었다. 샌드라 코벌도 마치 주문을 외듯 그렇게 읊어댔었다. 밝은 미래가 그를 기다리고 있다고.

하지만 아직은 그런 가뿐한 기분이 들지 않았다.

웨이드 라루의 인생은 이미 학교 연극으로 망가졌다. 메인 주의 작은 마을 출신인 웨이드는 연기에 재능이 있었다. 공부를 잘한 것도 아니고, 그렇다고 운동에 소질이 있는 것도 아니었다. 하지만 그는 노래와 춤에 굉장한 재능을 보였다. 〈아가씨와 건달들〉에서 네이던 디트로이트 역을 훌륭히 소화해낸 웨이드를 본 한 지역 평론가는 '초자연적 카리스마'라는 표현을 써가며 그의 연기를 극찬하기도 했다. 웨이드에겐 쉽게 감지할 수 없는 재능이 있었고, 그것은 그로 하여금 스타의 꿈을 꾸게 했다.

고등학교 졸업을 앞두고 있던 어느 날, 연극반을 이끌었던 피어슨 선생이 웨이드를 교무실로 불러 자신의 '불가능한 꿈'에 대해 들려주었다. 피어슨 선생은 오래전부터 〈돈키호테〉를 무대에 올리고 싶어했지만 주인공 역을 맡을 만한 학생이 나타나지 않아 번번이 꿈을 미뤄야 했다. 하지만 웨이드의 연기를 본 순간 그는 이제야 때가 왔다고 생각했다.

하지만 9월이 되자 피어슨 선생이 물러나고 아넷 선생이 연극반을 맡게 되었다. 그는 먼저 학생들을 테스트해보았다. 웨이드 라루에게도 테스트는 익숙했다. 하지만 아넷 선생은 웨이드에겐 유독 냉담했다. 결국 그는 아무런 재능이 없는 케니 토머스를 돈키호테로 뽑았고, 온 마을은 술렁거렸다. 마권업자인 케니의 아버지가 아넷 선생에게 2만 달러 이상을 찔러주고 아들에게 주인공 역을 맡기게 했다는 후문이었다. 웨이드에겐 이발사 역이 주어졌다. 노래도 달랑 한 곡밖에 부르지 않는 단역이었다. 결국 그는 연기를 그만두었다.

웨이드는 무척 고지식한 사람이었다. 그는 연기를 그만두면 마을 사람들이 폭동이라도 일으켜줄 거라 생각했다. 잘생긴 풋볼팀 쿼터백. 농구팀 주장. 학생회장. 모든 학교 연극의 주인공. 그는 마을 전체가 그가 받은 부당함에 항의해 시위라도 벌일 거라 생각했다. 하지만 아무도 입을 뻥긋하지 않았다. 웨이드는 사람들이 케니의 아버지를 두려워하고 있는 줄 알았다. 그가 지역 범죄조직과 깊이 연관되어 있다는 소문도 돌았다. 하지만 진실은 그보다 훨씬 단순했다. 그들은 그저 웨이드의 일에 관심이 없을 뿐이었다. 관심을 가져줄 이유도 없었다.

사람이 나쁜 길로 접어드는 것은 한순간이었다. 그 경계는 무척 모호했다. 그냥 선을 넘어서기만 하면 되었다. 문제는 가끔 원점으로 되돌아올 수 없게 된다는 것이었다. 그로부터 삼 주 후, 웨이드 라루는 술에 잔뜩 취한 상태로 학교에 몰래 침입했다. 그러고는 연극을 위해 준비한 세트를 부숴놓았다. 결국 그는 경찰에 체포되었고, 학교에서도 정학 처분을 받았다.

그렇게 추락은 시작되었다.

웨이드는 온갖 마약에 손을 대었고, 배급을 위해 보스턴으로 오게 되었다. 언제부터인가 편집증에 시달리게 된 그는 총을 구해 늘 소지하고 다녔다. 그리고 이제 그는 열여덟 명의 목숨을 앗아간 중죄인이 되어 연단에 앉아 있었다.

지금 그를 올려다보고 있는 얼굴들은 십오 년 전 법정에서 봤던 바로 그 사람들이었다. 웨이드는 그들의 이름을 거의 다 기억하고 있었다. 당시 법정에서는 비탄과 당혹감 섞인 시선이 그에게 집중되었다. 웨이드는 그들의 심정을 십분 이해할 수 있었다. 그들에게 연민까지 느꼈다. 십오 년이 지난 지금, 그들의 시선에선 적개심이 넘쳐나고 있었다. 비탄과 당혹감은 분노와 증오로 변해 있었다. 법정에서 웨이드 라루는 그들의 시선을 애써 외면했었다. 하지만 이젠 아니었다. 그는 당당하게 고개를 들었다. 그리고 그들의 눈을 똑바로 바라보았다. 그의 연민과 이해는 용서 없는 그들에 의해 사그라져버린 지 오래였다. 그는 누구를 해치려 한 적이 없었다. 그들도 알고 있는 사실이었다. 게다가 그는 이미 충분히 사과를 했다. 또한 대가를 충분히 치렀다. 하지만 유족들은 여전히 증오를 택했다.

이젠 나도 상관 안 해.

샌드라 코벌이 그의 옆자리에 앉아 설득력 있게 성명을 발표하고 있었다. 그녀는 사죄와 용서, 고비와 변화, 이해와 마지막 기회에 대해 이야기했다. 그는 칼 베스파와 나란히 앉아 있는 그레이스를 보았다. 베스파를 직접 본 것만으로도 오금이 저려야 했지만 더 두려울 게 없었다. 웨이드는 교도소에 들어가자마자 집단폭행을 당했다. 처음엔 베스파의 부하들이 그를 폭행했고, 그다음엔 베스파의 밑으로 들어가고 싶어하는 사람들이 그를 폭행했다. 그중엔 교도관도 포함되어 있었다. 그는 그렇게 하루하루를 두려움 속에서 보냈다. 하지만 어느 순간부터 두려움은 자연스럽게 그의 일부, 그의 세상이 되어버렸다. 이제 그는 두려움만큼은 완벽하게 면역이 되어 있었다.

라루는 월든에서 여러 친구를 사귀었다. 하지만 교도소는 샌드라 코벌의 주장과는 달리 갱생을 위한 곳이 아니었다. 교도소는 사람을 벌거벗겨놓았다. 자연 그대로의 상태로. 살아남기 위해서 온갖 역겨운 일도 마다해선 안 되었다. 하지만 그 모든 것도 지금은 문제가 되지 않았다. 이제 그는 자유의 몸이 되었으니까. 과거는 과거일 뿐. 이젠 앞만 보고 살아가면 되는 것이다.

물론 지금 당장은 아니지만.

기자회견장은 진공상태라도 된 듯 고요했다. 유족들도 조용히 앉아 있었다. 감정적으로도, 육체적으로도 흐트러짐이 없었다. 하지만 그들에게선 어떠한 에너지도 느껴지지 않았다. 그들은 속이 텅 빈 사람들 같았다. 망연자실하고, 무기력한 모습이었다. 이제 그들은 그를 해칠 수 없었다. 더는.

그때 아무 예고도 없이 칼 베스파가 벌떡 일어났다. 순간 샌드라 코벌의 입이 다물어졌다. 그레이스 로슨도 자리에서 일어났다. 웨이드 라루는 그들이 왜 함께 움직이는지 알 수 없었다. 이치에 닿지 않는 풍경이었다. 그는 예전과 달라진 건 없는지, 그리고 머지않아 그레이스 로슨을 다시 만나게 될지가 궁금했다.

그게 뭐 중요한가?

샌드라 코벌이 성명 발표를 마치고 그를 향해 몸을 살짝 기울이며 속삭였다.

"웨이드, 당신은 뒷문으로 슬쩍 빠져나가도록 해요."

십 분 후, 맨해튼의 분주한 거리로 빠져나온 웨이드 라루는 십오 년 만에 처음으로 자유를 맛볼 수 있었다.

그는 마천루들을 올려다보았다. 타임스스퀘어는 그의 첫 번째 목적지였다. 그곳에 가면 넘쳐나는 사람들로 소란스럽고, 그래서 발 디딜 틈이 없을 터였다. 죄짓지 않은 선량한 사람들. 라루는 이제 고독을 느끼고 싶지 않았다. 더는 파란 잔디와 나무들을 갈망하며 살고 싶지 않았다. 그는 빛과 소음과 사람들을 원했다. 죄수 말고 진짜 사람들. 그리고 기회가 된다면 여자도 사귀어보고 싶었다. 좋은 여자든, 나쁜 여자든 상관없었다.

하지만 당장은 곤란했다. 웨이드 라루는 시간을 확인했다. 움직여야 할 시간이었다.

그가 43번가를 따라 서쪽으로 이동했다. 생각을 바꿀 여유는 아직 남아 있었다. 항만공사 버스 터미널이 점점 가까워지고 있었다. 그는 아무 버스에나 올라 아무 데서나 새 출발을 할 수도 있었다. 이름을 바꾸고, 성형수술을 하고, 지역 극장에서 일거리를 찾아볼 수도 있었다. 그는 아직 젊었고, 재능도 있었다. 게다가 '초자연적 카리스마' 역시 건재했다.

머지않아 곧. 그는 생각했다.

그전에 먼저 처리할 게 있었다. 그걸 해놓아야만 잊고 싶은 과거가 청산될 것 같았다. 그가 가석방으로 풀려났을 때 교도소 상담 담당자는 그에게 진부한 얘기를 장황하게 늘어놓았다. 새 출발을 하든, 막다른 길로 들어서든, 이제 모든 것은 그의 선택에 달려 있다고. 그의 말이 맞았다. 오늘 그는 모든 것을 깨끗이 묻어버리든지, 아니면 자신이 죽든지 둘 중 하나를 택하게 될 것이다. 웨이드는 자신에게 세 번째 선택은 없다는 사실을 잘 알고 있었다.

그의 눈에 검은색 세단 한 대가 불쑥 들어왔다. 그는 팔짱을 낀 채 차에 삐딱하게 기대고 서 있는 남자를 단번에 알아보았다. 심하게 뒤틀린 남자의 입은 한 번 보면 절대 잊을 수 없는 모습이었다. 몇 년 전, 라루를 처음으로 폭행했던 바로 그 사람. 그는 보스턴 대학살 때 어떤 일이 있었는지 물었고, 라루는 진실을 들려주었다. 자신은 아무것도 모른다고.

이제 그는 그때 무슨 일이 있었는지 알고 있었다.

"안녕, 웨이드."

"크램."

크램이 차문을 열어주었다. 웨이드 라루가 뒷좌석에 올라탔다. 오

분 후, 그들은 웨스트사이드 고속도로를 타고 이 모든 것의 종점으로 향하고 있었다.

41

에릭 우는 리무진이 로슨의 집 앞에 멈춰 서는 것을 지켜보았다.

전혀 운전기사 같아 보이지 않는 육중한 남자가 내려 재킷 단추를 채운 후 뒷문을 열었다. 뒷좌석에서 그레이스 로슨이 내렸다. 그녀는 작별인사도 없이 현관을 향해 걸어갔다. 뒤도 돌아보지 않은 채. 거구의 남자가 현관 앞에 놓인 상자를 집어드는 그녀를 지켜보다가 다시 운전석으로 들어갔다. 차가 서서히 사유차도를 빠져나오기 시작했다.

우는 그의 정체가 궁금했다. 그레이스 로슨은 보호를 받고 있었다. 그녀는 협박을 받았다. 그녀의 아이들도 협박을 받았다. 하지만 운전기사는 분명 경찰이 아니었다. 우에게도 그 정도의 눈치는 있었다. 하지만 그렇다고 평범한 운전기사도 아니었다.

특별히 더 조심해야 할 필요가 있었다.

우는 충분한 거리를 유지한 채 주변을 둘러보기 시작했다. 화창한 날이었고, 나뭇잎은 눈이 부실 정도로 푸르렀다. 몸을 숨길 만한 곳은 많았다. 우에겐 쌍안경이 없었다. 그것만 있었다면 상황 파악이 훨씬 수월했을 것이다. 하지만 그런 건 아무래도 상관없었다. 잠시 후 그는 한 남자를 발견할 수 있었다. 그는 집과 떨어져 있는 차고 뒤편에 서 있었다. 우가 좀더 가까이 다가가보았다. 남자는 무전기로 누군가와 대화를 하고 있었다. 우는 그들의 대화를 유심히 들어보았다. 몇몇 단어만이 귀에 들어올 뿐이었지만 그 정도면 충분했다. 집 안에도 누군가가 있었다. 아마도 집 주변엔 몇 명이 더 진을 치고 있을 것이다.

좋은 징조가 아니었다.

물론 우는 여전히 손쉽게 일을 처리할 수 있었다. 그도 그 사실을 잘 알고 있었다. 하지만 어느 때보다도 민첩하게 움직여야 했다. 우선 나머지 남자들의 정확한 위치를 파악해야 했다. 한 명은 손으로, 또 한 명은 총으로 해치워야 했다. 그런 다음, 최대한 빨리 집으로 들어가야 했다. 충분히 가능한 일이었다. 하지만 밖에서 소동이 벌어지면 안에 있는 남자가 그 소리를 듣고 뛰쳐나올 것이다. 하지만 그런 것쯤은 문제도 아니었다.

우가 시간을 확인했다. 3시까지는 이십 분이 남아 있었다.

로슨의 집 뒷문이 열리자 그가 다시 골목으로 나갔다. 그레이스가 밖으로 나오고 있었다. 그녀의 손엔 여행 가방이 들려 있었다. 우는 걸음을 멈추고 그녀를 지켜보았다. 그녀가 가방을 차의 트렁크에 실었다. 그러고는 다시 집 안으로 들어갔다. 잠시 후 그녀가 또 다른 여행 가방과 작은 상자를 들고 나왔다. 아까 현관 앞에서 집어든 것과 같은 상자였다.

우는 한쪽에 세워둔 차로 돌아갔다. 잭 로슨의 포드 윈드스타였다. 팰리세이즈 몰에서 번호판을 바꿔 달았고, 시선을 분산시키기 위해 범퍼에 스티커도 붙여놓았다. 사람들은 번호판이나 차종보다 범퍼 스티커에 더 주목하는 경향이 있다. 첫 번째 스티커엔 우등생 자식을 둔 자랑스러운 부모라는 문구가 적혀 있었고, 두 번째 스티커엔 뉴욕 닉스를 응원하는 문구가 적혀 있었다. 하나의 팀, 하나의 뉴욕.

그레이스 로슨이 운전석에 올라 시동을 걸었다. 잘됐어. 우가 중얼거렸다. 조용히 미행하다가 그녀가 멈춰 섰을 때 처치하는 것이 훨씬 수월할 것 같았다. 그에게 내려진 지시사항은 간단했다. 그녀가 무엇을 알고 있는지 캐낼 것. 그리고 시체를 깔끔하게 처리할 것. 그가 브레이크에 발을 얹고 기어를 넣었다. 누가 그녀에게 따라붙을지 지켜보았다. 다행히 아무도 보이지 않았다. 우는 안전거리를 계속 유지했다.

여전히 미행자는 보이지 않았다.

그들의 임무는 그녀가 아닌, 집을 보호하는 데 있는 모양이었다. 우는 그녀가 트렁크에 실은 여행 가방이 마음에 걸렸다. 그녀는 어디로 가고 있는 걸까? 얼마나 걸릴까? 그녀는 좁은 샛길로만 움직였다. 그녀가 학교 앞에 차를 세우자 우는 적잖이 놀랐다.

역시. 3시가 다 된 시간이었다. 그녀는 아이들을 네리러 온 것이다.

그는 다시 트렁크에 실린 여행 가방을 생각했다. 아이들을 태우고 먼 길을 떠나려는 것일까? 한번 출발하면 차를 세울 때까지 몇 시간이 걸릴지도 모른다.

우는 무작정 기다리고 싶지 않았다.

어쩌면 그녀는 다시 집으로 돌아가 정체불명의 남자들의 보호를 받게 될지도 몰랐다. 그것 역시 좋은 일은 아니었다. 이젠 아이들도 문제가 되었다. 우는 피에 굶주려 있지도 않았고, 그렇다고 감상적인 킬러도 아니었다. 그는 실용주의자였다. 이미 남편이 실종된 상황에서 그녀까지 건드리면 의혹이 더 커질 것이고, 경찰도 개입할 게 분명했다. 그런데다가 두 아이의 시체까지 늘어놓고 간다면 일은 몇 배 더 커질 것이다.

안 돼. 우가 중얼거렸다. 그냥 이곳에서 그레이스 로슨을 납치하는 길밖에 없어. 아이들이 쏟아져나오기 전에.

시간이 없었다.

학부형들이 하나둘씩 모여들기 시작했다. 하지만 그레이스 로슨은 차 안에서 꼼짝도 하지 않았다. 그녀는 뭔가를 읽고 있었다. 2시 50분이었다. 우에겐 십 분밖에 주어지지 않았다. 그들은 그녀에게 아이들을 납치하겠다고 협박했었다. 그러니 학교 주변에도 정체불명의 남자들이 진을 치고 있을지도 몰랐다.

서둘러 확인해봐야 했다.

다행히 시간은 오래 걸리지 않았다. 밴 한 대가 한 블록 떨어진 곳에 세워져 있었다. 막다른 길 끝에. 우는 또 다른 곳에 누군가가 진을 치고 있을지 모른다는 가능성도 무시하지 않았다. 다시 주변을 재빨리 둘러봤지만 더는 없는 것 같았다. 어차피 꼼꼼히 확인할 시간도 없었다. 당장 움직여야 했다. 수업 종료 시각까지는 오 분밖에 남아 있지 않았다. 아이들이 쏟아져나오게 되면 문제는 걷잡을 수 없이 커지게 될 것이다.

우는 검은 머리를 하고 있었다. 그리고 금테 안경을 걸쳤다. 또 헐렁한 평상복 차림이었다. 그는 주춤거리는 모습으로 밴 앞으로 다가갔다. 그는 길을 잃은 듯 주위를 연신 두리번거렸다. 그가 뒷문으로 다가가 문을 열려고 했을 때 눈썹에 땀이 맺힌 대머리 남자가 고개를 불쑥 내밀었다.

"뭐 하는 거야?"

남자는 파란색 벨루어 트레이닝복 차림이었다. 그는 안에 셔츠를 받쳐 입지 않았다. 맨 가슴엔 털이 무성하게 나 있었다. 그는 덩치가 컸고, 우락부락했다. 우가 오른손을 뻗어 남자의 뒤통수에 댔다. 그러고 나서 뒤통수를 잡은 손을 확 잡아당기는 동시에 왼쪽 팔꿈치로 남자의 후골을 깊게 찔러넣었다. 그의 목이 순식간에 주저앉았다. 숨통이 나뭇가지 부러지듯 무너졌다. 남자가 푹 고꾸라졌다. 그의 몸은 꼭 선창에 내던져진 물고기처럼 심하게 뒤틀렸다. 우가 그를 밀쳐내며 밴 안으로 들어갔다.

밴 안에는 무전기와 쌍안경, 그리고 총이 놓여 있었다. 우가 총을 집어들고 허리춤에 꽂았다. 남자는 여전히 몸부림치고 있었다. 그가 그렇게 꿈틀거릴 수 있는 시간도 얼마 남지 않았다.

수업 종료 벨이 울리기까지 삼 분이 남아 있었다.

우가 차문을 닫고 밴에서 내렸다. 그는 그레이스 로슨의 차를 향해 움직이기 시작했다. 학부형들은 울타리를 따라 길게 늘어서서 벨이 울리기만을 기다리고 있었다. 그레이스 로슨이 차에서 내렸다. 그녀는 홀로 멀리 떨어져 있었다. 잘된 일이었다.

우가 그녀를 향해 성큼성큼 걸음을 옮겼다.

◸

학교 운동장 반대편에서 샬레인 스웨인은 연쇄반응과 쓰러지는 도미노를 생각하고 있었다.

만약 나와 마이크 사이에 아무 문제도 없었다면.

만약 내가 프레디 사이크스와 이상한 짓을 벌이지 않았다면.

만약 내가 창밖으로 에릭 우를 내다보지 않았다면.

그리고 내가 비상열쇠를 건드리지 않고, 곧장 경찰에 신고했더라면.

학교 운동장을 가로질러 나가는 동안에도 그녀의 머릿속은 온통 그런 생각뿐이었다. 만약 마이크가 깨어나지 않았다면. 만약 그가 내게 가서 아이들을 돌보라고 하지 않았다면. 만약 펄머터가 내게 잭 로슨에 대해 묻지 않았다면. 그랬다면 그녀는 지금 그레이스 로슨을 바라보지 않았을 것이다.

하지만 마이크는 집에 돌아가 아이들을 챙기라고 했고, 그녀는 잠자코 남편의 말을 따랐다. 그녀는 클레이를 데리고 가기 위해 학교에 와 있었다. 펄머터는 샬레인에게 혹시 잭 로슨을 아느냐고 물었고 그래서 샬레인은 학교에 도착하자마자 제일 먼저 그의 아내부터 찾아보았다.

그런 까닭에 샬레인은 지금 그레이스 로슨을 빤히 바라보고 있었다.

다가가서 말이라도 걸어볼까? 사실 클레이를 데리러 온 것도 그녀를 만나야 하는 핑계를 만들기 위해서였다. 하지만 그녀는 머뭇거렸다. 그레이스가 갑자기 휴대전화를 꺼내들고 누군가와 통화를 시작했기 때문이다. 샬레인은 그냥 먼발치에서 바라보기만 했다.

"안녕하세요."

학부형들 사이에서 인기가 좋은 수다쟁이 여자가 다가왔다. 지금껏 한 번도 얼굴을 마주해본 적이 없던 그녀는 무슨 바람이 불었는지 걱정스러운 표정을 가식적으로 지어 보이며 샬레인 앞에 우뚝 서 있었다. 언론은 아직 마이크의 이름을 언급하지 않은 채 총기사건이 벌어졌다는 소식만을 보도했다. 하지만 이런 작은 도시에서 소문이 퍼지는 속도는 가히 무서울 정도였다.

"마이크에 대해 들었어요. 좀 어떠세요?"

"많이 나아졌어요."

"어떻게 된 일이죠?"

또 다른 여자가 그녀의 오른편으로 다가왔다. 곧이어 두 명의 여자가 어슬렁거리며 다가왔고, 두 명의 여자가 더 달라붙었다. 사방에서 다가온 여자들 때문에 샬레인은 그레이스 로슨을 바라볼 수 없었다.

거의.

아주 잠시 동안 샬레인은 움직일 수 없었다. 그냥 얼어붙은 채 그가 그레이스 로슨에게 다가가는 모습을 지켜볼 뿐이었다.

그의 외모는 많이 달라져 있었다. 얼굴엔 전에 없던 안경이 걸쳐져 있었고, 머리는 금발에서 검은색으로 바뀌어 있었다. 하지만 의심할 여지없이 그가 분명했다. 같은 남자였다.

에릭 우.

그레이스 로슨에게서 30미터쯤 떨어진 샬레인은 바들바들 떨기 시작했다. 우가 그레이스의 어깨에 손을 얹고 있었다. 그가 그녀의 귀에 대고 뭔가를 속삭였다.

순간 그레이스 로슨의 몸 전체가 빳빳하게 경직되었다.

◻

그레이스는 자신을 향해 다가오는 동양인 남자를 의아하게 바라보았다.

보나마나 그냥 지나치는 행인일 거라고 생각했다. 학부형으로 보기에는 너무 젊었다. 게다가 그레이스는 학교의 거의 모든 선생님을 알고 있었다. 그는 분명 교사는 아니었다. 어쩌면 새로 온 교생일지도 몰랐다. 아마 그럴 것이다. 그녀는 그에게 특별히 관심을 기울이지 않았다. 이미 머릿속은 다른 문제들로 복잡했다.

그녀는 며칠간 갈아입을 수 있는 옷을 충분히 챙겼다. 그레이스에겐 펜실베이니아 주립대학교 근처에 살고 있는 사촌이 있었다. 그곳으로 갈 수도 있었다. 그레이스는 미리 연락해놓진 않았다. 어떤 식으로든 흔적을 남겨놓고 싶지 않았기 때문이다.

여행 가방을 챙긴 후 그녀는 침실문을 닫았다. 그리고 크램이 준 작은 권총을 꺼내 침대에 내려놓았다. 그녀는 한동안 총을 내려다보았다. 그녀는 총을 극도로 혐오했다. 이성적인 사람이라면 누구라도 집안에 총이 굴러다니는 것을 달가워하지 않을 것이다. 하지만 어제 크램은 단호하게 그녀에게 총을 건네주었다. 게다가 아이들까지 위협받는 상황이었다.

트럼프 카드.

그레이스가 나일론 발목 홀스터를 아프지 않은 쪽 다리에 둘렀다. 간지럽고, 불편했다. 그녀는 끝자락이 나팔 꼴로 벌어진 청바지로 갈아입었다. 총은 완벽하게 감춰졌지만 끝 부분이 살짝 튀어나와 보였다. 그런 것쯤이야 부츠를 신어 충분히 가릴 수 있었다.

그녀는 밥 도드의 〈뉴햄프셔포스트〉 사무실에서 날아온 파일을 챙겨들고 학교로 향했다. 수업이 끝날 때까지 몇 분의 여유가 남아 있었다. 그녀는 차에 남아 문서를 훑어보기 시작했다. 이 문서들엔 어떤 내용들이 담겨 있을까? 상자에서 자질구레한 것들이 많이 나왔다. 작은 성조기, 지기 커피 머그, 발신 주소 스탬프, 작은 루사이트 문진. 펜과 연필도 있었고, 지우개, 클립, 수정액, 압정, 포스트잇, 스테이플러 알도 담겨 있었다.

그레이스는 그런 것들을 한쪽으로 밀어내고 문서들을 집어들었다. 문서는 많지 않았다. 아마도 도드는 거의 모든 업무를 컴퓨터로 했을 것이다. 상자엔 디스켓도 몇 장 들어 있었다. 하지만 라벨은 붙어 있지 않았다. 어쩌면 그 안에 실마리가 될 수 있는 뭔가가 들어 있을지도 몰랐다. 그녀는 나중에 컴퓨터로 그것들을 제대로 살펴보기로 했다.

그녀가 찾은 문서들은 전부 신문 클리핑뿐이었다. 밥 도드가 작성한 기사들. 그레이스는 그것들을 하나하나 유심히 살폈다. 코라의 말이 맞았다. 그는 주로 작은 폭로기사들을 다뤘다. 사람들이 불만사항을 제보하면 밥 도드는 곧장 수사에 착수했다. 하지만 누군가에게 죽임을 당할 만큼 심각한 문제들은 아니었다. 그러나 누가 알겠는가. 사소한 일들이 큰 파장을 일으킬 수도 있는 법이니까.

그녀가 문서들을 다시 집어넣으려는데 상자 밑에 깔려 있는 사진 하나가 눈에 들어왔다. 액자는 엎어진 채 놓여 있있다. 호기심이 발동한 그녀가 액자를 뒤집어보았다. 사진은 전형적인 휴가 사진이었다. 밥 도드와 그의 아내 질리언은 환히 웃으며 해변에 서 있었다. 화려한 하와이언셔츠를 걸치고 있는 그들은 눈부시게 하얀 치아를 자랑스레 드러내고 있었다. 질리언은 빨강머리였다. 그녀의 눈 사이 간격은 조금 넓은 편이었다. 순간 그레이스는 밥 도드가 어떻게 연루되었는지를 깨달았다. 그가 기자였기 때문이 아니었다.

그의 아내 질리언 도드가 바로 실라 램버트였던 것이다.

그레이스가 눈을 질끈 감고 콧날을 손으로 문질렀다. 그리고 꺼냈던 모든 것을 다시 상자에 조심스레 집어넣었다. 그녀는 상자를 뒷좌석에 놔두고 차에서 내렸다. 모든 퍼즐 조각을 끼워맞추기 위해서는 시간이 조금 필요했다.

얼로의 멤버 네 명. 그들 모두는 과거에 발목을 잡혔다. 실라 램버트는 이 땅을 뜨지 않았다. 그녀는 이름을 바꾸고, 결혼을 했다. 잭은 프랑스의 작은 마을로 들어가 숨어 지냈고, 셰인 얼워스는 이미 죽었거나 그의 어머니의 주장대로 멕시코에서 불쌍한 사람들을 돕고 있는지도 몰랐다. 제리 덩컨은 살해됐고.

그레이스가 시간을 확인했다. 앞으로 몇 분 후면 벨이 울릴 것이다. 벨트에 차고 있던 휴대전화가 울렸다.

"여보세요?"

"로슨 부인, 펄머터 경감입니다."

"네, 경감님. 무슨 일이시죠?"

"여쭤볼 게 있습니다."

"지금 아이들을 데리러 나와 있어요."

"제가 댁으로 갈까요? 댁에서 뵈는 것도 괜찮으시다면."

"앞으로 이 분 후면 아이들이 나와요. 제가 아이들을 데리고 경찰서로 갈게요."

묘한 안도감이 찾아들었다. 펜실베이니아로 도망치는 것은 그다지 현명한 일이 아닐 것도 같았다. 어쩌면 펄머터가 뭔가를 밝혀냈는지도 몰랐다. 어쩌면 그는 비로소 그녀의 말을 믿어줄지도 몰랐다.

"그래도 괜찮으시겠어요?"

"네, 좋습니다. 제 사무실에서 기다리고 있겠습니다."

그레이스가 휴대전화를 접는 순간 누군가의 손이 그녀의 어깨에 닿았다. 그녀가 몸을 돌렸다. 아까 봤던 젊은 동양인 남자였다. 그가 그녀의 귀 앞으로 얼굴을 가져갔다.

"당신 남편을 잡아두고 있습니다."

그가 속삭였다.

42

“샬레인? 괜찮아요?”

인기 좋은 수다쟁이 여자가 물었다. 샬레인은 그녀의 질문을 무시했다.

자, 샬레인, 생각을 해.

멍청한 여주인공은 이런 상황에서 어떻게 할까? 그것부터 떠올리는 예전 습관은 여전했다. 과연 그녀라면 어떻게 할지를 떠올린 후 그 반대 길로 나아가야 했다.

자, 빨리 생각을 해.

샬레인은 온몸이 마비될 것 같은 두려움을 떨쳐내려 애썼다. 이곳에서 그 남자를 다시 만나게 될 거라고는 상상도 하지 못했다. 에릭우는 경찰에 쫓기는 몸이었다. 그는 마이크에게 총을 쏘아댔다. 그리고 프레디를 폭행하고, 인질로 잡아두기까지 했다. 경찰은 그의 지문을 확보한 상태였고, 그의 신원도 확인해놓았다. 그들은 그를 다시 교도소로 돌려보낼 것이다. 그런 그가 여긴 무슨 일로 왔을까?

그게 뭐 중요하니, 샬레인? 빨리 뭐라도 해봐.

그녀가 할 수 있는 것은 당연한 일뿐이었다. 경찰에 신고하는 것.

그녀가 손가방을 열고 모토로라 휴대전화를 꺼내들었다. 그녀 앞으로 몰려든 학부형들은 여전히 작은 개들처럼 요란하게 떠들고 있었다. 샬레인이 휴대전화를 열었다.

배터리가 나가 있었다.

하필 이럴 때. 하지만 당연한 일이었다. 동양인 남자를 미행하면서 휴대전화를 오랫동안 썼기 때문이다. 그녀의 기종은 이 년 전 모델로, 항상 샬레인의 속을 끓였다. 그녀가 운동장 맞은편으로 시선을 돌렸다. 에릭 우가 그레이스 로슨과 대화를 나누고 있었다. 그들이 함께 걸음을 옮기기 시작했다.

같은 여자가 다시 물었다.

"왜 그래요, 샬레인?"

"휴대전화 좀 잠시 빌릴게요. 지금 당장요."

그녀가 말했다.

그레이스는 남자를 빤히 바라보았다.

"조용히 날 따라오면 남편을 만날 수 있습니다. 그리고 한 시간 안에 다시 돌아올 수 있습니다. 앞으로 일 분 후면 벨이 울릴 겁니다. 날 따라오지 않는다면 당신 아이들을 죽일 수밖에 없습니다. 쏟아져나오는 아이들을 향해 총을 난사할 겁니다. 알겠습니까?"

그레이스는 아무 대꾸도 하지 않았다.

"시간이 없습니다."

"같이 가겠어요."

그녀가 간신히 입을 열었다.

"당신이 운전해요. 차분히 날 따라와요. 누군가에게 신호를 보냈다간 그 사람도 죽일 겁니다. 알겠습니까?"

"네."

"당신을 경호하는 남자가 지금 뭘 하고 있는지 궁금할 겁니다."

그가 계속 이어나갔다.

"아마 그가 우릴 방해하는 일은 없을 겁니다."

"당신은 누구죠?"

그레이스가 물었다.

"곧 벨이 울립니다."

그가 입가에 살짝 미소를 띠며 말했다.

"여기서 아이들이 나올 때까지 기다리겠습니까?"

비명을 질러. 미친 듯이 비명을 지르며 달리는 거야. 그레이스가 속으로 외쳤다. 하지만 그의 옷 속에 감춰진 총이 분명히 보였다. 그녀가 남자의 눈을 들여다보았다. 허풍이 아니었다. 그는 진지했다. 원한다면 누구라도 거침없이 죽일 수 있는 사람이었다.

게다가 그는 그녀의 남편을 잡아두고 있었다.

그들은 그녀의 차를 향해 나란히 걸어나갔다. 마치 다정한 친구처럼. 그레이스의 눈이 운동장 쪽으로 돌아갔다. 코라가 보였다. 코라는 알쏭달쏭한 얼굴로 그레이스를 바라보고 있었다. 그레이스는 불필요하게 문제를 일으키고 싶지 않았다. 그녀가 고개를 돌려버렸다.

그레이스는 묵묵히 걸음을 옮겼다. 그들이 차에 다다랐다. 그녀가 막 차문을 열었을 때 수업 종료를 알리는 벨이 들려왔다.

ㅁ

수다쟁이 여자가 손가방을 뒤적였다.

"우린 요금제를 잘못 선택했어요. 제 남편 할이 너무 비싸다고 벌벌 떠는 바람에 그렇게 됐죠. 이미 첫 주에 주어진 시간을 거의 다 써버렸어요. 남은 시간으로 한 달을 어떻게 보낼지 걱정이에요."

샬레인이 몰려든 학부형들의 얼굴을 돌아보았다. 그녀는 주위를 공황상태에 빠뜨리지 않으려 애써 차분하게 말했다.

"휴대전화 가진 분 안 계시나요?"

그녀의 시선이 다시 우와 로슨에게로 돌아갔다. 그들은 길 맞은편에 세워진 그레이스의 차에 다다랐다. 그레이스는 리모컨으로 차문을 열고 운전석 앞에 섰다. 우는 조수석 앞에 서 있었다. 그레이스 로슨은 도망치려는 시도조차 하지 않았다. 그녀의 얼굴은 잘 보이지는 않았지만 우에게 위협을 받고 있는 것 같진 않았다.

그때 학교 건물에서 벨소리가 울렸다.

학부형들이 약속이라도 한 듯 건물 쪽으로 고개를 돌렸다. 조건반사. 그들은 아이들이 쏟아져나올 문을 뚫어져라 바라보고 있었다.

"여기 있어요, 샬레인."

한 학부형이 건물에 시선을 고정시킨 채 샬레인 앞으로 휴대전화를 내밀었다. 샬레인은 최대한 차분한 모습으로 휴대전화를 건네받은 후 그레이스와 우를 바라보며 귀에 가져갔다. 순간 그녀가 움찔했다.

우가 자신을 매섭게 노려보고 있었다.

그 여자가 시야에 들어오자 우는 잽싸게 총을 뽑아들었다.

그는 그녀를 죽일 생각이었다. 바로 지금. 바로 이곳에서. 모두가 지켜보는 가운데.

우는 미신을 믿지 않았다. 그녀를 학교에서 다시 보게 된 것은 우연이 아니었다. 그녀에겐 아이들이 있었고, 집도 바로 학교 근처였다. 학부형들의 수는 대충 이삼백 명쯤 되는 것 같았지만 그는 어쨌든 달려가서 그녀를 죽이고 싶었다.

악마는 지체 없이 처치해야 했다.

그녀가 경찰에 신고하기 전에 신속하게 처리해야만 했다. 운동장이 아수라장이 된 틈을 타 유유히 현장을 빠져나오는 것도 어려운 일은 아닐 것 같았다. 그녀가 총을 맞고 쓰러지면 주위의 학부형들은 쓰러진 그녀에게 몰려들 터였다. 꽤 만족스러운 시나리오였다.

하지만 그렇다고 문제가 전혀 없는 것은 아니었다.

우선 여자는 그에게서 30미터 이상 떨어져 있었다. 에릭 우는 자신의 강점과 약점을 잘 알고 있었다. 백병전에서 그를 제압할 사람은 아무도 없었다. 하지만 사격은 얘기가 달랐다. 자칫하다가는 그녀에게 부상만 입히게 될지도 몰랐다. 아예 그녀를 맞히지 못할 수도 있었다. 총성이 울리면 운동장은 공황상태에 빠지게 될 터였다. 하지만 그녀가 쓰러지지 않는다면 그의 시나리오는 엉망이 되어버릴 것이다.

그가 학교까지 오게 된 이유, 그의 진짜 타깃은 그레이스 로슨이었다. 그녀는 순순히 그의 지시대로 움직이고 있었다. 순진한 그녀는 이 악몽에서 무사히 빠져나올 거라 믿고 있는 듯했다. 그가 운동장을 향해 총을 쏜다면 이미 손 닿지 않는 거리에 서 있는 그레이스 로슨은 분명 달아날 터였다.

"차에 타요."

그가 말했다.

그레이스 로슨이 문을 열었다. 에릭 우는 운동장에 서 있는 여자를 빤히 바라보았다. 그들의 시선이 마주쳤다. 그가 고개를 저으며 자신의 허리춤을 손으로 가리켰다. 우는 그녀에게 분명한 메시지를 전하고 싶었다. 그녀는 이미 그를 난처하게 했고, 그도 이미 그녀에게 총을 쏜 적이 있었다. 한 번 해본 거, 두 번이라고 못할 것은 없었다.

그는 그녀가 휴대전화를 슬그머니 내릴 때까지 기다렸다. 우는 그녀를 계속 노려보며 차에 올랐다. 그들은 천천히 움직여 모닝사이드 가를 따라 사라졌다.

43

펄머터는 스콧 덩컨의 맞은편에 앉아 있었다. 그들은 에어컨이 제대로 작동하지 않는 경감 사무실에 들어와 있었다. 제복 경관 수십 명이 에어컨도 나오지 않는 건물 안에서 하루 종일 북적거리다보니 곳곳에서 심한 악취가 풍겨나왔다.

"이젠 검찰청 소속이 아니라고요?"

펄머터가 말했다.

"그렇습니다."

덩컨이 대답했다.

"지금은 개인 사무실에서 일하고 있습니다."

"그렇군요. 당신의 고객이 인디라 카리왈라를 고용…… 아니, 바로잡겠습니다. 당신이 고객을 대신해 카리왈라 씨를 고용한 거죠?"

"확인해드릴 수도 없고, 부인도 못 하겠습니다."

"당신의 고객이 잭 로슨을 감시해줄 것을 요청했다는 사실도 물론 확인이 불가능하겠죠?"

"그렇습니다."

펄머터가 두 손을 활짝 펴 보였다.

"내게 원하는 게 뭡니까, 덩컨 씨?"

"경감님이 잭 로슨의 실종에 대해 뭘 알아내셨는지 듣고 싶습니다."

펄머터가 미소를 지었다.

"그러니까 지금 수사 중인 살인과 실종사건에 대해 알고 있는 모든 것을 말해달라 이거죠? 당신 고객이 깊숙이 연루되어 있는 이 사건을 말입니다. 그럼 당신은 내게 슬그머니 돈 봉투를 건네줄 거고요. 내 추측이 대충 맞아떨어졌나요?"

"전혀 아닙니다."

"그럼 뭐죠?"

"이건 제 고객과는 아무런 상관이 없습니다."

덩컨이 앉은 채로 다리를 꼬았다.

"저는 로슨 사건에 사적인 이유로 개입하고 있습니다."

"네?"

"로슨 부인이 문제의 사진을 보여드렸죠?"

"네. 기억합니다."

"얼굴에 엑스 표시가 된 여자는 제 누이였습니다."

그가 말했다.

펄머터가 몸을 의자 등받이에 붙이고 나지막하게 휘파람을 불었다.

"처음부터 차근차근 말해주십시오."

"말씀드리자면 깁니다."

"뭐 시간이 남아돈다고 얘기하면 거짓말이겠죠."

그때 사무실 문이 벌컥 열렸다. 데일리가 문틈으로 고개를 불쑥 내밀었다.

"2번 전화 받아보세요."

"무슨 일인가?"

"샬레인 스웨인입니다. 조금 전에 에릭 우를 학교 운동장에서 봤답니다."

◻

칼 베스파는 그림을 유심히 들여다보았다.

그레이스는 화가였다. 그는 그녀의 작품 여덟 점을 소장하고 있었다. 그중에서 유독 볼 때마다 그의 가슴을 술렁이게 하는 작품이 하나 있었다. 그는 늘 그것이 라이언의 마지막 순간을 담은 초상화일 거라고 확신했다. 그날 벌어진 일에 대한 그레이스의 기억은 그다지 생생하지 않았다. 하지만 악몽 같은 사고 직전에 놓인 평범한 청년의 모습. 그 이미지는 신기하게도 그녀를 예술적 무아지경에 빠뜨려놓았다. 그레이스 로슨은 그때 일을 꿈으로 꾸었다고 주장했다. 그리고 오직 꿈속에서 본 것들만이 기억에 남아 있을 뿐이라고 했다.

베스파는 과연 그럴지 궁금했다.

그의 저택은 뉴저지의 잉글우드에 있었다. 골목 끝엔 에디 머피의 저택이 있었고, 뉴저지 네츠의 파워 포워드도 두 집 건너에 살았다. 한때 밴더빌트 대학의 소유였던 베스파 저택은 한쪽 구석에 떨어져 있었다. 1988년, 당시 그의 아내였던 샤론은 백 년 이상 된 저택을 과감하게 허물고 그 자리에 현대적인 저택을 지었다. 하지만 건물은 곱게 나이를 먹지 않았다. 이제 저택은 유리블록을 아무렇게나 쌓아놓은 것 같아 보였다. 창문이 너무 많았다. 여름엔 실내가 푹푹 쪘다. 꼭 온실에 갇혀 사는 기분이었다.

샤론은 더는 그의 인생에 남아 있지 않았다. 그와 갈라섰을 때도 그녀는 집을 요구하지 않았다. 그녀는 아무것도 필요 없다고 했다. 베스파는 그녀를 잡으려 하지 않았다. 두 사람의 유일한 연결고리는 바로 라이언이었다. 물론 바람직한 가족상은 아니었다.

베스파는 모니터를 통해 사유차도를 내려다보았다. 세단 한 대가 들어서고 있었다.

그와 샤론은 많은 아이를 원했다. 하지만 뜻대로 되지 않았다. 베스파의 정자 수는 너무 적었다. 물론 아무에게도 털어놓은 적이 없는 그만의 비밀이었다. 그동안은 무조건 샤론의 탓으로만 몰아붙였다. 지금 와서 생각해봤자 부질없는 일이지만 베스파는 만약 라이언에게 한 명이라도 형제가 있었더라면 그때의 비극을 훨씬 무난하게 극복했을 거라고 확신했다. 얼마나 비극적인 일을 겪었든 다른 선택의 여지가 없었다. 그냥 계속 살아나가는 수밖에. 길 한쪽에 멈춰 서서 무작정 상처가 아물기를 기다리고 있을 수는 없었다. 아무리 그러고 싶다 해도. 베스파에게 다른 아이가 더 있었다면 그도 그 사실을 빨리 깨달았을 것이다. 삶의 의욕까지 완전히 잃어버리는 일 따위는 없었을 것이다.

하지만 그는 매일 아침, 침대에서 내려오는 일이 무척 고되기만 했다.

베스파가 밖으로 나와 세단이 멈춰 서는 것을 내려다보았다. 크램이 먼저 내렸다. 그는 휴대전화로 누군가와 통화를 하고 있었다. 웨이드 라루가 그를 뒤따랐다. 라루의 얼굴은 겁에 질려 있지 않았다. 오히려 평온한 얼굴로 푸르른 주변 풍경을 여유롭게 돌아보고 있었다. 크램이 라루에게 몇 마디 중얼거렸다. 베스파는 그가 라루에게 무슨 말을 했는지 들을 수 없었다. 크램이 계단을 올라오기 시작했다. 웨이드 라루는 정원을 빙빙 맴돌고 있었다.

크램이 말했다.

"문제가 생겼습니다."

베스파는 웨이드 라루를 지켜보며 크램의 보고가 이어지기를 기다렸다.

"리치가 응답하지 않습니다."

"어디에 세워놨었지?"

"아이들 학교 근처에 세워두었습니다."

"그레이스는?"

"모르겠습니다."

베스파가 크램을 쏘아보았다.

"3시에 에마와 맥스를 데리러 학교로 떠났습니다. 학교 상황은 리치가 지켜보기로 했었습니다. 그녀가 학교에 잘 도착했다고 리치가 보고를 해오긴 했는데 그 후로는 응답이 없습니다."

"사람을 보냈나?"

"사이먼이 갔습니다."

"그런데?"

"밴은 아직 그곳에 있었습니다. 하지만 주변에 경찰이 깔려 있더군요."

"아이들은?"

"아직 모릅니다. 사이먼은 운동장에서 아이들을 본 것 같다고 했습니다. 하지만 경찰이 진을 치고 있어서 접근하지 못했답니다."

베스파가 주먹을 불끈 쥐었다.

"그레이스를 찾아야 해."

크램은 아무 말이 없었다.

"또 무슨 일인가?"

크램이 어깨를 으쓱했다.

"아무리 생각해도 우리가 잘못 짚고 있는 것 같습니다."

두 사람은 한동안 입을 열지 않았다. 그들은 웨이드 라루를 내려다보았다. 그는 담배를 피우며 정원을 맴돌고 있었다. 그들이 서 있는 곳에선 조지 워싱턴 다리가 훤히 내려다보였고, 뒤로는 맨해튼의 멋진 스카이라인이 펼쳐져 있었다. 베스파와 크램은 아래에서 소용돌이치며 뿜어져올라오는 연기가 마치 저승의 신 하데스라도 되는 양 넋을 잃고 지켜보았다. 베스파는 크램을 삼십팔 년간 곁에 두고 봐왔다. 크램은 누구보다도 총과 칼을 능숙하게 다룰 줄 알았다. 그는 눈빛만으로 어렵지 않게 상대를 제압할 수 있었다. 지독하고, 거친 사이코들도 크램 앞에선 오금을 펴지 못했다. 하지만 그날, 정원에 말없이 서서 뿜어져올라오는 연기를 내려다보는 크램은 당장에라도 눈물을 쏟을 것 같은 표정이었다.

그들은 웨이드 라루를 빤히 바라보았다.

"저 친구와 얘기는 좀 해봤나?"

베스파가 물었다.

크램이 고개를 저으며 말했다.

"아뇨."

"아주 차분해 보이는데."

크램은 대꾸하지 않았다. 베스파가 라루를 향해 다가갔다. 크램은 그냥 제자리에 서 있었다. 라루는 돌아보지 않았다. 베스파가 몇 미터 거리를 두고 멈춰 섰다.

"날 보고 싶다고 했나?"

라루는 계속해서 조지 워싱턴 다리를 내려다보았다.

"경치가 아주 좋군요."

그가 말했다.

"경치나 구경하러 온 건 아니겠지?"

그가 어깨를 으쓱했다.

"뭐 안 될 것도 없죠."

베스파는 묵묵히 기다렸다. 웨이드 라루는 여전히 돌아보지 않았다.

"자백을 했다며?"

"네."

"진실을 말했나?"

"자백했을 때 말입니까? 아뇨."

"그게 무슨 소린가? 자백했을 때라니?"

"내가 그날 밤 총을 쐈는지 여부를 무척 궁금해하셨다죠?"

웨이드 라루가 몸을 천천히 돌려 베스파를 바라보았다.

"그게 왜 궁금하신 거죠?"

"자네가 내 아들을 죽였는지 알고 싶어서였네."

"전 그 아이를 쏘지 않았습니다."

"그 얘기가 아니라는 걸 알지 않나."

"뭐 하나 여쭤봐도 되겠습니까?"

베스파는 말없이 질문을 기다렸다.

"선생님을 위해서 이러시는 겁니까, 아니면 아드님을 위해 이러시는 겁니까?"

베스파는 잠시 골똘한 생각에 잠겼다.

"날 위해 이러는 건 아닐세."

"그럼 아드님 때문입니까?"

"그 아인 죽었어. 내가 지금 뭘 하든 그 아이에게 도움이 될 건 없네."

"그럼 대체 누구 때문이죠?"

"그건 중요한 게 아닐세."

"제겐 중요합니다. 선생님이나 아드님 때문이 아니라면, 어째서 지금까지 복수할 기회를 노리고 계신 거죠?"

"꼭 그래야 하니까."

라루가 고개를 끄덕였다.

"세상엔 균형이 필요해."

베스파가 계속 이어나갔다.

"음양 말씀입니까?"

"그렇게 볼 수도 있겠지. 그날 열여덟 명이 목숨을 잃었네. 누군가는 대가를 치러야지."

"그러지 않으면 세상의 균형이 무너지기라도 한다는 말인가요?"

"그렇지."

라루가 담뱃갑을 꺼내들었다. 그가 베스파에게 담배를 권했고, 베스파는 말없이 고개를 저었다.

"그날 밤 자네가 총을 쐈나?"

베스파가 물었다.

"네."

순간 베스파가 폭발했다. 그는 원래 성미가 무척 급한 사람이었다. 무표정에서 주체할 수 없는 격노를 분출할 때까지 걸리는 시간은 불과 일 초밖에 걸리지 않았다. 만화에서 온도계의 수은주가 무섭게 치솟는 모습처럼 아드레날린이 솟구쳤다. 그가 불끈 쥔 주먹으로 라루의 안면을 가격했다. 라루는 뒤로 고꾸라졌다. 그가 손으로 코를 쥔 채 몸을 힘겹게 일으켰다. 그의 얼굴에선 피가 흐르고 있었다. 라루가 베스파를 올려다보며 씩 웃었다.

"이렇게 하면 균형이 맞춰지는 건가요?"

베스파는 거친 숨을 몰아쉬었다.

"이건 시작에 불과해."

"음양."

라루가 말했다.

"그 이론, 마음에 드는군요."

그가 팔뚝으로 얼굴을 훔쳤다.

"그 음양 이론 말입니다. 세대를 넘나들며 적용되는 건가요?"

"그게 무슨 소리지?"

라루가 알 수 없는 미소를 지었다. 코피가 입 안으로 새어들어가고 있었다.

"다 아시잖아요."

"내가 자넬 죽이게 될 거라는 것도 알겠지?"

"제가 무슨 나쁜 짓을 했습니까? 그 정도 대가를 치러야 할 만큼 나쁜 짓을 한 건가요?"

"물론."

라루가 일어났다.

“당신은 어떻고요, 베스파 씨?”

베스파가 다시 주먹을 쥐었지만 아드레날린은 어느새 쫙 빠진 상태였다.

“당신도 나쁜 짓을 일삼고 살아왔잖아요. 당신은 그 대가를 치른 건가요?”

라루가 고개를 한쪽으로 살짝 기울였다.

“당신 아들이 대신 치러준 건 아닌가요?”

베스파가 라루의 복부에 강력한 펀치를 날렸다. 라루의 몸이 순간 반으로 접혀졌다. 베스파가 이번엔 그의 얼굴을 향해 주먹을 휘둘렀다. 라루가 다시 쓰러졌다. 베스파는 머뭇거림 없이 그의 얼굴을 발로 걷어찼다. 라루는 완전히 뻗어버렸다. 베스파가 그의 앞으로 성큼 다가갔다. 라루의 입에서 피가 뿜어져나왔다. 하지만 그는 여전히 킥킥 웃고 있었다. 눈물은 라루가 아닌, 베스파의 얼굴에서 흘러내리고 있었다.

“뭐가 우습나?”

“나도 당신과 똑같았습니다. 복수를 하고 싶었죠.”

“무슨 복수?”

“독방에 갇혀 지낸 세월을 그냥 묻어둘 순 없지 않습니까.”

“자업자득 아닌가.”

라루가 다시 몸을 일으켰다.

“그럴 수도 있고, 아닐 수도 있죠.”

베스파가 한 걸음 물러섰다. 그가 뒤를 흘끔 돌아보았다. 크램은 미동도 않고 그들을 빤히 지켜보고 있었다.

"내게 할 말이 있다고 했나?"
"이제 다 때리신 건가요?"
"왜 내게 연락을 해왔나?"
웨이드 라루가 입에서 쏟아져나온 피를 내려다보았다. 그의 얼굴에 커다란 미소가 떠올랐다.
"난 복수를 원했습니다. 당신은 내가 얼마나 복수를 원해왔는지 모를 겁니다. 하지만 오늘 교도소에서 나와 자유인이 된 순간…… 갑자기 모든 게 허무해졌습니다. 난 교도소에서 십오 년을 썩었습니다. 저의 형벌은 이제 다 끝났습니다. 반면에 당신의 형기는 영영 끝나지 않을 겁니다. 안 그런가요, 베스파 씨?"
"원하는 게 뭔가?"
라루가 다시 일어났다. 그리고 베스파 앞으로 천천히 다가갔다.
"많이 괴로워하고 있다는 거 압니다."
그의 음성은 많이 누그러져 있었다.
"난 당신이 모든 것을 알기를 원합니다, 베스파 씨. 진실을 들을 때가 온 거란 말입니다. 이제 이 모든 건 여기서 끝을 맺어야 합니다. 바로 오늘. 그 방법은 중요하지 않습니다. 이제 난 내 인생을 살고 싶습니다. 과거는 생각하고 싶지 않습니다. 그래서 내가 아는 모든 걸 들려주고 싶었습니다. 하나도 빠짐없이. 다 듣고 난 뒤 날 어떻게 처리할지는 당신에게 맡기겠습니다."
"자네가 총을 쐈다고 하지 않았나."
라루는 못 들은 척했다.
"고든 매켄지 부서장을 기억합니까?"
그의 질문에 베스파가 흠칫 놀랐다.

"그 경비 말인가? 물론 기억하지."

"그가 교도소로 날 면회 온 적이 있었습니다."

"언제?"

"삼 개월 전."

"왜 왔다고 하던가?"

라루가 다시 미소를 머금었다.

"균형을 맞추기 위해서였죠. 잘못된 일을 바로잡기 위해서. 당신은 음양이라고 했지만 매켄지는 신이라고 했습니다."

"무슨 말인가?"

"고든 매켄지는 시한부 인생이었습니다."

라루가 베스파의 어깨에 손을 얹었다.

"저세상으로 떠나기 전에 자신의 죄를 고백하고 싶다고 했습니다."

44

그레이스의 발목 홀스터엔 권총이 꽂혀 있었다.

그녀가 차에 시동을 걸었다. 동양인 남자는 그녀의 옆자리에 앉아 있었다.

"쭉 가다가 좌회전입니다."

그레이스는 겁이 났다. 하지만 왠지 마음이 차분해지는 게 느껴졌다. 태풍의 눈 안에 들어온 기분이랄까. 무슨 일이든 일어날 것만 같았다. 어쩌면 그토록 찾아 헤맸던 답들을 시원하게 들을 수 있을지도 몰랐다. 그녀는 우선순위를 매겨보았다.

우선 그를 아이들에게서 최대한 멀리 떨어뜨려놔야 했다.

그게 가장 중요했다. 에마와 맥스에겐 아무 일도 없을 것이다. 아이들의 담임선생님이 잘 돌봐줄 테니까. 시간이 되어도 그레이스가 나타나지 않으면 아이들은 선생님을 따라 교무실로 가게 될 것이다. 잔소리 많은 딘스몬트 부인은 분명 아이들 어머니가 무책임하다며 혀를 끌끌 찰 것이다. 육 개월 전 뜻밖의 도로공사로 인해 학교에 늦게 도착했던 적이 있었다. 그녀는《올리버 트위스트》의 한 장면처럼 기다리고 있을 맥스를 생각하며 초조해했다. 가까스로 도착해보니 아이는 교무실에서 공룡 색칠공부에 열중하고 있었다. 맥스는 집에 가지 않고 계속 색칠공부를 하겠다고 떼를 썼었다.

이제 학교는 그녀의 시야에서 사라진 지 오래였다.

"여기서 우회전하십시오."

그레이스는 그의 지시대로 했다.

그는 분명 잭에게 데려가겠다고 했다. 그레이스는 그 말을 믿어야 할지 말아야 할지 갈피를 잡지 못했다. 하지만 어떤 이유에서인지 그를 믿고 싶었다. 물론 그가 선하기 때문은 아니었다. 그녀는 경고를 무시하고 너무 깊숙이 들어와 있었다. 그는 위험한 인물이었다. 허리춤에 꽂혀 있는 총이 아니더라도 그 사실을 쉽게 알 수 있었다. 그에게선 심상치 않은 기운이 뿜어져나왔다. 왠지 그가 스쳐가는 곳마다 끔찍한 일들이 벌어졌을 것 같았다.

하지만 그레이스는 모든 것을 직접 보고 싶었다. 발목 홀스터엔 총이 꽂혀 있었다. 만약 그녀가 현명하게 행동한다면, 만약 그녀가 주의를 기울인다면, 동양인 체포자를 깜짝 놀라게 해줄 수도 있을 것이다. 하지만 지금은 그저 그의 지시대로 순순히 따르는 것이 중요했다. 현재로서는 다른 대안이 없었다.

그녀는 벌써부터 홀스터에서 총을 뽑을 걱정에 가득 차 있었다. 과연 매끄럽게 뽑힐 것인가? 정말 방아쇠만 당기면 발사되는 걸까? 그냥 겨누고 쏘면 되는 건가? 무리 없이 총을 뽑아든다 해도 문제는 그 다음이었다. 그가 빤히 지켜보고 있는데 뭘 어떻게 해야 하는지. 총을 겨누고 잭에게 데려다달라고 소리를 칠까?

그것만큼은 도저히 못할 것 같았다.

그렇다고 무작정 그에게 대고 총을 쏴댈 수도 없는 일이었다. 윤리적인 딜레마나 완벽한 타이밍에 방아쇠를 당길 수 있는 용기 따위는 중요하지 않았다. 그는 그레이스를 잭에게로 데려가줄 수 있는 유일한 끈이었다. 그를 죽인다면 모든 게 물거품으로 돌아갈 것이다. 마지막 단서, 잭을 찾을 수 있는 마지막 기회를 그렇게 잃을 수는 없었다.

그냥 잠자코 기다리는 게 현명한 일이었다. 애초부터 다른 선택의 여지도 없었지만.

"정체가 뭐죠?"

그레이스가 말했다.

그는 딱딱하게 굳은 얼굴이었다. 그가 그녀의 손가방을 집어들고 무릎 위에 내용물을 쏟았다. 그가 내용물을 하나씩 살펴가며 필요 없는 것들을 가차 없이 뒷좌석으로 던졌다. 그가 그녀의 휴대전화에서 배터리를 분리해 뒤로 휙 던져버렸다.

그녀는 계속해서 그에게 질문을 퍼부었다. 남편은 어디 있는지, 그가 뭘 원하는지. 하지만 그는 여전히 그녀를 외면했다. 신호등 앞에 다다랐을 때 남자는 그레이스의 예상을 뛰어넘는 행동을 보였다.

그녀의 부상당한 무릎에 손을 얹은 것이다.

"다리에 문제가 있죠?"

그가 말했다.

그레이스는 어떻게 대답해야 할지 몰랐다. 그의 손은 깃털처럼 가볍게 느껴졌다. 순간 그가 아무런 예고도 없이 그녀의 무릎에 손가락을 힘껏 찔러넣었다. 그의 손가락이 그녀의 슬개골 밑을 깊게 파고들었다. 그레이스가 움찔했다. 남자의 손가락 끝이 무릎뼈와 정강이뼈 사이의 공간 속으로 사라졌다. 순간 극심한 통증이 밀려들었다. 비명조차 지를 수 없을 만큼 고통스러웠다. 그녀가 그의 손을 붙잡고 무릎에서 떼어내보려 애썼지만 그는 꿈쩍도 하지 않았다. 그의 손은 꼭 콘크리트 블록 같았다.

그가 속삭였다.

"조금 더 깊이 쑤셔넣었다가 잡아뜯으면……."

그녀의 머리가 핑핑 돌았다. 의식이 오락가락하고 있었다.

"슬개골이 뜯겨나올 수도 있습니다."

신호등에 파란불이 들어오자 그가 손을 뗐다. 그레이스는 하마터면 옆으로 고꾸라질 뻔했다. 불과 오 초 만에 벌어진 일이었다. 남자가 그녀를 돌아보았다. 그의 입가엔 보일 듯 말 듯한 은근한 미소가 머금어져 있었다.

"이젠 입을 열지 말아요. 알겠습니까?"

그레이스가 고개를 끄덕였다.

그가 다시 정면을 돌아보았다.

"자, 갑시다."

◻

펄머터는 전국에 지명수배를 내렸다. 샬레인 스웨인은 차의 모델과 번호판을 정확하게 기억하고 있었다. 차는 그레이스 로슨의 소유로 되어 있었다. 그것은 충분히 예상 가능한 일이었다. 펄머터는 경찰 표시가 없는 순찰차를 타고 학교로 향했다. 스콧 덩컨도 그와 동행했다.

"에릭 우란 사람이 대체 누굽니까?"

덩컨이 물었다.

펄머터는 그에게 무슨 얘기를 들려줄까 잠시 골똘한 생각에 잠겼다가 그냥 아는 대로 편하게 털어놓기로 했다.

"우리가 아는 건 이 정도입니다. 그 친구는 불법 침입에 집주인까지 폭행했습니다. 일시적인 마비상태로 만들어놨죠. 그리고 또 한 사람은 그가 쏜 총에 맞기도 했습니다. 내 생각엔 로키 콘웰도 그에게 살해된 것 같습니다. 로슨을 미행했던 친구 말입니다."

덩컨은 대꾸하지 않았다.

현장엔 두 대의 순찰차가 이미 도착해 있었다. 펄머터는 못마땅했다. 경찰 순찰차가 학교 앞에 진을 치고 있는 것. 다행히 사이렌은 울리지 않았다. 충격적인 일이었다. 아이들을 데리러 온 학부형의 반응은 크게 두 갈래로 나뉘었다. 어떤 학부형들은 허둥지둥 아이들을 차에 태웠다. 그들은 마치 날아오는 총탄을 몸으로라도 막아보겠다는 듯 아이들의 어깨를 감싸쥐고 인간 방패를 만들었다. 다른 학부형들은 발동한 호기심에 위험한 줄도 모르고 계속해서 운동장을 어슬렁거렸다. 무슨 일이 벌어지고 있는지 전혀 모르고 있다는 듯. 하긴, 이런 때 묻지 않은 공간에 그런 위험이 도사리고 있을 줄 누가 상상이라도 했겠는가.

샬레인 스웨인도 그곳에 남아 있었다. 펄머터와 덩컨이 서둘러 그녀에게 다가갔다. 뎀프시라는 이름의 제복 경관이 그녀에게 질문을 하며 대답을 수첩에 받아 적고 있었다. 펄머터가 그를 보내고 나서 샬레인에게 물었다.

"어떻게 된 일입니까?"

샬레인은 학교에 도착해 한동안 그레이스 로슨을 바라보다가 에릭 우가 그녀를 데려가는 모습을 목격했다고 대답했다.

"그가 위협을 가하는 모습이 분명하게 보였습니까?"

그가 물었다.

"아뇨."

샬레인이 대답했다.

"그럼 그녀가 자발적으로 따라갔다는 얘기군요."

샬레인 스웨인이 스콧 덩컨을 흘끔 바라보다가 다시 펄머터에게로 시선을 돌렸다.

"아니에요. 자발적으로 따라간 게 아니었어요."

"그걸 어떻게 아십니까?"

"그레이스는 아이들을 데리러 혼자 나왔어요."

샬레인이 대답했다.

"그래서요?"

"자발적으로 아이들을 그렇게 남겨놓고 갔다고는 생각하지 않아요. 그를 보자마자 신고를 할 순 없었어요. 꽤 멀리 있었지만 눈빛만으로 날 얼어붙게 했거든요."

"이해할 수 없군요."

펄머터가 말했다.

"우가 그 먼 곳에서도 날 얼어붙게 했다면 바로 코앞에 있는 그레이스 로슨은 어땠을지 생각해보세요. 그가 그녀의 귀에 대고 뭔가를 속삭이는 걸 봤어요."

샬레인이 말했다.

잭슨이라는 이름의 또 다른 제복 경관이 전력을 다해 달려왔다. 그의 눈은 휘둥그레져 있었다. 펄머터는 그가 최대한 침착해 보이려 안

간힘을 다하고 있다는 사실을 어렵지 않게 알아챌 수 있었다. 주변 학부형들도 마찬가지였다. 그들이 슬금슬금 물러났다.

"뭔가 찾았습니다."

잭슨이 말했다.

"뭘?"

그가 아무도 엿듣지 못하도록 펄머터에게 가까이 다가와 속삭였다.

"두 블록 떨어진 곳에 밴 한 대가 세워져 있습니다. 직접 가서 보시는 게 좋을 것 같습니다."

◸

그녀가 총을 써야 할 시간이었다.

그레이스의 무릎이 욱신거려왔다. 꼭 누군가가 관절 밑에 폭탄을 심어둔 것 같았다. 울음을 참으려 이를 악물고 있는 그녀의 눈가가 촉촉해졌다. 차에서 내려 제대로 걸을 수나 있을지가 의문이었다.

그녀가 동양인 남자를 흘끔 돌아보았다. 그는 여전히 무표정하게 그녀의 일거수일투족을 감시하고 있었다. 그녀는 차분하게 생각을 정리해보려 했지만 매번 무릎의 통증이 그녀의 집중력을 깨뜨렸다.

그는 아무렇지도 않다는 듯 그녀에게 극심한 통증을 안겨주었다. 만약 그 행동에 감정까지 실렸다면, 광기나 혐오감에 사로잡혀 손을 놀렸다면 아마 그녀의 무릎은 제대로 붙어 있지 않았을 것이다. 하지만 그는 마치 따분한 문서업무를 처리하듯 상대에게 고통을 주었다. 기운도 빼지 않은 채. 허풍이라고는 전혀 없는 사람 같았다. 그가 진정으로 원했다면 그녀의 슬개골은 이미 거침없이 뜯겨져나갔을 것이다. 마치 병뚜껑을 따듯.

그들은 주 경계를 지나 뉴욕으로 들어서고 있었다. 그녀는 287번 고속도로를 따라 태펀지 교를 향해 달려나갔다. 그레이스는 입을 꾹 닫고 있었다. 그녀의 머릿속엔 아이들 생각뿐이었다. 에마와 맥스는 지금쯤 학교에서 나왔을 것이다. 그리고 분주히 그녀를 찾아 헤매고 있을 것이다. 담임이 아이들을 교무실로 데려갈까? 코라를 비롯한 다른 학부형들이 뭔가 해주지 않을까?

하지만 그런 생각들은 정신만 산란해질 뿐이었다. 지금 그녀가 할 수 있는 일은 아무것도 없었다. 당장은 눈앞의 문제에만 온 신경을 집중해야 했다.

총.

그레이스는 머릿속으로 자신이 해야 할 일을 떠올렸다. 우선 두 손을 내린다. 왼손으로 바짓단을 걷어올리고, 오른손으로 총을 잡는다. 홀스터를 어떻게 동여매놓았더라? 그레이스는 열심히 생각을 정리했다. 윗부분이 띠로 덮여 있었던가? 총을 확실하게 고정하기 위해 자신이 직접 묶어누었던 기억이 났다. 그녀는 제일 먼저 그것을 풀어야 했다. 그대로 총을 잡아 뽑으려 했다가는 분명 그 띠에 걸릴 터였다.

좋아. 알았어. 그걸 명심해. 먼저 띠를 풀 것. 그런 뒤 총을 뽑는 거야.

그녀는 타이밍을 계산했다. 남자는 굉장히 힘이 셌다. 그녀는 자신의 눈으로 직접 그 사실을 확인했다. 어떤 형태의 폭력이라도 그에겐 많이 익숙할 터였다. 그녀는 기회를 노려야 했다. 물론 운전을 하는 중엔 절대 총을 뽑아들 수 없었다. 신호대기에 걸리거나 주차한 후, 또는 차에서 내린 후를 노려야 한다. 충분히 승산이 있을 것 같았다.

그리고 어떻게든 남자의 주위를 산만하게 만들 필요가 있다. 그는 계속해서 그녀를 감시하고 있었다. 게다가 단단히 무장까지 한 상태였다. 총은 그의 허리춤에 꽂혀 있었다. 총을 뽑아드는 속도도 그가 훨씬 빠를 것이다. 그의 시선을 멀리 돌려놓는 수밖에 없다.

"이번 출구로 나가요."

표지판엔 '아몽크'라고 적혀 있었다. 287번 고속도로로 5, 6킬로쯤 들어갔다. 그들은 태펀지 교를 건너는 것이 아니었다. 사실 그녀는 다리 위에서 적절한 기회를 잡을 생각이었다. 톨게이트가 그 기회를 제공할 수 있을 것 같았다. 그곳을 지나면서 기회를 틈타 도망치거나 톨게이트 직원에게 도와달라고 신호를 보낼 수도 있을 것이다. 하지만 왠지 그것도 수포로 돌아갔을 것 같다는 생각이 들었다. 분명 남자는 톨게이트를 지날 때까지 그레이스의 무릎을 쥐고 놓아주지 않을 것이다.

그녀가 핸들을 오른쪽으로 꺾어 출구로 나갔다. 다시 머릿속으로 계획을 짜보기 시작했다. 가장 현명한 방법은 목적지에 다다를 때까지 기다리는 것이었다. 만약 남자의 말이 맞는다면 조만간 잭을 만날 수 있게 될 테니까.

그보다 일단 목적지에 도착하면 그들은 모두 차에서 내려야 할 것이고, 그때 기회를 보는 것이 좋을 것 같다는 생각이 들었다. 그는 그의 쪽으로 내리게 될 것이고, 그녀는 그녀 쪽으로 내리게 될 테니까.

그때를 노려야 한다.

그녀는 반복해서 머릿속으로 상황을 연출해보았다. 문을 연다. 한쪽 다리를 밖으로 내밀면서 바짓단을 걷어올린다. 발이 땅에 닿으면 그도 발목 홀스터를 볼 수 없을 것이다. 그도 동시에 자신의 쪽으로 내리게 될 것이다. 그는 그레이스에게 등을 보이게 될 것이고, 그녀는 그 틈에 총을 뽑으면 되는 것이다.

"다음 교차로에서 우회전, 그리고 왼쪽으로 두 번째 길로 들어가면 됩니다."

그레이스는 와본 적 없는 도시에 들어와 있었다. 카셀턴보다 나무가 많은 곳이었다. 집들은 훨씬 오래되어 보였고, 도로에서 멀리 떨어져 있었다.

"저쪽 차고 앞에 세워요. 왼쪽에서 세 번째 집."

핸들을 움켜쥐고 있는 그레이스의 손에 불끈 힘이 들어갔다. 그녀가 차고 앞 사유차도로 들어섰다. 그가 집 앞에 세우라고 지시했다.

그녀가 심호흡을 한 번 하고 그가 먼저 내리기만을 기다렸다.

◻

펄머터는 그런 것을 한 번도 본 적이 없었다.

밴 안의 뚱뚱한 남자는 이미 죽어 있었다. 그는 마피아의 제복이나 다름없는 트레이닝복 차림이었다. 언뜻 보기에도 꽤 잔인하게 당한 것 같았다. 그의 목은 납작하게 눌려져 있었다. 마치 증기롤러가 밀고 가버린 듯.

어느 상황에서도 할 말을 잃지 않는 데일리가 말했다.

"정말 끔찍하네요."

그리고 한마디 덧붙였다.

"그런데 어디서 본 듯한 얼굴입니다."

"리치 요반."

펄머터가 말했다.

"칼 베스파의 부하지."

"베스파요?"

데일리가 말했다.

"그 사람도 이번 사건에 연루된 겁니까?"

펄머터가 어깨를 으쓱해 보였다.

"이건 우의 짓이야."

스콧 덩컨의 얼굴이 하얗게 질려 있었다.

"대체 어떻게 된 겁니까?"

"간단합니다, 덩컨 씨."

펄머터가 몸을 돌려 그를 보았다.

"로키 콘월은 인디라 카리왈라 밑에서 일했습니다. 당신이 고용한 사설탐정 사무소 말입니다. 에릭 우는 콘월을 살해하고, 이 불쌍한 얼간이도 죽였습니다. 그리고 지금은 그레이스 로슨을 납치해 어디론가로 데려가고 있는 중입니다."

펄머터가 그의 앞으로 살며시 다가갔다.

"어떻게 돌아가고 있는 일인지 이제 당신이 얘기할 차례입니다."

또 다른 순찰차 한 대가 달려와 급정차했다. 베로니크 발트루스가 허둥지둥 차에서 내렸다.

"찾았습니다."

"뭘?"

"옌타-매치닷컴에서 에릭 우의 계정을 찾았습니다. 그는 스티븐 플라이셔라는 이름으로 활동해왔습니다."

검은머리를 뒤로 단정하게 묶은 그녀가 쌩하니 달려왔다.

"옌타-매치닷컴은 유대인 미망인과 홀아비를 연결해주는 데이트 서비스 사이트입니다. 우는 그 사이트에서 동시에 세 명과 대화를 나

눈 적이 있습니다. 워싱턴에 사는 여자, 웨스트버지니아 주 휠링에 사는 여자, 그리고 뉴욕 아몽크에 사는 비트리스 스미스."

펄머터가 전력을 다해 달리기 시작했다. 의심할 여지가 없었다. 우는 분명 그곳으로 갔을 것이다. 스콧 덩컨이 그의 뒤를 따랐다. 아몽크는 차로 이십 분 거리였다.

"당장 아몽크 경찰서에 연락해."

그가 발트루스를 향해 소리쳤다.

"모든 인력을 그 집으로 보내라고 해."

45

그레이스는 남자가 먼저 차에서 내리기만을 기다렸다.

사유차도 주위엔 나무가 많았고, 집은 도로에서 잘 보이지 않았다. 넓은 지붕이 펼쳐져 있었고 낡은 바비큐 그릴도 눈에 들어왔다. 한쪽으로는 오래된 랜턴이 줄지어 꽂혀 있었는데, 전부 비바람을 맞아 엉망이 된 상태였다. 뒤편에는 녹슨 그네가 놓여 있었다. 또 다른 시대의 잔해 같아 보였다. 한때 이곳에선 파티가 열렸을 것이고, 가족이 살고 있었을 것이다. 친구들을 불러놓고 그들과 함께 놀기 좋아하던 사람들. 하지만 지금은 유령의 집처럼 보일 뿐이었다. 언제라도 회전초가 날아들 것 같은 분위기였다.

"시동 꺼요."

그레이스는 마지막으로 자신의 계획을 정리해보았다. 문을 연다. 다리를 빼낸다. 총을 뽑는다. 겨눈다.

그런 다음엔? 두 손을 번쩍 올리라고 해? 아니면, 그냥 가슴에 겨누고 방아쇠를 당겨? 어떻게 해야 하지?

그녀가 시동을 끄고 그가 먼저 움직여주기를 기다렸다. 그가 문손잡이를 잡았다. 그녀도 움직일 준비를 했다. 그의 시선은 집의 현관문에 가 있었다. 그녀가 슬그머니 손을 내렸다.

지금 시작하면 될까?

안 돼. 그가 나갈 때까지 기다려야 해. 머뭇거리지 말고. 망설이다가는 일을 그르치게 돼.

남자가 문을 열 듯하다가 갑자기 그녀를 홱 돌아보았다. 그러고는 주먹으로 그레이스의 복부를 가격했다. 늑골 아랫부분이 새둥지처럼 움푹 들어가는 것 같았다. 몸속에서 뭔가 뚝 하며 부러지는 소리가 들렸다.

옆구리 쪽에서 참을 수 없는 통증이 전해졌다.

그녀의 몸에서 힘이 쫙 빠져나갔다. 남자가 한 손으로 그녀의 머리를 쥐었다. 그러고는 다른 한 손으로 그녀의 흉곽을 더듬어 나가기 시작했다. 그의 검지가 옆구리 부분에서 멈췄다.

그의 음성은 부드러웠다.

"사진을 어떻게 손에 넣게 됐는지 말해봐요."

그녀는 입을 열었지만 아무 소리도 나오지 않았다. 그가 마치 예상했다는 듯 고개를 끄덕였다. 그의 손이 그녀의 몸에서 떨어졌다. 그가 문을 열고 차에서 내렸다. 그레이스는 통증을 참아보려 이를 악물었다. 그러자 머리가 어지러워졌다.

총. 그녀는 생각했다. 어서 총을 뽑아!

하지만 그는 이미 밖으로 나가버렸다. 그가 잽싸게 돌아와 운전석 문을 열어주었다. 그가 엄지와 검지로만 그녀의 목을 잡았다. 그가 급소를 꽉 누른 채 그녀를 끌어올렸다. 그레이스는 그의 손을 따라 움직였다. 움직일 때마다 늑골이 따끔거렸다. 꼭 누군가가 늑골 사이에 드라이버를 찔러넣고 위아래로 쑤셔대는 듯한 기분이었다.

그가 그녀의 목을 잡은 채 그녀를 차 밖으로 끌어내렸다. 움직일 때마다 새로운 통증이 찾아들었다. 그녀는 숨을 참아보려 했다. 늑골 사이가 살짝만 벌어져도 힘줄이 뜯겨나갈 듯 고통스러웠다. 그가 그녀를 끌고 현관으로 향했다. 현관문은 잠겨 있었다. 그가 손잡이를 돌리고 문을 밀었다. 그러고는 그녀를 집 안으로 떠밀었다. 그녀가 바닥에 나뒹굴었다. 의식을 잃기 직전이었다.

"사진을 어떻게 손에 넣었습니까?"

그가 그녀 앞으로 천천히 다가왔다. 그녀의 머릿속은 두려움으로 가득 차 있었다. 그녀가 재빨리 입을 열었다.

"사진현상소에서 받아온 봉지 안에 들어 있었어요."

그녀가 말했다.

그가 그녀의 말에 전혀 흥미가 없다는 듯한 얼굴로 고개를 끄덕였다. 그는 계속해서 그녀에게 다가왔다. 그레이스는 연신 중얼거리며 뒤로 물러났다. 그의 얼굴은 무표정이었다. 하찮은 볼일을 보거나, 정원에 씨를 뿌리거나, 못을 박거나, 물건을 주문하거나, 나무를 베는 사람처럼.

그가 그녀의 몸에 손을 얹었다. 그녀는 몸부림쳐봤지만 떨쳐내기엔 그의 힘이 너무 셌다. 그가 그녀의 몸을 살짝 들어 뒤집었다. 그 바람에 늑골이 바닥에 부딪쳤다. 전혀 다른 새로운 통증이 밀려들었다. 눈앞이 흐릿해졌다. 그들은 여전히 현관 앞 홀을 뒹굴고 있었다. 그가 그녀 위로 우뚝 섰다. 그녀가 발버둥쳐보았지만 소용없었다. 그가 다시 그녀를 짓누르기 시작했다.

그레이스는 움직일 수가 없었다.

"사진을 어떻게 손에 넣었는지 빨리 얘기해봐요."

눈물이 핑 돌았다. 하지만 그녀는 애써 울음을 참았다. 바보. 울지 마. 그녀는 계속해서 사진현상소에서 받아온 봉지에 담겨 있었다는 말만을 되풀이했다. 그가 다리를 벌리고 그녀의 등에 주저앉았다. 그러고는 검지를 펴서 그녀의 늑골 밑으로 찔러넣었다. 그레이스가 움찔했다. 그는 그레이스가 가장 고통스러워하는 부분을 찾아내어 손가락으로 계속 찔러댔다. 그가 잠시 머뭇거렸다. 그녀는 있는 힘껏 몸부림쳤다. 고개도 위아래로 세차게 흔들었고, 팔다리도 마구 흔들어보았다. 그는 계속해서 그녀를 지켜볼 뿐이었다.

그가 갑자기 두 개의 부러진 늑골 사이에 손가락을 찔러넣었다.

그레이스가 외마디 비명을 질렀다.

그의 음성은 여전히 부드러웠다.

"사진을 어떻게 손에 넣었죠?"

마침내 그녀가 울음을 터뜨렸다. 그는 그냥 묵묵히 듣고만 있었다. 그녀는 단어만 조금씩 바꾸어서 같은 내용을 대답했다. 그는 여전히 말이 없었다.

그가 검지를 다시 그녀의 늑골 밑으로 쑤셔넣었다.

그때 휴대전화가 울렸다.

남자의 입에서 한숨이 터져나왔다. 그가 그녀의 등을 손으로 짚고 일어났다. 늑골이 바닥에 짓눌리면서 다시 한 번 엄청난 통증이 밀려들었다. 훌쩍이는 소리가 들려왔다. 그레이스는 이내 그것이 자신의 입에서 흘러나오고 있다는 사실을 깨달았다. 그녀는 입을 꾹 다물고 어깨 너머를 올려다보았다. 남자의 시선은 여전히 그녀에게 고정되어 있었다. 그가 주머니에서 휴대전화를 꺼냈다.

"네."

그녀의 머릿속엔 오직 한 가지 생각뿐이었다. 총.

그가 그녀를 빤히 내려다보았다. 하지만 그녀는 전혀 개의치 않았다. 지금 총을 뽑는 것은 자살행위나 다름없었다. 하지만 그녀는 오직 고통에서 벗어나야 한다는 생각뿐이었다. 어떤 대가를 치르게 되든, 어떤 위험이 뒤따르든, 고통에서 벗어나고 싶었다.

남자는 여전히 휴대전화를 귀에 댄 채 서 있었다.

에마와 맥스. 아이들의 얼굴이 눈앞에서 희미하게 아른거렸다. 그렇게나마 아이들의 얼굴을 보니 힘이 솟았다. 바로 그때, 아주 이상한 일이 벌어졌다.

바닥에 얼굴을 대고 엎드려 있는 그레이스의 얼굴에 미소가 떠올랐다. 모성애가 빚어놓은 미소가 아니라, 어느 순간 떠오른 기억 하나 때문이었다.

그녀가 에마를 임신하고 있을 때, 그녀는 잭에게 자연분만을 하고 싶다고 말했다. 그녀와 잭은 월요일 저녁마다 열정적으로 라마스 분만법을 배웠다. 무려 삼 개월 동안 그들은 호흡법을 함께 연습했다. 잭은 그녀의 뒤에 앉아 그녀의 배를 살살 문질러주었다. 그러면서 연신 "히 히 후 후"를 반복했다. 그녀도 그를 따라했다. 언젠가 잭은 앞면엔 '코치', 뒷면엔 '건강한 아기 팀'이라고 적힌 티셔츠를 사오기도 했다. 그는 진짜 코치처럼 목에 호각을 걸고 다녔다.

자궁의 수축이 시작되자 그들은 만반의 준비를 마치고 병원으로 달려갔다. 그동안의 노력이 결실을 볼 시간이었다. 병원에 도착하자 진통이 강해졌다. 그들은 배운 대로 호흡을 시작했다. 잭이 "히 히 후 후"를 시작했고, 곧 그레이스도 남편을 따라했다. 처음에는 완벽하게 진행되는가 싶었지만 막상 출산의 순간이 다가오자 통증이 견딜 수 없을 정도로 심해졌다.

그들의 계획이 어리석었음이 여지없이 드러났다. 대체 언제부터 '호흡'이 '진통제'의 완곡한 표현이 되었지? '통증을 고스란히 떠안는' 백치 같은 행위, 지극히 남성적인 무모한 발상, 그리고 말도 안 되는 변명은 그렇게 무너져내렸다.

더는 참을 수 없게 되자 그녀는 잭의 중요 부위를 잡고 그가 분명히 알아들을 수 있도록 또박또박 말했다. 마취 전문의를 데려오라고. 당장. 그가 그러겠다고 대답한 후에야 그녀의 손이 그에게서 떨어졌다. 그제야 그녀가 안도했다. 그는 병실을 뛰쳐나가 마취 전문의를 찾았다. 하지만 진통은 이미 꽤 진행된 후였다.

그로부터 팔 년이 지난 지금, 그레이스가 새삼스레 웃는 이유는 당시 느꼈던 통증이 지금 느껴지는 것보다 훨씬 심했다는 기억 때문이었다. 이 정도의 고통은 예전에도 한 번 느껴본 적이 있었다. 딸을 위해서라면 그쯤은 대수롭지 않았다. 이번엔 맥스를 위해 모든 것을 걸고 싶었다.

어디 한번 마음대로 해봐.

어쩌면 그녀는 제정신이 아닌지도 몰랐다. 뭐 그런 건 아무래도 상관없었다. 얼굴의 미소는 여전히 사라지지 않았다. 에마의 예쁜 얼굴이 계속 아른거렸다. 맥스의 얼굴도 보였다. 눈을 깜빡이자 아이들이 사라져버렸다. 하지만 그것도 상관없었다. 그녀가 통화를 하고 있는 잔인한 남자를 올려다보았다.

어디 한번 해봐, 이 나쁜 자식아. 마음대로 해보라고.

그가 통화를 끝냈다. 그러고는 다시 그녀에게 다가왔다. 그녀는 여전히 엎드린 채였다. 그가 그녀의 등에 올라탔다. 그레이스는 눈을 질끈 감았다. 눈물이 배어나왔다. 그녀는 잠자코 때를 기다렸다.

남자가 그녀의 두 팔을 뒤로 꺾고 두꺼운 테이프로 그녀의 손목을 감았다. 그가 일어나 그녀를 끌어올렸다. 그녀는 등 뒤로 손이 묶인 채 무릎을 꿇고 앉았다. 늑골에서 날카로운 통증이 느껴졌지만 그 정도는 충분히 참아낼 수 있었다.

그녀가 그를 올려다보았다.

그가 말했다.

"움직이지 말아요."

그가 그녀를 남겨두고 돌아섰다. 그녀는 그의 발소리에 귀를 기울였다. 문이 열리고, 그가 계단을 내려가는 소리가 들려왔다.

그는 지하실로 내려가는 중이었다.

그녀는 홀로 남아 있었다.

그레이스는 손목에 감긴 테이프를 풀기 위해 몸부림쳤다. 하지만 테이프는 너무 단단하게 묶여 있었다. 그런 자세로는 총을 뽑을 수 없었다. 그녀는 일어나서 도망쳐볼까 했지만 그것도 무모하긴 마찬가지였다. 팔의 위치, 늑골에서 느껴지는 통증, 그리고 다리를 심하게 전다는 사실. 그 모든 것을 더해봤을 때 무작정 도망친다는 것은 굉장히 위험한 선택이었다.

팔을 앞으로 끌어올 수는 없을까?

그렇게만 할 수 있다면 손이 묶인 상태로도 총을 뽑아들 수 있을 터였다.

그녀에게 남은 선택은 그것뿐이었다.

그가 사라진 지 얼마나 지났을까? 시간이 많이 흐른 것 같진 않았다. 이제 모든 것을 운에 맡기는 수밖에 없었다.

그녀의 어깨가 뒤로 젖혀졌고, 두 팔이 곧게 펴졌다. 움직일 때마다, 숨을 쉴 때마다 늑골이 불붙은 듯 화끈거렸다. 그녀는 이를 악물고 참아냈다. 그녀가 몸을 구부리고 두 손을 몸 밑으로 가져갔다.

가능성이 보였다.

여전히 서 있는 상태로 무릎을 구부리고, 계속 꿈틀거렸다. 이제 얼마 남지 않았다. 그때 다시 발소리가 들려왔다.

젠장. 그가 계단을 올라오고 있었다.

묶인 그녀의 손은 엉덩이 밑까지 내려와 있었다.

서두르란 말이야. 이렇게 하든, 저렇게 하든. 손을 다시 원위치로 올리든지, 계속 움직이든지.

그녀는 계속 움직이기로 했다. 멈추지 않고.

어떻게든 여기서 끝을 맺어야 했다.

발소리가 늦춰졌다. 내려갈 때보다는 많이 무거운 듯했다. 마치 무엇인가를 질질 끌고 올라오는 듯.

그레이스는 있는 힘을 다했다. 손이 몸에 걸려버리고 말았다. 그녀는 허리와 무릎을 조금 더 굽혀보았다. 밀려드는 통증에 머리가 아찔했다. 그녀가 눈을 감고, 몸을 앞뒤로 흔들었다. 그러고는 힘껏 두 팔을 잡아끌었다. 탈구가 된다 해도 멈출 수는 없었다.

발소리가 멎었다. 문이 잠기는 소리가 들렸다. 그가 다시 올라와 있었다.

그녀는 가까스로 두 팔을 앞으로 빼내는 데 성공했다.

하지만 이미 늦었다. 남자는 어느새 그녀 앞에 우뚝 서 있었다. 두 사람의 간격은 1.5미터 정도밖에 되지 않았다. 그는 자신이 자리를 비운 동안 그녀가 무엇을 했는지 알아차렸다. 하지만 그녀는 그 사실을 전혀 모르고 있었다. 그의 얼굴을 올려다보지 않았기 때문이다. 그녀는 입을 쩍 벌린 채 남자의 오른손을 쳐다보고 있었다.

남자가 손을 폈다. 그의 옆으로 잭이 힘없이 고꾸라졌다.

46

그레이스가 허둥지둥 남편 앞으로 달려갔다.

"잭? 잭?"

그의 눈은 감겨 있었고, 머리는 이마로 흘러내려와 있었다. 그녀의 손은 아직 묶여 있는 상태였지만 그의 얼굴은 감싸쥘 수 있었다. 잭의 피부는 끈적끈적했고, 바짝 마른 입술은 쩍쩍 갈라져 있었다. 그의 다리도 테이프로 묶인 상태였다. 오른쪽 손목엔 수갑이 대롱대롱 걸려 있었다. 그녀가 그의 왼쪽 손목에 나 있는 상처딱지를 들여다보았다. 수갑이 채워진 흔적이었다. 상처를 봐서는 꽤 오랫동안 감금되어 있었던 것 같았다.

그녀가 남편의 이름을 다시 불렀다. 무반응. 그녀는 그의 입에 자신의 귀를 대보았다. 숨소리가 들렸다. 그녀는 똑똑히 볼 수 있었다. 아주 은근했지만 그는 분명히 호흡을 하고 있었다. 그녀가 그의 머리를 자신의 무릎에 얹어놓았다. 늑골에선 여전히 통증이 느껴졌지만 그녀는 더 신경 쓰지 않았다. 그는 그녀의 무릎을 베개 삼아 드러누워 있었다. 그녀는 생테밀리옹의 포도원에서 보냈던 추억을 떠올렸다. 그들이 함께 지낸 지 삼 개월 정도 지났을 때였다. 두 사람은 서로에게 푹 빠져 있었다. 얼굴만 봐도 가슴이 콩닥콩닥 뛰었다. 그녀는 피크닉을 위해 파테와 치즈, 그리고 와인을 준비했다. 화창한 날이었고, 하늘은 정말로 천사가 살고 있는 듯 파랗기만 했다. 그들은 빨간색 격자무늬 담요를 깔고 누웠다. 그때도 그는 그녀의 무릎을 베고 있었다. 그녀는 그의 머리를 쓸어내렸다. 그녀는 주위의 황홀한 자연경관보다 그의 얼굴을 더 자세히 들여다보았다. 그녀는 그의 얼굴에서 한시도 손을 떼지 못했다.

그레이스가 최대한 부드럽게 말했다.

"잭?"

그의 눈이 스르르 떠졌다. 그의 동공은 커져 있었다. 그녀에게 초점을 맞추기까지는 많은 시간이 걸렸다. 마침내 그가 그녀를 알아보았다. 순간 그의 갈라진 입술에 미소가 살짝 머금어졌다. 그 또한 생테밀리옹의 추억을 떠올리고 있지 않았을까? 그레이스는 그것이 궁금했다. 그녀는 가슴이 아팠지만 애써 미소를 지어 화답했다. 그런 평온한 분위기는 오래가지 않았다. 잭의 눈이 휘둥그레졌고, 입가의 미소는 사라졌다. 얼굴은 격통으로 심하게 일그러졌다.

"오, 맙소사."

"괜찮아요."

그녀가 말했다. 비록 상황에 전혀 어울리지 않는 말이었지만 그런 건 아무래도 상관없었다.

그는 애써 울음을 참고 있었다.

"미안해, 여보."

"쉬, 괜찮아요."

잭의 눈이 등대처럼 주위를 훑다가 자신의 체포자를 찾아냈다.

"이 사람은 아무것도 몰라."

그가 남자에게 말했다.

"그냥 보내줘."

남자가 한 걸음 다가왔다. 그러고는 그들 앞에 웅크리고 앉았다.

"다시 한 번 입을 열면 이 여자를 죽이겠어요."

그가 잭에게 말했다.

"당신이 아니라, 이 여자를 말이에요. 아주 끔찍하게. 알겠습니까?"

잭이 눈을 감고 고개를 끄덕였다.

그가 다시 일어섰다. 그러고는 잭을 발로 걷어차 그녀에게서 떼어놓았다. 그가 그레이스의 머리채를 움켜잡고 일으켜세웠다. 그의 또 다른 손은 잭의 목을 꽉 쥐고 있었다.

"같이 갈 곳이 있습니다."

그가 말했다.

47

펄머터와 덩컨은 가든 스테이트 고속도로를 빠져나와 287번 고속도로로 접어들었다. 아몽크까지 8킬로미터 정도가 남았을 때 무전이 왔다.

"그들이 왔던 흔적이 남아 있습니다. 로슨의 사브가 집 앞에 세워져 있어요. 하지만 지금은 모두 떠난 상태입니다."

"비트리스 스미스는?"

"보이지 않습니다. 저희도 방금 도착했거든요. 지금 주변을 샅샅이 살피는 중입니다."

펄머터가 잠시 골똘한 생각에 잠겼다.

"우는 분명 샬레인 스웨인이 학교에서 자신을 보고 신고했다는 걸 알고 있을 거야. 그레이스의 사브도 그래서 버리고 떠난 거고. 혹시 비트리스에게 차가 있는지 알고 있나?"

"아직 모릅니다."

"집 앞이나 차고 안에 있는지 살펴봤나?"

"잠시만 기다리십시오."

펄머터는 잠자코 기다렸다. 덩컨이 그를 돌아보았다. 십 초쯤 후에 답이 들려왔다.

"다른 차는 보이지 않습니다."

"그녀의 차를 몰고 갔군. 차 모델과 번호판을 알아보고 수배하도록 하게."

"알겠습니다. 아, 잠시만요, 경감님."

무전이 잠시 끊겼다.

스콧 덩컨이 말했다.

"아까 그 컴퓨터 전문가 말입니다, 그녀는 우가 연쇄살인범일 거라고 생각하고 있는 것 같던데요."

"그냥 그럴 가능성이 있다고 생각할 뿐입니다."

"하지만 경감님께선 믿지 않으시는 겁니까?"

펄머터가 고개를 저었다.

"그는 프로입니다. 그냥 즐기기 위해 상대를 고르지 않습니다. 사이크스는 혼자 살고 있었습니다. 비트리스 스미스는 미망인이고요. 우는 며칠 머무르면서 작업할 공간이 필요했던 겁니다. 컴퓨터를 사용해서 적절한 곳을 물색해온 거죠."

"그러니까 누군가에게 고용된 킬러라는 얘기군요."

"그렇죠."

"누가 그를 고용했을지 짐작되는 사람이 있습니까?"

펄머터가 핸들을 꺾어 아몽크로 빠지는 출구로 들어섰다. 이제 목적지는 1.5킬로미터 정도밖에 남아 있지 않았다.

"당신이나 당신 고객이 그걸 알고 있을 줄 알았는데요."

다시 무전이 왔다.

"경감님? 아직 계십니까?"

"말하게."

"비트리스 스미스 부인의 차량은 황갈색 랜드로버입니다. 그리고 번호는 472-JXY입니다."

"지금 당장 수배하도록 해. 아직 멀리는 못 갔을 거야."

48

황갈색 랜드로버는 지선 도로로 달리고 있었다. 그레이스는 자신이 어디로 가고 있는지 알지 못했다. 잭은 뒷좌석 바닥에 누워 있었다. 그는 다시 의식을 잃은 상태였다. 다리는 테이프로 묶여 있었고, 두 손은 등 뒤로 수갑이 채워져 있었다. 그레이스의 손은 여전히 앞으로 묶여 있었다. 다행히 남자는 그녀의 손을 원위치로 돌려놓지 않았다.

뒷좌석에서 잭이 아픈 동물처럼 신음했다. 그레이스는 남자의 평온한 얼굴을 바라보았다. 한 손을 핸들에 얹어놓은 모습이 꼭 식구들을 태우고 일요일 드라이브를 즐기는 아버지 같아 보였다. 온몸이 욱신거렸다. 숨을 쉴 때마다 그가 자신의 늑골에 무슨 짓을 해놨는지가 떠올랐다. 무릎은 유산탄으로 갈가리 찢긴 듯했다.

"대체 이 사람에게 무슨 짓을 한 거예요?"

그녀가 물었다.

당장에라도 주먹이 날아들지 모른다는 생각에 그녀가 움찔했다. 하지만 겁은 나지 않았다. 그녀는 이미 고통을 초월한 상태였다. 예상과는 달리 남자는 꿈쩍도 하지 않았다. 게다가 계속 침묵을 지키고 있지도 않았다. 그가 엄지손가락으로 잭을 가리켰다.

"그가 당신에게 했던 것에 비하면 아무것도 아닙니다."

그가 말했다.

그녀의 몸이 빳빳하게 굳어졌다.

"그게 대체 무슨 뜻이죠?"

그제야 그녀는 남자의 전정한 미소를 볼 수 있었다.

"당신도 잘 알잖아요."

"모르겠는데요."

그녀가 말했다.

그는 여전히 미소를 흘리고 있었다. 그녀의 가슴속 깊은 곳에서 묘한 기분이 느껴지기 시작했다. 그녀는 재빨리 그 기분을 떨쳐내려고 했다. 그리고 그에게서 벗어날 수 있는 길을, 잭을 구해낼 수 있는 길을 궁리해보기 시작했다.

"어디로 가는 거죠?"

그녀가 물었다.

그는 대답하지 않았다.

"어디로 가느냐고……."

"아주 용감하군요."

그가 그녀의 말을 끊었다.

이번엔 그녀가 대꾸하지 않았다.

"남편은 당신을 사랑하고 있습니다. 당신도 마찬가지겠죠. 그래서 더 잘된 겁니다."

"뭐가요?"

그가 그녀를 돌아보았다.

"당신들은 자기 자신이 고통받는 것을 두려워하지 않습니다. 내가 남편을 해치려 하면 당신은 잠자코 보고 있을 수 있겠습니까?"

그녀는 역시 대답하지 않았다.

"당신 남편에게 했던 말을 똑같이 들려주죠. 다시 한 번 더 입을 열었다간 당신이 아니라, 당신 남편이 고통받게 될 겁니다."

남자가 옳았다. 현명한 방법이었다. 그녀는 입을 꾹 다물었다. 그녀는 창밖으로 흐릿하게 스쳐 지나가는 나무들을 내다보았다. 그들은 2차선 고속도로로 접어들었다. 그레이스는 방향감각을 완전히 잃은 상태였다. 한가한 시골의 풍경이 펼쳐지고 있었다. 두 차례에 걸쳐 새로운 갈림길로 들어선 후에야 그레이스는 자신이 어디에 와 있는지 깨달았다. 그들은 팰리세이드 고속도로를 타고 뉴저지를 향해 남쪽으로 달리고 있는 중이었다.

글록은 여전히 그녀의 발목 홀스터에 꽂혀 있었다.

그녀의 신경은 온통 그곳에 가 있었다. 총은 그녀를 부르고 있었다. 약을 올리고 있었다. 가깝지만 손이 닿을 수 없는 거리였다.

그레이스는 총을 뽑아들 방법을 궁리해보았다. 이제 다른 선택이 없었다. 남자는 그들을 죽이고 말 것이다. 그녀는 확신했다. 일단 필요한 정보를 빼낸 후에. 사진을 어떻게 손에 넣게 됐는지. 원하는 정보를 얻게 되면 그는 미련없이 그들을 죽일 터였다.

그녀는 어떻게든 총을 뽑아야 했다.

남자는 계속 그녀를 흘끔흘끔 돌아보았다. 기회는 좀처럼 오지 않았다. 그녀는 열심히 머리를 짜냈다. 차가 멈출 때까지 기다려? 그 방법은 이미 한 번 써먹었고, 결과는 참담했다. 그냥 지금 뽑을까? 모든 걸 운에 맡기고? 하지만 그녀는 한 번에 성공할 자신이 없었다. 바지 밑단을 걷고, 안전띠를 푼 후 총을 뽑는 것…… 그 모든 것을 그가 반응하기 전에 마쳐야 했다.

절대 못 해.

그녀는 또 다른 방법을 떠올렸다. 손을 천천히 옆으로 내린다. 그리고 밑단을 조금씩 걷어올린다. 마치 가려워서 긁는 것처럼.

그레이스가 앉은 채로 몸을 살짝 틀고 나서 자신의 다리를 내려다보았다. 순간 그녀의 가슴이 철렁 내려앉았다.

그녀의 바지 밑단은 이미 충분히 말려올라와 있었다.

그리고 발목 홀스터가 훤히 드러나 있었다.

그녀는 당혹스러웠다. 잽싸게 체포자를 돌아보며 그가 눈치채진 못했는지 확인했다. 마침 그의 시선이 그녀의 다리 쪽을 보고 있었다. 그의 눈이 갑자기 휘둥그레졌다. 이제 그는 그녀의 다리를 빤히 내려다보고 있었다.

지금 못하면 끝장이야.

하지만 손을 뻗는 동안에도 그레이스는 자신에게 아무런 희망이 없다는 것을 깨달았다. 민첩성에서 그를 이길 재간이 없었다. 남자가 다시 한 번 그녀의 무릎을 쥐어뜯기 시작했다. 극심한 통증에 하마터면 의식을 잃을 뻔했다. 그녀가 비명을 질렀다. 온몸이 빳빳이 굳어졌다. 두 손이 양옆으로 뚝 떨어졌다.

이번에도 그의 승리였다.

그녀가 그를 돌아보았다. 그는 여전히 무표정이었다. 그때 그의 뒤에서 움직임이 느껴졌다. 그레이스의 숨이 턱 막혔다.

잭이었다.

그가 유령처럼 뒷좌석에서 몸을 일으켜세웠다. 남자가 뒤를 획 돌아보았다. 걱정이 되어서라기보다는 궁금해서인 듯했다. 잭의 손과 발은 꽁꽁 묶여 있었고, 기력은 완전히 소진된 상태였다. 그런 그가 대체 무슨 짓을 할 수 있을까?

짐승처럼 이글거리는 눈으로 잭이 머리를 뒤로 젖혔다가 있는 힘껏 앞으로 내던졌다. 갑작스러운 충격에 남자가 당황했다. 잭의 이마가 남자의 오른쪽 볼을 파고들었다. 깊고, 공허한 소리가 들려왔다. 차가 끽소리를 내며 급정거했다. 남자의 손이 그레이스의 무릎에서 떨어졌다.

"도망쳐, 여보!"

잭이 소리쳤다. 그레이스가 허둥거리며 총을 향해 손을 뻗었다. 우선 안전띠부터 풀었다. 남자가 다시 벌떡 일어났다. 그가 한 손으로 잭의 목을 움켜잡았다. 그러고는 다른 한 손으로 그녀의 무릎을 다시 짚었다. 그녀가 몸을 뒤로 빼냈다. 그가 다시 손을 뻗었다.

그레이스는 총을 뽑아들 시간이 없었다. 잭은 더는 그녀에게 도움을 주지 못했다. 그는 남아 있는 힘을 전부 희생한 상태였다.

허무하게도.

남자가 다시 그레이스의 늑골을 가격했다. 뜨겁게 달구어진 칼이 파고드는 듯한 느낌이 들었다. 속이 울렁거렸고, 머리가 핑핑 돌았다. 의식도 점점 시들해갔다.

더는 견딜 수 없을 것 같았다.

잭이 몸을 심하게 요동쳤다. 하지만 남자에겐 아무런 영향도 끼치지 못했다. 남자는 계속해서 잭의 목을 짓눌러댔다. 잭이 신음을 토하다가 이내 잠잠해졌다.

그가 그레이스 쪽으로 다가왔다. 그레이스가 잽싸게 문손잡이를 잡았다.

그의 손이 그녀의 팔뚝을 낚아챘다.

그녀는 움직일 수 없었다.

잭의 머리가 남자의 어깨를 타고 힘없이 흘러내렸다. 그의 머리는 남자의 팔뚝에서 멈췄다. 잭이 눈을 질끈 감고 입을 열더니 남자의 팔뚝을 힘껏 깨물었다.

남자가 비명을 지르며 그레이스에게서 손을 뗐다. 그가 팔을 휘저어 잭을 떼어내려 했지만 잭은 불도그처럼 그를 놓아주지 않았다. 남자가 다른 쪽 손으로 잭의 머리를 후려쳤다. 잭이 힘없이 물러났다.

그레이스가 문손잡이를 잡아당겨 문을 열고는 밖으로 몸을 내던졌다.

그녀는 포장된 도로 바닥을 뒹굴었다. 최대한 멀리 벗어나려 구르는 것을 멈추지 않았다. 그녀는 옆 차선으로 들어서 있었다. 차 한 대가 맹렬히 달려오다가 간발의 차이로 그녀를 비켜나갔다.

총을 뽑아!

그녀가 다시 다리를 향해 손을 뻗었다. 안전띠는 풀려 있었다. 그녀가 차를 향해 몸을 틀었다. 남자가 내리고 있었다. 그가 셔츠 자락을 걷어올리고 있었다. 허리춤에 꽂힌 총이 보였다. 그가 총을 잡았다. 그레이스의 총이 홀스터에서 뽑혀나왔다.

의문을 던질 시간이 없었다. 윤리적 딜레마에 빠질 틈도 없었다. 소리쳐 경고한다든지, 멈추라든지, 두 손을 머리에 얹으라고 지시할 시간도 없었다. 도덕적으로 문제가 되는지 따위는 전혀 중요하지 않았다. 교양도, 자비도, 문명도, 예의도 필요 없었다.

그레이스가 방아쇠를 당겼다. 총이 발사됐다. 다시 한 번 당겼다. 그리고 또 한 번. 남자가 비틀거렸다. 그녀가 다시 방아쇠를 당겼다. 사이렌 소리가 점점 커져왔다. 그레이스는 멈추지 않고 방아쇠를 당겼다.

49

구급차 두 대가 도착했다. 그중 한 대는 재빨리 잭을 싣고 사라졌다. 그녀에겐 두 명의 구급대원이 달려들었다. 그들은 분주히 움직이며 그녀에게 많은 질문을 던졌다. 하지만 그들의 말은 그레이스의 귀에 들어오지 않았다. 그녀는 들것에 실려 구급차에 올랐다. 펄머터가 다가왔다.

"에마와 맥스는 어떻게 됐죠?"

그녀가 물었다.

"경찰서에 있습니다. 둘 다 무사해요."

한 시간 후, 잭은 수술을 받게 되었다. 그들은 딱 그 말만을 들려줄 뿐이었다. 그가 수술을 받고 있다고.

젊은 의사가 그레이스에게 여러 검사를 했다. 예상대로 늑골이 부러져 있었지만 의사가 특별히 손을 쓸 수 있는 부위는 아니었다. 의사는 에이스 붕대로 그녀를 동동 감싼 후 주사를 놔주었다. 통증이 서서히 가라앉기 시작했다. 정형외과 의사가 그녀의 무릎을 보고 나서 고개를 저었다.

펄머터가 그녀의 병실을 찾아와 많은 질문을 던졌다. 그레이스는 자신이 아는 대부분을 대답했다. 특정한 주제에 대해서는 고의적으로 모호하게 대답했다. 경찰에 모든 것을 털어놓고 싶지 않기 때문은 아니었다. 아니, 어쩌면 그런 이유인지도 몰랐다.

펄머터 역시 모호한 태도를 보이기는 마찬가지였다. 숨진 체포자의 이름은 에릭 우였다. 그는 월든 교도소에서 복역한 적이 있었다. 그 사실은 전혀 놀랍지 않았다. 웨이드 라루도 월든 교도소에서 복역했었다. 모든 것이 하나로 연결되어 있었다. 옛 사진. 잭의 밴드, 얼로. 지미 엑스 밴드. 웨이드 라루. 거기다 에릭 우까지.

펄머터는 그녀의 질문 대부분을 요리조리 비켜갔다. 하지만 그녀는 그를 압박하지 않았다. 스콧 덩컨도 그녀의 병실에 들어와 있었다. 그는 한쪽 구석에 서서 그들의 대화를 듣고만 있었다.

그레이스가 물었다.

"제가 에릭 우와 함께 있는 걸 어떻게 아셨죠?"

펄머터는 그 질문을 피해가지 않았다.

"샬레인 스웨인을 아시죠?"

"아뇨."

"그녀의 아들 클레이도 윌러드 초등학교에 다니고 있습니다."

"오, 그래요. 만난 적 있어요."

펄머터는 샬레인 스웨인이 에릭 우에게 당했던 끔찍한 일들을 들려주었다. 그는 지나치다 싶을 정도로 상세한 부분까지 빼놓지 않았다. 그레이스는 그가 의도적으로 그렇게 말하고 있다는 것을 눈치챌 수 있었다. 아마도 추가 질문을 우려했기 때문일 것이다. 그때 펄머터의 휴대전화가 울렸다. 그가 황급히 병실에서 뛰쳐나갔다. 그레이스는 스콧 덩컨과 남게 되었다.

"무슨 생각 해요?"

그녀가 물었다.

스콧이 침대 옆으로 다가왔다.

"에릭 우가 웨이드 라루 밑에서 일해왔다는 말이 있어요."

"어떻게요?"

"그들은 당신이 오늘 라루의 기자회견장에 갔었다는 사실을 알고 있어요. 그게 첫 번째 연결고리죠. 우와 라루는 같은 교도소에서 복역했을 뿐 아니라 삼 개월 동안 감방 동료로 지냈습니다."

"그게 두 번째 연결고리군요."

그녀가 말했다.

"대체 라루는 뭘 노리고 있었던 거죠?"

"복수."

"무슨 복수요?"

"우선 그는 당신에게 복수를 하고 싶어했어요. 그에게 불리한 증언을 했으니까요."

"법정에서 증언을 하긴 했지만 그에게 불리한 말은 하지 않았어요. 콘서트장에서 일어난 일도 전혀 기억을 못했는걸요."

"어쨌든 에릭 우와 웨이드 라루 사이에는 분명한 연결고리가 있습니다. 교도소에서의 통화기록을 살펴봤는데 역시 그들이 통화를 했던 기록이 남아 있었습니다. 그리고 라루와 당신 사이에도 분명한 연결고리가 있죠."

"하지만 웨이드 라루가 복수를 원했다면 왜 내가 아닌 잭을 데려갔던 거죠?"

"어쩌면 라루는 당신 가족을 괴롭히는 것으로 당신에게 복수하려 했는지도 모르죠. 그런 식으로 당신에게 고통을 주려고."

그녀는 고개를 저었다.

"그럼 그 사진은요? 그건 어떻게 된 거죠? 그리고 당신 누이의 죽음은 또 어떻고요? 셰인 얼워스와 실라 램버트는요? 또 뉴햄프셔에서 살해당한 밥 도드는요?"

"그저 가설일 뿐이에요."

덩컨이 말했다.

"물론 앞뒤가 맞지 않는 부분도 많습니다. 하지만 명심해요. 그들은 이런 연결고리들을 우리처럼 보지 못하고 있습니다. 누나가 십오 년 전에 살해당했다 해도 지금 와서 누가 그걸 이번 사건에 끌어들이겠습니까? 마피아 스타일로 처형된 밥 도드도 마찬가지입니다. 지금 그들은 이 사건을 아주 단순 범죄로 몰아가고 있습니다. 교도소에서 나온 우가 무작위로 상대를 고르다가 당신 남편을 납치해갔다고 말이죠."

"그게 사실이라면 왜 그가 잭을 그냥 죽이지 않았을까요?"

"우는 웨이드 라루가 풀려날 때까지 기다리고 있었던 겁니다."

"바로 오늘이었죠."

"맞습니다. 오늘. 그리고 우는 당신까지 잡아들였던 겁니다. 당신이 탈출했을 때 그는 라루에게 가고 있었습니다."

"라루가 우리를 직접 죽일 수 있도록 말이죠?"

덩컨이 어깨를 으쓱해 보였다.

"말도 안 돼요, 스콧. 에릭 우는 내가 사진을 어떻게 손에 넣었는지 알고 싶어했어요. 자신이 원하는 정보가 나오지 않자 내 늑골을 부러뜨렸죠. 그의 손이 멈출 수 있었던 건 예기치 못한 전화가 걸려왔기 때문이었어요. 그가 누군가와 통화를 하고 나서 우리를 황급히 차에 태웠죠. 그건 전혀 계획된 게 아니었어요."

"펄머터도 그걸 다 알아냈습니다. 어쩌면 이젠 자신들의 가설을 변경해줄지도 모르겠어요."

"대체 웨이드 라루는 지금 어디 있죠?"

"아무도 모르는 것 같습니다. 지금 그를 찾는 중입니다."

그레이스가 다시 베개 위로 몸을 뉘었다. 온몸이 천근만근 무거웠다. 어느새 눈가가 촉촉해졌다.

"잭의 상태는 어때요?"

"좋지 않습니다."

"살 수는 있나요?"

"아직은 모릅니다."

"그들이 내게 거짓말을 못하게 해줘요."

"알았어요, 그레이스. 우선 눈 좀 붙여요."

◻

펄머터는 복도에서 아몽크 경찰서의 앤서니 델라펠르 경감과 통화를 하고 있었다. 그들은 여전히 비트리스 스미스의 집을 수색하고 있었다.

"막 지하실 수색을 마쳤습니다." 델라펠르가 말했다. "누군가가 감금되었던 흔적이 남아 있습니다."

"잭 로슨이었을 겁니다. 그건 저희도 알고 있습니다."

델라펠르가 잠시 머뭇거리다 말했다.

"그였는지도 모르죠."

"그게 무슨 뜻입니까?"

"파이프에 아직까지도 수갑 하나가 채워져 있습니다."

"우가 남겨놓고 갔을 겁니다."

"그럴 수도 있겠죠. 바닥에 피도 조금 떨어져 있습니다. 흘린 지 얼마 되지 않은 것 같아 보이더군요."

"로슨에게 상처가 조금 나 있었습니다."

다시 침묵이 흘렀다.

"대체 무슨 일입니까?"

펄머터가 물었다.

"지금 어디 계십니까?"

"밸리 병원입니다."

"지금 빨리 와주실 수 있겠습니까?"

"사이렌을 켜고 가면 십오 분쯤 걸릴 겁니다." 펄머터가 말했다. "대체 왜 그러시죠?"

"지하실에서 뭔가 발견했습니다." 델라펠르가 말했다. "직접 와서 보시는 게 좋을 것 같습니다."

자정이 되자 그레이스가 침대에서 내려와 복도로 나갔다. 그녀의 아이들이 잠깐 들렀었다. 그레이스는 아이들을 보고 싶다며 병원에 외출을 허락해달라고 요청했다. 스콧 덩컨이 그녀가 입을 옷을 가져왔다. 아디다스 트레이닝복. 그녀는 환자복 차림으로 아이들을 맞고 싶지 않았다. 늑골에서 느껴지는 통증을 완화하는 진통제도 미리 맞아두었다. 그레이스는 어머니가 무사하다는 것을 아이들에게 보여주고 싶었다. 그들에게 아무 걱정할 것 없다고 말해주고 싶었다. 하지만 에마가 시를 적은 일기장을 꺼내들었을 때 그레이스의 가슴은 또 한 번 무너져내리고 말았다. 그레이스는 흐느껴 울기 시작했다.

더는 용감한 척할 수 없었다.

아이들은 집으로 돌아가 각자의 침대에서 자고 있었다. 코라가 안방을 쓰며 아이들을 돌봐줄 터였다. 코라의 딸 비키는 에마의 방에서 함께 잤다. 펄머터는 여자 경관 한 명을 보내 그들과 밤을 보내도록 했다. 그레이스는 마음을 놓을 수 있었다.

병원은 어두웠다. 그레이스는 몸을 꼿꼿이 세워보려 애썼다. 하루가 걸려도 몸을 완전히 펼 수 없을 것 같았다. 움직일 때마다 늑골에서 날카로운 통증이 전해졌다. 무릎 부위도 마치 깨진 유리 파편 같은 느낌이었다.

복도는 조용했다. 그레이스는 목적지를 분명하게 정해놓은 상태였다. 그러나 그녀를 막아서는 사람이 곧 나타날 터였다. 그렇지만 그녀는 걱정하지 않았다. 아무도 그녀를 막을 수 없을 테니까.

"그레이스?"

뒤에서 들려온 여자의 음성에 그녀가 몸을 돌렸다. 한바탕 전쟁을 치를 준비는 이미 되어 있었다. 다행히 간호사는 아니었다. 저번에 학교 운동장에서 봤던 여자였다.

"샬레인 스웨인?"

여자가 고개를 끄덕였다. 그들이 눈을 맞춘 채 서로에게 다가섰다. 그들은 벌써부터 자신들조차 이해할 수 없는 뭔가를 함께 나누고 있었다.

"감사인사를 드려야 하는데."

그레이스가 말했다.

"오히려 제가 감사인사를 드려야죠."

샬레인이 말했다.

"당신이 그를 죽였잖아요. 덕분에 이제 우리의 악몽도 끝났어요."

"남편분은 좀 어떠시죠?"

그레이스가 물었다.

"괜찮아질 거예요."

그레이스가 고개를 끄덕였다.

샬레인이 말했다.

"남편분께서 위독하시다죠?"

그들은 이제 가식적인 모습을 상대에게 보이지 않았다. 그레이스는 그런 솔직함이 좋았다.

"아직 혼수상태예요."

"직접 가서 보셨나요?"

"지금 가서 보려고요."

"몰래 가보시게요?"

"네."

샬레인이 고개를 끄덕였다.

"제가 도와드릴게요."

그레이스는 샬레인 스웨인에게 몸을 기댔다. 그녀는 기운이 좋았다. 복도는 비어 있었다. 어디선가 타일 바닥에 구두가 부딪치는 소리가 들려왔다. 사방은 어둑했다. 그들은 비어 있는 간호사 스테이션을 지나 엘리베이터에 올랐다. 잭은 3층의 중환자실에 있었다. 샬레인 스웨인의 부축을 받으며 그레이스는 묘하게도 아늑한 기분을 느꼈다.

중환자 병동엔 네 개의 유리벽으로 둘러싸인 병실이 갖춰져 있었다. 병동 중앙엔 환자들의 상태를 살피는 간호사가 앉아 있었다. 환자가 있는 병실은 하나뿐이었다.

그들이 그 앞에 멈춰 섰다. 잭은 침대에 누워 있었다. 188센티미터의 키에 건장한 체구를 가진 그녀의 남편. 언제나 넓은 어깨로 그녀를 안전하게 보호해주었던 잭은 이제 너무나도 작고, 연약한 모습으로 침대에 누워 있었다. 하지만 그녀는 자신의 눈을 믿지 않았다. 병원으로 후송되어 온 지 고작 이틀밖에 되지 않았다. 체중이 조금 줄고, 탈수가 조금 되었을 뿐 다른 문제는 없을 것이라고 생각했다.

잭의 눈은 감겨 있었다. 절개된 그의 목 밖으로 튜브 하나가 튀어나와 있었다. 입엔 또 다른 튜브가 꽂혀 있었다. 두 개의 튜브는 흰색 반창고로 고정된 상태였다. 그의 코에도 튜브가 꽂혀 있는 게 보였다. 그의 오른쪽 팔뚝에도. 전해질 봉지도 보였다. 초현대적 악몽에서 튀어나온 듯해 보이는 여러 장비들이 침대를 에워싸고 있었다.

그레이스의 다리가 풀렸다. 샬레인이 그녀를 다시 부축했다. 그레이스는 다시 정신을 가다듬고 병실문을 향해 걷기 시작했다.

간호사가 말했다.

"들어가시면 안 됩니다."

"그냥 조용히 앉아 있다가만 나올게요."

샬레인이 말했다.

"부탁드려요."

간호사가 병동 좌우를 살피다가 그레이스를 바라보았다.

"이 분 드릴게요."

그레이스가 샬레인에게서 벗어났다. 샬레인이 그레이스를 위해 문을 잡아주었다. 그레이스는 안으로 들어갔다. 삐삐거리는 기계음과 함께 빨대로 물이 빨아올려지는 듯한 소리가 들려왔다. 그레이스가 침대 옆에 앉았다. 그녀는 잭의 손을 잡지도, 잭의 볼에 입을 맞추지도 않았다.

"마지막이 마음에 들 거예요."

그레이스가 말했다. 그녀가 에마의 일기장을 펼쳐들고 딸의 자작시를 읽기 시작했다.

"야구공아, 야구공아,
누가 너랑 제일 친하니?
혹시 네 엉덩이를 힘껏 때리는
방망이랑 제일 친하니?"

그레이스가 피식 웃으며 다음 페이지로 넘겼다. 하지만 다음 페이지는 백지였다.

50

웨이드 라루는 숨을 거두기 몇 분 전에야 비로소 진정한 평온을 맛보았다.

그는 이제 복수를 꿈꾸지 않았다. 더는 진실을 알고 싶지도 않았다. 이 정도면 충분했다. 이젠 누구를 탓해야 하고, 누구를 탓해선 안 되는지 잘 알고 있었다. 지금은 모든 것을 깨끗이 털어버릴 시간이었다.

칼 베스파에겐 다른 선택의 여지가 없었다. 다시 회복할 수 있는 길은 없었다. 법정에서 한 번, 그리고 기자회견장에서 다시 한 번 봐야 했던 많은 얼굴들. 그들 모두 마찬가지였다. 웨이드는 이미 충분한 시간을 허비했다. 하지만 시간은 상대적이었다. 죽음과는 달리.

그는 자신이 알고 있는 모든 것을 베스파에게 털어놓았다. 베스파는 악한 사람이었다. 마음만 먹는다면 상상조차 할 수 없는 끔찍한 일도 벌일 수 있는 인물이었다. 지난 십오 년간 웨이드 라루는 그런 사람들을 숱하게 만났다. 하지만 그처럼 사악함으로만 똘똘 뭉친 사람은 드물었다. 정말 대책 없는 정신병질환자들을 제외하고는 아무리 사악한 사람이라도 누군가를 사랑하고, 아끼고, 친밀한 관계를 유지할 수 있는 능력을 갖추고 있다. 그것은 모순이 아니었다. 그저 인간이기 때문에 가능한 일이었다.

라루는 말을 했고, 베스파는 들었다. 설명이 이어지는 동안 크램이 틈틈이 타월과 얼음을 가져왔다. 그가 그것들을 라루에게 건네주자 라루는 고맙다고 인사했다. 그는 타월로 얼굴에 묻은 피를 닦아냈다. 얼음은 부피가 너무 큰 관계로 손대지 않았다. 베스파의 주먹은 이제 고통스럽게 느껴지지 않았다. 교도소에선 그보다 더한 일들을 숱하게 겪었다. 구타를 충분히 당했을 때 사람들은 대개 둘 중 하나의 반응을 보이게 된다. 구타가 두려워 무슨 수를 써서라도 피해보려 하거나 언젠가는 끝나겠지 하며 그냥 묵묵히 받아들이거나. 복역 중 라루는 두 번째 유형의 사람으로 변해 있었다.

칼 베스파는 아무 말도 하지 않았다. 중간에 끼어들거나 확인을 위해 질문을 던지지도 않았다. 라루의 말이 끝나자 베스파는 무표정한 얼굴로 서서 설명이 계속 이어지기를 기다렸다. 그 이상의 설명은 없었다. 베스파가 말없이 몸을 돌려 크램에게 고개를 끄덕이고 사라졌다. 크램이 그의 앞으로 다가왔다. 라루가 힘겹게 고개를 들었다. 그는 도망치고 싶지 않았다. 더는 쫓기며 살고 싶지 않았다.

"자, 가지."

크램이 말했다.

크램은 그를 맨해튼 중심부에 내려주었다. 라루는 에릭 우에게 연락을 할까 하다가 이젠 그럴 필요가 없다고 생각했다. 그는 항만공사 버스 터미널로 향했다. 그는 이제 새 출발을 할 준비가 되어 있었다. 오리건 주 포틀랜드로 가볼 참이었다. 이유는 그도 몰랐다. 교도소에서 포틀랜드에 관해 읽어본 적이 있었다. 왠지 자신과 잘 맞을 것 같았다. 그는 개방적인 대도시를 원했다. 그가 읽은 기사에 의하면, 포틀랜드는 대도시로 탈바꿈한 히피 공동 생활체라고 했다. 어쩌면 그곳에 가면 공평하게 대우받을 수 있을지도 모른다고 생각했다.

우선 이름부터 바꿔야 했다. 수염도 기르고. 머리도 염색하고. 지난 십오 년간의 세월에서 벗어나는 것은 그리 어려운 일이 아니었다. 고지식하다는 말이 쏟아져나올지도 모르지만 그는 아직까지도 연기에 대한 미련을 버리지 못했다. 웨이드 라루에겐 아직 사그라지지 않은 재능이 있었다. 사람들이 말하는 초자연적 카리스마도 여전히 지니고 있었다. 시도해봐서 여의치 않을 땐 그냥 다른 일자리를 알아보면 될 터였다. 그는 고된 일이라고 마다할 생각은 없었다. 어쨌든 중요한 것은 그가 다시 대도시로 돌아간다는 사실이었다. 그것도 자유의 몸으로.

하지만 웨이드 라루는 항만공사 버스 터미널로 들어가지 않았다.

과거는 여전히 그의 발목을 잡아끌고 있었다. 아직은 때가 아니었다. 그가 한 블록 남겨둔 곳에 멈춰 섰다. 터미널에서 나온 버스들이 고가도로를 오르고 있었다. 그가 잠시 버스들을 지켜보다가 돌아서서 공중전화 앞으로 다가갔다.

마지막으로 전화를 걸어야 했다. 마지막 진실을 들어야 했다.

한 시간 후, 총신이 그의 귀밑 옴폭 파인 곳을 짓누르고 있었다. 죽음을 맞기 직전에 떠오른 생각들은 실로 어처구니없는 것들이었다. 총신이 닿아 있는 부분은 에릭 우가 가장 좋아하는 급소였다. 우는 급소의 위치를 알고 있는 것만으로는 부족하다고 설명했었다. 손가락을 그곳에 무작정 찔러넣는다고 상대가 숨지진 않는다고 했다. 조금 아플 수는 있겠지만 상대를 완전히 무력화시킬 수 없다고 했다.

바로 그것이었다. 딱하게도. 총탄이 웨이드 라루의 뇌를 뚫고 들어가 그의 생명을 끊어놓기 직전, 그는 바로 그 생각을 떠올리고 있었다.

51

델라펠르가 펄머터를 이끌고 지하실로 내려갔다. 이미 충분한 빛이 새어들어오고 있었지만 델라펠르는 여전히 손전등을 사용했다. 그가 손전등으로 바닥을 비추었다.

"저깁니다."

펄머터가 콘크리트 바닥을 내려다보았다. 순간 그의 온몸이 오싹해졌다.

"저랑 같은 생각을 하고 계시겠죠?"

델라펠르가 물었다.

"그런 것 같습니다."

펄머터가 잠시간 머뭇거렸다. 그는 머릿속으로 열심히 생각을 정리했다.

"잭 로슨 말고도 여기 감금되었던 사람이 또 있었던 것 같군요."

델라펠르가 고개를 끄덕였다.

"그게 누구였을까요?"

펄머터는 대답하지 않았다. 그는 묵묵히 바닥만을 내려다볼 뿐이었다. 분명 누군가가 감금되었던 흔적이었다. 그 누군가는 자갈로 바닥에 단어 두 개를 적어놓았다. 전부 대문자였고, 이름이었다. 문제의 사진 속에 담겨 있던 또 다른 한 명의 이름. 그레이스 로슨이 조금 전에 들려주었던 바로 그 이름.

"셰인 얼워스."

◻

샬레인 스웨인은 그레이스를 부축해 그녀의 병실까지 데려다주었다. 그들의 침묵은 이상하게도 편안했다. 그레이스는 그 이유가 궁금했다. 그녀는 많은 점이 궁금했다. 오래전 잭은 왜 도망을 쳤던 걸까? 그는 왜 신탁 재산엔 손도 대지 않았던 걸까? 왜 누이와 아버지가 자신에게 상속된 재산을 관리하도록 내버려두는 걸까? 그는 왜 보스턴 대학살이 벌어진 지 얼마 지나지 않았을 때 도망을 쳤던 걸까? 제리 덩컨은 왜 두 달 후에 죽게 된 걸까? 그때 프랑스에서 잭을 만나 사랑에 빠지게 된 것이 우연이 아니었을까?

그녀는 더는 이 모든 것이 서로 연결되어 있다는 사실에 의심을 품고 있지 않았다. 그들이 그레이스의 병실에 다다랐다. 샬레인은 그레이스를 도와 침대에 눕혔다. 그녀가 돌아서서 나가려고 했다.

"조금만 더 계셨다 가시면 안 되나요?"

그레이스가 물었다.

샬레인이 고개를 끄덕였다.

"그러죠."

그들은 대화를 시작했다. 먼저 두 사람의 공통화제인 아이들에 대해서. 하지만 그들 모두 아이들 얘기에 많은 시간을 쏟고 싶어하지 않았다. 그렇게 한 시간이 금세 지나갔다. 그레이스는 한 시간 동안 자신이 무슨 얘기를 늘어놓았는지 기억하지 못했다. 그저 대화상대가 있어 감사할 따름이었다.

새벽 2시가 되었을 때 침대 옆에 있는 전화가 울렸다. 두 사람은 잠시 전화를 빤히 바라보았다. 그레이스가 천천히 손을 뻗어 수화기를 집어들었다.

"여보세요?"

"메시지 받았어요. 얼로와 스틸 나이트에 대한."

그녀는 단번에 목소리의 주인공이 누구인지 알 수 있었다.

지미 엑스.

"지금 어디 있죠?"

"병원에 왔어요. 로비입니다. 얘길 해봤는데 올려보내주지 않네요."

"금방 내려갈게요."

병원 로비는 조용했다.

그레이스는 그를 어떻게 맞아들여야 할지 난감했다. 지미 엑스는 팔뚝을 허벅지에 얹은 채 앉아 있었다. 그녀가 다가왔는데도 그는 고개를 들지 않았다. 접수원은 잡지를 읽고 있었고, 경비는 나지막이 휘파람을 불고 있었다. 그레이스는 과연 경비가 자신을 보호해줄 수 있을지 궁금했다. 순간 총의 필요성이 절실히 느껴졌다.

그녀가 지미 엑스 앞에 멈춰 서서 기다렸다. 그제야 그가 고개를 들었다. 그들의 눈이 마주쳤다. 그 순간 그레이스는 알 수 있었다. 물론 상세한 부분까지는 아니었다. 그래봤자 수박 겉핥기였지만 어쨌든 그녀는 알 수 있었다.

그의 음성은 거의 애원에 가까웠다.

"얼로에 대해선 어떻게 알았죠?"

"남편."

지미가 알 수 없다는 표정을 지었다.

"잭 로슨이 내 남편이에요."

그의 입이 쩍 벌어졌다.

"존이?"

"결혼 전엔 존으로 불렸나 보군요. 남편은 지금 중환자실에 있어요. 소생 가능성이 희박하대요."

"오, 맙소사."

지미가 얼굴을 두 손에 파묻었다.

그레이스가 말했다.

"그동안 뭐가 궁금했는지 알아요?"

그는 대답이 없었다.

"당신이 왜 도망쳤는지. 잘 나가던 록 스타가 모든 걸 포기하고 사라져버리다니. 물론 엘비스나 짐 모리슨에 대한 소문들도 많지만 그건 그들이 이미 죽었기 때문이죠. 〈에디 앤 더 크루저〉도 있지만 그건 영화일 뿐이고요. 하지만 현실은 다르잖아요. 후도 신시내티 공연 후에 도망치지 않았어요. 롤링 스톤스도 알타몬트 스피드웨이 공연 후에 도망치지 않았고요. 그런데 당신은 왜 사라졌던 거죠?"

그는 여전히 고개를 들지 않았다.

"얼로와 연관이 있다는 거 알고 있어요. 이제 곧 누군가가 이 복잡한 퍼즐을 완성해낼 거예요."

그녀는 그의 입이 열리기를 기다렸다. 그가 얼굴을 감싸쥐고 있던 두 손을 떨어뜨리고 살살 비벼댔다. 그가 경비를 흘끔 돌아보았다. 그레이스는 흠칫 뒤로 물러섰지만 도망은 치지 않았다.

"록 콘서트가 왜 늦게 시작하는 줄 알아요?"

지미가 물었다.

뜻밖의 질문에 그레이스는 당황스러웠다.

"네?"

"내 말은……."

"질문은 들었어요. 왜 그런지 난 몰라요."

"그건 우리가 공연을 못할 정도로 술과 마약에 취해 있기 때문이에요. 매니저가 우리를 깨워서 무대로 올려보내야 하기 때문에 공연이 항상 늦는 거죠."

"그런데요?"

"그날 밤, 난 코카인과 술에 취해 있었어요."

그의 충혈된 눈이 한쪽으로 돌아갔다.

"그래서 공연이 빨리 시작되지 못했던 거죠. 그래서 관객들도 많이 조급해했던 거고요. 만약 그때 내 정신이 말짱했더라면, 제시간에 맞춰 무대에만 올랐더라면……."

그가 말을 맺지 못했다. 그냥 어깨를 으쓱해 보일 뿐이었다.

그녀는 더 변명을 듣고 싶지 않았다.

"얼로에 대해 말해줘요."

"믿을 수가 없어요."

그가 고개를 저었다.

"존 로슨이 당신 남편이라고요? 어떻게 그럴 수가 있죠?"

그녀는 그 질문에는 답을 할 수가 없었다. 그녀도 그것이 궁금했다. 사람 마음은 누구도 알 수 없는 법이다. 어쩌면 잠재의식 속의 뭔가가 작용했는지도 몰랐다. 두 사람 모두 그 끔찍했던 사고를 겪었다는 공통점이 있으니까. 그날 해변에서 잭을 처음 만났던 순간이 떠올랐다. 운명이었을까? 미리 예정되었던. 미리 계획되었던. 혹시 잭이 보스턴 대학살에서 운 좋게 살아나온 그녀를 일부러 만나고 싶어했던 건 아닐까?

"그날 밤 콘서트장에 내 남편도 있었나요?"

그녀가 물었다.

"네? 그럼 그걸 몰랐단 말인가요?"

"우리에겐 두 가지 방법이 있어요, 지미. 첫째. 내가 모든 것을 알고 있는 척하면서 당신을 통해 확인하는 방법. 하지만 안타깝게도 난 아무것도 몰라요. 어쩌면 영영 진실을 파헤치지 못할지도 모르고요. 당신이 끝내 말해주지 않는다면. 당신은 비밀을 숨기고 싶겠지만 난 그것을 밝혀낼 때까지 포기하지 않을 거예요. 칼 베스파와 개리슨 가족, 리즈 가족, 웨이더 가족도 마찬가지고요."

그가 그레이스를 올려다보았다. 그의 얼굴은 묘하게도 어린 아이의 얼굴 같아 보였다.

"둘째. 내 생각엔 이게 더 중요한 것 같은데요, 당신은 더는 과거의 죄악을 안고 살지 못할 거예요. 그래서 그날 밤, 우리 집까지 찾아왔을 테고요. 용서받기 위해서. 이제 시간이 되었다는 거, 알고 있죠?"

그가 다시 고개를 떨어뜨렸다. 그레이스는 그의 흐느낌을 들을 수 있었다. 그의 몸이 바르르 떨렸다. 그레이스는 아무 말도 하지 않았다. 그의 어깨에 손을 얹어주지도 않았다. 경비가 그들을 흘끔 바라보았다. 접수원도 잡지에서 눈을 떼고 그들을 돌아보았다. 하지만 그게 다였다. 그들이 있는 곳은 병원이었다. 성인들이 우는 모습을 흔히 볼 수 있는 공간이었다. 그들이 이내 고개를 돌렸다. 잠시 후, 지미의 흐느낌이 가라앉았다. 그의 어깨도 더 흔들리지 않았다.

"우린 맨체스터 공연에서 처음 만났어요."

지미가 소매로 코를 훔치며 말했다.

"그때 난 스틸 나이트라는 밴드에서 활동하고 있었죠. 공연 스케줄엔 총 네 개의 밴드가 올라와 있었어요. 그중 하나가 바로 얼로였죠. 그렇게 난 당신 남편을 만나게 되었던 겁니다. 우리는 무대 뒤에서 함께 어울리며 코카인을 했죠. 그는 괜찮은 친구였지만, 여기서 분명히 이해해야 할 게 하나 있어요. 음악은 내 전부였습니다. '본 투 런' 같은 곡을 만들고 싶었어요. 음악의 새 역사를 쓰고 싶었어요. 난 음악을 먹고, 자고, 꿈꾸고, 싸며 살았어요. 하지만 로슨은 별로 진지하게 생각하지 않았죠. 그 친구는 그냥 재미로 밴드 활동을 했던 겁니다. 그 밴드도 괜찮은 곡이 몇 개 있었지만 보컬과 편곡은 정말 아마추어 수준이었죠. 로슨에겐 야망이 없었어요."

경비가 다시 휘파람을 불기 시작했다. 접수원도 다시 잡지로 시선을 돌렸다. 차 한 대가 정문 앞에 멈춰 섰다. 경비가 밖으로 달려나가 응급실 쪽을 가리켰다.

"얼로는 그 일이 있은 지 몇 달 후에 해체됐어요. 스틸 나이트도 마찬가지였죠. 하지만 로슨과 나는 계속 연락을 하고 지냈죠. 지미 엑스 밴드를 새로 결성했을 땐 그 친구를 불러들일까도 생각했었어요."

"그런데 왜 부르지 않았죠?"

"그 친구 재능이 의심스러웠거든요."

지미가 갑자기 벌떡 일어났다. 그 바람에 그레이스가 깜짝 놀라며 뒤로 물러섰다. 그녀는 계속해서 그와 눈을 맞춰보려 애썼다. 마치 그렇게 하면 그가 진정될 것 같았다.

"그래요. 당신 남편도 그날 콘서트장에 있었어요. 맨 앞줄 티켓 다섯 장을 얻어주었죠. 그는 예전 밴드 멤버들과 함께 나타났어요. 그중 두 명을 거느리고 무대 뒤로 날 찾아오기까지 했죠."

그가 말을 멈췄다. 두 사람은 잠시 그렇게 서 있었다. 그가 고개를 돌렸다. 그레이스는 그의 설명이 계속 이어지기를 기다렸다.

"그들이 누구였는지 기억해요?"

그녀가 물었다.

"그가 데려왔던 멤버들 말인가요?"

"네."

"여자 두 명이었어요. 그중 한 명은 옅은 빨강머리였죠."

실라 램버트.

"나머지 한 명은 제리 덩컨, 아니었나요?"

"이름은 모르겠어요."

"셰인 얼워스는요? 그도 왔었나요?"

"키보드 치던 친구 말인가요?"

"네."

"무대 뒤론 오지 않았어요. 로슨은 여자 두 명만을 데려왔어요."

그가 눈을 감았다.

"대체 그날 무슨 일이 있었던 거죠, 지미?"

그가 울상을 지었다. 갑자기 몇 살은 더 늙어 보였다.

"그때 난 너무 취해 있었어요. 관객들의 환호가 들려왔죠. 아마 2만 명은 넘게 왔을 거예요. 그들 모두 입을 모아 내 이름을 불러댔죠. 손뼉을 치면서. 모두 콘서트가 빨리 시작되기만을 바라고 있었어요. 하지만 난 손가락 하나조차 까딱거릴 수 없을 정도로 취해 있었죠. 매니저가 들어왔고, 난 시간이 더 필요하다고 했어요. 그가 내 말을 듣고 나갔죠. 그렇게 혼자 있는데 로슨이 두 여자와 함께 나타났어요."

지미가 눈을 깜빡이다가 그레이스를 바라보았다.

"여기 구내식당이 어딘가요?"

"지금은 문을 닫았을 거예요."

"커피 한 잔 마셨으면 좋겠는데."

"지금은 안 돼요."

지미가 천천히 걷기 시작했다.

그레이스가 물었다.

"그들이 들어온 다음에 무슨 일이 있었죠?"

"그들이 어떻게 무대 뒤로 들어올 수 있었는지 모르겠어요. 그들에게 통행증을 준 적도 없었는데. 로슨이 불쑥 들어와 묻더군요. '이봐, 괜찮아?' 사실 난 그 친구를 보니 무척 반가웠어요. 하지만 그때 큰일이 벌어졌죠."

"뭔데요?"

"로슨. 그가 순간 돌아버렸던 모양이에요. 어쩌면 나보다도 더 취해 있었는지도 모르죠. 그가 갑자기 날 밀치면서 협박을 하기 시작했어요. 나더러 도둑이라면서 소리를 빽 질렀죠."

"도둑?"

지미가 고개를 끄덕였다.

"도무지 이해가 안 됐어요. 그는……."

그가 걸음을 멈추고 그녀의 눈을 똑바로 바라보았다.

"그는 내가 자신의 곡을 훔쳤다고 했어요."

"무슨 곡이요?"

"흐릿한 잉크."

순간 그레이스의 몸이 얼어붙었다. 몸 왼쪽에서 진동이 느껴지기 시작했다. 가슴도 두근거렸다.

"로슨과 그의 친구 얼워스는 얼로 시절 '보이지 않는 잉크Invisible Ink'라는 제목의 곡을 만든 적이 있었어요. 이 두 곡의 유사점은 그것뿐이었죠. 제목에 '잉크'라는 단어가 들어간다는 것. 당신도 '흐릿한 잉크'의 가사를 알고 있죠?"

그녀가 고개를 끄덕였다. 아직 말도 제대로 나오지 않았다.

"'보이지 않는 잉크'도 주제는 비슷했어요. 두 곡 모두 인간의 기억이 얼마나 신뢰하기 어려운 것인지를 노래하고 있죠. 하지만 비슷한 구석이라고는 정말 그것뿐이었어요. 난 존에게 그렇게 설명했죠. 하지만 그는 꼭 뭔가에 홀려 있는 듯했어요. 내가 무슨 말을 하든 그는 점점 더 거칠게만 변해갔죠. 그 친구는 계속해서 나를 밀쳐댔어요. 짙은 색 머리를 가진 여자는 연신 그를 부추겨댔고요. 그녀는 내 다리를 부러뜨리겠다고 했어요. 난 도와달라고 소리를 질렀죠. 로슨은 아랑곳하지 않고 내게 주먹질을 해댔어요. 내가 대혼란 속에서 부상을 입었다는 기사, 봤죠?"

그녀가 다시 고개를 끄덕였다.

"그건 사실이 아니었어요. 바로 당신 남편 때문이었죠. 그는 내 턱에 주먹을 꽂고 나서 무섭게 달려들었어요. 난 있는 힘을 다해 그를 밀어내려 했죠. 그 친구는 날 죽여버리겠다면서 으르렁거렸어요. 그 모든 게 초현실적으로 느껴졌죠. 그는 날 토막내버리겠다는 말까지 했어요."

그레이스는 오싹해졌다. 호흡 조절도 잘되지 않았다. 그럴 리 없어. 제발 사실이 아니기를.

"제어가 안 되는 상황이었어요. 빨강머리가 나서서 그에게 진정하라고 했어요. 이렇게 난리를 칠 일이 아니라면서 말이죠. 그녀는 그 친구에게 그냥 잊으라고 했어요. 하지만 그는 그녀의 말을 듣지 않았어요. 그냥 살벌한 미소를 짓다가…… 갑자기 칼을 꺼내들었어요."

그레이스가 고개를 저었다.

"그걸 내 심장에 박아넣겠다고 했어요. 그때까지도 정신을 못 차리고 있었는데 그 말을 듣는 순간 정신이 번쩍 들었어요. 해롱거리는 누군가의 정신을 번쩍 들게 해주려면 칼을 심장에 박아넣겠다고 협박해봐요. 즉석에서 효과를 볼 수 있습니다."

그가 다시 입을 닫았다.

"그래서 어떻게 됐죠?"

그레이스는 자신이 그 질문을 던졌는지조차 인식하지 못했다. 들려온 음성은 분명 그녀의 것이었지만 꼭 다른 어딘가에서 들려온 소리 같았다. 아득하게 먼 곳에서.

생각에 잠긴 지미의 얼굴에 긴장이 풀어졌다.

"그가 날 찌르도록 지켜보고만 있을 순 없었어요. 그래서 이번엔 내가 그에게 달려들었죠. 그 친구가 칼을 떨어뜨렸고, 우리는 곧바로 엉겨붙었어요. 두 여자는 비명을 질러대며 우리를 뜯어말리기 시작했죠. 우리가 그렇게 바닥을 뒹굴고 있을 때 총성이 들려왔어요."

그레이스는 계속해서 고개를 저을 뿐이었다. 잭이 아니었을 거야. 잭은 그날 밤 그곳에 있지 않았어. 절대 그럴 리 없어.

"굉장한 소리였어요. 꼭 귀 뒤에서 발사된 것처럼 말이죠. 총성이 울리고 나자 사방이 아수라장이 되었어요. 여기저기서 비명이 들려왔죠. 그 후로도 총성은 두어 번 더 울렸어요. 대기실 안에서 울린 건 아니었고, 아주 먼 곳에서 들려왔어요. 비명이 들려오자 로슨이 움찔했어요. 바닥은 피로 흥건했죠. 그 친구가 등에 총을 맞은 거였어요. 난 그를 밀쳐내고 경비 일을 보는 고든 매켄지를 올려다보았죠. 그는 여전히 로슨에게 총을 겨누고 있었어요."

그레이스가 눈을 감았다.

"잠깐만요. 그러니까 지금 고든 매켄지가 제일 먼저 총을 쐈다는 얘긴가요?"

지미가 고개를 끄덕였다.

"내가 소리친 걸 듣고 대기실로 들어온 거였죠."

그의 음성이 다시 작아졌다.

"우린 잠시 그렇게 서로의 얼굴만을 빤히 바라보고 있었어요. 두 여자는 실성한 듯이 비명을 질러댔죠. 하지만 비명소리는 관객들의 소음에 묻혀 들리지 않았어요. 그 소리…… 사람들은 세상에서 가장 끔찍한 소리를 표현할 때 다친 짐승의 울부짖음 같다고 하지만 그때 내가 들었던 소리는 그것과는 비교할 수도 없을 정도로 끔찍했어요. 공포와 공황상태로 똘똘 뭉친 소리. 물론 당신도 그곳에 있었으니 내 말을 이해할 수 있을 겁니다."

그러나 그렇지 않았다. 머리에 외상을 입어 그때의 일은 기억할 수 없었다. 하지만 그녀는 고개를 끄덕이며 그의 설명이 이어지기를 기다렸다.

"어쨌든 매켄지는 멍한 얼굴로 잠시 그렇게 서 있었어요. 그러고는 이내 도망쳐버렸죠. 두 여자는 로슨을 질질 끌고 밖으로 나갔고요."

그가 어깨를 으쓱했다.

"그 후의 일은 당신도 잘 알잖아요, 그레이스."

그녀는 지미가 들려준 이야기를 처음부터 곱씹어보기 시작했다. 자신에게 던져진 모든 함축적 의미를 이해해보려 애썼고, 그 모든 것을 자신의 현실 속에 끼워맞춰보려 애썼다. 무대 반대편에 있었던 그녀는 그 사건이 벌어진 현장에서 불과 몇 미터밖에 떨어져 있지 않았다. 잭. 그녀의 남편. 그도 바로 그곳에 있었다. 하지만 어떻게?

"아니에요."

그녀가 말했다.

"뭐가요?"

"그 후의 일 말이에요. 난 아무것도 몰라요, 지미."

그는 말이 없었다.

"이야기는 거기서 끝나지 않잖아요. 얼로 멤버는 네 명이었어요. 그동안 조사를 좀 해봤죠. 그 사건이 벌어지고 두 달 후, 누군가가 사람을 보내 멤버 중 한 명을 제거했어요. 제리 덩컨. 당신을 습격한 내 남편은 외국으로 도망쳤죠. 오랫동안 길러왔던 턱수염까지 밀어버리고 잭이라는 이름으로 새 인생을 살기 시작했어요. 셰인 얼워스의 어머니에 의하면, 그도 지금 외국에 나가 있다고 했어요. 하지만 내 생각엔 그녀가 거짓말을 하고 있는 것 같아요. 실라 램버트, 그 빨강머리 여자는 이름을 바꾸었어요. 그녀 남편은 얼마 전에 살해됐고, 그녀는 어디론가로 사라졌어요."

지미가 고개를 저었다.

"난 정말 모르고 있었어요."

"이 모든 게 그저 우연의 일치였을까요?"

"물론 아니겠죠."

지미가 말했다.

"어쩌면 그들은 진실이 밝혀지는 것을 두려워했는지도 모르죠. 그 사건이 벌어지고 나서 한동안 어땠는지 기억하잖아요. 모두가 책임질 사람을 원했죠. 그들은 모두 교도소에 보내질 운명이었어요. 어쩌면 그 이상의 대가를 치러야 했을지도 모르죠."

그레이스가 고개를 저었다.

"당신은요, 지미?"

"내가 뭐요?"

"이 모든 것을 왜 지금까지 혼자만 알고 있었던 거죠?"

그는 대답하지 않았다.

"만약 지금까지 당신이 들려준 게 전부 사실이라면 당신은 아무 잘못도 없다는 얘기잖아요. 당신은 오히려 피해자였죠. 왜 경찰에 그 사실을 털어놓지 않았나요?"

그가 입을 열었다가 이내 닫아버렸다. 그러다가 다시 천천히 입을 열었다.

"나 혼자만의 문제가 아니었어요. 고든 매켄지도 연루되어 있잖아요. 그는 보스턴 대학살의 영웅이 되었어요. 당신도 알잖아요. 만약 그가 처음에 총을 쏜 장본인이었다는 사실이 세상에 알려지면 그가 어떻게 됐겠어요?"

"그럼 고든 매켄지를 보호하기 위해 거짓말을 해왔다는 건가요?"

그는 대답이 없었다.

"왜 그랬죠, 지미? 왜 아무 말도 안 했던 거죠? 왜 도망친 거냐고요?"

그의 눈이 살짝 돌아갔다.

"이봐요. 난 내가 알고 있는 모든 걸 당신에게 털어놓았어요. 이젠 돌아가야겠어요."

그레이스가 그의 앞으로 바짝 다가섰다.

"당신이 그 곡을 훔쳤던 거죠? 아닌가요?"

"뭐라고요? 말도 안 돼요."

하지만 그녀는 확신할 수 있었다.

"그래서 당신은 책임감을 느꼈던 거였어요. 당신은 그 곡을 훔친 게 분명해요. 그것만 아니었다면 아무 일도 없었을 거예요."

그는 계속해서 고개만 저어댈 뿐이었다.

"그게 아니에요."

"당신은 그래서 도망쳤던 거예요. 그때 당신 상태가 정상이 아니었다는 건 핑계일 뿐이에요. 당신은 자신을 록 스타로 만들어준 곡을 훔쳤어요. 바로 그게 이 모든 것의 시작이었어요. 당신은 맨체스터 공연 때 얼로가 그 곡을 연주하는 걸 들었어요. 그 곡이 마음에 들자 훔쳐서 쓰기로 했던 거죠."

그는 열심히 고개를 저었지만 그의 얼굴은 이미 모든 것을 시인하고 있었다.

"두 곡이 비슷하긴 하지만……."

또 다른 생각이 그녀의 가슴을 쿵쿵 울려대기 시작했다.

"대체 그 비밀을 지키기 위해 어디까지 갈 생각이었죠, 지미?"

그가 그녀를 빤히 바라보았다.

"'흐릿한 잉크'는 대학살 이후로 더 큰 히트곡이 되었어요. 그 앨범은 수백만 장이 넘게 팔렸어요. 그 돈, 지금 누가 가지고 있죠?"

그가 고개를 저었다.

"당신이 잘못 짚었어요, 그레이스."

"내가 잭 로슨과 결혼했다는 걸 알고 있었나요?"

"뭐라고요? 물론 몰랐어요."

"그래서 그날 밤 우리 집에 왔었던 건가요? 내가 어디까지 알고 있는지 알아보기 위해서?"

그는 세차게 고개를 저었다. 눈물이 양 볼을 타고 흘러내렸다.

"아니에요. 난 누구에게도 상처 주고 싶지 않았어요."

"제리 덩컨은 누가 죽인 거죠?"

"그건 나도 몰라요."

"그녀가 모든 걸 불어버릴까 봐 그랬던 건가요? 그런 거였어요? 그로부터 십오 년 후, 누군가가 실라 램버트, 아니 질리언 도드를 노리기 시작했어요. 하지만 그녀의 남편이 걸렸겠죠. 그녀도 진실을 털어놓으려고 했었나요, 지미? 당신이 돌아온 것을 그녀도 알았나요?"

"이제 가봐야겠어요."

그녀가 그의 앞을 가로막았다.

"또다시 도망칠 생각 말아요. 이미 충분히 해봤잖아요."

"알아요."

그의 음성이 다시 애원조로 바뀌었다.

"그건 누구보다도 내가 잘 안다고요."

그가 그녀를 밀쳐내고 밖을 향해 달려나가기 시작했다. 그레이스는 소리쳐 그를 불러볼까 했지만 왠지 휘파람을 불고 있는 경비가 아무런 도움도 못 되어줄 것 같다는 생각에 그만두기로 했다. 지미는 벌써 밖으로 나가버렸다. 그가 시야에서 사라지기 전에 그녀는 절룩이며 그를 뒤쫓았다.

순간 세 발의 총성이 적막하던 밤을 뒤흔들었다. 타이어가 미끄러지는 소리도 들려왔다. 접수원이 잡지를 떨어뜨리고 수화기를 집어들었다. 경비는 휘파람을 멈추고 정문을 향해 달려갔다. 그레이스도 그를 뒤따랐다.

그레이스가 밖에 나갔을 때 차는 이미 어둠 속으로 사라진 후였다. 그레이스는 차에 누가 타고 있었는지 보지 못했다. 하지만 짐작은 할 수 있었다. 경비가 바닥에 쓰러져 있는 지미에게로 달려갔다. 두 명의 의사가 그레이스를 밀치고 잽싸게 달려들었다. 하지만 이미 늦었다.

그렇게 보스턴 대학살은 발생 십오 년 만에 가장 신출귀몰한 피해자를 끌고 가버렸다.

52

어쩌면 우리는 모든 진실을 알면 안 되는 건지도 몰라. 어쩌면 진실은 그다지 중요한 게 아닌지도 모르지. 그레이스는 그런 생각이 들었다.

어찌되었든 결국 마지막엔 수많은 질문들이 쏟아지게 마련이었다. 하지만 그레이스는 그 모든 질문들의 답을 밝혀낼 재간이 없었다. 그 답을 쥐고 있는 사람들이 너무 많이 죽었기 때문이다.

제임스 자비에 파밍턴이 본명인 지미 엑스는 가슴에 세 발의 총탄을 맞고 숨졌다.

웨이드 라루의 시체는 뉴욕 항만공사 버스 터미널 근처에서 발견되었다. 출감한 지 이십사 시간도 지나지 않은 시간이었다. 그는 직접탄도 거리에서 머리에 총을 맞고 숨졌다. 그의 죽음엔 중요한 단서가 하나 있었다. 〈뉴욕데일리뉴스〉의 기자 한 명은 크라운 플라자에서 기자회견을 마치고 나온 웨이드 라루를 몰래 미행했었다. 그 기자에 의하면, 라루는 크램의 인상착의와 맞아떨어지는 남자와 함께 검은색 세단에 올라탔다고 했다. 살아 있는 라루의 모습을 마지막으로 본 순간이었다.

체포된 사람은 없었지만 답은 분명했다.

그레이스는 칼 베스파가 무슨 짓을 했을지 궁금했다. 사건이 벌어진 지 십오 년이 지났다. 그리고 그의 아들은 여전히 땅속에 묻혀 있었다. 하지만 베스파에게는 아무것도 변한 게 없었다. 그에게 십오 년은 긴 시간이 아니었다.

펄머터 경감은 그를 용의자로 지목하고 있었다. 하지만 베스파는 매번 자신의 흔적을 완전히 지워버렸다.

펄머터와 덩컨은 지미가 숨을 거둔 즉시 병원으로 달려왔다. 그레이스는 그들에게 모든 것을 들려주었다. 더 숨길 것은 없었다. 펄머터는 콘크리트 바닥에 적혀 있던 셰인 얼워스의 이름을 들려주었다.

"그건 무슨 뜻이죠?"

그레이스가 물었다.

"단서가 될 만한 걸 계속 찾아보고 있습니다. 어쩌면 남편분 말고, 또 다른 누군가가 지하실에 감금됐었는지도 모르겠습니다."

충분히 그럴 수도 있겠다고 그레이스는 생각했다. 십오 년이 지난 이제야 모두가 되돌아오고 있었다. 사진 속의 사람들.

새벽 4시. 그레이스는 자신의 병실로 돌아왔다. 누군가가 문을 열고 어두운 병실로 슬그머니 들어왔다. 그 누군가는 그레이스가 잠들어 있다고 생각하는 것 같았다. 그레이스는 일부러 입을 열지 않았다. 그녀는 그가 침대 옆 의자로 다가와 앉을 때까지 잠자코 기다렸다. 십오 년 전에 그랬듯이. 그리고 그녀가 나지막이 말했다.

"안녕하세요, 칼."

"좀 어때요?"

베스파가 물었다.
"당신이 지미 엑스를 죽였나요?"
긴 침묵이 흘렀다. 그의 그림자는 움직이지 않았다.
"그날 밤에 있었던 일은 모두 그 때문에 벌어졌어요."
그가 말했다.
"전 아직 잘 모르겠어요."
베스파의 얼굴이 그림자에서 벗어났다.
"당신은 어둠 속에 너무 오래 남아 있었어요."
그레이스가 일어나 앉아보려 했지만 늑골의 통증은 그녀를 움직이게 놔두지 않았다.
"지미에 대해선 어떻게 알게 되신 거죠?"
"웨이드 라루에게 들었어요."
그가 대답했다.
"그도 당신이 죽였죠?"
"날 비난하기 전에 진실을 먼저 알고 싶지 않은가요?"
그녀는 그에게 오직 진실만이 중요한지 묻고 싶었지만 그녀는 이미 그의 답을 알고 있었다. 진실은 결코 사람을 만족시켜주지 않는다. 복수와 응보 역시 마찬가지다.
"웨이드 라루는 출감하자마자 내게 연락을 해왔어요."
베스파가 말했다.
"긴히 할 얘기가 있다더군요."
"무슨 얘기요?"
"그건 말해주지 않았습니다. 난 크램을 시켜 그를 데려오라고 했습니다. 그렇게 그가 내 집으로 오게 됐죠. 그는 내 고통을 이해한다면서 쓸데없는 연민을 보이기 시작했어요. 어느 순간 스스로 마음의 평화를 찾게 됐고, 더는 복수도 하고 싶지 않게 되었다고 했습니다. 하지만 내가 듣고 싶은 건 그런 말이 아니었어요. 그래서 곧바로 요점만 얘기하라고 했죠."

"그가 얘기하던가요?"

"네."

그는 여전히 미동도 하지 않았다. 그레이스는 병실 불을 켤까 하다가 그만두기로 했다.

"삼 개월 전, 고든 매켄지가 면회를 왔다더군요. 왜 그랬는지 알겠습니까?"

그레이스가 고개를 끄덕였다.

"매켄지는 말기 암 환자였어요."

"그래요. 너무 늦기 전에 천국행 티켓을 예매해두고 싶었겠죠. 갑자기 가책이 느껴져서 견딜 수가 없었던 모양입니다."

베스파가 고개를 살짝 기울이고 미소를 머금었다.

"세상을 하직하기 직전에야 그렇게 후회를 하다니. 정말 기묘한 타이밍 아닌가요? 더는 희생이 요구되지 않을 때를 노려서 말입니다. 참회하면 용서를 받을 수 있다는 허튼소리를 너무 진지하게 받아들인 거죠."

그레이스는 그냥 묵묵히 듣고만 있었다. 그것이 현명한 일이었다.

"어쨌거나, 고든 매켄지는 모든 게 자신 때문이라고 했어요. 그는 무대 뒤편에 있는 출구의 경비를 담당했죠. 공연 전에 반반하게 생긴 한 여자 관객에게 정신이 팔려 로손과 여자 두 명이 몰래 들어왔다는 사실을 전혀 몰랐다고 합니다. 물론 당신도 그 얘긴 들었겠죠?"

"조금은 들었어요."

"그럼 매켄지가 당신 남편을 쐈다는 것도 알겠군요."

"네."

"바로 그게 콘서트장을 아수라장으로 만들어놨던 겁니다. 세상이 잠잠해진 후에 매켄지와 지미 엑스는 다시 만났습니다. 두 사람은 비밀을 끝까지 지키기로 했죠. 물론 잭의 부상과 현장에 있던 두 여자가 걱정은 됐겠지만 그 세 사람 역시 떳떳하진 못했기 때문에 그들은 크게 신경 쓰지 않았던 겁니다."

"그래서 모두가 입을 닫고 지내기로 한 거였군요."

"그렇죠. 매켄지는 영웅이 됐고, 보스턴 경찰서에서는 그를 경관으로 받아들여주었습니다. 그리고 그는 진급을 거듭해 경감 자리까지 오르게 됐어요. 그날 밤의 영웅적 행동 하나가 그를 그 자리에 앉혀준 것이죠."

"매켄지의 고백을 듣고 나서 라루는 뭘 했죠?"

"그가 뭘 했겠어요? 당연히 진실을 만천하에 떠벌리고 싶었겠죠. 그는 복수와 면죄를 원했어요."

"그런데 왜 라루는 아무에게도 그 얘기를 하지 않았죠?"

"오, 얘기는 했어요."

베스파가 미소를 지었다.

"세 번 기회를 줄 테니 한번 맞혀봐요."

그레이스는 그 답을 알 것 같았다.

"변호사에게 얘기했겠죠."

베스파가 두 손을 활짝 펴 보였다.

"상품으로 큐피 인형을 하나 드리죠."

"하지만 샌드라 코벌이 어떻게 그의 입을 막아놓을 수 있었던 거죠?"

"오, 그게 또 기가 막혔어요. 그녀는 자신의 고객과 동생 모두를 위할 수 있는 방법을 생각해냈죠."

"그게 뭔데요?"

"그녀는 라루에게 입을 닫고 있으면 가석방으로 풀려날 가능성이 크다고 했어요."

"이해가 안 되는군요."

"가석방 시스템에 대해 잘 모르죠?"

그녀가 어깨를 으쓱해 보였다.

"가석방 위원회는 죄수들이 자신의 무고함을 주장하는 걸 별로 좋아하지 않아요. 그들은 죄수들에게 참회의 말을 듣고 싶어하죠. 나가고 싶다면 최대한 고개를 숙이고 반성하는 모습을 보여야 합니다. 무조건 잘못했다고 시인해야 합니다. 책망을 묵묵히 받아들였다는 것은 바로 갱생의 신호거든요. 고집 부리면서 계속 무고하다는 주장을 펼치면 오히려 점수를 잃게 되죠."

"매켄지가 증언을 해줄 수도 있었잖아요."

"그의 몸 상태는 최악이었어요. 게다가 가석방 위원회는 라루의 무고함 따위엔 관심이 없었어요. 만약 라루가 끝까지 고집을 부렸다면 그는 다시 항소를 신청해야 했죠. 그 재판이 몇 개월 걸릴지, 몇 년 걸릴지, 그걸 누가 알겠습니까? 샌드라 코벌에 의하면, 라루가 가석방으로 풀려날 수 있는 길은 오직 죄를 순순히 인정하는 것뿐이었다고 했어요."

"그녀의 말이 맞았군요."

그레이스가 말했다.

"그래요."

"그럼 라루는 샌드라와 잭이 남매 사이라는 사실을 몰랐나요?"

베스파가 다시 두 손을 펼쳤다.

"그걸 무슨 수로 알 수 있겠어요?"

그레이스가 고개를 저었다.

"하지만 그게 끝이 아니었어요. 웨이드 라루는 여전히 복수를 원했고, 면죄를 원했어요. 그리고 출감하는 날까지 감방에서 복수의 칼을 갈아왔죠. 그는 어떻게 복수를 할 것인지 생각해봤어요. 진실을 알고 있었지만 그걸 어떻게 증명할 수 있을지 고민이 많았을 겁니다. 누구에게 복수를 해야 할지도 생각해봐야 했을 테고요. 대체 누구 때문에 그날 밤 엄청난 사건이 벌어지게 됐는지 말입니다."

그레이스가 고개를 끄덕였다. 이제야 조금씩 이해가 되는 것 같았다.

"그래서 그가 잭을 노렸던 거군요."

"제일 먼저 칼을 뽑아들었던 사람. 라루는 교도소에서 사귀게 된 에릭 우에게 당신 남편을 납치하라고 지시했습니다. 라루는 출감하자마자 우와 함께 자신의 복수 계획을 행동에 옮길 참이었죠. 그는 잭에게 진실을 자백하게 한 다음 그 모습을 비디오테이프에 담으려고 했어요. 그리고 깨끗하게 해치워버리려 했죠."

"자신의 무고함을 밝힌 후에 살인을 저지르려 했다고요?"

베스파가 어깨를 으쓱했다.

"그는 분노로 가득 차 있었어요, 그레이스. 어쩌면 그냥 신나게 두들겨 패거나 다리를 부러뜨려놓는 것으로만 마무리 지었을지도 모르죠."

"그래서 어떻게 됐죠?"

"웨이드 라루의 생각이 바뀌었어요."

그레이스가 미간을 찌푸렸다.

"그가 했던 말을 직접 들어봤어야 해요. 눈이 아주 맑았죠. 그의 얼굴을 후려치고, 발로 걷어차면서 죽여버리겠다고 협박까지 했는데도 그의 얼굴엔 평화로움만 가득 차 있었어요. 시간이 흘러도 그 표정이 지워지지 않더군요. 출감하는 순간 라루는 자신이 그 모든 것을 훌훌 털어버릴 수 있다는 걸 깨닫게 된 겁니다."

"그게 무슨 뜻이죠? 털어버리다뇨?"

"그 말 그대로입니다. 그가 치른 대가는 이제 과거가 되어버렸죠. 더 그를 탓하는 사람도 없으니 면죄 자체가 헛된 일이 되어버린 겁니다. 그는 관객들 틈에서 총을 쐈습니다. 그래서 인파가 더 요동을 쳤던 거죠. 하지만 그의 말대로 이제 그는 자유인이 됐습니다. 그 무엇도 그를 과거와 연결 지을 수 없게 되었단 말이죠. 출감도 했으니 이제 더는 그의 발목을 잡을 게 없어진 겁니다. 하지만 내 아들은 여전히 살아 돌아오지 못합니다. 내 말 이해하겠습니까?"

"네."

"라루는 그냥 새 인생을 살고 싶어했어요. 하지만 내가 자신에게 무슨 짓을 할지 무척 두려워하고 있었죠. 그래서 그는 거래를 제안해왔습니다. 내게 진실을 털어놓았고, 우의 전화번호도 알려주었죠. 그가 내게서 원한 건 한 가지뿐이었습니다. 이제 그를 내버려두는 것."

"그래서 당신이 우에게 전화를 걸었던 건가요?"

"전화는 라루가 직접 걸었습니다. 하지만 얘기는 내가 했죠."

"우에게 우리를 데려오라고 시켰나요?"

"당신이 그에게 잡혀 있을 줄 몰랐습니다. 그가 잭만 잡아두고 있는지 알았어요."

"뭘 어떻게 하려고 했던 거죠?"

그는 말이 없었다.

"잭도 죽이려고 했던 건가요?"

"이제 와서 그런 얘길 할 필요가 있을까요?"

"그럼 난 어쩌려고 했죠?"

그가 잠시 머뭇거렸다.

"난 궁금했어요."

"뭐가요?"

"당신."

그렇게 몇 초가 더 흘러갔다. 복도에서 발소리가 들려왔다. 삐걱거리는 바퀴가 달린 들것이 병실 앞을 지나쳤다. 그레이스는 소리가 멀어지기를 기다렸다. 그리고 빨라진 호흡을 다잡았다.

"당신은 보스턴 대학살에서 구사일생으로 살아나왔습니다. 그리고 그 사건을 일으킨 장본인과 결혼을 했습니다. 리허설에서 그를 보고 온 후 지미 엑스가 당신을 찾아왔다는 사실도 알고 있습니다. 당신은 내게 그 얘길 해주지 않았죠. 당신에겐 사건 당시의 기억이 거의 없습니다. 그날 밤의 일들뿐만 아니라, 그로부터 일주일 전의 기억까지도 당신에겐 남아 있지 않아요."

그녀는 계속해서 호흡을 조절해보려 애썼다.

"그럼 당신은……."

"처음엔 그 사실을 어떻게 받아들여야 할지 몰랐어요. 하지만 이젠 알 것 같습니다. 당신 남편은 좋은 사람입니다. 그저 치명적인 실수를 저질렀을 뿐이죠. 사건 발생 직후 그는 해외로 도망쳤습니다. 양심의 가책을 느꼈던 거겠죠. 그래서 당신을 만나려고 했던 겁니다. 언론 보도를 접하고 나서 당신이 괜찮은지 직접 확인하고 싶었던 거죠. 어쩌면 당신에게 사과라도 하고 싶었는지 모릅니다. 어쨌든 그래서 그가 프랑스의 해변에서 당신에게 접근했던 겁니다. 그리고 그렇게 당신과 사랑에 빠지게 된 것이고요."

그녀가 눈을 감고 몸을 뒤로 뉘었다.

"이젠 다 끝났어요, 그레이스."

그들은 한동안 침묵을 지켰다. 더 할 얘기도 남아 있지 않았다. 몇 분 후, 베스파가 슬그머니 병실에서 나가 정적 속으로 사라져갔다.

53

하지만 그것은 끝이 아니었다.

그렇게 나흘이 지나갔다. 그레이스도 서서히 회복이 되어갔다. 그녀는 집으로 돌아왔고, 코라와 비키가 그녀와 함께 있어주었다. 크램이 찾아왔지만 그레이스는 그냥 돌아가 달라고 했다. 그는 고개를 끄덕이고 순순히 그녀의 요청을 들어주었다.

예상대로 언론은 호들갑을 떨어댔다. 그들은 많은 것을 알지 못했지만 유명한 록 스타 지미 엑스가 피살되었다는 사실은 그들을 난리 직전으로 몰아갔다. 펄머터는 그레이스의 집 앞에 순찰차를 세워놓았다. 에마와 맥스는 평소대로 학교에 갔다. 그레이스는 하루 대부분의 시간을 병원에서 잭과 보냈다. 샬레인 스웨인도 좋은 말벗이 되어주었다.

그레이스는 이 모든 것의 시작인 문제의 사진을 떠올렸다. 분명 네 명의 얼로 멤버 중 하나가 사진 봉지에 몰래 집어넣었을 거라고 그녀는 생각했다. 하지만 어째서? 그것이 가장 풀기 어려운 문제였다. 어쩌면 그들 중 한 명은 열여덟 명의 유령이 영영 편히 잠들지 못할 거라는 사실을 알고 있는지도 몰랐다.

하지만 타이밍의 문제도 있었다. 왜 하필 지금인가? 십오 년이나 지난 마당에.

물론 떠올릴 수 있는 가능성은 무궁무진했다. 웨이드 라루의 출감. 고든 매켄지의 죽음. 추모 기념 보도. 하지만 무엇보다도 지미 엑스의 컴백이 가장 크게 작용했을 터였다.

그날 밤의 비극을 과연 누구의 책임으로 볼 수 있을까? 얼로의 곡을 훔쳐간 지미? 그를 공격한 잭? 잭에게 총을 쏜 고든 매켄지? 불법으로 총을 소지하고 들어와 광란에 빠진 인파들에게 총을 쏴댔던 웨이드 라루? 그레이스는 판단을 내릴 수 없었다. 잔물결. 이 엄청난 사건 뒤엔 거대한 음모 따윈 없었다. 그저 맨체스터에서 두 무명 밴드가 만나 공연을 가졌던 것에서 비롯되었을 뿐이다.

물론 그 사이에 수많은 빈틈이 있지만 그것들은 전혀 중요하지 않았다.

세상엔 진실보다 중요한 것들이 많았다.

그레이스가 잭을 내려다보았다. 그는 병실 침대에 미동도 없이 누워 있었다. 그의 담당의 스탠 워커가 그녀의 옆에 앉아 있었다. 워커 박사는 두 손을 모은 채 수심 가득한 음성으로 잭의 상태를 설명해주었다. 그레이스는 묵묵히 듣고만 있었다. 에마와 맥스는 복도에서 기다리고 있었다. 아이들은 병실로 들어오고 싶어했다. 그레이스는 뭘 어떻게 해야 할지 몰라 난감했다. 과연 결과는?

그녀는 잭에게 묻고 싶었다.

어째서 그토록 오랫동안 거짓말을 해왔는지는 묻고 싶지 않았다.

그 끔찍했던 날 밤, 그가 무엇을 했는지도 듣고 싶지 않았다. 그날 그가 어떻게 해변에 나오게 됐는지도 궁금하지 않았다. 그가 의도적으로 그녀에게 접근했다 해도, 그렇게 사랑에 빠지게 됐다 해도 상관없었다. 아무것도 궁금하지 않았다.

그녀가 잭에게 묻고 싶은 것은 이것 한 가지뿐이었다. 마지막으로 눈을 감을 때 아이들이 침대 옆에서 자신을 지켜봐주기를 원하는지.

그레이스는 그도 그것을 원하고 있을 거라고 생각했다. 네 식구는 그렇게 마지막으로 한곳에 모이게 되었다. 에마는 구슬피 울었다. 맥스는 타일 바닥만을 내려다보며 멍하니 앉아 있었다. 그리고 그레이스는 영원히 잭을 떠나보냈다.

54

장례식 날엔 모든 것이 흐릿했다. 그레이스는 평소에 끼고 다니던 콘택트렌즈를 일부러 끼지 않았다. 그렇다고 안경을 쓰지도 않았다. 그냥 그런 흐릿함 속에 파묻혀 있고 싶었다. 그녀는 맨 앞줄의 벤치에 앉아 잭을 생각했다. 이제 포도원이나 해변에서 봤던 그의 모습은 떠올리고 싶지 않았다. 하지만 잭의 큰 손이 자그마한 에마를 조심스레 안고 있는 모습만큼은 영원히 간직하고 싶었다. 그는 아이가 다칠세라 품에 안은 채 믿어지지 않는다는 얼굴로 그녀를 돌아보았었다. 그녀는 바로 그 순간을 머릿속에 떠올리고 있었다.

그녀가 알고 있는 그의 모든 과거는 이제 백색소음으로만 느껴질 뿐이었다.

샌드라 코벌도 장례식에 와주었다. 그녀는 뒤편에 남아 있었다. 샌드라는 아버지가 몸이 불편해 참석을 못했다고 설명했다. 그레이스는 이해한다고 말했다. 두 여자는 서로 부둥켜안지 않았다. 스콧 덩컨의 모습도 보였다. 스튜 펄머터와 코라도 참석했다. 그레이스는 몇 명이

나 참석했는지 헤아리지 않았다. 그런 건 아무래도 상관없었다. 그녀는 두 아이를 안고 밀려드는 조문객들을 피해 밖으로 나갔다.

이 주일 후, 아이들은 다시 학교에 나가기 시작했다. 물론 문제가 전혀 없는 것은 아니었다. 에마와 맥스는 분리불안 장애를 앓고 있었다. 그것은 지극히 정상적인 반응이었다. 그레이스는 아이들을 학교 안까지 바래다주었고, 수업이 끝나는 벨이 울리기 전에 미리 가서 아이들을 기다렸다. 아이들은 힘들어했다. 다정하고, 사랑이 넘치는 아버지를 가졌던 대가였다. 슬픔은 쉽게 사그라지지 않을 것이다.

하지만 이젠 모든 것을 끝맺을 시간이었다.

잭의 부검.

어쩌면 그레이스의 세상이 다시 한 번 벌컥 뒤집힐지도 몰랐다. 하지만 부검은 그저 그녀가 이미 알고 있는 것들에 대한 독립적인 확인 절차일 뿐이었다. 잭은 그녀의 남편이었다. 그녀는 그를 사랑했다. 그들은 십삼 년간 함께 살았다. 그들에겐 아이가 둘 있었다. 그는 비밀을 숨겨왔지만 세상엔 남자가 숨길 수 없는 비밀이 있었다.

반드시 표면 위에 남겨야 하는 것들.

그레이스는 알고 있었다.

그녀는 그의 몸을, 그의 피부를, 그의 등의 모든 근육을 알고 있었다. 사실 부검까지는 필요 없었다. 그의 몸 구석구석을 살펴보지 않아도 그녀는 이제 모든 것을 알고 있었다.

잭에겐 큰 흉터 따윈 없었다.

지미가 뭐라고 했든, 고든 매켄지가 웨이드 라루에게 무슨 얘기를 했든, 잭이 총에 맞은 적이 없다는 것만큼은 분명했다.

그레이스는 사진현상소로 가보았다. 솜털 조시가 카운터를 지키고 있었다. 그녀는 셰인 얼워스의 어머니가 살고 있는 베드민스터의 콘도미니엄 단지도 가보았다. 그런 다음, 잭의 가족 신탁 재산에 관한 법률 문서들을 훑어보았다. 그레이스는 리빙스턴에 아는 변호사가 있었다. 그는 현재 맨해튼에서 스포츠 에이전트로 활동하고 있었다. 그는 자신이 관리하는 거부 스포츠 스타들의 신탁 자금을 관리하는 일을 주로 맡아했다. 그는 그녀가 가져온 문서를 보며 그녀가 이해할 수 있게끔 상세하게 설명해주었다.

그 문제까지 처리하고 난 후 그녀는 시누이 샌드라 코벌이 있는 뉴욕의 버튼&크림스타인 사무실을 찾아갔다.

샌드라 코벌은 로비에서 그레이스를 맞아주지 않았다. 그레이스가 벽에 걸려 있는 사진들을 차례로 살펴나가다가 레슬러 리틀 포카혼타스의 사진 앞에 멈춰 섰을 때 수수한 블라우스 차림의 여자가 다가왔다. 그녀는 그레이스를 이끌고 복도를 걸어나갔다. 그레이스는 지난번에 왔었던 회의실로 안내되었다.

"코벌 씨가 곧 오실 겁니다."

"감사합니다."

그레이스는 회의실에 홀로 남았다. 회의실은 지난번과 똑같은 모습이었다. 달라진 게 있다면 각 좌석 앞에 노란색 법률 용지철과 볼펜이 하나씩 놓여 있다는 것뿐이었다. 그레이스는 앉아서 기다리고 싶지 않았다. 그녀는 절룩이며 제자리를 맴돌기 시작했다. 머릿속으로 샌드라에게 해줄 말을 정리했다. 그때 휴대전화가 울렸다. 그녀는 간략하게 용건만을 얘기한 뒤 휴대전화를 닫았다. 그리고 만약의 경우에 대비해 휴대전화를 손에 꼭 쥐고 있었다.

"어서 와요, 그레이스."

샌드라 코벌이 거침없이 회의실 안으로 들어왔다. 그녀는 곧장 소형 냉장고 앞으로 걸어가 문을 열고 안을 들여다보았다.

"뭐 마시겠어요?"

"괜찮아요."

여전히 냉장고 속에 머리를 쑤셔넣은 채 그녀가 물었다.

"아이들은 좀 어때요?"

그레이스는 대답하지 않았다. 샌드라 코벌이 페리에 한 병을 꺼냈다. 그녀가 뚜껑을 열고 의자에 앉았다.

"어떻게 왔어요?"

일단 기다려볼까, 아니면 그냥 처음부터 단도직입적으로 얘기를 할까? 그레이스는 후자를 택했다.

"당신은 나 때문에 웨이드 라루를 고객으로 받아들인 게 아니라……."

그녀는 서론 없이 본론으로 들어갔다.

"당신은 그에게서 멀리 떨어지고 싶지 않아서 그를 고객으로 받아들였던 거예요."

샌드라 코벌이 페리에를 잔에 따랐다.

"가설이라면 사실일 수도 있겠죠."

"가설이요?"

"그래요. 가설. 특정 식구를 보호하기 위해 웨이드 라루의 변호를 맡은 것일 수도 있죠. 뭐 이유야 어찌됐든 변호사로서 책임은 다해야 했어요."

"일석이조였단 뜻이군요."

"그럴지도 모르죠."

"그 특정 식구. 당신 동생이었나요?"

"그랬을 수도 있죠."

"아마도요."

그레이스가 말했다.

"하지만 그건 사실이 아니에요. 당신은 동생을 보호하려 했던 게 아니었어요."

그들의 시선이 마주쳤다.

"난 다 알고 있어요."

그레이스가 말했다.

"뭘요?"

샌드라가 페리에를 한 모금 홀짝였다.

"그럼 어떻게 된 일인지 설명을 해봐요."

"당신은 스물일곱 살에 법과 대학원을 졸업하고 형사사건 전문 변호사로 일하기 시작했어요."

"맞아요."

"그리고 결혼을 했죠. 당신의 딸은 두 살이었어요. 당신은 변호사로서 탄탄대로를 달리고 있었죠. 하지만 당신의 동생이 사고를 치고 말았어요. 당신은 그날 밤 그곳에 있었어요, 샌드라. 보스턴 가든에 말이에요. 당신이 바로 그와 함께 무대 뒤로 들어갔던 두 여자 중 한 명이었다고요. 제리 덩컨이 아니라, 바로 당신이."

"그래요."

그녀가 아무렇지도 않다는 듯 말했다.

"그걸 어떻게 알았죠?"

"지미 엑스는 두 여자 중 한 명이 빨강머리라고 했어요. 그건 실라 램버트죠. 그리고 계속해서 잭을 부추겼던 여자는 검은머리였다고 했어요. 제리 덩컨은 금발이었죠. 그리고 샌드라 당신은 검은머리예요."

그녀가 웃음을 터뜨렸다.

"대체 그걸로 뭘 증명할 수 있다는 거죠?"

"물론 아무것도 증명할 순 없어요. 뭐 아무 상관도 없을지 모르죠. 아마 제리 덩컨도 그곳에 있었을 거예요. 당신들 세 사람이 무대 뒤로 몰래 들어갈 수 있도록 고든 매켄지의 시선을 잡아두었던 사람이 바로 그녀였을 테죠."

샌드라 코벌이 모호하게 손을 흔들었다.

"계속해봐요. 점점 흥미로워지네요."

"그냥 요점만 얘기할까요?"

"좋을 대로."

"지미 엑스와 고든 매켄지에 의하면, 당신 동생이 그날 밤 총에 맞았다고 했어요."

"그랬죠."

샌드라가 말했다.

"그것 때문에 삼 주 동안 병원 신세를 져야 했어요."

"어떤 병원이었죠?"

그녀에겐 한 치의 머뭇거림도 없었다. 움찔하는 모습도 보이지 않았다.

"매스 제너럴 병원이었어요."

그레이스가 고개를 저었다.

샌드라가 얼굴을 살짝 찌푸렸다.

"보스턴의 모든 병원을 다 확인해봤어요?"

"그럴 필요 없었어요."

그레이스가 대답했다.

"그에겐 흉터가 없었으니까요."

침묵.

"만약 총에 맞았다면 흉터가 남아 있었을 거예요, 샌드라. 당연한 일이죠. 당신 동생은 총에 맞았어요. 내 남편에겐 흉터가 없었어요. 그렇다면 한 가지 설명밖에 나올 수 없겠죠."

그레이스가 살며시 떨리는 두 손으로 테이블을 짚었다.

"난 당신 동생과 결혼한 게 아니었어요."

샌드라 코벌은 아무 말도 하지 않았다.

"당신 동생 존 로슨은 그날 밤 분명 총에 맞았어요. 당신과 실라 램버트가 그를 끌고 밖으로 나왔겠죠. 하지만 그의 상태는 심각했어요. 그렇지 않았다면 당신이 직접 그를 죽였겠죠."

"내가 왜 그런 짓을 했겠어요?"

"그를 병원으로 데려갔다면 총상 입은 환자로 경찰에 신고가 들어갔을 테니까요. 그가 숨지고 나서 병원에 도착했거나 그를 그냥 아무데나 버려두고 사라졌다 해도 경찰은 수사를 해서 어떻게 된 일인지 밝혀냈을 거예요. 장래가 촉망되는 변호사였던 당신은 겁이 났겠죠. 실라 램버트도 마찬가지였을 거고요. 보스턴은 그 사건으로 발칵 뒤집힌 상태였어요. 보스턴 지방검사와 칼 베스파는 TV 카메라를 향해 기필코 범인을 잡아내고 말겠다고 공포했죠. 유족들도 이를 갈았고요. 만약 그때 사람들이 당신에게 눈을 돌렸었다면 당신은 아마 체포되거나 그보다 더 험한 꼴을 당했을지도 몰라요."

샌드라 코벌은 여전히 입을 열지 않았다.

"아버지에게 전화를 걸었나요? 어떻게 해야 할지 여쭈었나요? 범죄자 친구에게 전화를 걸어 도와달라고 요청하진 않았나요? 설마 당신 혼자서 시체를 없애버린 건 아니겠죠?"

그녀가 킬킬 웃었다.

"굉장한 상상력을 가졌군요, 그레이스. 뭐 하나 물어봐도 되겠어요?"

"물론이죠."

"만약 존 로슨이 십오 년 전에 죽었다면 대체 당신과 결혼한 사람은 누구죠?"

"난 잭 로슨과 결혼했어요."

그레이스가 말했다.

"그리고 한때 그는 셰인 얼워스라는 이름을 썼었죠."

에릭 우는 지하실에 두 명을 감금해두지 않았다. 그레이스는 그제야 깨달았다. 단 한 명뿐이었다. 그녀를 구하기 위해 자신을 희생했던 한 사람. 자신이 오래 버티지 못할 거라는 사실을 깨닫고, 유일한 방법으로 마지막 진실을 털어놓으려 했던 바로 그 사람.

샌드라 코벌이 살짝 미소를 지었다.

"정말 엄청난 추측이군요."

"하지만 증명하긴 쉬울 거예요."

그녀가 몸을 의자 등받이에 붙이고 팔짱을 꼈다.

"당신의 시나리오에 이해가 가지 않는 부분이 있어요. 내가 동생의 시체를 숨겨놓고, 그냥 도망가버렸다고 할 수도 있지 않았겠어요?"

"그랬다면 많은 사람들이 의심을 품었겠죠."

그레이스가 말했다.

"하지만 그게 진실인걸요. 셰인 얼워스와 실라 램버트는 그냥 사라져버린 거라고요."

"그럴지도 모르죠."

그레이스가 말했다.

"어쩌면 이 모든 것의 답은 당신 가족의 신탁 재산에 달려 있는지도 모르죠."

그 말에 샌드라의 얼굴이 딱딱하게 굳어졌다.

"신탁 재산?"

"잭의 책상에서 관련 문서를 발견했어요. 그걸 변호사 친구에게 가져가 보여줬죠. 당신 조부는 신탁 재산을 육 등분 해놓으셨어요. 그에겐 두 명의 자식과 네 명의 손자손녀가 있었죠. 일단 돈 문제는 미뤄두고, 누구의 의결 영향력이 가장 컸는지 생각해보죠. 당신들은 모두 똑같은 액수를 나눠 받았어요. 당신 아버지는 그것에 4퍼센트를 추가로 더 받으셨죠. 그렇게 해야 당신 쪽 가족이 회사의 경영권을 지킬 수 있을 테니까요. 52대 48로. 이런 문제에 대해서는 아는 게 별로 없지만, 어쨌든 끝까지 한번 들어봐요. 당신 조부는 이렇게 조치해두셨습니다. 당신들 중 한 명이 스물다섯 살이 되기 전에 죽으면 의결 영향력이 정확히 오 등분 될 수 있도록 말이죠. 만약 당신 동생이 콘서트가 벌어진 날 이 세상을 떠났다면 당신 쪽 가족, 그러니까 당신과 당신 아버지가 더 이상 회사 경영권을 쥐고 흔들 수가 없게 됐겠죠."

"지금 제정신으로 하는 말이에요?"

"제정신이 아닌지도 모르죠."

그레이스가 말했다.

"말해봐요, 샌드라. 왜 그랬던 거죠? 잡힐까 봐 두려웠던 건가요? 아니면, 경영권에 대한 집착 때문에? 어쩌면 그 두 가지 모두 때문이었는지도 모르죠. 어쨌든 당신은 셰인 얼워스를 당신 동생 자리에 앉혀놓았어요. 그건 쉽게 증명할 수 있어요. 옛 사진을 들춰보고, DNA 검사를 해보면 금세 알 수 있으니까요. 이젠 다 끝났어요."

샌드라가 손끝으로 테이블을 가볍게 두드려대기 시작했다.

"만약 그게 사실이라면 당신이 결혼한 그 남자는 지금껏 당신에게 거짓말을 해온 거군요."

그녀가 말했다.

"진실은 밝혀졌어요."

그레이스가 말했다.

"대체 어떻게 그의 협조를 받아낼 수 있었던 거죠?"

"꼭 취조를 받고 있는 기분이네요."

그레이스가 어깨를 으쓱해 보였다.

"얼워스 부인은 무척 가난했다고 했어요. 그의 형 폴은 대학 등록금도 못 낼 정도였죠. 그녀는 빈민가에 살았어요. 내 생각엔 당신이 그를 협박했을 것 같아요. 얼로 멤버 한 명이 잡혀 들어가면 나머지 멤버들도 무사하지 못할 거라고. 그는 자신에게 선택의 여지가 남아 있지 않다고 생각했겠죠."

"말도 안 돼요, 그레이스. 셰인 얼워스 같은 가난한 아이가 내 동생 역할을 무리 없이 해냈을 것 같아요?"

"힘들 게 뭐가 있겠어요? 당신과 당신 아버지가 도와줬을 텐데. 신분증을 만드는 것도 어려운 일은 아니었을 테고요. 당신은 동생의 출생증명서를 비롯한 문서들을 가지고 있었어요. 그저 동생이 지갑을 잃어버렸다고만 하면 되는 일이었죠. 그때만 해도 시스템이 많이 허술했으니까. 운전면허증과 여권도 새로 만들 수 있었을 거예요. 그리고 당신은 보스턴에서 신탁 재산 전문 변호사를 새로 선임했어요. 로스앤젤레스의 변호사에서 보스턴의 변호사로 바뀌었다는 걸 내 친구가 말해줬죠. 아마 새 변호사는 존 로슨이 어떻게 생겼는지 몰랐을 거예요. 당신과 당신 아버지, 그리고 셰인은 함께 그의 사무실을 찾아갔어요. 모두 제대로 된 신분증을 가지고 있었으니 아무 의심도 받지 않았겠죠. 당신 동생은 이미 버몬트 대학을 졸업한 상태였으니 새 얼굴로 나타날 필요도 없었을 테고요. 그렇게 셰인은 외국으로 떠났어요. 그리고 잭이라는 이름을 쓰기 시작했죠. 존 로슨이 흔한 이름이라 가능했겠지만."

그레이스는 샌드라의 대꾸를 기다렸다.

샌드라가 다시 팔짱을 꼈다.

"그럼 이젠 내가 순순히 모든 걸 자백할 순서인가요?"

"당신이요? 뭐 그럴 필요까진 없을 것 같은데요. 이젠 다 끝났어요. 내 남편이 당신 동생이 아니었다는 걸 증명하는 일은 아주 쉬워요."

샌드라 코벌은 한동안 침묵을 지켰다.

"뭐 그럴지도 모르죠."

그녀가 한층 조심스러워진 음성으로 말했다.

"하지만 대체 뭐가 범죄라는 건지 모르겠네요."

"어째서 그렇죠?"

"당신이 한 얘기가 전부 사실이라고 쳐요. 내가 당신 남편에게 내 동생 행세를 하라고 시킨 게 사실이라고 쳐요. 그건 십오 년 전의 일이에요. 공소시효란 거 몰라요? 사촌들이 재산 분배 문제로 소송을 걸어올지도 몰라요. 하지만 그들은 스캔들을 원하지 않을 거예요. 아마 그 문제는 대화로 잘 해결될 수 있을 것 같아요. 당신이 한 말이 전부 사실이라 해도 내가 저지른 범죄는 별로 크지 않아요. 내가 그날 밤 콘서트장에 있었다고 쳐요. 그런 광란의 분위기 속에서 겁을 집어먹은 게 큰 죄인가요?"

"그게 죄라는 얘기가 아니에요."

그레이스가 나지막이 말했다.

"거봐요."

"처음엔 당신은 끔찍한 일 따위는 벌이지 않았어요. 그저 동생 편에 서서 동생과 그의 친구가 만든 곡을 훔쳐간 사람에게 따지려고 했을 뿐이니까요. 그건 범죄가 아니죠. 어쩌다 보니 일이 꼬이게 됐고, 당신 동생은 목숨을 잃었어요. 누구라도 그를 되살려낼 순 없었을 거예요. 그래서 당신은 그 상황에서 할 수 있는 최선책을 떠올렸어요. 그리고 주어진 형편없는 패로 무모하게 밀고 나갔죠."

샌드라 코벌이 두 손을 펼쳐 보였다.

"대체 원하는 게 뭐죠, 그레이스?"

"난 답을 원해요."

"이미 다 알고 있는 것 같은데요."

그녀가 검지를 살짝 들어 보이며 덧붙였다.

"물론 가설이긴 하지만."

"난 정의를 원해요."

"어떤 정의 말이죠? 조금 전에 당신도 그때 일은 충분히 이해할 수 있다고 했잖아요."

"만약 그때 그렇게만 끝났더라면 이해 못 할 것도 없겠죠. 아마 나도 더는 집요하게 캐고 다니진 않았을 거예요. 하지만 문제가 거기서 끝나지 않았잖아요."

여전히 차분한 음성으로 그레이스가 말했다.

샌드라 코벌이 몸을 살짝 뒤로 젖히고는 그레이스의 말이 이어지기를 기다렸다.

"실라 램버트도 겁이 났을 거예요. 그래서 이름을 바꾸고 나서 사라져버렸던 거죠. 당신들은 흩어져서 비밀을 지키고 살기로 약속했어요. 하지만 제리 덩컨은 말을 듣지 않았죠. 처음엔 아무 문제 없었어요. 문제는 제리가 임신 사실을 알게 되면서 시작되었죠."

샌드라가 눈을 감았다.

"나의 잭, 아니 셰인은 존 로슨 행세를 하겠다고 나서는 바람에 가족과의 연을 끊고 외국으로 날아가버렸어요. 제리 덩컨도 그를 찾을 수 없었죠. 한 달 후, 그녀는 자신이 임신을 했다는 걸 알게 됐어요. 그녀는 어떻게든 배 속 아이의 아버지를 찾아보기 위해 애썼죠. 그래서 그녀는 당신을 찾아왔던 거예요. 어쩌면 새로운 삶을 원했는지도 모르죠. 자신이 알고 있는 진실을 전부 털어놓고 배 속 아이에게 떳떳해지고 싶었는지도 몰라요. 당신은 내 남편을 잘 알았어요. 그녀가 아이를 낳으면 분명 책임감을 느끼고 다시 돌아오게 될 거라는 사실을. 어쩌면 그도 진실을 털어놓고 새 삶을 살고 싶어했는지도 몰라요. 그렇게 된 게 아니었나요, 샌드라?"

그레이스가 자신의 두 손을 내려다보았다. 여전히 덜덜 떨고 있었다.

"그래서 당신은 제리 덩컨의 입을 영영 막아놓기로 했던 거예요. 당신은 형사사건 전문 변호사고, 많은 범죄자들의 변호를 맡아왔잖아요. 그중 한 명이 몬티 스캔런이라는 킬러를 당신에게 소개해주었을 거예요."

"그걸 어떻게 증명할 수 있죠?" 샌드라가 물었다. "시간이 많이 흘렀어요."

그레이스가 계속 이어나갔다.

"내 남편은 잭 로슨이에요."

그레이스가 잠시 말을 멈추고 칼 베스파가 들려주었던 얘기를 떠올렸다. 잭 로슨이 의도적으로 그녀를 찾아 접근했다는 말. 하지만 여전히 개운치 않은 뭔가가 남아 있었다.

"우리에겐 아이들이 있어요. 난 잭에게 미국으로 돌아가고 싶다고 말하죠. 하지만 그는 싫다고 해요. 난 계속 떼를 쓰죠. 아이들 때문에라도 미국으로 돌아가야 한다고 말이에요. 그게 잘못이었던 것 같아요. 그때 그가 내게 모든 걸 솔직히 털어놨더라면……."

"그럼 당신은 어떻게 반응했을 것 같아요, 그레이스?"

그녀가 잠시 골똘히 생각해보았다.

"모르겠어요."

샌드라 코벌이 미소를 지었다.

"아마 그도 마찬가지였을 거예요."

맞는 말이었지만 지금은 그런 생각이나 하고 있을 때가 아니었다. 그녀가 계속 이어나갔다.

"우린 그렇게 뉴욕으로 오게 됐죠. 하지만 그 이후에 어떤 일들이 생겼는지는 모르겠어요. 당신이 날 좀 도와줘야겠어요, 샌드라. 기념일이 돌아왔고, 마침 웨이드 라루도 가석방으로 풀려나니 실라 램버트와 잭은 진실을 털어놔야 할 때가 왔다고 생각했을 거예요. 그동안 잭은 하루도 잠을 편히 자지 못했어요. 어쩌면 두 사람 모두 가책을 떨쳐버릴 좋을 기회라고 생각했는지도 몰라요. 물론 당신은 그들과 뜻을 같이하지 않았어요. 그들은 용서받을 자격이 있지만 당신은 아니에요. 당신은 사람을 시켜 제리 덩컨을 죽였어요."

"그건 또 어떻게 증명할 수 있죠?"

"그건 차차 얘기할 거예요."

그레이스가 말했다.

"당신은 처음부터 거짓말을 해왔어요. 하지만 그중엔 진실이 하나 있었죠."

"오, 정말요?"

샌드라가 빈정거렸다.

"그게 뭔데요?"

"잭은 주방에서 옛 사진을 보고 나서 곧장 컴퓨터로 달려가 제리 덩컨을 검색했어요. 그리고 그녀가 화재로 사망했다는 기사를 찾아냈죠. 하지만 그는 그것이 사고가 아니었다고 확신했어요. 그래서 당신에게 전화를 걸었던 거죠. 구 분 동안 이어졌던 당신과의 장거리 전화가 바로 그것이었어요. 당신은 그가 모든 것을 폭로해버릴까 봐 겁이 났던 거예요. 그리고 그의 입을 막기 위해 서둘렀죠. 당신은 모든 것을 설명해주겠지만 전화상으로는 곤란하다고 했어요. 그래서 그에게 뉴욕 고속도로에서 만나자고 제안했죠. 그런 다음, 라루에게 전화를 걸어 복수의 기회가 왔다고 얘기했어요. 당신은 라루가 우를 시켜 잭을 죽일 거라는 사실을 알고 있었던 거죠."

"더 들어줄 수가 없군요."

하지만 그레이스의 설명은 아직 끝나지 않았다.

"내가 저지른 실수는 그날 당신에게 그 사진을 보여줬던 거였어요. 잭은 내가 사본을 만들어두었다는 사실을 모르고 있었죠. 사진 속엔 당신의 죽은 동생과 그의 새 신원이 모두 담겨 있었어요. 그래서 당신은 내 입까지 막아버리려고 했던 거예요. 내 딸 도시락 가방을 든 그 남자를 보내 날 겁을 주기도 했죠. 하지만 난 물러나지 않았고, 결국 당신은 내게 우를 보내게 된 거였어요. 그에게는 내가 무엇을 알고 있는지 밝혀낸 후 처치하라고 지시했겠죠?"

"그 정도만 해둬요."

샌드라 코벌이 자리에서 일어났다.

"당장 나가요."

"내 이야기에 덧붙일 건 없나요?"

"난 당신이 무슨 증거라도 가지고 있을 줄 알았는데요."

"사실 증거는 없어요."

그레이스가 말했다.

"그저 당신이 지금이라도 모든 걸 솔직히 털어놓기만을 바랄 뿐이에요."

그녀가 피식 웃었다.

"당신이 도청장치를 지니고 있다는 걸 내가 모를 줄 알아요? 난 내게 불리한 언행은 하나도 하지 않았어요."

"창밖을 내다봐요, 샌드라."

"네?"

"창문 말이에요. 바깥 인도를 내려다봐요. 자, 어서요. 보여줄 게 있어요."

그레이스가 절룩이며 커다란 전망창 앞으로 다가가 밖을 가리켰다. 샌드라 코벌이 조심스레 창가로 다가갔다. 마치 그레이스가 자신을 창밖으로 떠밀기라도 할 거라고 생각하는 듯. 하지만 그런 일은 벌어지지 않았다.

창밖을 내려다보는 샌드라 코벌의 입에서 신음이 흘렀다. 창문 아래 인도엔 칼 베스파와 크램이 두 마리의 사자처럼 어슬렁거리고 있었다. 그레이스가 몸을 돌리고 회의실 문을 향해 걸어나가기 시작했다.

"어디 가는 거죠?"

샌드라가 물었다.

"오."

그레이스가 말했다. 그녀가 테이블에 놓여 있는 종이에 뭔가를 적어 내려갔다.

"이건 펄머터 경감님의 전화번호예요. 이제 당신에겐 선택권이 있어요. 그에게 전화를 걸어 모든 걸 털어놓던지, 퇴근 후 인도에서 벌어질 자신의 운명을 묵묵히 받아들이던지."

그레이스는 펜을 내려놓고 뒤도 돌아보지 않은 채 회의실에서 나가버렸다.

에필로그

샌드라 코벌은 스튜어트 펄머터 경감에게 전화를 걸었다. 그리고 즉각 변호인단을 구성했다. 전설적인 헤스터 크림스타인이 그녀의 변호를 맡아주기로 했다.

한편 검사 측은 쉽지 않은 사건이었지만 뜻밖의 진전 덕분에 가능성이 커졌다고 확신하고 있었다.

뜻밖의 진전 중 하나는 얼로의 빨강머리 멤버 실라 램버트가 다시 돌아왔다는 사실이었다. 신문을 통해 사건을 접한 실라는 그녀의 협조가 절실하다는 내용을 보고 마음을 굳히게 됐다고 했다. 그녀의 남편을 쏜 범인은 슈퍼마켓에서 그레이스를 협박했던 남자와 동일 인물로 밝혀졌다. 그의 이름은 마틴 브레이보이였다. 그는 경찰에 체포된 후 검찰 측 증인으로 나서주겠다고 약속했다.

실라 램버트는 검찰 측에 셰인 얼워스도 그날 밤 콘서트장에 함께 있었지만 지미 엑스에게 항의하려고 무대 뒤로는 들어가지 않았다고 말했다. 실라 램버트는 왜 그가 마지막 순간에 생각을 바꾸게 되었는지는 모르겠지만 당시 존 로슨이 지나치게 흥분한 상태였기 때문에 겁이 났을 거라고 했다.

그레이스는 그 말에 아무런 위안도 받지 못했다.

스튜어트 펄머터 경감은 스콧 덩컨의 전 상사 린다 모건과 한 팀을 이루어 칼 베스파의 부하 한 명의 협조를 이끌어내는 데 성공했다. 소문에 의하면, 그들은 조만간 베스파를 체포할 거라고 했다. 물론 그를 지미 엑스 살인사건으로 기소하기는 힘들겠지만. 어느 날 오후, 크램이 그레이스에게 전화를 걸어왔다. 그는 베스파가 순순히 항복할 거라고 했다. 요즘 들어 부쩍 침대에 누워 있는 시간이 많아졌다고 했다. "꼭 서서히 죽어가는 사람을 보는 것 같습니다." 그는 그렇게 말했다. 그녀는 그의 근황을 별로 듣고 싶지 않았다.

샬레인 스웨인은 퇴원한 마이크를 데리고 집으로 돌아왔다. 그들은 다시 예전의 일상으로 돌아갔다. 마이크는 다시 직장으로 돌아갔고, 이제 그들은 따로 방을 쓰지 않았다. 함께 TV를 보기도 했다. 마이크는 여전히 일찍 잠자리에 들었다. 사랑을 나누는 횟수가 조금 늘긴 했지만 아직까지는 서로 많이 수줍어했다. 샬레인과 그레이스는 가까운 친구 사이로 발전했다. 샬레인은 한 번도 불평한 적이 없었지만 그레이스는 그녀 안의 절망을 똑똑히 볼 수 있었다. 그리고 그녀 안의 뭔가가 머지않아 무너져내릴 거라는 걸 그레이스는 알 수 있었다.

프레디 사이크스는 여전히 병원에서 회복 중이었다. 그는 살던 집을 내놓았고, 뉴저지의 페어 론에 있는 콘도로 이사할 계획을 세우고 있었다.

코라는 예전의 코라로 남아 있었다. 길게 말할 것도 없이.

잭, 아니 셰인의 어머니와 그의 형인 에벌린과 폴 얼워스도 검찰에 협조해주었다. 잭은 신탁 재산을 털어 폴의 학비를 대주었다. 펜토콜 제약회사에 취직하고 나서 잭은 어머니를 가까운 콘도 단지로 모셔왔다. 그들은 일주일에 한 번씩 콘도에서 점심을 먹었다. 에마와 맥스의 할머니이자 큰아버지인 그들은 아이들이 커가는 모습을 가까이서 지켜보고 싶어했지만 어쩔 수 없이 주어진 운명을 받아들일 수밖에 없었다.

에마와 맥스는 서로 다른 방법으로 비극을 받아들였다.

맥스는 아버지에 대해 얘기하길 좋아했다. 아버지가 지금 어디 있는지, 천국은 어떻게 생겼는지, 아버지가 정말 자신을 내려다보고 있는지 따위를 쉴 새 없이 물어댔다. 맥스는 아버지가 정말로 자신이 참가하는 모든 중요한 이벤트를 빠지지 않고 지켜보고 있는지 궁금해했다. 그럴 때마다 그레이스는 최선을 다해 대답해주고 싶었지만 그녀의 입에서는 모호한 말만 튀어나왔다. 맥스는 욕조에 몸을 담그고 앉아 그레이스에게 '제니 젠킨스' 놀이를 하자고 졸랐다. 아이가 잭과 늘 그랬던 것처럼. 그레이스가 문장을 만들어 들려줄 때마다 맥스는 큰 소리로 웃었다. 그 소리가 어찌나 그의 아버지와 닮았던지 그레이스는 가슴이 터질 것 같았다.

아버지의 공주님 에마는 잭에 대해 아무런 얘기도 꺼내지 않았다. 질문도 하지 않았고, 옛 사진도 들춰보지 않았으며, 추억하지도 않았다. 그레이스는 딸을 위해 특단의 조치를 취하고 싶었지만 당장 어떤 식으로 접근해야 할지 몰라 난감했다. 정신과 의사들은 이럴 때일수록 더 솔직히 모든 것을 털어놓으라고 조언하지만 자신도 많은 비극을 겪어왔던 그레이스는 그럴 수 없었다. 그녀는 섣불리 접근했다가는 더 위험해진다는 걸 잘 알고 있었다.

신기하게도 에마는 행복해 보였다. 학교생활도 잘했고, 친구들과도 잘 어울렸다. 하지만 그레이스는 겉으로 보이는 것이 전부가 아니라는 것을 알고 있었다. 에마는 이제 시를 쓰지 않았다. 그리고 일기장도 열어보지 않았다. 이젠 침실문을 꼭 닫고 잠을 잤다. 밤마다 그레이스는 딸의 침실 밖에 서서 아이가 나지막이 흐느끼는 소리를 들어야만 했다. 에마를 학교에 보내고 항상 아이의 방에 들어가 보았다.

그때마다 에마의 베개는 늘 촉촉이 젖어 있었다.

만약 잭이 살아 있었다면 그레이스는 아마 그에게 많은 질문을 쏟아부었을 것이다. 하지만 그녀는 이제 술에 만취한 스무 살짜리 청년이 그날 밤 무슨 짓을 저질렀는지에 대해 알고 싶지 않았다. 그는 기회가 생겼을 때 그녀에게 모든 것을 털어놓았어야 했다. 하지만 만약 그랬다면? 만약 잭이 처음부터 그녀에게 모든 것을 솔직히 털어놓았다면? 사건 지 한 달쯤 지난 후에 털어놓았다면? 아니면 일 년이 지나서라도. 과연 그녀는 어떻게 반응했을까? 그 얘길 듣고 나서도 잭을 떠나지 않았을까? 그녀는 에마와 맥스를 생각했다. 그리고 지금껏 상상해본 적 없는 가능성을 떠올려보았다. 생각만으로도 몸이 바르르 떨려왔다.

깊은 밤, 그레이스는 커다란 침대에 홀로 누워 잭에게 이런저런 이야기를 했다. 기분이 이상했다. 아무리 생각해도 그가 자신의 말을 듣고 있을 것 같지 않았다. 그녀는 항상 기본적인 질문만을 던졌다. 맥스가 카셀턴 순회 축구팀에 들어가고 싶어하는데 너무 이르진 않은지. 학교에서 에마를 영어 우등반으로 올려주려 하는데 혹시 아이가 너무 부담스러워하진 않을지. 지금까지 해왔던 대로 매년 2월, 아이들을 데리고 디즈니월드로 놀러가는 것이 과연 현명한 일인지. 오히려 아이들이 아버지 생각에 힘들어하진 않을지. 그리고 대체 에마의 베개를 적신 눈물을 어떻게 말려줄 생각인지.

그런 질문들.

샌드라가 체포 된 지 일주일이 지났을 때 스콧 덩컨이 그녀를 찾아왔다. 그녀가 문을 열자 그가 말했다.

"찾아낸 게 있어요."

"뭔데요?"

"이건 제리의 것이에요."

덩컨이 말했다.

그가 낡은 카세트를 건네주었다. 라벨은 붙어 있지 않았고, 그냥 검은색 펜으로 '얼로'라고 적혀 있을 뿐이었다.

그들은 말없이 서재로 들어갔다. 그레이스가 카세트를 플레이어에 걸고 재생 버튼을 눌렀다.

'보이지 않는 잉크'는 세 번째 곡이었다.

'흐릿한 잉크'와 유사한 부분이 있었다. 소송이 걸렸다면 과연 법원은 지미가 표절했다는 판결을 내렸을까? 그랬을지도 모른다. 하지만 그레이스는 아닐 거라고 생각했다. '보이지 않는 잉크'와 유사한 곡은 세상에 널려 있다. 영감과 표절 사이엔 큰 차이가 없었다. '흐릿한 잉크'가 바로 그 모호한 경계에 놓여 있는 곡이었다.

"스콧?"

그는 그녀를 돌아보지 않았다.

"이제 모든 것을 정리할 때가 온 것 같아요."

그가 천천히 고개를 끄덕였다.

그녀가 잠시 망설이다가 어렵게 입을 열었다.

"누이가 살해됐다는 걸 알고 난 후 당신은 열정적으로 수사에 착수했어요. 직장까지 그만두고 나올 정도로 수사에 모든 것을 쏟아부었죠."

"네."

"그녀에게 남자친구가 있었다는 사실을 어렵지 않게 알아낼 수 있었을 거예요."

"전혀 힘들지 않았죠."

덩컨이 시인했다.

"그리고 그의 이름이 셰인 얼워스였다는 사실도 알아낼 수 있었을 거고요."

"난 진작부터 셰인에 대해 알고 있었어요. 그들은 육 개월 동안 사귀었어요. 하지만 그때까지만 해도 난 제리가 화재로 죽었다고 알고 있었어요. 일부러 그를 찾아볼 이유가 없었죠."

"맞아요. 하지만 몬티 스캔런을 만나고 와서 그를 찾아보기 시작했었죠."

"그래요."

그가 말했다.

"그를 찾는 게 내 첫 번째 과제였죠."

"당신은 누이가 세상을 떠난 직후에 그가 사라졌다는 사실을 알아냈어요."

"네."

"물론 그가 무척 수상했을 테죠."

"맞아요."

"아마 당신은 그의 대학 시절 기록도 살펴봤을 거예요. 어쩌면 고등학교 시절 기록까지 훑어봤는지도 모르죠. 그의 어머니도 만나봤겠지만 큰 소득을 올리진 못했을 거예요. 적어도 당신이 눈에 불을 켜고 그를 찾아보는 동안에는."

스콧 덩컨이 고개를 끄덕였다.

"당신은 나를 만나러 오기 전에 잭이 셰인 얼워스라는 사실을 알고 있었어요."

"맞아요. 알고 있었어요."

그가 말했다.

"그가 당신 누이를 죽였다고 의심하고 있었죠?"

덩컨이 미소를 지었다. 하지만 기쁨이 담겨 있진 않았다.

"그는 누나와 사귀다가 헤어졌어요. 그리고 누나는 살해됐죠. 그는 신원을 바꾸고 십오 년간 사라졌어요."

그가 어깨를 으쓱했다.

"내가 어떻게 그런 생각을 안 할 수 있겠어요?"

그레이스가 고개를 끄덕였다.

"당신은 새장을 흔들어대길 좋아한다고 했어요. 그래야 수사에 진행이 있다면서."

"그랬죠."

"잭에게 당신 누이에 관해 무턱대고 물어볼 수는 없었겠죠? 아무런 증거도 없었을 테니까."

"예, 그랬죠."

"그래서 당신은 새장을 흔들어보기로 했어요."

그레이스가 말했다.

침묵.

"사진현상소에 가서 조시를 만났어요."

그레이스가 말했다.

"아, 그 친구의 입을 여는 데 얼마나 들던가요?"

"1000달러."

덩컨이 코웃음을 쳤다.

"난 500달러만 줬는데."

"그 사진을 봉지에 넣어주는 대가로 말이죠?"

"그래요."

곡이 바뀌었다. 얼로는 이제 목소리와 바람에 대해 노래하고 있었다. 사운드는 거칠었지만 잠재력이 느껴졌다.

"당신은 내가 조시를 압박하지 못하도록 내 신경을 코라 쪽으로 돌리게 했던 거였어요."

"맞습니다."

"그리고 의도적으로 날 데리고 얼워스 부인을 만나러 갔어요. 당신은 손자손녀를 보고 그녀가 어떻게 반응하는지 보고 싶었어요."

"새장을 제대로 흔들기 위해서였죠."

그가 시인했다.

"그녀가 에마와 맥스를 바라볼 때 그녀의 눈을 들여다봤었나요?"

그녀도 보았다. 그저 당시엔 그것이 무슨 뜻인지 몰랐을 뿐이었다. 사실 어떻게 그녀가 잭의 출근길에 있는 콘도에서 살고 있는지 생각해볼 정신도 없었다. 이제야 모든 것을 이해할 수 있었다.

"더는 검찰청 소속이 아니었기 때문에 FBI에 감시 작업을 요청할 수 없었을 테고, 그래서 하는 수 없이 사설탐정을 고용했던 거죠. 그리고 사설탐정 사무소에선 로키 콘월을 보내 잭을 감시하게 했을 거고요. 우리 집에 카메라를 설치해둔 것도 바로 당신이었어요. 새장이 흔들릴 때 당신이 지목한 용의자가 어떻게 반응할지 지켜봐야 했을 테니까요."

"전부 맞았어요."

그녀는 끔찍한 결과를 떠올렸다.

"당신 때문에 많은 사람이 죽었어요."

"난 그저 누나의 살인사건을 수사했을 뿐입니다. 그게 사과할 일은 아니지 않습니까."

책망해야 할 사람이 너무 많았다.

"내겐 얘기해줄 수도 있었잖아요."

"아뇨. 난 당신을 신뢰할 수 없었어요."

"임시적으로나마 동맹관계라고 했잖아요."

그가 그녀를 바라보았다. 그의 얼굴 뒤로 어두운 뭔가가 감춰져 있었다.

"그건 거짓말이었습니다. 우린 한순간도 동맹관계였던 적이 없었습니다."

그가 말했다.

그녀가 카세트 플레이어의 볼륨을 줄였다.

"대학살을 기억 못 하죠, 그레이스?"

"이런 증상은 흔한 거예요."

그녀가 말했다.

"기억상실증이나 그런 건 전혀 아니에요. 그저 머리를 심하게 부딪쳐서 혼수상태에 빠져 있었을 뿐이에요."

"머리 부상."

그가 고개를 끄덕이며 말했다.

"그것은 나도 잘 압니다. 그것과 관련한 많은 사건을 맡아봤거든요. 센트럴파크 사건도 비슷한 경우였어요. 당신처럼 비슷하더군요. 사고 직전 며칠간의 기억을 완전히 잃어버린다는 점 말입니다."

"그래서요?"

"그날 밤, 어떻게 무대 맨 앞자리에 있을 수 있었죠?"

뜻밖의 질문이 던져지자 그녀가 움찔했다. 그녀는 잠시 그의 얼굴을 빤히 바라보았다. 하지만 질문의 의도를 알아챌 수 없었다.

"네?"

"라이언 베스파. 그의 아버지가 무려 400달러나 주고 티켓을 사주었죠. 얼로 멤버들은 지미에게 직접 티켓을 받았고요. 맨 앞자리를 차지하려면 엄청난 액수를 뿌리던가, 아니면 인맥을 총동원하는 수밖에 없었을 겁니다."

그가 몸을 앞으로 살짝 기울였다.

"당신은 어떻게 맨 앞자리를 차지할 수 있었죠, 그레이스?"

"남자친구가 티켓을 구해왔어요."

"토드 우드크로프트 말인가요? 당신이 입원해 있는 동안에 한 번도 문병을 오지 않았던 그 친구?"

"네."

"정말인가요? 지금까지는 사고 전 며칠간의 기억이 전혀 없다고 했잖아요."

그녀가 입을 벌렸다가 이내 닫아버렸다. 그가 조금 더 몸을 앞으로 기울였다.

"그레이스, 난 토드 우드크로프트를 만나봤어요. 그는 그날 콘서트장에 가지 않았어요."

순간 그레이스의 속이 울렁거리기 시작했다. 온몸이 싸늘해졌다.

"토드가 문병을 오지 않았던 이유는 콘서트가 있기 이틀 전에 당신과 헤어졌기 때문입니다. 당신과 깨졌는데 콘서트장에 같이 갈 이유가 없었겠죠? 그뿐이 아닙니다. 바로 그날, 셰인 얼워스도 누나와 헤어졌습니다. 우리 누나 제리 덩컨도 콘서트장에 가지 않았단 말입니다. 그럼 셰인 얼워스는 대체 누굴 콘서트장에 데려갔던 걸까요?"

그레이스의 몸이 덜덜 떨렸다.

"이해가 안 되는군요."

그가 사진을 한 장 꺼내들었다.

"이건 내가 당신의 봉지에 몰래 넣었던 사진의 폴라로이드 원본입니다. 이게 원래 사이즈고, 사본은 확대를 시킨 것이죠. 누나는 사진 뒷면에 날짜를 적어두었습니다. 이 사진은 콘서트 바로 전날에 찍은 겁니다."

그녀가 고개를 저었다.

"맨 오른쪽에 보일 듯 말 듯하게 서 있는 미스터리의 여자가 보이죠? 당신은 그녀를 샌드라 코벌이라고 생각했어요. 하지만 좀더 유심히 들여다봐요. 왠지…… 당신 같아 보이지 않나요?"

"아니에요……."

"이 모든 것을 누구의 탓으로 돌려야 할지를 생각해볼 때…… 세 사람이 지미 엑스를 만나러 무대 뒤로 몰래 들어갈 수 있도록 고든 매켄지의 시선을 붙잡아두었던 매력적인 여자가 누구였는지도 빠뜨려선 안 되겠죠. 우린 그녀가 우리 누나도, 실라 램버트도, 샌드라 코벌도 아니었다는 걸 이미 알고 있어요."

그레이스는 여전히 고개만 가로젓고 있을 뿐이었다. 그녀는 해변에서 잭을 처음 만났을 때를 떠올렸다. 당시 순간적으로 찾아들었던 묘한 기분. 그건 대체 어디서 온 것이었을까? 그때의 기분은 마치…….

꼭 언젠가 만난 적 있는 사람을 다시 봤을 때의 기분과도 같았다.

아주 이상한 종류의 기시감. 이미 예전에 자신을 홀렸던 누군가를 다시 만난 듯한 기분. 다정하게 손을 잡고 있다가 갑자기 벌어진 소란에 그의 손이 스르르 떨어져나갈 때의 가슴 철렁함…….

"아니에요."

그레이스가 좀더 강한 어조로 말했다.

"당신이 잘못 짚었어요. 그럴 리 없어요. 그런 일이 있었다면 내가 분명하게 기억하고 있었을 거예요."

스콧 덩컨이 고개를 끄덕였다.

"어쩌면 당신 말이 맞을지도 몰라요."

그가 일어나 플레이어에서 카세트를 뽑아들었다. 그러고는 그것을 그녀에게 건넸다.

"모든 게 말도 안 되는 억측일 뿐입니다. 어쩌면 셰인은 그 미스터리의 여자 때문에 무대 뒤로 들어가지 않았는지도 모르죠. 그녀가 가지 말라고 그를 말렸을 수도 있겠죠. 어쩌면 그는 노래 가사 속의 어떠한 단어들보다 훨씬 더 중요한 것이 바로 자신의 눈앞에 있다는 사실을 깨달았는지도 모릅니다. 그래서 삼 년 후, 그렇게 그녀를 다시 되찾으려 했던 것인지도 모르죠."

스콧 덩컨은 그 말을 남기고 떠났다. 그레이스는 자리에서 일어나 자신의 작업실로 향했다. 그녀는 잭이 세상을 떠난 후로는 한 번도 붓을 들지 않았다. 그녀가 포터블 플레이어에 카세트를 걸고 재생 버튼을 눌렀다. 그런 다음, 붓을 집어들었다. 그녀는 그를 그려보고 싶었다. 존도, 셰인도 아닌 잭을 그려보고 싶었다. 왠지 혼란스럽고, 망설여질 것 같았지만 막상 캔버스 앞에 앉으니 붓이 절로 춤추기 시작했다. 그녀는 세상의 누구라도 사랑하는 사람에 대한 모든 것을 알 수 없을 거라고 생각했다. 사실 자신에 대해 모든 것을 알고 있는 사람도 없었다.

노래가 끝이 났다. 그녀는 처음으로 감아 다시 재생했다. 그녀는 어느새 몽롱하고, 유쾌한 광란에 빠져들어 있었다. 눈물이 양 볼을 타고 흘러내렸다. 하지만 그녀는 눈물을 훔치지 않았다. 어느 정도 지났을까, 그녀는 시계를 돌아보았다. 붓을 놓아야 할 시간이 점점 다가오고 있었다. 아이들 수업이 끝나는 시간. 그녀는 아이들을 데리러 나가봐야 했다. 에마의 피아노 레슨이 있는 날이었다. 그리고 맥스의 순회축구팀 훈련도 있었다.

그레이스는 손가방을 집어들고 나가 현관문을 걸어잠갔다.

부록

미니 인터뷰

빌 클린턴 전 미국 대통령도 반해버린 세계 최고의 스릴러 작가!

비채 어떤 점 때문에 할런 코벤의 소설을 소개하게 된 건가요?

모중석 할런 코벤은 '마이런 볼리타' 시리즈로 잘 알려진 작가이지만 사실은《단 한 번의 시선》같은 매혹적인 스탠드얼론 스릴러 소설로 더 많은 인기를 누리고 있습니다. 그는 주위에서 어렵지 않게 볼 수 있는 보통 사람들을 혼돈의 도가니 속으로 밀어넣고, 상상을 초월하는 사건들을 쉴 새 없이 던져대며 독자들의 정신을 쏙 빼놓게 합니다. 게다가 스릴러 소설에서 빼놓을 수 없는 다중 반전 역시 잘 알려진 그의 트레이드마크입니다. 이렇듯 그의 작품 속엔 독자들이 사랑하지 않을 수 없는 요소들이 많습니다. 할런 코벤처럼 우리나라 독자들의 취향과 잘 맞아떨어지는 작가도 드물 겁니다.

비채 국내에 이미 두 차례 소개된 적이 있는 작가라서 우리 독자들에게도 그다지 생소한 이름은 아닐 것 같은데요,《단 한 번의 시선》을 그의 예전 작품들과 비교하신다면 어떻습니까?

모중석 할런 코벤은 치밀하고, 교묘하게 이야기 구조를 비틀고 그 틀에 매혹적인 스토리를 깔끔하게 끼워맞춰나가는 스타일입니다. 《텔 노 원Tell No One》에서 《영원히 사라지다》, 그리고 《결백》에 이르는 동안 그만의 독특한 공식은 쉬지 않고 진화를 거듭했습니다. 그는 신작을 발표할 때마다 그만의 스타일을 고수하면서도 전작들보다 한층 업그레이드된 긴장감을 선사합니다. 독자들은 《단 한 번의 시선》을 통해 그의 테크닉이 이제 절정에 다다랐음을 확인할 수 있을 겁니다.

비채 물론 《단 한 번의 시선》에서도 충격적인 반전을 기대할 수 있겠죠?

모중석 아마 독자들은 이 소설을 읽으면서 쇠망치로 뒤통수를 얻어맞은 듯한 기분을 여러 차례 느끼게 될 겁니다. 특히 사건이 해결되고, 깔끔하게 끝맺어지는 에필로그에서도 마치 독자들을 희롱하듯 엄청난 반전을 숨겨놓았습니다. 그것도 맨 마지막 페이지에 말이죠. 마음껏 기대하셔도 좋습니다.

비채 상복도 많은 작가라고 알고 있습니다. 그만큼 독자들과 평단에서 한결같은 반응을 이끌어내고 있다는 뜻일 텐데요, 어떻습니까?

모중석 그렇습니다. 많은 분들이 알고 계시듯 할런 코벤은 에드거상, 앤서니상, 그리고 셰이머스상을 모두 수상한 유일한 작가입니다. 그리고 2003년 〈뉴욕타임스〉는 특집 기사란에 할런 코벤의 소설을 실었는데요, 그 섹션에 대중소설이 실린 것은 무려 십여 년 만에 처음 있는 일이었다고 합니다. 그의 작품들은 전세계 33개 언어로 출간되었고, 미국을 비롯한 많은 나라의 베스트셀러 차트를 석권하기도 했습니다.

비채 《단 한 번의 시선》을 읽고 나니 과연 이보다 더 스릴 넘치는 신작이 선보여질 수 있을까 하는 의문이 들더군요. 최근에 출간된《결백》 역시 엄청난 인기를 누리고 있다고 들었습니다.

모중석 올해는 할런 코벤의 해가 될 것 같습니다. 그의 최고 수작 중 하나로 꼽히는《단 한 번의 시선》이 국내에 선보이게 되었고, 신작 스릴러《결백》이 하드커버에 이어 페이퍼백 버전으로도 꾸준한 사랑을 받고 있습니다. 그뿐 아니라, 프랑스에서 영화로 제작한《텔 노 원》이 완성되어 개봉을 기다리고 있다고 합니다.

비채 빌 클린턴 전 미국 대통령도 할런 코벤을 즐겨 읽는다고 들었습니다.

모중석 그렇습니다. 빌 클린턴 전 대통령은 스릴러 마니아로 잘 알려져 있습니다. 몇 해 전, 병원에서 대수술을 받고 퇴원하는 그의 손에 할런 코벤의 소설이 들려 있었죠. 할런 코벤 외에도 '모중석 스릴러 클럽'을 통해 국내에 처음 소개되는 로버트 크레이스 같은 스릴러 작가들이 클린턴 전 대통령에게 친필 팬레터를 받기도 했습니다.

비채 끝으로 '모중석 스릴러 클럽'의 다음 작품 예고를 부탁드리겠습니다.

모중석 올여름엔 많은 분들이 기다려왔던 반가운 얼굴이 '모중석 스릴러 클럽'을 통해 소개됩니다. 제프 린제이의《음흉하게 꿈꾸는 덱스터》가 바로 그 작품입니다. 국내에 처음 소개되는 작가의 작품이지만 조금만 읽어봐도 뛰어난 작품이란 걸 금세 알게 될 겁니다.

2006년

비채 편집부

할런 코벤을 읽는다는 것

2005년, 비채와 함께 국내 최초의 스릴러 소설 전문 브랜드 '모중석 스릴러 클럽'을 기획할 당시 가장 적극적으로 추천하고 밀어붙인 작가가 바로 할런 코벤이다. 당시 국내 독자들에게는 생소한 이름이었지만 신생 브랜드의 프레임을 확립하는 데 그만한 작가가 없다고 확신했다.

할런 코벤. 세계 곳곳에서 칠천만 부가 넘는 책을 팔아치웠고, 사상 최초로 에드거상, 셰이머스상, 앤서니상을 모두 석권한 대단한 작가이다. 늘 높은 수준을 일정하게 유지하는 한결같은 작가이며, 마성의 필력으로 전작의 아성을 가뿐히 뛰어넘는 신작을 연달아 발표하는 이 바닥의 절대강자이기도 하다.

전세계 수천만 독자들이 할런 코벤에 열광하는 이유는 크게 세 가지로 정리할 수 있다.

우선 가독성. 스피디하게 진행되는 스릴러 소설의 가장 큰 미덕은 재미와 가독성이다. 코벤은 그 두 마리 토끼를 완벽하게 잡아낼 수 있는 몇 안 되는 작가다. 특히 가독성에서는 따라올 적수가 없을 정도. 스토리의 밀도를 기발하게 조절하면서 독자로 하여금 최대한 쉽게 플롯을 따라갈 수 있게 배려할 줄 안다.

후킹. 스토리 초반에 매혹적인 '떡밥'으로 독자를 몰입시키지 못하면 그 독서는 십중팔구 해피엔딩으로 끝나지 않는다. 또한 초반에 독자의 호기심을 최대한 증폭시켜놓지 못하면 효과적인 반전을 기대하기 힘들다. 코벤은 최면술사처럼, 독자를 조종하고 다루는 데 탁월한 능력을 가지고 있다.

호감 가는 캐릭터. 독자는 스토리 속 인물들과 동질감을 느끼고 싶어한다. 코벤의 소설에 등장하는 인물들은 우리 중 누구라도 될 수 있다. 그들은 우리의 이웃이고, 친구이고, 동료이며, 가족이다. 쉽게 공감할 수 있고, 일체감이 느껴지는 인물들의 기구한 이야기는 마치 4D 영화를 보는 듯이 생생하게 다가온다.

이번에 합본으로 새 단장한《단 한 번의 시선》은 코벤의 흠잡을 데 없는 저작 목록에서도 단연 최고 걸작으로 꼽힌다.

당신을 정의하는 사건. 당신의 인생을 구성하는 기억. 만약 그것들이 혼란 속에서 결정적인 오해를 기반으로 지어진 것이라면? 모든 게 뻔뻔스러운 거짓말이라면? 만약 이런 비극을 초래한 장본인이 알고 보니 바로 당신 자신이었다면? 이른바 '코벤 공식'으로 불리는 전매특허 이야기 구조는《단 한 번의 시선》에서도 고스란히 확인할 수 있다.

《단 한 번의 시선》의 초점은 한 여성에게 맞춰져 있다. 그레이스 로슨. 현상해온 가족사진 틈에서 생소한 사진 하나가 발견되고, 그녀의 남편 잭은 태연한 척하다가 갑자기 사라져버린다. 그레이스는 문제의 사진이 남편을 데려간, 그리고 자신의 가족을 위태롭게 하는 이들의 경고나 협박이나 미끼일지 모른다고 생각한다. 수많은 질문과 의혹, 또 공포와 분노로 쑥대밭이 되어버린 그녀의 가정과 인생을 지켜보고 있노라면 꼭 유령의 집에 놓인 롤러코스터를 타는 듯한 기분이 느껴진다.

《단 한 번의 시선》에서도 확인할 수 있듯 코벤의 스토리는 매우 촘촘하고 교묘하게 짜맞춰져 있다. 플롯은 미지의 영역으로 나아가는 대신 끊임없는 귀로歸路를 택한다. 그 어느 디테일 하나도 허투루 배치해놓는 법이 없다. 아무리 하찮은 인물이라도, 아무리 부수적으로 여겨지는 사건이라도, 아무리 대수롭지 않게 흘려버린 대사라도 결국에는 결정적 임팩트를 주는 장치로 쓰이게 된다. 셜록 홈스는 왓슨에게 늘 "자네는 보기만 할 뿐 관찰은 하지 않아"라고 핀잔을 준다. 코벤은 왓슨 같은 독자를 현혹시켜 눈앞에 똑똑히 보이는 단서조차 제대로 인지하지 못하게 만드는, 그야말로 신기에 가까운 능력이 있다.

《단 한 번의 시선》은 대단히 난해하고 복잡한 플롯을 가졌음에도 정신이 혼란스럽지 않은 소설이다. 코벤은 캐릭터들의 드라마에 독자들을 끌어들이고 마지막 페이지가 넘겨질 때까지 절대 놓아주지 않는다. 수그러들지 않은 페이스, 한도 끝도 없이 튀어나오는 단서들. 아직도 할런 코벤을 경험해보지 못한 독자에게 《단 한 번의 시선》만한 테스트 샘플은 없다. 눈으로 흡입하는 마약이랄까. 아무리 코벤에 익숙하다 해도 이 걸작 스릴러를 접해보지 못했다면 당신은 아직도 그를 모르는 것이다. 부디 《단 한 번의 시선》 결정판의 출간으로 "누가 진정한 스릴러 최강자인가"라는 논쟁이 마침내 종지부를 찍을 수 있게 되기를 바란다.

2017년

최필원

옮긴이 최필원

캐나다 웨스턴 온타리오 대학에서 통계학을 전공하고, 현재 전문 번역가로 활동하고 있다. 장르문학 브랜드인 '모중석 스릴러 클럽'을 기획했다. 옮긴 책으로 할런 코벤의 《결백》《영원히 사라지다》《숲》을 비롯하여, 제프리 디버의 《옥토버리스트》《도로변 십자가》《잠자는 인형》《소녀의 무덤》, 제임스 시겔의 《탈선》, 제프 린제이의 《끔찍하게 헌신적인 덱스터》, 살라 시무카의 《피처럼 붉다》《눈처럼 희다》《흑단처럼 검다》, 그밖에 《본 아이덴티티》《미스틱 리버》《그레이맨》 등이 있다.

단 한 번의 시선 모중석 스릴러 클럽 002

개정판 1쇄 발행 2017년 1월 20일 **개정판 5쇄 발행** 2024년 3월 15일

지은이 할런 코벤 **옮긴이** 최필원
펴낸이 박강휘
편집 장선정 **디자인** 이은혜

발행처 김영사
주소 경기도 파주시 문발로 197(문발동) 우편번호 10881
등록 1979년 5월 17일 (제406-2003-036호)
구입 문의 전화 031)955-3100 **팩스** 031)955-3111
편집부 전화 02)3668-3276 **팩스** 02)745-4827 **전자우편** literature@gimmyoung.com
비채 블로그 blog.naver.com/viche_books
인스타그램 @drviche @viche_editors **트위터** @vichebook

ISBN 978-89-349-7701-8 03840 책값은 뒤표지에 있습니다.

비채는 김영사의 문학 브랜드입니다.